Choice

編輯的口味
讀者的品味
文學的況味

邪惡事業

CAREER OF EVIL

ROBERT GALBRAITH

羅勃·蓋布瑞斯 著

趙丕慧·林靜華 譯

致祥恩與馬修・哈里斯。

隨你們要把這句題辭怎麼樣，
但不要——
千萬不要——
弄在眉毛上。

I choose to steal what you choose to show
And you know I will not apologize –
You're mine for the taking.

I'm making a career of evil . . .

Blue Oyster Cult, 'Career of Evil'
Lyrics by Patti Smith

你陳列的，我偷走
你知道我不會道歉——
你是讓我予取予求的。

我在開創邪惡事業……

——藍牡蠣〈邪惡事業〉
——佩蒂·史密斯作詞

1

2011
This Ain't the Summer of Love
二〇一一
這不是愛的夏季

他沒辦法把她的血都刷洗乾淨，左手中指指甲縫裡還卡著黑黑的線，括弧似的。他改用挖的，其實他還滿喜歡這條黑括弧的，那是昨天的歡樂紀念。挖了一分鐘卻毫無成效之後，他把手指放進口裡吸吮。鐵的氣味勾引起泉湧的血滴飛濺在地磚上、噴灑在牆上的氣味，濕透了他的牛仔褲，把原來蓬鬆乾淨、摺疊得整整齊齊的桃子色浴巾弄成了一塊塊血染的布。

今天早晨色彩似乎更明亮些，世界變得更可愛。他覺得寧靜祥和，精神昂揚，彷彿他吸收了她，彷彿她的生命灌輸給了他。只要你殺了她們，她們的生命就屬於你了，這是超越性愛的一種占有。知道她們面對死亡的那一刻是什麼表情，那份親密是遠非兩具活生生的軀體所能體驗的。

一陣興奮，他沉思著，沒有人知道他做了什麼，也不知道他下一步的計畫。他吮著中指，快樂平靜，倚著暖洋洋的牆壁，沐浴著微弱的四月陽光，眼睛落在對面的房屋上。

房子並不漂亮，只是普普通通的一棟屋子。但說真的，比昨天那個小公寓要高級一點。昨天被鮮血浸透的衣物裝在黑色垃圾袋中，等著送進焚化爐，他的刀子閃閃發亮，以漂白水洗得乾乾淨淨，塞進了廚房洗碗槽下的U形水管後面。

對面的屋子有小小的前院，黑色欄杆，草皮需要修剪了。兩扇白色大門並立，看得出這棟三層樓的建築改裝成了上下三間公寓。一樓住的是一個叫蘿蘋．艾拉寇特的女孩。他費了一番手腳查出了她的真實姓名，但在他自己的腦海中他管她叫「小秘書」。他剛看見她走過廣角窗，一眼就能認出她來，因為她鮮豔的髮色。

觀察「小秘書」是個額外的樂趣。他還有幾小時的空檔，所以他決定過來觀察她。今天是安息日，在昨天與明天的輝煌之間，在已嘗到的滿足以及即將來臨的興奮之間偷得的一日閒。

右邊的門忽然打開了，「小秘書」出來，身邊還有個男的。

他仍倚著暖洋洋的牆，側身對著他們，盯著馬路，佯裝是在等人。兩人都沒有多看他一眼，逕自並肩向上走。他讓他們走了一分鐘之後，決定跟上去。

她穿牛仔褲、薄外套、平底靴。陽光下一見，她的波浪長髮微微帶著金紅色。他認為他覺察到這一對男女之間的氣氛稍異，兩人並沒有交談。

他很善於看人。昨天那個死在被鮮血染透的桃色毛巾堆裡的女孩就讓他看透迷惑住。

他一路尾隨他們走過長長的住宅區街道，雙手插在口袋裡，信步而行，彷彿是要去商店；早晨陽光明亮，他戴著太陽眼鏡也不顯得突兀。春風徐來，樹影搖曳。到了街口，前方的那一對向左轉，進入一條兩邊盡是辦公廳的繁忙大道。他們通過了伊林議會，平面玻璃窗在他頭頂上方高高地反射著陽光。

這時「小秘書」的室友或男友，隨便吧，那個側面看去下巴方正、鬍子刮得很乾淨的人在跟她說話。她答得簡短，面無笑容。

女人真是小心眼，脾氣又壞，齷齪猥瑣。很多都是愛生悶氣的臭娘們，等著男人來逗她們開心。只有在她們死氣沉沉躺在你面前時，她們才淨化了，變得神秘，甚至美麗。那時她們完全聽憑你一個人處置，不能回嘴，不能掙扎，不能離開，你愛拿她們怎麼樣就怎麼樣。昨天那一個的屍體又重又軟，在他放光了她的血後：那是他真人大小的玩物，他的玩具。

他跟著「小秘書」及她的男友穿過了拱廊購物中心，如陰魂或神祇般在他們後面飄行。週六逛街的人群能看見他嗎？還是說他竟變身了，有了兩人份的生氣，多了隱形的能力？

他們走到一處公車站牌。他在附近徘徊，假裝看著一間咖哩專賣店裡面、一家擺滿了水果的雜貨店、懸掛在一處書報店窗戶上的威廉王子與凱特．密道頓的厚紙板面具，藉此由玻璃觀察他們。

他們要搭八十三號公車。他的口袋裡沒有多少錢，但他監視她實在是太過癮了，不想就此結束。他隨著他們上公車，聽到男的說溫布利中央車站。他買了車票，跟著他們到上一層。

這對男女找到了一起坐的位子，就在公車前方。他在左近坐下，旁邊是個脾氣很差的婦人，他還得把她的購物袋挪開。他們的說話聲偶爾會高過其他乘客的咕噥聲。不說話時，「小秘書」看著窗外，沒有笑容。她並不想去他們要去的地方，他很肯定。她把一綹頭髮從眼前撥開，他注意到她戴著訂婚戒。原來她要結婚了，至少她是這麼打算的。他豎起外套衣領，掩藏起隱隱的笑意。

溫暖的正午陽光從斑斑點點的公車窗子灌進來。一群男人上車，坐滿了四周的位子，有兩個穿著紅黑色橄欖球衣。

瞬息之間，他覺得這天的燦爛蒙上了陰影。這兩件衣服上的彎月與星星給了他很不喜歡的聯想，他們讓他想起了不覺得像神的日子。他不想要讓舊回憶、壞回憶玷汙了他的快樂的一天，但他的喜悅忽然像洩了氣的皮球。換上的是憤怒，乘客中一名青少年恰與他的目光接觸，卻匆匆別開臉，起了戒心。他站起來，朝樓梯走。

一個男人帶著小兒子牢牢握著車門邊的柱子。他的胃底一陣怒氣爆發：他才應該有個兒子。或者該說，他應該還有兒子才對。他想像著兒子站在他身邊，抬頭仰望他，崇拜英雄似的——但他的兒子早沒了，而罪魁禍首就是一個叫柯莫藍．史崔克的男人。

他要找柯莫藍．史崔克報仇，他會讓他生不如死。

他下車踩上人行道，抬頭看著公車的前擋風玻璃，看了「小秘書」的金色頭顱最後一眼。不到二十四小時他就會再見到她。想到這，他被撒拉遜人球衣莫名其妙勾起的怒火也平息了下來。公車隆隆駛離，他大步向反方向而去，邊走邊安慰自己。

他有個絕妙的計畫。誰也不知道，誰也沒起疑。而且家裡的冰箱裡還有非常特別的東西在等著他。

2

A rock through a window never comes with a kiss.
Blue Oyster Cult, 'Madness to the Method'

破窗而來的石頭絕不會附上親吻。
——藍牡蠣〈讓秩序瘋狂〉

蘿蘋．艾拉寇特二十六歲，訂婚一年多，婚禮原先預計是在三個月前，誰知她未來的婆婆猝逝，婚禮只好延後。而這短短的三個月卻變化多端，她免不了納悶如果她和馬修早已交換了婚誓，今天的情形會不會好一點。如果現在戴在手指上稍大的藍寶石訂婚戒下多了一只金戒，他們是否會少吵一點？

週一早晨辛苦地繞過圖騰罕園路的瓦礫堆，蘿蘋又重溫一遍昨天的爭吵。吵架的火苗其實早在他們出門去看橄欖球賽之前就出現了。蘿蘋和馬修每次跟莎拉．薛洛克以及她的男朋友湯姆見面，好像都會吵架，蘿蘋也在爭吵時挑明了這一點；這一架從比賽時就在醞釀，一直拖到半夜三更才火勢大作。

「拜託，是莎拉在那裡興風作浪——你難道看不出來？是她一直問他的事，問個沒完沒了，可不是我先開始的……」

圖騰罕園路車站附近的築路工程從她在丹麥街的偵探社上班那天開始就一直讓她步步艱難，而現在她又被一塊大石礫絆到，踉蹌了幾步才穩住，害得她心情更差。路上滿是戴安全帽穿反光背心的男人，一個大坑裡傳來口哨聲和輕薄的言詞。她把草莓金長髮從臉上甩開，滿面通紅，不予理睬，思緒忍不住又飄回莎拉．薛洛克身上，她老是問一些狡猾的問題，不停地打探蘿蘋的老闆。

「他不算正統的帥哥，可是他很有味道，是不是？有點像臉被打壞了，可是我從來都不覺得那樣子醜。他本人是不是很性感？他長得人高馬大是吧？」

蘿蘋看見馬修的下巴越繃越緊，而她盡量以冷淡、不帶感情的語氣回答。

「辦公室裡只有你們兩個嗎？真的嗎？沒有其他人？」

賤人，蘿蘋在心裡暗罵，平常的好脾氣只要遇上莎拉．薛洛克就自動消失。她根本是故意的。

「他在阿富汗得到過勳章？真的嗎？哇，原來我們談論的還是一位作戰英雄呢。」

蘿蘋想盡了辦法，想叫莎拉對柯莫藍．史崔克的吹捧單口相聲早早落幕，卻是白費力氣；到比賽終了，馬修對未婚妻的態度也變得冷冷淡淡的，但從維克雷治路回來的一路上他倒是和莎拉有說有笑的，而湯姆——蘿蘋覺得他乏味遲鈍——笑得開懷，絲毫沒覺察到暗流洶湧。

蘿蘋被迴避路面裂口的行人推推搡搡，終於走到了對面的人行道，在格狀混凝土石柱的陰影下行進，這裡就是中間點大樓；想起了午夜馬修說的話，她的火氣就又冒了上來，他們就是在那時全面開火的。

「妳就是沒辦法一刻不談他，是不是？我聽見妳跟莎拉說——」

「我可沒有說，是她先提起來的，你又沒在聽——」

但馬修模仿她，捏著嗓子學女人尖聲說蠢話：「喔，他的頭髮好可愛喲——」

「拜託，你根本就是有疑心病！」蘿蘋吼了起來。「莎拉是在說雅各．伯格的頭髮，不是柯莫藍的，而且我只說了——」

「『不是柯莫藍的。』」他以那種白痴的尖嗓重複了一遍。蘿蘋繞過街角轉入丹麥街，心中的怒火就和八小時前一樣旺盛，那時她氣得衝出臥室，到客廳睡沙發。

莎拉．薛洛克，可惡的莎拉．薛洛克，她和馬修是大學同學，使盡了混身解數想把馬修搶走，讓她變成那個被丟在約克夏的女人……要是蘿蘋能確定不會再見到莎拉，她會覺得很慶幸，可是莎拉會參加他們七月的婚禮，而且絕對還會像陰魂一樣糾纏著他們的婚姻生活，而且說不定將來有一天她還會設法鑽進蘿蘋工作的地方，見見史崔克，倘若如此那麼她對他的興趣就是真的，而不僅僅是離間蘿蘋和馬修的伎倆。

我絕不會把她介紹給柯莫藍，蘿蘋恨恨地想，一面接近了站在偵探社門外的一個快遞送貨員。他戴著手套，一手拿著寫字板，另一手拿著長形包裹。

走到說話的距離後，蘿蘋問：「是艾拉寇特的包裹嗎？」她訂了象牙白厚紙板外殼可拋式相機，婚禮上要用的。最近她的上班時間太無規律，讓郵購的東西送到偵探社比送到家裡要方便。

送貨員頭上仍戴著安全帽，點點頭，把寫字板交給她。蘿蘋簽了名，接下長形包裹，沒想到會那麼重。她將包裹夾在腋下，覺得裡頭只裝了一個大物件，滑來滑去的。

「謝謝。」她說，但快遞員已經轉過身去，一腿跨過重型機車。她開門進大樓，聽見他騎遠了。

金屬樓梯繞著故障的鳥籠式電梯，她拾級而上，高跟鞋喀喀作響。她打開玻璃門的鎖，玻璃門亮了一下；她開門，門上嵌的字：**私家偵探**C．B．**史崔克**在黑暗中浮現。

她刻意早到。目前他們手上的案件堆積如山，她想先補上一些文書作業，再去跟監一名年輕的俄國貼腿舞舞孃。從頭頂上沉重的腳步聲來判斷，史崔克仍在他的公寓裡。

蘿蘋把長形包裹放在桌上，脫掉外套，連同皮包一起掛在門後的掛鉤，再打開燈，把電壺裝滿水啟動，再伸手去拿桌上的銳利拆信刀。想起馬修死也不信她欣賞的是雅各．伯格的鬈髮，而不是史崔克那一頭像陰毛似的短髮，她氣得一刀戳進包裹尾端，割破了盒子，把盒子拆開。

一條女人的斷腿被斜塞在盒子裡，盒子不夠長，所以腳趾都向後彎曲。

3

Half-a-hero in a hard-hearted game.
Blue Oyster Cult, 'The Marshall Plan'

半個英雄在鐵石心腸的遊戲裡。
——藍牡蠣〈馬歇爾計畫〉

蘿蘋的尖叫聲從窗戶反彈回來，她猛地退開，瞪著桌上的噁心物件。斷腿光滑修長蒼白，她在把包裝紙撕開時，指甲刮到了斷腿，感覺到橡皮似的冰冷皮膚。

她才剛雙手掩口，壓下了尖叫聲，旁邊的玻璃門就撞開了。六呎三吋高的史崔克一臉不悅，襯衫沒扣，露出了猴子一樣的暗色胸毛。

「搞什……？」

他循著蘿蘋的視線，看見了斷腿。她感覺到他一手粗魯地扣住她的上臂，把她帶到外面的樓梯平台上。

「這是怎麼來的？」

「快遞。」她說，由著他帶她上樓。「騎重機。」

「在這裡等，我來報警。」

他把公寓門帶上，蘿蘋站得直挺挺的，心臟顫動，聽著他的腳步聲從樓下回來。喉頭升起酸味。一條腿。有人送了她一條腿。她剛剛居然平靜地帶著一條腿上樓來，是個女人的腿。是誰的腿被裝在盒子裡？她身體的其他部分呢？

她走向最近的一張椅子，便宜貨，塑膠椅墊加金屬腿，坐了下來，手指仍緊按著麻痺的嘴唇。她記得包裹上寫的是她的名字。

而此時史崔克站在俯瞰馬路的窗前，掃描丹麥街，尋找快遞員的蹤跡，手機貼著耳朵。等他回到外間辦公室審查桌上打開的包裹時，他已經接上了線。

「一條腿？」電話的另一頭是艾瑞克．華道偵緝督察。「真的是一條腿？」

「而且還不是我的尺寸呢。」史崔克說，這個玩笑話若是蘿蘋在場，他絕不會說。他的褲管撩了起來，露出了右腳踝上的義肢。他聽見蘿蘋尖叫時正在著裝。

說話之間他已經知道這是一條右腿，跟他自己失去的腿同一邊，而且也同他的情況一樣，是從膝蓋之下切斷的。史崔克的手機仍貼著耳朵，更仔細地審視斷腿，鼻腔充斥了難聞的氣味，像是剛解凍的雞肉。高加索人種皮膚：光滑蒼白，毫無斑點，只有小腿肚上一塊帶綠色的舊瘀傷，腿毛刮除得不夠光溜，殘餘的腿毛是淡色的，沒搽指甲油的腳趾甲略微汙穢。切斷的脛骨與四周的肌肉一對照，閃動著冰冷的白光。切面平整，史崔克覺得兇器可能是斧頭或切肉大刀。

「你說是女人的？」

「看樣子是──」

史崔克也注意到別的地方。腿被切斷之處有傷疤，是舊傷疤，不是兇手在截斷肢體時造成的。

幼時在康瓦耳他有多少次背對著陰晴不定的大海而被捲走？不認識大海的人都忘了它的強度、它的殘暴。等大海以冰冷金屬的力道打在他們身上，他們才嚇破了膽。史崔克在職業生涯中面對過恐懼，也處理過恐懼，但看見這道舊傷疤，他卻一瞬間被恐怖所懾，而且因為來得太過突然，恐怖更增威勢。

「喂，你還在嗎？」華道在另一頭說。

「嗄？」

史崔克斷過兩次的鼻梁距離腿被切斷之處只有一吋遠。他正想著他永生不忘的一條兒童的腿……他有多久沒看過她了？她現在幾歲了？

「是你先打給我的……？」華道給他提示。

「對。」史崔克說，硬要自己專心。「我寧可讓你來查，可是你如果沒空……」

「我馬上就到。」華道說。「不會很久，別亂跑。」

史崔克掛上電話，仍瞪著斷腿。這時他看見斷腿底下有張紙，是打字的。史崔克受過軍隊的調查訓練，雖然有極強的衝動想把紙張抽出來看個究竟，仍是按捺住了。絕不能汙染了物證。所以他搖搖晃晃蹲下來，把垂在盒蓋上的顛倒地址看清楚。

收件人寫的是蘿蘋，他一點也不喜歡。她的姓名拼得正確無誤，打在白色貼紙上，連同偵探社的地址。這張貼紙蓋住了另一張。史崔克瞇起眼，決定不會為了要把地址看仔細些而挪動盒子；他看見收件人的名字起初是柯莫藍．史崔克，後來才又覆上了打著「蘿蘋．艾拉寇特」名字的貼紙。他們為什麼又改變了主意？

「媽的。」史崔克小聲說。

他略微艱難地站了起來，從門後取下了蘿蘋的手提包，鎖好玻璃門，回到樓上。

「警察就要來了。」他跟她說，一面把她的皮包放在她面前。「要不要喝杯茶？」

她點頭。

「要不要加白蘭地？」

「你又沒有白蘭地。」她說，聲音微微沙啞。

「妳查探過了嗎？」

「當然沒有！」她說，她那副因為他暗示她可能翻過他的櫥櫃而義憤填膺的樣子逗得史崔克笑了起來。「你就……你就不像是會有藥用白蘭地的那種人。」

「那要不要啤酒？」

她搖頭，笑不出來。

茶泡好後，史崔克拿著杯子坐在她對面，就是他該有的那個樣子：魁梧的退休拳擊手，菸抽太兇，速食吃太多。他的眉毛粗，鼻子扁又歪斜，不笑時就是一副誰欠了他幾百萬的表情。他濃密的暗色鬈髮仍因沐浴而未乾，讓蘿蘋想到了雅各・伯格和莎拉・薛洛克。吵架似乎是上輩子的事了。上樓之後她只短暫地想到過馬修。她怕死了把今天發生的事告訴他，他會生氣，他不喜歡她為史崔克工作。

「你有沒有——有沒有看？」她口齒不清地說，把熱騰騰的茶拿起來又放下，一口也沒碰。

「有。」史崔克說。

她不知還要問什麼。那是條被截斷的腿，情況太恐怖、太血腥，她想到的每一個問題都顯得荒謬魯鈍。你認得出來嗎？你覺得他們為什麼會送這個來？而她最迫切想知道的是為什麼給我？

「警察會想知道快遞員的模樣。」他說。

「我知道，」蘿蘋說。「我一直在回想他的樣子。」

樓下電鈴響了。

「一定是華道。」

「華道？」她驚愕地說。

「他是我們認識的條子裡最和氣的。」史崔克提醒她。「在這裡等，我會把他帶上來。」

史崔克在去年把自己弄成了倫敦警察隊的不受歡迎人物，不過錯不全在他。他最引人注目的兩件案子贏得了媒體的大幅報導，而被他搶走風頭的那些警察當然會覺得失了面子。不過華道在第一件案子上幫過他，也多少沾了光，兩人的交情因此不變。蘿蘋只在報紙上看過華道的消息，他們並未在法庭上交會。

結果他原來是個英俊的人，一頭豐厚的栗色頭髮，巧克力色眼眸，穿皮夾克、牛仔褲。華道一進屋也上下打量了蘿蘋一遍——她的頭髮、她的身材、她的左手，眼睛停頓在那只藍寶石鑲碎鑽訂婚戒上一秒。史崔克倒不知是該覺得好笑還是氣惱。

「艾瑞克．華道。」他以低沉的聲音說，還加上了迷人的笑容，史崔克覺得是多此一舉。「這位是艾克文西偵緝隊長。」

與他同來的還有一位瘦削的黑人女性警官，頭髮束在後面，挽了一個髻。她對蘿蘋笑了笑，蘿蘋頓時覺得莫大的安慰，因為有另一名女性在場。艾克文西隊長的目光隨即游移到史崔克這間極富個人特色的單房公寓。

「包裹在哪裡？」她問道。

「樓下。」史崔克說，從口袋裡掏出偵探社鑰匙。「我帶你們去。老婆好嗎，華道？」他說，準備要跟艾克文西隊長一塊下樓。

「關你什麼事？」華道搶白他。他在蘿蘋對面坐下來，打開了筆記簿，拋開了官樣態度，讓蘿蘋鬆了口氣。

「我從街上走過來，他就站在門口。」羅蘋說明斷腿是如何送到的。「我以為他是快遞員，他穿了一身皮衣，只有夾克肩膀上有藍條紋。他的安全帽也是黑色的，面罩放了下來，會反光。他一定超過六呎，比我高四、五吋，連安全帽都算上的話。」

「體型呢？」華道問，匆匆做著筆記。

「滿魁梧的，不過夾克可能加了襯墊。」

蘿蘋的眼睛在不經意間落到又進入房間的史崔克身上。「我是說，他不……」

「不像妳的老闆一樣那麼胖？」史崔克已經聽到了，幫她說完，而華道在挖苦史崔克方面向來不落人後，聞言壓低聲音笑了起來。

「他還戴手套，」蘿蘋說，並沒有隨著笑。「黑色的騎士皮手套。」

「他當然會戴手套。」華道說，又記下一筆。「妳應該沒注意到他的機車吧？」

「是本田的，紅黑雙色。」蘿蘋說。「我注意到商標，那個有翅膀的圖案。應該是七百五十CC的，很大。」

華道的表情是既驚訝又佩服。

「蘿蘋是車迷，」史崔克說。「開車就跟F1賽車手斐南多．阿隆索一樣厲害。」

蘿蘋真希望史崔克不要再用那種活潑輕佻的語氣說話。樓下有一條女性的斷腿，那其餘的部分呢？她絕不能哭。她真後悔昨夜沒睡好。都是那張討厭的沙發……最近她在沙發上過夜的次數實在太多了……

「他叫妳簽名？」華道說。

「說『叫我』不太對。」蘿蘋。「他只是把寫字板遞過來，我就自動簽名了。」

「寫字板上有什麼？」

「像是發票或……」

她閉上眼睛回想。仔細一想，她就發現那張表格不像是專業的，倒像是在電腦上組合出來的，於是她也如實說了。

「妳在等包裹嗎？」華道問。

蘿蘋說明了訂購婚禮上使用的可拋式相機。

「妳接過包裹後，他有什麼反應？」

「他跨上機車就走了，他朝查令十字路走的。」

公寓門上響起敲門聲，艾克文西隊長走了進來，手裡拿著史崔克注意到的那張紙，現在裝進了證物袋裡。

「鑑識科的來了。」她跟華道說。「這張紙放在盒子裡，可以請教一下艾拉寇特小姐知不知道紙上的話有什麼意義嗎。」

華道把證物袋接過來，掃了一眼，皺著眉頭。

「什麼亂七八糟的東西。」他說，隨即大聲讀出來：「『斷肢大豐收，胳臂、腿、脖子——』（A harvest of limbs, of arms and of legs, of necks—）」

「『——像天鵝一樣轉動，』（—that turn like swans）」史崔克打斷了他的話，他倚著爐子，距離過遠，看不見紙條，「『彷彿是要喘氣或禱告。』」

另外三個人都瞪著他看。

「是歌詞。」史崔克說。蘿蘋不喜歡他的表情，她看得出他知道這些句子的言外之意，而且不是什麼好意。他似乎闡釋得挺勉強的：「是樂團的歌，〈鮭鹽的情婦〉（Mistress of the Salmon Salt [Quicklime Girl]）的最後一句。」

艾克文西隊長揚起了描畫得很秀美的眉毛。

「誰？」

「七〇年代的搖滾樂團。」

「你對他們的歌很熟是吧？」華道問。

「我知道這一首。」史崔克說。

「你覺得你知道包裹是誰送的嗎？」

史崔克猶豫不答，三個人緊盯著他。他的心裡飛掠過一連串混亂的影像及回憶。一個低低的聲音說：她想死。她是那個生石灰女孩（Quicklime Girl）。一個十二歲女孩的細瘦的腿，腿上銀白色疤痕如棋盤交錯。一對雪貂似的黑色小眼珠，因憎恨而瞇著眼。一朵黃玫瑰刺青。

緊接著——落在其他的記憶之後，這時越眾而出，如果換作其他人，倒可能是第一個想到的——他想起了一份起訴書，提到一具屍體的陽具被割下來，寄給了警方的線民。

「你知道是誰送的嗎？」華道再問一次。

「可能。」史崔克說。他瞧了蘿蘋和艾克文西隊長一眼。「我寧願私下談，你要問蘿蘋的事都問完了嗎？」

「我們還需要妳的姓名和地址等等。」華道說。「凡妮莎，妳來記錄好嗎？」

艾克文西隊長帶著筆記本走向前，兩個男人的腳步聲漸行漸遠。儘管蘿蘋並不願意再看見那條斷腿，被留下來還是免不了難過。畢竟包裏上寫的是她的名字啊。

恐怖的包裹仍擺在樓下的辦公桌上。艾克文西隊長又讓兩名華道的部下進去，一個拍照，一個在講手機，他們的長官和偵探走過去，兩人都好奇地看著史崔克，因為史崔克在得罪許多華道的同事時，名氣也大增。

史崔克關上了裡間辦公室的門，隔著辦公桌和華道對面而坐。華道打開筆記簿，翻到空白頁。

「好，你覺得是誰那麼喜歡分屍再把屍塊寄出去？」

「泰倫斯．馬利。」史崔克稍稍遲疑後說。「他是第一個。」

「那個『扒手』泰倫斯．馬利？」

史崔克點頭。

「哈林蓋犯罪集團？」

「不然還有哪個『扒手』泰倫斯．馬利？」史崔克不耐地反問。「而且還有誰有把屍塊寄給別人的習慣？」

「你到底是怎麼惹到『扒手』的？」

「二〇〇八年和緝捕小組的聯合行動，緝毒。」

「他就是在那時落網的？」

「對。」

「我的媽唷，」華道說。「這下可慘了。那個傢伙是個他媽的瘋子，剛放出來，而且他能輕易找上倫敦一半的妓女。我們最好開始打撈泰晤士河，找其餘的屍塊。」

「對，可我是匿名證人，他不應該知道是我才對。」

「他們有他們的門道。」華道說。「哈林蓋犯罪集團簡直就像黑手黨。你有沒有聽說過他把哈特福．阿里的老二寄給伊恩，貝文？」

「聽過。」史崔克說。

「那首歌是怎麼回事？是在豐收什麼鬼？」

「這就是我擔心的地方。」史崔克慢吞吞地說。「『扒手』那種人粗枝大葉的，手法不會這麼細膩，所以我才覺得可能是另外三個。」

4

Four winds at the Four Winds Bar,
Two doors locked and windows barred,
One door left to take you in,
The other one just mirrors it ...
Blue Oyster Cult, 'Astronomy'

四風酒吧裡有四陣風，
兩道門上鎖，窗戶上栓，
一道門打開讓你進去，
另一道只是鏡像……
——藍牡蠣〈天文學〉

「會把腿切下寄給你的有四個人？四個？」

史崔克看見蘿蘋驚駭的表情映在洗手台邊他刮鬍子用的圓鏡中。警察終於把斷腿帶走了，史崔克宣佈今天不上班，蘿蘋仍坐在他的單房公寓的富米家餐桌後，捧著另一杯茶。

「說真的，」他說，摩挲下巴上的鬍碴，「我認為只有三個。我可能不應該把馬利也算進去。」

「為什麼？」

史崔克把他和這名職業罪犯的短暫交手告訴了蘿蘋，馬利上次會坐牢，部分是由於史崔克的證詞。

「……結果現在華道相信哈林蓋犯罪集團查出了我的姓名，可是我在作證後不久就前往伊拉克了，我也沒聽過有哪個特偵組的因為在法庭上作證而使掩護身分曝光的。再者，引述歌詞也不像是扒手的作風，他不是那種對流行有興趣的人。」

「可是他以前就曾經把他殺的人分屍過？」蘿蘋問道。

「我知道的只有一次。可是別忘了，無論這次是誰，他不見得是殺了人。」史崔克暫時敷衍。「他可能是找了具屍體把腿切下來，也可能是醫院的廢棄物。華道會去查。我們得等到鑑識結果才會有進一步的了解。」

至於斷腿可能是從某個活生生的人身上砍下來的，這個可能他就略過不提了。

在隨後的停歇中，史崔克在廚房水龍頭下沖刮鬍刀，而蘿蘋則瞪著窗外出神。

「你必須把馬利也算上。」蘿蘋說，轉過來看著史崔克，兩人的視線在刮鬍鏡中相遇。

「我的意思是，如果他以前就寄過——他到底是寄了什麼？」她略緊張地問。

「陰莖。」史崔克說。他把臉洗乾淨，用毛巾擦乾，這才接著說：「對，妳說得也對。不過我想得越多就越不覺得是他。馬上回來——我要把這件襯衫換掉。妳尖叫的時候我扯掉了兩顆鈕釦。」

「對不起。」蘿蘋愣愣地說。史崔克消失到臥室裡。

她啜著茶，看了四周一眼。她沒進過史崔克的頂樓公寓，之前她最多只是敲門送留言，要不就是在最忙碌、最缺乏睡眠的期間上來叫醒他。附廚房的坐臥單房公寓雖窄仄卻井然有序。可以說看不出什麼個人特色：馬克杯不成套，便宜的茶巾摺疊好放在瓦斯爐旁；沒有照片，也沒有裝飾品，唯有一張兒童畫的軍人像釘在牆上。

「這是誰畫的？」她等史崔克穿著新襯衫出現時問。

「我外甥傑克，他也不知道為什麼很喜歡我。」
「少來。」
「真的，我根本不知道該和小孩子說什麼。」
「好，那你見過三個人會把——？」蘿蘋又回到原來的話題。
「我需要喝一杯。」史崔克說。「我們上圖騰罕吧。」
路上完全無法交談，因為路上的坑洞裡氣動式鑽子響個不停，但是有史崔克走在蘿蘋身邊，穿反光背心的工人既不敢吹口哨也不敢鬼叫。最後他們來到了史崔克最愛的當地酒吧：華麗的鍍金鏡，暗色木鑲板，閃亮的銅龍頭，彩色玻璃穹頂，菲利斯·德·詠畫的嬉戲美女。
史崔克點了一杯敦霸。蘿蘋不喝酒，點了咖啡。
「怎麼樣啊？」蘿蘋一等到史崔克回到穹頂下的高桌就問。「那三個人是誰？」
「別忘了，我可能壓根就找錯了人。」
史崔克說，慢吞吞喝著啤酒。
「好嘛，」蘿蘋說。「他們是誰？」
「都是心理扭曲的人，很有理由討厭我。」
在史崔克的腦海中，一個害怕的瘦小十二歲女孩，腿上帶著疤，正透過倒向一邊的玻璃打量他。是她的右腿嗎？他記不得了。天啊，千萬不要是她的……
「誰啊？」蘿蘋又問，失去了耐心。
「兩個是軍人。」史崔克說，摩挲粗糙的下巴。「兩人都夠瘋狂暴力的，做得出……」
他不由自主地打了個大哈欠，蘿蘋等著聽下文，心裡老大納悶他是否昨夜和新女友去約會了。愛琳以前是職業小提琴家，目前在「三電台」主持節目；她是位豔麗的北歐金髮美女，蘿蘋總覺得她像是莎拉．薛洛克的美豔版。她猜可能就是為了這個緣故她才會一見面就不喜歡愛琳。而另一個原因是蘿蘋親耳聽到愛琳說到她時只呼之以史崔克的秘書。

「抱歉，」史崔克說。「我熬夜寫康恩案的紀錄。累死了。」

他看了看錶。

「下樓吃飯吧？我餓死了。」

「再等一等，現在還不到十二點。我想知道那些人的事。」

史崔克嘆口氣。

「好吧。」他說，壓低了聲音，因為有人經過他們這一桌要去洗手間。「達諾．連恩，皇家邊防軍的。」他又想起了雪貂似的眼睛，充滿了恨意，玫瑰刺青。「我讓他判了無期徒刑。」

「可是……」

「坐了十年出來了。」史崔克說。「從二〇〇七年起他就逍遙法外。連恩不是那種普通的瘋子，他是禽獸，聰明狡猾的禽獸；反社會人格——要我說的話，他是壞到骨子裡的那種。我讓他判了無期徒刑，其實那件案子根本不該由我來調查，他原本就快從起初的罪名脫身了。連恩很有理由恨我。」

但他沒說連恩究竟是做了什麼事，也沒說他是調查了什麼。有時史崔克說起他在特偵組的生涯，蘿蘋經常能從他的語氣中推斷他是否後悔說了那麼多。她從來也沒有逼問過，所以雖然不情願，她仍放棄了達諾．連恩這個話題。

「另一個軍人是誰？」

「諾亞．布拉克班克。沙漠之鼠。」

「沙漠……什麼？」

「第七裝甲旅。」

史崔克越來越沉默寡言，表情也多了幾分沉思。蘿蘋不禁猜想是因為他餓了——他需要定時補充食物才能讓他性情溫和——抑或是什麼更深沉的理由。

「要去吃飯了嗎？」蘿蘋問道。

「要。」史崔克說，喝乾了啤酒，站了起來。

溫馨的地下室餐廳鋪著紅地毯，有酒吧，木餐桌，牆上覆滿了裱框的印刷品。他們是第一個坐下來點餐的客人。

「你剛才說到諾亞．布拉克班克。」蘿蘋點了沙拉，等到史崔克點了魚和薯條之後就催促他接續之前的話題。

「對，他是另一個有理由怨恨我的人。」史崔克簡短地說。他之前就不想要多談達諾．連恩，現在更不願意談布拉克班克。他瞪著蘿蘋的肩後，停頓了許久才說：「布拉克班克的腦袋不正常，至少他是這麼宣稱的。」

「你也讓他坐牢了嗎？」

「沒有。」史崔克說。

他的表情變得嚴厲。蘿蘋等待著，但她看得出這個話題到此為止，於是她又問：「另一個呢？」

這一次史崔克壓根不回答。她以為他是沒聽見。

「另一個是……？」

「我不想談。」史崔克沒好氣地說。

他惡狠狠盯著啤酒，但蘿蘋可不會被他嚇到。

「送那條腿的人，」她說，「可是指名送給我的。」

「好吧。」史崔克稍作遲疑之後不情不願地開口。「他叫傑夫．惠泰科。」

蘿蘋打了個寒噤。她不需要問史崔克是如何認識傑夫．惠泰科的，她早就知道了，不過他們從未討論過他。

柯莫藍．史崔克的早期生涯在網路上查得到，而且媒體大幅報導他的偵探社偵破的案件，所以他在網上的資料也隨時在更新。他是一位搖滾巨星以及一名總被冠上「追星族」稱號的女人的私生子；史崔克二十歲時母親因用藥過量而亡。傑夫．惠泰科是她的第二任丈夫，年紀小很多，被控謀殺了她，但獲判無罪。

兩人默默而坐，直到餐點送上來。

「妳為什麼只吃沙拉？妳不餓嗎？」史崔克問道，吃光了盤子裡的薯條。蘿蘋果然沒料錯，碳水化合物一進肚子裡，他的心情就好多了。

「婚禮。」蘿蘋簡略地說。

史崔克不作聲。評論她的身材絕對逾越了他為兩人的關係定下的界限，他從一開始就決定兩人不能太親密。然而，他仍然覺得她太瘦了。依他之見（單單是這個念頭就超出了他定的界限了），她曲線玲瓏比較漂亮。

「你要不要告訴我，」蘿蘋在沉默了幾分鐘之後說，「你跟那首歌有什麼關係？」

他咀嚼了一會兒，喝了幾口啤酒，再點一杯敦霸，這才說：「我媽把這首歌的歌名刺在身上。」

他可不想告訴蘿蘋究竟是刺在什麼部位，他寧可不去想。可是吃吃喝喝讓他變得溫馴，況且蘿蘋從來也不刺探他的過去，他認為今天她想打聽消息也算無可厚非。

「那是她最愛的歌，藍牡蠣樂團是她最愛的樂團。唔，『最愛』還不能表達萬分之一，應該說是走火入魔。」

「她最愛的樂團不是死節拍？」蘿蘋想也不想就說。史崔克的父親就是死節拍樂團的主唱，他們也從不談他。

「不是。」史崔克說，擠出了個似笑非笑的表情。「老強尼在麗妲的心裡只能排第二。她想要艾瑞克．布倫，藍牡蠣樂團的主唱，可就是弄不到手。他是少數幾個能逃出她手掌心的人。」

蘿蘋不確定該說什麼。她以前就曾納悶，自己母親的漫長性史公開在網路上任人觀看，不知是何種滋味。史崔克的啤酒送上來了，他喝了一口才往下說。

「我差一點就變成艾瑞克．布倫．史崔克。」他說，害蘿蘋喝水嗆到。她以餐巾掩口咳嗽，他哈哈笑。「憑良心說，柯莫藍也好不到哪兒去。柯莫藍．藍……」

「藍？」

「啊，妳沒在聽嗎？」

「天啊！」蘿蘋說。「你瞞得還真緊。」

「換作妳不會嗎？」

「那〈鮭鹽的情婦〉（Mistress of the Salmon Salt [Quicklime Girl]）有什麼意義？」

「問倒我了。他們的歌詞亂七八糟的，根本是科幻小說，瘋子在胡說八道。」

他腦海中的聲音說：她想死，她是那個生石灰女孩（Quicklime Girl）。

他喝了更多啤酒。

「我好像沒聽過他們的歌。」蘿蘋說。

「妳有，」史崔克反駁她。「〈（別怕）死神〉（[Don't Fear] The Reaper）。」

「別——什麼？」

「那可是他們的暢銷金曲，〈（別怕）死神〉（[Don't Fear] The Reaper）。」

「喔，我——我知道了。」

一時間，蘿蘋有些心驚，她覺得史崔克是在給她忠告。

兩人默默進食，沒一會兒，蘿蘋實在壓不住心底的疑問，還是開了口，但暗自希望不是一副驚嚇的語氣。

「你覺得他為什麼會指名送給我？」

史崔克已經有時間揣想這個問題了。

「我一直在想這個問題，」他說，「我覺得我們必須把它當成是一種無言的威脅，所以，在我們查出……」

「我可不要停職，」蘿蘋兇巴巴地說。「我不要待在家裡。那樣正合馬修的心意。」

「妳跟他談過了嗎？」

她趁史崔克和華道下樓時撥了電話給馬修。

「對，他很氣我簽收了包裹。」

「他應該是在為妳擔心。」史崔克真誠地說。他和馬修見過幾次面，每多見一次就多不喜歡他一點。

「他才不擔心呢。」蘿蘋厲聲說。「他只是覺得機會來了，我現在不辭職都不行，因為我被嚇破膽了。我才不要。」

馬修聽說了之後嚇壞了，但即使如此，她仍從他的聲音中聽出一絲滿意，覺察到他沒說出口的意思：這下子她終於看清了跟著一個路都走不穩的私家偵探，連份像樣的薪水都賺不到，是多麼荒唐的選擇了吧。史崔克害她在不適合的時間工作，逼得她要在辦公室簽收包裹。（「我不是因為亞馬遜沒辦法快遞到家裡才收到斷腿的！」蘿蘋當時熱辣辣地說。）當然，最要緊的是，史崔克現在小有名氣，他們的朋友都覺得著迷。馬修的會計師工作卻無法博得相同的青睞。他心裡不免怨妒交加，而且越來越常形之於外。

史崔克並不笨，不會在蘿蘋驚魂未定之際鼓勵她和馬修唱反調，怕她將來後悔。

「把斷腿指名送給妳並不是他們的第一選擇。」他說。「他們一開始是寫我的名字。我想他們是故意讓我知道他們知道妳的名字，要我擔心，不然就是想讓妳嚇得辭職不幹。」

「我可不會被嚇跑。」蘿蘋說。

「蘿蘋，現在不是逞英雄的時候。無論這個人是誰，他都是在暗示他很了解我，暗示他知道妳的名字，而且非常清楚妳的長相，今天早晨就證實了這一點。他近距離看過妳，我不喜歡這樣。」

「你顯然對我的反跟監技術評價不高。」

「妳現在可是跟那個把妳送去跟最好的老師上課，」史崔克說，「而且還讀了妳直推到我鼻子底下的諂媚推薦函……」

「那你也看不起我的自衛術。」

「我根本沒看過，我只聽妳自己說妳學過。」

「你見過我的謊報能力嗎？」蘿蘋忿忿不平地質問他，史崔克不得不承認沒見過。「看吧！我不會笨得去冒險。你訓練過我要注意鬼鬼祟祟的人。再說，我回家去你要怎麼辦？我們現在就忙得人手不足了。」

史崔克嘆氣，以兩隻毛茸茸的大手搓臉。

「天黑之後不准行動。」他說。「而且妳需要隨身帶警報器，要好的。」

「行。」她說。

「反正，下個星期一開始妳就接拉福德案了。」他說，以此安慰。

拉福德是名富有的企業家，想找一名調查員以兼職員工的名義進入公司，揭發一名資深經理人的犯罪勾當。蘿蘋是最適合的人選，因為他們辦的第二宗謀殺案讓史崔克的臉孔曝光更多。

史崔克喝光第三杯啤酒，一面在心裡琢磨能否說服拉福德增加蘿蘋的工時。他會很高興知道蘿蘋安全地待在宏偉的辦公大樓裡，每天朝九晚五，直到那個送來斷腿的瘋子落網。

而在此同時，蘿蘋努力壓抑下一波波的疲憊與隱隱的噁心。吵架、不寧靜的夜晚、收到斷腿的恐怖驚嚇，而現在她還得回家去為自己希望繼續做一份錢少又危險的工作而再一次辯護。以前馬修是她的安慰與支持的主要來源之一，曾幾何時他變成另一個必須要跨越的障礙。

盒中斷腿的畫面又不請自來。蘿蘋真不曉得幾時才能不去想它。刮到斷腿的指尖輕顫，讓她很不舒服，她不知不覺把放在腿上的手握成了拳頭。

5

Hell's built on regret.
Blue Oyster Cult, 'The Revenge of Vera Gemini'
Lyrics by Patti Smith

地獄建築在悔恨上。
——藍牡蠣〈雙面人薇拉的報復〉
——佩蒂．史密斯作詞

時間很晚了，史崔克目送蘿蘋安全地上了地鐵，這才折回偵探社，獨自坐在她的辦公桌後，陷入沉思。

他見過不少斷肢殘屍，看過屍體在亂葬崗中腐化，看過剛被炸爛的屍體躺在路邊，斷手斷腳，血肉模糊，骨骼碎裂。特偵組（皇家憲兵隊的便衣分隊）主管的業務就是非自然死亡，他以及同袍的直覺反應往往是以幽默來化解，以幽默來處理殘破的死者。特偵組可沒那個福氣處理清洗乾淨、安置在緞面襯裡的棺木中的屍體。

盒子，送斷腿來的盒子看來相當普通。沒有記號能夠追溯來處，沒有痕跡能追查之前的收件人，什麼也沒有。整個行動做得井井有條、小心謹慎、乾淨俐落——而讓他不安的地方就在於此，倒不是那條斷腿，儘管那是個噁心的物品。最讓他驚駭的是謹慎、一絲不苟、幾近冷靜的手法。

史崔克看錶，今晚本該和愛琳出去的。他這位交往兩個月的女友正在辦離婚，而且辦得有如棋聖交鋒，爾虞我詐。她那個形同陌路的丈夫十分富有，史崔克直到有天晚上獲准去他們家，才發現自己站在一幢木地板敞闊公寓裡俯瞰攝政街。夫婦倆安排了共同監護權，也就是說唯有在她五歲的女兒不在家的夜晚，她才能和史崔克見面。兩人如果出去，也會選擇客人較少、較不知名的餐廳，因為愛琳不希望她分居的丈夫知道她有了新歡。這種情況正對史崔克的味。在他的戀情裡總是有一個問題，正常的休閒夜晚他往往得去跟監別人的不忠伴侶，而且他也絲毫不想和愛琳的女兒有親密的關係。他並沒有對蘿蘋說謊，他的確不知道該和小孩子說什麼。

他伸手拿手機，出門去吃晚餐之前有幾件事他可以做。

第一通接到了語音信箱裡。他留言要前特偵組的同事葛蘭姆．哈德克回電給他。他不確定哈德克目前駐紮在何處。上一次他們通話，他正要調往德國。

史崔克第二通電話也沒有人接，令他很失望。他打給一個老朋友，他和哈德克可以說是走上了相反的人生道路。史崔克留下了幾乎一模一樣的留言，掛上了電話。

他把蘿蘋的椅子拉近，打開了電腦，瞪著首頁卻視而不見。他滿腦子只看見他的母親，一絲不掛。誰知道她身上的刺青？當然是她的丈夫，以及在她的人生進進出出的眾多男友，以及在他們斷斷續續居住的私占房屋與骯髒公社裡隨便哪個見過她沒穿衣服的人。還有他在圖騰罕就想到的一個可能，他當時不願讓蘿蘋知道：麗妲在某個時期曾拍過裸照。完全符合她的行事作風。

他的手指懸在鍵盤上方，才打了麗妲．史崔克裸就刪除了，一個接一個，食指使勁地戳。有些地方正常人都不會想去，有些字你不會想要留在網路的搜尋史上，但不幸的是，有些事你也不想找人代理。

他思索著剛刪除乾淨的搜尋格，游標無動於衷地朝他眨眼，隨即以一貫的二指神功敲下了達諾．連恩。

不少同名同姓的人，尤其是在蘇格蘭，但他剔除了連恩坐牢期間付房租或投票的那些人。牢記著連恩的大致年齡，經過仔細地刪除，史崔克把焦點集中到一個人的身上，他在二〇〇八年同一名叫蘿蓮．麥諾頓的女人住在科比。目前只有蘿蓮．麥諾頓獨居在那裡。

他刪除了連恩的姓名，換上諾亞．布拉克班克。英國同名同姓的人沒有剛才的連恩多，但史崔克也一樣走進了死胡同。有一個N．C．布拉克班克二〇〇六年獨居在曼徹斯特，如果這是史崔克要找的人，那麼他必定是和妻子離婚了。史崔克也不知道這樣是好事或壞事……

向後靠著蘿蘋的椅子，史崔克思索著收到無名斷腿的可能後果有哪些。警方很快會公佈消息，請求民眾提供線索，但華道承諾在他們開記者會之前會先通知史崔克。如此詭譎的案情絕對會是轟動一時的新聞，但大眾的興趣會更高，因為斷腿是送到了他的偵探社。想到這裡，他一點心情也沒有。近來柯莫藍．史崔克可是很有新聞價值的人物，他破解了兩宗謀殺案，而且還是在倫敦警察隊的鼻子底下，兩件案子都能讓社會大眾津津樂道，即使沒有私家偵探破案，第一件案子是由於被害人是年輕美女，第二件案子是死法離奇，帶有宗教儀式意味。

史崔克思索的是斷腿對於他辛苦打拚出來的事業會有多少影響。他總覺得後果可能很嚴重。網路搜尋是很殘酷的地位等級表。毋須多久，上網搜尋柯莫藍．史崔克跳出的網頁就不會是對他兩宗最知名、最成功的案件的溢美之詞，而是殘酷的真相，說他收到了斷肢，說他至少有一個難對付的敵人。史崔克自認對社會大眾了解夠多，至少他對於大眾沒有安全感、擔驚受怕、憤怒生氣的這個面向了解夠深，因為私家偵探就是靠這個吃飯的，所以他知道收到斷腿殘肢的偵探社有可能會接不到案子。就算往好處想，新的客戶也會假定他和蘿蘋自己的麻煩就夠多了；往壞處想，他們會認為這家偵探社因為行事魯莽或愚蠢而處於滅頂的狀態。

他正想關掉電腦，又改變了主意，現在他比搜尋他母親的裸照更不情願，鍵入了布莉特妮．布拉克班克。

臉書和Instagram上有一些，在他聽都沒聽過的公司工作，自拍照中笑容燦爛。他審察照片，幾乎個個都是二十幾歲，跟她差不多。他可以剔除掉黑人，但在那麼多金髮、褐髮、紅髮，漂亮平凡，笑靨如花、一張臭臉、或被偷拍的照片中他卻分不清要找的是哪一個。沒有人戴眼鏡。她會不會是因為愛漂亮所以拍照不戴眼鏡？或是去動個雷射手術？她可能會迴避社交網站。他記得她曾想要改名換姓。但也可能她了無消息的原因更單純——她死了。

他又一次看錶，該換衣服了。

不可能是她，他這麼想，卻不由得又想：希望不是她。

因為如果是她，他就難辭其咎。

6

Is it any wonder that my mind's on fire?
Blue Oyster Cult, 'Flaming Telepaths'

我的心著火，奇怪嗎？
——藍牡蠣〈著火的心電感應〉

當晚蘿蘋回家，一路上格外提高警覺，悄悄拿同車的每個男人跟那個把恐怖包裹交給她的黑皮衣高個子比較。她第三次與一名穿便宜套裝的亞洲男子視線交會，那人滿懷希望地微笑，之後她就緊盯著自己的手機，在有訊號時搜尋BBC網站，也和史崔克一樣猜測斷腿幾時會變成新聞。

下班後四十分鐘，她進入了她家附近車站的大型韋特羅斯超市。家裡的冰箱幾乎是空的。馬修不喜歡採買雜貨，而且雖然上次吵架他否認，但蘿蘋很肯定他是認為她只貢獻了不足三分之一的家用金，理應要處理這些他不喜歡做的俗務。

穿套裝的單身男子在籃子和推車裡裝滿了熟食。職業婦女行色匆匆，把容易烹煮的麵條抓進推車裡。一個滿面疲憊的年輕媽媽推著嬰兒車，小嬰兒在車子裡放聲尖叫，她在走道間轉來轉去，有如一隻搖晃的飛蛾，無法專心，籃子裡只有一袋胡蘿蔔。蘿蘋在走道上緩緩移動，莫名其妙覺得心驚膽顫。店裡沒有人長得像那個穿黑皮衣的機車男，也不可能有人埋伏，想切下蘿蘋的腿……切下我的腿……

「借過！」一名表情不善的中年婦女想去拿臘腸。蘿蘋道歉，讓到一邊，驚訝地發現手上拿著一包雞腿。把雞腿丟進推車裡，她匆忙走到超市的另一頭，這裡是酒類的貨架，相對安靜。

她掏出手機，打給史崔克。響第二聲他就接了。

「妳沒事吧？」

「沒事啊——」

「妳在哪裡？」

「韋特羅斯。」

一名頭頂漸光的矮個子男人正在蘿蘋後面仔細察看雪莉酒，他的眼睛正好與蘿蘋的胸部齊高。她讓到一邊去，他也跟過來。蘿蘋狠狠瞪他一眼，他面紅耳赤地走開了。

「妳在韋特羅斯應該很安全。」

「嗯。」蘿蘋說，眼睛盯著禿頭男撤退的背部。「我剛想起一件事，可能沒什麼。我們在前幾個月接到幾封奇怪的信。」

「神經病寫的？」

「正經一點。」

蘿蘋聽到這種概括的說法總是會抗議。打從史崔克破解了第二宗引起高度關注的謀殺案後，他們接到的古怪信件就急遽增加。最有條理的信都是跟史崔克要錢，他們認定史崔克現在一定是財源廣進。有人結下了稀奇古怪的樑子，希望史崔克幫他們報復；有人似乎是把清醒的時光都花在證明冷僻的理論上；有的信寫得前言不對後語，只透露了一件事，就是有心理疾病；還有一小撮人（蘿蘋曾說：「這些好像神經病。」），男女都有，似乎覺得史崔克很迷人。

「寫給妳的嗎？」史崔克問道，突然正經了起來。

「不，是給你的。」

她能聽見他在公寓裡走動，他今晚可能要跟愛琳約會。他絕口不提這段戀情。若不是有天愛琳突然到偵探社來，蘿蘋覺得她可能壓根就不知道愛琳的存在——搞不好她會等到某天他戴著婚戒來上班才曉得。

「信裡寫什麼？」史崔克問道。

「有一封信是女人寫的，她說想要把自己的腿砍下來，她想聽你的建議。」

「再說一遍？」

「她想把自己的腿砍下來。」蘿蘋一個字一個字唸得極清晰，附近在挑選紅酒的女人驚愕地看了她一眼。

「要命。」史崔克嘟噥著。「都這樣了我還不能叫他們神經病。妳是覺得她終於把腿砍下來了，還認為我會想知道？」

「我覺得那種信應該有關係。」蘿蘋忍住笑說。「有些人確實是想把身上的什麼地方割掉，這已經是種公開的現象了，叫作……不是『神經病』。」她說，準確地預測了他要說什麼，史崔克笑了起來。「還有一封信，寫信的人簽的是縮寫名，信很長，一而再再而三地說你的腿，說他們很想幫你把腿治好。」

「要是他們是想讓我把腿裝上，他們應該是會送條男人的腿來。不然的話我會是一副見鬼的蠢……」

「不要，」她說。「不要開玩笑。你怎麼還有辦法開玩笑？」

「為什麼會沒辦法開玩笑呢？」他說，但語氣溫和。

她聽見了非常熟悉的擦刮聲，隨之是洪亮的一聲「鏘」。

「你在翻神經病抽屜！」

「我覺得妳不應該叫它『神經病抽屜』，蘿蘋。有點不夠尊重我們的這些心理疾——」

「明天見。」她說，忍不住微笑，在他的笑聲中掛斷。

她在超市中閒逛，壓抑了一整天的疲倦又當頭罩下。使她覺得吃力的是決定該買什麼；如果能照著別人擬好的清單採購，她就會覺得購物令人感到抒解。最後蘿蘋也像那些尋找快速料理的職業婦女一樣買了一堆麵食。排隊等結帳時，她發現前面就是那個年輕的媽媽，她的孩子終於累了，在嬰兒車中睡得很香，伸著拳頭，緊閉著眼睛，死了似的。

「好可愛喔。」蘿蘋說，覺得小媽媽需要一些鼓勵。

「睡著的時候。」小媽媽答，露出虛弱的微笑。

等到蘿蘋打開家門，她真的是累到了骨子裡。令她意外的是，馬修站在窄廊上等她。

「我也去買東西了！」他一看見她捧著四大袋鼓脹的購物袋就說，蘿蘋聽出了他因為做白工而失望。「我傳簡訊給妳，說我會去超市！」

「我一定是漏掉了，」蘿蘋說。「對不起。」

她可能是在跟史崔克通電話。說不定他們兩個同時在超市裡，但她在酒品架那裡躲了半小時。

馬修向前來，伸長手臂，把她拉進懷裡擁抱。蘿蘋忍不住覺得他這種雅量讓人惱火，但即便如此，她也不得不承認他仍舊是那麼的英俊，一身暗色套裝，濃密的茶色頭髮向後梳，露出額頭。

「一定很可怕。」他喃喃說，溫暖的呼吸吹在她髮間。

「是很可怕。」她說，環抱他的腰。

晚餐吃麵，氣氛平和，既沒提莎拉．薛洛克，也沒提史崔克或雅各．伯格。早晨氣忿忿地想逼馬修承認是莎拉而不是她說欣賞鬈髮，那份激動已消散。

「吃過飯後我還有點工作要做。」馬修賠罪似的說。

「好啊，」蘿蘋說，覺得這是她成熟的克制作法得到的回報。「我今天要早點上床。」

她帶著一杯低卡熱巧克力和一份《紅秀》雜誌上床，卻無法專心。十分鐘後，她下床去拿筆電，帶回床上，搜尋傑夫．惠泰科。

她之前看過維基百科的檔案，在她偷偷爬梳史崔克的過去時，但她這次讀得更仔細。一開始仍是很熟悉的否認宣告：

> 本文有多重爭端。
> 本文另需例子證實。
> 本文可能包含獨創的研究。

傑夫·惠泰科

傑夫·惠泰科（生於一九六九年）是音樂家，與一九七〇年代追星族麗妲·史崔克結婚，後在一九九四年被控殺妻。惠泰科的祖父是外交官藍道夫·惠泰科爵士 KCMB DSO。

早期生活

惠泰科由祖父母扶養長大。他的未成年母親派翠霞·惠泰科患有精神分裂症。父不詳。就讀戈登斯頓寄宿學校時因對教職員揮刀而遭退學。他聲稱因此事被祖父鎖在小屋中三天，但他祖父否認。惠泰科十幾歲時逃家，流浪了一陣子。他也宣稱當過掘墓工。

音樂生涯

惠泰科彈吉他，為一些八〇年代末、九〇年代初的重金屬樂團寫歌，包括復興藝術、惡魔心、招魂術。

個人生活

惠泰科於一九九一年認識麗妲·史崔克，強尼·羅克比及瑞克·方東尼之前女友，她當時任職於唱片公司，該公司正考慮簽下招魂術。惠泰科與史崔克在一九九二年結婚。當年十二月她產下一子，斯維奇．拉維．布倫．惠泰科。一九九三年惠泰科因濫用藥物而被招魂術解雇。

麗妲．惠泰科於一九九四年因施打海洛因過量而亡，惠泰科被控謀殺，後獲判無罪。

一九九五年惠泰科又因攻擊及試圖綁架他的兒子而被捕，他的兒子由惠泰科的祖父母監護。他因攻擊祖父而遭起訴，但獲判緩刑。

一九九八年惠泰科以刀威脅同事，被判監禁三個月。

二〇〇二年惠泰科因阻止合法安葬同居人凱倫．亞伯拉罕而坐牢。凱倫因心臟衰竭而在家中去世，但惠泰科卻在公寓中伴屍一個月隱瞞消息。

二〇〇五年惠泰科因買賣古柯鹼而坐牢。

蘿蘋看了兩次。今晚她的注意力不集中，資訊似乎會從她的頭腦表面滑開，無法滲透吸收。惠泰科的部分歷史突顯出來，詭異得出奇。怎麼會有人把屍體藏上一個月？惠泰科是害怕又被控謀殺或是另有隱情？屍體、四肢、屍塊……她啜飲著熱巧克力，扮了個鬼臉。味道像加味的泥巴；為了穿下婚紗而保持纖細的身材，她已有一整個月沒嚐到真正的巧克力了。

她把馬克杯放在床邊櫃子上，又敲起了鍵盤，搜尋傑夫．惠泰科受審的圖片。

螢幕上跳出一格格的照片，照片中有兩個不同的惠泰科，拍攝日期相隔八年，進出兩個不同的法庭。

年輕的惠泰科被控殺妻，留細髮辮，向後梳束成馬尾。黑套裝黑領帶，相貌猥瑣，個子相當高，高過聚集在他四周的大多數攝影師。高顴骨，膚色土黃，大眼睛隔得太開，很像是吸鴉片的詩人或異教神父才有的眼睛。

而被控阻撓安葬另一名女子的惠泰科已失去了浪子似的英俊，體型較重，理平頭留鬍子。不變的是那對隔得很開的眼睛，以及那種絲毫不覺應該道歉的傲慢。

蘿蘋緩緩瀏覽照片。沒多久她心中的「史崔克的惠泰科」照片漸漸參雜了其他受審的惠泰科。一名叫傑夫·惠泰科的胖嘟嘟非裔美國人控告鄰居縱容他的狗在他的草皮上排泄。

為什麼史崔克會認為他的前繼父（把惠泰科想成是史崔克的繼父讓她覺得很怪異，因為他只比史崔克大五歲）會把斷腿寄給他？她不由得猜想史崔克最後一次跟這個他認為殺害了他母親的人見面是在幾時。她對老闆知道的實在是太少了，他不喜歡談論過去。

蘿蘋的手指又回到鍵盤，敲出艾瑞克·布倫。

瞪著這名一身皮衣的七〇年代搖滾歌手，蘿蘋第一個念頭是他的頭髮跟史崔克的一模一樣，濃密、色暗、捲曲。結果又害她想到雅各·伯格和莎拉·薛洛克，於她的心情一點幫助也沒有。她轉移注意力，想搜尋史崔克提到的另兩名嫌犯，但她記不起他們的名字。唐諾什麼來著？另一個是很好笑的名字，布什麼……通常她的記性極佳，史崔克經常誇獎她。她為什麼會記不住？

但話說回來，記住了又如何？你只有一台筆電，很難找到兩個浪跡天涯的人。蘿蘋從事偵探業也有一段時日了，她非常清楚那些使用化名，餐風露宿，偷占民宅，租屋而居，或是不把姓名登入選民登記簿的人輕而易舉就能成為查號台的漏網之魚。

懷著這個想法幾分鐘，覺得多少背叛了老闆，蘿蘋又鍵入麗妲·史崔克，然後懷著更大的罪惡感，又敲了裸體。

相片是黑白照。年輕的麗妲雙手高舉過頭，如雲的黑髮落在胸脯上。即使只有指甲蓋大小，蘿蘋仍能看出深色的三角形陰毛上方有一彎花體字。微微瞇眼，彷彿把相片弄得稍模糊可以為她的行為減罪，蘿蘋把相片放大。她不想還得變焦，幸好也不需要。的情婦幾個字清晰可辨。

隔壁的臥室電扇開始轉動，蘿蘋嚇了一跳，關掉了正在看的相片。馬修最近習慣借用她的筆電，幾星期前她逮到他讀她寫給史崔克的信件。心裡惦著這件事，她又打開了網頁，清除了瀏覽紀錄，叫出她的桌面，考慮了一會兒，把密碼修改成「DontFearTheReaper」（〈〔別怕〕死神〉）。這下子他就沒轍了。

她溜下床把熱巧克力倒在廚房洗碗槽裡，忽地想到她壓根就沒想到要搜尋一下「扒手」泰倫斯．馬利。唉，要找倫敦的幫派分子，警方當然比她或史崔克都占優勢。

無所謂，她惺忪地想著，轉身回臥室。反正不是馬利。

7

Good To Feel Hungry
覺得餓真好

不消說，如果他沒忘了帶腦子——他母親最愛說這句話了，那個惡毒的賤人（你沒帶著腦子，是不是？你這個白痴的小雜種。）如果他沒忘了帶腦子，他就不會在把斷腿交給「小秘書」的那天跟蹤她。可是那實在是太難抗拒的誘惑了，因為他不知道幾時還會有機會。想跟蹤她的衝動在夜間更為強大，他想看看打開了他的禮物之後她現在的模樣。

明天開始，他的自由就會被嚴重剝奪，因為「它」會在家，而有「它」在，他就不能分心。使「它」開心是非常重要的事，倒不是因為「它」是賺錢養家的人。又笨又醜又因為得到情愛而感激涕零，「它」壓根沒發覺是在養他。

這天早晨他看著「它」出門上班，隨即也急忙離家到「小秘書」搭車的那一站去等她，幸虧他這麼做了，因為她根本沒去上班。他早料到收到斷腿可能會使她的生活變調，他猜對了。他幾乎沒有猜錯過。他知道如何跟蹤。今天他有時戴著小圓帽，有時不戴。他只穿T恤，後來加上外套，後來又把外套反過來穿，時而戴墨鏡，時而不戴。

「小秘書」對他的價值——遠超過任何女性對他的價值，只要他能逮到獨處的她——在於他藉由她要對史崔克做的事。他的企圖是報復史崔克——殘酷的報復，了結一生的宿怨——而這份野心日漸滋長，最後變成了他的人生中的核心企圖。他一直都這樣。只要有人招惹了他，他們就會被記下來，等到某個時候，逮著了機會，即使需要等上數年，他也會讓他們自食惡果。柯莫藍．史崔克對他造成的傷害無人能比，而他就要付出公道的代價了。

他有幾年查不到史崔克的下落，後來這個混蛋突然就成了媒體寵兒，出了名，成了英雄。這是他始終想要、始終渴望的地位。硬生生讀完那些吹捧這個屄養的噁心文章就像喝強酸，可是他把每一篇文章都嚥了下去，因為如果你想造成最嚴重的傷害，就必須要摸清自己的目標。他打算要讓柯莫藍．史崔克吃盡苦頭——而且不是人類能忍受的極限，因為他知道自己不只是人類——他要讓他超出人類的極限。趁暗捅他的肋間一刀？不，太便宜他了。史崔克的懲罰會更緩慢、更奇特、更嚇人、更慘酷，而且最終會徹底毀掉他。

誰也不會知道是他幹的，沒那個可能。迄今為止他已經脫身三次了，一點風波也沒有引起：死了三個女人，沒有一個人有線索。這份認知讓他毫無畏懼地看今天的《大都會報》，對斷腿的歇斯底里報導令他得意非凡，每篇報導飄出的恐懼與困惑讓他樂在其中，綿羊似的大眾嗅到了大野狼，驚懼地咩咩叫。現在他只需要「小秘書」在無人的街道上走個一小段……但倫敦隨時都有人來來去去，而他，挫折又謹慎，在倫敦經濟學院附近徘徊，監視她。

她也在跟監，而且輕易就能看出誰是她的目標。她的目標有明亮的白金色頭髮，帶著「小秘書」在下午的中段時間一路折回圖騰罕園路。「小秘書」的目標進入了貼腿舞俱樂部，而她也隱入對面的酒吧。他和自己辯論是否要跟進去，但她今天似乎格外提高警覺，於是他進了酒吧對面的一家廉價日式餐廳，選了靠近厚玻璃窗的桌子，等著她出現。

他戴著墨鏡瞪著繁忙的街道，告訴自己他會如願的。他會逮到她。他必須要牢牢抓住這個想法，因為今晚他必須要回到「它」身邊，過那種半死半活，半真半假的日子，因為在那裡真正的他才能悄然無聲地行走呼吸。

髒汙蒙塵的倫敦玻璃窗反映出他赤裸的表情，他摘掉了用來欺騙那些被他的魅力以及刀子獵殺的女人的文明的外衣。玻璃表面浮現出一個住在外衣底下的生物，這隻生物一心一意只想要成為一代霸主。

8

I seem to see a rose,
I reach out, then it goes.
Blue Oyster Cult, 'Lonely Teardrops'

我好像看到一朵玫瑰，
我一伸手，它就不見了。
——藍牡蠣〈寂寞的淚珠〉

斷腿消息一經媒體披露，史崔克就料到他的舊相識《世界新聞》週刊的多米尼克．卡爾培柏會在星期二一大早就怒沖沖地找上他。史崔克說明在收到斷肢的第一秒沒有聯絡卡爾培柏自有他的考量，但這位記者聽不進去，而史崔克拒絕讓卡爾培柏以交換一個重量級的門客隨時掌握這件案子的最新發展，更是火上澆油。卡爾培柏以前會雇用史崔克，但他猜想等這通電話結束，這份收入恐怕從此是斷絕了。卡爾培柏的心情可不好。

史崔克和蘿蘋一直到下午三、四點才說上話。史崔克揹著背包，在擁擠的希斯洛快車上打電話。

「妳在哪裡？」他問道。

「綠薄荷犀牛對面的酒吧，」她說。「叫宮廷。你在哪裡？」

「從機場回來。瘋老爸上了飛機，謝天謝地。」

瘋老爸是位富有的跨國銀行家，史崔克受雇於他的妻子跟監他。這對夫妻為爭監護權鬧得不可開交。瘋老爸前往芝加哥，這下子史崔克不必再半夜四點把汽車停在他妻子的房屋外，坐在汽車裡戴著夜視鏡監視他兩個年幼兒子的窗戶了。

「我來接妳。」史崔克說。「別亂跑——當然，除非是白金跟別人亂搞了。」

白金就是那名唸經濟系的俄國學生兼貼腿舞舞孃。他們的委託人是她的男友，史崔克和蘿蘋給他取了個「兩次」的綽號，一來是因為這是他們第二次受雇幫他調查金髮女友，二來是因為他似乎對查出他的情人是在何時何地、以何種方式劈腿上了癮。蘿蘋覺得「兩次」既陰險又可憐。他是在蘿蘋目前正監視的俱樂部認識白金的，而蘿蘋和史崔克的責任就是要揪出目前是否有別的男人也和「兩次」一樣得到她佈施的恩澤。

怪的是，「兩次」這次看上的女友似乎是個非典型的忠貞情人，但他自己可能不相信，甚或不喜歡。蘿蘋監視了她幾個星期，發現她是個好靜的人，午休時間邊吃飯邊看書，極少與同事互動。

「她在俱樂部工作顯然是為了要付學費。」蘿蘋在跟監了一週之後忿忿地跟史崔克說。「如果『兩次』不想讓別的男人跟她示好，他幹嘛不幫她付學費？」

「重點是她貼著別的男人跳豔舞。」史崔克耐心地解釋。「我倒意外他花了這麼久的時間才找到像她這樣的人，滿足了他的每一項要求。」

史崔克在受雇後不久就進入俱樂部，買通了一名眼神哀傷的褐髮女郎，請她留意客戶的女朋友。她的名字竟然是「渡鴉」。渡鴉每天需要回報一次，告訴他們白金做了什麼，如果這名俄國女郎把電話號碼給客人，或是對某個客人太注意，她必須立刻通知他們。俱樂部的規矩是只能看不能動手，但「兩次」仍深信他只是眾多帶她出去吃飯、分享她的床的男人之一。（「可憐的混蛋。」史崔克如此說道。）

「我還是不懂我們為什麼要監視這個地方。」蘿蘋對著手機嘆氣，不是第一次了。「我們到哪裡都能接渡鴉的電話啊。」

「妳知道為什麼，」史崔克說，正準備要下車。「他喜歡看照片。」

「可是拍來拍去也只有她走路上下班啊。」

「無所謂，反正可以讓他興奮。再說，他一口咬定總有一天她會跟某個俄國大亨一起離開俱樂部。」

「這種事不會讓你覺得很噁心嗎？」

「這是職業傷害。」史崔克說，滿不在乎。「待會見。」

蘿蘋在塗金花壁紙間等待。巨大的電漿電視播放著足球和可樂廣告，與錦緞椅和不搭配的燈罩形成強烈的對比。店裡的油漆是時髦的灰褐色，馬修的姐姐最近也把她的客廳漆成同樣的色調。蘿蘋卻覺得這顏色令人垂頭喪氣。通往樓上的木樓梯欄杆稍稍阻擋了她的視線，馬路上左右兩邊車來車往，許多紅色雙層公車也暫時遮住俱樂部的入口。

史崔克抵達時一臉不悅。

「拉福德沒了。」他說，把背包丟在她坐的鄰窗高桌旁。「他剛才打電話給我。」

「怎麼會！」

「他覺得妳現在曝光率太高了，不適合在他的公司裡臥底。」

新聞從今天早上六點就在報導斷腿案。華道言出必行，事先通知了史崔克。他帶了足夠幾天換洗的衣物，在凌晨離開了公寓。他知道媒體很快就會在偵探社外盯梢，這也不是第一次了。

史崔克端著一杯啤酒回來，坐上了高腳凳。「還有康恩也打退堂鼓了。他要換另一家不會招來屍塊的偵探社。」

「豬頭。」蘿蘋說，隨即又說：「你在笑什麼？」

「沒什麼。」他不想跟她說他很喜歡聽她說「豬頭」，總會透出約克夏腔來。

「這些都是很好的工作啊！」蘿蘋說。

史崔克同意，他的眼睛落在綠薄荷犀牛的門口。

「白金怎麼樣？渡鴉有沒有回報？」

渡鴉剛才打過電話，所以蘿蘋能夠告訴史崔克就如平常一樣，沒有消息。白金很受客人歡迎，那天已經跳過三場貼腿舞，以俱樂部的標準來看，她跳得非常中規中矩。

「看過報導了嗎？」他問，指著附近桌上一份別人留下的《鏡報》。

「只看了網路上的。」蘿蘋說。

「希望能有什麼線索，」史崔克說。「總會有人發現自己少了一條腿。」

「哈哈。」蘿蘋說。

「太早了嗎？」

「對。」蘿蘋冷冷地說。

「我昨晚上網查了查，」史崔克說。「布拉克班克在二〇〇六年可能在曼徹斯特。」

「你怎麼知道他是你要找的人？」

「我不知道，可是那個傢伙的年齡符合，中間名縮寫也相同——」

「你記得他的中間名縮寫？」

「對，」史崔克說。「不過他現在可能不在那裡了。連恩也一樣。我滿肯定他在二〇〇八年是在科比，可是他搬走了。」史崔克瞪著對街。「對面餐廳裡那個穿迷彩裝戴墨鏡的傢伙坐多久了？」

「大概半小時。」

史崔克認為那個戴墨鏡的人也在回望他，透過兩扇玻璃窗盯著對街這裡。肩寬腿長，臀下的銀椅顯得過小。玻璃窗上反映著來往的車輛和行人，史崔克沒有十足的把握，但覺得他似乎翳碴很密。

「那裡面是什麼樣子？」蘿蘋問道，指著綠薄荷犀牛沉重的金屬遮雨棚下的對開門。

「脫衣舞俱樂部裡面？」史崔克說，嚇了一跳。

「不是，是那間日式餐廳。」蘿蘋挖苦地說。「當然是脫衣舞俱樂部啊。」

「還可以。」他說，不確定剛才的問題是什麼。

「裡面是什麼樣子？」

「金碧輝煌，一堆鏡子，燈光昏暗。」看見蘿蘋滿臉期待地看著他，他又說：「中間有根柱子，跳舞用的。」

「不是貼腿舞？」

「貼腿舞有包廂。」

「那舞孃都穿什麼？」

「我不知——沒穿什麼——」

他的手機響了，是愛琳。

蘿蘋別開臉，把玩著面前桌上一副眼鏡，看似老花眼鏡，其實隱藏了小型攝影機，她以此拍攝白金的一舉一動。當初史崔克把這個設備交給她，她很興奮，但是刺激感沒多久就消逝了。她喝著番茄汁，瞪著窗外，盡量不去聽史崔克跟愛琳說些什麼。跟女朋友通電話他總是一副就事論事的語氣，不過話又說回來了，要想像史崔克情話綿綿也很難。馬修心情好時會叫她「蘿西」或「蘿姬波姬」，但最近很少聽到了。

「……尼克和依莎家。」史崔克在說。「對。不，我同意……對……好吧……妳也是。」

他掛斷了電話。

「你是要去那裡過夜嗎？」蘿蘋問道。「尼克跟依莎家？」

他們倆是史崔克的老朋友，來過偵探社一兩次，蘿蘋見過，也很喜歡他們。

「對，他們說我愛住多久就住多久。」

「幹麼不去愛琳家？」蘿蘋問，冒著碰釘子的風險，因為她非常清楚史崔克在私生活和專業生活之間畫下的那條線。

「行不通。」他說。他似乎沒有因她的問題而懊惱，但也沒有詳加說明的意思。「我忘了，」他說，又回頭瞥了對街的日式餐廳一眼。那個穿迷彩裝戴墨鏡的男人不見了。「我幫妳買了這個。」

是防狼警報器。

「我已經有一個了。」蘿蘋說，從外套口袋裡掏出來給他看。

「對，可是這一個比較好。」史崔克說，為她示範功能。「警報器至少要一百二十分貝，而且還要能噴出擦不掉的紅色液體。」

「我的是一百四十分貝的。」

「我還是覺得這一個比較好。」

「是不是每個大男人都覺得你們選的儀器一定比我自己挑的要好？」

他哈哈笑，喝光了啤酒。

「再見。」

「你要去哪裡？」

「我要去見香客。」

這名字很奇怪。

「他偶爾會給我線報，讓我能跟倫敦警察隊交換消息。」史崔克說明道。「就是那個告訴我是誰捅了警察線民一刀的傢伙，記得嗎？他推薦我當那個幫派分子的保鏢？」

「喔，」蘿蘋說。「他啊，你沒跟我說過他叫什麼名字。」

「如果要找出惠泰科的下落，香客是我最好的機會。」史崔克說。「他可能也會有『扒手』馬利的消息，他跟那一夥的有來往。」

他斜視對街。

「注意那個穿迷彩裝的。」

「你太疑神疑鬼了。」

「我是疑神疑鬼，蘿蘋。」他說，掏出了一包菸，準備要走路去搭地鐵。「有人送了我們一條斷腿啊！」

9

One Step Ahead of the Devil

比惡魔快一步

看見史崔克裝了義肢，走在對面的人行道向宮廷酒吧而去，是意想不到的紅利。

自從上次見面後，看他胖的，揹著背包，慢吞吞地走，就跟以前那個呆阿兵哥一樣一模，壓根就沒想到坐在不到五十碼外的那個人就是把斷腿送給他的人。啐，什麼了不起的偵探！他走進酒吧去找「小秘書」了。八九不離十，他跟她有一腿。至少，他是希望如此，等到他泡製她，就會更令人滿意。

不料就在他戴著墨鏡瞪著坐在酒吧窗邊的史崔克時，他覺得史崔克轉過頭來也看著他。隔著馬路又有兩片窗玻璃和他的墨鏡擋著，他當然看不清他的五官，但那個隱約身影的姿態，整張臉朝他轉過來，卻讓他全身如緊繃的弦。兩人隔著馬路對視，左右兩邊車輛呼嘯而過，斷斷續續阻擋了視線。

他一直等到三輛雙層公車緩緩駛來，頭尾相接，這才溜出座位，穿過餐廳的玻璃門，跑進了小巷。腎上腺素狂飆，他脫下了迷彩夾克，反過來穿。衣服是絕不能丟進垃圾桶的，他的刀子都藏在襯裡內。再轉過一個街角後，他拔腿就跑。

10

With no love, from the past.

Blue Oyster Cult, 'Shadow of California'

過去，沒有愛。

——藍牡蠣〈加州陰影〉

圖騰罕園路的車輛川流不息，史崔克只得站著等待過馬路，同時兩眼掃描對面人行道。過街之後，他注視日式餐廳的玻璃窗，那個穿迷彩裝、戴墨鏡的人不見了，也沒看見任何體型類似、穿襯衫或T恤的人。

史崔克感到手機震動，就伸手到外套口袋裡掏。是蘿蘋傳了簡訊。

放輕鬆。

史崔克嘻嘻一笑，朝宮廷酒吧的窗戶揮手，向地鐵站而去。

可能就如蘿蘋所言，他是太多心了。畢竟送斷腿來的那個神經病在光天化日下坐著監視蘿蘋，這樣的機率有多大？可是他不喜歡那個穿迷彩裝的大漢專注的凝視，也不喜歡他戴著墨鏡：今天的陽光沒那麼強。他趁著史崔克的視線受阻而消失，是偶然？或是刻意的？

問題出在史崔克的記憶靠不住，目前他滿腦子想著的三個人究竟長得什麼模樣，他只有極模糊的印象，因為他有八年沒見布拉克班克，九年沒見連恩，十六年沒見惠泰科。三個都有可能變胖或變瘦，掉頭髮，留落腮鬍或八字鬍，變殘廢或是筋肉結實。史崔克本身就在見過他們之後失去了一條腿。唯一無法偽裝的是身高。史崔克在意的三個人都超過六呎，而「迷彩裝」雖然坐在椅子上，但至少也有六呎高。

他朝圖騰罕園路車站前進，口袋中的手機響了，掏出來時他喜悅地發現是葛蘭姆．哈德克打來的。他先讓到一邊去免得阻礙了行人。

「肥貓？」他的前同袍說。「怎麼回事？怎麼會有人送你斷腿啊？」

「你應該不在德國嘍？」史崔克說。

「愛丁堡，來了六個星期了。才剛在《蘇格蘭人日報》上看到你的新聞。」

皇家憲兵隊特偵組在愛丁堡城堡有辦公室：三十五區，是極有威信的一處駐地。

「哈弟，我要討個人情。」史崔克說。「找兩個人，你記不記得諾亞．布拉克班克？」

「想忘也難。第七裝甲旅的，我沒記錯吧？」

「就是他。另一個是達諾．連恩。我先認識他，後來才認識你。皇家邊防軍。在塞普勒斯認識的。」

「等我回辦公室我再看看能挖出什麼消息，兄弟。我現在正在田地的中央。」

兩人聊著彼此都認識的人，但尖峰時刻的交通噪音越來越吵。哈德克答應等他查過軍隊紀錄之後就會打電話，史崔克繼續往地鐵站走。

三十分鐘後他在白教堂站下車，看到有一則簡訊，發信的人就是他要去見的人。

抱歉，本生，今天沒空，再聯絡。

這消息令人失望也造成不便，但不算意外。鑑於史崔克並不是帶著一批寄售的毒品或是一大疊舊鈔，也不需要恐嚇或毒打，香客願意挪出時間地點跟他見面，就已經是表現出極大的敬意了。

走了一天的路，史崔克的膝蓋又不安分了，但車站外沒有椅子，他只好靠著入口側的黃磚牆，撥號給香客。

「喂，還好吧，本生？」

他早就忘了香客是為什麼叫香客的了，也不知道香客為什麼要叫他本生。兩人是十七歲認識的，關係雖然深，卻完全沒有青少年友情的一貫特色。認真說起來，他們的友情不適用於一般的定義，應該說是更像異姓兄弟之情。史崔克敢說如果他死了，香客會悲痛，但他也同樣肯定如果他死時身邊只有香客一個人，香客會毫不猶豫偷走他身上所有值錢的東西。一般人或許不懂，但香客這麼做是因為他相信史崔克無論是進了哪一個冥界，都會因為他的手錶落在香客手裡而非某個不知名的投機分子手裡而開心。

「忙嗎，香客？」史崔克問道，又點一根菸。

「欸，本生，今天沒空。什麼事？」

「我在找惠泰科。」

「想一了百了嗎？」

香客的音調有變，換作一個忘了他是誰、他是什麼人的人，心裡就會警鐘大作。對香客以及他那一夥人來說，要了結恩怨最適當的方式就是殺戮，也因此他的成人歲月有一半都在監獄裡度過。他還能活到三十幾歲連史崔克都驚訝。

「我只是想知道他的下落。」史崔克忍住笑說。

他猜香客可能不知道斷腿的新聞，香客住的世界裡新聞是絕對涉及個人利益而且口耳相傳的。

「我可以打聽打聽。」

「費用照常。」史崔克說，他和香客有個說好的收費標準。「對了——香客？」

他的老朋友有個毛病，一分心就會毫無預警地掛電話。

「還有事？」香客說，聲音從遠到近；史崔克沒料錯，他把手機拿遠了，以為他們說完了。

「對，」史崔克說。「扒手馬利。」

電話另一端的沉默道出了兩人都心領神會的事實：史崔克不會忘記香客的身分，香客也不會忘記史崔克的身分。

「香客，這件事只有你知我知，沒有第三人知道。你沒跟我談論過馬利，好嗎？」停頓了一會兒之後，香客以他最危險的聲音說：「我他媽的幹麼多事？」

「總得問一問，見面時我再解釋。」

危險的沉默持續著。

「香客，我幾時打過你的小報告？」史崔克問道。

較短暫的沉默，接著香客以史崔克認為是他平常的聲音說：「好吧。惠泰科是吧？我盡量，本生。」

線路斷了，香客是不說再見的。

史崔克嘆口氣，又點燃了一根菸。這一趟是白來了。等他抽完了他的金邊臣香菸他會直接跳上回程的火車。

車站的入口像某種的水泥前院，抬頭四望淨是建築物的後背。「小黃瓜」[1]那幢高聳的黑色子彈型建築在遠處地平線上閃爍著微光，二十年前史崔克一家暫居在白教堂區時還沒有這棟建築。

史崔克環顧四周，絲毫沒有歸鄉或懷舊之感。他記不得這塊水泥地和這些無以名之的建築物背面。即使是車站都只是依稀眼熟。和他母親一起生活就是永無止境的搬遷和紛擾，讓他對個別的地方只有模糊的記憶；有時他會忘記哪家街角商店是屬於那一棟破敗公寓的，哪一家當地酒吧是和哪一棟竊占的房屋毗鄰的。

他原打算要回去搭地鐵，但不知不覺間，他又走起路來，朝那個他迴避了十七年的地方前進：他母親喪生的那棟建築。那是麗妲竊占的最後一棟房子，福爾本街上一棟破舊建築的兩層

1. 即聖瑪莉艾克斯三十號商業大樓，是倫敦知名地標。

樓，離車站不到一分鐘。史崔克走著走著，記憶漸漸浮現。那是一定的：高中時他在這條橫跨鐵道的金屬橋上走了一整年。他也記得街名，凱索緬街……他的一個高中同學，一個口齒不清的女生，必定還住在這裡……

他來到福爾本街尾，放慢腳步，體驗到一種奇異的雙重印象。他對此地的隱約記憶因為他刻意遺忘而更加模糊，有如一層褪色的透明紗罩住了眼前的景色，建築物一如記憶中一般寒酸，門面的白色灰泥剝落，但商店卻是全然陌生的。他覺得彷彿是回到了夢境，場景變幻飄移。倫敦的貧民區原本就沒有什麼恆久的事物，小本生意順勢而生又沒落蕭條，換上別種生意，便宜的廣告看板釘上又拆下，人群走來又走去。

他花了一、兩分鐘才認出當年竊占的房屋大門，因為他忘了門牌號碼。最後他找到了，就在一家販賣亞洲與西方各式廉價服飾的商店旁，他覺得以前是一家西印度超市。黃銅信箱竟勾起了一段回憶，只要有人進出，信箱就會很吵。

幹、幹、幹。

他以叼著的菸點燃另一根菸，輕快地走上白教堂路，這裡攤位林立，更多的廉價服飾，大量的俗麗塑膠物品。史崔克加快速度，也不知是走在哪裡，經過的某些地方喚起更多回憶：那間彈子房十七年前就有了……那間鑄鐘廠也是……這時記憶都竄上來咬他，彷彿他是踩中了一窩沉睡中的蛇……

他母親年近四十之後就開始挑年輕的男人下手，但惠泰科卻是最年輕的：她跟他睡覺時他才二十一歲。她把惠泰科帶回家的那年，她的兒子十六歲。即便是在當年這名樂手就已未老先衰了，分得很開的兩隻眼睛下有淺淺的凹陷，眼珠是驚人的金棕色，暗色細髮辮長及肩膀；總是穿同一件T恤和牛仔褲，都發臭了。

史崔克的腦海中一直冒出一句話，伴隨著他的步伐。

躲在明眼處。躲在明眼處。

別人當然會說他有成見、執迷不悟，無法放下。他們會說他在看見盒中斷腿的那一瞬間就想到惠泰科，是因為惠泰科被控殺害史崔克的母親卻能全身而退，史崔克始終嚥不下這口氣。即使史崔克說明了懷疑惠泰科的理由，他們也可能一笑置之，不相信如此浮誇、墮落、淫虐的一個人能夠砍掉女人的腿。史崔克深知一般人心中根深柢固的想法是邪惡之人會隱藏他們對暴力與宰制的危險偏好。邪惡之人把他們的偏好明目張膽地示眾，大眾卻付之一笑，說是在做樣子，要不就覺得格外有吸引力。

麗妲是在她工作的唱片公司認識惠泰科的，她是接待員，只是個二三流的活的搖滾樂歷史，圖騰似的坐在櫃台。而惠泰科會彈吉他，幫一連串重金屬樂團寫歌，也被這些樂團一次又一次開除，因為他惺惺作態，濫用財物，又愛攻擊別人；他自稱是在談出片事宜時認識麗妲的。不過麗妲曾私下跟史崔克說他們第一次相遇的情況，她是想勸警衛不需要對他們在驅逐的年輕人那麼粗魯。她帶他回家，惠泰科就住了下來。

十六歲的史崔克無法確定惠泰科對虐待和兇暴的事公然的喜悅與吹噓是發自內心的，或只是裝腔作勢。他只知道他討厭惠泰科，發自內心憎惡他，超過了麗妲帶回來又拋棄的其他情人。某天晚上他在竊占的屋子裡做功課，被迫呼吸那個人的臭味，連口腔裡也幾乎都是他的氣味。惠泰科想拉攏十來歲的史崔克——他想巴結麗妲那些教育水準較低的朋友，卻會突然發火，尖酸刻薄地貶損他們，洩漏了他小心掩藏的標準發音——但史崔克也不甘示弱，反唇相譏，而且他還占了一個優勢，他比惠泰科少受毒品影響，他最壞也只是像一個常年活在大麻煙霧中的人一樣飄飄然。在麗妲聽不見時，惠泰科就嘲弄史崔克繼續他經常被打斷的教育的決心。惠泰科又高又瘦，但是對一個幾乎是在毒品堆裡生活的人來說，他的肌肉卻十分發達。史崔克那時已超過了六呎，在一家當地俱樂部打拳。他們兩個只要同時在家，氣氛之僵連氤氳的空氣都會凝結，隨時會有火爆的場面出現。

史崔克的異父妹妹露西就是因為無法忍受惠泰科的霸凌、不乾不淨的挖苦和冷言冷語而離家。他在屋子裡裸體走動，抓搔刺青的身體，嘲笑十四歲女孩的羞憤。有天晚上，露西跑到街角的電話亭，懇求他們的舅舅、舅媽從康瓦耳來接她。他們在隔天黎明就趕到了，從聖莫斯開了一夜的車。露西已將僅有的個人物品收拾在小行李箱裡，此後她再也沒有和她母親同住過。

泰德和瓊安站在門階上，懇求史崔克也一塊走。他拒絕了，瓊安的聲聲懇求只是讓史崔克更加固執，決心要盯住惠泰科，不讓他和母親獨處。這時他已經聽過惠泰科在神志清楚時說奪走一條人命會是何種感覺，彷彿那是什麼盛筵。當時他並不相信惠泰科是真心的，但他知道他夠暴戾，也見過他威脅其他竊占房屋的居民。有一次——麗妲就是不肯相信有這種事——史崔克目睹了惠泰科企圖毒打一隻貓，只因為這隻貓在無意中驚擾了他打盹。惠泰科滿屋子追著嚇壞了的貓，揮舞著沉重靴子，又叫又罵，執意要讓貓付出代價，最後還是史崔克擰下了惠泰科手上的靴子。

史崔克沿著白教堂路越走越快，接著義肢的膝蓋漸漸不適。「老馬頭」酒吧就矗立在右手邊，好像應他之召而生，蹲踞著，方正的磚屋。直到門口他才看見一身黑的保鏢，這才想起「老馬頭」最近也變成了貼腿舞俱樂部了。

「混蛋。」他嘟囔道。

他並不反對讓衣不蔽體的女郎繞著他旋轉，而他則享受一杯啤酒，但他無法接受這類地方的高消費，尤其是他在一天之內失去了兩名客戶。

於是他進了星巴克，找個座位，把痠痛的腿架在空椅上，悶悶不樂地攪著大杯黑咖啡。蓬鬆的土色沙發，高杯裡的美式咖啡，健康的年輕人安靜有效率地在乾淨的玻璃櫃台後工作，絕對能夠驅散惠泰科那條發臭的幽靈，但他卻死賴著不走。史崔克發現自己無法不去想，不去再次體驗……

惠泰科跟麗姐和她兒子同居時，少年時期的荒唐與暴力史唯有北英格蘭的社會知道。他自己敘說的過去不勝枚舉，都加油添醬，而且經常前後矛盾。直到他因殺人被捕，真相才披露了，他過去認識的人浮上了檯面，有的是希望從媒體那裡弄到錢，有的決心要報復，有的則以自己雜亂無章的說法想為他說話。

他出身於富裕的上流中產階級，一家之主是榮獲勳章的外交官，惠泰科在十歲之前一直相信那就是他的父親。後來他才發現他的姐姐其實是他的母親，家人告訴他她在倫敦當蒙特梭利教師，但事實上她有嚴重的酗酒及毒品問題，生活窮愁潦倒，被家庭放逐。真相水落石出之前，惠泰科已經是個問題兒童，時不時就會大發雷霆，不分青紅皂白拿別人出氣；得知真相之後，他決定要壞個徹底。他被寄宿學校退學，加入了地方幫派，沒多久成為頭領，最終身陷囹圄，因為他以刀片抵住一個年輕女孩的喉嚨，讓他的朋友性侵她。十五歲他就逃到了倫敦，一路上小奸小惡層出不窮，最後他終於找到了他的親生母親。團圓的喜悅僅如曇花一現，馬上母子倆就交惡，互相動手辱罵。

「這裡有人坐嗎？」

一名高個子青年俯身面向史崔克，兩隻手已經抓住了史崔克歇腿的那張椅背。他讓史崔克想起了蘿蘋的未婚夫馬修，波浪般的褐髮，乾淨的臉龐，長相英俊。史崔克咕噥一聲，把腿放下，搖搖頭，看著那人把椅子搬走，加入一個六、七人的團體。史崔克看出團體中的女生焦急地等他回來，她們挺直上半身，笑容燦爛地看著他把椅子放下，加入他們。也不知是因為這名青年長得像馬修，或是因為他拿走了史崔克的椅子，或是因為史崔克一眼就能認出誰是討厭的笨蛋，反正他就是隱隱覺得這個青年很不討人喜歡。

咖啡雖然沒喝完，可是很氣自己受到打擾，史崔克下了椅子，離開了。往回沿著白教堂路走，雨點落在他身上。史崔克又點了一根菸，這次也不費那個力氣去阻擋回憶的潮水了……

惠泰科需要吸引注意，幾乎到了病態的程度。他怨恨麗妲隨時都有理由分心，她的工作，她的孩子，她的朋友，只要他認為她不夠注意他，他就會轉而向任何女人施展催眠似的魅力。即使史崔克討厭他就像討厭可怕的傳染病一樣，也不得不承認惠泰科有一種強大的性吸引力，幾乎每一個在這棟房子出入的女人都難以抗拒。

惠泰科被最近的一支樂團給趕了出來，仍舊作他的明星夢。他知道三種吉他和絃，被他找到的紙全都寫滿了歌詞，歌詞大量引用撒旦聖經，史崔克記得那本書是黑色封面，上頭有五角星與羊頭的紋章，就放在麗妲和惠泰科共眠的床墊上。惠泰科對於美國秘教教主查爾斯・曼森[2]的一生有極豐富的知識。史崔克的高中生活始終甩不掉曼森的古老唱片《謊言：愛與恐怖崇拜》的刮擦聲。

惠泰科在遇見麗妲時就對她的傳奇耳熟能詳，也喜歡聽她說以前去過的派對、她睡過的男人。透過她，他和名人有了聯繫。等史崔克更了解他之後，他斷定惠泰科最渴望的莫過於成名。他在他最愛的曼森以及強尼・羅克比之流的搖滾巨星之間不做道德上的比較。這兩人都在流行文化上有了固定的形象。真要說起來，曼森還比較成功，因為他的神話不會隨著流行起伏：邪惡永遠都是迷人的。

不過麗妲的名氣並沒有那麼吸引惠泰科。他的情人跟兩名富有的搖滾巨星生下了孩子，這兩個巨星會支付孩子的生活費。惠泰科搬進竊占的房子時心裡很清楚麗妲的作風就是波希米亞式的貧困生活，但是附近有一個大錢井，史崔克和露西的父親——分別是強尼・羅克比與瑞克・方東尼——會往裡注錢。他似乎不了解也不相信真相：麗妲的財務管理失當又恣意揮霍，所以兩個金主都捏緊了銀根，不讓麗妲浪費掉。惠泰科怨恨麗妲不肯在他身上花錢，幾個月之後，他說話越來越夾槍帶棒。麗妲不肯掏錢幫他買他鐵了心要弄到手的Fender Stratocaster電吉他，不肯幫他買他要的尚保羅・高緹耶天鵝絨外套（他又臭又髒，卻突然間對這東西上了癮），他的脾氣就很可怕了。

他不斷施壓，說一些輕易就能拆穿的離譜謊言：說他急需醫療，說他欠了某人一萬鎊，債主發話要打斷他兩條腿。麗妲時而覺得好笑，時而覺得心煩。

「達令，我一個蹦子也沒有。」她會這麼說。「真的，達令，我沒錢，不然我就會給你了，對不對？」

麗妲在史崔克十八歲時懷孕了，那時他正在申請大學。他嚇慌了，但即便如此，他也不期待她嫁給惠泰科。她總是跟兒子說她討厭當別人的老婆。她第一次準備邁入禮堂只持續了兩週，然後她就逃跑了。再者，結婚也似乎完全不合惠泰科的作風。

孰料他們卻結了，無疑是因為惠泰科認為唯有婚姻才能讓他有辦法弄到那些秘密隱藏起來的幾百萬鎊。婚禮在馬里波恩登記處舉行，亦即披頭四的兩名團員結婚的地方。說不定惠泰科是夢想會像保羅．麥卡尼一樣在門口被拍照，但壓根就沒有人感興趣。要等到他容光煥發的新娘死亡，攝影師才會蟻聚在法院的台階上。

史崔克猛地發覺他一路走到了奧德門東站。這一趟完全是浪費時間，他如此責備自己。如果他在白教堂站搭上了火車，現在早就在尼克跟依莎的家裡了。結果他卻不由自主地衝上了相反的方向，這下子可好，正好撞上了地鐵的尖峰時刻。

他的體型，又加上背包，讓他四周的通勤族在心裡直埋怨，但史崔克幾乎沒注意。他比周遭的人都高上一個頭，抓著吊環，在幽暗的車窗上看著自己搖擺的倒影，回想起最後的一頁，最壞的一頁：惠泰科出庭，為自己的自由辯護，因為警方查出在針頭刺入他妻子手臂的那天，他自供的去處有反常之處，還有海洛因的來源及麗妲的吸毒史都前後矛盾。

2. 曼森是美國罪犯，與徒眾組成了「曼森家族」，一九六九年夏季在五週的時間內在四個地點犯下了九件命案。

一連串竊占房屋的烏合之眾也作證指出麗妲與惠泰科暴戾混亂的關係，麗妲戒絕任何形態的海洛因，惠泰科的恫嚇，出軌，大談殺人、金錢，麗妲的屍體被發現後他並無戚容。他們一再強調他們敢說是惠泰科殺了她，可惜卻顯得歇斯底里。辯護律師發現這群可憐蟲的話可以輕鬆辯駁。

牛津大學的學生作證就是個很新鮮的改變。法官以贊賞的眼光打量史崔克：他整潔乾淨，口齒清晰，頭腦聰明，雖然不穿套裝打領帶，他的體型就龐大得嚇人。檢方要他出庭回答惠泰科對麗妲財產的貪婪。史崔克告訴沉默的法庭，他的繼父曾千方百計想要取得只存在於他腦海中的大筆財富，而且他不斷懇求麗妲將他列入遺囑以證明對他的愛。

惠泰科以那雙金色眼眸盯著他，幾乎可說是無動於衷。作證的最後，史崔克與惠泰科視線相遇。惠泰科的嘴角微微向上一掀，露出訕笑。他一手扶著面前的長椅，食指略抬起半吋，比了個斜揮的動作。

史崔克非常清楚那是什麼意思。這個不起眼的小動作是衝著他來的，重複一個史崔克很熟的手勢：但凡有誰得罪了惠泰科，他就會做出割喉的動作來。

「馬上就輪到你了。」惠泰科總這麼說，金眼張大、狂躁。「馬上就輪到你了！」

他下了不少工夫。他那個有錢家族請了一位厲害的辯護律師。鬍子刮得乾乾淨淨，說話輕聲細語，穿著套裝，他靜靜地、恭敬地否認了一切。等他出庭時，他把說詞都敲定了。檢方想盡方法要揪出他這個人的真面目——古老留聲機播放的查爾斯．曼森，床上的撒旦聖經，對為取悅而殺人大放厥詞——卻被一個隱約帶著不可思議表情的惠泰科一一駁倒。

「我能怎麼說呢……我是音樂家，庭上。」他有一次說。「黑暗中有詩歌，她比別人更了解。」

他的聲音帶著極誇張的哭音，還乾嚎了起來。辯護律師急忙問他是否需要休息。惠泰科勇敢地搖頭，提出了他對麗妲之死的格言式宣告：

「她想死，她是那個生石灰女孩（Quicklime Girl）。」

當時沒有人了解這句話的意義，也許只有史崔克懂，因為他在童年及青春期聽過了太多次那首歌。惠泰科引用了〈鮭鹽的情婦〉（Mistress of the Salmon Salt [Quicklime Girl]）。

他當庭開釋。醫學證據證實了麗妲並不是一個習慣施打海洛因的人，可是她的名聲卻對她不利。她使用許多其他的毒品，她是個聲名狼藉的派對女郎。在那些旨在為暴力死亡分級的戴假髮的男人眼裡，麗妲會因追逐紅塵人生無法給予她的樂趣而死在汙穢的床墊上，似乎完全合乎她的行事為人。

惠泰科站在法院台階上宣稱他計畫要為已故的妻子寫傳記，說完話就消失無蹤。這本傳記始終連個影也沒有。麗妲與惠泰科的兒子被惠泰科飽受折磨的祖父母收養，史崔克再也沒看過他。史崔克靜靜地離開了牛津，投筆從戎，露西去唸大學，日子繼續過下去。

惠泰科時而又出現在報紙上，總不脫某種犯罪行為，麗妲的兒女絕不可能無動於衷。惠泰科當然沒上過頭條，他只是一個娶了跟名人睡覺的名人的人。這樣的光環只是倒影的微弱倒影。

「他是沖不掉的一坨屎。」史崔克如此告訴露西，露西卻沒笑。她甚至比蘿蘋更不能接受以粗俗的幽默來處理討厭的事實。

史崔克累了，而且越來越餓，隨著火車搖擺，膝蓋也痛，他覺得既消沉又委屈，主要是自憐。多年來他堅決地只看將來不看過去，過去已無可挽回：他不否認發生了何事，但也沒必要在裡頭打滾，不必要去找出將近二十年前的竊占房屋、去回想嘎嘎叫的郵箱、去重聽嚇破膽的貓的慘叫、去重看他母親在棺木中的容顏，蒼白如蠟，穿著喇叭形袖連身裙……

你他媽的是白痴，史崔克悻悻地罵自己，掃描著地鐵地圖，想弄清楚到尼克和依莎家需要換幾趟車。斷腿不是惠泰科送的，你只是在找藉口要報復他。

送斷腿的人有組織，工於心計，而且有效率；他在將近二十年前認識的惠泰科雜亂無章，急躁魯莽，而且反覆無常。

然而……

馬上就輪到你……

她是那個生石灰女孩（Quicklime Girl）……

「幹！」史崔克大聲說。周遭所有人都大吃一驚。

他剛發現他錯過了轉運站。

11

Feeling easy on the outside,
But not so funny on the inside.
Blue Oyster Cult, 'This Ain't the Summer of Love'

在戶外覺得輕鬆，
在室內就沒那麼好玩。
——藍牡蠣〈這不是愛的夏季〉

往後兩天史崔克和蘿蘋輪流跟監白金。史崔克會找理由在工作日見面，堅持要蘿蘋在太陽仍未下山前下班，那時搭地鐵的人仍很多。星期四晚上史崔克跟著白金直到她安全回到「兩次」始終疑神疑鬼的視線之下，這才回宛茲沃斯的奧克塔維亞街，他仍為了躲避媒體而住在這裡。

這是史崔克的偵探生涯中二度被迫避居到尼克和依莎家。他們家恐怕是他唯一能忍受的地方，但史崔克仍覺得塞進一對雙薪夫妻的生活軌道上格格不入。儘管偵探社樓上的窄仄公寓有許多缺點，史崔克卻可以自由來去，半夜兩點跟監回來吃飯，在金屬樓梯上上下下也不怕吵醒左鄰右舍。現在他卻覺得有壓力，必須偶爾一起共餐，在半夜從冰箱拿東西吃也覺得像小偷，即使主人請他不要見外。

而在另一方面，史崔克並不需要軍隊來教導他整齊有序。青年時光在混亂與髒汙中度過，讓他走上了全然相反的方向。依莎早就說過史崔克在家裡移動幾乎不留痕跡，而她的胃腸病學家丈夫則恰恰相反，走過之處總留下丟棄的物品以及沒關緊的抽屜。

史崔克從丹麥街的友人那裡得知記者仍在偵探社的門口守候，他只得整個星期都住在尼克與依莎家的客房裡；客房的白牆空落落的，瀰漫著一股憂鬱，在等待它真正的命運。他們倆多年來一直想生孩子。史崔克從不過問他們的進度，也覺察到尼克對他的克制尤其感激。

他認識兩人許久了，依莎尤其像是認識了一輩子。她金髮、戴眼鏡，是康瓦耳聖莫斯人，而那地方對史崔克是最像家的所在。他和依莎上同一所小學。只要他回去和泰德舅舅瓊安舅媽住（青年時期是常事），他們就會重拾友誼，因為瓊安舅媽和依莎的母親也是老同學。

而尼克則是史崔克在哈克尼的中學同學，二十幾歲髮線就開始倒退了。尼克與依莎在史崔克的十八歲生日派對上見面，約會了一年，後來各自進了大學就分手了。二十好幾時再次見面，那時依莎已經有個律師未婚夫，尼克也在和一名醫生交往。不出幾週，兩人的戀情都告吹；一年後，尼克和依莎結婚了，史崔克是他們的伴郎。

晚上十點半史崔克回到他們家，關上大門，尼克和依莎在客廳招呼他，叫他去吃仍剩很多的外帶咖哩。

「這是做什麼？」他問道，環顧四周，手足無措。成串的國旗，寫了字的紙張，大塑膠袋裡好似裝了兩百個紅、白、藍塑膠杯。

「我們在幫忙籌備皇室婚禮的街頭派對。」依莎說。

「要命喔。」史崔克嘟囔道，把仍溫熱的咖哩舀到盤子上。

「一定很好玩！你也應該來。」

史崔克白了她一眼，她吃吃竊笑。

「今天還好嗎？」尼克問他，遞給他一罐天能啤酒。

「不好。」史崔克說，感激地接下了啤酒。「又一個工作取消了，現在只剩下兩個客戶了。」

尼克和依莎發出同情的聲音，隨即識趣地沉默，讓他把咖哩吞進肚子裡。又累又沮喪，史崔克在回程中大半在沉思收到斷腿果然如他所害怕的，對他好不容易奠立的基礎有毀滅的效果。他的相片目前在網路和報紙上激增，附帶著某個恐怖的隨機罪行。媒體藉此提醒世人他本人也只有一條腿，他雖然不以此自慚，卻也不可能拿來打廣告。現在他被某種詭異、變態的事黏上了，他染上了汙名。

「斷腿有什麼消息嗎？」依莎問道。史崔克剛吃完了一堆咖哩，喝了半罐啤酒。「警方查到什麼了嗎？」

「明天晚上我要跟華道見面，打聽打聽消息，不過他們好像也沒查到什麼。他一直在追查那個幫派分子。」

他並未仔細告訴尼克和依莎有三個危險人物可能會想報復他，所以送斷腿給他，但他提到從前碰到過一個職業罪犯曾把屍體分屍，把屍塊寄出去。可想而知他們立刻就認同華道的看法，認為這個罪犯就是可能的禍首。

多年來第一次，坐在他們舒服的綠沙發上，史崔克想起來尼克和依莎都見過傑夫．惠泰科。史崔克的十八歲生日是在白教堂區的鈴鐺酒吧舉辦的，那時他母親已懷孕半年。顯然已經喝到茫的惠泰科打斷了舞曲，唱他自己寫的歌，瓊安舅媽的表情混合了不以為然與強顏歡笑，而總是當和事佬的泰德舅舅卻掩飾不住憤怒與嫌惡。史崔克記得他自己也非常生氣，他渴望離開，到牛津去，擺脫這一切，但尼克和依莎可能不太記得，那晚他們眼中只有彼此，因為兩人之間突然地、深深地互相吸引而暈頭轉向。

「你在擔心蘿蘋。」依莎說，不是問句而是肯定句。

史崔克咕噥著承認，嘴裡塞滿了薄餅。四天來他有時間揣想這件事。在這個事件中，她成了一個弱點、一個可乘之機，但是不能怪她；史崔克認為無論是誰把斷腿寄給她的也很清楚這一點。如果他的雇員是男性，他就不會這麼擔心了。

史崔克也沒忘記迄今為止蘿蘋是個幾乎無法衡量的資產。她能夠說動倔強的目擊證人開口，而他的體型和天生的嚇人面貌往往會適得其反。她的魅力以及隨和的態度能消除別人的懷疑，拽開大門，上百次幫史崔克開路。他知道他虧欠蘿蘋；他只希望目前她能夠下台一鞠躬，躲藏起來，直到他們抓到那個送斷腿的人。

「我喜歡蘿蘋。」依莎說。

「人人都喜歡蘿蘋。」史崔克口齒不清地說，又咬了一大口薄餅。這是真話：他的妹妹露西，到偵探社來的朋友，他的客戶——全都直截了當告訴史崔克他們有多喜歡和他共事的這位女子。不過他從依莎的聲音覺察到隱隱的探詢，讓他提高警覺，不想作牽涉個人的討論。而依莎的下一個問題果然讓他覺得他猜對了。

「跟愛琳怎麼樣啊？」

「還行。」史崔克說。

「她還是不肯讓她的前夫知道你的事嗎？」依莎問道，話中微微帶刺。

「不喜歡愛琳是吧？」史崔克說，把話題驟然轉向敵營，只因為他自己覺得好玩。他和依莎的交情斷斷續續也有三十年了，料定了她會慌忙否認。

「哪有，我喜歡她——我是說，我跟她不算認識，可是她好像——嗯，反正你開心就好。」

他還以為這個擋箭牌足以讓依莎丟下蘿蘋的話題。她不是朋友中第一個說他和蘿蘋相處得那麼好，是不是有可能……？他難道沒考慮過……？但依莎是律師，咬定了一個話題是不會輕易就被嚇退的。

「蘿蘋的婚禮延後了吧？訂了新日子——」

「訂了。」史崔克說。「七月二日。她週末會請長假，回約克夏，準備婚禮該準備的事。

星期二回來。」

在蘿蘋請假的這件事上，他倒和馬修一個鼻孔出氣，堅持要她週五和週一都放假；想到她會在二百五十哩外的家中，他就覺得可以放寬心。她極失望不能一起去秀爾迪契的「最後老藍調」酒吧去見華道，但史崔克聽出她因為可以歇口氣而隱約覺得放心。

依莎聽見蘿蘋仍計畫要嫁給別人，表情略顯哀傷，但她還沒能說什麼，史崔克的手機就響了。是葛蘭姆．哈德克，他的特偵組老同袍。

「抱歉，」他向尼克和依莎說，放下了咖哩盤，站了起來，「得接這一通電話，很重要——哈弟！」

「方便嗎，肥貓？」哈德克問道。史崔克向大門走。

「現在可以了。」史崔克說，三大步就走完了花園小徑，站上了陰暗的馬路，邊走邊抽菸。「有什麼消息？」

「說實話，」哈德克說，語氣緊繃，「如果你能過來看一看，會很有幫助。我遇上了一個准尉，麻煩到極點。我們一開始就不對盤。要是我從這裡寄什麼出去，那個女人聽到了風聲——」

「如果我過去呢？」

「一大早來，我可以把資料亮在電腦上。無心之過，知道吧？」

哈德克曾和史崔克分享過情報，嚴格說來他是不該那麼做的。他才剛調到三十五區，他不想危及自己的職位，史崔克一點也不意外。

史崔克過街，坐在鄰居的花園矮牆上，點燃了菸，問：「值得我跑一趟蘇格蘭嗎？」

「那得看你要什麼。」

「舊地址、家人朋友、病歷、精神病史都可以。布拉克班克是因傷病退伍的，哪一年來著，二〇〇三？」

「沒錯。」哈德克說。

後面什麼聲響讓史崔克站起來向後轉，矮牆的主人正把垃圾清入垃圾桶。他是個六十左右的矮小男人，史崔克就著街燈看見他神情不悅，但一打量史崔克的身高和體型，立馬換上了討好的笑容。史崔克信步走開，經過了一棟棟雙併房屋，茂盛的樹木和樹籬在春風中搖曳。很快就會掛上彩旗，慶祝又一對新婚夫妻結合。之後不久就是蘿蘋的婚禮。

「你大概沒有多少連恩的資料吧。」史崔克說，微微帶著訊問的語氣。這個蘇格蘭人的軍人生涯比布拉克班克要短。

「對——可是，嘿，這傢伙還真夠嗆。」哈德克說。

「他從玻璃屋轉移到哪裡？」

玻璃屋是位於科赤斯特的軍人監獄，關押所有被定罪的軍事人員，之後再移監到一般的平民監獄。

「艾密利監獄，之後就沒有資料了；你需要找假釋官。」

「好。」史崔克向著點點星光的天空吐煙。他和哈德克都知道他已卸下了軍職，也不是警察，就和普通老百姓一樣無法取得假釋官的紀錄。「他是蘇格蘭的哪裡人？」

「麥洛斯。他從軍時填的資料親屬欄寫的是他母親——我查過了。」

「麥洛斯。」史崔克若有所思地複述。

他琢磨著僅剩的兩名客戶：一心一意想證明自己戴綠帽的有錢白痴，以及富有的家庭主婦付錢給史崔克搜集證據以證明她分居的丈夫在跟蹤他們的兒子。那個丈夫人在芝加哥，而白金的行動少二十四小時的跟監紀錄也無妨。

當然，最後的一個可能就是他懷疑的三個人都與斷腿無關，一切純粹是他自己多心。

斷肢大豐收……

「麥洛斯距離愛丁堡有多遠？」

「開車大約一小時、一個半小時吧。」

史崔克把菸蒂踩熄丟進水溝。

「哈弟，我可以星期六晚上搭夜車上去，一大早趕到辦公室，然後再開車到麥洛斯，看看連恩是不是回家了，或是問問他們知不知道他的下落。」

「好。肥貓，坐幾點的車通知我，我到車站接你。這樣吧，」哈德克打點精神，要來個慷慨義助，「如果你只待一天，我可以把車借給你。」

史崔克並沒有立刻返回好奇的朋友家去吃冷掉的咖哩，而是又點了一根菸，在寂靜的街道上漫步，心裡不停地盤算。想著想著忽然想起了週日晚上他和愛琳要去南岸中心聽音樂會。她積極地培養對古典音樂的品味，但史崔克對古典音樂的興趣最多也只是不冷不熱，而且他也從不假裝。他看看錶。現在打電話取消太晚了，他得記得明天打。

他折回朋友家，思緒飄向了蘿蘋。婚禮就在兩個半月後，蘿蘋卻極少提到這個話題。聽見她告訴華道她為婚禮訂了可拋式相機，史崔克這才恍然她馬上就要成為馬修．康利菲太太了。還來得及，他心裡想。來得及做什麼？他本身也沒有深究。

12

...the writings done in blood.

Blue Oyster Cult, 'O.D.'D on Life Itself'

……以鮮血書寫。

——藍牡蠣〈服用生命過量〉

許多男人也許會認為跟蹤一名輕盈的金髮妞在倫敦行走還可以賺到現金是一首愉快的插曲，但史崔克跟監白金已經徹底厭煩了。在荷頓街晃了幾小時，兼差貼腿舞孃到倫敦經濟學院圖書館的路上偶爾會走過史崔克頭頂上的玻璃鋼鐵通道，之後史崔克跟著她到綠薄荷犀牛上四點的班。到了俱樂部之後，他溜走了，如果白金做了什麼出格的事，渡鴉會打電話給他，再說他和華道約了六點。

他在兩人約定的酒吧附近的店家吃了三明治。他的手機又響了，但看見是他妹妹打的，就任由它轉入語音信箱。他依稀想到外甥傑克的生日快到了，他一點也不想去參加生日派對，尤其是在上一次之後，他只記得露西的那些當媽媽的朋友非常愛管閒事，還有過度興奮、亂發脾氣的小孩尖叫聲足以刺破他的耳膜。

「最後的老藍調」位於秀爾迪契區的大東方街，酒吧是一棟三層樓的雄偉磚屋，門面短小，像船首。史崔克記得這裡曾是脫衣舞俱樂部兼妓院，他和尼克的一個老同學宣稱在這裡失去了童真，對方的年紀足以當他的母親。

門內的招牌召告世人「最後的老藍調」已重生，變成了現場表演的殿堂。史崔克看見從八點起他能聆聽「伊斯林頓男孩俱樂部」、「紅窗簾」、「黃金眼淚」、「霓虹索引」等樂團的現場表演。他的嘴角一撇，推擠著進入深色木地板酒吧，吧台後有面巨型古董鏡，寫著鍍金字母，為上個世代的淡啤酒打廣告。高高的天花板上吊著球形玻璃燈，照亮了一群年輕男女，許多人看來像學生，時髦的穿著打扮大都是史崔克這把年紀的人不懂得欣賞的。

史崔克的母親雖然骨子裡就是個愛聽露天體育場樂團的人，但仍然在他青少年時期帶他去許多類似的現場表演酒吧，樂團裡有她的朋友，唱個兩首歌，然後就撕破臉拆夥，再重新組團，三個月後又出現在別家酒吧。史崔克發現華道約在「最後的老藍調」實在令人意外，他之前都和史崔克在羽毛酒館見面，那裡就在蘇格蘭警場旁邊。等史崔克走到吧台，見到華道，真相就大白了。

「我老婆喜歡伊斯林頓男孩俱樂部，她下班後會來這裡跟我會合。」

史崔克沒見過華道的妻子，也沒想過她是什麼樣的人，真要去想的話，他會猜是融合了白金（因為華道的眼珠子總跟著假的日曬肌膚和衣著輕涼的女人轉）以及史崔克認識的唯一一名倫敦警察隊警員的妻子，她叫海莉，最感興趣的是她的孩子、她的屋子和鹹濕的八卦。而華道的妻子喜歡一支史崔克聽都沒聽過的獨立樂團，儘管他已經先入為主要討厭這支樂團了，他仍覺得她一定比他預料中要來得有意思。

「有什麼消息？」史崔克問華道，從越來越忙的酒保那兒弄到了一杯啤酒。兩人默契十足，離開了吧台，找到了最後一張的兩人餐桌。

「鑑識科在檢查那條腿。」華道在兩人坐下時說。「他們推測腿的主人在十幾歲到二十幾歲之間，腿切下來時她已經死亡了。但從凝血的情況判斷，死沒多久。腿在寄給你的朋友蘿蘋之前放在冰箱裡。」

十幾歲到二十幾歲之間。據史崔克的推算，布莉特妮．布拉克班克現在應該是二十一歲。

「他們能不能把年齡的範圍再縮小一點？」

華道搖頭。

「最多只能這麼推斷。怎麼了？」

「我告訴過你，布拉克班克有個繼女。」

「布拉克班克。」華道順口說，語氣平淡，顯然是不記得了。

「我覺得可能會送斷腿來的其中一個人。」史崔克說，無法掩飾不耐。「前沙漠之鼠隊員。又壯又黑，耳朵像花菜——」

「喔，對了。」華道說，立刻就惱火了。「我一天到晚都在聽一大堆的名字，老兄。布拉克班克——他的前臂上有刺青——」

「那是連恩。」史崔克說。「十年前被我關進牢裡的蘇格蘭人。布拉克班克是那個認為我害他腦部受損的人。」

「喔，對。」

「他的繼女叫布莉特妮，腿上有舊傷疤。我跟你說過。」

「對，對，我想起來了。」

史崔克嚥下了尖酸的挖苦，喝了口啤酒。如果是他的特偵組老同事葛蘭姆·哈德克坐在他對面，而不是華道，他就會更自信他的懷疑並沒有被當成耳邊風。史崔克與華道的關係一開始就帶著謹慎，後來又帶著隱隱的競爭。他認為華道的偵查能力比他遇過的幾個倫敦警察隊的警員要高明，但華道仍不脫家父長的心態，喜歡他自己的推論，從來不考慮聽史崔克的。

「那他們有沒有提到腿上的傷疤？」

「都是舊傷疤，早在死亡之前就有了。」

「他媽的。」史崔克說。

舊傷疤對鑑識員來說可能不怎麼重要，但對他卻至關重大。他怕的就是這個。即使是華道習慣了逮著機會就要殺殺史崔克的威風，看見偵探的關切，也似乎感受到一種同情。

「老哥，」他說（這也是他頭一遭這麼叫他），「不是布拉克班克。是馬利。」

史崔克就怕會這樣，怕一提馬利就會讓華道悶著頭去追查他，一想到是他把那麼惡名昭彰的幫派分子逮捕入獄就興奮得昏了頭，卻遺漏了史崔克列出的其他嫌犯。

「證據呢？」史崔克直率地說。

「哈林蓋犯罪集團把東歐的妓女弄到了倫敦和曼徹斯特來。我跟緝捕小組談過，他們上個星期搗破了一家妓院，救出了兩個烏克蘭小女孩。」華道再把聲音壓低。「我們讓女警詢問她們。她們有個朋友以為是來英國當模特兒的，雖然被毒打，仍然不肯乖乖就範。兩個星期前『扒手』揪著她的頭髮把她拖出了妓院，從此下落不明。她們從那天起也沒見過『扒手』。」

「扒手做那種勾當也不算什麼新鮮事。」史崔克說。「但不見得就是她的腿。有人聽說過他提起我的名字嗎？」

「有。」華道得意地說。

史崔克正要舉杯，又放了下來。他沒料到會是肯定的答覆。

「真的有？」

「緝捕小組救出來的一個女孩很清楚地說她在不久前聽到『扒手』提到你。」

「什麼內容？」

華道只說了一句話：是一名富有的俄國賭場老闆的姓氏，去年年底史崔克確實受雇於他。史崔克眉頭一擰。依他看來，「扒手」知道他曾為賭場老闆工作並不等於他就知道他之前坐牢是由於史崔克的證詞。史崔克從消息推斷出的結論是他的俄國客戶在極為不利健康的圈子裡活動，而這件事他早就知曉了。

「我拿阿爾札馬斯切夫的錢又關『扒手』什麼事？」

「你想先聽什麼？」華道說。史崔克一聽就覺得是含糊其詞。「哈林蓋犯罪集團的版圖可不小。基本情況是這樣的，我們找到了一個你惹火的人，他有送屍塊的習慣，而就在你收到一條年輕女孩的斷腿之前，他帶著一個年輕女孩消失了。」

「照你這麼說，倒是滿可信的。」史崔克嘴上這麼說，心裡卻壓根不信。「那你有沒有去查連恩、布拉克班克和惠泰科？」

「當然有，」華道說。「已經叫人去查他們的下落了。」

史崔克希望他所言屬實，卻忍耐著不去質疑他，怕會損傷他和華道的友好關係。

「我們還拿到了快遞員的監視畫面。」華道說。

「怎麼樣？」

「你的同事真是個靠得住的目擊證人。」華道說。「是本田機車。車牌是偽造的。衣著跟她描述的一模一樣。他向西南方向逃逸，直接跑進一個有監視器的地方。最後一個監視畫面是在溫布敦，之後就沒有他騎機車的畫面了，不過車牌是假的，他跑到哪裡都有可能。」

「假車牌，」史崔克跟著說。「他的事前計畫可真充分。」

酒吧的客人越來越多。顯然樂團要在樓上表演，客人朝樓上的門口擠，史崔克能聽到熟悉的尖銳麥克風聲。

「我有東西要給你，」史崔克不帶勁地說。「我答應了蘿蘋要把影本交給你。」

他當天早晨回到了偵探社，記者已經不再堵著門等候他進出了，不過對面吉他店的鄰居說攝影記者仍一直等到昨天晚上才離開。

華道接過兩封影印的信，微微感到好奇。

「都是這兩個月寄來的，」史崔克說。「蘿蘋認為你應該看一下。還要嗎？」他問道，指著華道幾乎空了的酒杯。

華道讀信，史崔克再去買兩杯啤酒，等他回來，華道仍拿著那張署名RL的信。史崔克拿起另一封，大聲唸出清晰圓潤的女學生筆跡：

……我的腿沒了，我才會是真正的我、真正的完整。沒有人懂腿不是我的一部分，也永遠不會是。我的家人很難接受我對截肢的需要，他們認為是我的腦筋不正常，可是你懂……

這妳就弄錯了，史崔克心裡想，把影印信放回桌面，同時注意到她把在牧人林的地址寫得一筆一畫清清楚楚，如此一來他的回信、截斷腿的最佳建議就不會寄錯地址。寫信的人自稱凱西，沒寫姓氏。

華道仍在仔細看第二封信，發出混雜了有趣與厭惡的聲音。

「媽的，你看過這封嗎？」

「沒。」史崔克說。

更多的年輕人湧入了酒吧。他和華道並不是唯二三十好幾的人，但他們絕對是在年齡量尺上較老的那一邊。他看著一名漂亮雪白的年輕女人化妝成四〇年代的小明星，眉毛又細又黑，大紅唇膏，粉藍色頭髮盤成兩股髮捲，東張西望在找她的約會伴侶。「蘿蘋讀了那些神經病寫的信，如果她覺得我需要知道，就會給我摘要。」

「『我想按摩你的殘肢。』」華道大聲唸出來。「『我要你把我當活人枴杖。我要——』我的媽，連生理都——」

他把紙張翻頁。

「『RL』。你看得出地址嗎？」

「不行。」史崔克說，瞇起了眼睛。字母都緊接在一起，極難閱讀。第一眼望過去唯一清楚的字是「瓦珊斯托」。

「艾瑞克，你不是說『我會在吧台邊』的嗎？」

那名淡藍色頭髮、大紅唇膏的年輕女人出現在他們的桌邊，端著一杯酒。她穿皮衣，皮衣下像是四〇年代的夏日連身裙。

「抱歉，寶貝，忙著說話。」華道說，絲毫不以為忤。「艾波蘿，他是柯莫藍・史崔克。我老婆。」他又說。

「嗨。」史崔克說，伸出了一隻大手。打死他也猜不到華道的老婆居然是這副模樣。這下他又更喜歡華道一點了，他也懶得去分析是什麼原因。

「喔，你就是他啊！」艾波蘿說，對著史崔克笑得開懷，而華道則把影印的信拿下桌面，摺好，放入口袋。「柯莫藍・史崔克！我聽過好多好多你的事喔。你要留下來聽樂團演唱嗎？」

「恐怕不會。」史崔克說，但語氣並不壞。她是個非常漂亮的女人。

艾波蘿似乎不甘願放他走，她說他們還有朋友要來，果然沒錯，她抵達不久，就又來了六個人，其中有兩名單身女郎。史崔克就由著他們把自己勸上了樓，樓上有個小舞台，圍繞的人群已經摩肩擦踵了。艾波蘿回答他的問題，說她是設計師，當天正在忙雜誌拍攝，而且——她說得漫不經心——也是兼差的滑稽戲舞者。

「滑稽戲？」史崔克拉高嗓門說，因為麥克風又吱的一聲尖叫，聚集的酒客大聲吶喊，哀聲抗議。那不就是自命為藝術的脫衣舞嗎？他在心裡琢磨。這時艾波蘿又跟他說她的朋友可可——她是個髮色如番茄的女孩，笑望著他，搖動手指——也是滑稽戲舞者。

這群人似乎很和氣，而且男人都不會像馬修一樣只要他出現在蘿蘋的軌道上，就變成一隻刺猬。他有許久不曾觀賞過現場表演了。小可可已經表達了想要有人把她舉起來讓她看前面的欲望……

不過，「伊斯林頓男孩俱樂部」一上台，史崔克就發現自己被迫回到過去，想起了他極力不去回想的人事。空中的汗臭味，熟悉的吉他調音聲，麥克風的嗡嗡聲：要不是主唱的姿態和雌雄同體的模樣讓他想起惠泰科，他是可以忍受的。

才聽了四小節，史崔克就知道自己要走了。他們的搖滾歌曲沒有什麼不對勁。他們彈奏得很棒，主唱除了很不幸酷似惠泰科之外，嗓子也不錯。然而，史崔克置身這種環境卻無法離開的經驗太多，今晚，他有尋求寧靜與清新空氣的自由，而他打算要使用這種特權。

他大聲向華道告別，對艾波蘿含笑揮手，她眨眨眼也揮手致意。他離開了，龐大的身軀讓他能在已經流汗、喘不過氣來的人群中輕易地擠出一條路來。「伊斯林頓男孩俱樂部」的第一首歌唱完時，他擠到了門口。頭頂的掌聲有如冰雹落在鐵皮屋頂上悶聲甕氣的。一分鐘後，他大步離開，心頭輕鬆地聽著颼颼的車輛聲。

13

In the presence of another world.
Blue Oyster Cult, 'In the Presence of Another World'

在另一個世界面前。
——藍牡蠣〈在另一個世界面前〉

週六早晨，蘿蘋跟她母親駕著家裡的老荒原路華從小小的馬森市到哈洛蓋特的婚紗店去。蘿蘋的婚紗正在修改，原始設計需要修正是因為預定在一月舉行的婚禮現在要改成七月。

「妳又瘦了。」年長的裁縫師說，在她的背上別大頭針。「千萬不要再瘦了，這件婚紗有點曲線穿起來比較好看。」

蘿蘋是在將近一年前挑選的布料和圖樣的，大致是依照愛莉．沙寶婚紗的原型；她的父母親在半年之後還得負擔她哥哥史帝芬一半的婚禮費用，無論如何是買不起原型的。即使是這件減價的改版都不是史崔克和蘿蘋的薪水付得起的。

更衣室的燈光很有美化的效果，但蘿蘋在鍍金鏡中的模樣仍太蒼白，眼睛又重又累。她不能說將婚紗改成露肩款是成功的。她對原始設計最滿意的一個地方就是長袖子。她在心中暗想或許她只是因為這件婚紗拖了那麼久的時間還沒披上，所以膩煩了。

更衣室有新地毯和亮光劑的氣味。蘿蘋的母親琳達看著裁縫又拉又扯雪紡綢，而蘿蘋因為鏡中人令她失望，轉而注意角落架上的水晶頭冠與假花。

「提醒我，我們訂了頭紗嗎？」裁縫師問，她習慣像保姆一樣使用第一人稱複數。「冬天的婚禮，我們傾向戴皇冠，是嗎？我覺得露肩配上花朵不錯。」

「花朵不錯。」琳達從更衣室一角說。

母女兩人極為相似。雖然從前的纖腰變粗了，隨便盤在頭上的紅金色頭髮也添了銀絲，琳達的藍灰眼眸仍和女兒一模一樣，此刻正落在她的第二個孩子身上，眼神關切精明，史崔克可能會覺得既熟悉又滑稽。

蘿蘋試戴了一頂假花頭冠，一點也不喜歡。

「我看還是戴皇冠好了。」她說。

「或是鮮花？」琳達建議道。

「對。」蘿蘋說，突然好想躲開地毯的味道以及被框架住的蒼白倒影。「我們去找花藝師，問問他的意見。」

她很慶幸能有幾分鐘獨處。她脫下婚紗，換上牛仔褲毛衣，一面忙著分析自己低落的心情。她很後悔不得不錯過史崔克和華道的會面，但同時也很期待能夠跟那個把斷腿交給她的黑衣無臉男拉開兩百哩的距離。

但她卻沒有逃脫的感覺，在搭火車回來的路上她和馬修又大吵了一架。即使在這裡，置身在詹姆斯街的更衣室中，她仍甩脫不了她的多重焦慮：偵探社的接案數量減少，她真怕史崔克會雇不起她。換好衣服後，她查看手機。史崔克沒有消息。

十五分鐘後，她在一桶桶的含羞草和百合之間幾乎只以單音應答。花藝師忙東忙西，拿著花束與蘿蘋的頭髮相比，不小心將玫瑰長莖上的冰冷水珠滴落到她奶油色的毛衣上。好不容易花藝師才弄好了一頂花冠。

「我們到貝蒂斯吧。」琳達建議道。

哈洛蓋特的貝蒂斯是一家本地的茶室，在這個溫泉鎮上歷史悠久。店外吊著花籃，客人在黑金色玻璃天棚下排隊，店內有茶罐形檯燈和華美的茶壺，軟綿綿的椅子，女服務生都穿英格蘭刺繡制服。蘿蘋從小就覺得來這裡是一種奢侈的享受，凝視著玻璃櫃裡一排排的胖嘟嘟的杏仁蛋白豬，看著她母親購買奢華的加酒水果蛋糕，蛋糕還擺在各自的錫紙上。

而今天，蘿蘋坐在窗邊，瞪著紅黃藍三色花床，真像是幼兒以黏土割出來的幾何圖形，她什麼也不想吃，只要了一壺茶，然後就又掀開手機，毫無消息。

「妳沒事吧？」琳達問她。

「沒事，」蘿蘋說。「我只是想看看有沒有什麼消息。」

「哪種消息？」

「斷腿的消息。」蘿蘋說。「史崔克昨晚約了華道——倫敦警察隊的那位警官。」

「喔。」琳達說，隨即一言不發，一直等到茶送上來。

琳達點了「胖流氓」，是貝蒂斯的一種大司康。她先抹上奶油，然後才開口。「妳跟柯莫藍是想要自己把犯人揪出來，是不是？」

她母親的語氣讓蘿蘋提高了警覺。

「我們只是想知道警方的進度而已。」

「啊。」琳達說，一面咀嚼一面盯著蘿蘋看。

蘿蘋對自己的暴躁感到慚愧。婚紗很貴，她卻不知感恩。

「對不起，脾氣這麼壞。」

「沒關係。」

「都是因為馬修一直在唸我為柯莫藍工作的事。」

「我們昨天晚上聽見了。」

「天啊，媽，對不起！」

蘿蘋還以為他們吵得很小聲，沒吵醒她的爸媽。兩人到馬森的路上就在吵，跟她父母共進晚餐時休戰，等琳達和麥可就寢之後又在客廳繼續吵。

「柯莫藍的名字出現好多次是吧？我猜馬修——」

「他才沒有在擔心呢。」蘿蘋說。

馬修打定了主意要把蘿蘋的工作當笑話看，可是在不得不認真看待時——比方說，有人送了條斷腿給她——他就會憤怒多於擔憂。

「這樣的話，他是應該要擔心。」琳達說。「有人把某個死亡的女人的肢體送給了妳，蘿蘋。馬修才在不久之前打電話告訴我們妳腦震盪住院了。我不是要妳辭職！」她趕緊說，不因蘿蘋譴責的表情而退縮。「我知道這是妳想做的工作！反正……」她硬把一大半胖流氓塞進蘿蘋的手裡，蘿蘋也沒有抗拒，「我不是要問馬修擔不擔心，我要問的是他是不是在吃醋。」

蘿蘋小口呷著貝蒂斯特調濃茶，隱約想著要帶一些茶包回偵探社。伊林的韋特羅斯超市買不到這麼好的茶，史崔克喜歡喝濃茶。

「對，馬修是在吃醋。」她最後說。

「而他完全沒有吃醋的理由？」

「當然沒有！」蘿蘋熱辣辣地說。她覺得遭到背叛，她母親總是支持她的，一直是——

「沒必要發火，」琳達說，平靜依舊。「我並不是在暗示妳做了什麼不該做的事情。」

「那好，」蘿蘋說，不知不覺吃起了司康。「因為我沒有。他是我的老闆，就這樣。」

「也是妳的朋友，」琳達說，「看妳談到他的態度就知道。」

「對，」蘿蘋說，但誠實的個性讓她不得不再說：「不過這份友情不像普通的友情。」

「為什麼？」

「他不喜歡談私事，要他談比從石頭搾出汁來還難。」

除了那一晚——此後兩人幾乎絕口不提——那晚史崔克喝得爛醉，幾乎站不住，否則的話，他是不曾主動談到私生活的。

「可是你們倆合得來？」

「嗯，很合得來。」

「很多男人都受不了另一半跟別的男人合得來。」

「那我該怎麼辦，只跟女人共事嗎？」

「不，」琳達說。「我的意思是馬修顯然覺得受到了威脅。」

蘿蘋有時會懷疑她母親很遺憾女兒在和馬修訂下終身之前，沒多交幾個男朋友。她和琳達很親密，她是琳達的獨生女。而此時此刻，茶室裡鏗鏘聲不斷，蘿蘋忽然有所頓悟，她很怕琳達會跟她說現在退婚還不遲。儘管她又累又心情低落，也儘管他們兩人幾個月來吵吵鬧鬧，但她知道她愛馬修。婚紗做好了，教堂訂好了，婚宴的費用也付得差不多了。她必須鼓起勇氣前進，跑到終點。

「我對史崔克沒有遐想。再說，他正在談戀愛，他在和愛琳．妥夫特交往，她是『三電台』的節目主持人。」

她希望這個消息能讓她母親分神，因為她在做飯和養花蒔草時總是會聽廣播節目。

「愛琳．妥夫特？是不是前晚在電視上談浪漫時期作曲家的金髮美女？」琳達問道。

「可能。」蘿蘋說，顯然興趣缺缺。雖然她的聲東擊西之策奏效，她卻改變了話題。「那你們要把荒原路華賣了啊？」

「對，不過很顯然賣不了多少錢。可能只能當廢鐵賣了吧……除非，」琳達說，突然有個點子，「妳跟馬修要嗎？稅金還有一年，而且每次的定期檢驗都能低空掠過。」

蘿蘋咀嚼著司康，腦筋轉動。馬修總是抱怨沒有車，而且怪罪於她的低薪。他姐夫的奧迪

A3敞篷車幾乎讓他羨慕得心痛。蘿蘋知道荒原路華非但老舊還有揮不去的落水狗和長靴味道，馬修一定很不中意，可是昨晚半夜一點在客廳裡馬修把他們所有親戚朋友的薪水都粗估了一遍，最後的結論是蘿蘋的薪資水平是在最底層。她心裡一使壞，想像自己跟未婚夫說：「我們有荒原路華了啊，馬修，不需要再存錢買奧迪了！」

「工作上會很方便，」她大聲說，「如果我們需要到倫敦城外。史崔克就不用租車了。」

「嗯。」琳達說，顯然心不在焉，但雙眼卻緊盯著蘿蘋的臉。

兩人駕車回家發現馬修和未來的岳父在擺餐桌，他在蘿蘋的父母家比較會幫忙做家事。

「婚紗怎麼樣？」他問話的語氣讓蘿蘋覺得他是想和好。

「還好。」蘿蘋說。

「告訴我會不吉利嗎？」他說，看她沒笑，又說：「不過妳穿起來一定很美。」

她軟化了，伸出一隻手，他眨眨眼，捏了她的手一下。琳達忽然把一盤馬鈴薯泥重重放在兩人之間，然後說她要把舊荒原路華送給他們。

「什麼？」馬修說，神色驚訝。

「你不是一直說想要一輛車。」蘿蘋說，幫她母親說話。

「是沒錯，可是——荒原路華，在倫敦？」

「有什麼不好？」

「那會毀了他的形象。」她弟弟馬丁說，拿著報紙走了進來；他剛才在查下午的全國大賽的賽馬名單。「可是卻非常適合妳，阿蘿。我現在就能看見妳跟『跳跳藍』飆在路上趕去犯罪現場。」

馬修的下巴繃緊了。

「閉嘴啦，馬丁。」蘿蘋兇巴巴地說，怒瞪著弟弟，在餐桌就座。「你有膽子就當著史崔克的面叫他跳跳藍看看。」

「他八成會哈哈笑。」馬丁快活地說。

「因為你們兩個是同袍嗎？」蘿蘋說，語氣冷淡。「因為你們兩個都有驚人的作戰紀錄，冒著生命跟殘廢的危險？」

馬丁是艾拉寇特家四個孩子裡唯一沒上大學的，也是唯一還住在父母家的。只要稍微暗示他不如人，他就會很敏感。

「妳他媽的是什麼意思——是說我應該去當兵嗎？」他發火了。

「馬丁！」琳達高聲說。「注意你的用詞！」

「她是不是因為你兩腿健全就每天跟你碎碎唸，唸到你耳朵生繭啊，馬修？」馬丁問道。

蘿蘋放下了刀叉，走出廚房。

她的眼前又浮現出那條斷腿，閃著光的骨頭從肌肉中戳出來，略微骯髒的腳趾甲，腳的主人可能是打算在別人看見之前洗乾淨或是塗上指甲油……

想著想著，她哭了起來，收到包裹後第一次哭。舊樓梯地毯的花色變得模糊，她必須摸索著臥室門門把。她走到床邊，面朝下倒下去，倒在乾淨的鴨絨被上，雙肩聳動，胸膛起伏，兩手摀著淚濕的臉龐，儘量掩住哭聲。她不想讓任何人跟進來；她不想說話，也不想解釋；她只想要一個人好好地釋放壓抑了一整週的情緒。

她弟弟拿史崔克的斷肢耍嘴皮，正好呼應了史崔克拿那條斷腿開玩笑。有個女人死了，而且很可能死得很慘，可是卻沒有人像蘿蘋這麼在乎。一把短柄小斧將一名死亡的無名女性變成了一堆血肉，變成了一個待解的謎題，而蘿蘋覺得天底下彷彿唯有她記得這條腿曾經是某個會呼吸的人的，而且可能在一週之前還活著……

痛快地哭了十分鐘後，她翻過來仰躺著，睜開淚流不止的眼睛，環顧舊臥室，彷彿能得到援助。

這個房間曾經像是地球上唯一安全的地方。大學休學後的三個月，她幾乎沒離開過房間，即使是吃飯也在這裡面。當年牆壁是亮粉紅色的，是她十六歲時犯的裝潢錯誤。她總隱隱覺得油漆選錯了，卻又不想請父親再重漆一遍，所以她盡可能以海報來遮蓋俗氣的顏色。床腳就有一幅「天命真女」的大海報，現在已經沒有了，可是雖然琳達在蘿蘋離家去倫敦和馬修同居後貼上了深綠色壁紙，蘿蘋仍能看見碧昂絲、凱莉．羅蘭、蜜雪兒．威廉斯從他們的唱片《倖存者》的封面看著她。那張海報與她人生中最苦的一段日子緊緊相連，無法抹滅。

最近牆上只有兩張加框照片：一張是蘿蘋六年級的畢業照（馬修在後方，是全年級最英俊的男生，不肯扮鬼臉，也不肯戴難看的帽子）；另一張是十二歲的蘿蘋騎著她的高地小馬安格斯，是她叔叔農場上的馬，一身粗毛，既強壯又頑固，雖然很調皮，蘿蘋卻很溺愛牠。

終於哭累了，她以雙手擦乾淚濕的臉龐。臥室正下方的廚房傳來模糊的聲音。她很肯定她的母親會建議馬修讓她獨處一會兒。蘿蘋希望他會聽。她覺得好想睡掉整個週末。

一小時後她仍躺在雙人床上，惺忪地瞪著窗外花園裡的萊姆樹梢。這時馬修敲門，端著一杯茶進來。

「妳媽覺得妳可能想喝茶。」

「謝謝。」蘿蘋說。

「我們大家要去看比賽，馬丁在巴拉布利格斯身上押了一大筆錢。」

不提她的煩惱，也不提馬丁魯鈍的批評；馬修的態度是在說她害自己出了醜，而他正在給她台階下。她當下知道他對於那條女人的斷腿對她的影響是一點概念也沒有。不，他氣惱的是艾拉寇特家的人沒有一個見過史崔克，但史崔克仍然在週末的談話中占了一席之地。所以是莎拉．薛洛克在橄欖球賽的情況重演。

「我不喜歡看馬摔斷脖子，」蘿蘋說。「而且我有事要做。」

他俯視著她一會兒，就走了出去，關門的力道稍大了些，所以門又彈了開來。

蘿蘋坐起來，撫平頭髮，深吸一口氣，去拿梳妝台上的筆電。她因為回家還帶著筆電而心虛，因為希望能找到時間私下調查而心虛。但馬修那種裝模作樣的寬宏大量讓她現在覺得理直氣壯。就讓他去看全國大賽吧，她還有更要緊的事得做。

她回到床上，墊了一堆枕頭在背後，打開了筆電，進入了某個特定的網站，她沒跟任何人提起過，連史崔克都不知道，反正他一定會認為她是在浪費時間。

她早已花了數小時的工夫追查兩條分開卻相關的線索，根據的是她堅持讓史崔克告訴華道的信：那個想自殘的年輕女性，以及那個想為史崔克的殘肢做什麼的人，這封信讓蘿蘋讀了隱約覺得噁心。

蘿蘋對人性始終著迷。她的大學生涯，雖然半途而廢，卻主修心理學。寫信給史崔克的年輕女性似乎是患有「肢體完整認同障礙」（ＢＩＩＤ），亦即想要切除健康的身體部位的不理性欲望。

蘿蘋在網路上讀過一些科學論文，知道ＢＩＩＤ患者極罕見，而且疾病的肇因也仍不詳。查過一些支援網站後，她也知道一般人有多不喜歡這類的患者。留言板上處處可見憤怒的批評，指控ＢＩＩＤ患者在垂涎別人因倒楣與疾病強加給他們的地位，以令人厭惡的浮誇方式博取注意。這些批評當然也引起了同樣憤怒的反駁：貼文的人真的以為患者願意生這種病嗎？他們難道不懂自發截肢——想要、需要癱瘓或截肢——有多困難？蘿蘋很好奇如果史崔克讀了這些ＢＩＩＤ患者的故事，不知會做何感想。她猜他的反應不會有多同情。

樓下客廳的門打開，她聽見一小段播報員的聲音，她父親叫他們的巧克力色老拉不拉多出去，因為牠放了屁，而馬丁哈哈笑。

筋疲力盡的蘿蘋挫折地發現她想不起那個寫信給史崔克、詢問他如何把腿切掉的年輕女孩叫什麼名字，她覺得可能是凱莉之類的。緩緩瀏覽最有人氣的支援網路，她留意著使用者名稱，看有沒有相關的名字。因為有不正常念頭的青少年除了網路之外，還會到哪兒去跟別人分享她的幻想？

馬修沒關好的臥室門旋開來，被驅逐的拉布拉多犬榮特利搖搖擺擺走了進來，漫不經心地讓蘿蘋揉揉耳朵，就在床邊趴下，尾巴搖了一陣子，隨即睡著了，鼻孔發出咻咻聲。蘿蘋就在牠的鼻塞似的鼾聲中繼續爬梳留言板。

冷不防間，她的心頭冒出一股興奮感，從她為史崔克工作開始這種感覺就越來越熟悉，而且這種感覺也是在尋找一星半點的消息的當下得到的報酬，儘管她的努力可能會有點收穫，也可能是徒費力氣，或是偶爾挖出了問題的關鍵。

求助無門：有人知道柯莫藍．史崔克嗎？

蘿蘋屏氣凝神，打開了這個話題。

W@nBee：那個只有一條腿的偵探嗎？他是退役軍人。

求助無門：我聽說他可能是自己把腿割掉的。

W@nBee：才不是，你去查一查就知道是在阿富汗炸斷的。

就這樣。蘿蘋在這個留言板上又瀏覽了更多話題，但是「求助無門」並沒有繼續詢問，而且也不見下文。這沒有什麼，他們可能是改變了使用者名稱。蘿蘋把網站的每一個角落都翻了一次，但史崔克的名字未再出現。

她的興奮消退了。假設寫信之人與「求助無門」是同一個人，在信中也很清楚可看出她相信史崔克的斷肢是自殘的結果。沒有許多缺少肢體的人是可以讓你寄予希望說他們的情形是自願的。

樓下的客廳傳來加油的呼聲。蘿蘋放棄了BIID留言板，轉而搜尋第二條線索。

她喜歡自認為在偵探社工作之後就變得較強悍，然而，第一次襲擊愛截肢者症候患者——患者對截肢者有性遐想——的幻想，她卻覺得胃不舒服，而且在離開網站許久之後都甩不開不舒服的感覺。現在她發現自己讀的是一個男人的自白（她假設是男的），他最刺激的性幻想對象是一名從肘關節和膝關節截肢的女人。四肢從哪個部位截斷似乎是各有各的痴迷。另一個男人（當然不可能是女的）從年紀很小開始只要一想到因意外而切掉了他自己的以及死黨的腿，就會手淫。放眼望去都是充滿了神往的討論，有的為殘肢而痴迷，有的嚮往截肢者的活動受限，還有的，據蘿蘋的解讀，是將殘廢視作某種極端的束縛。

樓下全國大賽的播報員帶著清楚鼻音的聲音急促不清地說個不停，她弟弟的加油聲越來越大，蘿蘋掃描了更多留言板，尋找任何提到史崔克的人，同時也搜尋這種性變態與暴力的關聯。蘿蘋發覺了值得注意的一點，這個論壇上的留言者儘管對截肢和截肢者有極強的迷戀，卻沒有一個會因為暴力或痛苦而感到亢奮。即使是那個性幻想的內容是他和朋友同時把腿切斷的人也在這方面表達得非常清楚，截肢只是得到殘肢的必要手段。

會不會是有人把史崔克當成截肢者而性趣昂揚，所以切斷了某個女人的腿，再送給他？這種事馬修就可能會覺得有可能，蘿蘋譏誚地想，因為馬修會假設對斷肢覺得有吸引力的人一定也能瘋狂到把別人的肢體剁下來；沒錯，他是會這麼想。然而，蘿蘋搜尋記憶中的RL來信內容，又瀏覽過同樣患有愛截肢者症候的人的自白，她認為RL說的「彌補」更有可能指的是史崔克會發現比原來的截肢更讓人倒胃口的做法。

當然啦，RL可能既是愛截肢者症候患者也是心理變態……

「好！太好了！五百鎊吔！」馬丁歡聲大叫。走廊傳來有節奏的砰砰聲，看來馬丁是覺得客廳還不足以讓他全力施展勝利之舞。榮特利醒了，跳了起來，發出惺忪的吠聲。噪音實在太多了，所以蘿蘋沒聽見馬修接近，一直到他推開門，她才趕緊連按了幾下滑鼠，退出了那些對截肢者有性癖好的網站。

「嗨，」她說。「應該是巴拉布利格斯贏了吧。」

「對。」馬修說。

這天第二次，他伸出一隻手。蘿蘋把筆電推到一邊，馬修把她拉起來，擁抱她。他溫暖的身體帶來了放鬆，滲透了她，平靜了她。她受不了又一夜吵架。

接著他退開，雙眼緊盯著她的肩膀。

「怎麼了？」

她低頭看筆電，白色螢幕上閃動著一條加框的定義：

愛截肢者症候　名詞

一種性變態，性滿足得自於對截肢者的幻想或舉動。

短暫的沉默。

「死了幾匹馬啊？」蘿蘋問，語氣活潑。

「兩匹。」馬修回答，說完就走出了房間。

14

...you ain't seen the last of me yet,
I'll find you, baby, on that you can bet.
Blue Oyster Cult, 'Showtime'

……妳還沒看到我的最後一手，
我會找到妳的，寶貝，我跟妳保證。
——藍牡蠣〈好戲上場〉

週日早晨八點半，史崔克立在尤斯敦車站外，抽他的最後一根菸，接著他就要搭九小時的火車到愛丁堡。

愛琳很失望他錯過了今晚的音樂會，所以下午大部分時間他們都在床上度過，這個折衷的辦法史崔克是極其樂意接受的。愛琳在臥室之外是美麗、冷靜、滿酷的一個人，而在臥室內則要感情外露得多。回想起某些情色的景象和聲響——她凝脂般的皮膚在他的唇下微微濕潤，她蒼白的嘴發出呻吟——為尼古丁更添風味。愛琳位於克雷倫斯台地街的華宅絕對禁菸，因為她的小女兒有哮喘。所以史崔克的交媾後享受並不是一根菸，而是看電視，是愛琳談浪漫派作曲家的錄影帶；他邊看邊抗拒著睡意。

「你知道，你的樣子很像貝多芬。」她若有所思地告訴他，畫面上是貝多芬的大理石半身像。

「只是鼻子打歪了。」史崔克說。他以前就聽人家說過了。

「對了，你為什麼要跑到蘇格蘭去？」愛琳問道。他裝上了義肢，坐在床上。她的臥室全是淡黃與白色調，卻絲毫沒有依莎與尼克家的客房那種令人氣悶的樸素。

「去追查線索。」史崔克說，非常清楚他是言過其實。除了他自己懷疑達諾．連恩和諾亞．布拉克班克與斷腿有關之外，他根本一條線索也沒有。不過，他雖然會默默哀悼這趟來回得花掉他將近三百英鎊的車資，他仍不後悔決定要去。

他以義肢踩熄了菸蒂，走進車站，在超市買了一袋食物，上了夜車。

單人臥鋪有可放下的洗臉台和狹窄的小床，雖然小，但軍中生活讓他見識過更不舒服的地方。他很高興發現小床能夠容納他六呎三的身高，拿掉義肢後，就能多出一塊小小的空間。史崔克唯一的不滿是車廂的溫度過高：他把頂樓公寓的室溫保持在冰冷的溫度，沒有一個女人不哀嘆，不過他的頂樓公寓根本也沒有留過女人過夜。愛琳甚至沒見過；他的妹妹露西也從未受邀，怕會粉碎了她的錯覺，她還以為最近史崔克賺了不少呢。其實，仔細一想，唯一進過公寓的女人是蘿蘋。

火車晃動一下，出發了。長椅從車窗掠過。史崔克坐在小床上，拆開了第一個培根棍子麵包，咬了一大口，同時想起了蘿蘋坐在他的廚房裡，臉色雪白，受驚虛弱。他很高興她目前是在馬森的家裡，安全無虞，他至少可以暫時把一個咬著他不放的憂慮收拾起來。

他目前的情況有似曾相識之感。他好像是回到了軍中，以最低的費用長途旅行全英國，只為了向愛丁堡的特偵組分站報告。他從未派駐到那裡。據他所知，辦公室是在城堡裡，矗立在市中心的一處崎嶇的露岩上。

稍後，他搖晃著走在通道上去廁所，回來後脫到只剩下四角褲，躺在薄薄的毯子上睡覺，或者該說是打瞌睡。火車左右搖晃很有撫慰的效果，但室溫過高，又加上火車不停變換速度，在在打擾他的睡眠。自從在阿富汗駕駛維京人輾到地雷，賠上了他一條腿以及兩位同袍的性命，史崔克就很難接受讓別人當司機。現在他發現這種輕微的變態憎惡也擴及到火車。對向的火車呼嘯而過，驚醒了他三次；火車轉彎微微搖晃也讓他想像是這個巨大的金屬怪獸失去了平衡，脫軌翻滾，撞擊解體……

五點十五分火車駛入愛丁堡的威佛利車站，但六點才供應早餐。服務員推著餐車的聲音把史崔克吵醒了。他打開門，以單腳平衡，穿制服的年輕服務員忍不住發出一聲慘叫，眼睛盯著史崔克背後地上的義肢。

「抱歉，老兄。」他以濃濃的格拉斯哥腔說，從義肢看到史崔克的腿，這才明白這位乘客並不是把自己的腿砍了下來。「喔，真抱歉！」

史崔克覺得好笑，接過餐盤，關上了門。一夜難眠，他急需來根菸，而不是重新加熱、韌如橡皮的牛角麵包，所以他把義肢穿上，穿好衣服，一邊喝光咖啡，匆忙加入第一批踏入冷冽蘇格蘭清晨的乘客。

車站的地勢竟讓人有誤入無底洞的錯覺。史崔克透過六角形玻璃天花板能分辨出陰暗的哥德式建築聳立在較高的土地上。他找到了計程車招呼站附近的地點，哈德克說會到這裡來接他。他坐在冷冰冰的金屬椅子上，點燃了一根菸，背包放在腳邊。

等了二十分鐘哈德克才出現，他一到，史崔克就有一股深刻的不安。他之前太感激不必再花錢租車，覺得再追問哈德克開的是什麼車未免太婆婆媽媽。

迷你奧斯丁，他媽的迷你奧斯丁……

「肥貓！」

兩人行的是美式的半擁抱、半握手禮，連軍中也流行。哈德克不到五呎八，長相討喜，老鼠色頭髮日漸稀疏。史崔克知道在他這副平凡的外表下，隱藏著一個非常犀利的調查頭腦。他們兩人一起逮捕了布拉克班克，單是這件案子以及後續的狗屁倒灶，就足以讓兩人稱兄道弟。

哈德克看著老朋友把身體塞進迷你奧斯丁裡，似乎直到這時才想到應該事先知會一聲他開的是哪一款的車。

「我都忘了你有這麼高大了，」他說。「你開這輛車行嗎？」

「可以。」史崔克說。把乘客座調到最後面。「多謝你借車給我，哈弟。」

至少是自排車。

「等一下應該會比較舒服。」哈德克喃喃說。車子駛上陡峭的鵝卵石皇家哩，經過了販售格子呢和人立雄獅旗幟的商店、餐廳和咖啡館、抓鬼之旅的廣告看板、狹窄的小巷，從這些巷子口可以飛快瞥見市區在他們的右下方擴展開來。

到了山頂上，城堡赫然入目：巍峨森嚴，被弧形的岩石高牆圍繞。哈德克向右轉，離開了有頂飾的城門，不想排隊的觀光客已經悄悄躲在這邊了。他在一座木亭報上姓名，亮出通行證，駕車通過，筆直馳向火山岩切出的坑道入口，坑道中燈光明亮，兩側盡是粗電纜。出了坑道之後，他們居高臨下，俯瞰腳下的城市；他們旁邊的城垛排列著大砲，砲口對著向遠處的福斯灣延伸的黑金色城市的朦朧尖塔及屋頂。

「不錯。」史崔克說，移到大砲那邊想看清楚些。

「是不錯。」哈德克也跟著說，以就事論事的眼神俯視腳下的蘇格蘭首府。「這邊走，肥貓。」

他們由木頭側門進入城堡。史崔克跟著哈德克走上清冷狹窄的石板走廊，上了兩層階梯，多少考驗了史崔克的右腿關節。牆上掛著維多利亞時代的軍人照片，照片的間距並不平均。

第一個平台上有道門，打開來是一條通道，兩邊都是辦公室，鋪著難看的暗粉紅色地毯，牆壁漆成醫院一樣的綠色。史崔克沒來過這裡，卻立刻隱隱覺得熟悉，而且是福爾本街那棟竊占的房子無法染指的。這裡是他的人生，他可以找一張無人的辦公桌坐下來，十分鐘之內就能動手辦公。

牆上貼著海報，有一張提醒調查員「黃金時間」的重要，亦即犯罪發生後的極短時間，這時無論是線索或情報都最多，也最易取得。另一張海報是濫用藥物的照片。白板上寫滿了日期與各種案件的截止日，「等待電話及DNA分析」、「需SPA表格三」，以及金屬檔案櫃，裝著攜帶式採指紋工具箱。化驗室的門開著，一張金屬高桌上擺著一個裝在塑膠證物袋裡的枕頭，枕頭上覆滿了暗褐色血跡。旁邊放著紙箱，裡頭裝著幾瓶酒。有血跡的地方就一定有酒。角落立著一瓶空的金鈴威士忌，戴著一頂紅色扁帽，這頂紅扁帽後來也就成了憲兵的綽號。

一名留金色短髮、穿細紋套裝的女郎迎面走過來。

「史崔克。」

他沒有馬上認出她來。

「愛瑪・丹尼爾斯啊，卡特瑞克兵營，二〇〇二年。」她咧嘴笑道。「你罵我們的上士是怠忽職守的混蛋。」

「喔，對了。」他說，而哈德克則吃吃竊笑。「他是混蛋。妳把頭髮剪短了。」

「而你現在可是大人物了。」

「我可不會這麼說。」史崔克說。

走廊更遠處有個只穿襯衫沒穿外套的蒼白年輕人從辦公室探出上半身，對他們的對話很有興趣。

「得走了，愛瑪。」哈德克輕鬆地說。「就知道他們看到你會引起騷動。」他把史崔克帶進辦公室，一關上門就這麼說。

房間相當陰暗，主要是因為窗外就是一面嵯峨的岩壁。辦公室的地毯也是醜陋的粉紅色，牆壁也是淡綠色的，但哈德克的孩子的相片以及啤酒杯收藏品讓辦公室的氣氛活潑了起來。

「好了，肥貓。」哈德克說，敲著鍵盤，然後站起來退後，把有輪子的電腦椅讓給史崔克。「你要的人。」

特偵組能夠取得三個機構的資料。而現在螢幕上是諾亞・康貝爾・布拉克班克的大頭照。是在史崔克認識他之前拍攝的，布拉克班克還沒有正面中拳，一邊眼窩還沒有永久凹陷，一邊耳朵也沒有變大。小平頭，黑髮，馬臉，下巴一層青色，額頭比常人要高許多，史崔克第一次見到他就覺得他那個拉長的頭和微微歪斜的五官彷彿是被老虎鉗夾過。

「我不能讓你列印資料，肥貓。」哈德克在史崔克坐下時說。「不過你可以拍照。要咖啡嗎？」

「你有沒有茶？謝了。」

哈德克離開了房間，小心地關上門，史崔克拿出了手機，拍下螢幕上的照片。等他確定掌握了不錯的肖像之後，他就接著瀏覽布拉克班克的完整紀錄，記下了他的生日以及其他的個人資料。

布拉克班克出生於聖誕節當天，與史崔克同年。他從軍時登記的地址在巴羅佛內斯。在加入格蘭比行動之前不久，也就是一般人所知的第一次波灣戰爭，他娶了一名軍人遺孀，她有兩個女兒，一個就是布莉特妮。他在波士尼亞服役時，兒子出生。

史崔克閱讀了紀錄，一面做筆記，一直看到布拉克班克受了重傷，改變了人生，結束了軍人生涯。哈德克進來房間，端著兩只馬克杯，史崔克喃喃道謝，繼續瀏覽數位檔案。檔案沒提到布拉克班克被控的罪名，這件案子是史崔克與哈德克調查的，兩人都深信布拉克班克有罪。他最後逃過了刑責，這件事可以說是史崔克的軍職生涯中最大的遺憾之一。他對這個布拉克班克最生動的回憶是他的表情，兇悍野蠻，握著一只砸破的酒瓶朝史崔克撲來。他的體型與史崔克相當，可能還高一點。哈德克事後說史崔克一拳把布拉克班克打得撞牆，那聲音就像是汽車撞上了營區宿舍薄薄的側牆。

「他還有一筆豐厚的撫恤金呢。」史崔克喃喃說，抄下了撫恤金寄達的不同地址。布拉克班克退伍後先回巴羅佛內斯的家。接著去了曼徹斯特，住了不到一年。

「哈。」史崔克小聲說。「原來就是你，王八蛋。」

布拉克班克離開了曼徹斯特，跑到了哈波羅市，後來又返回巴羅佛內斯。

「這是什麼，哈弟？」

「心理評估報告。」哈德克說，坐在牆邊一張矮椅上，也在看檔案。「你根本就不應該看到的，我真是太粗心大意了，怎麼會就丟在這兒。」

「真是太不小心了。」史崔克也說，打開了檔案。

不過心理評估報告上的資料都是史崔克已經知道的。布拉克班克只入院一次，因為他的酗酒問題瞞不住了。醫師們看法分歧，不確定他的症狀有多少是歸因於酗酒，有多少是創傷後精神壓力症，有多少是他的腦部創傷。史崔克必須一面在Google上查字典：失語症——難於找到正確的字眼；構音不良——語言失調；述情障礙——難以了解或辨認自己的情緒。

在當時失憶對布拉克班克是非常方便的藉口。要他假裝某些經典的症狀，會有多困難？

「他們忘了考量一件事，」史崔克說，他認識一些腦部創傷的人，也喜歡他們。「就是他本來就很賤。」

「沒錯。」哈德克說，一面工作一面喝咖啡。

史崔克關掉布拉克班克的檔案，打開了連恩的。他的照片與史崔克記憶中的那名邊防軍完全吻合：體格魁梧，膚色白，頭髮遮著額頭，兩隻小眼睛像雪貂。他們初識時連恩只有二十歲。

史崔克對連恩短暫的軍職記憶彌新，因為是他一手終結的。他記下了連恩母親在麥洛斯的地址，速讀了檔案，再打開附件的精神評估報告。

有反社會暨邊緣人格的強烈徵兆……可能有持續傷害他人的風險……

一聲很響的敲門聲，史崔克趕緊關掉了螢幕上的檔案，站了起來。哈德克還沒走到門邊，門就開了，一名神色嚴峻、穿裙裝的女性站在門口。

「有亭普森的東西要給我嗎？」她對哈德克吼叫，卻懷疑地怒瞪了史崔克一眼，史崔克猜她早就知道他在辦公室裡。

「我先走了，哈弟。」他立刻就說。「我們改天再敘。」

哈德克把他介紹給准尉，簡略說了他和史崔克以前的關係，就陪著史崔克走出去。

兩人在門口握手，他說：「我會待到很晚。等你不需要用車了，就打電話給我。旅途愉快。」

史崔克小心翼翼地走下石階，很難不去細想他也大可以在這裡工作，跟哈德克共事，遵行熟悉的規章以及特偵組的要求。軍隊想要留住他，即使他少了一條小腿。他從未後悔過解甲歸鄉，但今天突然又沉浸在舊生活裡，無可避免地讓他的心裡冒出了一些懷舊的愁緒。

他走到戶外，太陽被厚厚的雲層遮住了，只射出微弱的光芒，他沒有比這一刻更清楚意識到他的身分改變。他現在是自由人，可以轉身不睬無理取鬧的上司，也不必束縛在面對著岩石的辦公室中，然而他也同時失去了英軍的地位與權力。他現在是孤軍奮戰，一個人踏上征程，僅有的裝備是幾處地址，去尋找那個送給蘿蘋一條女性斷腿的人，而結果很可能只是白忙一場。

15

Where's the man with the golden tattoo?
Blue Oyster Cult, 'Power Underneath Despair'

有金黃刺青的那個人在哪裡？
——藍牡蠣〈絕望下的力量〉

不出史崔克所料，駕駛迷你奧斯丁，儘管該調整的地方都調整了，仍然是極端不服舒。失去右腿的結果是他需要以左腳來踩油門，空間太小，所以他得像表演特技似的，把身體調整到不服舒的角度。他一直等到離開了蘇格蘭的首府，安全地奔馳在前往麥洛斯的A7筆直道路上，才能夠把思緒由駕駛借來的汽車的技術問題上轉向皇家邊防軍的達諾．連恩大兵。他是史崔克十一年前在拳擊場上見到的。

第一次的邂逅是在晚間，樸素黑暗的體育館，五百名阿兵哥狂呼大吼。當時他還是皇家憲兵隊的柯莫藍．史崔克下士，體格強健，肌肉結實，用兩條強壯的腿走路，準備要讓大夥瞧瞧他在團隊拳擊錦標賽中大展雄威。連恩的支持者至少比史崔克的多出兩倍，但這與個人無關，憲兵原本就沒人緣，看著一個紅扁帽被打得昏迷不醒會是拳擊賽最完美的結局。出賽的兩個人都是彪形大漢，而這一場也是今晚的最後一場比賽。觀眾的嘶吼聲貫穿了兩名拳擊手的血液，變成了他們的第二個脈搏。

史崔克記得對手的黑色小眼睛和倒豎的暗紅色頭髮，跟狐狸的皮毛一樣。左前臂上刺了一朵黃玫瑰。脖頸粗，相形之下下顎就顯得窄，雪白無毛的胸膛肌肉結實，有如掮天巨神阿特拉斯的大理石雕像；雙臂與肩膀上雀斑遍佈，被雪白的肌膚一襯托，真像是蚊子咬出來的傷口。

四個回合下來，兩人平分秋色。年輕幾歲的連恩也許腳步輕捷，但史崔克的技巧卻勝過他。

第五回合，史崔克閃躲，佯裝直擊連恩的臉，卻一拳擊中他的腰，把他打倒在地。連恩撞上了地板，為他加油的集團一片沉默，緊接著喝倒采聲貫穿了體育館，有如象鳴。

數到六時連恩爬了起來，但是也把紀律丟在了地板上。狂暴的揮拳；不肯分開，導致裁判嚴重譴責；鈴響之後又一記戳擊：第二次警告。

第六回合開始後一分鐘，史崔克破解了對手逐漸散亂的拳法，把已流鼻血的連恩逼得靠在繩索上。裁判分開兩人，再示意繼續，連恩連最後一點的文明都不顧了，瞄準史崔克的頭出拳。裁判想干涉，但連恩殺紅了眼。史崔克在千鈞一髮之際避開了鼠蹊的一腳，立刻又發現被緊扣在連恩的懷裡，對方的牙咬住了他的臉部肌肉。史崔克立刻聽到裁判大吼，而觀眾則突然變成了啞巴，連恩散發出來的卑劣野蠻讓激烈的氣氛轉變為緊張不安。裁判強迫拳手分開，對連恩怒吼，但他似乎一句也沒聽見，只是重新打起精神，對著史崔克揮拳，史崔克側身閃過，重重一拳擊中連恩的肚子。連恩痛得彎了腰，喘不過氣，跪在地上。史崔克在零零落落的掌聲中離開了擂台，顴骨被咬之處還流著血。

史崔克後來輸給了傘兵三團的一名上士，得到亞軍；兩週後他輪調到奧德勺特，後來聽說連恩因為在比賽中的暴力與無紀律表現而被關禁閉。他的處罰本來會更重，但史崔克聽說連恩為求減輕刑責而編了藉口，說動了他的長官；他的說詞是在他上場比賽之前，他聽說了未婚妻流產，因而心情大受影響。

即使是在當年，尚未得知更多有關連恩的資料，史崔克也不相信連恩會把一個死胎放在心上，因為他覺察到在連恩那不長胸毛、牛奶般雪白的皮膚下潛藏著一頭禽獸。連恩的齒印在他出國時仍留在他臉上。

而三年後，史崔克到賽普勒斯去調查一件強暴案。一進入偵訊室他就又一次和達諾・連恩覿面相逢。這時的連恩體重又增加了，多了一些新刺青，被賽普勒斯的太陽曬得滿臉是雀斑，深陷的眼睛四周也刻上了紋路。

不出所料，連恩的律師抗議，不願由他的委託人咬過的調查員來偵訊，於是史崔克和同事調換案子，那名同事是來賽普勒斯調查販毒案的。一週之後，史崔克與這名同事見面，令他驚訝的是，這名同事竟傾向於採信連恩的說法。據連恩說，他和這個自稱是受害人的本地女侍是在酒醉的情況下交媾的，你情我願，只是動作粗魯了些，但她事後反悔是因為她的男友聽信謠言，以為她跟著連恩一起離開了上班的酒吧。女侍聲稱是刀鋒下的受害人，但所謂的性侵並沒有證人。

「根本是個小花痴。」他的特偵組同事如此評估那名自稱的受害人。

史崔克並沒有反駁他的立場，但是他並沒忘記連恩曾在幾百人親眼目睹之下表現出暴力與反抗的行為，卻能夠博取長官的同情。史崔克詢問連恩說詞的細節以及他的態度，他的同事以犀利、討人喜歡、幽默感扭曲來形容。

「紀律應該要再好一點。」調查員審查過連恩的檔案，不得不承認。「可是我不覺得他是強暴犯。他娶了家鄉的女孩，她也跟著來了。」

史崔克在熱得發昏的太陽下繼續調查毒品案。兩個星期後，他的鬍子已經長成了落腮鬍，因為照軍中的說法，他想看起來「不那麼像軍人」。他躺在煙霧彌漫的閣樓地板上，聽著一件奇異的故事。依照史崔克不修邊幅的模樣，腳上趿著涼鞋，寬短褲，粗手腕上纏著各種手環，嗑茫的年輕賽普勒斯毒販毫不疑心他是在跟一名英國憲兵說話，大概也算情有可原。兩人並肩躺在地上，手上拿著大麻菸，史崔克的同伴說出了幾個在島上販毒的軍人姓名，而且還不僅止於販賣大麻。年輕人的口音很重，史崔克忙著記下姓名，可能是真的，也可能是假名，新冒出來的「達拿蘭」並沒有立刻讓他聯想到什麼人。後來他的同伴又說出「達拿蘭」綑綁折磨他的老婆，這時史崔克才把「達拿蘭」和連恩想到一塊。「瘋子。」大眼睛的青年以漠不關心的聲音說。「因為她想離開。」經過小心翼翼、漫不經心似的詢問，賽普勒斯青年又說他是親口聽連恩說的。一半用意像是在取樂，一半用意是在警告年輕人他是在跟誰打交道。

隔天日正當中史崔克到海濱園去，太陽烤得慌。這裡的房屋是島上最老的眷村，漆成白色，有些髒亂。他刻意挑連恩上班的時間過來。他按門鈴，只聽見嬰兒微弱的哭聲。

「我們覺得她有廣場恐懼症。」鄰居一個愛八卦的婦人衝出來分享她的看法。「這一家有點奇怪，她害羞得不得了。」

「那她的先生呢？」史崔克問道。

「小達？喔，他簡直是個活寶。」鄰居開心地說。「你都沒看過他模仿歐克利班長！喔，笑死人了，像極了。」

他們有規矩，很多規矩，不得同袍同意，不准進屋。史崔克再敲門，卻無人回應。他仍聽見嬰兒在哭。他改而繞到屋後，窗簾掩住，他敲後門，無人回應。

如果他必須為自己的行為辯護，唯一的說法就是嬰兒的哭聲。這理由可能不足以支持他在無搜索狀的情況下強行進入他宅。史崔克不信任那些過度依靠直覺的人，但他深信屋子裡不對勁。他對詭異與邪惡的人事有一種敏銳的感覺。他從童年起就見識過許多別人只當是電影裡才會發生的情節。

他以肩撞門，第二次就撞開了。廚房的氣味很差。垃圾桶有幾天沒清了。他進入內部。

「連恩太太？」

無人回答，嬰兒的虛弱哭聲來自樓上。他拾級而上，一面呼喚。

主臥室的門開著。房裡半明半暗，氣味恐怖。

「連恩太太？」

她全身赤裸，一隻手被綁在床頭板上，一條沾滿血跡的床單半遮住她的身體。旁邊床墊上躺著她的寶寶，只包著尿布。史崔克看得出嬰兒不健康，皺皺癟癟的。

他跑過去要幫她鬆綁，另一隻手已經在掏手機要叫救護車，她卻以沙啞的聲音說：

「不……走開……出去……」

史崔克見過這類恐怖的情況。她失去人性的丈夫在她心中幾乎是超自然的力量。史崔克忙著解開她紅腫流血的手腕，她仍不停懇求他不要管她。連恩跟她說過如果他回家時嬰兒還哭鬧，他會宰了她。她似乎無法構想出一個沒有全能的連恩的未來。

達諾·連恩因虐妻被判十六年徒刑，而史崔克的證詞讓他鋃鐺入獄。連恩一直到最後仍矢口否認，說是他的妻子自己把自己綁起來的，是她自己喜歡，她不正常，她忽略了孩子，是她想陷害他，他是中了圈套。

這段回憶跟其他的一樣不堪。史崔克重拾回憶，而迷你奧斯丁掠過一道又一道的綠坡，在漸強的陽光下閃爍。這裡的風景史崔克看著陌生。大片的花崗岩，綿延的山陵，寸草不生，遼闊廣袤，有一種異國的壯闊。他的童年泰半是在海岸度過的，空氣中帶著鹹味，而這裡則是林地與河川，散發出與聖莫斯不同的神秘隱晦。聖莫斯這個小鎮有著悠久的走私歷史，五顏六色的房屋一直建到海灘上。

他經過了右邊一處宏偉的高架橋，想到心理變態的人，以及處處都有這種人，不只是在落的公寓、貧民窟、竊占的房子裡，就連這裡，在如此具有寧靜美的地方。連恩那種人就像老鼠：你知道有老鼠，可是你不會去多想，直到有一天你跟老鼠面面相覷。

馬路兩邊立著一對迷你石堡，站衛兵似的。史崔克駛入達諾·連恩的家鄉，陽光突破了雲層，亮得令人炫目。

16

So grab your rose and ringside seat,
We're back home at Conry's bar.
Blue Oyster Cult, 'Before the Kiss'

拿起你的玫瑰和場邊的椅子，
我們回到康利的酒吧了。
——藍牡蠣〈一吻之前〉

大街上的一家商店的玻璃門後掛著一條茶巾，裝飾了黑線畫的本地地標，但吸引史崔克目光的卻是一些別具風格的黃玫瑰，他記得達諾．連恩強壯的手臂上就是一模一樣的刺青。他停下來讀中間的字：

這是我們的城市，
是最好的城市。
空前絕後：
敬麥洛斯，
蘇格蘭之珠，
自由之城。

他把迷你奧斯丁停在聖母修道院旁的停車場，淡藍色的天空襯著寺院的暗紅色拱門，往東南方再過去就是伊耳敦山的三座尖峰，史崔克在地圖上就注意到這座山，現在親眼看見山峰，氣勢的確不凡。史崔克找了一家附近的咖啡館，坐在店外吃了一份培根麵包，抽了根菸，再喝完今天的第三杯濃茶，這才徒步去尋找連恩十六年前當兵時寫下的通訊地址。史崔克完全不知道該怎麼唸，是唸「文德」或是「懷德」。

史崔克信步從有坡度的大街走向中央廣場，廣場立著一根柱子，柱頭是獨角獸，柱腳種了一圈的花草。人行道上一顆圓石鐫著這地方的古羅馬名「特里蒙提恩」，史崔克知道這名字必定是因附近的三峰山而起的。

他似乎錯過了文德，根據手機上的地圖，應該會和大街相交。他折回去，在右手邊的牆之間找到了一處狹窄開口，只夠一個人行走，巷子裡是昏暗的庭院。連恩的老家大門是鮮藍色的，門前有短短的台階。

史崔克幾乎是一敲門就立刻有人回應，應門的人是位漂亮的黑髮女子，太年輕，不可能是連恩的母親。史崔克說明來意，她以柔柔的口音回答，史崔克覺得很迷人。

「連恩太太？她已經搬走有十年了。」

史崔克的心還沒往下沉，她就又說：「她住在頂格頓路。」

「頂格頓路？很遠嗎？」

「就在那上面。」她指著右後方。「可是我不知道幾號。」

「沒關係，麻煩妳了。」

他回頭穿過陰暗的窄巷，走入陽光燦爛的廣場，忽地想到除了在拳擊擂台上達諾・連恩對著他的耳朵嘟囔些汙言穢語之外，他並沒聽過連恩說話。當年仍在臥底查販毒案，滿臉鬍子的史崔克進出總部絕不能讓別人看見，所以連恩被捕後的偵訊工作就由別人執行。後來，他漂亮地完成了販毒案，把落腮鬍剃乾淨，出庭作證，但是等到輪到連恩起立否認他綑綁折磨妻子時，他已搭上了飛離賽普勒斯的飛機。史崔克穿越了市集廣場，不由得納悶大家會這麼願意相信達諾・連恩。相信他、喜歡他，會不會是因為這個邊防軍的口音。史崔克記得讀過一篇文章，說廣告商會利用蘇格蘭腔來暗示正直誠實的品格。

史崔克唯一看見的酒館是在他往頂格頓路的路上。麥洛斯似乎是個喜歡黃色的城市，雖然牆壁是白色的，酒館的門窗卻是檸檬色加黑色。來自康瓦耳的史崔克覺得很好笑，這個城市位處內陸，但酒館名卻叫「海船」。他轉入了頂格頓路，這條路從橋下蜿蜒而過，再越過陡峭的山坡，漸行漸遠。

「不遠」這個說法實在是因人而異，史崔克失去了小腿和腳丫之後經常有機會親身體驗。上坡路走了十分鐘，他就後悔沒回修道院去開車。他在路上攔下兩名婦人，問她們是否知道連恩太太的地址，但兩人雖然友善，卻都不知道。他繼續跋涉，微微出汗，經過了一長排白色平房，終於遇到一位老者迎面而來，戴著花呢扁帽，牽著一隻黑白花邊境牧羊犬。

「請問一下。」史崔克說。「你知不知道連恩太太住在哪裡？我忘了門牌號碼了。」

「連恩太太？」遛狗老人說，一雙眼睛在兩道椒鹽色濃眉下打量史崔克。「噯，她是我隔壁鄰居。」

謝天謝地。

「過去第三家，」老人說，指著方向，「前面有石頭許願井的。」

「多謝多謝。」史崔克說。

他走上連恩太太家的車道，以眼角發現那位老人仍站在原處，盯著他，儘管他的狗一直拉扯著牽繩，想往山下走。

連恩太太的平房乾淨整潔。草坪上、花壇中都點綴著迪士尼卡通人物般可愛的動物石雕。

大門在屋子的側面，罩在陰影下。史崔克正要敲門，突然想到他可能會在幾秒之內和達諾・連恩面對面。

他敲門後整整一分鐘，什麼動靜也沒有，遛狗的那位老人家又走了回來，立在連恩太太的柵門外，明目張膽地瞪著他。史崔克猜他可能是後悔把鄰居的地址告訴了陌生人，所以過來查看這條魁梧大漢是否想對鄰居不利，結果他猜錯了。

「她在家。」他大聲跟史崔克說，史崔克正在考慮是否要再敲一次。「可是她搗的。」

「她什麼？」史崔克回頭喊，再敲一次。

「搗的，嘟勒力。」

遛狗老人又朝史崔克走了幾步。

「發瘋了。」他為這個英格蘭人翻譯。

「啊。」史崔克說。

門打開了，出現了一名嬌小、憔悴、面色灰黃的老婦人，穿著深藍色家居袍。她抬頭怒瞪著史崔克，眼神兇狠，但眼睛卻不對焦。她的下巴上長出了幾根粗硬的短鬚。

「連恩太太？」

她一言不發，只是瞪著他，一雙眼睛佈滿血絲，眼珠失去光澤，但是史崔克知道年輕時這雙眼睛必定是像雪貂一樣。

「連恩太太，我是來找妳兒子達諾的。」

「不。」她說，語氣出奇的激烈。「不。」

她退後，摔上了門。

「可惡。」史崔克壓低聲音說，不由得想起了蘿蘋。她八成一見面能夠討這個小老媼的歡心。他緩緩轉身，在心裡琢磨麥洛斯不知有誰能幫得上忙——他在192.com上面絕對有看到別的連恩——結果一轉過來就面對著那位遛狗老人，他從車道口走了過來，表情謹慎興奮。

「你是那個偵探，」他說。「就是你把她兒子送進牢裡的。」

史崔克大吃一驚，他想像不出這位素昧平生的蘇格蘭老人家怎會認得他。他所謂的名聲其實是放大了，陌生人要認出他來機率極低。他在倫敦街道上成天來去，也沒人在乎他是誰，除非是有人在某件調查案中聽過他的名字或和他有過接觸，否則也很少會從報上的消息聯想到他。

「噯，就是你！」老人家說，越來越興奮。「我跟我老婆都是瑪格麗特．班揚的朋友。」

一見史崔克迷惑不解，他接著說明：「蓉娜的媽。」

史崔克搜索記憶，幾秒之後才想起連恩的妻子，就是那個他發現被綁在床上半遮著沾血被單的年輕女人，叫做蓉娜。

「瑪格麗特在報上看到你，就跟我們說：『就是他，就是這個小夥子救了我們家的蓉娜！』你可真是讓自己出了名了吧？別鬧，烏利！」他大聲喝止焦急的牧羊犬，牠仍在拉扯牽繩，想要上路。「噯，瑪格麗特注意你的一舉一動，報上的新聞一個也沒漏掉。你查出了那個殺掉模特兒女孩的人，還有那個作家！瑪格麗特一直沒忘記你救了她的女兒。」

史崔克喃喃謙遜了幾句，希望聽起來像是很感激瑪格麗特的欣賞。

「你來找老連恩太太有什麼事？他不會又做了什麼吧，那個小達子？」

「我想找他。」史崔克避重就輕。「你知不知道他有沒有回來麥洛斯？」

「喔，沒有。前幾年他回來看過他媽媽，之後就沒回來過了。這裡是個小鎮，要是小達．連恩回來了，我們會聽說的，知道吧？」

「你認為——班揚太太是吧？——會不會有——？」

「她會很樂意見見你。」老人家興奮地說。「不行，烏利。」他又喝了牧羊犬一聲，狗兒一面哼叫一面拉扯牽繩。「我來打電話給她吧？她就住在達尼克，隔壁村子。我打給她好嗎？」

「那就麻煩你了。」

於是史崔克陪著老人走向隔壁，在一塵不染的小客廳裡等待，而老人興奮地對著電話喋喋不休，他的狗也哀鳴得更大聲。

「她願意過來。」老人說，一手蓋著話筒。「你要在這裡見她嗎？不用客氣。我老婆會泡茶——」

「多謝，可是我還有幾件事要辦。」史崔克編了個謊，他很懷疑在這名聒噪的證人面前能不能有番成功的訪談。「麻煩你問問她有沒有空到『海船』吃午餐？一小時後？」

牧羊犬決心要去散步也幫了史崔克一把。兩個男人離開了屋子，一起沿坡路下去，牧羊犬全程都走在前方，把牽繩拉得筆直，史崔克不得不加快步伐。好不容易熬過了陡峭的下坡路，他鬆了口氣，在市集廣場和熱心的同伴道別，老人開心地揮手，朝特韋德河而去，而已微跛的史崔克沿著大街前進，消磨時間，等著折回「海船」赴約。

到了街尾，又一次舉目所見淨是黑色加檸檬黃，他這才恍然海船酒館的顏色是如何來的。這裡也是黃玫瑰，在一塊看板上，看板上也寫著麥洛斯橄欖球俱樂部。史崔克停下來，雙手插進口袋，看著矮牆後平整的翠綠草地被樹林包圍，黃色的球柱在陽光下閃耀，右邊的看台以及遠處微微起伏的丘陵。球場維護得如同其他禮拜場合一般，在這麼一個小鎮上尤其突出。

望著天鵝絨般的遼闊草地，史崔克想起了惠泰科，混身發臭，躺在屋子一角，麗妲躺在他身邊，張口聽著他艱辛的一生經歷——史崔克如今想來，他母親就像隻雛鳥般貪婪愚昧，輕易就落入了惠泰科編織的故事裡。在麗妲的眼裡，戈登斯頓可能就像惡魔島[3]，令人激憤，居然把她瘦弱的詩人踢出去，逼得他在酷寒的蘇格蘭冬天裡挨打受罵，在泥濘雨雪中打滾。

「橄欖球不行，達令。喔，可憐的孩子……你還打橄欖球！」

十七歲的史崔克當時參加拳擊社，嘴唇正腫得像香腸，對著功課輕聲笑了出來，惠泰科搖搖晃站起來，以討厭的譏誚語氣大吼：

「你他媽的笑什麼，豬頭？」

惠泰特最受不了別人笑他。他需要奉承、渴求奉承；沒有奉承，他就拿別人的恐懼甚至是厭憎來證明他自己的強大有力，而奚落挖苦則證明別人自覺優越，因此他絕對無法容忍。

「妳他媽的愛死了，是不是，白痴的小婊子？自以為是他媽的優等生了吧，去你奶奶個熊。叫他的富爸爸把他送去他媽的戈登斯頓去！」惠泰科對麗妲大吼大叫。

「冷靜點，達令！」她這麼說，又以稍微決斷的語氣說：「不行，小柯！」

史崔克已站了起來，急著想好好教訓惠泰科一頓。那是他最接近動手的一次，但是他母親踉蹌擋在兩人之間，枯瘦、戴戒指的手按住了兩人起伏劇烈的胸膛。

史崔克眨眨眼，陽光明媚的球場似乎又回到眼前，又變成了一處奮鬥激昂的場所。他能嗅到身邊的樹葉、青草、馬路上熱呼呼的橡膠味。他徐徐轉身，折回海船酒館，渴望來杯酒，但奸險的潛意識還不想放過他。

平整的橄欖球場也釋放了另一段記憶：黑髮黑眸的諾亞．布拉克班克握著破啤酒瓶朝他衝來。布拉克班克長得虎背熊腰、孔武有力，而且速度很快：在球隊中擔任側翼後衛。史崔克記得他自己的拳頭舉了起來，就在酒瓶擊中他的頸子時一拳也揮了出去——

顱底骨折，他們是這麼說的。耳朵出血，腦部大面積受創。

「幹、幹、幹。」史崔克低聲嘟囔，走一步罵一聲。

連恩，你是為他來的。連恩。

他經過了掛在「海船酒館」門上的鮮黃色金屬帆船。一進門就看到招牌寫著麥洛斯唯一的酒館。

3. 譯註：原名阿爾卡特拉斯島，位於美國舊金山灣內，一九三三年至六三年曾是聯邦監獄。

他立刻就覺得這地方有令人平靜的氛圍：暖色系的光芒，晶亮的玻璃和銅器；地毯像拼貼圖，褪色的各種褐、紅、綠；牆壁是溫暖的桃色加上外露的石頭。到處都能看出麥洛斯對運動的痴迷：黑板上寫著賽程，幾面巨型電漿電視，而在小便池上方（史崔克最後一次方便是在幾小時前）還有一台小電視掛在牆上，以防不得不紓解飽脹的膀胱時漏掉了最精采的賽事。

回愛丁堡還得開哈德克的車，所以他只買了半品脫約翰．史密斯啤酒，在一張皮面沙發上坐下，面對著吧台，瀏覽多層的菜單，希望瑪格麗特．班揚會準時，因為他剛發現自己餓了。不到五分鐘她就出現了。雖然史崔克不太記得她女兒的模樣，也沒見過班揚太太，但她站在門墊上，停下來瞪著他，表情融合了不安與期待，讓史崔克猜到了她的身分。

史崔克站起來，她慌張地前進，兩隻手緊緊抓著黑色大皮包的帶子。

「是你。」她喘不過氣似的說。

她大約六十歲，很嬌小，戴金屬框眼鏡，金髮電燙過，表情焦慮。

史崔克伸出一隻大手，和她握手，她的手微微發抖，很冰，骨架纖細。

「她爸今天去了和易克，沒法來，我打電話給他，他叫我告訴你我們永遠也不會忘了你是蓉娜的大恩人。」她一口氣說了這麼多。她和史崔克一起坐在沙發上，仍然以敬畏加緊張的神情觀察他。「我們從來沒忘記過，我們看了你在報紙上的新聞，我們真的好難過你斷了一條腿。你為蓉娜做的事！你為——」

說著說著她就紅了眼眶。

「——我們好……」

「我很高興我能夠——」

發現她的孩子赤身裸體、全身血跡被綁在床上？跟親屬說他們深愛的人遭遇了什麼事是這份工作最讓人為難之處。

「——幫上忙。」

班揚太太從黑皮包底部找出手帕擤鼻涕。他看得出她是屬於那種沒有要緊事絕不會一個女人家孤身進酒館的世代，而且如果沒有男士幫她們點飲料，也絕不會到吧台去買。

「妳要喝點什麼？」

「柳橙汁就好。」她氣喘吁吁地說，以手帕擦眼淚。

「也吃點什麼吧。」史崔克慫恿她，自己非常想要來點啤酒麵糊裹的炸黑線鱈和薯條。

他到吧台點餐再回座，班揚太太問他到麥洛斯來有什麼事，而她的緊張的源頭也立刻變得很清楚。

「他不是回來了吧？小達？他回來了嗎？」

「據我所知沒有。」史崔克說。「我不知道他在哪裡。」

「你是不是覺得他跟……？」

她把聲音壓低到耳語。

「我們在報上看到了……我們看到有人送給你一、一條——」

「對。」史崔克說。「我不知道是不是跟他有關，但是我很想找到他。他出獄之後顯然回來看過他母親。」

「喔，應該是四、五年前的事了。」瑪格麗特．班揚說。「他跑到她家門口，硬闖了進去。她現在得了阿茲海默症。她阻止不了他，可是鄰居打電話給他的幾個哥哥，他們來把他轟出去了。」

「是嗎？」

「小達是最小的兒子，上面有四個哥哥，都不是好惹的。」班揚太太說。「四個都是。傑米住在塞扣克——他風風火火地衝了來，把小達給趕了出去。聽說他把他打昏了。」

她顫抖著喝了一口柳橙汁，接著說：「我們都聽說了。我們的朋友布萊恩，就是你剛才遇見的那個，他看到他們從屋子裡打到馬路上。四個打一個，每個都又吼又叫。有人報了警。傑米被警察警告，可是他不在乎。」班揚太太說。「他們不要他靠近他們，或是他們的媽。他們把他趕出城了。

「我嚇壞了，」她接著說。「為蓉娜害怕。他老是說等他出來了，他會來找她。」

「他有嗎？」史崔克問道。

「有。」瑪格麗特．班揚悲慘地說。「我們知道他會來。她搬到格拉斯哥去了，在旅行社工作。還是被他找到了。半年來她無時無刻不在害怕，怕會被他找到，結果有一天他真的出現了。有天晚上跑到她的公寓，而且他病了，不一樣了。」

「病了？」史崔克銳聲說。

「我不記得是什麼病，某種關節炎吧，蓉娜說他也胖了不少。他晚上跑到她的公寓，他一直在跟蹤她。幸好，」班揚太太激切地說，「她的未婚夫也在，他叫班，」她連忙補充，衰老的臉頰上露出了得意的紅潤，「而且他是警察。」

聽她的語氣彷彿是覺得史崔克會格外慶幸似的，彷彿他和班是某個偉大的調查員班裡的同事。

「他們已經結婚了。」班揚太太說。「沒生孩子，因為……唉，你也知道原因……」

班揚太太的眼鏡後冷不防湧出了一顆顆的眼淚。十年之前發生的恐怖情事驀地又像是剛剛發生的事，好像一堆垃圾被丟在他們面前桌上。

「連恩拿刀子插進了她的身體。」班揚太太低聲說。

她當史崔克是醫師或牧師似的跟他傾吐，把壓在心頭的秘密說出來，她不能跟朋友說，但是最壞的部分史崔克早已知道了。她又到黑皮包裡找手帕，史崔克想起了被褥上的一大攤血跡以及蓉娜想掙脫繩索手腕上擦破的皮膚。感謝主，她的母親無法看穿他腦海中的畫面。

「他把刀子插進了……他們設法……你知道……修補……」

班揚太太顫巍巍地深吸一口氣，這時兩盤食物送到了他們面前。

「可是她和班的假日過得很快樂。」她慌亂地低聲說，不斷擦拭凹陷的臉頰，一面把杯子舉到眼前。「他們飼養……他們飼養德國……德國狼犬。」

儘管很餓，史崔克卻無法在討論蓉娜．連恩的慘況之後立刻進食。

「她和連恩不是有個孩子？」他問道，想起了嬰兒躺在全身血跡又脫水的母親身邊虛弱地哀泣。「那孩子現在一定有……十歲了吧？」

「是個兒子，死、死了。」她低聲說，眼淚從下巴滴落。「夭、夭折了。他老是病病歪歪的，那個孩子。他們把小、小達關進去以後兩、兩天，他就死了。他、他——小達——出獄之後就打電話給蓉娜，說他知道她殺、殺了孩子……說等他出來會宰了她……」

史崔克伸出一隻大手按著哭泣的婦人的肩膀，隨即站起來，走向年輕的女服務生，她正張大嘴巴看著他們。白蘭地對他背後這位麻雀似的小女人應該夠烈了。史崔克的瓊安舅媽只比班揚太太的年紀大一點，總把波特酒當藥用。他點了一杯，端回去給她。

「來，喝一點。」

他的報酬是眼淚再度湧現，但在擦拭更多次，手帕濕透之後，她抖著聲音說：「你真好心。」她呷了口酒，發出小小的喘息聲，朝他眨眼，金色睫毛圈住的眼睛像小豬一樣變成了粉紅色。

「妳知不知道連恩跑去找蓉娜之後去了哪裡？」

「知道。」她低聲說。「班去警察局打聽，到假釋局去打聽。他顯然是去蓋茲赫德了，可是我不知道現在還在不在那裡。」

蓋茲赫德，史崔克想起了他在網路上找到的達諾．連恩。他是否從蓋茲赫德搬到科比？抑或是不同的兩個人？

「幸好，」班揚太太說，「他再也沒來騷擾過蓉娜和班了。」

「我想也是。」史崔克說，拿起了刀叉。「警察加上德國狼犬是嗎？他並不笨。」

她似乎從史崔克的話得到了勇氣與安慰，怯怯地含淚一笑，也吃起了乳酪通心粉。

「他們很年輕就結婚了。」史崔克說，急於想探聽任何有關連恩的消息，看是否能從中得知他的習慣或是與他來往的人。

她點頭，吞嚥，說：「太年輕了。她才十五歲就跟他約會，我們都不喜歡。我們聽說過達諾．連恩一些事。有個年輕女孩說他在『青春農夫』迪司可裡霸王硬上弓，結果那件案子也不了了之，警察說找不到足夠的證據。我們警告蓉娜說他是個麻煩人物，」她嘆口氣，「可是她反而更鐵了心要跟著他。我們蓉娜就是那麼頑固。」

「他已經被控強暴罪過？」史崔克問道。他的魚和薯條美味極了。酒館的客人越來越多，他很慶幸，女服務生的注意力轉移了。

「是啊。那一家人都很粗暴。」班揚太太說，帶著那種小鎮的勢利，史崔克自己的成長經驗讓他領教得多了。「那幾個哥哥，老是在打架，是警察局的頭痛人物，可是最壞的還是小達。連他的親哥哥都不喜歡他。我覺得他媽媽也不怎麼喜歡他，說真的。聽說啊，」她又講起了悄悄話，「不是一個爸爸生的。那對夫妻老是吵架，後來大概就在她懷上小達的時候分開了。其實呢，謠傳說她是跟本地的警察有一腿。那個警察調走了，連恩先生就又回來了，可是連恩先生一直都不喜歡小達，我知道。一點也不喜歡他。大家都說那是因為他知道小達不是他的。

「他是全家最野的孩子，長得又高又大。他參加了低年級七人制——」

「七人制？」

「七人制橄欖球。」她說，而且連這位嬌小文雅的女士都很意外史崔克居然聽不懂，在麥洛斯，橄欖球豈僅是運動，簡直是宗教。「可是被隊上踢出來了，沒有紀律。他們開除他之後的一個禮拜，就有人把綠場挖得坑坑疤疤的，就是球場。」她又補充一句，以便為面露迷惘無知表情的這個英格蘭人解惑。

白蘭地讓她的話變多了，這時她像連珠砲似的。

「他後來又去打拳。不過他天生就會吹牛，噯。蓉娜剛看上他的時候——她那時十五歲，小達十七——就有人跟我說他其實不是個壞孩子，噯。」她朝史崔克不相信的表情點頭。「不是很清楚他為人的人都會喜歡他。他願意的話可以很迷人，那個小達．連恩。

「可是只要去問問華特．吉爾克萊斯特就知道他迷不迷人了。華特開除了他——他老是上班遲到——而且之後他的穀倉就被人燒了。喔，沒有人能證明是小達。也沒有人能證明小達破壞了球場，可是我知道是怎麼回事。

「蓉娜一句話也聽不進去。她覺得她了解小達，小達是被人誤解了，我不知道他的好。我們有成見，心胸狹窄。他想從軍。我心裡想太好了，擺脫掉他了。我希望趁這時候蓉娜能把他忘了。

「後來他又回來了。弄大了蓉娜的肚子，可是孩子掉了。她很氣我，因為我說……」

她不願告訴史崔克她說了什麼，但史崔克想像得出來。

「後來蓉娜死也不肯跟我說話，就在他下次休假的時候跑去嫁給了他，沒邀請我跟她爸。」她說。「一起到賽普勒斯去了，可是我知道是他殺了我們的貓。」

「什麼？」史崔克問，丈二金剛摸不著頭腦。

「我知道是他。我們跟蓉娜說她犯了天大的錯，在她嫁給他之前。那天晚上我們找不到波蒂，第二天早上牠躺在後院草地上，死了。獸醫說牠是被勒死的。」

她肩膀上方的電視上身穿鮮紅色球衣的迪米塔爾．貝爾巴托夫正在慶祝攻進了富勒姆隊一球。空氣中充滿了蘇格蘭邊疆居民的聲音。酒杯互碰，餐具鏘鏘，而史崔克的同伴卻談著死亡與殘殺。

「我知道是他，我知道他殺了波蒂。」她忿忿地說。「看他是怎麼對蓉娜和寶寶的。他就是邪惡。」

她雙手摸索著皮包的搭釦，掏出一小疊相片。

「我先生老是說：『妳幹嘛還留著？都燒了吧。』可是我老覺得我們有一天會用到他的照片。哪。」她說，把相片塞進史崔克急切的手裡。「給你，你來保管。蓋茲赫德，那就是他去的地方。」

稍後，她千恩萬謝，淚眼迷濛地離開了。史崔克付了帳，走向「麥洛斯的米勒」，他在鎮上溜達時發現的一家肉店。他買了些鹿肉餅，他很懷疑在搭夜車回倫敦前在車站能買到比這個可口的食品。

史崔克抄一條短街回到停車場，小路旁金黃玫瑰盛開，又讓他想起那隻強壯手臂上的刺青。多年之前，這個四面是農地，還有伊耳敦山的三座尖峰俯瞰的可愛小鎮對達諾．連恩而言還有意義。但他不是老老實實的莊稼人，不是有運動精神的球員，不是以紀律與勤懇努力為傲的一個地方的資產。麥洛斯把縱火燒毀穀倉的人、勒死貓的人、挖壞橄欖球場的人趕了出去，所以連恩找了某個地方當避難所——英國軍隊——而在這個地方許多人不是找到了救贖就是遇上了報應。從軍讓他進了監牢，而監牢又把他吐出來，他想回家鄉來落腳，卻沒有人要他。

達諾．連恩是否在蓋茲赫德得到了較溫情的歡迎？他是否從那裡又遷到科比？又或者，史崔克一面彎腰屈膝坐進哈德克的迷你奧斯丁，一面揣想，這些地方只是中途站，他最終的目標是倫敦和史崔克？

17

The Girl That Love Made Blind

愛被弄瞎的女孩

週二早晨，「它」在睡覺，因為「它」說過了漫長辛苦的一晚。好像他媽的他在乎似的，可是他得表現得像很關心。還是他勸「它」去躺一躺的，等「它」的呼吸變得深沉平穩之後，他看著「它」一會兒，想像著用雙手把「它」的生命給勒斃，看著「它」瞪眼睛，看著「它」掙扎著想呼吸，看著「它」的臉慢慢變紫。

等他確定不會吵醒「它」之後，他就悄悄離開了臥室，套上夾克，溜進大清早的新鮮空氣中，去找「小秘書」。這是幾天來他第一次有機會跟蹤她，而且他來遲了，沒辦法在她的車站追躡上她。這下子他只能到丹麥街口去埋伏了。

他老遠就看見了她：那頭鮮豔的草莓金波浪狀頭髮絕對錯不了。這個虛榮的賤貨一定很喜歡在人群中有鶴立雞群的感覺，不然的話她就會把頭髮遮起來，或是剪短，或是染髮。她們都想招蜂引蝶，他很清楚，沒有一個例外。

他一眼就能看穿別人的心情如何，這種本能從未出錯，而她漸漸接近，他立刻就看出了有哪裡不同。她走路時低著頭，垂著肩，渾然不覺在她四周湧現的工人，緊抓著袋子、咖啡、手機。

他迎面走過她旁邊，要不是這條街上充斥著車輛的廢氣和塵埃，兩人的距離之近，他都能嗅到她的香水了。她簡直就把他當成了安全島上的護柱，這讓他有點惱火，儘管他的企圖也是不引起注意。他在百萬人中挑出了她，可她卻對他視而不見。

但換個角度看，他也發現了一件事，她哭了幾個小時。他知道女人哭是什麼樣子，他就見過許多次了。眼皮腫、鼻頭紅、臉皮鬆弛，又哭又鬧，女人都是這一套。女人喜歡扮演受害者，只有殺了她們才能讓她們閉嘴。

他轉身，跟著她走完短短的距離到丹麥街。女人如果像她這樣的心情，通常會比不那麼難過或驚怕的時候溫馴。她們會忘了做那些賤貨習慣做的事來遏阻像他這樣的人：鑰匙圈掛在手指上，手裡拿著手機，口袋裡裝著防狼警報器，成群結隊地走路。她們會很渴望聽到一句親切的話，很感激有個人傾吐。他就是這麼乘隙而入的。

她轉入了丹麥街，他也加快腳步。記者在守候了八天之後終於撤退了。她打開了偵探社的黑色大門，進去了。

她會再出來嗎？還是會跟史崔克待上一天？他真的巴不得他們兩個人是砲友，搞不好就是。偵探社裡一天到晚只有他們兩個人——不是才怪。

他縮進一處門洞，掏出手機，一隻眼睛盯著二十四號的二樓窗戶。

18

I've been stripped, the insulation's gone.

Blue Oyster Cult, 'Lips in the Hills'

我被剝奪了，絕緣體沒了。

——藍牡蠣〈山上的唇〉

蘿蘋首次踏進史崔克的偵探社是她訂婚的第一個早晨，今天她開玻璃門，想起了她那時看著手指上的新藍寶石戒指變暗，沒多久史崔克就從辦公室裡衝出來，險些把她撞得從金屬樓梯上跌下去摔死。

今天她的手指上沒有戒指了。幾個月來戴著戒指的指頭感覺超級敏感，彷彿是留下了烙印。她提著一個小帆布袋，裡頭裝了一套衣服以及些許盥洗用具。

妳不能在這裡哭，妳不能在這裡哭。

她自動做起了上班該做的事：脫掉大衣，跟手提包一起掛在門邊鉤上，裝水壺、開開關，把帆布袋塞進辦公桌下，史崔克才不會看見。她不時回頭檢查是否做了該做的事，覺得像遊魂一樣，冰冷的手指可能會穿過手提袋和水壺的把手。

九年的感情毀於四天。四天來敵意攀升，積怨出口，互相指控。回想起來，有些事根本不值一提。荒原路華，全國大賽，她決定把筆電帶回家。週日兩人為誰的父母要付婚禮車隊的費用而小吵，吵著吵著又拉扯上她可憐兮兮的薪水。週一早晨他們把荒原路華開回家，兩人已幾乎不說話。

接著是昨晚，在西伊林的家裡，爆發了最嚴重的口角，相較之下，之前的爭執只是小小的齟齬，只是毀滅一切的大地震之前的小小搖晃。

史崔克很快就會下來，她能聽見他在樓上的公寓移動。蘿蘋知道她絕不能臉色難看或是無力工作的樣子。如今她擁有的只有工作了。她得在別人的公寓裡找個房間，因為史崔克付給她的杯水車薪只能這麼將就。她想像著未來的同屋的室友，那會像是回到了住宿舍的年代。

現在別去想。

她泡茶時才想到忘了把她在最後一次試婚紗之後買的那罐貝蒂斯茶包帶來。一想到這裡，她險些控制不住情緒，但她硬是忍住了痛哭的衝動，把馬克杯帶回電腦旁，準備要處理暫離偵探社一週沒回的郵件。

她知道史崔克剛從蘇格蘭回來，他搭的是夜車。等他出現，她會談這件事，以免他注意她紅腫的眼睛。今早離開公寓之前，她以冰塊冷水敷過眼睛，效果卻有限。

她要出門時馬修擋住她的去路，他也是一副鬼樣。

「喂，我們需要談一談，不談不行。」

不要又來了，蘿蘋心中這麼想，把熱茶舉到唇邊，雙手顫抖。我不必再做我不想做的事了。

想法倒是很勇敢，卻被滴落在臉頰上的一顆熱淚拆穿了。驚恐之下，她趕緊拭淚，她還以為她的淚都哭乾了呢。轉而注視螢幕，她開始回覆一名委託人詢問發票的來信，卻不知道自己打了什麼。

門外樓梯的鏘鐺聲讓她打起精神來。門開了，蘿蘋抬頭看，站在門口的人不是史崔克。

剎那間，她的體內流竄過直覺的恐懼。沒有時間分析這名陌生人為什麼會給她這種感覺；她只知道他很危險。她在瞬間就計算出她不可能及時跑到門口，而她的防狼警報器放在大衣口袋裡，她最佳的武器是距她左手幾吋的尖銳拆信刀。

他憔悴蒼白，剃光頭，鼻子很寬，散佈著雀斑，大嘴厚唇。手腕、指節、頸子都覆滿刺青。不懷好意的笑容露出一顆金牙。上唇正中央有道很深的疤，一路劃到一邊頰骨上，把他的嘴唇向上拉，像時時刻刻都掛著貓王的招牌冷笑。他穿寬牛仔褲，運動衣，全身散發出濃濃的香菸與大麻氣味。

「嘿。」他說，垂在身側的兩隻手不停發出聲響，一邊走進來。喀答、喀答、喀答。「妳一個人啊？」

「不是。」她說，嘴巴整個乾了。她想在他更靠近前抓住拆信刀。喀答、喀答、喀答。「我的老闆就在……」

「香客！」史崔克的聲音從門口傳來。

陌生人向後轉。

「本生。」他說，不再彈手指，反而伸出一隻手，輕拍了史崔克一下，算是打招呼。「還好嗎，兄弟？」

要命喔，蘿蘋心裡想，因放心而全身虛脫。史崔克幹麼不跟她說這個人要來？她別開臉，忙著回信，不讓史崔克看見她的臉。史崔克領著香客進裡間的辦公室，順手帶上了門，她聽到「惠泰科」三個字。

通常她會希望自己也在裡面聽。她處理完郵件，覺得應該要送咖啡進去。首先她先去樓梯平台那兒的小洗手間，在臉上潑點冷水。無論她用零用金買了多少的空氣清香劑，這裡始終就彌漫著一股強烈的臭水溝味。

而這時的史崔克雖然沒有把蘿蘋看個仔細，也已被她的外表嚇到。他沒看過她的臉色那麼蒼白，眼睛那麼紅那麼腫。他在辦公桌後坐下來，急於聽聽香客帶來了什麼惠泰科的訊息，卻也忍不住想：那個混蛋把她怎麼了？而且就在電光石火的一瞬間，在全神注意香客之前，他想像著海扁馬修而且非常享受的畫面。

「你怎麼這副鬼模樣，本生？」香客問道，坐在對面的椅子上伸懶腰，激烈地彈著手指。他從十幾歲開始就會局部肌肉小抽搐，誰要想讓他停下來，史崔克希望那個人會有神功護體。

「累死了，」史崔克說。「兩個小時前才從蘇格蘭回來。」

「沒去過蘇格蘭。」香客說。

史崔克倒不曉得香客這輩子還離開過倫敦。

「你有什麼消息？」

「他還在道上混。」香客說，不再彈手指，改而從口袋掏出一包梅菲爾香菸。以廉價打火機點燃了一根菸，也不問史崔克介不介意。史崔克在心裡聳聳肩，拿出自己的金邊臣，借用了他的打火機。「找他的販子，老傢伙說他在卡特福。」

「他離開哈克尼了？」

「除非他是留下了一個複製人，不然就一定是離開了，本生。我沒查是不是分身。再給我一筆錢，我就去查。」

史崔克發出好笑的噴鼻聲。別人都低估了香客，算他們活該倒楣。他那副尊容活像是這輩子各種毒品來者不拒，而他坐不住的毛病也經常會讓認識他的人誤以為他嗑什麼藥。其實他比許多上了一整天班的生意人還要精明清醒，只不過他走的是旁門左道，而且無法回頭。

「有地址嗎？」史崔克問，把一本筆記簿拉過去。

「還沒有。」香客說。

「他有工作？」

「他見人就說是某個金屬樂團的巡迴表演經理。」

「可是？」

「他在拉皮條。」香客說，就事論事的口吻。

敲門聲。

「有人要咖啡嗎？」蘿蘋問道。史崔克看得出她刻意躲避光線。他的視線落在她的左手上，訂婚戒不見了。

「太好了。」香客說。「兩顆糖。」

「茶就好，謝謝。」史崔克說，看著她離開，一面伸手到辦公桌抽屜裡拿他從德國的酒館摸來的舊白鐵菸灰缸。他把菸灰缸推給香客，免得他把越來越長的菸灰彈在地上。

「你怎麼知道他在拉皮條？」

「我認識這個老傢伙，他遇見他跟站壁的在一起。」香客說。史崔克很熟這種倫敦俚語：站壁的——亦即妓女。「說惠泰科跟她同居，非常年輕，剛到合法年紀。」

「對。」史崔克說。

他成為調查員之後就和各種的妓女打過交道，但這一次不同，這一次是他的前繼父，一個他母親愛戀又浪漫化的人，而且還跟他生了一個孩子。他幾乎又能聞到惠泰科的臭味，他汙穢的衣服，像動物似的惡臭。

「卡特福。」他複述地名。

「對。你要的話，我會繼續查。」香客說，不理會菸灰缸，仍舊把菸灰彈到地上。「這消息值多少錢啊，本生？」

兩人仍在討價還價，雖然語帶幽默，但其中卻暗流洶湧，因為彼此都知道香客是不會做白工的。這時蘿蘋送咖啡進來，光線照亮了她的臉，她的模樣很可怕。

「我把重要的郵件都處理完了，」她告訴史崔克，假裝沒看見他詢問的目光。「我這就去處理白金。」

香客顯然是聽得一頭霧水，但誰也沒解釋。

「妳還好吧？」史崔克問她，真恨不得香客不在場。

「嗯。」蘿蘋說，想擠出笑容，卻是一臉苦笑。「我等會兒再跟你報告。」

「『去處理白金』？」香客好奇地說，聽著外間的門關上。

「沒有聽起來那麼好。」史崔克說，靠著椅背，望著窗外。蘿蘋穿著風衣離開了，轉上丹麥街，失去了蹤影。一條大漢從對面的吉他店出來，戴著一頂小圓帽，也朝相同方向走，但史崔克的注意力已經被香客叫回去了。他說：

「真的有人送給你一條腿啊，本生？」

「對。」史崔克說。「切下來，裝箱，親手送來的。」

「幹他娘的咧。」香客說，他可不是嚇大的。

香客揣著一大疊現金離開了，這是支付他這次的消息，如果下次仍能帶來惠泰科的訊息，史崔克承諾會再給他一筆同樣的數目。他打電話給蘿蘋，她沒接，但也沒什麼好奇怪的，她可能是在某個不方便說話的地方。於是他發簡訊：

讓我知道妳在哪裡，我去找妳。

然後就在她的椅子上坐下來，準備要答覆郵件，開發票。

然而，他卻覺得在夜車上度過第二夜後難以專心。五分鐘後，他查看手機，蘿蘋並沒有回應，於是他站起來又去泡了杯茶。他把馬克杯舉到唇邊，嗅到微微的大麻味，是他和香客道別時握手沾染上的。

香客原本是康寧鎮的人，但他在白教堂有表親，二十年前，這些表親跟敵對的幫派起了糾紛，香客自告奮勇幫助表親，結果卻一個人躺在福爾本街的陰溝裡，嘴巴和臉頰受了嚴重的刀傷，大量出血，也從此讓他破相。而麗妲．史崔克夜深去買捲菸紙，回程途中就在那裡發現了他。

麗妲絕不可能看著一個跟她兒子一樣年紀的男孩躺在陰溝裡流血。雖說這個男孩手裡握著一把血淋淋的刀子，又高聲咒罵，而且顯然是嗑了什麼藥，但是一點關係也沒有。香客發現自己被扶了起來，有人溫柔地跟他說話，從他八歲喪母開始就沒有人以如此溫柔的語氣跟他說話。他直截了當拒絕讓這個陌生女人叫救護車，怕警察會逮捕他（香客剛把刀子插進了攻擊者的大腿），於是麗妲選了唯一可能的一條路：把他扶回家，親自照顧他。她用ＯＫ繃胡亂幫他貼住傷口，權充縫線，給他亂七八糟煮了一頓飯，飯裡掉了一堆菸灰，然後叫發呆的兒子找個床墊讓香客睡覺。

麗妲打從一開始就把香客當作失散多年的子姪對待，而他也非常崇拜她，孺慕之情唯有失恃的心碎孩子才能比擬。傷勢痊癒了之後，他接受了麗妲的真心邀請，想過來的時候就會過來。香客沒有辦法跟人類說話，唯有麗妲例外，而且他或許是唯一看不出麗妲有缺點的人。他把對史崔克母親的尊敬也擴展到她的兒子身上。兩個男孩，幾乎在每一方面都是南轅北轍，卻因同樣痛恨惠泰科而使情誼更加堅定。惠泰科對麗妲生命中的這個新人物嫉妒得離譜，卻不敢像對待史崔克一樣公然表示出對香客的輕蔑。

史崔克很肯定惠泰科在香客身上認出了他自己同樣虧欠的東西：正常的界限。惠泰科推斷他的少年繼子巴不得他死掉，但是他不願意害母親難過，也尊敬法律，同時也決心不做出什麼會遺憾終身並且葬送自己前程的事，所以才強加克制，他沒料錯。但是香客就沒有這種克制力，他和這個貌合神離的家庭長期共處多少讓惠泰科有所收斂，沒有把越來越暴力的傾向發洩出來。

事實上，就是因為香客定期會到他們家來，史崔克才覺得他能夠放心去上大學。他跟香客告別時並沒有把這些話說出口，但是香客了解。

「放心吧，本生，兄弟。放心好了。」

可是他不可能二十四小時都在。麗妲死的那一天，香客去處理他有關毒品的生意。史崔克忘不了兩人再見面時香客的哀傷，他的自責，他無法控制的眼淚。香客在肯提胥鎮為一公斤的高品質玻利維亞古柯鹼交涉個好價錢，而麗妲．史崔克則在骯髒的床墊上漸漸變得僵硬。驗屍的結果是她停止呼吸後整整六個小時都沒有人來叫她，因為其他竊居公寓的人以為她睡得很沉。

香客和史崔克一樣，打從一開始就深信是惠泰科殺了麗妲。他的哀傷和報仇之火一發不可收拾，惠泰科被警察逮捕還算是他走運。檢方讓香客上證人席作證，要他描述一位極富母性的女人，結果適得其反，香客在證人席上大吼：「是那個混蛋幹的！」還想飛身越過欄杆撲向惠泰科，最後被一堆庭警抬出了法庭。

史崔克刻意把這些陳年往事推開，揭老瘡疤的滋味一點也不好過。他喝了口熱茶，查看手機。蘿蘋仍沒有回音。

19

Workshop of the Telescopes

望遠鏡工房

那天早晨他一看見「小秘書」就知道她情況不對，大異平常。看看她，坐在倫敦經濟學院的大學生餐廳窗邊。她今天很難看。眼睛又紅又腫，面色蒼白。他八成可以坐在她隔壁，這個白痴的賤貨恐怕還不會注意。她專心盯著隔幾張桌子忙著敲筆電的銀髮婊子，壓根就沒空去留意男人。正好，不用多久她就會注意他了，他會是她在地球上最後看到的人。

他今天不需要像帥哥；女人心情不好，他是不會去釣她們的。他會變成患難中的朋友，叔伯似的陌生人。*不是所有的男人都那麼壞，達令。妳只是沒遇對人，讓我陪妳走回家。來吧，我開車送妳一程。*只要讓女人忘了你有老二，幾乎就能讓她們言聽計從。

他進入擁擠的學生餐廳，沿著櫃台閃閃躲躲，買了杯咖啡，找了個角落的位子，從後方監視她。

她的訂婚戒不見了，有意思。她時而揹在肩上、時而藏在桌下的帆布袋就有了不同的意義了。她不回伊林的公寓過夜了？她會不會終於要走進一條荒涼的街道，抄一條燈光昏暗的捷徑，過一處無人的地下道？

他第一次殺人就像這樣：只是時機的問題。他斷斷續續記得，有如幻燈片，因為既刺激又新鮮。那是在他磨練成高手之前，在他把殺人玩成遊戲之前。

那個女人是個豐滿的黑人。夥伴剛離開，坐上了一個賭徒的車，消失無蹤。車上的傢伙不知道他是在挑選今晚誰死誰活。

而他開車在街上來來回回，口袋裡放著刀子。等他確定她只有一個人，完完全全一個人，他就開上前，越過乘客座跟她說話。他開口時口腔很乾。她同意了價錢，坐上了車。他們駛到附近的死巷，沒有路燈，也沒有路人來干擾。

他得到了他要的東西，然後，趁她整理服裝，他連敞開的褲襠都不管，就打了她，把她打到車門上，她的後腦勺撞上了車窗。她還沒來得及出聲，他就掏出了刀。

刀刃插進她的肉裡——她的鮮血熱熱地流過他的雙手——她連叫都沒叫，只倒抽了口氣，呻吟了一聲，就倒在乘客座上，而他則一次又一次拿刀捅進她的身體。他奪下了她頸子上的金墜。當時他還沒想到要拿走最大的紀念品：她的一部分，只是以她的衣服擦手，任她癱在他旁邊，在死前的掙扎中抽動。他倒車離開了死巷，因恐懼與得意而顫抖，載著屍體開出城去，小心不超速，每隔幾秒就查看一次照後鏡。幾天前他就先探勘了一個地方，是一處漫無人煙的鄉間，有一條雜草叢生的水溝。他把她滾進水溝裡，落地時發出了沉甸甸的聲音。

他仍保留著她的金墜，連同別的紀念品，那是他的寶藏。他會從「小秘書」那裡拿什麼呢？他琢磨著。

他旁邊一個中國人在平板電腦上讀什麼。行為經濟學。無聊的心理學垃圾。他也曾是心理學家，被迫的。

「跟我說說你母親。」

那個禿頭小個子真的這樣說，老笑哏，陳腔濫調。心理學家應該都是聰明人。他很配合，為了好玩，跟那個白痴說他的母親：說她是個冷酷、卑鄙、倒楣的賤女人。他的出生是個意外，令她很難堪，她壓根就不在乎他的死活。

「那你的父親呢？」

「我沒有父親。」他說。

「你是說沒見過他？」
沉默。
「你不知道他是誰？」
沉默。
「還是你一點也不喜歡他？」
他一聲不吭，他玩膩了。這麼低等的遊戲還有人要玩，根本就是腦死，但是他早就知道別人確實是腦死。
不過呢，他說的是實話，他沒有父親。真要說有的話，也只是個填補父親角色的人──成天打得他滿地找牙（『雖然嚴厲卻很公正』）──並不是生下他的人。暴力與排斥，這就是家庭對他的意義。同時他也是在家庭裡學會了生存，學會了出拳要聰明。他始終都知道自己高人一等，即使是兒時瑟縮在餐桌之下。對，即使是在那時他就知道他比那個揮著大拳頭、五官猙獰的混蛋要好得多……
「小秘書」立起身，模仿那個銀髮婊子，她把筆電裝進盒子裡。他一口喝完咖啡，也尾隨其後。
她今天太容易跟蹤了，太容易了！她失去了所有的戒心；除了那個白金婊子之外，她誰也沒留意。他跟著兩人搭上了同一班地鐵，背對著「小秘書」卻透過兩個紐西蘭觀光客伸長的手臂之間盯著她的倒影。她下車時他輕輕鬆鬆就混入她後面的人叢中。
他們三人魚貫行進，銀髮婊子，「小秘書」，他，上樓，走上街道，前往綠薄荷犀牛……他已經耽誤了回家的時間，但是他抗拒不了。她之前從不在天黑後盯梢，帶著帆布袋，沒有訂婚戒，在在都提供一個令人無法抵擋的機會。他只需要跟「它」找到藉口就行。
銀髮婊子消失在俱樂部裡。「小秘書」腳步放慢，在人行道上猶豫不決。他拿出手機，撤退到陰暗的門洞裡，監視她。

20

I never realized she was so undone.

Blue Oyster Cult, 'Debbie Denise'

Lyrics by Patti Smith

我從不知道她是如此的無可救藥。

——藍牡蠣〈黛比·德尼絲〉

——佩蒂·史密斯作詞

蘿蘋忘了曾答應過史崔克不在天黑後盯梢，事實上她幾乎沒留意太陽已經下山了，等她回過神來，她才發覺汽車大燈掠過她身邊，商店櫥窗都亮了起來。白金今天的行程不同以往，平常她已經進入綠薄荷犀牛幾小時了，半裸地在陌生男人面前旋轉，而不是大步走在街上，穿著牛仔褲、高跟靴、流蘇麂皮外套。她可能是調整了上班時間，但應該沒多久就會安全地繞著鋼管旋轉，所以現在的問題是蘿蘋今晚要在哪裡過夜。

她放在大衣口袋裡的手機震動了一整天，馬修傳了至少有十通的簡訊。

我們得談一談。

打電話給我，拜託。

蘿蘋，妳不跟我說話我們要怎麼解決問題？

時間一分一秒流逝，她卻始終保持沉默，馬修改而打電話。接著他簡訊的語氣也變了。

蘿蘋，妳知道我愛妳。

我真希望能挽回。我希望能改變它，可是我不能。

我愛的是妳，蘿蘋，從現在到永遠。

她沒有回簡訊，也不接他的電話，也不打給他。她只知道她受不了回公寓去，今晚不行。明天或後天會怎樣，她不知道。她又餓又累又麻木。

下午四、五點時，史崔克也變得幾乎是糾纏不休了。

妳在哪兒？拜託回電。

她傳簡訊給他，因為她沒辦法跟他面對面談話。

不方便說話。白金沒上班。

她和史崔克始終保持著某種感情上的距離，她很怕如果他對她很親切，她會哭出來，洩漏出他在助手身上不樂見的弱點。目前他們幾乎沒有別的案子可辦，那個送斷腿的男人的威脅又始終不散，她絕不能給史崔克又一個理由讓他叫她待在家裡。

他對她的回應並不滿意。

馬上打電話給我。

她不予理會，假裝沒收到，因為他發送簡訊時她太靠近地鐵站，沒多久她就跟著白金搭上了地鐵回圖騰罕園路。一出車站，蘿蘋就發現又漏接了史崔克的一通電話，以及馬修的一則新簡訊。

我需要知道妳今晚回不回來。我快擔心死了。傳簡訊告訴我妳沒事，我只要求這麼多。

「哼，少臭美了。」蘿蘋嘟囔著。「還以為我會為你尋短見呢。」

一名大腹便便的男人走過蘿蘋旁邊，竟然很眼熟，綠薄荷犀牛的遮陽棚的燈光一照，原來是「兩次」。蘿蘋暗想他投給她的那抹自滿的假笑是否出於她自己的想像。

他是要進去看他的女友為別的男人跳鋼管舞嗎？他是不是覺得讓自己的性生活被記錄下來很刺激？他到底是有多變態啊？

蘿蘋轉身離開，她需要決定今晚該如何度過。一百碼外有個戴小圓帽的大漢站在黑暗的門洞裡，對著手機爭吵。

白金消失讓蘿蘋頓時無所適從。她今晚要在哪裡過夜？她立在那裡，取捨不下，一群年輕男人走過去，刻意走得很近，其中一個還擦過她的帆布袋。她能嗅到山貓古龍水與啤酒味。

「裡面裝著戲服嗎，達令？」

她這才明白她站在一家跳豔舞的俱樂部外。她自動朝史崔克的偵探社轉身，手機響了。想也不想，她就接了。

「妳到底在哪裡？」史崔克憤怒的聲音傳入她耳中。

她幾乎沒有時間慶幸不是馬修打的，只聽見史崔克又說：

「我找妳找了一整天了！妳在哪裡？」

「圖騰罕園路。」她說，迅速離開仍在戲弄她的那群人。「白金剛剛進去，而且兩……」

「我不是跟妳說過天黑後不要留在街上？」

「到處都是燈。」蘿蘋說。

她在盡力回想附近有沒有旅舍，她需要乾淨便宜的地方。非便宜不可，因為她使用的是聯合帳戶裡的錢，她決定不挪用超過她存入的款子。

「妳沒事吧？」史崔克問，語氣稍微緩和。

她的喉頭像堵了硬塊。

「沒事。」她極為勉強才開得了口。她一直努力保持專業，符合史崔克的期望。

「我還在偵探社裡。」他說。「妳說妳在圖騰罕園路嗎？」

「我得走了。」她說，聲音緊繃冷酷，連忙掛斷。

她就快哭出來了，只好掛斷電話。她覺得他就要提議來找她了，而如果他們會面，她會一古腦地向他傾吐，而她絕不能那麼做。

淚水冷不防就流了下來。她孤伶伶的一個，無處可以投奔。好了！她終於承認了。他們在週末共餐的人、一起去看橄欖球賽的人，全是馬修的朋友、馬修的同事、馬修的大學同學。她除了史崔克之外，一個朋友也沒有。

「天啊。」她說，以大衣袖子擦乾眼睛鼻子。

「妳還好嗎，甜心？」一名無牙的流浪漢坐在門洞裡問她。

她不確定怎會跑到圖騰罕酒館來，只知道這裡的員工認識她，她知道洗手間在哪裡，而且馬修也沒有來過。她只想要找個安安靜靜的角落讓她查詢可過夜的便宜旅館。她也極渴望喝一杯，極為反常。在洗手間裡往臉上潑冷水後，她買了一杯紅酒，帶到一張桌子，又掏出手機。她又漏接了史崔克的電話。

吧台的男人紛紛看著她這邊。她知道她必定是一副慘狀，淚痕未乾，又孤單一人，身邊放著帆布袋。唉，能怪她嗎？她鍵入圖騰罕園路附近旅舍，等著慢吞吞的網路，一面一口接一口喝紅酒，她或許不該空腹喝這麼快。沒吃早餐，沒吃午餐，只在學生餐廳跟監白金時吃了一袋炸薯片和一個蘋果。

霍爾本高街有一家旅舍。不行也得行。知道了今晚要在哪裡過夜，讓她略微平靜下來。小心不跟吧台的男人視線接觸，她再去買了一杯紅酒。也許她該打電話給她母親，她忽然想到，可是一想到此，她又好想哭。她無法面對琳達的慈愛與失望，還不行。

一名戴小圓帽的大漢進了酒吧，但蘿蘋刻意把注意力全部集中在找零和紅酒上，絕不給徘徊在吧台的男人有一絲一毫的理由來打擾她。

第二杯紅酒讓她鬆懈了許多。她記得史崔克有一次喝得大醉，就在這家酒館，連路都走不動。那是他唯一一次透露私事。說不定就是因為如此她才會跑進來，她心裡想，抬起眼睛看著頭頂上的彩色玻璃穹頂。在發現你愛的人劈腿時，就是要到這間酒館來喝酒。

「妳一個人嗎？」有個男人問她。

「在等人。」她說。

她抬頭看他，視線微微模糊，只見眼前的人有鐵絲似的金髮，藍眼像漂白過，而且她看得出他不相信。

「我能陪妳等嗎？」

「不能，一邊涼快去。」熟悉的聲音響起。

史崔克到了，身形魁梧，一臉不悅，狠狠瞪著陌生人，他手忙腳亂退回吧台去找他的朋友。

「你跑來這裡做什麼？」蘿蘋問道，驚訝地發現兩杯紅酒就讓她大舌頭了。

「找妳啊。」史崔克說。

「你怎麼知道我在……？」

「我是偵探，妳喝了多少？」他問，俯視她的酒杯。

「只有一杯。」她說謊，於是史崔克去吧台再買一杯，也為他自己買了一杯敦霸。他正在點酒時，一名戴小圓帽的大漢溜出了門口，但史崔克更留意的是那個仍瞪著蘿蘋的金髮男，一直等到史崔克端著兩杯酒，坐在她對面，惡狠狠地瞪他一眼，他才打消了念頭。

「怎麼回事？」

「沒事。」

「少來，妳一副死了人的德行。」

「哈，」蘿蘋說，喝了一大口酒，「你真懂得怎麼加油打氣。」

史崔克哈的一聲笑。

「妳為什麼帶著袋子？」見她不回答，他又說：「妳的戒指呢？」

她開口要回答，想哭的欲望卻淹沒了她的話。內心掙扎了一下，又吞了一口酒，之後她才說：「我沒婚約了。」

「為什麼？」

「喲，從你嘴裡說出來，還真稀奇。」

我醉了，她心裡想，彷彿是在身體外看著自己。看看我，沒吃飯沒睡覺，兩杯半紅酒我就醉了。

「哪裡稀奇？」史崔克問道，迷惑不解。

「我們不談私……你不談私事。」

「我好像記得就在這間酒館裡吐了妳一身。」

「一次。」蘿蘋說。

史崔克由她的粉紅色臉頰以及說話越來越不清楚的情況推斷出她不只喝了兩杯。覺得既好笑又關切，他說：「妳應該吃點東西。」

「跟我說的話一模一樣，」蘿蘋回他，「那天晚上你……結果我們跑去吃烤肉串——我可不要，」她很有尊嚴地說，「吃烤肉串。」

「嗯，」史崔克說，「這裡是倫敦，我們應該能找到別的東西給妳吃。」

「我喜歡炸薯片。」蘿蘋說，於是史崔克買了一包。

「出了什麼事？」他一回來就又問。看著她想打開炸薯片卻打不開，他就拿過來幫她打開。

「沒事，我只是今天要在旅舍過夜。」

「旅舍。」

「對，有一家在……在……」

她低頭看著沒電的手機，這才發覺她昨晚忘了充電。

「我記不得是哪裡了。」她說。「別管我，我沒事。」她又說，翻找帆布袋，要找東西擤鼻子。

「對，」史崔克緩緩地說，「我現在看到妳的樣子了，真是太放心了。」

「我沒事。」她兇巴巴地說。「明天我會照常上班，等著瞧。」

「妳以為我來找妳是擔心上班的事？」

「不要那麼好！」她呻吟，把臉埋進面紙裡。「我受不了！正常一點！」

「什麼正常？」他問，又是一頭霧水。

「壞、壞脾氣，而且不溝……溝通……」

「妳想溝通什麼？」

「沒什麼。」她說謊。「我只是想……想保持專業。」

「妳跟馬修怎麼了？」

「你跟愛琳怎麼了？」她反問。

「怎麼會扯上那個？」他問，不知如何是好。

「一樣。」她模模糊糊地說，喝光了第三杯。「再來一杯——」

「這次要不含酒精的。」

等待時她檢查天花板。上頭畫了很有戲劇效果的圖案：名叫線團的織工在一群精靈的環伺中與仙后提泰妮亞性交[4]。

「我跟愛琳一切OK。」史崔克一坐下之後就說。他剛才決定最簡單的做法就是交換訊息，讓她談自己的問題。「正好適合我，保持低調。她有個女兒，不想跟我太親近。離婚官司打得亂七八糟。」

「喔，」蘿蘋說，拿著可樂對著他眨眼。「你怎麼認識她的？」

「尼克跟依莎。」

「他們怎麼認識她的？」

「他們不認識。他們開了派對，她跟她哥哥一起來。他是醫生，是尼克的同事。他們之前也沒見過她。」

「喔。」蘿蘋又說。

她暫時忘了自己的煩惱，因能一瞥史崔克的私人生活而分心。那麼正常，那麼平凡！他去參加派對，然後跟美麗的金髮女郎攀談。女人喜歡史崔克——兩人共事幾個月之後她漸漸領悟了這一事實。剛開始為他工作時，她不了解他究竟有何魅力。他跟馬修實在是太不相同了。

「依莎喜歡愛琳嗎？」蘿蘋問道。

史崔克被她的洞察力嚇了一跳。

「呃……大概吧。」他沒說實話。

蘿蘋喝著可樂。

「好了，」史崔克說，艱難地壓抑著不耐，「換妳說了。」

「我們吹了。」她說。

偵訊技巧要他保持沉默，而過了一分鐘左右，他的決定有了回報。

「他……他跟我說了一件事。」她說。「昨天晚上。」

史崔克靜待下文。

「所以我們回不去了，發生那種事情。」

她蒼白鎮定，但是史崔克幾乎能感受到她掩藏的痛苦。但他仍靜靜等待。

4. 此圖取材自莎士比亞的《仲夏夜之夢》。

「他跟別人睡覺。」她以微弱緊繃的聲音說。

一陣沉默。她拿起炸薯片袋子，發現已經吃完了，就又丟回桌上。

「媽的。」史崔克說。

他很驚訝，倒不是因為馬修跟別的女人上床，而是因為他會承認。他對這個英俊的年輕會計師的印象是他知道如何讓生活來配合他，必要時能夠在心裡把各種事情分門別類，區別開來。

「而且還不止一次。」蘿蘋說，依舊是緊繃的聲音。「他偷吃了好幾個月，跟我們兩個都認識的人，莎拉・薛洛克。他們是大學同學。」

「要命，」史崔克說。「真遺憾。」

他是真的遺憾，發自內心，為她承受的痛苦。但得知這件事也引出別的情緒——他通常管控得很嚴格的情緒，因為他覺得這些情緒搞錯了方向又很危險——在他心中翻騰，衝撞著控制的韁繩，測試自己的力量。

別蠢了，他告誡自己。這件事絕不可能發生，否則就會有大災難。

「他為什麼會告訴妳？」史崔克問道。

蘿蘋不回答，但是這個問題又喚回了那一幕，歷歷在目。

他們的木蘭客廳太小，容不下這一對在盛怒中的情侶。他們駕著馬修不想要的荒原路華一路從約克夏回來，不知到哪裡，被激怒的馬修斷言史崔克對蘿蘋出手只是早晚的問題，他甚至還懷疑蘿蘋很歡迎老闆的攻擊。

「他是我的朋友，就這樣！」她坐在便宜的沙發上對馬修大吼，度週末的袋子都還放在玄關。「你居然敢暗示我會因為他缺了一條腿就春心……」

「妳會不會太天真了啊！」他也大吼大叫。「他在把妳拐上床之前都會是妳的朋友，蘿蘋……」

「你是拿誰在比他？你也在計算花多少時間才能跳上同事的床嗎？」

「我當然沒有，可是妳對他的看法根本就太天真樂觀了……他是個男人，偵探社裡只有你們兩個……」

「他是我的朋友，就跟你和莎拉・薛洛克是朋友一樣，你們也沒有……」

接著他的表情露了餡，一個她從沒見過的表情如陰影般掠過。內疚似乎從他的高顴骨、乾淨的下巴、她珍愛多年的淡褐眼眸上滑過。

「你們有嗎？」她說，語調突變，似在納悶。「有嗎？」

他遲疑了太久。

「沒有，」他勉強說，好似停頓的影片又動了起來。「當然沒——」

「你有，」她說。「你跟她睡覺。」

蘿蘋從他臉上看得出來。他不相信男女間可以有友情，因為他自己就不行。他跟莎拉上床。

「什麼時候？」她問道。「不會是……是那個時候嗎？」

「我沒有——」

她聽見了知道自己已經輸了的男人在虛弱抗議，他甚至想要輸。就是這個糾纏了她一整晚一整天，在某種層面上，他想要蘿蘋知道。

她平靜得出奇，驚愕多於指控，讓他把一切和盤托出。對，是那個時候。他覺得很慚愧，一直都是——可是那時他和蘿蘋還沒有上床，而且有一天晚上莎拉在安慰他，於是就如乾柴碰上烈火……

「她在安慰你？」蘿蘋重複道。怒火終於熊熊燃燒，把她從驚愕不信的冰封狀態中解凍。

「她在安慰你？」

「我那時候也很不好過啊！」他大喊。

史崔克看著蘿蘋無意識地搖頭，想要把回憶甩掉，但回憶讓她滿臉通紅，眼睛又閃著淚光。

「你說什麼？」她問史崔克，迷迷糊糊的。

「我問妳他為什麼會告訴妳。」

「不知道，我們正在吵架，他覺得……」她深吸了一口氣。空腹喝了三分之二瓶紅酒讓她也效法起馬修的誠實。「他不相信你跟我只是朋友。」

史崔克一點也不意外。他在馬修看他的每一眼中都看到懷疑，在馬修拋過來的每一句浮躁的話裡都聽見不安全感。

「所以，」蘿蘋不穩地說下去，「我就挑明了說我們只是朋友，他自己還不是有一個柏拉圖式的朋友，親愛的莎拉・薛洛克。結果真相就跑出來了。他跟莎拉大學的時候就有關係，那時候我……我在家裡。」

「那麼久了？」史崔克說。

「你覺得都七年了，我不應該介意了？」她質問道。「即使他一直在說謊，而且我們還固定會見到莎拉？」

「我只是詫異，」史崔克平穩地說，不肯落入陷阱，跟她吵架，「他在這麼久之後還會招供。」

「喔。」蘿蘋說。「嗯，他很羞愧，因為發生的時間。」

「因為在唸大學？」史崔克說，如墜五里霧中。

「就在我休學之後。」蘿蘋說。

「啊。」史崔克說。

他們從未談論過她為何放棄了心理學學位，回到馬森。

蘿蘋並不打算把原因告訴史崔克，但今晚，她疲憊和饑餓的身體裝滿了酒精，一切的決心都在小小的酒精之海中遠颺了。告訴他又怎麼樣？缺漏了這部分，他就沒辦法看到全局，沒辦法建議她接下來該如何。她隱隱約約明白，她是仰仗他來幫助自己。無論她喜歡與否——無論他喜歡與否——史崔克都是她在倫敦最好的朋友。她從未正視過這一事實。酒精讓你漂浮，把你的眼睛洗乾淨。人家不是說印維諾維若塔斯[5]嗎？史崔克會知道。他有個怪毛病，偶爾會引用拉丁文。

「不是我想休學，」蘿蘋慢吞吞地說，頭暈目眩，「是出了事，之後我就有問題……」

不行，這樣解釋不清。

「我從朋友那兒回來，她住另一棟宿舍。」她說。「時間不算很晚……大概是八點吧……可是有發佈警告……當地的新聞上……」

這樣也說不清楚，太多拉拉雜雜的部分。她需要的是大膽地說出真相，而不是一點一點透露，像她在法庭上那樣。

她深吸一口氣，直視史崔克的臉，看到他了解了。很慶幸不需要明說出來，她問道：「我能不能再吃一點炸薯片？」

他從吧台回來，默默交給她。她不喜歡他的表情。

「不要想，根本沒差！」她絕望地說。「那是我人生中的二十分鐘，是發生在我身上的事。不是我，不能用它來給我蓋棺論定。」

史崔克猜這些話是她在某種治療課上學會的。他訪談過強暴受害人，他知道一般會對她們說某些話，以便讓這些發生這種不幸的女人能理出一個頭緒來。這下子蘿蘋有很多事都有了解釋。比方說對馬修的始終如一：他是同鄉的安全男孩。

不過，喝醉的蘿蘋卻在史崔克的沉默中讀到了她最害怕的內容：他看待她的方式，從平等的人類變為受害者。

5. 這句拉丁文的意思是「真相酒中尋」。

「根本沒差別！」她悻悻地說。「我還是一樣！」

「我知道，」他說，「可是發生那種事仍然很恐怖。」

「呃，對……是……」她口齒不清，覺得丟臉。隨即又開火了：「我的證詞讓他賴不掉。我注意到他的特徵，在他……他的耳朵下面有一塊白印子……他們叫那個白斑病……還有他的一個瞳孔擴散，不會動。」

她這時說話微微急促不清，狼吞虎嚥吃下第三包炸薯片。

「他還想勒死我；我四肢無力，裝死，然後他就逃了。他戴著面具攻擊了兩個女孩，兩個都沒辦法跟警察說什麼。我的證詞讓他坐牢了。」

「我並不意外。」史崔克說。

她覺得這個反應令人滿意。兩人默然坐了一會兒，她把炸薯片吃完。

「可是後來，我沒辦法離開房間。」她說，彷彿沒有停頓過。「最後，大學只好叫我回家。我本來是應該只休一個學期的，可是我……我沒有再回去了。」

蘿蘋思索著這件事，瞪著前方。馬修力勸她留在家裡。等她的廣場恐懼症痊癒之後已是一年多之後的事了，她開始到巴斯的大學去找他，兩人手牽手在柯茨窩爾石屋之間漫步，走過連綿的攝政王時期弧面建築，沿著亞芳河的林蔭岸邊散步。每次他們跟他的朋友出去，一定少不了莎拉．薛洛克，她聽著馬修說的笑話笑得像驢叫，摸他的胳臂，把話題轉向蘿蘋這個單調沉悶的家鄉女友不在期間他們兩個共同經歷的美好時光……

她在安慰我。我那時候也很不好過啊！

「好，」史崔克說，「我們得幫妳找個地方過夜。」

「我要去旅……」

「不行。」

他不想讓她待在某個無名氏可以自由在走廊上閒晃，或是隨時從街上走進來的地方。說他是疑心病太重也罷，但是他要蘿蘋待在一個尖叫聲不會被城市的喧鬧聲淹沒的地方。

「我可以睡在偵探社裡。」蘿蘋說，想站起來，身體卻左右搖晃，史崔克連忙扶住她的手臂。「如果那張露營……」

「妳不能睡在偵探社裡。」他說。「我知道一個好地方，我舅舅舅媽上來看《捕鼠器》都會住那裡。來吧，把袋子給我。」

他曾有一次環著蘿蘋的肩，但情況相當不同，他是拿她當枴杖使。而這一次是她幾乎無法走直線。他環住了她的腰，穩穩地扶著她離開酒館。

「馬修，」她在走出去時說，「一定會不高興。」

史崔克不作聲。他聽了這麼多，卻不像蘿蘋一樣肯定這段戀情已告結束。他們在一起九年，而且婚紗都做好了，在馬森等著她。他很小心，沒說什麼批評馬修的話，以免有什麼話傳進了她的前未婚夫耳裡，重燃敵意是絕對免不了的，因為九年的感情不可能一夜之間斬斷。他的沉默是為了蘿蘋著想，而不是他自己。他一點也不怕馬修。

「那個男的是誰？」蘿蘋愛睏地問，兩人已默默走了一百碼。

「哪一個？」

「今天早上那個……我還以為他是送斷腿的那個……他把我嚇死了。」

「啊……那是香客，是老朋友了。」

「他很嚇人。」

「香客不會傷害妳的，」史崔克跟她保證。繼之一想，又說：「不過千萬別留他一個人在偵探社裡。」

「為什麼？」

「他會把沒釘死的東西都偷走，他就是那種沒事找事的人。」
「你們怎麼認識的？」
香客和麗姮的故事一直說到海口街，安靜的連棟房屋俯視他們，散發出尊嚴與秩序。
「這裡？」蘿蘋說，張大嘴巴仰視海茲利飯店。「我不能住在這裡……太貴了！」
「我來付錢，」史崔克說。「就當是今年的紅利吧，不要爭。」他補上一句。門打開來，面帶笑容的年輕人退後讓他們進來。「都是我的錯，才會害妳需要一個安全的地方。」
木鑲板門廳很溫馨，有種家的味道。只有一個入口，而且大門無法從外面打開。
史崔克把信用卡交給年輕人，看到搖搖晃晃的蘿蘋走到樓梯口。
「妳明天可以休假，如果妳……」
「我九點到。」她說。「柯莫藍，謝謝你……你……」
「別客氣，好好睡。」
史崔克把海茲利飯店的門關上，海口街一片靜謐。他邁開步伐，兩手插在口袋，沉浸在思緒中。
她被強暴，還被丟下來等死。天啊！
八天前某個王八蛋把一條女人的斷腿交給她，她對過去仍隻字不提，也不要求請假，也沒有一絲一毫違背每天早晨來上班時的專業態度。是他，不知道她的過去，堅持要她攜帶最好的防狼警報器，天黑後不做事，白天定時查她的勤……
就在此時，史崔克發覺他非但不是朝丹麥街走，反而還越走越遠，而他在二十碼外看到一個戴小圓帽的男人，躲在蘇活廣場角落。那人轉身，匆匆離開，琥珀色的香菸光點也迅速消失。
「嘿，等一下！」
史崔克加快腳步，聲音在安靜的廣場上迴盪。那個戴帽子的人沒回頭，反而拔腿就跑。
「喂！」

史崔克也跑了起來，每一步都害膝蓋受罪。他的獵物回望了一次，隨即左轉，史崔克盡快移動。轉入卡爾利梭街，史崔克瞇眼看著前方聚集在巨嘴鳥酒館入口的人群，猜想他追的人是否藏身其中。他喘著氣跑步經過酒館的酒客，奔到院長街，在原地轉圈，尋找獵物。他可以左轉、右轉、繼續沿著卡爾利梭街前進，無論哪一個方向，都有數不盡的門洞以及地下室讓那個戴小圓帽的人藏躲，當然他也可能攔下一輛計程車。

「可惡。」史崔克喃喃咒罵。他抵著義肢的殘肢又痛了。他只依稀有個印象：身高膀寬，黑色外套和帽子，聽到史崔克叫他就跑，也不管史崔克是想問時間，借個火，或是請他指路。

他胡亂猜測，向左走院長街。兩邊的車輛都呼嘯而過。史崔克在這個區域梭巡了將近一個小時，搜索黑暗的門洞和地下洞穴。他知道有九成是白費力氣，但假如……假如……他們被那個送斷腿的人跟蹤，那他顯然是個豁出去的混蛋，史崔克徒勞無功的追捕絕對無法嚇得他遠離蘿蘋的左右。

他接近了一般大眾不太敢去的地方，窩在睡袋裡的人狠狠瞪他；有兩次他驚跑了垃圾箱後面的貓，但是那個戴小圓帽的男人卻不見人影。

21

...the damn call came,
And I knew what I knew and didn't want to know.
Blue Oyster Cult, 'Live for Me'

……可惡電話來了，
我知道的都知道了，而我不想知道。
——藍牡蠣〈為我而活〉

蘿蘋隔天醒來頭痛，胃好像破了一個洞。她在窸窸窣窣的陌生枕頭上翻滾，昨夜的事情好像卡車撞過來。她把臉上的頭髮甩開，坐了起來，東張西望。她在四柱木床的雕花柱之間隱約看出了房間的輪廓，錦緞窗簾的縫隙射入明亮的光線，給予房間一抹微光。她的眼睛適應了華麗的陰暗，就看見鍍金框中的肖像，是個胖紳士，留著落腮鬍。這種地方是讓你到城市來度個闊氣的假期時住的，而不是讓你睡掉宿醉，帆布袋裡只有匆匆塞進去的少許衣物。

史崔克把她安置在這間高雅、舊式的豪華飯店裡，是不是因為他今天會疾言厲色，所以預作補償？妳顯然情緒波動得很厲害……我覺得妳最好是暫時不要上班。

三分之二瓶的劣酒，她就一五一十全說了。蘿蘋虛弱地呻吟了一聲，倒回枕頭上，以雙臂蓋住臉，屈服在趁著她軟弱悲慘時又一擁而上的回憶之下。

強暴犯戴著橡膠大猩猩面具，一手壓制住她，另一條手臂則抵住她的喉嚨，跟她說她要死了，跟她說他要掐出她的最後一口氣。她的腦海一片猩紅色，悚懼惶恐，他的手像索套在她的頸子上越收越緊，她的逃生機會端視她能否裝死。

事後幾天，甚至幾週，她都覺得好像真的死了，只是困在這具軀體之中，軀體和她完全沒有關聯。唯一能自保的方法似乎是把她和自己的肌骨分隔開來，否認兩者的聯繫。一直到許久許久之後，她才覺得能夠再身心合一。

他在審判時說話輕柔，卑躬屈膝，「是，庭上」，「不，庭上」，只是個普通的中年白人，膚色紅潤，只有耳下那塊白斑。他那雙像經水洗而褪色的眼睛眨呀眨的太過頻繁，那雙眼曾在面具的眼洞後睨成兩條斜線。

他的罪行粉碎了她對自己在世間定位的看法，終結了她的大學生涯，把她驅趕回馬森。逼得她承受令人身心俱疲的審判，律師的交叉盤問幾乎和原始的攻擊一樣傷人，因為他的辯詞是蘿蘋邀請他到樓梯間做愛。他戴著手套的手從陰暗處伸出來，拖曳她，掐住她，把她強拉到樓梯後面，事過幾個月了，她仍無法忍受肢體接觸，即便是家人的溫柔擁抱。他汙染了她第一次也是唯一的性關係，於是她和馬修必須從新開始，每一步都懷著恐懼愧赧。

蘿蘋用力以胳臂壓住眼睛，好似能以蠻力將回憶消滅。當然，現在她知道了，那個年輕的馬修，她以為是親切、體諒、無私的典範，其實卻在巴斯的學生宿舍裡和一絲不掛的莎拉翻雲覆雨，而蘿蘋則孤伶伶地躺在馬森的床上，整整幾小時不能成眠，茫然瞪著「天命真女」。獨自在海茲利飯店奢華寧靜的房間裡，蘿蘋首次思量這個問題：如果她是個沒有受過傷害的快樂女孩，馬修是否會捨她而去，投入莎拉的懷抱？或是如果她唸完了大學，她和馬修是否會自然而然分手？

她放下手臂，睜開眼睛。眼睛今天是乾的；她覺得眼淚都被她哭乾了。馬修的認罪已不再刺痛她的心，她只覺得隱隱作痛，反倒是悽惶之情浮於表面，因為她很怕她可能損害了自己的工作前途。她怎麼這麼笨，把發生的事告訴了史崔克？她每次說實話都會出事，她還沒學會教訓嗎？

強暴案發生一年之後，廣場恐懼症也克服了，她的體重幾乎恢復，她蠢蠢欲動想走到外面的世界去，彌補她失去的時光，她含糊其詞地表達了對犯罪調查工作「相關的事」的興趣。沒有大學學位，最近自信心又被粉碎，她不敢大聲說出真正的心願就是成為某種調查員。這樣也好，因為她認識的每一個人都勸她打消主意，即使她只是怯怯地表達想要探索警方工作的外圍範疇，即便是她的母親，天底下最善解人意的人，也不鼓勵她。他們都把他們認為的奇怪新興趣歸因為疾病未癒，可見得她還無法將過去的事拋到腦後。

不是這樣的，她的願望早在強暴發生之前就有了。八歲時她就跟哥哥們說長大了要抓強盜，還被結結實實地取笑了一頓，而原因只是她是女生，又是他們的妹妹。雖然蘿蘋希望哥哥的反應並不代表他們對她的能力的評價，但基於集體的男性反應，她再也沒有自信跟三個很吵又堅持己見的哥哥說她想要從事偵探工作。她從未告訴別人她之所以選擇心理學，私底下就是想朝對罪犯的心理側寫發展。

詎料強暴案徹底阻撓了她的目標，這也是被那個強暴犯奪走的一樣東西。一面堅持自己的企圖，一面從極度脆弱的狀態中恢復，同時周圍的人似乎隨時等著她崩潰，在在讓她難以承擔。她身心俱疲，又覺得對這些在她最艱難的時刻那麼保護她、那麼寵愛她的家人有義務，於是她任由畢生的雄心壯志棄置一旁，而別人也都很滿意看見她不再堅持。

後來一家人力公司錯把她介紹到偵探社。她應該只做一個星期的，但她一旦做了就沒有離開。感覺像奇蹟。一開始多少是靠運氣，後來是靠她的才能和毅力，她讓自己成了拮据的史崔克的一種資產；一個徹徹底底的陌生人為了自己變態的快感而利用她，把她當可拋棄的、無生命的物件，打擊扼頸交加，多年之後，她達到了她冀望的目標。

為什麼，為什麼她要告訴史崔克她的遭遇？在她未透露過去之前，他就很擔心她了。這下子怎麼辦？他會認為她太脆弱，不適合這份工作，蘿蘋很肯定。接下來她就會坐冷板凳，因為她無法承擔他寄望工作夥伴能夠扛下的重責大任。

喬治亞式房間的寧靜沉默穩重很有壓迫感。

蘿蘋從沉重的被子下爬下床，走過傾斜的木地板到浴室去，裡頭沒有淋浴間，只有一個四爪浴缸。十五分鐘後，她正在著裝，擺在梳妝台上的手機響了，幸虧她昨晚沒醉得忘了充電。

「嗨。」史崔克說。「妳還好嗎？」

「好。」她說，聲音縹縹緲緲的。

他是打電話來叫她不用去上班的，她知道。

「華道剛打電話來，他們找到了其餘的屍體了。」

蘿蘋一屁股坐在針繡花邊凳上，兩隻手緊抓著手機。

「什麼？在哪裡？她是誰？」

「等我來接妳的時候再說，他們想跟我們談一談。我九點會在外面，別忘了吃點東西。」他又交代一句。

「柯莫藍！」她趕緊說，以免他掛電話。

「嗄？」

「我……我沒被開除吧？」

極短的停頓。

「妳胡說什麼啊？誰要開除妳啊。」

「你不……我是說……一切照舊？」她問道。

「妳到底要不要聽我的話？」他問道。「我說天黑後就收工，從現在起妳要乖乖聽話了吧？」

「好。」她說，略微發抖。

「好，九點見。」

蘿蘋顫巍巍地吐出一口長氣。她沒完蛋，他還要她。她把手機放到梳妝台上，注意到在這一夕之間收到了最長的一封簡訊。

蘿蘋，我一直想著妳，睡不著。妳不知道我有多恨不得過去的事沒發生。我是爛人，我沒有藉口。我那時二十一，並不知道我現在知道的事：世界上沒有人能跟妳比，而且我再也不能像愛妳那樣愛別人。從那時開始就只有妳一個人，沒有別人，我一直在嫉妒妳跟史崔克，妳可能會說我沒有權利吃醋，因為我做過的事，可是或許我在某個方面是覺得妳值得比我更好的人，所以我才會一直心裡有芥蒂。我只知道我愛妳，我想娶妳，如果妳現在不是這麼想的，我也只能接受，可是蘿蘋，拜託，回簡訊給我，讓我知道妳沒事，拜託。馬修。

蘿蘋把手機放回梳妝台，繼續穿衣服。她叫客房服務送牛角麵包和咖啡，餐點送達後，她意外發現食物讓她感覺舒服多了。直到這時她才再一次讀馬修的簡訊。

……或許我在某個方面是覺得妳值得比我更好的人，所以我才會一直心裡有芥蒂……

很感人，而且非常不像馬修，他經常說引用下意識的動機跟詭辯沒有兩樣。不過這個想法還牢牢跟著一條影子：馬修並沒有跟莎拉一刀兩斷。她是他最好的大學同學之一，在他母親的喪禮上溫柔地擁抱他，跟他們一起上館子，像什麼溫馨的四人行，而且仍和馬修打情罵俏，仍在他和蘿蘋之間挑撥使壞。

經過短暫的內心深省，蘿蘋回傳：

我沒事。

她在海茲利飯店門階上等史崔克，如往常一般整潔俐索。八點五十五分，黑色計程車開了過來。

史崔克沒刮鬍子，鬍子長得很精神，下巴看起來就髒兮兮的。

「妳看新聞了嗎？」史崔克一等她坐進車裡就問。

「沒有。」

「媒體都知道了，我出門前在電視上看到。」

他探身把隔離司機的塑膠板關上。

「她是誰？」蘿蘋問。

「他們還沒找出她的身分，不過他們認為她是二十四歲的烏克蘭女人。」

「烏克蘭？」蘿蘋驚詫地說。

「對。」他遲疑一下，又說：「女房東發現她的屍塊被放在疑似她自己公寓的冰箱裡，少了右腿，絕對是她。」

蘿蘋口腔中的牙膏味變成了全然的化學味；牛角麵包和咖啡也在她的胃裡翻攪。

「公寓在哪裡？」

「牧人林的康寧漢路，有沒有覺得耳熟？」

「沒有，我——喔，天啊，天啊。是那個想把腿砍斷的女孩？」

「顯然是。」

「可是她的名字不像烏克蘭人啊。」

「華道認為她可能使用假名，妳知道——妓女的花名。」

計程車載著他們從帕摩爾街，朝蘇格蘭警場前進。車窗兩側掠過白色新古典風建築，威嚴、高傲、宏偉，脆弱的人類相形失色。

「正好符合華道的推論。」史崔克在漫長的沉默後說。「他推斷腿是一個烏克蘭妓女的，她最後一次出現是跟『扒手』馬利在一起。」

蘿蘋聽得出還有下文，她焦急地看著他。

「她的公寓裡還有兩封我寫的信。」史崔克說。「兩封信，都簽上了我的名字。」

「可是你根本就沒有回過信啊！」

「華道知道信是假造的。他們顯然是把我的名字寫錯了——寫成科學的科——可是他還是得讓我去一趟。」

「信上寫什麼？」

「他不敢在電話上講。他很正經，」史崔克說。「沒有亂開玩笑。」

白金漢宮矗立在眼前。維多利亞女王的巨大大理石雕像擰眉俯視蘿蘋的迷惑與宿醉，隨即離開視線範圍。

「他們可能是要我們看照片，看能不能指認她。」

「好。」蘿蘋說，嘴上說得果斷，心裡卻不然。

「妳還好嗎？」史崔克說。

「我沒事，」她說。「不要再擔心我了。」

「今天早晨我本來就要找華道的。」

「為什麼？」

「昨天晚上，我從海茲利走路回去，看到一個戴黑色小圓帽的彪形大漢躲在一條巷子裡。他的肢體語言讓我覺得怪怪的。我出聲喊他——只是要跟他借個火——結果他拔腿就跑。不要」史崔克說，雖然蘿蘋並沒有出聲，「跟我說我太神經質，想像力太豐富。我覺得他是在跟蹤我們，而且我跟妳說，我覺得我進酒館的時候也看見了他，我沒看見他的臉，只看見了他的後腦勺。」

令他意外的是，蘿蘋並沒有不當一回事，反而皺眉思索，努力喚起一個模糊的印象。

「你知道嗎……昨天我也在哪裡看到一個戴小圓帽的大高個……對，他站在圖騰罕園路的一個門洞裡，可是他的臉被陰影遮住了。」

史崔克又低聲罵了髒話。

「拜託不要叫我放假回家。」蘿蘋說，調門比平日要高。「拜託。我喜歡這個工作。」

「萬一那個王八蛋跟蹤妳呢？」

她無法壓制住恐懼，但是決心勝過了害怕。為了抓住這個禽獸，無論他是誰，無論怎麼樣都值得……

「我會提高警覺，我還有兩個防狼警報器。」

史崔克的表情一點也不安心。

他們在蘇格蘭警場下車，立刻就有人引他們上樓，進了一間開放式辦公室，華道身著襯衫，站著跟一群下屬講話。一看見史崔克和蘿蘋，就離開同事，帶著偵探及他的搭檔到一間小會議室去。

「凡妮莎！」他對著門外喊。史崔克和蘿蘋在橢圓形桌後就座。「把信拿來。」

沒多久，凡妮莎．艾克文西偵組隊長帶著兩封裝在塑膠套裡的信出現，另外還有一份影本，史崔克認出來是他在「最後老藍調」交給華道的手寫信之一。艾克文西隊長向蘿蘋含笑招呼，蘿蘋立刻又覺得安心不少。她在華道旁邊坐下，亮出筆記本。

「要咖啡什麼的嗎？」華道問。史崔克和蘿蘋都搖頭。華道把信滑給史崔克，他讀完後又推給蘿蘋。

「不是我寫的。」史崔克跟華道說。

「我想也是。」華道說。「妳也沒有代史崔克回信吧，艾拉寇特小姐？」

蘿蘋搖頭。

第一封信上寫明史崔克的確是自己安排截肢的，因為他不想要這條腿，他坦言阿富汗土製炸彈的說法是精心設計的掩飾，他不知道凱西是如何發現的，但懇求她不要告訴別人。假冒的史崔克接著同意要協助她去除她的「累贅」，還詢問她會面的時間地點。

第二封信很簡短，確認史崔克會在四月三日晚上七點去拜訪她。

兩封信都以濃濃的黑墨簽上了科莫藍・史崔克。

「這一封，」史崔克說，把蘿蘋讀完的第二封信拉回來，「像是她回信給我敲定時間地點。」

「這也是我的下一個問題？」華道說。「你有收到第二封信嗎？」

史崔克看向蘿蘋，蘿蘋搖頭。

「好，」華道說，「這得列入紀錄：第一封信是……」他查看影印本，「這個自稱凱西的人……幾時寄到的？」

蘿蘋回答。

「我把信封放在神……」史崔克的臉上閃過似笑非笑的表情，「在我們放別人主動寄來的信件的抽屜裡。我們可以查郵戳，可是我記得是今年初，可能是二月。」

「好，好極了，」華道說，「我們會派人過去拿信封。」他對蘿蘋微笑，因為她一臉焦慮。「放心吧，我相信妳。有個神經病想陷害史崔克。沒有一個線索能拼湊得起來。史崔克幹麼要捅死一個女人，分屍，再把斷腿送到自己的偵探社？他幹嘛把自己寫的信留在公寓裡？」

蘿蘋想擠出微笑。

「她是被捅死的？」史崔克插口。

「他們還在分析她的真正死因，」華道說，「但是軀幹上有兩道很深的傷口，他們滿肯定就是致命傷，然後他才動手分屍。」

蘿蘋的手放在桌上，現在握成了拳頭，指甲深深陷入手掌心。

「好，」華道說，而艾克文西隊長也按出筆芯，準備書寫，「歐莎娜．佛洛席納這名字兩位聽過嗎？」

「沒有。」史崔克說，而蘿蘋則搖頭。

「好像是被害人的真實姓名。」華道說明。「她在租賃契約上簽的是這個名字，女房東也說她出示了證件。她號稱是學生。」

「號稱？」蘿蘋說。

「我們正在查證她真正的身分。」華道說。

對了，蘿蘋心裡想，他一直認為她是妓女。

「她的英語很好，從她寫的信來看，」史崔克說。「前提是確實是她寫的。」

蘿蘋看著他，一臉不解。

「既然有人假冒我寫信，那為什麼不能假冒她寫信呢？」史崔克問她。

「為了讓你真的跟她通信嗎？」

「對……引誘我跟她見面，或是在我們之間埋下什麼文件線索，等她一死就能讓我像是兇手。」

「凡妮莎，去問問屍體的照片能不能看了。」華道說。

艾克文西隊長離開了房間。她的姿態真像是模特兒。蘿蘋的五臟六腑像是有幾百萬隻螞蟻在爬。華道彷彿覺察到了，轉頭跟她說：

「妳應該不用看，反正史崔克——」

「她應該看。」史崔克說。

華道看似嚇一跳，而蘿蘋雖然盡量掩飾，也忍不住猜疑史崔克是想嚇她，以便讓她遵守天黑後收工的規矩。

「對，」她說，態度鎮定有尊嚴，「我想我應該看。」

「照片……不太美觀。」華道避重就輕地說，完全不合他的作風。

「斷腿是送給蘿蘋的，」史崔克提醒他。「她很有可能之前看過這個女的。她是我的搭檔，我們查的是同一件案子。」

蘿蘋斜睨了史崔克一眼。他從未以搭檔之名來介紹她，至少在蘿蘋的聽力範圍內沒有。他沒看她。蘿蘋回頭注意華道。儘管驚懼有加，在聽見史崔克把她晉升到與他同樣的專業地位之後，她知道無論等一下看見什麼，她都不會害她自己或是他丟臉。艾克文西隊長拿著一疊照片回來，蘿蘋用力吞嚥，挺直了背。

史崔克先拿過去看，他的反應並不讓人寬心。

「媽格巴子。」

「頭顱保存得最好，」華道靜靜地說，「因為放在冷凍室裡。」

人的直覺會讓手在碰到熾熱的物品前就縮回去，而蘿蘋現在卻得拚命抗拒著轉過頭、閉上眼、將相片翻過去的強烈衝動。不過她仍然從史崔克手上接過照片，低頭看；她的五臟六腑瞬間化成了一攤水。

切斷的頭以頸項支地，茫然瞪著鏡頭，眼睛蒙上了一層白霧，不見原來的眸色。嘴巴大張。褐色頭髮僵硬，散佈冰屑。臉頰豐滿，下巴與額頭佈滿了青春痘。她看來不到二十四歲。

「妳認得她嗎？」

華道的聲音近得嚇了蘿蘋一跳。她瞪著人頭，感覺像走了很遠的一段路。

「不。」蘿蘋說。

她放下照片，從史崔克手裡接下另一張。左腿與兩條胳臂塞進冰箱裡，開始腐爛了。她鼓起勇氣看頭顱照片，沒想到別的也會這麼可怕，不小心發出沮喪的叫聲，深覺羞愧。

「確實很慘。」艾克文西偵緝隊長輕聲說。蘿蘋感激地迎視她的目光。

「左手腕上有刺青。」華道指出，亮出第三張照片，照片中左手臂擱在桌上。蘿蘋現在已百分之百想吐了，她看出了黑墨水刺的「1D」。

「軀幹就不用看了。」華道說，把照片收拾好，交給了艾克文西隊長。

「軀幹在哪裡？」史崔克問道。

「浴缸裡。」華道說。「她就是在那兒被殺的，浴室裡。裡頭簡直像屠宰場。」他頓了頓。「她並不是只有腿被切掉。」

蘿蘋很慶幸史崔克沒追問還有什麼部位不見，她恐怕會不敢聽。

「是誰發現她的？」史崔克問道。

「房東。」華道說。「她上了年紀了，我們一趕到她就昏倒了。好像心臟病發作，送到漢默史密斯醫院了。」

「她為什麼會過去公寓？」

「味道。」華道說。「樓下鄰居打電話給她，她決定去逛街之前先繞過去一趟，想趁著這個歐莎娜在家的時候。她沒來應門，房東就自己開門進去了。」

「樓下鄰居什麼也沒聽見——尖叫等等的？」

「那是一棟改裝的公寓，住滿了學生，一點屁用也沒有。」華道說。「音樂震天響，從早到晚朋友來來去去，我們問他們有沒有聽見樓上有什麼聲音，一個個只會呆呆地張大嘴巴。那個打電話給房東的女生整個歇斯底里了，她說她到死也不會原諒自己，因為她沒在第一次聞到怪味時就打電話。」

「是啊，打了就天下太平了。」史崔克說。「你們就可以把她的頭接回去，她就照樣活蹦亂跳了。」

華道哈哈笑，就連艾克文西隊長都面露微笑。

蘿蘋猛地站了起來。昨晚的酒和今早的牛角麵包在她的胃裡泛酸，她以極小的聲音找個理由，就迅速朝門口走。

22

I don't give up but I ain't a stalker,
I guess I'm just an easy talker.
Blue Oyster Cult, 'I Just Like To Be Bad'

我不會放棄，可我不是跟蹤狂，
我想我只是愛花言巧語。
——藍牡蠣〈我就是愛使壞〉

「謝謝你，讓我知道什麼叫絞架幽默。」蘿蘋在一個小時之後說，半氣惱半好笑。「可以走了嗎？」

史崔克倒後悔在會議室裡耍嘴皮，因為蘿蘋二十分鐘後才從洗手間回來，臉色雪白，看來微有些冰冷濕黏，還帶著一縷薄荷味，可見得她又刷了一次牙。他建議不搭計程車，而是沿著百老匯走到羽毛酒館，那是最近的一家酒館，他點了一壺茶。他個人是可以喝啤酒，但是蘿蘋還沒有被訓練到把酒精和血腥看作天生的絕配，所以他覺得一杯啤酒可能會讓她更覺得他是個大老粗。

現在是週三早晨十一點半，羽毛酒館仍很安靜。他們選了後面的一張桌子，遠離兩名靠窗邊的便衣警察，他們正在輕聲交談。

「妳上洗手間的時候，我跟華道說了我們那個戴小圓帽的朋友。」史崔克告訴蘿蘋。「他說他會派一個便衣到丹麥街去盯個幾天。」

「你覺得記者又會跑回來嗎？」蘿蘋問道，剛才還沒空擔心這件事。

「但願不會，華道會把假信壓下去，他說把信公佈會正中那個神經病的圈套。他認為兇手是真的想要陷害我。」

「你卻不以為然？」

「對，」史崔克說。「他沒有那麼笨，事情沒有那麼簡單。」

他默然不語，而蘿蘋尊重他的思考過程，也一言不發。

「恐怖行動，就是這麼回事。」史崔克緩緩說，搔著未刮鬍的下巴。「他先嚇我們，讓我們憂心忡忡，盡可能打亂我們的生活；憑良心說，他成功了。先是警察到我們的偵探社到處爬，然後我們又被找到蘇格蘭警場，我們大部分的客戶都跑了，妳也——」

「不用擔心我！」蘿蘋立刻說。「我不要你擔心——」

「幫幫忙，蘿蘋，」史崔克突然發火了，「我們兩個昨天都看到那個人。華道認為我應該叫妳在家裡休息，讓我……」

「拜託，」她說，大清早的憂慮又一古腦地湧了上來，「不要叫我休假……」

「為了逃避家務事而送掉一條命，不值得！」

話一出口他就後悔了，因為他看見蘿蘋瑟縮。

「我沒有拿工作當擋箭牌。」她喃喃說。「我喜歡這份工作。我今天早晨醒來很後悔昨晚告訴了你。我很擔心你……可能會覺得我不夠堅強。」

「這跟妳昨晚說的事情一點關係也沒有，也扯不上什麼堅強不堅強。問題是出在有個心理變態可能在跟蹤妳，而他已經把一個女人砍成好幾塊了。」

蘿蘋把不冷不熱的茶喝掉，一聲不吭。她餓死了，可是一想到酒館的餐點沒有一項是素的，她的頭皮就直冒冷汗。

「不可能是第一次犯案吧？」史崔克自問，黑眼睛盯著吧台那邊手寫的啤酒品牌。「砍掉她的頭，切斷她的四肢，帶走某些部位？應該需要練習吧？」

「應該是。」蘿蘋附議。

「他純粹是在享受殺戮，他在浴室裡開了一個單人狂歡派對。」

這下子蘿蘋也不確定她的感覺是餓還是噁心了。

「某個有虐待狂的瘋子，跟我有恩怨，而且決定要跟他的嗜好結合。」史崔克邊沉吟邊說。

「你懷疑的人有誰符合嗎？」蘿蘋問。「就你所知，他們之前殺過人嗎？」

「有，」史崔克說。「惠泰科，他殺了我母親。」

但方法不同，蘿蘋心裡想。麗妲．史崔克是死於針頭，而不是刀刃下。出於對史崔克的尊重，而且他又一臉冷酷，她只把話放在心裡。忽然，她想起了什麼。

「你應該知道的吧，」她謹慎地說，「惠泰科曾經把女人的屍體藏在公寓裡一個月？」

「對，」史崔克說，「我聽說過。」

當時他在巴爾幹半島，消息是他妹妹露西傳過來的。他也上網找到了惠泰科步入法院的照片。他的前繼父幾乎判若兩人，頭髮理成小平頭，留鬍子，但金黃色眼睛仍瞪得很大。史崔克沒記錯的話，惠泰科的說詞是他很怕「又一次被誣控」謀殺，所以他打算要把屍體風乾，裝進垃圾袋，藏到地板下。辯護律師聲稱被告的創新手法源自於他有嚴重毒癮，但法官並不買帳。

「可是人不是他殺的吧，對不對？」蘿蘋問，想記起維基網站上究竟是怎麼說的。

「她死了一個月了，只怕也鑑識不出什麼結果。」史崔克說。香客口中的醜惡表情又回來了。「我個人敢打賭人是他殺的。有這麼倒楣的人嗎？無事家中坐，卻先後有兩個女朋友莫名其妙死在家裡？

「他喜歡死亡，惠泰科，他喜歡屍體。他自稱十幾歲時當過掘墓工，他對屍體有種迷戀。大家都認為他是個有毒癮的粗人，或是什麼愛裝腔作勢的混混——開口閉口就是戀屍癖的歌詞，撒旦聖經，阿萊斯特·克勞利[6]那些垃圾——其實他是個邪惡、不正常的雜種，逢人就說他是個邪惡、不正常的雜種，結果呢？女人反而前仆後繼要得到他。

「我需要喝一杯。」史崔克說，站起來就往吧台走。

蘿蘋看著他去，被他突發的怒氣嚇到。他說惠泰科殺過兩個人，但據她所知，他的看法既沒有法庭支持，也沒有警方的物證可考。她聽慣了史崔克說事無大小，務必要蒐集事實，他時常反覆提醒直覺和個人的反感可能會有用，但絕不能聽任這些東西主導調查的方向。當然啦，事關史崔克自己的母親……

史崔克帶著一杯尼柯生淡啤酒和菜單回來。

「抱歉，」他坐下時咕噜了一聲，喝了一大口啤酒。「想到了很久沒去想的事，那些該死的歌詞。」

「喔。」蘿蘋說。

「他媽的，不可能是『扒手』。」史崔克挫敗地說，一手爬梳過濃密的鬈髮，拿開手後頭髮倒是紋絲不變。「他是混幫派的！要是他發現是我的證詞害他坐牢的，他的報復手段會是二話不說就給我一槍。不會去搞什麼斷腿，什麼歌詞，他知道那會引來警察。他是個生意人。」

「華道仍然覺得是他嗎？」

「對，」史崔克說，「可是他應該跟別人一樣清楚，匿名作證的程序是滴水不漏的。不是的話，倫敦城早就到處都是死警察了。」

他強抑住對華道的進一步批評，但實在忍得很辛苦。華道在明明可以找史崔克碴，讓他日子更難過時一直很熱心很體諒。史崔克沒忘記上一次他惹上倫敦警察隊，他們把他關在偵訊室裡整整五個小時，顯然只是那些警察在發洩怒氣。

「那你在軍中認識的那兩個人呢？」蘿蘋問他，壓低了聲音，因為一群女性上班族在附近就座。「布拉克班克跟連恩。他們殺過人嗎？我是說，」她補上一句，「我知道他們是軍人，可是在戰鬥之外呢？」

「如果連恩殺過人，我也不會驚訝，」史崔克說，「可是在他坐牢之前，我還沒聽說過。他拿刀子對付他的前妻，這個我知道——把她綁起來，捅了她。他坐了十年牢，我很懷疑他會改過向善。他出來四年了，有足夠的時間犯下兇殺案。

「我忘了告訴妳，我在麥洛斯見到他的前岳母了。她認為他出獄之後去了蓋茲赫德，而我們知道二〇〇八年他可能在科比……可是，」史崔克說，「她跟我說他生病了。」

「哪種病？」

「某種關節炎，詳情她也不清楚。身體狀況不佳的人能夠做出照片裡的那種事嗎？」史崔克拿起菜單。「喔，我餓得前胸貼後背了，而妳也兩天沒吃，只吃了炸薯片。」

史崔克點了綠鱈和薯條，蘿蘋點了農夫餡餅，他又換了話題。

「妳覺得被害人有二十四歲嗎？」

「我……我看不出來。」蘿蘋說，竭力不讓腦海中浮現那個臉頰豐潤、眼珠罩上一層白霜的斷頭，卻失敗了。「不，」她停頓了一下才說。「我覺得那個頭——被害人——不滿二十四歲。」

「我也是。」

「我可能……洗手間。」蘿蘋說，站了起來。

「妳還好嗎？」

「我只是需要上廁所——茶喝多了。」

6. 阿萊斯特・克勞利（Aleister Crowley，一八七五—一九四七）是二十世紀最具影響力的神秘學領袖。

史崔克看著她去，接著喝光了啤酒，腦中浮現出一串他沒跟蘿蘋說，其實是沒跟任何人說的想法。

孩子的文章是在德國時一名女性調查員拿給他看的。史崔克仍記得最後一行，整齊的女生筆跡寫在淡粉紅色紙張上。

那個小姐把名字改成安娜斯塔西亞，染了頭髮，後來沒有人知道她去了哪裡，她消失了。

「妳是不是也想這樣，布莉特妮？」史崔克在後來觀看的錄影帶上看見調查員如此發問。「妳想逃走消失？」

「那只是故事！」布莉特妮強調，還想發出譏笑，小小的手指絞在一起，一條腿幾乎纏住另一條腿。她髮量少的金髮軟趴趴垂在蒼白的雀斑臉兩邊。她的眼鏡搖搖晃晃。她讓史崔克想起一隻黃色虎皮鸚鵡。「我只是亂編的啦！」

DNA測試很快就會發現冰箱裡的女人是誰，屆時警察又得回頭去查歐莎娜．佛洛席納——是真名的話——究竟是誰。史崔克也說不上來他一直擔心屍體是布莉特妮．布拉克班克是否疑神疑鬼。為什麼寫給他的第一封信會用凱西這名字？為什麼死者看來那麼年輕，皮膚光滑，仍帶著嬰兒肥？

「我應該去盯著白金了。」蘿蘋難過地說，坐下時看了看錶。鄰桌的某位上班女郎似乎是在慶祝生日，在同事的喧鬧笑聲中她拆開了禮物，拿出一件紅黑雙色小馬甲。

「不用擔心。」史崔克漫不經心地說，他的魚和薯條以及蘿蘋的農夫餡餅正好送上來。他默默進食了兩分鐘，突然放下刀叉，掏出筆記本，看著他從哈德克的愛丁堡辦公室抄來的資料，拿起了手機。蘿蘋看著他打字，不知他在做什麼。

「好，」史崔克在看了結果之後說，「明天我要去巴羅佛內斯。」

「你……什麼？」蘿蘋問，摸不著頭腦。「為什麼？」

「布拉克班克在那兒……或是應該在。」

「你怎麼知道？」

「我在愛丁堡發現他的退休俸寄到那裡，我也查過了他家以前的地址。有個荷莉．布拉克班克現在住在那裡。顯然是親戚，她應該會知道他的下落。如果我能證實幾週來他一直在昆布利亞，我們就能知道送斷腿的或是在倫敦跟蹤妳的不是他了，對不對？」

「關於布拉克班克，你有什麼是沒跟我說的？」蘿蘋問道，灰藍眼睛瞇了起來。

史崔克不理會。

「我不在的時候我要妳待在家裡。算『兩次』倒楣，就算白金跟別的客人上床，那也是他的錯。少了他的錢我們也活得下去。」

「那我們就只剩下一個客戶了。」蘿蘋指出。

「我有個感覺，這個神經病要是不落網，我們會連一個客戶也沒有。」史崔克說。「不會有人願意靠近我們。」

「你要怎麼去巴羅佛內斯？」

一個計畫的雛形出現了，她難道沒預見到這個萬中之一的偶發事件嗎？

「搭火車，」他說，「妳知道我現在租不起汽車。」

「這樣好不好，」蘿蘋得意地說，「我開我的新——不對，是古董車，可是跑得很順——荒原路華載你！」

「妳幾時有荒原路華了？」

「星期日開始，是我爸媽的舊車。」

「啊，」他說。「唔，倒像是個好主意——」

「可是？」

「不，的確是個好主——」

「可是？」蘿蘋又說，她看得出他有所保留。

「我不知道會去多久。」

「沒關係，你剛剛才叫我待在家裡發霉。」

史崔克猶豫了。她想載他去，打擊馬修的成分占了多少？他自問道。他輕易就能想像到那位會計師對這一趟北上旅程會有何感想：歸期不定，而且還是孤男寡女兩個人，還要過夜。清白專業的關係不該包括利用彼此來讓伴侶吃醋。

「喔，完了。」他突然說，一手直插口袋找手機。

「怎麼了？」蘿蘋問，心中警鈴大作。

「我剛剛才想到——我昨天晚上跟愛琳有約。幹——整個忘了。別亂跑。」

他走出酒館，讓蘿蘋一個人吃午餐。蘿蘋盯著史崔克高大的身影在落地窗外踱來踱去，手機貼著耳朵，不由得納悶，愛琳為什麼不打電話或是傳簡訊問史崔克人在哪裡？而由這一層又很輕易聯想到另一件事——她才剛剛想通，儘管史崔克已經想到——如果她回家只是去收拾幾天的衣物，把荒原路華開走，馬修會怎麼說？

他敢說什麼，她這麼想，準備要大膽地反抗。反正跟他再也沒關係了。

但一想到要和馬修面對面，即使只是短暫的一會兒，她都會緊張。

史崔克回來了，直翻白眼。

「狗屋，」他簡潔地說。「改成今晚。」

蘿蘋不知道何以史崔克宣佈要去見愛琳會讓她沒了精神，她猜是因為她累了。三十六小時來各種的張力以及情緒震撼不是靠一頓酒館的午餐就能解決的。鄰桌的上班族這時尖聲歡笑，因為另一個包裹裡掉出了一副有絨毛的手銬。

不是她的生日，蘿蘋恍然大悟。是她要結婚了。

「喂，到底要不要我載你啊？」她粗率地說。

「要。」史崔克說，好似因為這個主意而變得熱中。（還是說他只是想到要跟愛琳約會而開心？）「妳知道嗎，那就太好了。謝謝。」

23

Moments of pleasure, in a world of pain.
歡樂的時刻，在苦痛的世界。

Blue Oyster Cult, 'Make Rock Not War'
——藍牡蠣〈搖滾吧，別打仗〉

隔天早晨攝政公園的樹梢上覆了一層層的濃霧，有如蛛網。史崔克的鬧鈴一響就立刻關掉，以免吵醒了愛琳。他在窗前金雞獨立，窗簾遮在他背後，阻擋晨光。他就這麼眺望著如鬼似魅的公園，定定地觀賞朝陽的光輝灑在繁枝茂葉上，霧氣蒸騰，有如一片蒸氣海。只要肯停下步來靜觀，幾乎遍地都是美景，但終日勞勞碌碌，很容易就會忘記這種完全免費的奢華是存在的。他從小就帶著這樣的回憶，尤其是住在康瓦耳的時候：早晨最先看見的海洋粼粼閃閃，藍得有如蝴蝶的翅膀；翠拔公園裡的岡納拉走廊那翠綠與陰影交疊的奧妙世界；狂風暴雨的暗灰色波濤中遠方的點點白帆如海鳥般上下起伏。

在他後方幽暗的床上，愛琳翻身，嘆了口氣。史崔克悄悄從窗簾後繞出來，拿起靠著牆的義肢，坐在她的臥室椅上，把義肢裝上。之後他仍靜悄悄地走向浴室，懷裡抱著今天要穿的衣物。

昨晚兩人第一次吵架，這是每一段感情的界標。週二晚上他失約卻既無電話也無簡訊，本來就應該是個警訊才是，但他太忙著照顧蘿蘋、處理被分屍的女人，也無暇細想。沒錯，他打電話來賠罪她冷若冰霜，但說真的，他萬萬沒料到她那麼乾脆就同意另排約會時間，結果等他二十四小時後出現，面對的居然是幾近冰河的待遇。在痛苦做作的交談中共進晚餐，餐後史崔克提議由他去洗碗，任由她在那裡生悶氣。他伸手去拿外套，她忽然發火，但那只是像打濕的爆竹迸出一星半點的火花；接著她又一把鼻涕一把淚，半道歉半責備，鬧了半天，而史崔克從中得知了三點：一、她正在接受治療；二、治療師指出她有被動攻擊性格的傾向；三、週二他失約深深地傷害了她，害她獨自對著電視喝掉了一整瓶酒。

史崔克再度道歉，託詞遇上了棘手的案子，情況複雜，令人措手不及，也為忘記約會表達了真誠的懊悔，但也說如果她無法原諒，他最好是拿腳走人。

結果她飛奔到他懷裡，兩人直接上床，享受了這段短暫戀情中最棒的一次魚水之歡。

愛琳的浴室一塵不染，下凹式燈具，雪白的毛巾。史崔克一邊刮鬍子一邊想這次分手他倒是輕鬆。換作是夏綠蒂那個斷斷續續交往了六年的女人，約會他敢忘記出現，他現在身上早帶著傷了，還得在刺骨的黎明到處找她，或者是忙著阻止她從幾層樓高的陽台跳下去。

他曾把對夏綠蒂的感覺稱為愛，而且至今那仍是他對女人有過最深刻的感覺。這段感情導致的痛苦以及持續不滅的副作用其實更像是病毒，即便是到今天他都還不肯定是否已戰勝了病毒。不跟她見面，不打電話，不使用她的新電郵地址（她在嫁給舊男友的那天上傳了一張照片，照片中她一張心慌意亂的臉）：這是他自己開的方子，不讓症狀復發。但他知道他仍是受到了傷害，他再也無力感受到曾經體驗過的感覺。愛琳昨晚的發飆並不能像夏綠蒂一樣深觸他的內心。他覺得愛人的能力變鈍了，神經末梢被切斷了。他無意傷害愛琳，他不喜歡看她哭，然而感同身受的能力似乎關機了。說真的，在她哭泣時，他心裡已經有一小部分在計畫打道回府了。

史崔克在浴室中著裝，再悄悄移動到昏暗的門廳，把盥洗用具收進帆布袋中，預備要出發到巴羅佛內斯。右手邊有扇門是開著的，一時興起，他又把門推開一點。

他無緣一見的小女孩回母親家時就睡在裡面。粉紅色加白色的房間乾淨整齊，上楣橫四周的天花板上畫著仙女。架上整齊地坐著一排芭比娃娃，笑容空洞，高聳的乳房被七彩的俗麗衣服遮蓋著。地板上鋪著一幅假皮草地毯，還附了北極熊的頭，旁邊就是一張小小的白色四柱床。

史崔克對小女孩幾乎是一無所知。他有兩個教子，兩個都不是他自己要來的，還有三個外甥。他在康瓦耳最老的朋友有三個女兒，可是史崔克跟她們完全沾不上邊；她們逕自走過去，只見馬尾搖晃，偶爾揮個手：「嗨，小柯叔，掰，小柯叔。」他是有妹妹，可是露西向來沒有享受那種粉紅色、甜蜜蜜的篷頂四柱床的命，儘管她可能非常想要。

布莉特妮．布拉克班克有一隻獅子玩偶。他看著地上的北極熊，沒來由地冒出了這個回憶，那是一隻滑稽面孔的獅子玩偶。她給它穿上粉紅色芭蕾短裙，那天她的繼父拿著破啤酒瓶朝史崔克衝來，獅子就在沙發上。

史崔克轉身回門廳，在口袋中摸索。他總是隨手帶筆記本和筆。他草草留了張紙條給愛琳，婉轉提及昨夜良宵，擺在門廳桌上，以免吵醒她。接著，他一如平常，悄然無聲拎起帆布袋，扛上肩，離開了公寓。他跟蘿蘋約了八點在西伊林站會合。

蘿蘋離開家門時哈斯廷斯路上最後幾縷晨霧也逐漸消失，她慌慌張張，眼皮很重，一手提著一袋食物，另一手提著塞滿換洗衣服的帆布袋。她打開灰色老荒原路華的後車箱，把帆布袋丟進去，匆匆拎著另一袋繞到駕駛座。

馬修剛才在玄關上想擁抱她，她硬是拒絕了，兩手按著他平滑溫暖的胸膛，推開了他，大聲叫他滾開。他剛才只穿四角褲。現在她倒怕他會連忙套上衣服，追出來。她用力關上車門，拉扯安全帶，急於出發，但就在她轉動鑰匙時，馬修衝了出來，光著腳，穿T恤和運動褲。她從未見過他這麼赤裸、這麼脆弱。

「蘿蘋，」他高聲喊，而蘿蘋猛踩油門，駛離了路邊。「我愛妳，我愛妳！」

她轉動方向盤，謹慎地駛出停車位，只差幾吋就擦撞了鄰居的本田。她能看見馬修在照後鏡中縮小；那個通常都泰然自若的人正扯開喉嚨示愛，不顧鄰居的好奇、譏誚與訕笑。
蘿蘋的心臟在胸口跳得心痛。七點十五分，史崔克還沒到車站。她在路口左轉，一心一意只想要拉開她和馬修之間的距離。
他黎明就起床了，那時她正悄悄收拾東西，不想吵醒他。
「妳要去哪裡？」
「幫史崔克查案。」
「妳要過夜？」
「應該是。」
「哪裡？」
「我也不知道。」
她不敢把目的地告訴他，怕他會追過來。昨晚她回家，馬修的行為讓她非常意外。他連哭帶求。蘿蘋從沒看過他這個樣子，即使是在他母親去世之後。
「蘿蘋，我們得談一談。」
「沒什麼好談的。」
「妳媽媽知道妳要去哪裡嗎？」
「知道。」
她說謊。蘿蘋沒把訂婚取消的事告訴母親，也沒跟她說她要和史崔克北上。她畢竟二十六歲了，不必事事請示母親了。不過她知道馬修要問的其實是她是否告訴她母親婚禮取消了，因為他們兩人都清楚如果兩人還有婚約，她是不會駕著荒原路華載著史崔克到一個不知名的地點的。
藍寶石戒指就擺在她留下的地方，塞滿了他的會計學舊教科書的書架上。
「喔，可惡。」蘿蘋低聲說，眨掉眼淚，在安靜的街道上隨意轉彎，盡量不去注意她少了戒指的手指頭，也盡量不去回想馬修苦惱的臉。

史崔克走了短短的一段路，卻越過了極大的距離。他一面抽著今天的第一根菸一面想，這就是倫敦：從約翰．納許[7]設計的寂靜又對稱的連棟房屋出發，這裡就像是香草冰淇淋做出的雕塑。愛琳的細紋套裝俄國鄰居坐進了奧迪汽車裡，史崔克道了聲「早」，得到的回應是一個點頭。走幾步路經過貝克街站夏洛克．福爾摩斯的剪影，他就坐上了汙穢的地鐵，四周淨是嘰嘰喳喳的波蘭勞工，早晨七點就精力充沛，認真又有效率。接著是行色匆匆的帕丁頓，在通勤族與咖啡店之中硬闖出一條路，帆布袋扛在肩上。最後是接希斯洛線，坐個幾站，車上有一家西南部人，儘管清晨氣溫冷冽，他們已經一身前往佛羅里達州的打扮了。他們有如緊張的狐獴看著每站的站牌，兩手緊抓著行李箱的把手，好似隨時會被打劫。

史崔克提早十五分鐘抵達西伊林站，極渴望來根菸。他把帆布袋丟在腳邊，點燃一根香菸，希望蘿蘋不會來得太早，因為他很懷疑她會願意讓他在荒原路華裡抽菸。不過，他才過了幾口的煙癮，箱子形狀的汽車就繞過了街角，蘿蘋的亮金紅色頭顱從擋風玻璃看過去十分清晰。

「我不介意，」她在轉動的引擎聲中喊，因為她看見史崔克拎起帆布袋甩到肩上，作勢要擰熄香菸，「只要你把窗子打開。」

他坐下車，把袋子塞到後面，關上了門。

「反正車子本來就很臭了，」蘿蘋說，以一貫的技巧操縱變速桿。「整個都是狗味。」

史崔克扣上安全帶，汽車加速離開人行道。他東看西看，破舊磨損，而且果真瀰漫著濃濃的青蛙裝和拉布拉多的味道。讓史崔克想起了他在波士尼亞與阿富汗駕駛過的軍車，但同時也讓他對蘿蘋的背景又多了了解。這輛荒原路華訴說著泥濘的小路以及耕耘過的農地。他記得她說過有個叔叔有農場。

「妳有養小馬嗎？」

蘿蘋瞟了他一眼，很是意外。而這一眼雖短暫卻足以讓史崔克看見她的眼皮腫、臉色白。她顯然沒睡多少。

「你問這個幹嘛？」

「這輛車感覺很像是妳會開去參加運動會的。」

她的回答含有一絲自衛：「有啊。」

他笑了出來，把窗子開到最大，夾著香菸的左手架在窗外。

「有什麼好笑？」

「不知道，牠叫什麼名字？」

「安格斯。」她說，轉向左方。「牠很混蛋，每次都載著我亂跑。」

「我不信任馬。」史崔克說，一面抽著菸。

「你騎過嗎？」

輪到蘿蘋微笑了。她覺得騎在馬背上恐怕是少數幾個能看見史崔克手忙腳亂的地方。

「沒，」史崔克說。「而且我決定要一直保持下去。」

「我叔叔有載得動你的馬，」蘿蘋說。「克萊德斯代，牠是龐然大物。」

「了解。」史崔克酸溜溜地說，蘿蘋笑了出來。

蘿蘋則專心在漸多的早晨車陣中駕車，史崔克默默抽著菸，察覺到他很喜歡逗她笑。他也承認坐在這輛看似要解體的荒原路華裡，跟蘿蘋閒扯淡，比昨晚和愛琳共進晚餐還要開心，還要舒坦。

7. 約翰・納許（一七五二—一八三五），英國建築師，攝政公園四周房屋之設計人。

他不是一個會對自己說什麼善意謊言的人。他可能託詞蘿蘋代表的是輕鬆自在的友誼，而愛琳是性關係的陷坑與歡樂。但他知道真相沒有這麼簡單，而蘿蘋手指上的藍寶石戒不見了，當然只會讓真相更複雜。幾乎是打初見面的那一刻起，他就知道蘿蘋代表了對他平靜心靈的威脅，但危害他這一生中最佳的工作關係不啻是自我毀滅，而在他經歷過多年毀滅性的斷斷續續戀情之後，在他為奠立事業而付出的耕耘和犧牲之後，他不能也不願這種情況發生。

「你是故意不理我嗎？」

「嗄？」

可能只是他沒聽見她說話，荒原路華的老引擎實在是吵。

「我問你你跟愛琳怎麼樣了？」

她不曾直率問過他的感情世界。史崔克猜兩晚前的推心置腹讓他們的關係進入了另一層。可以的話，他是會盡量避免的。

「還好。」他壓抑地說，把菸蒂丟掉，搖上車窗，而噪音也稍微減小。

「那她已經原諒你了？」

「原諒什麼？」

「你完全忘了跟她有約會啊！」蘿蘋說。

「喔，那個啊。對，嗯，對……也不對。」

她轉入A40，史崔克模稜兩可的回答讓蘿蘋的腦海中驟然浮現一個生動的畫面：毛茸茸又只有一條半腿的史崔克與金髮雪白的愛琳四肢糾結，躺在純白的被褥上……她敢說愛琳的被單是純白的、北歐的、乾淨的。她搞不好還有專人幫她洗衣服。愛琳太上流階級了，太富有，不可能會站在伊林某間公寓的擁擠客廳裡邊看電視邊燙她的鴨絨被。

「馬修呢？」史崔克在上高速公路後問。「情況如何？」

「很好。」蘿蘋說。

「放屁。」史崔克說。

雖然蘿蘋忍不出笑了出來，但她也很氣史崔克自己不肯多吐露愛琳的事，卻要追問更多的細節。

「他想復合。」

「那是當然的嘛。」史崔克說。

「什麼叫『當然的嘛』？」

「不准我打探的話，妳也不准。」

蘿蘋不確定該如何接腔，不過心裡卻小小樂了一下。她覺得這可能是有史以來第一次史崔克暗示他把她當女人看；她將這件事歸檔，稍後再仔細琢磨，在獨自一人時。

「他道歉了，而且一直請求我把戒指再戴上。」蘿蘋說。對馬修殘餘的忠誠讓她略過哭泣哀懇不談。「可是我……」

她的聲音變小。史崔克雖然想再多聽一些，卻沒有追問，反而把窗子搖下來，又抽起了第二根菸。

他們在希爾頓公園休息站停下來喝杯咖啡。蘿蘋去上洗手間，史崔克到漢堡王去排隊。她在鏡前查看手機，不出所料，馬修傳了簡訊，但語氣已不再懇求安撫。

如果妳跟他睡覺，我們就真的完了。妳可能以為這樣算是扯平，但是兩者不能相提並論。莎拉是很久的老朋友了，我們當年還小，而且我不是為了傷害妳才做的。想想看妳捨棄了什麼，蘿蘋。我愛妳。

「抱歉。」蘿蘋喃喃說，移到一邊讓一名不耐煩的女孩使用烘手機。

她再把馬修的簡訊看一遍。一腔怒火燒毀了早晨的追逐所引發的憐憫與痛苦之情。她心裡想著這才是道地的馬修：如果妳跟他睡覺，我們就真的完了。原來在她摘掉戒指、跟他說她不要嫁給他時，他並不認為她是真心的？「真的完了」還得要他馬修說了才算？兩者不能相提並論。她劈腿就會比他劈腿要下流。在他眼裡，她這趟北上之旅純粹是報復手段：一個女人死了，殺人兇手逍遙法外只不過是女人洩恨的藉口。

去你的，她在心裡罵，用力把手機塞回口袋裡，回到咖啡館，史崔克正在吃一份雙層香腸培根牛角麵包堡。

史崔克注意到她紅通通的臉，繃緊的下顎，推測出馬修聯絡她了。

「沒事吧？」

「嗯，」蘿蘋說，又趁史崔克再追問之前搶先說：「你要不要跟我說布拉克班克的事？」

她並不想一副吃了槍藥的口氣。都怪馬修的簡訊惹惱了她，此外今晚她跟史崔克究竟要睡哪裡也浮現在她的腦海，一樣令她惱火。

「妳想聽的話。」史崔克溫和地說。

他從口袋拿出手機，叫出了從哈德克電腦拍下的照片，遞給對面的蘿蘋。

蘿蘋細看濃密黑髮下的那張黝黑的長臉，雖然罕見，卻並不醜。史崔克彷彿看穿了她的心思，說：

「他現在醜多了，那張照片是他剛入伍時拍的。他現在一邊眼窩凹陷，而一隻耳朵像花菜。」

「他有多高？」蘿蘋問，想起了那個穿皮衣、戴全罩安全帽的快遞員站著比她高。

「跟我一樣，或是更高。」

「你說你是在軍中遇見他的？」

「對。」史崔克說。

幾秒之間她以為史崔克不會再多說了，後來才發現他是在等一對拿不定主意該坐哪裡的年長夫婦走出聽力範圍之外。等他們走後，史崔克才說：

「他是少校，第七裝甲旅的。他娶了同袍的遺孀，她帶了兩個小女兒過來。後來他們倆也生了自己的孩子，一個兒子。」

事實如流水湧出，因為史崔克剛看過布拉克班克的檔案，但說真的，史崔克始終沒有忘記過。那是會跟隨你一輩子的那種案子。

「最大的女孩叫布莉特妮，她十二歲時在德國，跟學校裡的朋友揭發了性侵的事。那個朋友回家告訴了她母親，她母親就報警了。我們被找了去——我並沒有親自詢問她，是由一名女性軍官負責的。我只看了錄影帶。」

最煎熬的部分是布莉特妮拚命想裝大人、拚命想裝冷靜。她怕極了因為她的大嘴巴會害她家出事，所以極力想把話收回來。

不，她當然沒有告訴蘇菲說他說如果她敢去告狀，就會把她的小妹宰了！不，蘇菲沒說謊，不算是——只是在亂開玩笑啦。她問蘇菲要怎樣才不會有小寶寶，因為……因為她很好奇，那件事大家都好奇啊。他當然沒有說她敢告狀的話就會把她媽媽一塊肉一塊肉切下來——她的腿？喔，那個啊——那也是在鬧著玩啦——都是在開玩笑啦——他說她腿上有疤是因為小時候他差一點就把她的腿割斷了，可是她媽媽剛好走進來看到了。他說他會割她是因為她在學走路的時候踩壞了他的花床，可是當然是開玩笑的啦——不信問她媽媽。她被鐵絲網纏到了，就這樣，她想掙脫，結果就割傷了。他們可以去問她媽媽。他沒有割她。他從來就沒有割過她，爹地不會。

史崔克仍忘不了她硬逼自己說「爹地」時臉上那副不由自主的表情，她就像個面臨懲罰的威脅，努力要把冰冷的內臟吞下肚的小孩。僅僅十二歲她就學會了只要乖乖閉嘴，逆來順受，她的家人就能勉強苟活。

史崔克從第一次訊問就不喜歡布拉克班克太太。她很瘦，化妝過度，當然也是受害人，以她自己的方式，但史崔克覺得她似乎是自願放棄布莉特妮以換取其他兩個孩子的安全，她的大女兒和丈夫長時間不在屋子裡，她卻視而不見，她決定裝聾作啞無異是共犯。布拉克班克會開車把布莉特妮帶到鄰近的樹林裡或是黑暗的小巷裡，在車上他會警告布莉特妮只要她敢把他對她做的事說出去，他就會把她母親和妹妹活活勒死。他會把她們一塊肉一塊肉切下來，埋在花園裡。然後他會帶走萊恩……他的小兒子，似乎也是他唯一重視的家人，到一個沒有人能找到的地方。

「只是開玩笑，開玩笑的啦，我說的不是真的。」

細瘦的手指扭絞著，眼鏡歪斜，腿還不夠長，搆不著地板。史崔克和哈德克到布拉克班克家去拘捕他，布莉特妮仍然死也不肯接受體檢。

「我們抵達時他氣瘋了。我說明了事由，他就拿著一個破酒瓶朝我撲了過來。

「我把他打昏了，」史崔克說，完全不加油添醋，「可是我不應該碰他的，沒有那個必要。」

他從未大聲承認過，即使是哈德克也承認他是執法過當，可是他在後續的調查中卻力挺他到底。

「他都拿著破酒瓶朝你衝過來了……」

「我不用打昏他也能奪下酒瓶。」

「你不是說他很高大……」

「他很生氣，我可以不用揍他就撂倒他。哈德克也在，等於是二打一。

「說真的，我很高興他向我撲過來，我想揍他。右鉤拳，真的是一拳就把他打得昏了過去——

也就是因為這樣他才躲過去了。」
「躲過去什……」
「躲過牢獄之災，」史崔克說。「逍遙法外。」
「怎麼會？」
史崔克又喝了口咖啡，眼神迷茫，回想往事。
「我打了他之後他就住院了，因為他的腦震盪痊癒之後又有了嚴重的癲癇發作的毛病，腦部受創。」
「天啊。」蘿蘋說。
「他需要緊急開刀遏止腦出血，他不停發病。他們的診斷是外傷性腦損傷、創傷後精神壓力症、酒精中毒。無力接受審判。律師蜂擁而上，我被控傷害罪。
「幸好，我的律師團查出在我打他之前的那個週末，他去打橄欖球。他們四處查問，查出他的頭被一個兩百五十二磅重的威爾斯人的膝蓋頂到，被抬下了球場。菜鳥醫護員遺漏了他一耳出血，因為他滿臉是泥巴瘀傷，只叫他回家休息。我的律師團請醫師判讀球賽後照的X光，發現他其實已經顱底骨折。而骨折是那個威爾斯前鋒造成的，不是我。
「即使如此，如果不是哈弟作證說他拿著酒瓶攻擊我，我恐怕也過不了這一關。最後他們認為我是在自衛下採取行動，我不可能事先得知他的頭骨已經裂開，也不可能知道我打他會造成多大的傷害。
「同時，他們也在他的電腦裡找到了兒童色情照片。布莉特妮的說法也和鄰居說法吻合，他們時常看見她繼父帶她一個人開車出去。布莉特妮的老師也說她在學校越來越孤僻。
「他性侵了她兩年，還揚言如果她敢告狀就會殺了她跟她母親、她妹妹。他讓她相信他早就有一次要割斷她的腿。她的小腿上佈滿了傷疤。他跟她說他正要把她的腿鋸下來，是因為她母親剛好進來，阻止了他。她母親接受偵訊時說她女兒的傷疤是小時候出的意外。」

蘿蘋一言不發，只是雙手摀嘴，瞪大眼睛。史崔克的表情很嚇人。

「他躺在醫院裡，他們忙著控制他的病發作，只要有人想偵訊他，他就裝糊塗、裝失憶。他的律師像蒼蠅一樣圍著他，嗅到了大撈一筆的機會：醫療疏失，攻擊。他聲稱自己也是虐待的受害人，兒童色情照片只是他有心理疾病、他酒精中毒的徵兆。布莉特妮一口咬定都是她瞎編的，她母親對著每個人尖聲說布拉克班克沒有染指過她的孩子，說他是模範父親，說她已經喪夫過一次了，現在又要失去第二個了，而高層的人只想趕緊了結這件案子。

「他因傷退伍了。」史崔克說，黑眼迎視蘿蘋的灰藍眼眸。「他拍拍屁股就走人了，拿了一筆賠償金和退休俸，就這麼走了，也帶走了布莉特妮。」

24

Step into a world of strangers
Into a sea of unknowns . . .
Blue Oyster Cult, 'Hammer Back'

步入一個滿是陌生人的世界
進入了未知之海……
——藍牡蠣〈拉回擊鐵〉

鏘鎯亂響的荒原路華堅毅地走了一哩又一哩，但北上之路似乎迢遙無際，好不容易巴羅佛內斯的路標才出現在眼前。地圖未能傳遞出這個海港市鎮的遙遠偏僻。巴羅佛內斯不是一個讓人路過或偶然造訪的地方，它的位置就在陸地的末端，在地理上就是個死胡同。

他們取道湖區的最南邊，經過了滿山遍野的羊群、乾石牆、風景如畫的小村莊，蘿蘋想起了她的約克夏家鄉；他們穿過了烏佛斯頓（「史丹・勞萊[8]的故鄉」），終於瞥見一處寬綽的三角灣，預告著海岸快到了。最後，剛過中午，他們發現自己來到了一處很不討喜的工業區，馬路兩旁淨是倉庫工廠，圈住了巴羅佛內斯市。

「我們先去吃東西，然後再去找布拉克班克家。」史崔克說，五分鐘以來一直在查看巴羅佛內斯的地圖。他最不屑以電子設備來導航了，因為你需要等候文檔下載，資料還會在不利的環

8. Stan Laurel（一八九〇－一九六五）英國喜劇演員，主演之《勞萊與哈台》膾炙人口。

境中消失。「那邊有停車場，到圓環左轉。」

他們經過了老舊的側面入口，進入克雷文公園，這裡是巴羅突襲者隊的運動場。史崔克瞪大眼睛留意布拉克班克出現，也將當地最顯著的特色收入眼底。他在康瓦耳出生，也以為在這裡能看到海，品嘗到海，但據他判斷，海岸可能還在數哩之外。初始的印象是城市外圍一處龐大的零售中心，主街的商店門面俗豔，四面八方都是，但在ＤＩＹ商店和披薩店之間偶爾會看見傲然挺立的建築之光訴說著繁榮的過去。一間維多利亞式技職學院裝飾著古典的圖案，紀念「勞動勝於一切」的傳承。再往前走一點，就看見一排一排的連棟住宅，如路尼[9]畫筆下的城市風光，勞工居住的蜂巢。

「沒看過這麼多酒館。」史崔克說，蘿蘋也駛入了停車位。他想喝一杯啤酒，可是想到了勞動勝於一切，就同意蘿蘋的建議，到附近的咖啡廳隨便吃點什麼。

四月的陽光明媚，但吹來的風仍帶著看不見的大海的寒冷。

「還真是一點都不囂張啊，嗯？」他嘟囔著，看見了咖啡館的名稱：「最後的繁華」。它的對面是賣舊衣的「第二次機會」以及一家生意興隆的當舖。儘管店名不吉利，「最後的繁華」卻溫馨乾淨，坐滿了嘰嘰喳喳的老太太，而兩人回去開車時也覺得滿足了口腹之欲。

「如果沒人在家，他的房子就不容易監視了。」史崔克說，坐在荒原路華上把地圖拿給蘿蘋看。「直通通的死巷子，沒有地方藏身。」

「你有沒有想過，」蘿蘋說，同時駕車離開，語氣不算胡鬧，「荷莉就是諾亞？他做了變性手術？」

「是的話那就很容易找到他了。」史崔克說。「踩上高跟鞋六呎八，一隻耳朵像花菜。這邊右轉。」他在經過一家叫「窮光蛋」的夜店。「唉唷，巴羅這裡的人還真誠實啊！」

前方有幢奶油色巨宅，叫「英國航太系統公司」，把海濱整個擋住了。大廈沒有窗，似乎橫向延伸了一哩，黑漆漆的，沒有門面，陰森森的。

「我想荷莉應該是他的姐妹，也可能是新娶的老婆。」史崔克說。「左邊……她跟他同齡。右邊，我們要找史丹利路……看樣子我們會一直開到航太系統的旁邊。」

史崔克說得果然沒錯，史丹利路直通通的，一邊都是房子，另一邊是一道高高的磚牆，牆頭有鐵絲網。而在牆外就是出奇陰森的工廠建築，白色無窗，光是大小就讓人卻步。

「『核能廠界線』？」蘿蘋看著牆上的告示牌，把荒原路華開得像蝸牛在爬，緩緩前進。

「製造潛水艇。」史崔克說，抬頭看著鐵絲網。「到處都是警方的警告標誌——看。」

死胡同一個人影也沒有。胡同底是一處小小的停車場，旁邊是兒童的遊樂公園。蘿蘋停好車，注意到牆頭的鐵絲網上掛著一些物品。那顆球顯然是因為意外才掛上去的，但也有一輛粉紅色小娃娃推車纏在上面，拿不下來。這一幕讓她心裡很不舒服：有人故意把那輛推車丟到鐵絲網上。

「妳下車幹麼？」史崔克問，繞到車後。

「我……」

「我來處理布拉克班克，如果他在家。」史崔克說，點了一根菸。「妳不准靠近他。」

蘿蘋又坐回荒原路華裡。

「盡量別打他，好嗎？」她對著史崔克的背咕噥。他微微跛行，因長途坐車而膝蓋僵硬。

有些房屋的窗戶明淨，玻璃後的擺設也都井然有序；有些房屋掛著紗簾，整潔程度不一。有幾棟很破舊，而從積滿灰塵的內部窗台來看，也很骯髒。史崔克快走到一道醬紫色門前，猛地止步。蘿蘋注意到有一群穿藍色工作服、戴工作盔的男人在街底出現。布拉克班克會在其中嗎？所以史崔克才停下來？

9. L.S Lowry（一八七五—一九四七）英國畫家，以擅畫英國西北部工業區景色而聞名。

不，他只是在接電話。他背對著門和那群人，緩緩往回走向蘿蘋，步伐不再果斷，而是漫不經心的，就是一個專心聽電話的人會有的步態。

穿工作服的男人裡有一個很高、黝黑、留鬍子。史崔克看見他了嗎？蘿蘋又從荒原路華上溜下來，假裝傳簡訊，拍了幾張工人的照片，盡可能放大。他們轉彎，離開了視線。

史崔克停在她的十碼外，抽著菸，聽著手機。一名灰髮婦人從最近的房屋樓上窗子瞇眼盯著這兩人。蘿蘋為了消弭她的懷疑，就轉過去拍了巨大的核能廠，佯裝是遊客。

「是華道，」史崔克說，來到她後方，一臉陰沉。「屍體不是歐莎娜．佛洛席納。」

「他們怎麼知道？」蘿蘋愕然問道。

「歐莎娜三個星期前回家了，頓內次克，去參加婚禮——他們還沒有跟她本人談過，可是他們在電話中跟她母親談過，她說歐莎娜在家裡。而房東也慢慢回神了，她跟警察說她發現屍體會特別震驚是因為她以為歐莎娜回烏克蘭度假了。她也說死者看起來跟她不像。」

史崔克把手機放回口袋裡，眉頭緊鎖。他希望這個消息能讓華道鎖定別人，而不是馬利。

「回車上。」史崔克說，沉思不已，接著他又朝布拉克班克家前進。

蘿蘋回到荒原路華的駕駛座上，樓上的婦人仍瞪著她看。

兩名女警穿著很顯眼的制服沿街走來，史崔克已走到了醬紫色門前。金屬敲打著木頭的聲音在街上迴響。無人應門。史崔克正準備要再敲門，女警已經過來了。

蘿蘋坐直了身體，弄不清警察找史崔克做什麼。短暫交談後，三人都向後轉，朝荒原路華而來。

蘿蘋把車窗搖下來，沒來由地覺得做賊心虛。

「她們想知道，」史崔克一到聽力所及的範圍就大聲說，「我是不是麥可．艾拉寇特先生。」

「什麼？」蘿蘋說，絲毫不明白怎會扯上她父親。

登時她心中掠過一個荒唐的想法，是馬修叫警察來的——可是他幹嘛要跟警察說史崔克是她父親？但她立刻就恍然大悟。

「車子是登記在爸的名下。」她說。「我做錯了什麼嗎？」

「喔，妳停在雙黃線，」一位女警冷冷地說，「不過我們不是為此而來的。妳剛才拍了廠區的照片。沒關係，」她連忙說，因為蘿蘋一臉驚慌。「每天都有人拍。監視器拍到了妳，能不能麻煩妳出示駕照？」

「喔。」蘿蘋虛弱地說，很清楚史崔克的表情古怪。「我只是……我覺得拍起來會很藝術，妳知道，鐵絲網配上白色建築，還有……還有雲……」

她把駕照交給警察，刻意迴避史崔克的視線，覺得很丟臉。

「艾拉寇特先生是令尊？」

「他把車借給我們開而已。」蘿蘋說，唯恐警察會聯絡她的父母，而他們會發現她在巴羅佛內斯，沒跟馬修在一起，而且訂婚戒沒了，變成單身……

「你們兩人住在哪裡？」

「我們不……不是一起的。」蘿蘋說。

他們報上了姓名住址。

「你是來找人的嗎，史崔克先生？」第二個女警問道。

「諾亞．布拉克班克。」史崔克立刻就說。「老朋友了，正好路過，就想來看看他。」

「布拉克班克。」女警也覆述，一面將駕照還給蘿蘋。蘿蘋希望女警認識他，如此一來就能彌補她捅的樓子了。「滿不錯的巴羅姓氏。好了，沒事了，不要再拍照了。」

「真、對、不、起。」蘿蘋在女警走開時無聲地對史崔克說。他搖頭，懊惱地咧嘴笑。

「『藝術照』……鐵絲網……天空……」

「不然你會怎麼說？」她反問。「我總不能說我是在拍那些工人吧，因為我以為其中一個可能是布拉克班克——看——」

但她把工人的照片叫出來就明白最高的那個臉頰紅潤、脖子短、大耳朵，並不是他們要找的人。

最近的那棟屋子打開了門。那名一直在樓上觀察他們的灰髮婦人出來了，拉著一輛花呢購物車，她現在的表情很開心。蘿蘋敢說這女人看著警察來了又走，很滿意他們不是間諜。

「每次都這樣。」她大聲說，聲音在街上迴盪。她把「每次」說成「蔑次」，蘿蘋不熟這種口音，她還以為她懂昆布利亞腔呢，畢竟就在隔郡嘛。「到處都是監視器，每天都在拍，我們都習慣了。」

「找倫敦人的碴。」史崔克愉快地說，話一出口就讓婦人好奇地停下來。

「倫敦來的啊？什麼風把你們吹到巴羅來了？」

「找個老朋友，諾亞．布拉克班克。」史崔克說，指著裡面。「可是他家沒有人在，他應該是在上班吧。」

婦人微微點頭。

「你說諾亞嗎？不是荷莉？」

「她在的話，我們也很想見見她。」史崔克說。

「她現在在上班，」鄰居說，看了看錶。「在維克斯敦那邊的麵包店。」婦人說，帶著一絲黑色幽默。「不然今晚可以到鴉巢看看，她通常都在那裡。」

「我們去麵包店好了——給她一個驚喜。」史崔克說。「麵包店在哪裡？」

「就在復仇街上面那條路，白色的一家小店。」

他們道謝，她就走了，很滿意幫上了忙。

「我沒聽錯吧？」史崔克嘟囔著，坐進荒原路華之後再次抖開地圖。「『復仇街』？」

「聽起來好像沒錯。」蘿蘋說。

路途不遠。他們度過橫跨三角灣的橋，帆船在顏色混濁的水面上顛簸，不然就是在擱淺在泥灘上。沿岸的工業建築漸漸變成了更多連棟房屋，有些是鵝卵石街道，有些是紅磚街道。

「是船名。」史崔克猜測道，他們正沿安菲特萊特街而上。

復仇街是上坡路。探索了鄰近地區幾分鐘之後，他們找到了一家漆成白色的小麵包店。

「她在那兒。」史崔克立刻就說。蘿蘋停好車，這裡可以清楚看到玻璃門。「絕對是他的姐妹，妳看。」

蘿蘋覺得這位麵包店的店員比大多數的男人還要像男人。她也一樣是長臉高額，冷硬的眼睛被極濃黑的睫毛膏圈住，黑玉般的頭髮向後梳，緊緊地束成平凡的馬尾。黑色短袖T恤，外罩白圍裙，兩條粗壯的胳臂外露，從肩膀到手腕遍佈刺青。兩邊耳朵都掛著好幾個金環。眉心筆直一條線讓她像是無時無刻不在生氣。

麵包店裡客人極多。看著荷莉把麵包裝袋，史崔克想起了他在麥洛斯吃的羊肉餡餅，不由得流口水。

「我又餓了。」

「你不能在店裡跟她談話，」蘿蘋說。「我們到她家裡或是酒館找她比較方便。」

「妳可以溜進去幫我買個餡餅。」

「我們不到一個小時前才吃過耶！」

「那又怎樣？我又沒在減肥。」

「我也沒有，現在不減了。」蘿蘋說。

這句勇敢的坦白讓她想起了仍在哈洛蓋特等待她的露肩婚紗。她真的不穿了嗎？花束、外燴、伴娘、挑選第一支舞，這一切都不需要了嗎？訂金賠了，禮物退還，向親戚朋友說明時還得面對一張張震驚的臉……

荒原路華又冷又不舒服，駕駛了幾個小時，她極為疲憊，而且一想到馬修和莎拉．薛洛克，她的心就虛弱地抽了一下，就這麼幾秒鐘的工夫，她又險些要大哭一場。

「妳介意我抽菸嗎？」史崔克問道，也不等她回答，就把窗子搖下來，放入冷空氣。蘿蘋嚥下了肯定的答覆，畢竟他原諒了剛才惹來警察的事情。冷風一吹，竟讓她有勇氣說出需要告訴他的話。

「你不能找荷莉問話。」

他轉過來，皺著眉頭。

「出其不意堵住布拉克班克是一回事，可是如果荷莉認出你來，她會告訴她兄弟你在找他。這件事得由我來做。我想到了一個方法。」

「對──想都別想。」史崔克說，一副沒得商量的口吻。「他很可能跟她同住，不然就是住在兩條街外。他是瘋子，如果感覺情況不對，就會抓狂。不准妳一個人去。」

蘿蘋把大衣拉緊，平靜地說：「你到底要不要聽聽我的方法？」

25

There's a time for discussion and a time for a fight.
Blue Oyster Cult, 'Madness to the Method'

有動口的時候，也有該動手的時候。
——藍牡蠣〈讓秩序瘋狂〉

史崔克不喜歡，卻也不得不承認蘿蘋的方法是好辦法，而且荷莉跟諾亞通消息的機率也大過對蘿蘋本身的危害。於是，荷莉在五點和一名同事一起下班後，史崔克徒步跟蹤她，悄無聲息，完全不驚擾她。而蘿蘋則駕車到一段荒涼的路，停在一片沼澤地旁，從後車箱拿出她的帆布袋，脫掉牛仔褲，換上了一件比較漂亮但有皺褶的長褲。

隨後她開車回去，過橋到市中心。史崔克打電話來說荷莉沒回家，而是直接就到她家那條街尾的酒館了。

「太好了，這樣子反而更容易。」蘿蘋對著擺在乘客座上的手機大聲喊，她已打開了擴音器。荒原路華顛簸抖動，吱嘎亂響。

「妳說什麼？」

「我說我覺得……算了，我快到了！」

史崔克在鴉巢的停車場等候，才剛打開乘客座的門，就聽見蘿蘋驚呼：

「蹲下，蹲下！」

荷莉出現在酒館門口，手上握著啤酒杯。她比蘿蘋高，有她一倍寬，穿著黑色短袖T恤。

她點燃一根菸，瞇眼環顧必定早已了然於胸的四周，視線落在陌生的荒原路華上一會兒。

史崔克盡可能矮身低頭，躲進了乘客座。蘿蘋立刻就把車駛走。

「我跟蹤她，她連看都沒看一眼。」史崔克說，恢復坐姿。

「可以的話還是盡量不要讓她看到你。」蘿蘋跟他說教。「免得她注意到你，想起什麼來。」

「抱歉，忘了妳是『極力推薦』級的。」史崔克說。

「喔，閉嘴啦。」蘿蘋說，脾氣突然上來。史崔克倒意外。

「我是在開玩笑。」

蘿蘋在街道的上方找到停車位，避開了鴉巢的入口，接著檢查皮包，找她下午稍早時買的小包裹。

「你在這裡等。」

「免談，我到停車場去留意布拉克班克，鑰匙給我。」

她很沒風度地把鑰匙給了他，下了車。史崔克看著她朝酒館前進，對她突然發脾氣覺得奇怪。他推想或許是馬修貶低了她的成就。

鴉巢位在渡口街與史丹利街的U形彎路口，是一棟圓桶似的紅磚建築。荷莉仍站在門口，一邊抽菸一邊喝啤酒。蘿蘋的胃裡像有幾千隻鳥在拍翅。她是自告奮勇的，現在就要靠她來問出布拉克班克的下落了。方纔因為她的愚蠢而引來了警察，害她變得很暴躁，而史崔克不識趣的幽默又讓她想起了馬修對她的反跟監訓練的輕視。雖然馬修正式恭喜她成績頂尖，卻又暗示說她學習的技巧也不過就是普通常識。

蘿蘋的手機響了。她很清楚荷莉盯著她接近，她從大衣口袋掏出手機，看是誰打的，是她母親。關掉不接會有些奇怪，所以她把手機舉到耳朵旁。

「蘿蘋？」琳達的聲音傳來，這時蘿蘋經過荷莉旁邊，進入酒館，看也不看她一眼。「妳在巴羅佛內斯嗎？」

「對。」蘿蘋說。面前是兩扇室內門，她選擇了左邊。打開門後就看見了挑高的黑暗酒吧。兩個穿著藍色工作服的男人在打撞球。蘿蘋察覺到，而不是看到，有幾人轉頭看著她這個陌生人。她迴避所有的視線接觸，走向吧台，同時講電話。

「妳跑那兒去做什麼？」琳達問她，不等她回答又說：「警察打電話來，問車子是不是妳爸借妳的！」

「全是誤會啦。」蘿蘋說。「媽，我現在不方便講電話。」

她後方的門打開了，荷莉走過去，遍佈刺青的雙臂交抱，斜眼打量了蘿蘋一眼，而且蘿蘋覺察到敵意。除了短髮的服務生之外，酒館裡只有她們兩個女性。

「我們打到公寓，」她母親自顧自往下說，「馬修說妳跟柯莫藍走了。」

「對。」蘿蘋說。

「我問妳有沒有時間週末過來吃午飯……」

「我幹麼要週末回馬森？」蘿蘋問道，搞不清楚狀況。她從眼角看見荷莉坐在吧台的高腳凳上，跟幾名「航太系統」工廠的藍色工作服男人聊天。

「馬修的父親過生日啊。」她母親說。

「啊，對喔。」蘿蘋說。她完全忘了，要辦生日派對，寫在月曆上太久了，她習以為常，都忘了真有這回事了。

「蘿蘋，一切都還好吧？」

「媽，我現在真的不方便講電話。」蘿蘋說。

「妳還好嗎？」

「好啦！」蘿蘋不耐地說。「我一點問題也沒有，我等會兒再打給妳。」

她掛斷了電話，走向吧台。等著她點餐的服務生也掛著精明的打量表情，跟史丹利路上那個監視他們的鄰居一樣。但在這裡又多了一層的謹慎狡猾，不過蘿蘋現在了解了，他們的態度並不是本地人對陌生人所懷有的沙豬式敵意，而是一群從事機密工作的人自我保護的心態。蘿蘋的心跳比平常快，她以硬裝出來的自信說：

「嗨，不知道妳能不能幫個忙。我在找荷莉．布拉克班克。有人跟我說她可能在這裡。」

女侍思索了一會兒才開口，面無笑容。「那個就是，吧台那邊。妳要喝什麼嗎？」

「白酒，謝謝。」蘿蘋說。

她扮演的角色會喝葡萄酒，蘿蘋知道。而女侍眼中的懷疑，荷莉自動升起的敵意，打撞球男人直上直下的目光，也都不會讓她為難。她假扮的女人泰然自若、頭腦清醒、野心勃勃。

蘿蘋付了酒資，筆直朝荷莉以及三個和她聊天的男人那兒過去。等他們弄清楚蘿蘋的目標就是他們，他們好奇卻謹慎地陷入沉默。

「哈囉，」蘿蘋含笑打招呼。「妳是荷莉．布拉克班克嗎？」

「對。」荷莉說，表情陰沉。「妳係啥？」

「嗄？」

蘿蘋知道有幾雙覺得好笑的眼睛盯著她，她完全是靠意志力才能保持住笑容的。

「妳、是、誰？」荷莉說，刻意模仿倫敦腔。

「我叫維妮西雅．霍爾。」

「喔，真倒楣。」荷莉對最近的男人露出不懷好意的笑，他也吃吃竊笑。

蘿蘋從皮包裡掏出名片，這是今天下午她到購物中心去印的，那時史崔克仍在後面監視在麵包店中的荷莉。史崔克建議她使用她的中間名。（「聽起來妳會像個高貴的南部人。」）

蘿蘋將名片交給她，大膽地直視荷莉描著極黑眼線的眼睛，再說一次：「維妮西雅・霍爾，我是律師。」

荷莉的嬉笑蒸發了。她皺著眉讀名片，蘿蘋印的兩百張中的一張，花了她四點五鎊。

哈德克與霍爾
個人傷害律師
維妮西雅・霍爾
資深合夥人
電話：0888 789654
傳真：0888 465877
Email: venetia@h&hlegal.co.uk

「我在找令兄諾亞，」蘿蘋說。「我們……」

「你們咋知道俺在這裡？」

她的疑心似乎讓她整個人膨脹了，像貓一樣頸毛倒豎。

「鄰居說妳可能在這邊。」

荷莉的藍工作服同伴冷笑。

「我們可能為令兄帶來好消息，」蘿蘋勇敢地說下去。「我們需要找到他。」

「俺不曉得他在哪兒，俺也不在乎。」

兩個男的從凳子上溜下去找桌子坐，只留下一個人，他帶著隱隱的笑看著蘿蘋碰壁。荷莉喝光了啤酒，把一張鈔票滑給男的，叫他再去幫她買一杯酒，自己則從凳子上爬下來，大步朝女廁走，雙臂像男人一樣僵硬。

「她跟她兄弟都不講話。」女侍說，溜過來偷聽。她似乎多少為蘿蘋抱不平。

「妳大概不知道諾亞在哪裡吧？」蘿蘋問道，覺得走投無路。

「他有一年多沒來了。」女侍含糊其詞地說。「你知道他在哪裡嗎，凱文？」

荷莉的朋友只聳個肩，幫荷莉點了啤酒。聽他的口音應該是格拉斯哥人。

「唉，真可惜。」蘿蘋說，清晰冷靜的聲音並未洩漏狂亂的心率。她怕死了空手回去找史崔克。「他的家人或許能得到一大筆錢，可惜我找不到他。」

她轉身要走。

「是他的家人，還是他自己？」那個格拉斯哥人立刻就問。

「看情況。」蘿蘋冷靜地說，轉了回來。她不認為維妮西雅．霍爾會和與案情無關的人打交道。「如果家人承擔的是照顧者的角色——我需要詳情才能判斷。這樣的親屬，」蘿蘋瞎扯，「能拿到一筆極可觀的賠償金。」

荷莉回來了。一看見蘿蘋在和凱文說話，表情像要殺人。蘿蘋自己也走向女廁，心臟怦怦跳，不知道剛才說的謊會結什麼果。與荷莉擦肩而過時，看她的表情，蘿蘋覺得很有可能她會被堵在洗手台邊，被海扁一頓。

不過，她從女廁出來後就看見荷莉和凱文在吧台那兒鼻子對著鼻子。蘿蘋知道要見好就收：荷莉不是咬下誘餌，就是不上當。她把大衣皮帶綁得較緊，不慌不忙從他們前方走過，預備走出門口。

「喂！」

「什麼事？」蘿蘋說，仍是稍微冷冷的，因為荷莉一直很粗魯，而維妮西雅．霍爾是習慣別人對她恭敬有禮的。

「好吧，究竟是咋回事？」雖然凱文一副想加入談話的模樣，但他和荷莉的關係顯然不足以讓他留下來聽私人的財經事務，所以他只得一臉不悅，溜去玩拉霸機。

「我們到那邊講。」荷莉跟蘿蘋說，端著她的啤酒，指著鋼琴旁的一張角落的桌子。

酒館的窗台擺著瓶中船，與窗外環形圍牆後正在打造的那種龐大流線型的怪獸相比，瓶中船漂亮纖巧。花團錦簇的地毯能遮掩一千個汙漬；窗簾後的植物奄奄一息，但是不搭配的裝飾品和運動獎杯卻給這個大房間一股家庭式的氣氛，穿著鮮藍色工作服的客人像是一群兄弟。

「本事務所目前正在代理一大群軍人，他們都是在戰鬥之外遭受了嚴重且可以避免的傷害。」蘿蘋說，流利地說出她彩排過的說詞。「我們在審查檔案時發現了令兄的案子。當然，我們要跟他本人談過才能確定，不過非常歡迎他加入我們的訴訟當事人名單。他的案子就是我們覺得有十足勝算的案子。我們得到的投訴越多越好。布拉克班克先生完全不需要付費。不勝訴，」她說，模仿電視廣告，「就不收費。」

荷莉一言不發，蒼白的臉嚴厲頑固。她的十根手指都戴了便宜的黃金色戒指，只有戴婚戒的手指頭空著。

「凱文說什麼家屬拿錢。」

「喔，是的。」蘿蘋愉快地說。「假如諾亞的傷勢也影響到妳，身為親屬……」

「當然會影響。」荷莉咆哮著說。

「在哪方面呢？」蘿蘋問道，從皮包裡掏出了筆記本和筆，作勢要記錄。

她看得出酒精以及一股哀傷感會是她最強大的盟友，幫助她從荷莉口中套出最大量的消息。荷莉現在正在慢慢考量是否把她認為律師想知道的事說出來。

第一件該做的事是沖淡她一開始對受傷的兄弟表現出的敵意。她小心地告訴蘿蘋，諾亞十六歲就從軍。他全心全意投入，軍隊是他的生命。是的，別人不了解軍人做的犧牲……蘿蘋知道諾亞跟她是雙胞胎嗎？對，在聖誕節出生的……諾亞和荷莉……

說出她兄弟的這個改編過的故事也順便拉抬她自己。那個與她共用子宮的人離家去闖蕩了，打仗、旅行，在英軍中一路往上爬。他的勇敢與冒險精神也反映在她身上，被留在巴羅的她。

「……他娶了一個女人叫藹琳，是寡婦，還帶了兩個孩子。要命。不是說好事多磨嗎？」

「怎麼說？」維妮西雅．霍爾有禮地問，緊握著半吋高的溫葡萄酒。

「娶了她，生了一個兒子，可愛的小男孩……布萊恩……很可愛。我們有……六年沒見了吧，還是七年？賤女人，對，有一天藹琳趁他去看醫生就跑了。帶著孩子——諾亞最寶貝的就是他的兒子。最寶貝——哼，還說什麼疾病貧窮都不離不棄。什麼狗屁老婆，在他最需要支持的時候，賤女人。」

原來諾亞和布莉特妮早就分開了。還是說他就死心眼地非追查出這個繼女的下落不可，因為他想必是把改變了他一生的傷勢歸罪於布莉特妮和史崔克。蘿蘋保持不動聲色的表情，但心跳卻加快。她真巴不得能當下就傳簡訊給史崔克。

在妻子離開後，諾亞不請自來，回到了舊家，就是史丹利路上的那棟小小的雙臥二樓樓房。荷莉在這裡住了一輩子，在繼父過世後就一個人獨居。

「俺收留了他，」荷莉說，挺直了背。「家人就是家人。」

也難怪布莉特妮會忠心耿耿。荷莉在扮演關懷的親屬、奉獻的姐妹，就算表演得太過火，憑蘿蘋現在的經驗，她也知道從最明顯的浮渣中也能夠篩出一塊塊真相來。

她猜測荷莉是否知道性侵兒童的指控，畢竟那是在德國發生的事，而且並沒有起訴。但如果布拉克班克確實是因腦部受創而退伍，他還會精明到對勒令退伍的事保持沉默嗎？如果他是無辜的又頭腦不正常，他難道不會抱怨害他淪落到這種地步的不公不義，抱怨個沒完？

蘿蘋請荷莉喝第三杯啤酒，靈巧地帶著她談諾亞在退伍後的模樣。

「他變了一個人，發病，癲癇，吃一大堆藥。我才剛照顧完我的繼父——他中風了——然後諾亞又來了，動不動就抽搐……」

荷莉以啤酒淹沒後半段的話。

「真是難為妳了。」蘿蘋說，一面在小筆記本上書寫。「他在行為上有什麼困難嗎？一般家屬經常提到這類的問題是最棘手的。」

「有，」荷莉說。「他的脾氣可沒有因為腦漿被打掉了就變好了。他把屋子砸了兩次，他對我們大發脾氣。

「他現在出名了，知道吧。」荷莉酸溜溜地說。

「妳說什麼？」蘿蘋問，極為驚訝。

「那個打了他的蠻子！」

「哪個蠻——」

「他媽的柯莫藍．史崔克！」

「喔，對啊，」蘿蘋說。「我好像聽過他的故事。」

「對啊！他媽的私家偵探，報紙上到處都是！他媽的憲兵，把諾亞打殘的時候……他媽的害了他的一輩子……」

她胡亂咒罵了一會兒。蘿蘋做筆記，等待荷莉告訴她為什麼憲兵會找上她的兄弟，可是她不是不知情就是決心不說。只有一件事是很肯定的，亦即諾亞．布拉克班克將他的癲癇完全推到史崔克的頭上。

過了大約一年的煉獄生活，諾亞把他的雙胞胎手足跟她的房子當成了發洩悲情與脾氣的出氣筒。後來一位在巴羅的老朋友介紹他去當保鏢，他就到曼徹斯特了。

「原來他已經可以工作了？」蘿蘋問道，因為荷莉所描繪的人是個完全失控、幾乎無法控制脾氣的人。

「是啊，他那時候滿好的，只要不喝酒，按時吃藥。俺很高興看到他走。他住在這裡，把俺整慘了。」荷莉說，突然想起有一份補償金給那些因親屬受傷而連帶遭殃的人。「我恐慌症發作，去看了醫生。記在我的病歷裡。」

接下來，布克拉班克的可怕行為對荷莉生活的影響足足說了十分鐘，蘿蘋嚴肅地點頭，同情地插入鼓勵的話，諸如「對，我聽其他的家屬也說過」，和「喔，對，這個消息非常有用」。蘿蘋又請了荷莉一杯啤酒，現在的她有問必答。

「俺來請妳。」荷莉說，隱約作勢要站起來。

「不、不，這都算在差旅費裡。」蘿蘋說。她等著另一杯麥克伊旺啤酒倒滿，乘機查看手機。馬修又傳了一通簡訊，她沒打開，另一通來自史崔克，她看了。

OK嗎？

OK，她回傳。

「那麼令兄是在曼徹斯特嘍？」她把啤酒端回去後就問荷莉。

「沒有，」荷莉說，先喝了一大口啤酒。「他被炒魷魚了。」

「是喔？」蘿蘋說，筆停在半空中。「如果是因為他的病情，我們可以幫他打遭不公平遣退——」

「不是因為那個。」荷莉說。

那張繃著的臉浮現了奇怪的表情：像烏雲之間的一閃銀光，什麼強而有力的東西要突破了。

「他回來這裡，」荷莉說，「又從頭開始——」

更多的暴力、狂怒、摔破家具的故事，到最後布拉克班克又找到了一份工作，荷莉以「保全」兩字帶過，他去了哈波羅市。

「後來他又回來了。」荷莉說。蘿蘋脈搏加速。

「所以他現在在巴羅囉？」她問道。

「沒。」荷莉說。她已喝醉了，越來越難說得脈絡分明。「他只回來了兩個禮拜，俺跟他說他敢再回來俺就報警，他就走了，再沒見過他。需要小便，」荷莉說，「還要抽一根。妳抽菸嗎？」

蘿蘋搖頭。荷莉略微搖晃地站起來，走向女廁。蘿蘋將手機掏出來，傳簡訊給史崔克。

說他不在巴羅，沒跟親戚住。她醉了。仍在問她。她要出去抽菸，趴下。

她剛按下傳送就後悔打了最後兩個字，生怕又引出對她的反跟監課程的譏笑，但她的手機幾乎立刻就響了，她讀到了兩個字：

遵命。

荷莉終於回來了，身上有強烈的樂富門香菸味，她拿著一杯白酒，滑給蘿蘋，另一手則端著她的第五杯啤酒。

「多謝多謝。」蘿蘋說。

「看吧，」荷莉開門見山就說，彷彿談話並未中斷，「他住在這裡，對我的健康真的影響很大。」

「我相信，」蘿蘋說。「那麼布拉克班克先生是住在……」

「他很暴力，俺跟妳說過有一次他把我的頭抓去撞冰箱門？」

「有，妳說過。」蘿蘋捺著性子說。

「俺阻止他把媽媽的盤子摔破，他把我的眼睛打黑了……」

「好可怕，妳一定可以得到一些賠償金。」蘿蘋信口胡謅，不理會一絲絲的愧疚，她直搗問題的核心。「我們假設布拉克班克先生在這裡是因為他的退休俸是送到這裡來的。」

四杯半啤酒下肚，荷莉的反應變慢了。她吃的苦頭很有可能為她帶來一筆補償金，這個承諾讓她發光：即使是艱困的人生在她的雙眉間烙下的深溝，讓她總是一副憤怒的表情，此時也似乎緩和了。然而，一提到布克拉班克的退休俸，她仍在遲鈍中起了戒心。

「才沒有哩。」荷莉說。

「根據我們的紀錄，是送到這裡。」蘿蘋說。

酒館一角拉霸機同時叮噹一聲，發出閃光；撞球檯上球互擊彈跳；巴羅佛內斯口音與蘇格蘭腔互現。蘿蘋靈光乍現，了然於胸：是荷莉在支用退休俸。

「噯，」蘿蘋說，詞氣輕快，具說服力，「我們都知道布拉克班克先生可能不會親自去拿退休俸，有時也會由親屬代理行動不便的當事人去領取。」

「對。」荷莉立刻就說。一抹酡紅悄悄溜上了蒼白、有雀斑的臉孔，讓她變得像個小女孩，雖然手臂佈滿了刺青，又有那麼多的耳洞。「他剛出來，就是俺幫他去領的。那時他還會常常發病。」

蘿蘋忍不住在心裡琢磨：*如果他行動不便，為什麼要把退休俸匯到曼徹斯特，後來又轉到哈波羅市，最後又轉回巴羅佛內斯？*

「那麼現在是由妳把錢匯給他嗎？」蘿蘋問道，心跳又變快。「還是說他現在能夠親自去領了？」

「欸。」荷莉說。

她的上臂有地獄天使的刺青，她向蘿蘋湊過來，一個戴著有翅鋼盔的骷髏頭就跟著顫動。啤酒、香菸、糖讓她的呼吸酸臭。蘿蘋卻連眉頭都沒皺一下。

「欸，」她又說，「妳幫別人拿到一大筆錢，像、像他們……受傷了，或是……之類的。」

「沒錯。」蘿蘋說。

「如果有人……如果社福局應該……應該做卻沒有做呢？」

「要看情況。」蘿蘋說。

「俺的媽在我們九歲的時候走了，」荷莉說。「把我們丟給可憐的繼父。」

「真遺憾，」蘿蘋說。「你們一定很不好過。」

「一九七〇年代。」荷莉說。「根本沒人甩，性侵兒童。」

蘿蘋的心往下沉。荷莉的惡臭呼吸就吹在她的臉上，斑斑點點的臉也湊得很近。她絲毫不知道這位極富同情心、號稱是來給她送錢的律師完全是海市蜃樓。

「他性侵我們兩個。」荷莉說。「我先，然後是諾亞。從我們還是小不點開始。我們以前都一起躲在床底下，後來有一次諾亞也欺負我。可是，」她突然激動起來，「他沒關係，諾亞。我們很親近，而且是在小時候。後來，」她的語氣流露出遭受雙重背叛的感覺，「等我們十六歲，他就去當兵了。」

蘿蘋本不預備再多喝了，也忍不住拿起酒杯，喝了一大口。第二個性侵荷莉的人也同時是她抵抗第一個性侵者的同盟：兩害中的較輕者。

「王八蛋，他。」她說，蘿蘋聽得出她指的是繼父，而不是性侵了她又消失到海外的雙胞胎兄弟。「俺十六歲那年他工作出意外，以後俺就比較能對付他了。工業化學。王八蛋，以後就舉不起來了。吃了太多止痛藥。後來就中風了。」

荷莉的惡毒表情讓蘿蘋知道這個繼父在她的手裡是得到什麼樣的照顧。

「王八蛋。」她小聲說。

「妳都沒有去心理輔導嗎？」蘿蘋聽見自己這麼問。

我還真像是個高貴的南方人。

荷莉嗤之以鼻。

「幹，當然沒有。俺只講跟妳一個人聽。妳應該聽過很多這種故事吧？」

「是啊。」蘿蘋說，覺得至少這麼說才夠意思。

「俺跟諾亞說，上次他回來，」荷莉說，五杯酒下肚，舌頭越來越大了，「滾得遠遠的。你不滾，俺就報警，把你對我們做的好事說出來，那麼多小女生說你騙了她們，看警察會怎麼想。」

這句話讓蘿蘋口中的酒變酸了。

「他就是這樣丟了在曼徹斯特的飯碗的，對十三歲的女生毛手毛腳，搞不好在哈波羅市也一樣。他不肯說為什麼回來，可是俺知道一定是因為那種事，上樑不正下樑歪嘛。」荷莉說。

「那，俺能告他嗎？」

「我認為，」蘿蘋說，怕極了說出的建議會為這名遍體鱗傷的女人造成更大的傷害，「報警可能是最好的選擇。令兄現在在哪裡？」她問道，急著想要探聽到消息，然後離開。

「不曉得。」荷莉說。「俺說要報警，他發火了，後來……」

她喃喃說了什麼聽不清楚，只聽見「退休俸」這幾個字。

他告訴她只要她不報警，退休俸就歸她。

所以她坐在這裡，把自己喝個爛醉，揣著她兄弟給她的錢，前提是不能把他性侵的事說出來。荷莉知道他有百分之九十九仍在「騙」別的年輕女孩……她知道布莉特妮的指控嗎？她在乎嗎？抑或是她自己傷口周邊的傷疤組織結得太厚，所以別的女人的痛苦對她來說不關痛癢？她仍住在所有悲慘情事發生的屋子裡，前窗面對著鐵絲網與磚牆……她為什麼不逃走？蘿蘋老大納悶。她為什麼不逃家，跟諾亞一樣？為什麼要留在這種面對高牆的房子裡？

「妳沒有他的電話之類的嗎？」蘿蘋問道。

「沒。」荷莉說。

「如果妳能提供聯絡方式，可能會有一筆巨款。」蘿蘋不顧一切地說，把婉轉圓滑都拋到腦後了。

「老地方，」荷莉動腦筋又瞪著手機幾分鐘，這才口齒不清地說，「在哈波羅市……」花了老大工夫才把諾亞上一個工作地點的電話號碼問出來，但是總算是問到了。蘿蘋寫在筆記本上，再從皮包掏出十鎊，塞進荷莉的手裡，沒費多大的力氣。

「妳真的幫了我一個大忙，很大的一個忙。」

「都是戛計，對吧？都一個樣。」

「對，」蘿蘋說，完全不知道是在對什麼。「我們再聯絡，我有妳的地址。」

她站了起來。

「欸，再見。都是戛計，都一個樣。」

「她說的是男人。」女侍說，過來收拾荷莉的一堆酒杯，對著蘿蘋顯然迷惑不解的表情微笑。

「戛計是男人，她是說男人都是一個樣。」

「喔對。」蘿蘋說，也不知道自己在說什麼。「一點也沒錯。謝謝。再見，荷莉……多保重。」

26

Desolate landscape,
Storybook bliss . . .
Blue Oyster Cult, 'Death Valley Nights'

荒涼的景色，
故事書的天堂……
——藍牡蠣〈死谷之夜〉

「心理上的傷損，」史崔克說，「就是私家偵探的收穫。這話可是金玉良言啊，蘿蘋。」

他舉起一罐麥克伊旺啤酒，向她致敬。兩人坐在荒原路華上，吃炸魚薯條，就在「奧林匹克外帶店」的附近。店家燈火通明的窗子更襯托出四周的夜色如墨。長方形的燈光中定時會有剪影經過，進入生意興隆的外帶店就變形為三度空間的人類，離開時又變形為陰影。

「原來他的老婆離開他了。」

「對。」

「荷莉說他再沒看過孩子？」

「對。」

史崔克啜飲著啤酒，一面思索。他很想相信布拉克班克與布莉特妮確實失去了聯繫，但萬一那個邪惡的混蛋追查出她的下落呢？

「可惜我們還是不知道他在哪裡。」蘿蘋嘆道。

「我們知道他不在這裡，大約一年沒回來了。」史崔克說。「我們知道他仍然認為一切都是我害的，他仍然在性侵小女孩，而且他在醫院裡是在裝瘋賣傻。」

「你為什麼這麼說？」

「他能讓性侵兒童的官司不了了之。他大可在家吃殘障津貼，可是他卻出去工作，我猜工作讓他有更多機會接近年輕女孩。」

「不要。」蘿蘋喃喃說，回想起荷莉的坦白，但回憶立刻就飄向那顆冷凍的頭顱，模樣那麼年輕、那麼圓潤、那麼隱然透著驚訝。

「布拉克班克和連恩都在英國消遙自在，而且兩個都恨我。」

史崔克嘴裡咀嚼著薯條，手上不閒著，他從手套箱裡拿出道路圖，靜靜地翻頁。

蘿蘋把剩下的炸魚薯條用原來的報紙包好，說：「我得打電話給我媽，馬上回來。」

她倚著不遠處的燈柱，撥了父母的電話。

「妳沒事吧，蘿蘋？」

「沒事啦，媽。」

「妳跟馬修是怎麼了？」

蘿蘋抬頭看著朦朧的星空。

「我們好像是吹了。」

「好像？」琳達問。語氣既不震驚也不傷心，只是覺得有興趣。

蘿蘋本來擔心在她大聲說出口時會哭出來，但沒有眼淚刺痛她的眼睛，她也不必強作鎮定。說不定她是磨鍊出來了。荷莉．布拉克班克的悲慘一生以及牧人林那個無名氏女孩的恐怖下場當然讓她有了不同的視野。

「事情發生在星期一晚上。」

「是因為柯莫藍嗎？」

「不是，」蘿蘋說。「是莎拉．薛洛克。原來馬修趁我……我回家的時候跟她上床，就是……妳知道的嘛，在我休學以後。」

兩個年輕人從奧林匹克裡出來，絕對是喝醉了，彼此又吼又罵。一個看見了蘿蘋，就推了另一個一下。兩人就朝她過來了。

「妳怎麼啦，達令？」

史崔克下了車，用力關上車門，像條大黑柱似的立在那裡，比兩個年輕人高出一個頭來。他們立刻閉上嘴巴，搖搖晃晃離開。史崔克靠著車子，點燃香菸，臉孔埋在陰影中。

「媽，妳還在嗎？」

「他在星期一晚上跟妳說了？」琳達問道。

「對。」蘿蘋說。

「為什麼？」

「我們又在為柯莫藍吵架。」蘿蘋嘟囔著說，很清楚史崔克就在幾碼外。「我說：『那是柏拉圖式的關係，就跟你和莎拉．薛洛克一樣』——然後我就看到了他的表情——結果他就承認了。」

她母親發出了一聲長嘆，蘿蘋等著她安慰或是建議。

「天啊。」琳達說。又是一陣漫長的沉默。「妳現在究竟怎麼樣，蘿蘋？」

「我沒事，媽，真的。我在工作，很有效。」

「妳又怎麼會跑到巴羅去？」

「我們在追查一個史崔克認為可能是送斷腿來的人。」

「你們要住哪裡？」

「我們要去住旅店，」蘿蘋說。「當然是兩個房間。」她匆匆加上後半句。

「妳離開後跟馬修說過話嗎？」

「他一直傳簡訊說他愛我。」

話一出口她就想到還沒看他最後一封簡訊，她只是記得有。

「對不起，」蘿蘋跟她母親說。「婚紗和婚禮，那一大堆……我真的很抱歉，媽。」

「那些都是小事。」琳達說，又問一次：「我真正關心的是妳怎麼樣，蘿蘋？」

「我沒事，真的。」她遲疑了一下，接著又幾近反抗似的說：「柯莫藍一直很君子。」

「妳還是得跟馬修談一談，」琳達說。「交往這麼久了……妳不能不跟他說清楚。」

蘿蘋的淡定裂縫了，聲音因憤怒而顫抖，兩手也發抖，話匣子一開如滾滾長河。

「我們上上個週末才跟他們一起去看橄欖球，跟莎拉和湯姆。他們還在大學唸……他們趁我……我……就上床了，他一直沒跟她一刀兩斷，她老是跟他摟摟抱抱，跟他打情罵俏，在我們之間煽風點火……看球賽的時候她一直在說史崔克，喔他好迷人喔，偵探社只有你們兩個人啊？……我還以為是莎拉有毛病，我知道她在大學時就想把馬修弄上床，可是我沒……一年半，他們兩個睡了一年半……妳知道他怎麼說的嗎？人家是在安慰他……我還得讓步，說她可以來參加婚禮，因為我沒先問過馬修就邀請了史崔克，所以我得忍這口氣，因為我根本不想要她來婚禮。馬修只要到她公司附近，就跟她一塊吃午餐……」

「我這就去倫敦看妳。」琳達說。

「不要，媽……」

「就去一天，帶妳出去吃午飯。」

蘿蘋虛弱地笑了笑。

「媽，我沒有午休，我做的不是那種工作。」

「我反正會去倫敦，蘿蘋。」

只要她母親的聲音變得這般堅定，就沒有討價還價的餘地。

「我不知道幾時會回去。」

「妳知道了再通知我，我再訂火車票。」

「我……好啦。」蘿蘋說。

兩人說再見，這時蘿蘋才發覺她的眼中有淚。儘管她故作堅強，一想到能看見母親，心中仍感到莫大的慰藉。

她扭頭看荒原路華那邊。史崔克仍倚著車子，也在講電話。還是作作樣子？她剛才聲音很大。他願意的話是很圓滑的。

她低頭看著手機，打開了馬修的簡訊。

妳母親打電話來。我跟她說你出差了。讓我知道妳要不要我跟爸說他的生日妳不去了。我愛妳，蘿蘋。馬修

他又來了，不相信他們兩人就這麼結束了。讓我知道妳要不要我跟爸說……好似是茶壺裡的風暴一樣，好似她會不敢不去他父親的生日派對……我甚至不喜歡你的討厭老爸……

氣憤之下，她回傳了簡訊。

我當然不去。

她回到車上，史崔克似乎真的在講電話。道路圖攤放在乘客座上，他剛才在找蘭開斯特郡的哈波羅市。

「妳也是。」她聽見史崔克說。「好，回去再見。」

是愛琳，她這麼想。

他爬上了車。

「是華道嗎？」她故作天真地問。

「愛琳。」他說。

她知道你跟我出門了嗎？只有我們兩個？

蘿蘋覺得自己臉紅了，她也不知道這個想法是打哪冒出來的，又不是說……

「你要去哈波羅市嗎？」她問道，拿起地圖。

「還是得跑一趟。」史崔克說，又喝了口啤酒。「那是布拉克班克上一個工作的地方，可能有什麼線索；不去查一查就太蠢了……而既然我們要去……」

他把地圖從蘿蘋手中拿過來，翻了幾頁。

「科比就在十二哩外，我們可以繞過去，看看二〇〇八年跟一個女人同居的連恩是不是我們要找的連恩。她仍然住在那裡，叫蘿蓮．麥諾頓。」

蘿蘋習慣了史崔克對姓名與細節的絕佳記性。

「好。」她說，很高興這天早晨還有更多的調查工作，而不僅是長途開車回倫敦。說不定，如果他們查到了什麼，他們就還得在路上奔波一天，她就又有十二個小時不必見到馬修——但她隨即想起馬修明天晚上就會北上，回家去給他父親慶生。所以公寓終究是歸她一個人的。

「他有可能追查出她的下落嗎？」史崔克在短暫沉默後，大聲自問。

「嗄？你說什麼？」

「布拉克班克有可能追查出布莉特妮的下落，事隔多年仍殺了她嗎？還是因為我覺得太內疚，所以在捕風捉影？」

他輕捶了荒原路華的車門一拳。

「可是那條腿。」史崔克說，與自己辯論。「疤痕跟她腿上的一樣，其中一定有關聯：『妳小時候我要鋸掉妳的腿，結果被妳媽看見了。』他媽的王八蛋。除了他還會有誰送條滿是疤痕的斷腿給我？」

「這個嘛，」蘿蘋慢吞吞地說，「我倒是能想到一個選這種腿的理由，而且還可能跟布莉特妮·布拉克班克一點關係也沒有。」

史崔克轉頭看他。

「說啊。」

「無論兇手是誰，他不論送你哪個部位效果都一樣。」蘿蘋說。「手臂，或者……或者是乳房……」她費盡全力才保持住公事公辦的口吻，「結果都是讓警察和媒體繞著我們團團轉，偵探社的生意也一樣會走下坡，我們也會一樣備受打擊……可是他偏偏選了右腿，而且切除的部位跟你的右腿一模一樣。」

「大概是為了配合那首狗屁歌吧。不過……」史崔克再三思考。「不對，我說得一點道理也沒有。一條手臂的效果也完全一樣，或是脖子。」

「他很清楚是在針對你的傷。」蘿蘋說。「你斷了腿對他有什麼意義？」

「鬼才知道。」史崔克說，看著她的側面。

「愛國英雄。」蘿蘋說。

史崔克哼了一聲。

「在錯誤的時間出現在錯誤的地點根本就是狗熊。」

「你是受勛的退伍軍人。」

「我受勛不是因為被炸彈轟上了天，那是在之前。」

「你沒跟我說過。」

她轉頭看著他，但史崔克不肯岔開話題。

「往下說，為什麼選腿？」

「你受傷是一種戰爭傳奇，代表了英勇、冒險犯難。媒體上只要提到你就會提到你截肢。我認為，對他而言，那就代表了名聲以及成就以及……以及榮耀。他是想要汙衊你的傷，把它跟恐怖的東西聯繫在一起，扭轉大眾對你的看法，讓你從原本的英雄人物變成一個收到女人斷肢的平凡人。他想要找你麻煩，沒錯，可是他也想在過程中貶低你。他想得到你已經得到的東西，他想要揚名立萬，他想要有分量。」

史崔克彎腰從腳邊的褐色袋子裡又拿出一罐麥克伊旺啤酒。開罐聲在寒冷的空氣中迴響。

「如果妳說得對，」史崔克說，看著香菸的煙散入黑夜，「如果這個瘋子不爽是因為我出了名，那惠泰科就是頭號嫌犯了。他這輩子最想的就是變成名人。」

蘿蘋靜候下文。他對這個繼父幾乎是隻字不提，史崔克保留不說的許多細節她都是從網路上得知的。

「他是我見過最下流的寄生蟲，」史崔克說。「從別人那裡偷取名聲很像是他的作風。」

她能感覺出坐在旁邊的小空間裡的他又生氣了。只要提起這三個嫌犯，他的反應絕對非常一致：布拉克班克是內疚，惠泰科是憤怒。唯有連恩他可以客觀分析。

「香客還沒查到什麼嗎？」

「說他在卡特福。香客查到了，惠泰科會躲在某個齷齪的角落裡，他鐵定在倫敦。」

「你憑什麼這麼肯定？」

「只有倫敦，不是嗎？」史崔克說，瞪著停車場外的連棟房屋。「他本來是約克夏人，惠泰科，妳知道，但他現在是真正的倫敦佬了。」

「你不是很久沒見過他了？」

「用不著見，我知道他那個人。他就是在首都隨波逐流的垃圾，伺機等待翻身的機會，打死也不會離開。他覺得只有倫敦才配得上他。這裡絕對是惠泰科最大的舞台。」

然而惠泰科始終沒法子爬出首都的骯髒泥濘，仍和香客一樣棲息在下腹部，犯罪、貧窮、暴力如細菌般滋生。沒有在這些地方打過滾的人不會了解倫敦就是一個獨立的國度。他們可能會怨恨倫敦擁有的權勢與金錢大於其他的英國城市，但他們不了解貧窮也為這裡加了佐料，這裡的物價樣樣比別人貴，功成名就的人與沒沒無聞的人之間界線分明、冷暖兩極。愛琳在克雷斯台地街的香草色圓柱公寓與她母親竊占的汙穢白教堂房子豈止是以道里計。他們因為無邊無界的懸殊際遇，因為純憑運氣的出身與機緣，因為判斷失誤與命運眷顧而有若雲泥。他的母親與愛琳，兩個都是美女，都有頭腦，一個陷入毒品與人渣的泥淖，另一個則高高在上，從光潔無瑕的玻璃窗俯瞰攝政公園。

蘿蘋也在想著倫敦。它的魔力中有馬修，但他對她每日探索的迷宮似的世界毫無興趣。他對表面的光彩極其嚮往：最好的餐廳，最好的住宅區，彷彿倫敦是一塊巨大的大富翁遊戲板。此外他也始終忠於約克夏，忠於他們的家鄉馬森。他的父親在約克夏出生，而他已逝的母親是索立人，總是帶著住到北方來很委屈的態度。只要馬修或他姐姐金柏莉使用約克夏的地方語言，她絕對會糾正。蘿蘋跟馬修開始約會時，兄弟都不喜歡他，就是因為他小心翼翼維持的腔調，儘管她抗議，儘管他取的是約克夏名字，他們仍覺察出這是個追名逐利的南方佬。

「在這裡出生長大很奇怪吧？」史崔克說，仍眺望著連棟房屋。「像個島。我也沒聽過他們那種口音。」

附近響起了男人的聲音，在唱一首活潑的歌曲。蘿蘋一開始還以為是聖歌。接著男人獨特的嗓音又加入了更多的聲音，微風改變方向，他們相當清楚地聽見了幾句：

「朋友共享遊戲和歡笑，

黎明的歌和中午的書……」

（Friends to share in games and laughter
Songs at dusk and books at noon . . .）

「校歌。」蘿蘋笑著說。現在看見人了，一群中年男人，穿黑套裝，大聲唱歌，走上伯克魯街。

「葬禮，」史崔克猜道。「老同學，妳看。」

黑套裝男人走到他們的車旁，一個男人看見蘿蘋在看。

「巴羅男子文理學校（Barrow Boys' Grammar School）！」他對著她喊，高舉拳頭，彷彿是剛進球得分。男人歡呼，但搖擺的醉態中仍透著憂鬱。他們又唱起了那首歌，漸行漸遠。

「港口的燈和成群的船隻，
盤旋的海鷗上方的雲彩……」

（Harbour lights and clustered shipping
Clouds above the wheeling gulls . . .）

「故鄉啊。」史崔克說。

他在想像他的泰德舅舅那樣的人，道道地地的康瓦耳人，住在聖莫斯，也會死在聖莫斯，融入了那地方的肌理，只要還有本地人就有人會記得他，而且會在酒館牆上的「人生之舟」欄裡的褪色相片中展露笑容。等泰德舅舅過世——史崔克希望是二十、三十年後的事——他們會為他哀悼，像這個不知名的巴羅男子文理學校校友一樣，以酒以淚，卻是慶祝上帝把他賜給他們。而那個黝黑、龐大的性侵兒童強暴犯布拉克班克以及凌虐妻子的紅髮連恩又給他們出生的小鎮留下什麼？一想到他們走了就放心地打冷顫，唯恐他們再回來，在他們背後只是一串傷心的人以及不快的回憶。

「該走了吧？」蘿蘋靜靜問道，史崔克點頭，把仍在燃燒的菸屁股浸入只剩一吋的啤酒中，香菸發出輕輕的一聲嘶。

27

A dreadful knowledge comes . . .
Blue Oyster Cult, 'In the Presence of Another World'

可怕的理解來了……
——藍牡蠣〈在另一個世界面前〉

他們在「旅店」過夜，兩人之間隔了五個房間。蘿蘋很怕櫃台的男人會給他們一間雙人房，但史崔克搶先一步，不讓他開口就先說了「兩間單人房」。

說起來現在突然緊張不安實在很可笑，因為他們一整天坐在荒原路華裡，靠得比現在在電梯裡還近。走到她的房門口，跟史崔克道晚安感覺很奇怪，不過他可沒逗留。他只說了晚安就走向自己的房間，但他在門外等她弄懂鑰匙卡的用法，慌張地揮揮手，進入房間，他才進去。

她幹嘛揮手？笑死人了。

她將帆布袋丟在床上，走向窗子，窗外的景色跟幾小時前他們經過時看見的景色一樣，都是倉庫。感覺起來他們離開倫敦好多天了。

暖氣調得太高。蘿蘋用力把窗子打開，清冷的晚風灌入，急著占據悶熱的斗室。她先把手機充電，再脫衣服，換上睡衣，刷了牙，就溜進清涼的被窩裡。

她仍覺得出奇地煩躁，知道五個房間之外就是史崔克。要怪當然就要怪馬修。*如果妳跟他睡覺，我們就真的完了。*

她天馬行空的想像力立刻就讓她以為聽見了敲門聲，史崔克找了某個蹩腳的藉口不請自來了……

少可笑了。

她翻個身，發紅的臉埋入枕頭。她在胡思亂想什麼？可惡的馬修，把骯髒的想法灌輸到她的腦子裡，用他自己來評斷她……

而這時史崔克仍未上床。長時間坐車無法移動，他全身僵硬。摘掉義肢感覺真舒服。即使淋浴設備對一個缺了一腿的人不是多方便，他仍洗了澡，小心扶著門內的橫桿，盡量以熱水來舒緩痠痛的膝蓋。擦乾身體後，他謹慎地回到床邊，把手機充電，爬進被窩裡，一絲不掛。

雙手枕著頭，他瞪著漆黑的天花板，想著躺在五個房間之外的蘿蘋。不知道馬修有沒有再傳簡訊，不知道現在他們是不是在通電話，不知她是否利用這時的隱私好好地哭一頓。

門外傳來的聲響可能是在開單身派對：男性的大笑，吶喊，怪叫，摔門。有人放音樂，低音樂器聲直傳進他的房間。讓他想起了睡在辦公室裡，樓下的12酒吧咖啡屋的音樂震天響，連他的行軍床金屬床腳也隨之震動。他希望蘿蘋的房間不會這麼吵，她需要休息——她明天還得開兩百五十哩路。打個哈欠，史崔克翻身，雖然音樂吵又加上有人鬼吼鬼叫，他仍然幾乎是一閉眼就睡著了。

兩人說好了第二天早上在餐廳會合，史崔克幫蘿蘋遮擋，讓她偷偷地在自助廳檯裝滿他們的水壺，再將他們的盤子裝滿吐司。史崔克抗拒了英式全餐的誘惑，為了獎賞自己的克制，他還偷塞了幾個丹麥麵包到背包裡。八點整，兩人坐上了荒原路華，馳過昆布利亞的燦爛鄉間，在朦朧的藍天下駛過連綿的石南荒野以及一畦又一畦的土地，匯入M6南下。

「抱歉，沒辦法替換開車。」史崔克說，一面喝咖啡。「那種離合器會害死我，會害死我們兩個。」

「沒關係。」蘿蘋說。「我喜歡開車，你也知道啊。」

兩人在舒適的沉默中奔馳。史崔克只能忍受讓蘿蘋載，雖然他對女性駕駛有根深柢固的偏見。他通常都不張揚，但這種偏見來自於許多負面的乘坐經驗，他的康瓦耳舅媽緊張笨拙，他的妹妹露西開車愛分心，夏綠蒂怎麼危險怎麼來。在特偵組的一個女朋友翠西倒是夠格的駕駛，可是有一次走高山上的羊腸小徑，她驚嚇得動彈不得，最後只好停車，她已瀕臨換氣過度的邊緣，仍死也不肯換他開車。

「馬修喜歡這輛荒原路華嗎？」史崔克問道。他們經過了高架橋。

「不喜歡，」蘿蘋說。「他想要奧迪A3敞篷車。」

「想也知道，」史崔克壓低聲音說，吵雜的車子把他的聲音蓋掉了。「笨蛋。」

四個小時之後哈波羅市才在望，無論是史崔克或蘿蘋都沒來過。城市外圍有不少漂亮的小村莊，茅草屋頂，十七世紀的教堂，修剪得美輪美奐的花園，住宅街道取「蜂蜜罐」之類的名稱。史崔克想起了諾亞·布拉克班克童年老家那兒的白茫茫的高牆、鐵絲網、聳立的潛水艇工廠。布拉克班克怎麼會到這裡來，來這麼一個充滿了田園風光的地方？安放在史崔克的皮夾裡荷莉給蘿蘋的那個電話號碼會是什麼樣的人的？

等到抵達哈波羅市，文雅古典的印象更加深刻。城市中心傲然矗立著華美悠久的聖德宜教堂，而在旁邊有棟極顯眼的建築立在中央大道的中心，外觀像是以木樁架高的小木屋。

他們在這棟奇特的建築後找到了停車位。急於抽根菸，也想伸展膝蓋，史崔克下了車，點燃香菸，走去看解說牌，發現這棟架高的建築是一六一四年建立的文理學校。建築物四面都寫著金色的聖經文句。

人是看外貌，耶和華是看內心。

蘿蘋留在荒原路華上，看地圖尋找到下一站科比的最佳路線。史崔克抽完煙後，回到乘客座上。

「好，我來打電話。如果妳想伸伸腿，我的香菸快抽完了。」

蘿蘋翻個白眼，仍接下了史崔克拿出來的十鎊紙幣，下車去幫他買金邊臣。

史崔克第一次撥號對方正在通話中。第二次撥，接電話的人是有著濃濃口音的女性。

「泰國蘭按摩，你好。」

「嗨，」史崔克說。「有個朋友給了我這個電話號碼，你們的地址是哪裡？」

她說了聖母路某號，史崔克查過地圖後，發現就在幾分鐘之外的地方。

「今天早上有人可以為我服務嗎？」他問道。

「你喜歡哪一種的？」女人說。

他從照後鏡看見蘿蘋回來了，草莓金頭髮被風吹動，手上一包金邊臣反射著陽光。

「皮膚黑的，」史崔克只遲疑了不到一秒。「泰國小姐。」

「我們有兩位泰國小姐有空，你是需要哪種服務？」

蘿蘋打開了駕駛座的門，坐了進來。

「你們有哪種？」史崔克問。

「一個小姐的官能按摩加精油，九十鎊。兩個小姐加精油，一百二十。不穿衣服的身體貼身體按摩，一百五十。額外的服務自己跟小姐商量，ＯＫ？」

「ＯＫ，那我要……呃……一個小姐。」史崔克說。「馬上就到。」

他掛斷了電話。

「是一家按摩室，」他跟蘿蘋說，一面查看地圖。「可不是你會去按摩受傷膝蓋的地方。」

「真的？」她說，很是吃驚。

「那種店到處都是，」他說。「妳也知道的嘛。」

他能了解蘿蘋何以會覺得困窘。車窗外的景色——聖德宜，架高的文理學校，繁華的大街，鄰近酒館外掛的聖喬治十字旗隨風飄揚——儼然是為小鎮打廣告的海報。

「那你是想……店在哪裡？」蘿蘋問道。

「不遠，」他說，拿地圖給她看。「首先我需要找提款機。」

他難道真要花錢按摩？蘿蘋驚訝地猜想，但她不知該如何開口問，而且她也不確定想不想知道答案。到提款機提了兩百鎊（讓史崔克的透支額又多了兩百），她遵照他的指示到聖母路，就在主街的街尾。聖母路一點也不像紅燈區，兩旁商店林立，房地產、美容沙龍、律師事務所，都是正正經經的行業，而且大多數是獨棟的大房子。

「就是那兒。」史崔克說，指著街角一家低調的商店。光亮的紫色金色招牌上寫著「泰國蘭按摩」。唯有漆黑的窗簾才暗示了店內進行的是超越醫師核准的痠痛關節治療法。蘿蘋停在巷子裡，看著史崔克走出視線範圍。

史崔克接近了按摩室的入口，注意到上方招牌上畫的蘭花像極了陰部。他按了門鈴，門立刻就打開來，開門的是個長髮男人，幾乎跟他一樣高。

「我剛打過電話來。」史崔克說。

保鏢咕噥一聲，點頭讓史崔克通過了裡間的兩片厚厚的黑色門簾。一進去就是鋪著地毯的小休息室，擺了兩張沙發，一名年紀大一點的泰國女人跟兩個泰國女孩坐在一起，有一個可能只有十五歲。角落的電視在播放「超級大富翁」。他一進去，兩個女生的表情就從無聊變為提高警覺。年紀大的女人站了起來，很起勁地嚼著口香糖。

「你打的電話？」

「沒錯。」史崔克說。

「要不要喝酒？」

「不用了。」

「你喜歡泰國小姐？」

「對。」史崔克說。

「你要哪一個？」

「她。」史崔克說，指著較年輕的女孩。她穿著粉紅色繞頸式露背裝、麂皮迷你裙、廉價的亮皮高跟鞋。她露出笑容，站了起來。細瘦的腿讓他想起火鶴。

「好。」他的皮條客說。「現在付錢，然後再進雅室，OK？」

史崔克遞給她九十鎊，他挑選的女孩招手叫他，眉飛色舞的。她的身材就像是青春期的男生，只是多了兩個假奶，讓他想起愛琳女兒架上的芭比娃娃。

雅室在一條短走廊上：一扇遮著黑窗簾的窗戶，燈光昏暗，瀰漫著檀香。角落硬塞了一間淋浴室。按摩檯是黑色的人造皮。

「要先洗澡嗎？」

「不用了。」史崔克說。

「OK，到那裡脫衣服。」她說，指著簾子隔出來的小角落，史崔克要是在那裡換衣服，只怕遮不住他六呎三的身高。

「我穿著衣服比較舒服，我想跟妳談一談。」

她似乎並不為難，她什麼樣的客人都見過了。

「你要上空嗎？」她輕鬆地問，伸手到頸後要解蝴蝶結。「上空加十鎊。」

「不要。」史崔克說。

「打手槍？」她又問，打量他的褲襠。「加按摩油？二十鎊。」

「不，我只想跟妳談一談。」史崔克說。

她的臉上閃過狐疑，接著是恐懼。

「你是警察。」

「不是，」史崔克說，舉起兩手像是投降。「我不是警察。我在找一個人，他叫諾亞・布拉克班克。他以前在這裡工作，我猜是在門口，可能是當保鏢。」

他挑選這個女孩是因為她的外表很年輕。對布拉克班克的毛病了然於胸，他以為布拉克班克可能會跟她接觸，而不是另一個女孩，但她卻搖頭。

「他走了。」她說。

「我知道，」史崔克說。「我是想打聽他到哪裡去了。」

「媽媽叫他滾蛋。」

老闆是她的母親，抑或只是個尊稱？史崔克寧可不要把媽媽扯進來，她一臉的精明強悍。他覺得他可能會為了根本沒有的情報被迫付出一大筆錢。他挑選的女孩散發出一種天真，她大可因為證實了布拉克班克曾在這裡工作但後來被炒魷魚了而向他收費，但她壓根就沒想到。

「妳認識他嗎？」史崔克問道。

「他滾的那星期我來的。」她說。

「他為什麼被開除？」

女孩瞧了門口一眼。

「這裡有沒有人有他的聯絡電話，或是知道他去了哪裡的？」

她猶豫不答，史崔克掏出了皮夾。

「二十鎊，」他說，「只要妳介紹那個知道他去了哪裡的人給我。妳就可以把錢收下。」

她站著把玩麂皮裙的褶邊，像個小孩子，一面瞪著他，隨即抽出了他手中的鈔票，塞進裙子口袋裡。

「在這裡等。」

他坐在人造皮按摩檯上等。斗室跟別的水療中心一樣乾淨，這點史崔克很喜歡。他覺得灰塵非常讓人倒胃口，總讓他想起他母親和惠泰科在那間發臭的竊占公寓裡，想起點點汙漬的床墊以及他繼父鼻孔呼出來的惡臭。而在這裡的櫃子上整齊排列著精油，要想不起色心簡直不可能。想到一絲不掛的身體貼身體按摩，他一點也不覺得討厭。

但是他又毫沒來由地想到了蘿蘋坐在外頭的車子裡，他一下子就跳下了按摩檯，好似做了什麼丟臉的事被當場活逮；忽然，憤怒的泰國話就在附近響起。門打開來，媽媽赫然在目，還有那個他挑選的女孩，一臉的驚慌。

「你只付了一個女孩的錢！」媽媽憤怒地說。

她也和旗下的小姐一樣，眼睛盯著他的褲襠。她是在檢查是否已經做了生意，而他是否想多占一點便宜。

「他變心了。」女孩焦急地說。「他要兩個，一個泰國的，一個金髮的。我們什麼都沒做。他變心了。」

「你只付了一個女孩的錢。」媽媽大吼，一根指甲如利爪的手指指著史崔克。

史崔克聽到了沉重的腳步聲，猜想是門口那個長髮男過來了。

「我很樂意，」他說，心裡卻在咒罵，「付兩個女孩的錢。」

「再付一百二？」媽媽對他吼，無法相信自己的耳朵。

「對，」他說。「付就付。」

她要史崔克到外面的休息區去付錢。一名過胖的紅髮女郎坐在那裡，穿著黑色萊卡挖空連身裙，一臉盼望的表情。

「他要金髮的。」史崔克的同謀在他又拿出一百二十鎊時說，紅髮女郎的臉立刻就垮了下來。

「英格麗現在有客人，」媽媽說，把史崔克的錢塞進抽屜裡。「你在這裡等。」

於是他就坐在瘦巴巴的泰國女孩與胖嘟嘟的紅髮女郎之間看「超級百萬富翁」。最後一個穿套裝、留白鬍的矮小男人匆匆走出走廊，不和任何人有視線接觸，掀開黑門簾，逃到街上。五分鐘後，一名把頭髮漂成金髮的苗條女郎出現，一身紫色萊卡衣，穿高及大腿的靴子，史崔克覺得她的年紀一定跟他一樣大。

「你們跟英格麗去。」媽媽說，史崔克和泰國女孩乖乖跟著走向雅室。

「他不要按摩，」史崔克的第一個女孩等關上門就壓低聲音告訴金髮女郎。「他要知道諾亞去哪裡。」

金髮女郎皺著眉上下打量史崔克。她可能都可以當這個泰國女孩的媽了，但是她長得好看，深褐色眼睛，高顴骨。

「你找他幹什麼？」她以純正的艾色克斯腔問，接著又鎮定地說：「你是警察？」

「不是。」史崔克說。

她漂亮的臉蛋一亮，想起了什麼。

「等等，」她慢吞吞地說。「我知道你是誰——你是那個史崔克！你是柯莫藍．史崔克！那個破了露拉．藍德利案子的偵探……耶穌基督……不是有人送給你一條腿嗎？」

「呃……沒錯。」

「諾亞對你簡直就是走火入魔！」她說。「他一天到晚都在說你，真的。在你上了電視之後。」

「是嗎？」

「對，他一直說你害他的腦袋受傷！」

「他受傷不能全部怪我，那妳跟他很熟嘍？」

「沒那麼熟！」她說，正確無誤地詮釋了史崔克的意思。「我認識他北方的朋友，約翰。他是個好人，是我的常客，後來去了阿拉伯。對，他們應該是同學。他替諾亞難過，因為他以前是軍人，又有很多問題，所以介紹他來這裡上班。說他在走霉運。他叫我在我那裡幫諾亞租了房間。」

由她的語氣可知她認為約翰對布拉克班克的同情完全是用錯了地方。

「結果呢？」

「剛開始還好，可是有一次他忽然發神經，整天鬼吼鬼叫，罵軍隊，罵你，說他的兒子——他對他的兒子念念不忘，發誓要把他找回來。他說他看不到兒子都是你的錯，我倒想不通他怎麼會把帳算到你頭上。誰都看得出來他的老婆為什麼不讓他靠近孩子。」

「喔，為什麼呢？」

「媽媽發現他讓她的孫女坐在他大腿上，裙子掀起來。」英格麗說。「她才六歲。」

「啊。」史崔克說。

「他還欠我兩個禮拜的房租就跑了，以後我就再也沒看過他了，謝天謝地。」

「你知道他被開除後去哪裡了嗎？」

「沒聽說。」

「那妳也沒有他的聯絡方式了？」

「我大概還有他的手機號碼，」她說。「可是我不知道他還有沒有在用。」

「妳能不能給——？」

「你看我像是帶著手機嗎？」她問道，抬高雙臂。萊卡布料與長靴勾勒出每一處曲線，薄薄的衣料下挺直的乳頭尤其清晰。面對誘惑，史崔克硬是只盯著她的眼睛。

「妳能不能晚一點跟我見面，把號碼給我？」

「我們不能跟客人互換聯絡方式。這是行規，甜心：不准攜帶手機。這樣吧，」她說，又上下打量他，「既然是你，而且你又把那個混蛋給揍了，你又是戰爭英雄，等我下班以後，我在路上跟你見面。」

「那就太好了，」史崔克說。「多謝多謝。」

他不知道她那狐媚的眼神是否在跟他調情，他八成是被精油的味道以及剛剛對溫熱滑溜胴體的遐想弄昏頭了。

二十分鐘後，設想媽媽應該也覺得客人得到了滿足，史崔克離開了泰國蘭，過街到蘿蘋等候之處。

「兩百三十鎊買一個舊的手機號碼。」他說。蘿蘋發動引擎，加速離開。「希望值這個價，我們要找亞當與夏娃街——她說就在這邊的右邊——咖啡館叫艾波比，她一會兒會來跟我碰面。」

蘿蘋找到了停車位，兩人就在車上等候，一面討論英格麗說的話一面吃史崔克從自助早餐檯偷來的丹麥麵包。蘿蘋現在知道史崔克為什麼會過重了。之前她從未出過超出二十四小時的調查任務，而每一餐都來自於經過的商店，又得外帶，當然就會選擇速食和巧克力。

「她來了。」史崔克在四十分鐘後說。他爬下了荒原路華，走入艾波比咖啡館。蘿蘋看著金髮女郎走近，她穿著牛仔褲和人造皮草外套。她的身材就跟超模一樣，蘿蘋忍不住想到了白金。十分鐘過去了，十五分鐘過去了，史崔克和金髮女郎都不見蹤影。

「給個電話號碼是要花多久的時間啊？」蘿蘋悶悶不樂地對著荒原路華的內部嘀咕。她覺得冷。「你不是還要去科比嗎？」

他說什麼事也沒有，可是誰知道呢，說不定就有。說不定那個女人為史崔克的全身搽滿了油……

蘿蘋的手指頭在方向盤上敲打。她想著愛琳，要是她知道史崔克今天做了什麼，她不知會怎麼想。突然，微微一驚，她想起了還沒有檢查馬修是否又聯絡了。她把手機從大衣口袋裡掏出來，看到沒有訊息。自從她說絕不會去給他父親慶生之後，他就再無音訊。

金髮女郎和史崔克從咖啡館出來。英格麗似乎不想放史崔克走，他揮手道別，她卻傾身吻了他的臉頰，這才斜行走開。史崔克發現蘿蘋在看，掛著靦覥的怪相坐進車裡。

「滿有意思的嘛。」蘿蘋說。

「並不會。」史崔克說。把輸入他手機的電話號碼秀給她看：諾亞．布拉克班克手機。「她只是想聊天。」

如果蘿蘋是男同事，他會非再補上一句「在裡面的人是我」不可。英格麗毫不矜持，隔桌跟他調情，慢條斯理地滑著手機，尋找聯絡電話，還大聲自問不知道號碼還在不在，逗得史崔克焦躁了起來，懷疑她根本就沒有電話號碼，接著又問他曾否好好地做過一次泰式馬殺雞，又刺探他找諾亞做什麼，打聽他破過的案子，尤其是那位美麗的模特兒，就是這案子為他贏得了知名度，最後她嬌笑地堅持要史崔克把她的號碼也記下來，「以防萬一」。

「你現在就要撥布拉克班克的電話嗎？」蘿蘋問道，想起了史崔克對英格麗背影的專注。

「嗄？不要，我要再想想。要是他接了，我們可能只有一次機會。」他看錶。「我們走吧，我不想太晚趕到科……」

他握著的手機響了。

「華道。」史崔克說。

他接了，改為擴音，讓蘿蘋也能聽。

「情況怎樣？」

「我們找出屍體的身分了。」華道說。他的聲調讓他們警覺到這名字他們也會知道。極短的停頓讓史崔克的腦中掠過那個眼珠子像小鳥、驚慌失措的小女孩。

「她叫凱西·普拉特，就是寫信請教你要怎麼把腿切掉的女生。真的有這個人，十六歲。」

史崔克的心充滿了一半的寬慰一半的不可思議。他摸索著找筆，但蘿蘋已經在記錄了。

「她在某家職校唸幼保科，就在那兒遇見了歐莎娜·佛洛席納。凱西住在芬奇利，跟她的異母姐姐和姐姐的伴侶同住。她跟她們說要離家兩週，準備分級測驗，所以他們沒有去報警說她失蹤了——他們並不擔心。她預定今晚才會回去。

「歐莎娜說凱西跟她姐姐合不來，就問能不能在她那兒住兩週，享受一點私人空間。看來她似乎都計畫好了，用這個地址寫信給你。她姐姐簡直是崩潰了，這也難怪。我還沒能從她那裡問出什麼來，可是她確認信上的筆跡是真的，而且她妹妹想把腿切掉她也不是非常驚訝。我們從女孩的梳子上採了ＤＮＡ，比對吻合。就是她。」

乘客座吱呀一聲，史崔克湊過去看蘿蘋做的筆記。她能嗅到他衣服上的菸味以及一丁點的檀香味。

「她的姐姐有伴侶？」他問道。「男的嗎？」

「他不會有嫌疑的。」華道說，史崔克聽得出華道已經查過了。「四十五歲，退休消防員，身體不太好。肺有毛病，案發的那個週末有牢不可破的不在場證明。」

「那個週末……？」蘿蘋問道。

「凱西在四月一日晚上離開姐姐家。我們知道她一定是二日或三日死的——你們在四日收到腿。史崔克，我需要你回來協助釐清一些問題。就是那些例行公事，可是我們得把那些信做成正式的筆錄。」

似乎也沒有什麼可說的了。華道接受了史崔克的道謝，掛上了電話，隨後是一陣沉默，蘿蘋覺得沉默似乎也隨著餘震在顫抖。

28

... oh Debbie Denise was true to me,
She'd wait by the window, so patiently.
Blue Oyster Cult, 'Debbie Denise'
Lyrics by Patti Smith

……喔，黛比．德尼絲是真心對我，
她憑窗等待，那麼有耐心。
——藍牡蠣〈黛比．德尼絲〉
——佩蒂．史密斯作詞

「這一趟完全是浪費時間，不是布莉特尼，不可能是布拉克班克。」

史崔克有如放下了心裡的一塊大石頭。亞當與夏娃街上的色彩瞬間像是水洗過一般清新，行人也更快活，比在他接電話之前更可愛。布莉特妮一定仍活著，所以不是他的錯，斷腿不是她的。

蘿蘋默不作聲。她能聽出史崔克聲音中的興奮，感受到他的鬆懈。她當然沒見過布莉特妮．布拉克班克，她很慶幸女孩沒事，但事實仍然俱在：有個女孩慘死。史崔克擺脫的內疚似乎又重重落在她的大腿上。是她速讀了凱西的信就歸入神經病抽屜，不予答覆。蘿蘋不由得納悶，如果她聯絡凱西，建議她去尋求專業協助，結局會不會不同？如果史崔克打電話給她，告訴她他的腿是在戰爭中失去的，她聽說的故事都是假的呢？蘿蘋因為悔恨而五內如焚。

「你確定嗎？」她在整整沉默一分鐘之後說，兩人都迷失在各自的思緒裡。

「確定什麼？」史崔克轉過頭問她。
「不可能是布拉克班克。」
「如果不是布莉特妮……」史崔克開口說道。
「你剛才跟我說那個小姐……」
「英格麗？」
「英格麗，」蘿蘋說，有著一絲不耐，「對。你剛才說她說布拉克班克對你走火入魔了，他認定你是他腦部受傷和妻離子散的罪魁禍首。」
史崔克看著她，眉頭深鎖，沉吟不已。
「昨晚我說兇手想要詆毀你，貶低你的作戰紀錄，這些都符合布拉克班克的心態。」蘿蘋接著說。「你不認為遇見這個凱西，也許又發現她腿上的疤像布莉特妮，或是聽見她想要把腿割斷……怎麼說呢，觸發了他的什麼念頭嗎？我是說，」蘿蘋沒有把握地說，「我們並不知道腦部傷害的程度……」
「他的腦部傷害沒那麼嚴重，」史崔克不客氣地說。「他在醫院裡就在裝模作樣，我知道。」
蘿蘋不吭聲，而是坐在方向盤後看著亞當與夏娃街上逛街的人來來去去。她羨慕他們。無論他們是急著做什麼事，絕不會包括截肢和謀殺。
「妳說得有道理。」史崔克終於說。蘿蘋聽得出她把他個人的慶祝心情攪黃了。他看手錶。「走吧，如果要今日事今日畢，我們最好出發到科比去了。」
兩鎮之間的十二哩路一下子就走完了。蘿蘋從史崔克的臭臉判斷他是在省思有關布拉克班克的談話。馬路沒有什麼特色，四周的鄉村很平坦，有一排排的樹籬，偶爾會有幾棵樹。
「那，連恩。」蘿蘋說，想要讓史崔克甩開似乎不怎麼舒心的冥思。「提醒我一下……？」

「連恩，對。」史崔克緩緩說。

她沒猜錯，他確實滿腦子想著布拉克班克。這時他強迫自己專心，振作起來。

「嗯，連恩把他的妻子綁起來，拿刀捅她；據我所知，他被控強暴罪兩次，可是沒服過刑……而且他在拳擊賽上還想把我的臉頰咬掉。基本上是一個粗暴又狡猾的王八蛋，」史崔克說，「可是，我說過，他的丈母娘覺得他出獄之後病了。她說他去了蓋茲赫德，可是如果他在二〇〇八年在科比跟這個女人同居，就不可能在那裡待多久。」他再一次看地圖找蘿蓮．麥諾頓居住的那條街。「年齡對，時間對……再說吧。如果蘿蓮不在，我們五點後再來。」

蘿蘋聽從史崔克的指引，穿過了科比的市中心，這裡的建築都是水泥和紅磚屋，雜亂無章，最顯著的是一間購物中心。一間方塊似的政府機關，屋頂上豎立密密麻麻的天線，好像長滿了鋼鐵苔蘚，主宰了天際線。這裡沒有中心廣場，沒有古老的教堂，當然不會有架高的文理學校。科比本就是為了容納一九四〇年代與五〇年代的移工而興建的，許多建築都透著一種鬱鬱寡歡的功利氛圍。

「一半的街名都是蘇格蘭名。」蘿蘋說，這時正經過阿吉爾街與蒙特洛斯街。

「這裡以前不是俗稱小蘇格蘭？」史崔克說，注意到一塊「愛丁堡屋」的招牌。他聽說在科比最繁盛的時期，這裡的蘇格蘭人口是邊界以南最多的。公寓陽台懸掛著X形十字與人立雄獅旗幟。「看得出來連恩在這裡為什麼會比在蓋茲赫德要如魚得水，他在這裡說不定有朋友。」

五分鐘後他們來到了舊城區，漂亮的石屋仍保留著科比在煉鋼廠進駐之前的小村風情。不久後他們就找到了韋爾敦路，蘿蓮．麥諾頓住的地方。

這條街的房子共是六棟雙併屋，外觀一模一樣，大門並立，窗戶的規畫左右相反，每扇門上方的門楣都雕刻著名稱。

「她家在這裡。」史崔克說，指著「夏田」，它的雙胞胎是「北田」。

「夏田」的前院鋪著細石，「北田」的院子需要割草了，這也讓蘿蘋想起了她在倫敦的公寓。

「我覺得我們最好一起進去，」史崔克說，一面解開安全帶。「有妳在她可能會比較不緊張。」

門鈴似乎壞了，於是史崔克以指關節用力敲門。一陣猛烈的吠叫聲讓他們知道住戶不止一個。接著他們聽見了女人的聲音，生氣卻毫無遏阻力。

「噓！不要叫！安靜！噓！不！」

門打開了，應門的女人年約五十，臉色兇悍，蘿蘋才看一眼，一隻毛皮粗糙的傑克羅素㹴就衝了出來，兇狠地咆哮，一口咬住史崔克的腳踝。史崔克的運氣不錯，但是傑克羅素㹴可就倒楣了，牠的牙咬住了鋼材義肢，慘叫一聲，蘿蘋眼明手快，立刻彎腰，抓住牠的頸背，把牠拎了起來。小狗發現自己懸在半空中，太過驚訝，變得乖乖的。

「不准咬人。」蘿蘋說。

小狗顯然認為有勇氣把牠拎起來的女人值得尊重，所以就讓她抓得更緊，在半空中扭轉身體，想要舔她的手。

「對不起。」女人說。「牠是我媽的狗，簡直就無法無天。不過牠喜歡妳，真是奇蹟了。」

她及肩長的褐髮髮根是灰色的，薄唇的兩側有很深的法令紋。她拄著枴杖，一隻腳踝腫脹，纏著繃帶，腳上穿涼鞋，腳趾甲泛黃。

史崔克自我介紹，隨即出示駕照以及名片。

「妳是蘿蓮．麥諾頓嗎？」

「對。」她遲疑地說，眼睛飄向蘿蘋，蘿蘋從傑克羅素㹴的頭頂上給了她一抹安慰的笑容。「你是——你說你是誰？」

「偵探，」史崔克說，「我想跟妳打聽達諾．連恩的消息。從電話紀錄上看兩年前他住在這裡。」

「是啊。」她說得很慢。

「他仍然住在這裡嗎？」史崔克問道，雖然已知道答案。

「沒有。」

史崔克指著蘿蘋。

「我跟我的同事進屋子請教妳一些問題可以嗎？我們想找到連恩先生。」

沒有動靜。蘿蓮咬著嘴唇，皺著眉頭。蘿蘋抱著傑克羅素㹴，牠正熱切地舔著她的手指頭，無疑是因為殘留著丹麥麵包的味道。史崔克被咬破的褲管在輕風中搖擺。

「好吧，請進。」蘿蓮說，讓開了路讓他們進去。

散發霉味的前室有很濃的陳年香菸味。室內的擺設很有老太太的風格：以鉤針織的面紙盒套，便宜的花邊靠枕，光亮的餐具架上有一排衣著花稍的泰迪熊。一面牆上掛了一幅畫，是個眼睛如碟子大小的兒童，搽白粉、穿小丑裝。史崔克怎麼也無法想像達諾．連恩住在這裡，那不就跟看見角落睡著一頭牛一樣？

進屋之後，傑克羅素㹴就掙扎著要下地，然後又對史崔克吠叫。

「喔，閉嘴啦。」蘿蓮厭煩地說。她沉坐在褪色的棕色天鵝絨沙發上，用雙手把纏著繃帶的腳踝抬到一個皮坐墊上，側身去拿她的超級國王香菸，點燃了一根。

「我應該要把腳抬高。」她說明，香菸也跟著上下晃動。她拿了個雕花玻璃菸灰缸，擱在大腿上。「地區護士每天來幫我換藥。坐。」

「妳是怎麼受傷的？」蘿蘋問道，從咖啡几旁擠過去，坐到蘿蓮身旁。傑克羅素㹴立刻就跳上沙發，窩在她身邊，而且決定饒了他們，不叫了。

「被炸薯條的油砸到，」蘿蓮說。「上班的時候。」

「天啊，」史崔克說，坐在單人沙發上。「一定痛死了。」

「是啊。他們說我至少得請一個月的假。幸好，離急診室不遠。」

原來蘿蓮在本地醫院的餐廳工作。

「達諾又做了什麼？」蘿蓮喃喃說，噴著煙，受傷的事全說完了。「又是搶劫嗎？」

「妳為什麼這麼說？」史崔克謹慎地問道。

「他搶了我。」

蘿蘋現在已看出她的粗魯只是表相，她在說這句話時手上的長菸也隨之顫抖。

「那是幾時的事？」史崔克問道。

「他走出去的時候。偷走了我的珠寶，媽的結婚戒指，一件也不留。他明知道戒指對我意義重大。她才過世不到一年。對，有一天他就走出大門，再也沒回來。我還報了警，我以為他發生了意外什麼的。後來我才發現我的皮包空了，珠寶也沒了。」

羞辱仍殘存在她心裡，她敘述時凹陷的臉頰也紅了。

史崔克在外套的內袋裡摸索。

「我想確定一下我們談的是同一個人，這張照片妳覺得熟悉嗎？」

他把連恩的前岳母在麥洛斯給他的相片交給她。相片中連恩立在登記處外，虎背熊腰，穿著藍黃色蘇格蘭裙，兩隻眼睛像雪貂，紅狐似的頭髮剪成小平頭，而蓉娜攀著她的胳臂，身材不及他的一半寬，婚紗可能是二手貨，很不合身。

蘿蓮仔細端詳照片，好像過了很久很久才說：「我覺得是他，很像。」

「這張看不到，不過他的左前臂上有很大的黃玫瑰刺青。」史崔克說。

「對。」蘿蓮沉重地說。「沒錯，他也有。」

她抽菸，瞪著相片。

「他結婚了是嗎？」她問道，聲音略微抖動。

「他沒跟妳說嗎？」蘿蘋問她。

「沒有，說他一直單身。」

「你們是怎麼認識的？」蘿蘋問道。

「酒館。」蘿蓮說。「我認識他的時候他跟照片不太一樣。」

她轉向背後的餐具架，作勢要站起來。

「我能幫忙嗎？」蘿蘋提議。

「中間抽屜，可能有照片。」

蘿蘋打開抽屜，傑克羅素㹴又叫了起來。抽屜裡有各種餐巾環，鉤針織的花邊餐墊，紀念品湯匙，牙籤，散放的相片。蘿蘋盡可能把照片都收集起來，拿給蘿蓮。

「這個就是。」蘿蓮從諸多照片中挑出一張，那些照片大多是一名非常老邁的婦人，蘿蘋猜她就是蘿蓮的母親。蘿蓮將照片直接拿給史崔克。

他就算在街上跟他擦肩而過也認不出來。當年的那個拳擊手腫脹得極嚴重，尤其是臉。他的頸子似乎消失了；皮膚緊繃，五官扭曲。一臂摟著滿面笑容的蘿蓮的肩，另一臂垂在身側。他沒笑。史崔克更仔細看。黃玫瑰刺青仍在，但部分被紅疹遮蔽，他的整條前臂都紅通通的。

「他得了皮膚病嗎？」

「牛皮癬關節炎。」蘿蓮說。「很嚴重，所以有重大傷病補助。沒辦法工作了。」

「是嗎？」史崔克說。「他之前做什麼工作？」

「他來這裡給一家大營造公司當經理，」她說，「可是後來生病了，沒辦法上班了。他在麥洛斯有自己的營造公司，他是總經理。」

「是嗎？」史崔克說。

「對，家族企業。」蘿蓮說，篩揀成疊的照片。「他父親留給他的。哪，這張也有他。」

相片中兩人牽著手，像是在啤酒餐廳拍的。蘿蓮容光煥發，連恩面無表情，月亮臉上的一對黑眼睛變成兩條縫。一看就知他正在服用類固醇。頭髮仍如紅狐的皮毛，但除此之外，要史崔克指認出這人就是那個曾咬了他的臉的年輕拳擊手，還真不是件簡單的事。

「你們兩個在一起多久？」

「十個月。我在媽過世後認識他的。她九十二了——跟我住在這裡。我在幫忙隔壁的威廉斯太太，她八十七。很老了。她兒子在美國。小達對她很好，幫她除草跑腿。」

小王八蛋的算盤撥得可真精，史崔克心裡想。生病失業又破產，孤獨的中年婦女，會做飯，無親無故，有自己的房子，又剛從她母親那裡繼承了一筆錢，簡直就像天上掉下來的餡餅。只要裝出一點同情心就能贏得對方的好感，一定很划算。連恩只要有心，是很有魅力的。

「我們認識的時候他好像是個滿不錯的人。」蘿蓮愁眉苦臉地說。「那時又殷勤又體貼。他自己的身體都不好，關節腫脹等等的。他得去醫生那裡打針……後來他變得有點陰陽怪氣的，可是我以為是因為健康的因素。生病的人總不可能每天都歡天喜地的，對不對？又不是每個人都像我媽，她實在是個異數，身體那麼差，卻每天都掛著笑容，而且……而且……」

「我幫妳拿面紙。」蘿蘋說，緩緩俯身伸手去抽面紙，以免驚擾了傑克羅素㹴，牠正把頭棲在她大腿上。

史崔克等到蘿蓮拿到面紙，深吸了兩口菸之後，擦拭眼淚，這才問：「妳有沒有報警說珠寶遭竊？」

「沒有，」她說，聲音粗啞。「有什麼用？反正警察也找不回來。」

蘿蘋猜測蘿蓮是不想讓警方知道她的羞憤，不免起了惻隱之心。

「他有沒有對妳施暴過？」蘿蘋溫和地問。

蘿臉一臉驚詫。

「沒有，你們就是為了這個來的嗎？他傷害了別人？」

「我們不知道。」史崔克說。

「我不覺得他會傷害別人，」她說。「他不是那種人，我也跟警察這麼說過。」

「等一等。」蘿蘋說，輕撫著睡著了的傑克羅素㹴的頭。「妳不是說珠寶失竊了之後沒有報警嗎？」

「那是後來的事。」蘿蓮說。「他走後大概一個月，有人闖進了威廉斯太太家，把她打昏了，洗劫了她家。警察想知道小達在哪裡。我說：『他早就走了，搬出去了。』反正不會是他做的，我跟警察這樣說。他一直對她很好，他是不會打老太太的。」

他們曾在啤酒餐廳手牽手，他幫老太太除草，所以蘿蓮不肯相信連恩是個壞胚子。

「妳的鄰居大概沒辦法跟警察描述犯人吧？」史崔克問道。

蘿蓮搖頭。

「她一直昏迷不醒，後來在家裡過世了。現在北田住了一家人。」蘿蓮說。「三個小孩。你真該聽聽他們有多吵——哼，他們還有臉抱怨狗太吵呢！」

他們完全進了死胡同。蘿蓮不知道連恩去了哪裡。除了麥洛斯之外，也想不起他說過什麼地方有朋友，而且他的朋友她一個也沒見過。在她終於明白他不會回來之後，她就刪除了他的手機號碼。她同意讓他們帶走那兩張照片，除此之外，就一點忙也沒幫上。

蘿蘋收回了溫暖的大腿，傑克羅素㹴大聲抗議，而且一看史崔克站起來，就打算要把牠的不悅全部發洩到他身上。

「坐好，提格。」蘿蓮發脾氣了，辛苦地壓制在沙發上扭動的小狗。

「我們自己出去就可以了。」蘿蘋高聲說，壓過小狗發狂的吠叫聲。「謝謝妳幫忙！」

他們把她留在散發著菸味的雜亂客廳裡，綁著繃帶的腳架高，可能因為他們的來訪而更哀傷更不舒服。小狗的歇斯底里叫聲一路追著他們到花園小徑。

「我覺得我們至少應該幫她泡杯茶什麼的。」蘿蘋坐進荒原路華後內疚地說。

「她不知道自己有多幸運，逃過了一劫。」史崔克說得很乾脆。「想想這邊的可憐老太太，」他指著北田。「為了幾鎊被打成植物人。」

「你覺得是連恩？」

「當然是混蛋連恩。」史崔克說，同時蘿蘋轉動了引擎。「表面上看起來他是在幫她忙，其實是乘機把她家摸透。還有，妳聽出來了沒有?他的關節炎那麼嚴重，他還能除草而且還把老太太打個半死。」

又餓又累，也因為陳年的香菸味而頭痛，蘿蘋點頭，說她應該注意的。這次的訪談非常令人沮喪，而還要開兩個半小時的車回家，也讓人高興不起來。

「妳介意現在就回去嗎？」史崔克說，一面看錶。「我跟愛琳說我今晚會過去。」

「沒問題。」蘿蘋說。

但不知為何，可能是因為頭痛，可能是因為那個孤獨的女人坐在夏田裡，四周只有那些離她而去的人的回憶，蘿蘋很想要再大哭一場。

29

I Just Like To Be Bad

我就是愛使壞

有時他很受不了跟那些自認為是他的朋友的人相處，那些人是他在需要錢的時候才會去找的。偷竊是他們的主業，週六晚上嫖妓是他們的消遣；他在其中很吃得開，他們覺得他是哥兒們，是同志，可以平起平坐。哈，平起平坐！

警察找到她的那天，他只想要一個人好好享受新聞報導。報上的寫法很值得一讀。他覺得得意，這是他第一次秘密地殺人，好整以暇，照他自己的意思組織安排。他打算也這麼泡製「小秘書」，在殺了她之前有時間好好享用她。

但是有個地方卻讓他失望，就是媒體沒提到那些應該能引領警察找上史崔克的信，讓他們偵訊騷擾那個混球，讓媒體把他的名字丟在爛泥塘裡拖滾，讓白痴的社會大眾以為他脫不了關係。

不過，報上有一欄又一欄的報導，一堆他在那裡做掉她的公寓照片，訪問那個漂亮的警官小子。他把這些報導留了下來，這是紀念品，就像他拿走的屍塊，是供他私人收藏的。

不用說，他的得意與喜悅必須瞞著「它」，因為眼前「它」需要極大的精神去應付。「它」不開心，一點也不開心。人生並沒有照「它」的預期開展，他必須假裝自己也他媽的很在乎，很關心，當個好男人，因為「它」仍然有用，「它」會賺錢，而且可能得靠「它」來做他的不在場證明。這種事情誰也說不準幾時就能派上用場，他有一次險些就栽在這個上頭。

那是他第二次殺人，在密爾頓肯茲。你不會在自家門口拉屎，這是他奉行的原則之一。他之前沒去過密爾頓肯茲，事後也沒再去，所以跟這個地方沒有什麼關係。他偷了一輛車，自己一個人幹的。他早準備好了假車牌。然後他就開車到處逛，想碰碰運氣。在他第一次殺人之後，他又搭訕過兩次，都沒得手，在酒館、在夜店跟女孩聊天，想要找個落單的，卻不像以前那麼順利。他沒有以前那麼帥了，他知道，但他不想老是找妓女下手，那會變得有跡可循。如果每次都是同樣的模式，警察很快就會抓到你的把柄。有次他在巷子裡盯上了一個醉醺醺的女人，還沒拔出刀子，就跑出一票嘻嘻哈哈的小子，他只好趕緊開溜，從那次之後，他就不再照平常的方式跟女人搭訕了。一定得靠暴力。

他開了幾小時的車，越來越沮喪，密爾頓肯茲居然找不到一個被害人。到了晚上十一點五十分，他快要抓狂了，正打算再去找個妓女，忽然看見了她。她跟男朋友站在馬路中央的圓環吵架，她穿牛仔褲，留著褐色短髮。他經過時，兩眼始終盯著後照鏡。他看著她氣沖沖走掉，被怒氣與眼淚弄得跟喝醉了差不多。被她丟下的男人氣憤地在後面大吼，接著悻悻地比了個手勢，一腳高一腳低從反方向離開。

他迴轉，跟在女人的後面。她邊走邊哭，拿衣袖擦眼淚。

他搖下了車窗。「妳還好嗎，甜心？」

「走開啦！」她為了躲避他緩緩隨行的汽車憤怒地鑽入了路邊的雜樹林，因此而決定了她的命運。幾百碼外就是一條燈光明亮的馬路。

他只需要駛離馬路，停下車。他下車前先戴上了大絨帽，手上握著刀，不慌不忙走向她消失之處。他能聽見她慌張地想從濃密的樹木與灌木叢間出來，當初種植這片雜樹林是為了要讓雙線道的中央分隔島多幾許溫柔的綠意。這裡沒有路燈。過往的駕駛看不見他繞過幽暗的樹林。她跌跌撞撞走回人行道上，他就站在那裡，預備以刀尖逼她回頭。

他在雜樹林裡搞了一個小時，最後丟下屍體。他扯下了她耳垂上的耳環，再恣意揮刀，砍下了她的皮肉。趁著車流中的空檔，他匆匆趕回偷來的汽車那兒，氣喘吁吁，仍戴著大絨帽。

他駕車離開，三百六十個毛孔都覺得舒暢服貼，口袋都在滲血。直到這時霧氣才散。

上一次他用的是公司的車，事後他就在同事的面前堂而皇之地把車子徹底清洗了一遍。他很怕會有誰從這些布座椅上找出血跡來，那他的DNA就無所遁形了。他該怎麼辦？那是他最接近驚慌失措的一次。

他駕車北上了好幾哩路，再把汽車丟棄在遠離主幹道的荒僻原野上，無論從附近的哪一棟房子都看不到這裡。他在寒風中發抖，摘掉了假車牌，拿他的一隻襪子浸入油箱，再把襪子丟進前座，點火。等了很久汽車的火勢才變大；他得上前去幾次想辦法把火弄旺。半夜三點，他躲在樹林裡，凍得發抖，看著汽車爆炸。然後他拔腿就跑。

那時是冬天，也就是說大絨帽起碼不突兀。他把假車牌埋進樹林裡，匆忙趕路，低著頭，雙手插入口袋，口袋裡裝著他寶貴的紀念品。他本想一起埋掉，卻捨不得。他以泥巴遮蓋了長褲上的血跡，到車站仍戴著大絨帽，躲在火車一角，故作醉態，以免有人接近他，還喃喃自語，把他在希望獨處時的那種威脅加瘋狂的氛圍施展出來。

等他返家，她的屍體已經被發現了。那晚他在電視上一邊看報導一面把盤子擱在大腿上吃飯。他們找到了一輛被焚的汽車，沒有車牌，而且跟她吵架的男朋友被捕了，雖然於他不利的證據極其薄弱，但他居然被定罪了！可見得他的好運是擋不住的，宇宙特別保護他，偏愛他。有時候想到那個豬頭坐牢，他還是會笑出來……

不過，在黑暗中長途駕駛，他知道可能會遇上臨檢，那他就完了；他也怕會被要求把口袋裡的東西翻出來，或是有個眼睛很尖的乘客注意到他身上有乾掉的血跡。這一切都給他上了寶貴的一課。計畫要周詳，絕不能心存一丁點的僥倖。

也因為如此，他需要溜出來買治感冒的塗抹軟膏。目前的當務之急是確定「它」的白痴新計畫不會干擾了他自己的計畫。

30

I am gripped, by what I cannot tell . . .

Blue Oyster Cult, 'Lips in the Hills'

我被抓住了，不知道是被什麼……

——藍牡蠣〈山上的唇〉

從事調查這一行，要不就忙得昏天黑地，要不就被迫按兵不動，史崔克已經習以為常。然而，跑了巴羅內佛斯、哈波羅市、科比一趟後，這個週末卻讓他處於一種奇怪的緊繃狀態。

軍旅生涯當了擋箭牌，但回歸老百姓幾年來諸多生活上的壓力又漸漸地浮現。他的同母異父妹妹露西是唯一和他一起長大的手足，星期六一大清早就打電話來，問他對於外甥的生日派對之邀為什麼不回覆。他以出門在外，無法取得寄到辦公室的信件為由，但她壓根不聽他的解釋。

「傑克很崇拜你，你知道。」她說。「他真的很希望你來。」

「抱歉了，露西，」史崔克說，「實在沒辦法。我會送他禮物。」

如果史崔克現在仍在特偵組，露西就不會覺得有權利跟他感情勒索。當時要迴避家庭義務，那是輕而易舉，因為他行蹤不定，四海為家。她也視他為軍隊這個一板一眼的巨大機器中一根無法取出的螺絲釘。但現在即使她以語言描述一名八歲小童倚著花園門、可憐兮兮地盼望著柯莫藍舅舅來訪，他仍硬起心腸，她只得斷念，改問斷腿案的追查進度。聽她的語氣可知她覺得被別人送一條斷腿是很丟臉的事。史崔克一心只想趕快掛電話，敷衍她說這件案子他交給警方全權處理。

儘管他喜歡這個妹妹，也不得不接受現實，兩人的關係幾乎是完全根植於共有的記憶，而且大部分是傷痛的記憶。他從不跟露西吐露心事，除非是受迫於外在事件，只因為說了會害得她驚怕或焦慮。露西認為他都三十七歲了，仍然不願接受那些她相信能夠讓他快樂的事物，像是朝九晚五的工作、更多的薪水、老婆孩子，所以她一年四季都處於失望的狀態。

史崔克很慶幸擺脫了她，泡了這天早晨的第三杯茶，又躺回床上看報紙。有幾家報紙登出了命案被案人凱西．普拉特的照片，海軍藍校服，長滿青春痘的平凡臉上露出笑容。

他只穿著四角褲，毛茸茸的肚子並沒變小，因為兩晚吃了那麼多的外食以及巧克力，但他仍一邊嚼著一包消化餅乾，速讀幾篇報導，但報上說的都是他已知道的事，於是他改看明天兵工廠對利物普的賽前評估。

正看著，手機響了。他自己都沒想到繃得有多緊，他回應之快速連華道都嚇了一跳。

「唉唷喂呀，怎麼這麼快？你是怎樣，坐在上面啊？」

「有什麼事？」

「我們查過凱西姐姐家了——喔，她叫海柔，是護士。我們在過濾凱西的每日通訊，也檢查過她的房間，拿了她的筆電。她一直在上網，上某個留言板給那些想切掉身上部位的人，而且她也在打聽你。」

史崔克搔搔濃密的鬈髮，瞪著天花板諦聽。

「我們查出了固定跟她在留言板上交流的幾個人，下星期一應該就能拿到相片——你會在哪裡？」

「這裡，辦公室。」

「他姐姐的男朋友，那個退休的消防員說凱西老是問他被困在建築物裡或是撞爛的車裡的人。她真的是恨不得快點砍掉她那條腿。」

「要命。」史崔克嘟囔道。

華道掛電話後，史崔克發現自己無法專心閱讀埃米爾球場的密室重新洗牌評論。幾分鐘後他也不再假裝自己沉浸在阿森尼．溫格的管理團隊的命運上，又瞪著天花板上的裂縫，把手機翻過來又翻過去。

得知斷腿不是布莉特妮．布拉克班克的之後，他因為一時盲目的放心不像平時一樣對受害人深入研究。而現在他才思索凱西以及她寫來的信，他根本連看都懶得看。

一想到有人想要截肢，史崔克就覺得很反感。他把手機在手裡翻來覆去，整合他所知道與凱西有關的訊息，設法從一個名字以及雜糅憐憫與厭惡的心情中架構出一個心理圖案來。她十六歲，跟姐姐合不來，讀幼保科……史崔克伸手去拿筆記簿，寫下：學校裡的男朋友？老師？她上網去打聽他的事。為什麼？她怎麼會認為史崔克是自己把腿砍斷的？難道是看報紙從而產生了幻想？

*心理疾病？愛作白日夢？*他寫道。

華道已經查過她的網友。史崔克的筆停了下來，想起了凱西的頭顱，擺在冰箱裡，臉頰豐潤，結霜的眼睛瞪著前方。嬰兒肥，他始終就覺得她太年輕，不足二十四歲。說真格的，說她十六歲也太大了。

他放下了鉛筆，左手繼續翻轉手機，腦筋動個不停……

布拉克班克會不會是「真正的」戀童癖，像史崔克在當憲兵時調查另一樁強暴案請教過的心理學家說的？他會是那種對兒童只有邪念的人嗎？抑或他是另一類的暴力性侵犯。專門鎖定年輕女孩因為她們是最容易得手的獵物，也是最容易在脅迫下而噤聲的獵物，但是他並不拘泥於某類的被害人，但凡容易得手的，他就不會放過？換句話說，一個嬰兒肥的十六歲女孩對布拉克班克來說是已經年紀過大，引不起他的邪念，或是他只要逮著機會就會強暴任何一個輕易被制伏的女性？史崔克曾辦過一個十九歲的士兵，他試圖強暴一名六十歲的老婦。有些人的暴力性慾完全是隨機發洩的。

史崔克仍未撥打英格麗給他的那支電話。他的黑眼珠飄向小小的窗子，窗外是一小塊光線微弱的天空。也許他該把布拉克班克的電話交給華道。也許他現在就該打……

但史崔克雖然已滑出了電話簿，卻又重新考慮。每次他把懷疑告訴華道，結果都是什麼？零。華道在他的指揮所裡忙，無疑是在過濾線索，忙著他自己的調查方向，史崔克看得出他提供的線索，華道採信的程度也不過就比別的有直覺卻沒證據的人要多那麼一丁點。事實擺在眼前，以華道擁有的資源，至今查不出布拉克班克、連恩、惠泰科的下落，可見得他並沒有將這些人列入優先清查對象。

不，如果史崔克想要找出布拉克班克，他應該沿用蘿蘋創造的掩護身分：想打贏補償金官司的律師。他們在巴羅編給他姐妹聽的故事很可能到最後是非常有用的東西。史崔克在床上坐直，說真的，現在打電話給蘿蘋，把布拉克班克的電話給她可能是個好主意。他知道她一個人在家，在伊林的公寓裡，馬修回馬森了。他可以打電話，說不定——

喔，不行，你這個呆子。

他和蘿蘋坐在圖騰罕酒館的畫面在他的腦子裡綻放，一通電話很可能會帶出這個畫面。他們兩人都沒事幹，喝杯酒討論案情……

在週六晚上？得了吧。

史崔克突然下床，彷彿床鋪在瞬間變成了針氈。他換好衣服，出門到超市去。

提著鼓起的塑膠袋回丹麥街的路上，他覺得看到了華道派來的便衣警察，埋伏在附近，留意戴小圓帽的彪形大漢出沒。史崔克走過去，塑膠袋晃來晃去，穿著短厚外套的年輕便衣高度警覺，眼睛停留在偵探的身上時間稍嫌過長了點。

愛琳很晚時打電話來，史崔克已經在公寓裡吃過晚餐了。一如既往，週六夜不能見面。他能聽見背景有她女兒在玩耍的聲音。兩人已說好週日一起晚餐，但她打電話來問他是否願意早一點見面。她的先生決定要把克雷倫斯台地街的這戶華宅賣掉，她也開始尋找新居。

「你要不要過來陪我一起去看房子？」她問道。「我約了明天兩點。」

他知道，或是自以為知道，這份邀約並非出於她迫切期望將來有一天兩人能同居，他們才約會了三個月，而是因為她是個只要有可能就會選擇有人作陪的女人。她那種獨立自主的淡定態度其實是假象。若不是她寧可跟著哥哥參加宴會，跟一群不認識的同事朋友打發時光，也不要獨處幾個小時，他們兩個就不可能會認識。當然，這樣並沒有什麼不好，愛交際也沒有什麼錯，只是史崔克用一年的時間把生活安排成最適合自己的模式，而老習慣是很難改的。

「不行，」他說，「抱歉，我要工作到三點。」

謊話說得很溜，她也有風度地接受了。兩人說好依照之前的約定週日晚上到一家小酒館碰面，也就是說他能夠安安靜靜地看兵工廠和利物普對戰。

掛上電話後，他又想到蘿蘋，獨自一人在她和馬修同居的公寓中。伸手拿香菸，他打開電視，在黑暗中靠著枕頭。

蘿蘋度過一個奇異的週末。決心不要因為自己是獨自一人而史崔克卻去和愛琳逍遙快活（這想法是打哪裡冒出來的？他當然不在家，今天畢竟是週末，再說他想怎麼過也與她無關）就悶悶不樂，她花了幾小時上網，孜孜不倦地追查一條舊線索，一條新線索。

週六深夜，她在網路上有所發現，興奮得在小小的起居室中繞了三圈，險些就要打電話給史崔克了。她的心跳加快，呼吸急促，花了幾分鐘才平靜下來，告訴自己這消息可以等到星期一。當面告訴他會更令人滿意。

蘿蘋的母親知道女兒是一個人，週末打了兩通電話，兩次都逼女兒定出一個她可以來倫敦的日期。

「不知道耶，媽，現在不行啦。」蘿蘋嘆著氣說，這天是週日早晨，她穿著睡衣坐在沙發上，筆電打開，想跟BIID的一員網路對話，這個社群自稱《Δēvōtēē》。她會接母親的電話純粹是因為她怕置之不理反而會讓她母親不請自來。

《Δēvōtēē》：你想要切斷哪裡？

全心希望：大腿中段。

《Δēvōtēē》：兩條腿嗎？

「明天好不好？」琳達問道。

「不行。」蘿蘋立刻就說。她也和史崔克一樣，說謊不打草稿。「我有工作，下個星期比較好。」

全心希望：對，兩條腿。你知道該找誰嗎？

《Δēvōtēē》：不能在留言板上說。你住哪裡？

「我還沒看到他。」琳達說。「蘿蘋，妳在打字嗎？」

「沒有，」蘿蘋又說謊，手指頭懸在鍵盤上。「妳還沒看到誰？」

「當然是馬修啊！」

「喔，對，我不覺得他這個週末會去打招呼。」

她儘量悄悄打字。

全心希望：倫敦。

《Δēvōtēē》：我也是。有照片嗎？

「妳要去康利夫先生的生日派對嗎？」她問道，是想把鍵盤的聲音蓋住。

「當然不去啊！」琳達說。「好吧，讓我知道下星期的哪天合適，我就訂車票。復活節到了，車票很難訂。」

蘿蘋同意了，回應了琳達充滿母愛的道別，把注意力集中在《Δēvōtėė》上。可惜，蘿蘋拒絕給他或她（她有九成的把握是個男的）照片，《Δēvōtėė》就不再有興趣在留言板上跟她交談了。

她本以為馬修會在週日傍晚回來，卻沒等到人。八點她查看廚房的月曆，這才想到他總會星期一請假。當初計畫行程時，她可能也同意了這樣的安排，還跟馬修說會跟史崔克請一天假。幸好他們分手了，真的，她振奮地想：她躲過了又一次為她的工作時間吵架。

不過，稍後她哭了，獨自在臥室中面對許許多多兩人共有的過去：兩人的第一個情人節他送的填充大象——那時他還沒有那麼殷勤；她還記得他把大象拿出來時滿臉通紅，以及她二十一歲生日送她的珠寶盒。還有那麼多的照片，兩人在希臘和西班牙度假，笑得好幸福，還有盛裝打扮參加他姐姐的婚禮。最大一張照片裡兩人手挽著手，參加馬修的畢業典禮。他穿著學士袍，蘿蘋一身夏裝立在他旁邊，笑容可掬，慶祝別人的成就，而她自己卻因為一個戴猩猩面具的男人而失去了這個機會。

31

Nighttime flowers, evening roses,
Bless this garden that never closes.
Blue Oyster Cult, 'Tenderloin'

夜來香，晚薔薇，
祝福這座永不關閉的花園。
——藍牡蠣〈萬惡城〉

翌日蘿蘋的心情大好，因為一出門就有燦爛的春天早晨迎接她。她搭地鐵到圖騰罕園路，沒忘記留意四周，卻沒看見那個戴小圓帽的大漢。早晨通勤時躍入眼簾的是報上對皇室婚禮越來越亢奮的報導。通勤族手上拿的報紙幾乎每一家的頭版都是凱特．密道頓，這讓蘿蘋對她的第三根手指頭格外敏感，一年來這根手指頭上還戴著戒指。不過，蘿蘋對自己單槍匹馬的調查結果極為興奮，不肯為了這件事而心情沮喪。

她剛走出圖騰罕園路車站就聽見有男人喊她的名字。霎時間，她很怕是馬修埋伏在這裡，結果出現的是史崔克，他在人群中殺出一條路來，肩上斜揹著背包。蘿蘋推測他是在愛琳家過夜。

「早，週末過得好嗎？」他問。沒等她回答就又說：「不，抱歉，當然不好。」

「也沒有全部不好。」蘿蘋說，兩人繞過習慣了的路障和馬路上的坑洞。

「妳查到了什麼？」史崔克在斷斷續續的鑽地聲中大聲問道。

「你說什麼？」蘿蘋大喊。

「妳、查、到、了、什、麼？」

「你怎麼知道我查到了什麼？」

「妳的表情，」他說。「妳的表情說妳恨不得快點告訴我。」

她咧嘴而笑。

「我需要用電腦告訴你。」

兩人轉彎進入丹麥街。一個一身黑的男人站在偵探社門口，拿著一大束紅玫瑰。

「喔，拜託。」蘿蘋低聲說。

瞬間湧上的恐懼消退：她的腦子暫時塗抹掉一大把的花，只看見一身黑的男人，但當然不是那個送斷腿的。接近後她發現這一個留著長髮，是「花際」的外送員，沒戴安全帽。史崔克猜在這小子的外送經驗裡，只怕沒見過對五十幾朵紅玫瑰這麼提不起勁的女性了。

「是他爸爸出的主意。」蘿蘋恨恨地說。史崔克幫她把著門讓她擠過去，而她對抖動的鮮花一點也不珍惜。「『女人都愛玫瑰。』他一定是這麼說的。輕鬆搞定，只需要一把可惡的鮮花。」

史崔克跟著她步上金屬梯，覺得好笑卻小心翼翼憋住。他打開偵探社的鎖，蘿蘋走向她的辦公桌，把花束隨隨便便丟在桌上，玫瑰在綁著緞帶的塑膠套中抖動著泛綠的水珠。花束還附了張卡片，她不想在史崔克面前拆開。

「怎麼樣？」史崔克問道，一面把背包掛在門邊釘子上。「妳查到了什麼？」

蘿蘋還沒開口就有人敲門，從毛玻璃上輕易就能辨認出是華道：波浪似的頭髮，皮夾克。

「我在附近，不會太早吧？樓下的傢伙讓我上來的。」

華道的目光立刻就落在蘿蘋辦公桌上的玫瑰。

「生日啊？」

「不是，」她簡短地說。「兩位要咖啡嗎？」

「我來煮，」史崔克說，過去水壺那邊，但仍朝蘿蘋說話。「華道有東西要讓我們看。」

蘿蘋好像氣球一樣洩了氣，難道這個警察會搶先她一步？她為什麼不週六晚上就打電話給史崔克，在她發現之後？

華道在那張假皮沙發上坐下，只要有分量足夠的人坐下來，沙發總會發出放屁聲，華道顯然是嚇了一跳，小心翼翼地調整位置，打開了檔案夾。

「原來凱西到一個專門想要切掉四肢的網站貼文。」華道跟蘿蘋說。

蘿蘋坐在她的辦公桌後。玫瑰阻擋了她的視線，於是她不耐煩地拿起來，放在腳邊。

「她提到了史崔克，」華道接著說。「問有沒有人知道他的事。」

「她是不是使用『求助無門』這個名字？」蘿蘋問道，語氣盡量不露端倪。華道訝然抬頭，史崔克轉過來，咖啡匙停在半空中。

「是啊，」他說，瞪大眼睛。「妳又是怎麼知道的？」

「我上個週末發現了那個留言板，」蘿蘋說。「我認為『求助無門』很可能就是寫信來的女孩。」

「媽媽咪喲，」華道說，看看蘿蘋又看看史崔克。「我們應該網羅她進警察局的。」

「她在這裡已經有工作了，」史崔克說。「說下去，凱西貼文……」

「呃，對，她最後跟這兩個交換了電郵。不算什麼很管用的資料，可是我們正在查他們有沒有實際見面——就，在現實生活裡。」華道說。

真奇怪，史崔克心裡想，小時候是這個說法來區別遊戲的幻想世界以及成人的實際世界的，怎麼現在用來表示一個人在網路之外的生活了。他把咖啡拿給華道和蘿蘋，接著走入裡間的辦公室，去搬把椅子，而不肯屈就那張放屁沙發。

等他回來後，華道正拿臉書上印下來的東西給蘿蘋看。她仔細審視兩張列印的相片，再交給史崔克。一個是年輕女人，身材厚實，圓臉，膚色白，黑色短髮，戴眼鏡。另一個是男人，髮色淺，二十來歲，斜眼。

「女的部落格說什麼『自發截肢』，誰知道是什麼鬼玩意，男的在每個留言板上找人幫他截肢。我看哪，兩個都有毛病。有沒有認得的？」

史崔克搖頭，蘿蘋也是。華道嘆口氣，把相片收回去。

「大海撈針啊。」

「她不是還跟別人打聽嗎？學校裡有沒有男同學或老師？」史崔克問道，想著他在週六想到的問題。

「喔，凱西的姐姐說她聲稱有個神秘男友，可是她妹妹不肯讓他們見面。海柔不相信真的有這個人。我們跟凱西的幾個同學談過，沒有人見過這個男朋友，不過我們還在查這條線索。

「說到海柔，」華道說，拿起咖啡，喝了幾口才接著說，「我跟她說我會幫忙帶話。她想跟你見面。」

「我？」史崔克說，很是意外。「為什麼？」

「不知道，」華道說。「我覺得她是想向每個人澄清，她真的很擔心。」

「澄清什麼？」

「她非常愧疚，因為她沒認真看待截肢的事，認為凱西只是想引起注意，她覺得凱西就是因為如此才會去找別人幫忙的。」

「她知道我沒有回信吧？我沒有跟她接觸過吧？」

「知道，知道，我跟她解釋過了。她還是想要跟你見面。誰知道呢？」華道微微不耐煩地說，「她妹妹的腿送到你這裡來，你也知道處於震驚狀態下的人是什麼樣子。再說了，主角是你啊，是不是？」華道說，略有些酸溜溜的。「她八成覺得警察只會出紕漏，得靠你這位『猛人』才能破案呢。」

蘿蘋和史崔克都避免視線交會，華道又不情願地說：

「我們處理海柔的時候也太粗糙了點。我們的人訊問她的伴侶，態度不夠和善，讓她起了反感。她大概是要你也在調查員的名單上，你這位大偵探可是在千鈞一髮之刻拯救過一條無辜的生命呢。」

史崔克決定不理會他的話中帶刺。

「我們不得不詢問跟她同居的傢伙，」華道為蘿蘋解釋。「這是規定。」

「對，」蘿蘋說。「當然。」

「除了她姐姐的伴侶跟這個聲稱的男朋友之外，沒有別的男人了嗎？」史崔克問道。

「她在看一個男性諮商師，一個瘦巴巴的黑人，五十來歲，她死的那個週末諮商師到布利斯托去看望家人，還有一個教會的青年團領袖叫戴洛的，」華道說，「胖胖的，穿粗布工作服。偵訊他的時候，他哭個不停。星期天他在教會，除此之外就沒有別的不在場證明，可是我也沒辦法想像他揮刀亂砍。我們知道的就這麼多了。她的同學好像都是女孩子。」

「教會的青年團契裡沒有男生嗎？」

「也差不多全是女生，最大的男生才十四歲。」

「如果我去跟海柔見面，警方的態度是如何？」史崔克問道。

「我們攔不住你。」華道說，聳了聳肩。「我是贊成的，我知道你查出了什麼會讓我們知道，可是我真的很懷疑還有什麼可查的。我們問了每一個人，搜查過凱西的房間，帶走了她的筆電，我個人敢說我們約談過的人什麼也不知道，他們都以為她是因為分級測試才離家的。」

華道謝過史崔克的咖啡，對蘿蘋格外熱情地微笑（蘿蘋幾乎是冷臉以對），他就離開了。

「一句話也沒提布拉克班克、連恩，或惠泰科。」史崔克嘀咕，聽著華道的腳步聲漸行漸遠。

「而且妳也沒跟我說妳在網路上四處打探。」他的後一句話是對著蘿蘋說的。

「我沒法證明她就是寫信的女生，」蘿蘋說，「但我確實是認為凱西可能會上網求助。」

史崔克把自己撐起來，拿走了她辦公桌上的馬克杯，朝門口走，卻聽見蘿蘋忿忿地說：

「你難道不好奇我要跟你說什麼嗎？」

他轉身，一臉詫異。

「不就是這件事？」

「不是！」

「那說啊。」

「我想我找到達諾．連恩了。」

史崔克一聲不吭，卻一臉茫然，兩手各拿著一個馬克杯。

「妳……什麼？怎麼找到的？」

蘿蘋打開電腦，示意史崔克過來，開始敲鍵盤。他繞到她的肩後。

「首先，」她說，「我得先把『牛皮癬關節炎』拼對，然後……看。」

她叫出了「付出」慈善基金會的網頁，頂端有張小照片裡有個男人嗔目而視。

「媽的，就是他！」史崔克大聲說，嚇了蘿蘋一大跳。他把馬克杯放下，把椅子拖過來看著螢幕，卻把蘿蘋的玫瑰花給撞倒了。

「喔……抱歉……」

「沒關係。」蘿蘋說。「坐這裡，我來把花清走。」

她挪出位置，讓史崔克坐在她的椅子上。

照片很小，史崔克把它放大。連恩立在看似陽台的地方，欄杆是帶綠色的厚玻璃，很侷促，右腋窩下架著一枝枴杖。如鬃毛的短髮仍覆著額頭，但色調似乎變暗了，不再像紅狐的皮毛。臉頰刮得很乾淨，卻像是一張麻子臉。和蘿蓮的那張照片相比，他的臉沒那麼腫，但比起當年在拳擊場上他的肌肉如阿特拉斯大理石雕，現在的他體重增加了。他穿著黃T恤，右前臂仍是那朵玫瑰刺青，但是多了一點修飾，一把匕首刺穿了玫瑰，血滴從玫瑰一直滴到手腕。連恩站的陽台背後窗戶是銀黑色的不規則圖案。

他使用了真名：

達諾．連恩慈善勸募

我是英國退伍老兵，罹患了牛皮癬關節炎，我在為關節炎研究募款。請大家有錢出錢，有力出力。

網頁是三個月前設立的。他希望能募到一千鎊，目前的成績是零。

「一點也不花言巧語，」史崔克說。「直接就說把錢給我。」

「不是把錢給我，」蘿蘋的聲音從底下傳來，她正用廚房紙巾擦拭玫瑰花束流出來的水。「他要把錢捐作慈善用途。」

「聽他在講。」

史崔克瞇眼看著連恩背後的不規則圖案。

「他背後的窗戶，有沒有讓妳想起什麼?」

「我起初想到了小黃瓜。」蘿蘋說，把濕透的紙巾丟進垃圾桶，站了起來。「可是圖案不同。」

「完全沒提他住在哪裡。」史崔克說，網頁的每個地方都不放過，想知道是否能找出進一步的資訊。「『付出』一定有他的詳細資料。」

「你好像不覺得惡人也會生病。」蘿蘋說。

她看看手錶。

「十五分鐘以後我得去盯白金，我得準備出門了。」

「對，」史崔克說，仍盯著連恩的照片。「保持聯絡……喔，對了，我需要妳做一件事。」

他把手機從口袋裡掏出來。

「布拉克班克。」

「原來你還是認為可能是他？」蘿蘋說，大衣正穿到一半。

「也許，我要妳打電話給他，假裝是維妮西雅．霍爾，沿用個人傷害律師的那個故事。」

「喔，好。」她說，掏出自己的手機，輸入了他給的號碼。其實在公事公辦的態度之下，她卻靜悄悄地興奮了起來。維妮西雅是她的點子、她的創造，而現在史崔克將整個調查的方向都交給了她。

她在陽光中走在丹麥街路上，走了一半才想到變得殘落的玫瑰花還附了一張卡片，她忘了拆開來看。

32

What's that in the corner?
It's too dark to see.
Blue Oyster Cult, 'After Dark'

角落有什麼？
太暗了看不見。
——藍牡蠣〈天黑後〉

整天被呼嘯的車輛以及吵嚷的人聲包圍，蘿蘋一直沒有機會打電話給布拉克班克。等到下午五點，看著白金照常去上班，她躲進豔舞俱樂部旁的日式餐廳裡，端著綠茶到一個安靜的角落，坐下來等了五分鐘，滿意地覺得布拉克班克可能會聽見的背景聲音極像是坐落在主街道上的忙碌辦公室，這才撥號，心中突突亂跳。

這個電話不是空號。蘿蘋聽著電話鈴響了二十秒鐘，正覺得不會有人接了，忽然就接通了。線路彼端響起非常沉重的喘息聲。蘿蘋坐得筆直，手機緊貼著耳朵。接著響起了一個尖銳的小娃聲音，嚇了她一跳。

「哈囉！」

「喂？」蘿蘋謹慎地說。

後面有模糊的女聲說：「你拿了什麼，扎哈拉？」

刮擦聲，接著音量更大：「那是諾亞的，他一直在找……」

線路中斷了。蘿蘋緩緩放下手機，心臟仍怦怦亂跳。她幾乎能看見一根黏答答的小指頭意外地切斷了電話。

手機在她的手上震動：布拉克班克的號碼，回撥過來。她吸口氣，鎮定下來，接了起來。

「喂，維妮西雅．霍爾。」

「誰？」女人的聲音。

「維妮西雅．霍爾——哈德克與霍爾律師事務所。」蘿蘋說。

「什麼？」女人又說。「剛才是妳打的嗎？」

她有倫敦腔，蘿蘋的嘴巴很乾。

「是的，」蘿蘋以維妮西雅的口吻說。「我要找諾亞．布拉克班克先生。」

「為什麼？」

停頓了幾乎無法察覺的一下之後，蘿蘋說：「能請問您是哪位嗎？」

「幹嘛？」女人的口氣越來越不善。「妳是誰？」

「我叫維妮西雅．霍爾，」蘿蘋說，「我是律師，專攻個人傷害賠償。」

一對情人坐在她面前，大聲以義大利語說話。

「嗄？」線路彼端的女人又說。

蘿蘋在心中暗罵這對討厭的情侶，拉高聲音把在巴羅佛內斯哄騙荷莉的故事又說了一遍。

「要給他錢？」不知名的女人說，敵意稍降。

「對，如果官司贏了。」蘿蘋說。「我能請教……？」

「妳是怎麼知道他這個人的？」

「我們在研究案子時看見了布拉克班克先生的紀錄——」

「有多少錢？」

「看情況，」蘿蘋做個深呼吸。「布拉克班克先生在嗎？」

「在上班。」

「請問是在哪裡……？」

「我會叫他打給妳，這個號碼對吧？」

「對，麻煩妳了，」蘿蘋說。「我明天從九點開始都會在辦公室裡。」

「維、維……妳叫什麼名字？」

蘿蘋把名字拼給她。

「喔，好，我會叫他打電話，拜拜。」

蘿蘋走向地鐵時打給史崔克，想向他報告情況，但他的電話通話中。

她坐上地鐵，心情變差。馬修現在應該在家了。她跟前未婚夫好像很久沒見了，她怕極了跟他重逢。搭車途中，她的心情變得更差，恨不得自己能有個不回家的好理由，可是她又得極不情願地信守對史崔克的承諾，天黑之後不在外逗留。

四十分鐘後抵達西伊林車站，她懷著一顆畏懼的心走向公寓，第二次打電話給史崔克，接通了。

「幹得好！」他說，聽見了她聯絡上了布拉克班克的電話。「妳說這個女人有倫敦腔？」

「我覺得是，」蘿蘋說，感覺史崔克錯過了更重要的一點，「聽起來還有個小女兒。」

「好，八成就是布拉克班克會挑上她的原因。」

蘿蘋本以為史崔克會對於這個兒童性侵犯的身邊有個小孩而表示更多關切，誰知他立刻乾脆地改變了話題。

「我剛剛打電話給海柔．傅里。」

「誰？」

「凱西的姐姐啊，忘了啊？還有誰想見我？我跟她約了星期六見面。」

「喔。」蘿蘋說。

「之前都沒空……瘋老爸從芝加哥回來了，時機正好，兩次不可能一輩子需要我們。」

蘿蘋沒回應，她仍在想著那個接了電話的小女娃。史崔克對這個消息的反應令她失望。

「妳沒事吧？」史崔克問道。

「嗯。」蘿蘋說。

她快走到哈斯廷斯路街尾了。

「那就明天見了。」她說。

他同意了，掛上了電話。跟史崔克通話後心情竟然更差，她有些惴惴不安地走向公寓大門。

她的擔心是多餘的。從馬森回來的馬修不再是那個每隔一小時就懇求蘿蘋跟他說話的人了。他睡在沙發上。三天來他們小心翼翼地迴避彼此，蘿蘋的態度冷淡有禮，而他則是浮誇的專情，偶爾會變成拙劣的作戲。只要她喝完了飲料，他就急急忙忙去洗杯子，週四早晨還鄭重其事地問她工作是否順利。

「喔，拜託。」蘿蘋大步走過他面前，出門而去，只撂下這一句話。

她猜想是他的家人教他要退一步，給她時間。他們仍未討論要如何通知大家婚禮取消了，馬修顯然是絕對不希望討論這種事。日子一天天過去，蘿蘋也不再挑起這個話題了。有時她會自問這種怯懦是否透露了內心真正的渴望：她想把戒指戴回去。有時，她很肯定她的不情願源自於身心俱疲，寧可不去面對最惡劣、最痛苦的爭執，況且，她也需要在最後的決裂來臨之前整合她的火力。雖然沒有慫恿她母親來訪，蘿蘋卻潛意識中希望能從琳達身上汲取足夠的力量與安慰，來做勢必要做的事。

她辦公桌上的玫瑰緩緩凋謝。沒有人想到要給玫瑰換水，所以花朵就在原先的包裝袋中靜靜枯死，但蘿蘋不在偵探社裡，而史崔克偶爾才回來拿東西，覺得無論是花束或未拆的卡片都不該由他越俎代庖。

上個星期接觸頻繁，現在蘿蘋與史崔克又恢復了一種工作型態，也就是兩人極少碰面，輪流去跟監白金和瘋老爸，他一從美國回來立刻就又開始跟蹤他的兩個兒子。週四下午兩人以電話討論蘿蘋是否該再打給諾亞．布拉克班克，因為他至今未回電。經過考慮，史崔克告訴她維妮西雅．霍爾是位忙碌的律師，還有別的案子要辦。

「如果明天他還沒聯絡妳，妳就再打一次，他已經拖了整整一個星期了，當然有可能是他的女朋友把電話搞丟了。」

史崔克掛上電話後，蘿蘋繼續在肯辛頓的艾吉街上遊蕩，因為瘋老爸的家人住在這裡。這個地點絲毫不能提振蘿蘋的精神。她已經上網找房子，可是憑史崔克給的薪水，她能住得起的房子比她的想像還要差勁，她最多只能指望租一個房間。

這條街上的美麗維多利亞式房屋，一樓是車庫，有光亮的玻璃大門，茂密的爬藤植物，窗台上有花盆箱，明亮的上下式拉動窗，處處都在訴說著舒適優渥的生活，在以前蘿蘋似乎準備迎向一個更為賺錢的生涯時，是馬修冀望的住宅。她一直跟他說她在乎的不是金錢，至少不像他那麼計較，她說的是實話，但除非是怪人才不會在這些漂亮安靜的住宅中流連而不去比較那些她的薪水租得起的「小房間，嚴禁葷食，可忍受手機但只限於在房間使用」，或是在哈克尼像櫥櫃大小的房間「住戶友善尊重，歡迎登機！」

她的手機又響了。她把手機從大衣口袋裡拉出來，以為是史崔克，一看號碼心裡就打了個突：布拉克班克。她深吸一口氣，接了起來。

「維妮西雅．霍爾。」

「妳是那個律師？」

她不知道預期的是什麼樣的聲音。在她的心目中，他是個妖魔型的人，性侵兒童的禽獸，握著破酒瓶的長下巴暴徒，也是史崔克深信假裝失憶的老狐狸。他的聲音低沉，而他的口音，儘管絲毫不像他雙胞胎姐妹的那麼重，卻仍一聽就知是巴羅佛內斯人。

「是的，」蘿蘋說。「你是布拉克班克先生？」

「欸，沒錯。」

他的沉默帶著脅迫感。蘿蘋急忙把她編的那套可以拿到賠償金的故事說出來，說完之後，他一言不發。蘿蘋屏氣凝神，因為維妮西雅．霍爾極具自信，不會忙著填補空白，但嘶嘶響的線路卻害她很緊張。

「妳是從那兒找到我們的？」

「我們發現了你的檔案，在我們調查……」

「調查什麼？」

她為什麼會感覺這麼強的壓迫感？他不可能就在附近，可是她仍然四下打量。陽光普照的優雅街道上空無一人。

「調查別的軍人是否有類似的非戰鬥傷害情況。」她說，希望調門沒有拉得這麼高。

更長的沉默。有輛汽車朝她過來，轉過了街角。

可惡，蘿蘋焦慮地想，發覺了駕駛人就是她應該要偷偷監視的疑心病父親。她轉臉看著汽車，讓他結結實實地看見了她。她低頭，緩步遠離學校。

「那我需要做什麼啊？」諾亞．布拉克班克的聲音在她的耳朵裡響。

「我們能見個面，談談你的過去嗎？」蘿蘋問道，胸膛真的痛起來了，因為心臟怦怦亂跳。

「妳不是看過我們的過去了？」他說，蘿蘋頸背上的寒毛倒豎。「是一個叫柯莫藍．史崔克的混蛋把我們的腦袋打壞的。」

「是的，我在你的檔案裡看到了，」蘿蘋說，喘不過氣來，「可是我們必須做筆錄，才能夠……」

「做筆錄？」

一陣停頓，令人沒來由地惴慄。

「妳不是老散吧？」

蘿蘋．艾拉寇特這個北方人聽得懂，但維妮西雅．霍爾是倫敦人，理所當然是不該懂的。「老散」是昆布利亞人對警察的俗稱。

「不是什麼……再說一遍？」她說，盡全力裝出迷惑卻有禮的聲音。

瘋老爸在他分居的妻子房屋前停車。他的兒子們隨時都會跟保姆一起出門去玩，只要他跟他們搭話，蘿蘋就需要拍照存證。這宗收錢的案子她沒有克盡全責，她應該要拍攝瘋老爸的一舉一動的。

「警察。」布拉克班克挑釁地說。

「警察？」她說，仍努力裝出一半不可思議一面荒唐可笑的口吻。「當然不是。」

「妳確定？」

瘋老爸太太家的大門開了。蘿蘋看見了保姆的紅髮，聽見車門打開。她硬是裝出了受辱與困惑的語氣。

「我當然確定。布拉克班克先生，如果你不感興趣——」

她握手機的手微濕。接著，出乎她的意料之外，他說：

「好吧，我們見個面。」

「好極了。」蘿蘋說，這時保姆帶著兩個小男孩走上了人行道。「你在哪裡？」

「秀爾迪契。」布拉克班克說。

蘿蘋覺得每根神經都在輕顫，他在倫敦。

「那麼，在哪裡見面比較方……？」

「那是什麼聲音？」

保姆對著瘋老爸尖叫，他正朝她和兩個男孩逼近，一個孩子哭了起來。

「喔，其實——今天輪到我來接兒子放學。」蘿蘋大聲說話，蓋過尖叫與吶喊。

線路彼端又陷入沉默。公事公辦的維妮西雅．霍爾必定會打破沉默，但蘿蘋發現自己無法動彈，她盡力說服自己這股恐懼毫無理性。

接著他以出乎蘿蘋想像的威嚇聲音說話，他貼著話筒，半似哄孩子一樣低哼，宛如對著她的耳朵吐氣，使得威脅的意味更濃。

「俺認識妳嗎，小姑娘？」

蘿蘋開口卻發不出聲音，線路掛斷了。

33

Then the door was open and the wind appeared . . .
Blue Oyster Cult, '(Don't Fear) The Reaper'

後來門開了，風吹來……
——藍牡蠣〈（別怕）死神〉

「布拉克班克的事我搞砸了，」蘿蘋說。「真的很對不起——可是我不知道是怎麼搞砸的！而且我不敢拍瘋老爸的照片，因為我太靠近了。」

這時是週五早晨九點，史崔克剛進門，不是從樓上的公寓，而是從街上，服裝整齊，又拎著背包。他上樓時，蘿蘋還聽見他哼歌。他到愛琳家過夜了。蘿蘋昨晚打電話找他，想告訴他布拉克班克的事，但史崔克沒辦法講太久，答應她等今天再詳談。

「甭管瘋老爸了，改天再處理他。」史崔克說，忙著裝水壺。「而且布拉克班克的事妳辦得很好。我們知道他在秀爾迪契，我們知道他沒忘了我，我們還知道他懷疑妳可能是警察。是因為他一直在國內各處玩弄兒童呢，還是因為他最近才把一個少女砍死？」

自從布拉克班克把他的最後一句話送入她的耳中，蘿蘋就微微覺得驚怖。昨晚她和馬修幾乎沒說話，莫名而來的脆弱感沒有發洩的管道，她完全仰賴今天面對面看著史崔克，跟他談論那句話的含意：俺認識妳嗎，小姑娘？今天她會很歡迎那個嚴肅謹慎的史崔克，那個把斷腿視為威脅，警告她天黑後不得逗留在外的老闆。但眼下這個人卻一派輕鬆地在煮咖啡，以實際的口吻談著性侵兒童以及謀殺，一點也無法給她慰藉。他可能壓根就不懂布拉克班克用的是什麼聲音，對著她的耳朵低哼輕唱。

「我們還知道一件布拉克班克的事，」她以緊繃的聲音說。「他跟一個小女孩同住。」

「他也可能沒跟她同住，我們不知道他的電話是掉在哪裡。」

「好吧。」蘿蘋說，覺得更像繃緊的弓。「既然你想要咬文嚼字，那我們知道他跟一個小女孩有近距離接觸。」

她轉過身，假裝處理她進辦公室時從門墊上撿起的郵件。老實說，她氣的是他哼著歌上來。很可能是和愛琳共度春宵讓他能暫時忘懷工作，提供了娛樂及休息。蘿蘋也很樂意能偷閒一下，不要整日提高警覺又整晚保持冷淡的沉默。她雖然知道自己是無理取鬧，卻絲毫無助於減輕她的忿恨。她一把抄起乾枯的玫瑰，連同乾燥的塑膠袋一起塞進了垃圾桶裡。

「我們對那個孩子愛莫能助。」史崔克說。

蘿蘋猛地怒火攻心，正對了她的心意。「那我就不用擔心她了。」她厲聲反嗆。

她同時忙著把支票從信封中抽出來，卻意外地把支票撕成了兩半。

「妳以為只有她這個孩子有被性侵的危險？此時此刻光倫敦城裡同樣的孩子就有上百個。」

蘿蘋原以為看見她發這麼大的火史崔克會軟化，結果她轉頭一看，卻發現史崔克盯著她看，微微瞇眼，一點同情的意思都沒有。

「妳愛怎麼擔心就怎麼擔心，反正是浪費時間。妳跟我都幫不了那個孩子。布拉克班克不在性侵犯清單上，他沒被定過罪。我們甚至不知道孩子在哪裡或是什麼……」

「她叫扎哈拉。」蘿蘋說。

令她驚恐的是，她的喉嚨像被扼住，聲音像蚊子叫似的；她面紅耳赤，眼眶也紅了。她又別開臉，但動作不夠快。

「嘿。」史崔克溫柔地說，但蘿蘋情急地亂揮手，阻止他說話。她絕不要崩潰；讓她能夠勇敢撐下去的動力就是她繼續向前、持續做這份工作的能力。

「我沒事，」她咬著牙說。「沒事，別放在心上。」

她不能現在承認布拉克班克的最後一句話有多麼令她不寒而慄。他叫她小姑娘，她不孱弱也不像個小孩子……不再是了……可是扎哈拉，無論她是誰……她不是小姑娘，她聽見史崔克走到平台，一分鐘後，一大疊衛生紙出現在她淚濛濛的眼前。

「謝謝。」她說，聲音濃濁，接下衛生紙擤鼻涕。

沉默的幾分鐘過去，蘿蘋不時擦淚擤鼻，不去看史崔克，而他一反常態，不朝自己的辦公室走，反而一直留在她這裡。

「怎樣啦？」最後蘿蘋說，火氣又冒了上來，因為他就站在那裡看她。

他苦笑了一下。蘿蘋儘管很氣他，也忽然很想要大笑。

「你打算在這裡杵一個上午嗎？」她問道，盡量把語氣弄得很乖戾。

「不是，」史崔克說，仍咧著嘴笑，「我只是想讓妳看個東西。」

他在背包裡翻找，抽出一本房地產小冊。

「愛琳的，」他說。「她昨天去看房子，她想在那邊買公寓。」

所有想笑的欲望都消散了。史崔克的腦袋瓜到底是裝什麼，怎麼會以為他的女朋友要買一間超級豪華公寓會讓蘿蘋的心情變好？難道說他是要宣佈（蘿蘋脆弱的心情開始坍塌了）他要跟愛琳同居了？她的眼前就如同影片疾速掠過：樓上公寓空了，史崔克生活富裕，而她自己則窩在倫敦邊緣的一間小盒子似的房間裡，對著手機小聲說話以免吃素的房東聽見。

史崔克將小冊放在她面前。銅版紙封面上是一幢現代大廈，頂端是一張怪異的盾牌似的臉，臉上有三座風力發電機，有如三隻眼睛。上頭的文案是「高階大廈，倫敦最怡人的住宅」。

「看到了吧？」史崔克說。

他得意洋洋的態度讓蘿蘋氣得七竅生煙，而且她氣的不只是對於可能購買豪宅一事自吹自擂實在不像他的作風，但她還沒能反應，他後面的玻璃門就響起了敲門聲。

「我的媽唷。」史崔克打開門看見是香客，真的非常驚訝。香客走進來，彈著手指，也帶進來一身菸味、大麻味與體臭。

「我正好在附近。」香客說，不知不覺間說出和艾瑞克・華道同樣的話。「我幫你找到他了，本生。」

香客一屁股坐在假皮沙發上，兩腿伸得很長，拿出了一包梅菲爾菸。

「你找到惠泰科了？」史崔克問道，心頭滿是驚異，香客居然一大清早是清醒的。

「不然你還有叫我找別人嗎？」香客說，深吸了一口菸，顯然很滿意他製造的效果。「卡特福百老匯，薯條店上面的公寓，有個妓女跟他一起住。」

史崔克伸出手和香客握手。雖然他們的訪客裝了金牙，上唇也因疤痕而扭曲，但他笑起來卻是出奇的孩子氣。

「要咖啡嗎？」史崔克問他。

「好啊。」香客說，似乎就此拋下了勝利的光環。「好嗎？」他快活地對蘿蘋說。

「很好，謝謝。」她勉強含笑回答，又回頭去處理郵件。

「妳說巧不巧。」史崔克趁水滾哨音大作時悄悄跟蘿蘋說話。香客邊抽菸邊用手機傳簡訊，渾然不覺。「三個全在倫敦。惠泰科在卡特福，布拉克班克在秀爾迪契，現在我們也知道連恩在大象與城堡[10]——至少三個月前在。」

她同意他的說法，又愣了愣。

10. 倫敦市中心的一區。

「我們怎麼知道連恩是在大象與城堡？」

史崔克敲了敲在她辦公桌上的高階大廈小冊。

「不然我幹嘛要拿給妳看？」

蘿蘋完全聽不懂，只是木然看著小冊，幾秒鐘後才恍然大悟。圓柱從上到下黯淡的窗戶不規則排列，間或有一片片的銀板：這就是連恩站在水泥陽台上的背景。

「喔。」她有氣沒力地說。

史崔克不是要搬去和愛琳同居。她不知道幹麼又臉紅，她的情緒似乎完全不受她控制。她究竟是哪根筋不對了？她再次轉動椅子，專心整理郵件，不讓兩個男人看見她的臉。

「我不知道夠不夠現金給你，香客。」史崔克說，翻找著皮夾。「我陪你去找提款機。」

「沒問題，本生。」香客說，探身把菸灰撣到蘿蘋的垃圾桶裡。「要人幫忙搞定惠泰科的話，你知道我在哪裡。」

「謝了，不過我一個人應該能搞定。」

蘿蘋伸手拿最後一只信封，感覺硬硬的，而且某一角偏厚，彷彿是有張卡片上附著什麼小玩意。蘿蘋在拆開時注意到收信人是她，不是史崔克。她停手不動，看著信封，躊躇了起來。她的姓名以及偵探社的地址是打字的，郵戳是倫敦中區，而且信是昨天寄出的。

史崔克與香客的聲音起起落落，但她聽不出他們在談什麼。

沒事，她告訴自己。妳是太緊張了，不可能有第二次。

她用力吞嚥，拆開了信封，小心翼翼地抽出了卡片。

卡片上的圖案是傑克．維崔阿諾（Jack Vettriano）[11]的畫，一名金髮女郎的側坐在椅子上，椅子披著防塵套。女郎拿著茶杯，穿黑長襪、細跟高跟鞋，一雙長腿交叉，架在腳凳上。卡片正面並沒有用迴紋針附上什麼東西，她隔著信封摸到的東西以膠帶黏在裡面。

史崔克和香客仍在說話。她的鼻腔雖然淨是香客散發的菸味，卻也嗅到一絲腐壞的氣味。

「天啊。」蘿蘋小小聲說，但兩個男人都沒聽見。她打開了卡片。

卡片一角以膠帶黏著一根腐壞的腳趾，紙上還以大寫字母工整地寫著：

她美得像隻腳（SHE'S AS BEAUTIFUL AS A FOOT.）

她把卡片丟在辦公桌上，站了起來。她好似以慢動作轉向史崔克。他先是看著她驚駭的臉，再看向桌上那個噁心的東西。

「別站在那裡。」

她乖乖聽命，全身發抖，巴不得香客不在場。

「怎麼啦？」香客仍在說。「怎麼了？怎麼回事？」

「有人寄了一隻腳趾給我。」蘿蘋冷靜地說，聲音全然不像是她的。

「他媽的開玩笑。」香客說，興致勃勃地往前湊。

史崔克一把抓住香客，不讓他去拿卡片。史崔克一眼就認出「她美得像隻腳」的來處，這又是藍牡蠣的一首歌。

「我來打電話給華道。」史崔克說，但他不是掏出手機，而是在便利貼上匆匆寫下四個號碼，從皮夾抽出信用卡。「蘿蘋，去領錢給香客，然後立刻回來。」

她接下了紙條和信用卡，莫名其妙地為了能夠呼吸到新鮮空氣而衷心感激。

兩人快走到玻璃門前了，史崔克又銳聲說：「香客，你陪她走回來好嗎？陪她走回偵探社。」

「沒問題，本生。」香客說，整個人像充了電，他就是這個樣子，只要有奇事、有行動、有一絲危險的氣息，他就會整個人精力充沛。

11. 當代蘇格蘭畫家。

34

The lies don't count, the whispers do.

Blue Oyster Cult, 'The Vigil'

謊言不算，喃喃低語才算。

——藍牡蠣〈守夜〉

這一夜，史崔克獨坐在頂樓公寓餐桌後。椅子不舒服，跟蹤了瘋老爸幾小時，他的殘肢膝蓋也痛。瘋老爸今天挪出空檔，跟蹤小兒子到自然歷史博物館。這人要不是自己開公司，早就被開除了，花那麼多時間嚇他自己的孩子。但白金就沒有人跟監拍照了。史崔克得知蘿蘋的母親晚上會到，堅持要蘿蘋休假三天，反駁了她的抗議，陪她走到地鐵，堅持要她一到家就傳簡訊給他。

史崔克打個大哈欠，很想睡覺，卻又累得不想動。雖然他在蘿蘋面前不肯承認，但兇手第二次的郵件其實讓他憂心忡忡。儘管收到斷腿令人驚駭，但他現在承認他當時懷著一絲希望，希望包裹上指名蘿蘋只是一種卑劣的花招，只是計畫外的神來一筆。而第二次寄信給她，是斜目對史崔克狡猾地眨眼（〈她美得像隻腳〉〔She's As Beautiful As a Foot〕），也讓史崔克確定這個人，無論是誰，都隨時掌控蘿蘋的行蹤。即便是卡片正面的畫都是精心挑選的——那個獨自一人的長腿金髮女郎，畫名是〈想妳〉（In Thoughts of You），充滿了凶兆。

癱坐不動的史崔克胸中冒出怒火，驅逐了他的疲憊。他想起蘿蘋蒼白的臉，知道他目睹了她的小小希望枯死，她原本還隱隱希望斷腿是某個瘋子的隨機之作。即使如此，她仍大聲抗議，不肯休假，還指出他們唯二的有收入的工作經常撞期，史崔克一個人無法兼顧兩件案子，勢必得在跟蹤白金或瘋老爸之間輪流替換。但他毫不退讓，她應該等到她母親返回約克夏之後再回來上班。

他們的加害人已經如願把史崔克的業務縮減到只剩下兩名委託人。他又忍受了一次警察入侵他的偵探社，也擔心媒體會聞風而來，雖然華道答應不會發佈卡片與腳趾的消息。華道同意史崔克的看法，認定兇手的一個企圖是讓媒體與警方聚焦在偵探身上，因此驚動媒體無異於落入了兇手的圈套。

「好消息。」華道跟他說。「咳，算是吧。他沒有又殺人。腳趾是凱西的，從另一條腿上切下來的。還真是懂得不浪費就不匱乏的道理啊。」

史崔克一點也沒有說笑的心情，回應得很粗魯。華道掛上電話後，他繼續坐在餐桌後，陷入沉思，底下的查令十字路上車輛呼嘯而過。直到他想起明天早上還得去芬奇利跟凱西的姐姐見面，他這才有動力開始就寢前卸下義肢的一貫冗長過程。

史崔克對倫敦的認識廣博詳盡，都拜他母親逐屋而居的習慣之賜，但仍是有空白之處，而芬奇利就是其中之一。他只知道在一九八〇年代芬奇利是已故首相瑪格麗特・柴契爾夫人的選區，而他跟麗妲、露西一直都在白教堂及布利斯敦這些地方竊占房屋而居。芬奇利距離市中心太遠，對完全仰賴大眾運輸系統及外食的家庭而言太不方便，對一個經常沒零錢付停車費的女人而言又太昂貴，總而言之，就是露西會語帶嚮往地說正常家庭住的地方。露西嫁給了一名工料測量師又生了三個零缺點的兒子之後，她終於過上了她自童年起就渴望的日子：整潔有序，安全無虞。

史崔克搭地鐵到西芬奇利，辛苦地走了很長的路到桑莫斯巷而不搭計程車，實在是因為阮囊羞澀。天氣不冷不熱，他已走得微微出汗，他經過了一條又一條街，經過了一棟又一棟寧靜的獨門獨院房屋，心裡暗罵，為此地的綠意盎然以及缺乏地標。好不容易，從車站開始走了三十分鐘之後，他找到了凱西・普拉特的家，比這裡的許多屋子要小，外牆泛白，大門是鍛鐵柵門。

他按門鈴，立刻就聽到毛玻璃後有人聲。毛玻璃倒和他自己偵探社的很像。

「俺覺得是那個私家偵探來了，小乖。」一個帶東北口音的人說。

「去開門啊！」有個高八度的女人嗓音說。

玻璃後出現一大片紅色，接著門開了，玄關有一大半被一個粗壯赤腳的男人占住，他穿著鮮紅色毛巾布袍，如果一臉喜洋洋的，會讓人誤以為他是聖誕老人。不過他卻慌亂地以袍子衣袖抹臉。眼鏡後的兩隻眼睛腫得只剩下兩條縫，紅潤的雙頰閃著淚光。

「不好意思，」他說，聲音粗啞，挪到一邊讓史崔克進去。「晚上上班。」他解釋自己的穿著。

史崔克側身進去。這人散發出強烈的「老風味」古龍水以及樟腦味。兩名中年婦女坐在樓梯口，緊緊相擁，一個金髮，一個黑髮，都在哭泣。她們一看見史崔克就分開，擦乾眼淚。

「不好意思，」黑髮女人喘息著說。「雪若是我們的鄰居，剛從馬卡魯夫回來，剛剛聽說凱西的事。」

「不好意思。」紅著眼的雪若說。「我也不打擾妳了，海柔。如果妳需要什麼，什麼都行。雷伊——什麼都行。」

「不好意思……」雪若從史崔克身前走過，擁抱了雷伊。兩人搖晃了一會兒，都是龐大的體型，肚子抵著肚子，伸長手臂摟著彼此的頸子。雷伊又哭了起來，臉埋在她的寬肩上。

「這邊來。」海柔打著嗝說，一邊擦眼淚，帶頭走入客廳。她的樣子像畫家布勒哲爾筆下的農夫，臉頰豐潤，下巴凸出，鼻頭寬。紅腫的眼睛上垂著兩條又濃又密的眉毛，像極了虎蛾的毛毛蟲。「這個禮拜都像這樣。大家一聽說消息就過來，就……不好意思。」她喘口氣，打住了。

他進來只有兩分鐘就聽見了五、六次的不好意思。換作別的文化，沒有表現出足夠的悲傷是有違善良風俗的，但是在安靜的芬奇利，他們卻因被他親眼目睹而覺得難為情。

「沒有人知道該說什麼，」海柔低聲說，揉掉眼淚，揮手請他坐在沙發上。「又不是被車子撞死或是病死的，他們不知道遇上這種事該怎麼……」她不知如何措詞，只是猝然停住，以極響的吸鼻聲作結。

「請節哀，」史崔克說，輪到他致哀了。「我知道這段時間你們很難熬。」

客廳完美無瑕，卻不知為何少了溫馨的氣氛，可能是因為以冷色調來裝潢。一套沙發罩著銀灰條紋布，白底灰色細紋壁紙，靠枕豎立著，壁爐上的裝飾品絕對對稱，纖塵不染的電視螢幕反射著窗戶照進來的陽光。

隔著紗簾能看見雪若的身影經過，邊走邊抹淚。雷伊赤足走過客廳門，腳步拖沓，以袍子衣帶擦拭眼鏡下的淚水，兩肩下垂。海柔彷彿看穿了史崔克的心思，開口說明：

「有棟出租房屋起火了，雷伊想救出一家人，結果牆塌了，他的梯子倒了，從三樓摔下來，傷了背。」

「天啊。」史崔克說。

海柔的嘴唇和雙手都在抖動。史崔克記起了華道說的話，警方對待海柔不夠婉轉。遇上如此令人震驚的事件，懷疑她的雷伊或是粗率地質問，對她而言似乎都是不可原諒的殘忍，是在無端加重他們的煎熬。史崔克知道很多官僚介入私人悲劇的粗暴手法。他也曾切身體會。

「有人要喝茶嗎？」雷伊沙啞的聲音傳來，史崔克猜他應該是在廚房裡。

「上床睡覺去！」海柔喊回去，抓緊一團濕濕的衛生紙球。「我來泡！上床睡覺去！」

「妳確定嗎？」

「去睡吧，我三點叫你！」

海柔拿了一張新面紙把整張臉都擦了一遍，當毛巾在用。

「他不夠格拿傷殘撫恤金，可是誰也不願給他一個像樣的工作。」她跟史崔克說，聲音壓得很低，一面吸鼻，雷伊又拖著腳走過客廳門。「背摔壞了，年紀又大，肺又不是頂好。只能打零工……工作換來換去……」

她說著說著就沒了下文，只剩嘴唇顫抖，而且還是史崔克進門之後第一次直視他的眼睛。

「我也說不上來為什麼請你過來，」她坦白說道。「我的腦子亂成一團。他們說她寫信給你，可是你沒回過信，後來就有人送給你她的——她的……」

「這件事對你們一定是極大的震驚。」史崔克說，十分清楚無論他說什麼都不及實際情況之萬一。

「實在是……」她激動地說，「太可怕了，太可怕了。我們什麼也不知道，我們以為她是要分級測驗。後來警察上門來……她說她是為學校的事去的，我相信了，什麼學校裡的住宿分配。聽起來沒什麼問題……我沒想到……可是她居然說謊，她一直在說謊。她跟我住了三年，我還是沒……我是說，我沒辦法教會她不要說謊。」

「她都說了什麼謊？」史崔克問道。

「什麼都說。」海柔說，微微迷亂地揮揮手。「如果禮拜二，她就說是禮拜三。有時候根本就沒理由說謊。我不知道是為什麼，我不知道。」

「她為什麼跟妳住？」史崔克問道。

「她是我的……她是我的同母異父妹妹。我二十歲的時候爸爸過世了，媽嫁給了同事，有了凱西。我們差了二十四歲，我已經離家了，我比較像是她的阿姨，不像姐姐。三年前媽跟馬爾康又在西班牙出車禍走了，是酒駕。馬爾康當場死亡，媽昏迷了四天，也跟著走了。我們沒有親戚，所以我就把凱西接過來住。」

這裡極端整潔的環境，都是以一角點地的靠枕，放眼望去淨是光潔的表面，史崔克不由得納悶一名青少年要如何在其間生活。

「我跟凱西合不來。」海柔說，似乎又看穿了史崔克的想法。她指著樓上，雷伊上去睡覺的地方，眼淚又落了下來。「他比較能忍耐她的陰陽怪氣跟壞脾氣。他有個兒子已經長大了，現在在外國工作。他比我會應付孩子。後來警察上門來，」她突然生起氣來，「跟我們說她——他們就開始訊問雷伊，好像他……好像他會……我跟他說簡直像一場噩夢。你也在電視上看到過，對不對，有人懇求孩子回家來……有人為了壓根沒做過的事受審……你想不到……想不到……可是我們根本不知道她失蹤了，不然我們會去找她，我們根本不知道。警察問雷伊問題……他在哪裡，我不知道是……」

「警察跟我說這件事和雷伊無關。」史崔克說。

「哼，現在他們相信了，」海柔透過憤怒的眼淚說，「要不是因為有三個人說那個週末他每分每秒都跟他們在一起，還把照片拿出來給他們看……」

她無論如何是不會認為與凱西同住在一個屋簷下的男人接受訊問是合情合理的。史崔克聽過布莉特妮．布拉克班克與蓉娜．連恩以及許許多多類似的人的證詞，他知道多數女人被強暴或被殺，兇手都不是戴面具的陌生人從樓梯間下的暗處伸出魔爪，而是做父親的、做丈夫的、母親或是姐妹的男朋友……

海柔的眼淚一掉在圓潤的臉頰上她就擦掉，接著她冷不防問道：「她的那些信你是怎麼處理的？」

「我的助理放進了專門放不尋常信件的抽屜裡。」史崔克說。

「警察說你沒回過信，他們說信是假造的，他們找到的信。」

「沒錯。」史崔克說。

「那無論是誰寫的都一定知道她對你很感興趣。」

「是的。」史崔克說。

海柔用力擤鼻，又問：「要不要喝茶？」

史崔克接受她的好意只因為他覺得她需要時間冷靜。她一離開客廳，他就公然打量四周。唯一的相片立在他旁邊的幾張小桌上。影中人是六十幾歲的婦人，戴草帽，笑臉迎人，他猜想這就是海柔和凱西的母親。相片旁邊的桌面上有一條較暗的形狀，可見得之前也擺了一個相框，因為遮住了日照而在廉價的木頭上留下了一條痕跡。史崔克猜想消失的相片應該是凱西在校的相片，刊登在所有報紙上的那一張。

海柔端著托盤回來，上頭放了兩杯茶和一盤餅乾。她謹慎地把他的茶擺在杯墊上，放在她母親的相片旁。

史崔克說：「我聽說凱西有個男朋友。」

「胡說八道，」海柔駁斥道，坐回單人沙發上。「又是撒謊。」

「妳為什麼會……？」

「她說那個人叫尼爾，尼爾，拜託喔。」

她的眼睛又滲出了眼淚。史崔克完全不明白何以凱西的男朋友不能叫尼爾這個名字，而他的不解也形諸於色。

「單行道。」她拿著面紙說。

「嗄？」史崔克說，完全搞糊塗了。「我聽不……」

「樂團，是一支樂團，選秀節目《X音素》上的第三名。她迷死了，她迷死了，其中尼爾是她的最愛。所以她說她遇到一個叫尼爾的男孩子，十八歲，有輛重機，你說說，我們能怎麼想呢？」

「啊，我懂了。」

「她說是在輔導老師那裡遇見他的，她一直在心理輔導。說是在等候室遇見尼爾的，說他會去輔導是因為爸媽都死了，跟她一樣。我們連他的鬼影子都沒看到過。我跟雷伊說：『她又來了，又在撒謊了。』雷伊跟我說：『隨她去吧，她開心就好。』可是我不喜歡她撒謊。」海柔說，還狠狠地瞪眼睛。「她老是撒謊，手腕貼著膏藥回來，說是割傷了，結果是刺青，刺的就是那個樂團的名字。看吧，她說是學校的分級，看吧……她老是撒謊撒謊，你看撒謊把她害的！」

她以極明顯的努力壓下了另一陣的眼淚潰堤，緊抿著顫抖的嘴唇，以面紙用力按著眼睛。深吸了一口氣，她說：「雷伊有個想法，他想跟警察說，可是他們才懶得聽呢，他們只想知道那天他在哪裡……可是雷伊有個朋友叫瑞奇的，喜歡園藝，凱西認識瑞奇……」

這套推論以滴水不漏的細節與重複鋪陳開來。史崔克很習慣毫無經驗的證人拉拉雜雜的敘述方式，很專心也很有禮貌地聆聽。

從食具櫃拿出了一張相片，再一次向史崔克證實了雷伊在凱西遇害那晚正在秀爾罕海邊度純男性週末，也揭露了年輕的瑞奇的傷勢。瑞奇和雷伊坐在一片旁邊長滿了海濱刺芹的砂石海灘上，咧開嘴笑，拿著啤酒，瞇眼向著太陽。雷伊的禿頭上汗水閃爍，陽光也照亮了瑞奇腫脹的臉、縫線以及瘀青。他的一條腿打著石膏。

「看，瑞奇在撞車以後直接過來這裡，雷伊覺得就是這樣才讓凱西有了這個念頭。他覺得凱西計畫要自殘，再假裝是出了車禍。」

「瑞奇不會是那個男朋友吧？」史崔克問道。

「瑞奇！他有點頭腦簡單。有的話他會告訴我們。再說，她幾乎不認識人家。全都是幻想。我覺得雷伊說得對，她是又想要搞自殘，然後假裝是坐某個男孩的機車，摔斷了腿。」

這個推論確實很有道理，史崔克想，如果凱西是躺在醫院裡，假裝車禍受傷，以保護虛構的男友為名，死也不肯多說。他不得不承認，雷伊把十六歲女孩的心理揣摩得很透澈，這年紀的孩子確實是會想出這種計畫，以浮誇的方法及短視近利去向危險挑釁。然而，這種推論仍有待商權。無論凱西是否曾計畫過假車禍，證據已經告訴大家她已放棄了那個計畫，轉而向史崔克求教如何切除一條腿。

但反過來說，這倒還是頭一次有人把凱西和重機騎士連結起來，而且史崔克也很有興趣何以海柔認定男友是虛構的。

「唉，她的幼保班上一個男生也沒有，」海柔說，「再說她要到哪裡去認識他？那個尼爾。她在學校或是別的地方都沒交男朋友。她去心理輔導，有時會去馬路那邊的教會，他們有青年團契。可是教會可沒有騎重機的尼爾。」海柔說。「警察查過了，問她的朋友知不知道什麼事。達洛是團契的負責人，他難過死了。雷伊今天早晨還在回來的路上遇到他，說達洛在對街看到他就哭了。」

史崔克想做筆記，卻知道如此一來會中斷他小心培育的私密氣氛。

「誰是達洛？」

「這件事跟他沒關係。他是教會負責年輕人的，布拉福人，」海柔曖昧地說，「雷伊確定他是同志。」

「凱西有沒有……」史崔克遲疑了，不知該如何措詞，「有沒有在家裡討論過她的腿？」

「沒跟我說。」海柔直截了當地說。「我也不准，我不想聽，我一想到就討厭。她十四歲的時候跟我說過，我就直接把話說得一清二楚。想吸引注意，就是這麼回事。」

「她的腿上有舊傷疤，是怎麼……？」

「她在媽過世後自己割的。好像嫌我還不夠煩似的，她拿鐵絲綁腿，想要阻斷血液循環。」

史崔克覺得她的表情混雜著反感與氣憤。

「媽和馬爾康出車禍的時候，她也在車上，在後座。我還得帶她去心理輔導。輔導師說她會自殘是一種求救訊號。因為悲痛，倖存者的內疚，我記不清了。不過她說不是，她說她想把腿割掉有一陣子了……我也弄不清楚。」海柔說，用力搖頭。

「她有沒有跟別人提過？跟雷伊？」

「有一點。我是說，他知道凱西的德行。我們剛在一起的時候，他搬進來的時候，凱西跟他撒了彌天大謊——什麼她爸爸是間諜，所以他們才會撞車，誰知道還有哪些謊。所以他知道凱西的德行，可是他不會生氣。他只是換個話題，跟她聊學校之類的……」

她的臉脹成了豬肝色。

「我告訴你她想要什麼。」她衝口而出。「她想坐輪椅——像小嬰兒一樣給人家推來推去，寵她愛她，變成大家的焦點，就是這麼一回事。我找到一本日記，一定是一年前的。她寫的東西，她的想像，她的幻想。亂七八糟！」

「比方說？」史崔克問道。

「比方說把她的腿割斷，坐輪椅，被推到舞台邊緣看單行道演唱，在演唱會結束後他們都過來呵護她就因為她是殘廢。」海柔一口氣說完。「你想想，簡直是噁心。世界上有那麼多真正殘障的人，誰還是自願的？我是護士，我知道。我看過。唉，」她說，瞄了一眼史崔克的下肢，「你也知道。

「你不是吧？」她突然問，語焉不詳。「你不是……你沒有割……不是你自己弄的吧？」

這就是她想見他的原因嗎？史崔克自問。她莫名其妙地被拋進了茫茫大海中，所以她難道是在迷亂中潛意識地想要找到下錨點，即使她妹妹走了，而且是一團難解的謎，她還是想要證明一個道理……證明正常人不做那種事，在真正的世界裡，靠枕要整齊地以一角支地，殘障完全是不幸造成的，諸如被牆壓斷或路邊的爆裂物？

「不是，」他說。「我是被炸斷的。」

「看吧，看吧！」她說，眼淚又潰堤，放肆地得意。「我可以跟她說——我可以跟她說，只要她……她來問我……可是她說的是，」海柔說，嘆了口氣，「說她的腿感覺不應該在那裡。感覺有這條腿是不對的，需要切掉——像腫瘤之類的。我不要聽，簡直是胡說八道。雷伊說他會跟她講道理。他跟她說她不知道後果有多可怕，她不會想跟他一樣摔壞了背躺在醫院裡，打了幾個月的石膏，皮膚潰爛感染等等的。不過雷伊沒生她的氣。他會跟她說來幫我弄花園之類的，讓她分心。

「警察說她在網路上跟和她一樣的人交談，我們一點也不知道。我的意思是，她十六歲，你總不能去檢查他們的電腦吧？就算可以我也不知道要找什麼。」

「她跟妳談過我嗎？」史崔克問道。

「警察也問過了。沒有，我不記得她跟我談起過你，雷伊也不記得。別介意，可是……我記得露拉．藍德利的官司，可是我也不會因為那件案子就記得你或是認出你來。要是她提起過你，我會記得。你的名字很好笑……別介意。」

「那麼朋友呢？她常出去嗎？」

「她幾乎沒有朋友，她不是人緣很好的人。她也跟同學撒謊，沒人喜歡被騙，是不是？她還因為撒謊被霸凌。他們覺得她很怪，她幾乎不出去。她是幾時遇見這個號稱尼爾的人，我不知道。」

她的憤怒並不讓史崔克意外。凱西在她毫無汙點的家庭中是不速之客，而現在海柔後半生都會懷著愧疚與哀痛、恐怖與悔恨而活，尤其是她妹妹的人生提早結束，都還沒來得及甩脫導致姐妹倆關係疏離的古怪癖性。

「可以借用妳的洗手間嗎？」史崔克問道。

她一面拭淚一面點頭。

「正前方，上樓就是。」

史崔克紓解膀胱，順便瀏覽一張加框獎狀，寫著「勇敢表現　值得獎勵」，是贈予消防隊員雷伊・威廉斯的，就掛在馬桶水箱上方。他高度懷疑是海柔掛的，不是雷伊。除此之外，浴室就沒有什麼奇異之處。客廳的整齊劃一與一塵不染一路延伸到藥櫃裡，史崔克發現海柔仍有月經，他們囤買牙膏，而且其中一人或是兩人都有痔瘡。

他盡量悄悄離開浴室。一扇關著的門後隱隱傳來輕柔的隆隆聲，雷伊睡熟了。史崔克向右兩步，就進了凱西的斗室。

每樣東西都是配對的，覆著同樣色調的丁香紫：牆壁、鴨絨被、燈罩、窗簾。史崔克認為即使他沒看見屋子的其他房間，他也能猜到井然有序是強制加之在這裡的混亂上的。

有面大的軟木公佈欄，確保不會在牆上留下什麼難看的釘子痕跡。凱西把公佈欄上貼滿了五個漂亮年青人的照片，史崔克猜這就是「單行道」樂團。有人的頭腳都伸出公佈欄的框外。有個金髮男生的照片特多。除了「單行道」之外，她還剪了小狗狗的照片，大多是西施犬，隨便貼的字詞和首字母縮略詞：「占據」，「FOMO」[12]，「帥呆了」。尼爾這名字有好幾個，而且還插進愛心圖樣裡。這種草率、隨興的拼貼對比整整齊齊鋪在床上的鴨絨被以及地上正正方方的丁香紫地毯，反應出了一種與這房間的精準格格不入的態度。

狹窄的書架上最顯目的是「單行道」的新書：《單行道：恆久青春——我們的官方版X音素故事》。另外還有《暮光》系列，一個珠寶盒，一堆小玩意（就連海柔都無法擺得很對稱），一個塑膠盤上放著便宜的化妝品和幾個可愛的玩具。

史崔克篤定憑海柔的身材上樓絕對不會沒聲音，就快手快腳打開抽屜。警方當然已把該拿

12. 臉書時代的心理現象。看別人不停更新動態，討論熱門話題，害怕自己會跟不上別人。

的東西都拿走了：筆電、隨便一張紙頭、電話號碼或匆匆寫下的名字、日記（如果在海柔窺探之後她還繼續寫的話）。一些雜亂的個人物品仍留了下來：一盒信紙，跟寫給他的信材質一樣；一個舊的任天堂遊戲機；一包假指甲；一小盒瓜地馬拉解憂娃娃；以及在床頭桌最底層的抽屜，塞在一個毛茸茸的鉛筆盒裡有幾片鋁箔包藥錠。他抽出來看，是卵形芥末黃膠囊，標籤寫的是「羅可坦」。他拿了一片，放進口袋，關好抽屜，走向她的衣櫃，裡面很零亂，微帶發霉味。她偏愛黑色和粉紅色。他迅速摸索衣料的褶邊，翻口袋，一無所獲。最後他從一件寬鬆連身裙裡找到了一張看似握皺的抽獎券或寄衣號碼牌，數字是十八。

海柔仍坐在原處不動。史崔克想他在凱西房間再待久一點她只怕也不會注意。他回到客廳時還嚇了她一跳，她又在哭了。

「謝謝你跑這一趟，」她說，聲音濃濁，站了起來。「真不好意思，我……」

她哭得一發不可收拾。史崔克一手按著她肩膀，眼前一花，她就已經把臉埋進他的胸口，揪著他的衣領大哭，一點也不害臊，流露出純然的悲痛。他抱住了她的肩，兩人靜立了整整一分鐘，然後她才退開，氣息粗重，史崔克的手也落在兩側。

她搖頭，不出聲，送他到門口。史崔克再度致哀。她點頭，日光流入陰暗的玄關，把她的臉照得有些鬼氣。

「謝謝你跑這一趟。」她大口吞氣。「我只是需要見見你，我也不曉得是為什麼。實在是太不好意思了。」

35

Dominance and Submission

主宰與馴服

自從離家後，他和三個女人同居過，但這一個——「它」，已經讓他忍耐到極限了。三個齷齪的賤女人都自稱愛他，誰知道那是什麼鬼意思。她們所謂的愛讓頭兩個百依百順。當然只是在心裡，所有的女人都是愛騙人的婊子，付出多少就要拿幾倍回來，但頭兩個一點也不像「它」。他不得不比先前更忍氣吞聲，因為「它」是在他偉大的計畫中不可或缺的一環。

然而，他仍不斷幻想著殺掉「它」。他能想像「它」的蠢臉鬆垮，在刀子捅進她肚子的那一刻，不敢相信「寶貝」（「它」叫他寶貝）會殺她，即使在熱呼呼的鮮血淹過了他的雙手，帶鏽的血腥味充滿了仍因她的尖叫而振動的空氣時……

扮演乖乖牌簡直是在蹂躪他的自制力。施展魅力，吸引她們，讓她們服服貼貼的，是件易如反掌的事，是他的第二天性，一向都是。但長時間維持這種姿態就是另一碼子事了。而這次的偽裝快到臨界點了。有時，甚至是「它」的呼吸聲都逼得他想抓起刀子，把她該死的肺狠狠戳幾個窟窿……

除非他趕緊宰個人，不然他就要爆炸了。

週一早上一大清早他就找個藉口跑出去，但他才接近丹麥街，打算要在「小秘書」來上班時下手，他心裡卻抖了抖，就彷彿老鼠的鬍鬚動了動。

他停在對街的一座電話亭旁，瞇眼看著立在丹麥街轉角的人，就在店門漆成馬戲團海報似的俗氣顏色的樂器店外。

他了解警察，了解他們的手法，他們的遊戲。那個穿短厚外套、雙手插口袋的年輕人在假裝無所事事，假裝只是個過路的……

他媽的，這種把戲他可是老祖宗。他真他媽的能把自己變隱形人。看著這個豬頭，站在街角，以為他的短厚外套能讓他看來像是工人……你他媽的差遠了。

他緩緩轉身，躲在電話亭後走出了視線範圍，把小圓帽摘下來……史崔克追逐他時他就戴著這頂帽子。豬頭便衣可能聽過描述。他應該想到這點的，應該猜到史崔克會打電話給他的警察朋友，他媽的孬種……

不過並沒有發佈圖像，他心裡想，自信又提升了，走回那條馬路，史崔克曾在這裡距他幾呎，卻不知道，也完全不曉得他是誰。啊，感覺真爽，等他做完了「小秘書」，看著史崔克跟他的生意沉沒在輿論的泥沼下，警察和記者像螞蟻一樣爬滿他全身，甩不開掃把星這個標籤，保護不了自己的員工，被列為殺害她的嫌犯，徹頭徹尾毀了……

他已經在計畫下一步了。他會到倫敦經濟學院去，「小秘書」常去跟監另一個金髮騷貨，他要在那裡逮她。在此期間，他需要換一頂帽子，也許還要另一副墨鏡。他伸手到口袋裡找錢。差不多是空空如也，跟他媽的平常一樣。他得逼「它」回去上班，他受夠了聽「它」在家裡哼哼唉唉的，編一大堆藉口。

最後他買了兩頂新帽子，一頂棒球帽，一頂灰色羊毛小圓帽，替換原來那個被他丟在劍橋廣場垃圾桶裡的黑色絨帽。接著他搭地鐵到霍爾本。

她沒在那兒，也沒看到有學生。搜尋紅金色頭髮卻一無所獲之後，他想起了今天是復活節週一，倫敦經濟學院放假。

幾小時後他回到圖騰罕園路找她，還鬼鬼祟祟地靠近了綠薄荷犀牛的門口一會兒，卻到處都看不到她的人影。

連續幾天他都沒辦法出門來找她，失望之大他幾乎連身體都痛了起來。激動不安之餘，他開始挑安靜的小路走，希望有哪個女的會跟他交會，隨便哪個女人都好，不必非得「小秘書」不可；他外套下的刀子現在什麼都樂意接受。

搞不好他那張小小的問候卡把她嚇到辭職了。他根本就不是要這種效果。他要她嚇破膽，可是仍繼續為史崔克工作，因為她是他惡整那個混蛋的工具。

失望又氣悶，他傍晚就回去了。他知道未來兩天得跟「它」耗在一塊，一想到這裡他僅存的自制力就跟洩洪一樣。要是他能像他計畫泡製「小秘書」一樣泡製「它」，情況就會截然不同，那會是解脫，他會急急忙忙回家，磨刀霍霍——可是他不。他需要「它」活著，當他的奴隸。

四十八小時還沒過去，他已經要火山爆發了。週三晚上他告訴「它」隔天早晨他需要一大早就出門工作，也開門見山告訴「它」該回去上班了。結果是「它」又撒嬌又哭鬧，弄得他也火了。「它」被他突然爆發的脾氣嚇到了，千方百計安撫他。「它」需要他，「它」渴望他，「它」很抱歉……

他以仍在生氣為由跟「它」分開睡。正好讓他可以自由自在地打手槍，可是打完仍不滿足。他想要的，他需要的是透過尖利的鋼刀跟女性肉體接觸，在鮮血噴湧時感覺到他的主宰地位，在她的尖叫、哀求、垂死的喘息與哀泣中聽見徹底的馴服。回憶以前做過的事只能過乾癮，反倒更點燃了他的需求。他巴不得能快點動手，他想要「小秘書」。

週四早晨他四點四十五分就醒了，穿好衣服，戴上棒球帽出門，預備到倫敦另一頭她跟漂亮小子同居的公寓去。等他抵達哈斯廷斯路，太陽已經升起了。一輛老舊的荒原路華停在公寓附近，給了他掩護。他倚著車，從擋風玻璃盯著她公寓的窗子。

七點客廳窗戶後有動靜，沒多久漂亮小子就一身套裝出門了。一臉的不高興。你以為現在就不高興了嗎，沒腦的混蛋……等我跟你的女朋友玩起來你就知道了……

接著她出現了，身邊還有一個婦人，跟她極其酷似。

他媽的。

她在幹什麼？跟她媽去郊遊？還真是諷刺。有時候全世界都好像在故意跟他作對，阻止他做他想做的事，把他往下扯。他媽的他恨透了他的無上權能一點一滴流失的感覺，恨透了人事物都在找他麻煩，把他降格為另一個沒人搭理、只能氣得牙癢癢的張三李四。絕對得要有人為此付出代價。

36

I have this feeling that my luck is none too good . . .

Blue Oyster Cult, 'Black Blade'

——我覺得我的運氣不是太好……

藍牡蠣〈黑刃〉

週四早晨鬧鐘一響史崔克就伸長一條胳臂，按掉了舊鬧鐘頂上的按鈕，用力過大，鬧鐘從床頭几摔到地板上。瞇著眼睛，他不得不承認穿透薄窗簾的晨光似乎為吵嚷的鬧鐘提供了佐證。只差那麼一點他就要翻個身，再次沉入夢鄉了。他以手臂遮住眼睛幾秒鐘，阻擋日光，接著發出既像喟嘆又像呻吟的一個聲音，他掀開了被子。幾秒之後他摸索著浴室門把，心裡一估算，這五天下來，他一定平均每天只睡三個小時。

蘿蘋沒說錯，讓她回家休息意謂著他必須在白金和瘋老爸之間抉擇。鑑於最近目睹瘋老爸出其不意地跳出來攔劫兒子，把兩個小孩子嚇哭了，史崔克決定應該優先跟監瘋老爸。因此本週他花了大部分時間在跟蹤瘋老爸，偷偷拍照，累積一張又一張這個男人監視自己兒子、專趁他們的母親不在時跟孩子搭話的影像，而任由白金照她無可訾議的作息生活。

在不跟監瘋老爸的時間，史崔克則忙著他自己的調查。警方的辦案速度太慢，到現在也沒有找到一丁點證據能指向凱西．普拉特的死與布拉克班克、連恩，或惠泰科是否有關。所以五天來史崔克把每一小時的自由時間都花在調查工作上，這樣子的不眠不休簡直像回到了當初他仍在當憲兵之時。

他以單腿平衡，反時鐘方向轉動水龍頭，蓮蓬頭噴出冰冷的水，讓他如醍醐灌頂，安撫了他浮腫的眼睛，也讓他全身起了雞皮疙瘩。淋浴間十分逼仄，唯一的好處是萬一他滑倒了，也摔不到地上。洗好澡後，他單腳跳向臥室，隨便擦乾，打開了電視。

皇室婚禮將在明天舉行，每一家電視台都在報導婚禮的準備事宜。他裝上義肢，換衣服，喝茶吃吐司，新聞主播仍在興奮地說著前往西敏寺的路上以及西敏寺外已有許多人在紮營，以及為見證婚禮而湧入倫敦的遊客人數。史崔克關掉電視，下樓到偵探社，打了個很大的哈欠，同時想著這種連珠砲似的報導對蘿蘋不知會有何影響；他打上週五就沒見過蘿蘋了，都要怪那張黏著噁心小玩意的傑克．維崔阿諾卡片。

儘管史崔克在樓上已經喝了一大杯茶，他一進辦公室仍是自動去燒開水，再在蘿蘋的辦公桌上放下一張清單，上頭列著他趁僅存的空檔蒐集的脫衣舞酒吧、貼腿舞夜店和馬殺雞沙龍的名字。等蘿蘋來了，他打算要她繼續研究，打電話給她在秀爾迪斯找到的每一家店，這種差事她可以安全地在家裡做。如果他能強迫她合作，他可以叫她跟她母親一塊回馬森。她那張發白的臉纏了他整整一週。

壓下第二個特大號哈欠，他重重坐在蘿蘋的椅子上，查看郵件。雖然他很想叫她回家，他卻很期待看見她。他很懷念有她在偵探社的日子，她的熱誠，她的踴躍，她隨和自然的親切態度，而且他想要告訴她他在窮追目前占據他腦海的三個人的下落時僅有的進展。

他在卡特福待了將近十二個小時，想要看見惠泰科出入薯條店上的公寓，公寓位在卡特福劇院後方的步行街上。劇院的周邊有許多的魚販、假髮店、咖啡館、麵包店，每家店樓上都是公寓，而且每戶都有三扇拱形窗，排成品字形。香客的情報說惠泰科住的那間公寓永遠都遮著薄薄的窗簾。白天街上攤販麇集，為史崔克提供了極有用的掩護。販賣捕夢網的攤位焚著香，一條條生魚擺在冰上，氣味幾乎充滿了他的鼻孔，時間久了他幾乎不聞其臭。

史崔克從劇院門階上監視了三晚，什麼也沒看見，只看見公寓窗簾後有影子移動。接著在週三晚上薯條店旁的門開了，有個面容憔悴的少女走出來。她的暗色頭髮很髒，向後梳，露出了一張下陷的兔子臉，臉色帶紫，像患了結核病。她穿著露肚臍的上衣，拉鍊式灰色帽T，窄管褲讓她的瘦腿看來像是清菸斗的通條。她以雙手緊抱著瘦削的身軀，靠在薯條店的門上，以全身的力量去推門，險些摔進店裡。史崔克趕緊過街，及時在門關上之前溜進店裡，排在她後面。

輪到她時，櫃台的人直接叫她的名字。

「好嗎，史黛芬妮？」

「嗯，」她以低沉的聲音說。「兩杯可樂。」

她的耳朵、鼻子、嘴唇都穿了許許多多的洞。她以硬幣付帳，拿了可樂就走，低著頭，看也不看史崔克。

史崔克回到對街幽暗的門洞去，吃剛買的炸薯條，眼光一刻都不離薯條店上方的窗戶。她買兩杯可樂，可見得惠泰科也在樓上，說不定是赤身露體躺在床墊上，一如史崔克在十來歲時經常看見的畫面。史崔克本以為自己的態度超然，可是在薯條店裡排隊，知覺到他和那個王八蛋之間僅隔著薄薄的一片木板灰泥天花板，他竟血脈僨張。他固執地監視著公寓，直到半夜一點窗戶燈滅，卻始終沒看見惠泰科的鬼影。

追查連恩也是一樣毫無成效。他仔細查看了Google的街景圖，得知紅髮的連恩為他的「復出」照片擺姿勢的陽台是位於沃拉斯敦苑的一棟低矮破舊的公寓，距離高階大廈不遠。這棟公寓的電話簿或是選民登記簿都查不出連恩這個人，但史崔克仍懷抱希望，認為他或許是在那裡作客，或是賃屋而居卻沒有家用電話。週二晚上他監視了公寓幾小時，帶著了一副夜視鏡，讓他能夠在夜幕落下後看透未遮窗簾的窗戶，但是完全沒看見連恩進出或是在公寓的任何房間移動。史崔克不想讓連恩得知他在追查他，決定不挨家挨戶打探，而是白天隱匿在附近的一道鐵路磚拱橋邊，這裡有涵洞似的空間、幾家小型商家、艾瓜多爾咖啡館、美髮店。史崔克在快活的南美洲人之間默默進食，也因他的沉默與鬱悶而引人注目。

史崔克又打了個哈欠，哈欠隨即變為疲憊的呻吟，他在蘿蘋的椅子上伸懶腰，沒聽見走道樓梯上響起足聲。等他發覺有人來了，他一看手錶——蘿蘋不會這麼早就來，她說過她母親要搭十一點的火車——有條人影已爬上了毛玻璃門的牆了。有人敲門，史崔克詫異地看著「兩次」進了偵探社。

他是個大腹便便的中年生意人，穿著皺皺的衣服，貌不驚人，其實私底下卻是個有錢人。他的臉讓人一見就忘，既不英俊也不醜陋，今天卻因驚愕而眉頭打結。

「她把我甩了。」他沒頭沒腦說了這麼一句話。

他重重坐在假皮沙發上，沙發的放屁聲嚇了他好大一跳；史崔克猜想這大概是他今天第二次受驚。這人被甩了一定是莫大的震驚，因為他的慣技是蒐羅劈腿的證據，再出示給那名有問題的金髮女郎，隨即斬斷情絲。史崔克越是了解這名客戶，就越明白對「兩次」而言，這種事能給他某種程度的性高潮。這人似乎是兼具了自虐狂、窺淫癖、控制狂性格的怪胎。

「真的？」史崔克說，站起來，去水壺那邊；他需要咖啡因。「我們非常密切地監視她，沒發現有第三者。」

事實上，他一整週都沒跟監白金，只接了渡鴉的電話，有些電話還直接轉入語音信箱，因為他正忙著跟監瘋老爸。這時他不禁懷疑是否把每通留言都聽了。他暗自祈禱渡鴉不是打電話來警告他出現了另一隻肥貓，為交換額外的好處願意為白金處理部分的學雜費，否則的話，他就得向「兩次」的現金道別，永不再見了。

「她為什麼會甩了我？」兩次質問道。

因為你是個他媽的變態。

「這個嘛，我不能指天發誓說沒有第三者。」史崔克說，謹慎地選詞用字，同時把即溶咖啡倒入馬克杯。「我的意思是如果有的話，那她還真狡猾，掩飾得非常好。她走到哪兒我們就跟到哪兒。」他撒了個謊。「要咖啡嗎？」

「我還以為你是最厲害的。」兩次喃喃抱怨。「不，我不喝即溶咖啡。」

史崔克的手機響了。他把手機從口袋裡掏出來，看是誰打的。是華道。

「抱歉，我得接個電話。」他向不滿的客戶說，按下通話鍵。

「嗨，華道。」

「馬利排除了。」華道說。

一時間史崔克對這句話完全沒有反應，可見得他有多麼的筋疲力盡。幾秒鐘之後他才回神，明白了華道談的是那個曾把男人的老二割掉的幫派分子，也是華道深信極有可能的送腿嫌犯。

「扒手——好。」史崔克說，表示他很專心聽。「他排除了啊？」

「不可能是，女的被殺時他在西班牙。」

「西班牙。」史崔克順口說。

「兩次」粗胖的手指頭在沙發臂上敲。

「對，」華道說，「在該死的米諾卡島。」

史崔克喝了一口咖啡，咖啡濃得簡直像是他放了整罐的咖啡粉。他的太陽穴隱隱作痛了，他幾乎不頭痛的。

「不過我拿給你看的那兩張照片有點進展了。」華道說。「凱西在那個神經病網站打聽你的消息時，有個男的跟女的貼文。」

史崔克模模糊糊記得華道給他看的照片，一個是斜眼的年輕男人，一個是黑髮戴眼鏡的女人。

「我們訊問過他們了，他們沒跟她見過面，只在網上聯絡。而且啊，她死的那天男的有牢不可破的不在場證明，他在阿斯達超市連值兩班──在里茲。我們查過了。

「不過呢，」華道又說，而史崔克聽得出來他要說的是他覺得很有希望的線索，「有個傢伙常掛在網站上，他自稱『愛好者』，把他們都有點嚇到。他對截肢者很痴迷。他喜歡問女人想要切斷哪裡，而且顯然還想跟幾個女的見面。最近他突然消聲匿跡了，我們正在追查他的下落。」

「嗯，」史崔克說，非常清楚「兩次」越來越惱怒了。「滿值得追查的。」

「對，而且我忘了喜歡你的殘肢所以寫信給你的那個人。」華道說。「我們也在調查他。」

「好極了。」史崔克說，壓根不知道自己在說什麼，卻舉起一手示意正要從沙發上站起來的「兩次」──他快說完了。「喂，我現在不方便說話，華道。以後再聊。」

華道掛斷電話，史崔克設法安撫「兩次」，他在等史崔克接電話時醞釀出了微弱的火氣。他的女朋友甩了他，他究竟是覺得私家偵探能幫上什麼忙，這一點史崔克並沒有問，因為他實在丟不起這個可能的老客戶。大口痛飲焦油似的咖啡，頭痛越演越烈，史崔克恨不得能有立場叫「兩次」滾得越遠越好。

「那你是打算要怎麼辦？」他的客戶問道。

史崔克不確定「兩次」的意思是要他去逼白金重拾舊情，追著她滿倫敦跑，希望能揪出別的男朋友來，或是退回「兩次」的錢。不過在他回答之前，金屬樓梯就響起了更多腳步聲，還有女性的說話聲。「兩次」才剛露出震驚、疑問的表情，玻璃門就開了。

史崔克覺得蘿蘋比他記憶中要高一點：高一點，氣色也好一點，也更難為情。她後面站著一位女士，一看就知道是她的母親。換作是正常情況，他會覺得很有意思。她矮一點，也寬得多，但她有同樣的草莓金頭髮，同樣的灰藍色眼眸，以及一種精明強幹的表情，對蘿蘋的老闆來說極為眼熟。

「實在是對不起，」蘿蘋說，忽然看見了「兩次」，猝然打住。「我們可以到樓下等——來吧，媽——」

他們不高興的客戶站了起來，很明顯是惱火了。

「不，不，不，沒必要。」他說。「我也是不請自來，我走。把最後一張發票開給我，史崔克。」

他硬是擠過去，走出了偵探社。

一個半小時後，蘿蘋與她母親默默坐在計程車內，往王十字車站前進，琳達的行李箱在地上微微晃動。

琳達堅持要在回約克夏之前見見史崔克。

「妳在他那兒工作了一年多了，我進去打聲招呼他總不會見怪吧？我想看看妳的工作環境，在妳談偵探社的時候我就可以想像……」

蘿蘋想盡辦法拒絕，一想到要把母親介紹給史崔克就非常難堪。感覺很幼稚、不合宜、傻里傻氣的。她尤其關心的是拖著媽媽出現會加強史崔克既有的印象，他已經覺得凱西一案讓她驚悚得方寸大亂了。

此時此刻蘿蘋真是後悔不已，怨自己在收到傑克．維崔阿諾卡片時流露出驚慌。她應該知道不能露出一星半點的恐懼，尤其是在告訴他被強暴的往事之後。他說沒關係，但她知道：她有許多經驗聽別人跟她說什麼對她好，什麼不好。

計程車沿著內環道行駛，蘿蘋必須提醒自己撞上「兩次」不能怪她母親，她應該先打電話給史崔克的。說真的，她私底下是希望史崔克不在偵探社，或是在樓上；她就能帶琳達參觀偵探社，再帶她離開，毋須介紹他們兩個認識。她很怕事先打電話來，史崔克出於惡作劇的天性以及好奇心作祟，會刻意撥出時間來跟她母親見面。

蘿蘋去泡茶時琳達和史崔克聊天，刻意壓低聲音。她極度懷疑部分原因是琳達想跟史崔克見面是要評估他和她女兒間的熱絡究竟有幾分。幸好，史崔克一副鬼樣，比實際年齡老了足足十歲，帶著為了工作而犧牲睡眠時的泛青下巴與下陷的眼窩。琳達見過了她的老闆，打死也不會想像蘿蘋對老闆有什麼秘而不宣的痴迷愛戀。

「我喜歡他，」琳達說，聖潘克拉斯車站的紅磚宮殿式建築正印入眼簾，「而且我得承認，他雖然不漂亮，可是有一種獨特的味道。」

「對，」蘿蘋冷冷地說。「莎拉．薛洛克也有同感。」

在她們要離開偵探社之前，史崔克要求跟她到裡間的辦公室談五分鐘。他交給她一張秀爾迪契的馬殺雞沙龍、脫衣舞酒吧、貼腿舞夜店名單，要她一個一個打電話詢問是否有諾亞．布拉克班克這個人。

「我越琢磨，」史崔克說，「就越覺得他還是在當保鏢。不然他還能找什麼工作，那麼個大塊頭，腦子又受傷，還有那種過去？」

礙於琳達也聽得見，史崔克省略不說他很確定布拉克班克仍然在皮肉生意這一行裡討生活，因為這一行最容易找到脆弱的女人。

「好，」蘿蘋如此回答，把史崔克的清單擺在她的辦公桌上。「我把媽送走再回來——」

「不，我要妳在家裡查。記錄下每一通電話，我會補償電話費。」

蘿蘋心中掠過了「天命真女」的《倖存者》海報。

「那我幾時進辦公室？」

「看妳多久查完。」他說。準確地判讀了她的表情，他又說：「唔，我覺得我們永久失去了『兩次』這個客戶了。我一個人就能跟監瘋老爸——」

「那凱西呢？」

「妳現在就是在追查布拉克班克的下落。」他說，指著她手上的單子。接著（他的頭像在打鼓，不過蘿蘋不知道）：「明天大家都不上班，銀行休假日，皇室婚禮——」

他的用意再清楚不過了，他不要她礙手礙腳。她不在偵探社期間發生了變化。說不定是史崔克想起了她終究不過是個沒受過憲兵訓練的老百姓，在斷腿送到他們門前之前沒見過屍塊，總而言之一句話，遇上了這種極端的情況，她不是那種能幫得上他忙的搭檔。

「我才剛休了五天假……」

「拜託，」他說，失去了耐性，「妳也不過就是做清單打電話——幹嘛非得要在這裡做不可？」

妳也不過就是做清單打電話。

她記起了愛琳說她是史崔克的秘書。

和母親坐在計程車中，憤怒與怨恨如土石流沖走了理性。他在華道面前稱她是搭檔，那時他需要她來指認一堆四肢不全的屍體照片。兩人的工作關係並沒有簽新的合約，也沒有正式的再協商。她打字比史崔克快，誰叫他的手指又粗又多毛，她處理一大堆的發票和郵件。歸檔也大都是她的工作。蘿蘋心想或許是史崔克自己跟愛琳說她是他的秘書的。說不定稱她是搭檔只是在敷衍她，純粹的口蜜腹劍。說不定（她是故意在引燃自己的怨恨，她也心知肚明）史崔克和愛琳在背著愛琳的老公偷偷共進晚餐時討論的是蘿蘋的缺點。他可能私下跟愛琳說他現在有多後悔找了個女員工，尤其是當初來時還是派遣工。他搞不好連她被強暴的事也跟愛琳說了。

我那時也很不好受，妳知道。

妳也不過就是做清單打電話。

她為什麼哭？憤怒與挫折的眼淚流下了臉頰。

「蘿蘋？」琳達問她。

「沒事，沒事。」蘿蘋的語氣不善，以手掌擦掉眼淚。

五天來跟她母親和馬修在公寓裡共度，三人在小小的空間裡沉默得彆扭，她知道母親趁她在浴室裡低聲和馬修交談，但她寧可裝糊塗。她急著回去上班，她不想又被關在家裡。儘管不理性，但她卻覺得躲在哈斯廷斯路的公寓中並沒有比躡足倫敦市中來得安全，她可以在外面留意那個戴小圓帽的大漢。

計程車終於停在王十字車站外。母女倆穿過擁擠的車站走向月台，蘿蘋忙著控制自己的情緒，很清楚琳達側目打量她。今晚又是她和馬修兩個人，而空氣中懸浮著那場判定生死的最後對談。她不想讓母親過來，但是眼看離別在即，蘿蘋又不得不承認母親在這裡帶給她的安慰遠非她的預料所及。

琳達看著旅行箱安全地放在行李架上就又走上月台，跟女兒度過最後的幾分鐘。「好，這是給妳的。」

她拿出了五百鎊。

「媽，我不能拿……」

「可以。」琳達說。「存起來，找個地方住……或是買雙Jimmy Choo的鞋子婚禮上穿。」

母女倆在週二到龐德街去逛街，看櫥窗裡完美無瑕的珠寶，比一輛二手車還貴的皮包，以及兩個女人都不敢奢望的名牌服飾。跟哈洛蓋特的商店比起來簡直是另一個世界。蘿蘋貪婪地凝視鞋店的櫥窗。馬修不喜歡她穿很高的高跟鞋；為了跟他賭氣，她大聲說她最想要一雙五吋高的細跟高跟鞋。

「我不能。」蘿蘋又說，周遭的車站人流吵吵嚷嚷。她的哥哥史帝芬也要在今年完婚，而她的父母也要支付部分婚禮費用。他們已經花了一大筆錢在她已經延遲一次的婚禮上了，他們買了婚紗，為修改付費，在婚禮的禮車上用掉了一筆存款……

「我要妳拿去。」琳達說，不容她分說。「不是投資在妳自己的單身生活上，就是去買一雙婚禮穿的鞋子。」

蘿蘋抗拒著眼淚，一聲不吭。

「無論妳有什麼決定，我跟爸都百分之百支持，」琳達說，「可是我要妳問自己為什麼不讓別人知道婚禮是因為什麼緣故取消的。妳不能再這樣不上不下地吊著，這樣對你們兩個都沒好處。把錢收起來，做個決定。」

她緊緊擁抱蘿蘋，吻她的耳垂下方，回到火車上。蘿蘋揮手道別，一直裝出笑臉，但火車一出站，將她母親帶回馬森，帶回她父親身邊，帶回拉布拉多狗榮特利身邊，帶回一切友善與熟悉的環境中，蘿蘋就坐在冰冷的金屬長椅上，雙手掩面，默默對著琳達給她的鈔票哭泣。

「開心點，達令。海裡的魚多得是呢。」

她抬頭，看見面前立著一個邋遢的男人，肥大的肚子凸出在腰帶之上，一臉色迷迷的笑。

蘿蘋緩緩起身，她跟他一般高。兩人眼睛平視。

「滾一邊去。」她說。

他眨眨眼，笑容轉為怒容。蘿蘋大步離開，把琳達的鈔票塞進口袋裡，聽見他在後面吼叫，但她聽不出也不在乎他叫些什麼。她心中泛起一股怒氣，氣所有把感情表露當成什麼可乘之機的男人，氣那些假裝掃描酒架卻在偷窺妳的乳房的男人，氣那些看到妳卻只把妳當成什麼放浪的邀請的男人。

她的憤怒如烈焰翻湧，也燒上了史崔克，他叫她回家因為他現在認為她是個累贅；他寧可損及她幫忙打造的生意，單槍匹馬去打仗，也不肯讓她做她擅長、偶爾還勝過他的工作，只因為七年前她在錯誤的時間走到錯誤的樓梯間，就在他的眼裡成了永遠的不利條件。

哼，她會幫他打電話給那些可惡的大腿舞夜店跟脫衣舞酒吧尋找那個叫她「小姑娘」的王八蛋，但她要做的不只這件事。她一直期待要告訴史崔克，但琳達趕著搭火車，沒有時間跟他說，而且在他叫她待在家裡後，她也沒那個心情說了。

蘿蘋緊了緊腰帶，大步前進，皺著眉，覺得把史崔克蒙在鼓裡，單獨一人去追查一條線索，道理是站在她這一邊的。

37

This ain't the garden of Eden.

Blue Oyster Cult, 'This Ain't the Summer of Love'

這不是伊甸園。

——藍牡蠣〈這不是愛的夏季〉

如果非要待在家裡，她就應該收看皇家婚禮實況轉播。第二天一早，蘿蘋坐在客廳沙發，筆記電腦擱在腿上，手機放在身旁，以電視機的聲音當作背景。馬修這天也不必上班，但他在廚房，不敢惹她。他今天都沒有問她要不要喝茶，不問她的工作如何，也沒有體貼地以笑臉作陪。母親回去後，蘿蘋感覺到他有點改變，似乎變得焦慮、無奈，而且更嚴肅。也許在他們的細聲交談中，琳達已使馬修相信已發生的事都無法挽回了。

蘿蘋內心十分清楚，她必須下定決心。琳達上車前說的那句話讓她越發感到事不宜遲。她還沒有去找另外的住處，但她無論如何一定要告訴馬修她要搬出去，並且和他協商如何告知雙方的朋友與家人。不過她現在仍坐在沙發上工作，沒有和馬修商討這個問題。而這個問題似乎塞滿了這間小小的公寓，緊貼著四周牆壁，使屋內的氣氛顯得格外緊張與僵硬。

襟上別著胸花的電視播報員在螢幕上滔滔不絕地描述西敏寺的華麗裝飾，名流貴胄魚貫走向入口。蘿蘋一邊聽，一邊抄寫秀爾迪契附近一帶的豔舞、脫衣舞俱樂部及按摩院的電話號碼。她不時捲動電腦頁面檢視客戶評論，看有沒有人提到一個名叫諾亞的保鑣，但除了在那邊工作的女性之外都沒有提到其他工作人員的姓名。顧客通常會根據這些女郎自稱的工作熱忱來推薦她們——有一家按摩院的「曼蒂」會「做完三十分鐘整」，「絕不會讓人覺得草草了事」；「環道脫衣舞俱樂部」的「雪莉」永遠「熱心、親切、風趣」。還有一個顧客說：「我強力推薦柔依，一級棒的身材，以及『令人非常銷魂的結尾』！」

在不同的心情下，或者，換一種不同的生活，蘿蘋也許會覺得他們對這些女性的評語很有趣。許多以金錢買春的男人都相信那些女郎的熱情是真誠的，以為她們也在花時間找樂子，以為她們真的認為顧客的笑話很好笑，以為她們真的享受裸體按摩與手淫的樂趣。一名顧客甚至在網站上貼了一首詩歌頌一名他喜愛的女郎。

蘿蘋一邊認真蒐集電話號碼，一邊心想以諾亞．布拉克班克過去的不良紀錄，一些比較高檔的公共場所大概不會雇用他。它們的網站製作得頗有藝術感，畫面很亮，有噴霧處理的裸體女郎，並誠摯邀請夫妻一起光臨。

蘿蘋知道妓院是違法的，但你一進入網站很快就能找到有關它們的言論。自從為史崔克工作後，她便學會從網路上的冷僻角落尋找資料，並很快學會交互參考專門交換這類情報的色情網站所提供的資訊找到這些地方。這裡，在這個行業最低廉的地方看不到詩歌詠歎。「肛交六十英鎊」，「女郎全部來自國外，沒有英國人」，「年輕，乾淨，任君選擇」。

她往往只能找到大致的地點。她知道史崔克不會讓她去任何一個「大部分是東歐女郎」或「清一色中國辮子姑娘」工作的地窖與集體住宅搜尋。

休息一下，同時下意識地想放鬆一下堵在胸口的悶氣，她抬頭看電視。威廉王子與哈利王子正並肩步上紅地毯。蘿蘋看著電視，客廳門開了，馬修走進來，手上拿著一個裝了茶水的馬克杯。他沒有主動提議幫她泡茶。他一言不發坐在扶手椅上，凝視電視螢幕。

蘿蘋繼續工作，對坐在一旁的馬修變得超級敏感。他走進客廳沉默不語是種反常現象；不打擾她，甚至不幫她泡茶，接受她的隔絕，以及他沒有去拿遙控器轉換頻道，也是前所未見的現象。

鏡頭又回到「戈林酒店」外面，媒體早在那裡守候，希望提早捕捉到凱特．密道頓穿結婚禮服的鏡頭。蘿蘋緩緩捲動電腦頁面，閱讀一系列有關商業路附近一名妓女的粗俗評論，偶爾從筆電上方瞄一眼電視螢幕。

一陣興奮的談話與歡呼聲使蘿蘋抬頭，正好看到凱特．密道頓坐上一部禮車。她身上有蕾絲長袖和她剛剛解除婚約的結婚禮服一樣……

禮車緩緩開動，從螢光幕上可以看見凱特．密道頓和她的父親坐在車內。原來她也選擇把長頭髮放下來。蘿蘋原本也打算把她的頭髮放下來。馬修喜歡她這樣，但這已經不重要了。

群眾在林蔭大道兩旁夾道歡呼，放眼望去淨是一片英國米字旗。

馬修轉頭看她，蘿蘋假裝又專注在她的電腦上。

「妳要不要喝茶？」

「不要，」她說，接著又勉強補一句：「謝謝。」她知道她的語氣很不友善。

她放在旁邊的手機響了。平常休假日遇到這種情況，馬修通常會皺眉頭或生悶氣，他會以為是史崔克打來的，有時確實是他，但今天他只是轉頭望著電視。

蘿蘋拿起手機看剛剛傳來的簡訊：

我怎知道妳不是媒體記者？

這是她背著史崔克在追查的一條線索，她早已準備好答案。當螢幕上的群眾歡呼目送禮車緩緩前進時，她在手機上按鍵：

如果媒體知道你，他們早就上門找你了。我叫你上網查我，那裡有一張我在歐文．昆恩命案出庭作證時拍的照片。你找到沒？

她又放下手機，心跳開始加速。

凱特．密道頓在西敏寺外下車。這件結婚禮服將她的腰襯托得格外纖細。她看上去很快樂……真的快樂……蘿蘋望著這位戴后冠的美女走向西敏寺入口，一顆心怦怦亂跳。

她的手機又響了。

我看到照片了，然後呢？

馬修喝茶時發出一點聲音，蘿蘋沒理他。他大概以為她在和史崔克互通簡訊，通常在這種情況下他會皺眉頭並表示不滿。蘿蘋將手機調到相機模式，舉起來對著自己拍了一張照片。

閃光燈把馬修嚇了一跳，他把頭轉過去，他哭了。

蘿蘋將照片隨著簡訊一起傳出去時手指微微顫抖。然後她又繼續看電視，不想轉頭看馬修。

現在凱特．密道頓和她的父親緩緩走上鋪著紅地毯的甬道，左右兩邊坐滿戴帽子的貴賓。無以數計的童話故事和寓言的最高潮正在她眼前上演：一介平民徐徐走向她的白馬王子，美女毅然決然走進貴族世家……

蘿蘋不由得想起馬修在皮卡迪利廣場的愛神雕像底下向她求婚的那個夜晚。幾個流浪漢坐在台階上，當馬修屈膝跪下時他們發出奚落的聲音。她對骯髒的台階上這個出其不意的舉動毫無心理準備。馬修冒著他最好的一套西裝被台階弄濕、弄髒的危險，以及蓋過車輛廢氣的陣陣酒氣不斷向他們飄過來：先是那個藍色的小絲絨盒，接著是那顆會眨眼的藍寶石，比凱特．密道頓手上的藍寶石更小、更蒼白。馬修後來告訴她，他之所以選它是因為它很像她的藍眼睛。當她接受他的求婚時，其中一個流浪漢站起來鼓掌叫好。她還記得皮卡迪利廣場閃爍的霓虹燈映照在馬修喜氣洋溢的臉龐上。

九年的交往，共同成長，有爭執，有和解，有愛。九年一閃而過，他們在早該使他們分開的創傷中相守至今。

她還記得求婚後的第二天，她被短期人力仲介公司派去史崔克的辦公室。感覺上那似乎是很久以前的事了，她覺得自己彷彿換了一個人……至少，她覺得自己和以前不一樣了，直到史崔克叫她待在家裡抄電話號碼，並迴避她的質疑：什麼時候她才能回去和他一起工作。

「他們分開過。」

「什麼？」蘿蘋問。

「他們，」馬修說，聲音有點沙啞，對著電視螢幕頷首。威廉王子剛好轉頭看他的新娘，「他們曾經分開過一段時間。」

「我知道。」蘿蘋說。

她嘗試讓自己的語氣表現出淡淡的，馬修的表情顯得很失意。

在某種程度上，我想也許妳能找到一個比我更好的人。

「我們……我們真的完了嗎？」他問。

凱特．密道頓和威廉王子並肩站在祭壇上，兩人的表情看起來都很快樂。

兩眼凝視著螢幕，蘿蘋知道她今天對馬修提問的答覆會被認為是決定性的。她的訂婚戒指依舊擱在她留下的地方，在書架上一些陳舊的會計學教科書上面。自從她把它從手上脫下來後，兩人都沒去動它。

「親愛的……」螢幕上，西敏寺大主教開始主持婚禮。

她想起馬修第一次約她出去那天，記得她從學校走回家，內心非常興奮，激動而驕傲。她想起莎拉．薛洛克在巴斯的一家酒館，靠在馬修身上咯咯笑。馬修微微皺眉，移開身體。她又想起史崔克和愛琳……他們又有什麼樣的關係？

她想起她被強暴後在醫院躺了二十四小時，馬修到醫院探視她時臉色蒼白、渾身顫抖。他為了陪她而沒去參加考試，沒有請假就曠課。他的母親為此頗有微詞，他不得不在暑假補考。

我那時才二十一歲，還不知道，但我現在知道了：這個世上找不到和妳一樣的人，我不可能像愛妳這樣去愛其他任何人……

莎拉・薛洛克雙手摟著他，無疑的，在他喝醉酒時對她傾吐他不明白蘿蘋為什麼會有廣場恐懼症、不能被碰觸……

手機又響了，蘿蘋拿起來看。

好，我相信就是妳。

蘿蘋無法仔細思索她所讀的簡訊。她把手機放在沙發上，沒有回覆。男人哭泣的時候實在令人難過。馬修的眼睛紅紅的，肩膀在抽動。

「馬修，」她在他無聲的啜泣中低聲喚他，「馬修……」

她對他伸出一隻手。

38

Dance on Stilts

高蹺之舞

天空像粉色的大理石，但街上仍擠滿人潮，數以百萬計倫敦市民和來自其他城市的居民都擠在人行道上：紅、白、藍三色帽，英國米字旗，塑膠皇冠。狂飲啤酒的小丑手上牽著臉上塗油彩的兒童，在一波又一波令人作嘔的感性中浮沉、旋轉。地鐵擠滿了人潮，街上也擠滿了人潮。他奮力擠進人群中找尋他的目標時，不只一次聽到不成調的國歌從微醺的口中唱出，甚至在他離開車站時，一群擋住他的去路、大聲喧譁的威爾斯女人還以精湛的技藝高唱國歌。

他留下「它」獨自在家啜泣。皇家婚禮使「它」暫時忘了悲傷，卻又引來令人倒胃口的情愛與自憐的淚水，引來與承諾和伴侶有關的哀怨暗示。他按捺他的脾氣，只因為他的每一根神經、他的每一個細胞原子都專注在他今天晚上要做的事。因為專注在即將到來的釋放，所以他表現得很有耐心、有愛心，但他所得到的回報卻是「它」利用這最大的自由企圖阻止他離開。

他已經穿上那件藏了刀子的夾克，而且發了脾氣。他雖然沒有動過「它」一根指頭，但他知道如何用言語、用肢體語言、用猛烈爆發的內在獸性去恐嚇與威脅。他拋下飽受驚嚇與震驚的「它」，用力摜門拂袖而去。

他從人行道上一群酒醉的人中間擠過去時心想，他回去後得加倍補償。送一束廉價的鮮花，虛情假意的道歉，編一些壓力太大的謊言……想著想著，他的表情開始變得猙獰。以他的體型和外表，沒有人敢惹他，但他從人群中擠過去時仍然撞倒幾個人。他們就像九柱球，肉做的球柱，他們的生命和意義都和他差不多，在他的生命中，只有對他有利的才重要，這是為什麼小秘書如此重要的原因，他還不曾花這麼長的時間去跟蹤一個女人。

是的，上一個也花了他一點時間，但那不一樣：那個笨女人愉快地落入他的魔掌，你不得不想她這輩子最大的心願是被截肢。當然，結果……

想到這裡他不由得微笑。那些桃色的毛巾和她的血腥味……那種感覺又出現了，那種無所不能的感覺。今晚他會得手，他有這種感覺……趕去赴會，熱情問候（Headin' for a meeting, shining up my greeting）……

他要找一個從一群人中落單的女子，喝了酒迷迷糊糊、多愁善感的女子，但她們都是一群人一起過街，因此他想也許最好還是找個阻街女郎。

時代不同了，現在和以前不一樣，妓女不需要在街上走動，不會拿著行動電話上網。現在花錢買女人和打電話叫外送一樣方便，但他不希望在網路或某個賤女人的手機上留下紀錄。只有那些渣滓才會站在街上，哪些地區他都知道，但他要找個沒有地緣關係的地方，遠一點的地方。

十一點五十分他已經到了沙克威爾，他把夾克領子翻上來遮住他的下半部臉，帽簷遮蓋他的前額。他一邊走著，刀子沉重地在他胸口跳動，一把是簡單的切肉刀，另一把是小型彎刀。一些咖哩食堂和更多的酒吧櫥窗仍亮著燈，到處都是米字旗……如果一整夜都這樣，他一定會找到她……

三個穿短裙的女人站在一個黑暗的角落，吸菸，聊天。他從對街經過，其中一個女的喊他，但他沒理她，一直往前走進暗處。三個太多了，會留下兩個目擊者。

徒步狩獵比較方便，同時也比較困難。方便的是不必擔心車牌被照相，困難的是要把她帶到什麼地方，事後要逃也比較不容易。

他又在街上逛了一個小時，直到發現他又回到剛才那三個阻街女郎站立的地方，不過現在只剩兩個人了，比較好處理，只有一個目擊者。他幾乎完全遮住他的臉。他猶豫了一下，這時一輛車開過來，速度減慢，開車的人和兩個女孩簡短談了幾句話，其中一個上車後車子開走了。

他的血脈與大腦立刻湧出大量值得謳歌的毒素，和他第一次殺人時一樣。當時也是留下一個比較醜的，讓他可以為所欲為。

事不宜遲，否則她的同伴可能折回來。

「又回來了，寶貝？」

她雖然外表年輕，但她的聲音沙啞。指甲花染紅的頭髮剪成寒酸的短髮型，兩隻耳朵和鼻子都穿洞。她的鼻孔濕濕紅紅的，彷彿感冒。她身上穿著皮夾克和橡膠迷你裙，腳上踩著一雙令人眼花撩亂的高跟鞋，似乎有點站不穩。

「多少？」他問，但幾乎沒在聽她的回答，重要的是地點。

「你要的話我們可以去我住的地方。」

他同意了，但他有點緊張。最好是她一個人獨居的房間或小套房，沒有人上下樓，沒有人聽到或見到，一個骯髒、漆黑的隱密處，一個渴求屍體的地方。假如是公共場所，真正的妓院，還有其他女孩和一個癡肥的老鴇，或者更糟，有皮條客……

行人穿越道的紅燈還沒轉綠，她便搖搖晃晃地想穿過馬路。他立刻抓住她的手臂將她拽回來，一輛白車急馳而過。

「我的救命恩人！」她咯咯笑著說，「謝謝你，寶貝。」

他看得出她有心事。這種女人他見多了，她紅腫的濕鼻子讓他感到厭惡。他們經過陰森森的商店，映在櫥窗上的倒影像一對父女。她如此矮小瘦弱，他如此高大魁梧。

「看了婚禮沒？」她問。

「什麼？」

「皇家婚禮？她好漂亮。」

連這個小臭婊子也為婚禮瘋狂。他們走著，她一路喋喋不休地說話，不停地笑，踩著廉價的細高跟鞋搖搖晃晃。他則始終保持沉默。

「可惜他的母親看不到他結婚，不是嗎？我們到了，」女孩說，指著一條街以外的一棟廉價公寓，「那是我住的地方。」

他老遠就看到了，門口有燈光的地方站著幾個人，還有一名男子坐在台階上。他立刻停下腳步。

「不。」

「咦？別擔心他們，寶貝，他們都認識我。」她懇切地說。

「不。」他又說，一手緊緊抓著她纖細的手臂，突然暴怒。她在開什麼玩笑？她以為他是菜鳥嗎？

「去那邊。」他說，指著兩棟建築中間一處陰暗的空間。

「寶貝，家裡有床……」

「去那邊。」他生氣地重複說道。

她一雙畫了濃妝的眼睛對他眨了幾下，有點為難，但她的思考能力已經有點混沌。他默不作聲，完全以他的人格對她施壓。

「好吧，寶貝。」

地面似乎有些碎石子，他們的腳步發出嘎吱嘎吱的響聲。他怕這裡或許會有防盜照明或感應器，但距離馬路二十碼的地方有一片更深沉的黑暗等著他們。

他雙手戴著手套，將鈔票遞給她。她替他拉開長褲的拉鍊，他還是軟的。當她在黑暗中跪在地上幹活，想讓他膨脹起來時，他從夾克裡悄悄拿出暗藏的刀子，一手一把，握著塑膠刀柄的掌心在尼龍防水布內開始冒汗。

他朝她的腹部用力一踢，力道太大，她往後翻飛了出去。哽塞的喘息聲和碎石子的嘎吱聲告訴他她著地的位置。他踉蹌上前。長褲的拉鍊仍開著，褲子滑到他的臀部上。他絆倒在她身上找到她，壓在她身上。

刀子不停落下，他刺到骨頭，也許是肋骨，於是再刺。她的肺部發出哨音，然後他大吃一驚，她開始尖叫。他雖然騎坐在她身上，她仍然奮力抵抗。他找不到她的喉嚨解決她。他用力揮動拿彎刀的左手，想不到她還有足夠的力氣再度尖叫……

他從口中發出連聲咒罵，用刀刺下去，刺，再刺。她企圖阻止他，他用力刺她的手掌時忽然心生一計，他把她的手壓下去，跪在上面，舉起他的彎刀——

「你他媽的賤女人……」

「誰在那裡？」

媽的。

一個男人的聲音，在黑暗中從街道的方向傳來，又說：「誰在那裡？」

他從她身上爬下來，拉起他的內褲和長褲，盡可能安靜地退開。他的左手握著那兩把刀，右手握著他認為的她的兩根指頭，還是溫的，有骨頭，還……在滴血……她仍在呻吟、嗚咽……接著吐出最後一口氣，沒聲音了……

他蹣跚走向不知是何處的地方，離開她一動也不動的身形，如同一隻貓敏銳地意識到遠處一隻逐漸逼近的獵犬。

「那邊沒事吧？」一個男性的聲音發出回音。

他已退到一座堅固的圍牆邊，他貼著圍牆摸索著往前走，直到圍牆轉為鐵絲網圍籬。藉著遠處的街燈他看到圍籬的另一邊似乎是一間簡陋的汽車修理店，車輛的龐大形影在黑暗中顯得格外陰森。他聽見他剛剛離開的地方有腳步聲，那個人已經過去察看尖叫的來源。

他不能慌。他不能跑。聲音是致命傷。他順著修車廠的鐵絲網圍籬緩緩移動，走向一片黑暗的地方，那裡要麼是一塊通往附近街道的空地，要麼是一條死巷子。他將沾血的刀放回他的夾克裡面，將她的手指塞進他的口袋，躡手躡腳往前走，盡可能不發出一點聲響。

巷內傳來驚呼的回音：

「要命！安迪——安—迪！」

他開始跑。現在他們不會聽到他的跑步聲了，他們的叫喊聲在圍牆邊發出回音，不可能聽到他的聲響。而且彷彿宇宙又再度對他友善，當他跌跌撞撞跑到另一個暗處時，他的腳下踩到柔軟的草地。

那是一條死巷子，有一堵六呎高的圍牆。他聽到圍牆另一邊有車輛來往的聲音。沒有別的辦法了，他氣喘吁吁地攀牆，但願能像他從前那樣身手矯健、肌肉強壯，而且年輕。他試著爬上去，兩隻腳慌亂地找尋可以蹬上去的地方，他的肌肉在強烈抗議。

但狗急也能跳牆，他終於爬到牆上再翻過去。他重重落地，兩個膝蓋嚴重抗議，但他跌跌撞撞走了幾步後恢復平衡。

繼續走，繼續走……保持正常……正常……正常……

車輛從他身邊呼嘯而過。他暗中將沾血的雙手往夾克上擦，遠處傳來叫嚷聲，模糊不清……他必須盡快離開這裡，他要去「它」不知道的那個地方。

一輛巴士停下來，他慢跑幾步跟著排隊上車。只要能離開這個地方，他不在乎巴士開往何處。他的大拇指在車票上印了一個血痕。他將它塞進口袋，和她被切下的手指放在一起。

巴士隆隆開動。他緩緩做了幾次深呼吸，試圖讓自己平靜下來。

巴士上層又有人開始唱起國歌。巴士加速，他的心臟抽了一下。他的呼吸終於逐漸恢復正常。

他望著髒汙的車窗上自己的倒影，她仍然溫熱的小指在他的手中滾動。當驚慌消退後，代之而起的是洋洋得意。他對著他的黑色倒影獰笑，與那個唯一知情的倒影分享他的勝利。

39

The door opens both ways . . .

Blue Oyster Cult, 'Out of the Darkness'

門向兩邊開……

——藍牡蠣〈走出黑暗〉

「快來看，」星期一早晨，愛琳雙手端著一碗燕麥片，站在電視機前驚訝地說，「你相信嗎！」

史崔克剛走進廚房。兩人照例在星期日晚上約會，早晨起床後他已梳洗完畢換好衣服。這間一塵不染的乳白色廚房所有的櫥櫃表面都是不鏽鋼，加上隱藏式的燈光，像極了太空時代的手術房。一台電漿電視掛在餐桌後面的牆壁上，美國總統歐巴馬在螢光幕上，站在講台發表談話。

「他們殺死歐薩瑪賓拉登了！」愛琳說。

「老天。」史崔克說，停下來讀螢幕下方的跑馬燈字幕。

換上乾淨衣服刮了鬍子也沒有改善他疲憊的憔悴臉色。他花了無數小時想找出連恩或惠泰科的蛛絲馬跡使他付出痛苦的代價：兩眼充滿血絲，臉色灰敗。

他走向咖啡機，給自己倒了一大杯咖啡，大口喝下。昨天晚上他趴在愛琳身上幾乎立即睡著，這至少可以算是他在這個禮拜完成的少數幾件任務之一。現在，他倚著廚房的不鏽鋼台面中島注視著服裝整潔的美國總統，打從心底羨慕他。至少，他已逮到他想要的人。

賓拉登被殺的詳細情形公諸於世，使愛琳開車送史崔克去地鐵站途中多了一個交談的話題。

前。」

「我在想他們如何確認那個人是他，」她在地鐵站外靠邊停車時說，「在他們進去以

史崔克也在想這個問題。賓拉登體型高大，身高六呎多……史崔克的思緒又飄回布拉克班克、連恩和惠泰科身上，直到愛琳打斷他的思路。

「我星期三要和同事一起去喝酒，如果你想去的話，」她的語氣有點不自然，「鄧肯和我幾乎達成協議了，我實在不想再這樣偷偷摸摸。」

「抱歉，不行，」他說，「在這些跟監工作完成以前都不行，我說過了。」

他騙她追查布拉克班克、連恩與惠泰科是收費的工作，因為她不會了解，就算他一無所獲也要持續追查下去。

「好吧，那我等你的電話。」她說。他聽出她的口氣有點冷，但他選擇不予理會。

這樣做值得嗎？他走進地鐵，背包揹在肩上，不是指他追查那幾個人，而是指愛琳。離婚即將達成協議意味著麻煩的義務即將開始。一樣吃那幾家餐廳，一樣的夜晚，他對他們一成不變的約會已開始有點膩了，但她提議打破現狀，他又發現他一點也不熱中。他可以不假思索想出一堆理由來拒絕和一群第三電台的節目主持人飲酒聊天，第一個理由就是睡覺。

他有這種感覺，很快地，她就會想把他介紹給她的女兒認識。三十七歲的史崔克一直都在逃避「媽咪的男朋友」身分。他對麗妲生命中的男人所留下的都是不愉快的記憶，有的高尚，但大部分都不是，而且幾乎可以說是厭惡。每次開門發現又是一個陌生的男人，他的妹妹露西眼中都會顯露恐懼與不信任，他不想在另一個孩子的臉上再看到這種表情。至於他自己的表情，他不知道。在他有能力處理時，他早已刻意對麗妲的那部分生命封閉他的心，只專注在她的擁抱、她的笑聲，她對他的成就所表現的為人之母的快樂。

當他走出諾丁丘地鐵站往學校方向走去時，他的行動電話響了：「瘋老爸」分居的妻子打

來的簡訊。

再一次提醒你因為銀行休假，所以孩子們今天不上學。他們在外公外婆家，他不會跟蹤到那個地方。

史崔克暗中咒罵。他還真把銀行休假這回事忘得一乾二淨。往好處想，他可以自由自在地回辦公室，趕一些文書工作，然後改在白天去卡特福百老匯。要是能在他轉車去諾丁丘之前提早收到這通簡訊就好了。

四十五分鐘之後，史崔克笨重地爬上通往他的辦公室的金屬樓梯。數不清多少次了，他問自己為何始終沒有跟房東聯繫要求他把那個鳥籠電梯修好。等他抵達辦公室的玻璃門前時，又有個更緊急的問題出現：為什麼裡面的燈是亮的？

史崔克把門用力拉開，因為力道太大，連早已聽見他逐漸接近的沉重腳步聲的蘿蘋都嚇一跳。兩人互相對望，她的是無畏的眼神，他卻是譴責的眼神。

「妳來幹嘛？」

「工作。」

「我叫妳在家做。」

「我做好了。」她說，拍拍旁邊書桌上的一疊紙張，紙張上有手寫的字和電話號碼。「這些都是我可以在秀爾迪契找到的電話號碼。」

史崔克順著她的手望過去，但吸引他注意的不是她指給他看的那一小疊整齊的紙張，而是那枚藍寶石訂婚戒。

兩人一時無言，蘿蘋不明白她的一顆心為何在胸腔內狂跳。多麼奇怪的防備心理……她要不要嫁給馬修完全由她決定……更可笑的是她還要對自己這樣說……

「復合了，是嗎？」史崔克說，背對著她掛他的外套和背包。

「是的。」蘿蘋說。

又是短暫的沉默。史崔克背對她。

「我沒有足夠的事給妳做，我們只剩一個案子了。瘋老爸的事我可以自己來。」

她瞇起她的灰藍色眼睛。

「布拉克班克和連恩與惠泰科呢？」

「他們怎樣？」

「你不是還想找到他們嗎？」

「是的，但那不關……」

「你一個人如何處理四個案子？」

「他們不是案子，沒有人付費……」

「那他們算是業餘嗜好了，是嗎？」蘿蘋說，「所以我才一整個週末都在查電話號碼？」

「聽我說——我想找到他們，是的，」史崔克說。他在深沉的疲憊和另一種難以解釋的情緒下試著辯駁（訂婚戒又戴回去了……他一直在想一定會發生……把她送回家，給她時間和馬修相處當然會有幫助。）「但我不……」

「你那時候還很高興讓我開車載你去巴羅，」蘿蘋說，她早已準備好要和他爭辯。她明白他不希望她回到辦公室。「你也不介意我去找荷莉．布拉克班克和蘿蓮．麥諾頓問話，是吧？那為什麼又改變主意了？」

「妳又收到另一個屍塊，所以改變主意了，蘿蘋！」

他無意把嗓門放大，但他響亮的聲音被檔案櫃反彈發出回音。

蘿蘋面無表情。她看過史崔克發脾氣，聽過他咒罵，甚至看過他捶打金屬抽屜。她不怕。

「是的，」她鎮定地說，「它讓我震驚，我想大多數人接到卡片內裝一個腳趾頭都會感到震驚，你自己看了不也覺得很噁心。」

「是啊，所以才……」

「你想自己單獨辦四件案子，所以把我遣送回家。我並沒有要求休假。」

她把戒指又戴回去後，馬修高興得真心誠意協助她演練回來上班這件事。她回想起來仍覺得不可思議，馬修假扮史崔克，她提出反駁。但馬修早已決定，只要她答應在七月二日和他結婚，他願意幫她做任何事。

「我要再回去……」

「妳想回去工作，」史崔克說，「並不表示它對妳有益。」

「喔，我不知道你還是一個合格的專業治療師。」蘿蘋故意譏諷地說。

「聽我說，」史崔克說。她那冷漠的理性比她的怒氣和眼淚更令他生氣（那顆藍寶石又在她的手上泛出寒光），「我是妳的雇主，由我決定……」

「我以為我是你的工作夥伴。」蘿蘋說。

「都一樣，」史崔克說，「不管是不是工作夥伴，我仍然有責任……」

「你寧可眼睜睜看著這件事失敗也不讓我做點事？」蘿蘋說。她白皙的臉龐因惱怒而泛紅，史崔克雖然即將失去耐性，但眼看她失去冷靜，心中卻微微感到竊喜。「是我幫你建立的！你正落入他的圈套，無論他是誰，阻止我加入，漠視收費的案子，自己一個人忙成……」

「妳怎麼知道我……」

「因為瞧你那副鬼樣子。」蘿蘋大膽地說。史崔克措手不及，幾天以來第一次差點笑出來。

「無論，」她又繼續說道，「我是不是你的工作夥伴，假如你要把我當成某種特殊場合才使用的瓷器，你認為我不會受傷時才拿出來使用，我們……我們注定要失敗。這一行注定要完蛋。我還不如接受華道的建議……」

「什麼建議？」史崔克尖銳地問。

「他建議我去警察局上班。」蘿蘋說，直視史崔克的臉，「你知道，這對我來說不是遊戲。我不是小女生，我經歷過比收到腳趾頭更糟的事。所以……」她鼓起勇氣。她原希望它不會成為最後通牒，「你決定，決定我是你的夥伴或是一個……一個負擔。假如你不能依賴我，假如你不能讓我跟你一起冒險，那我不如……」

她的聲音幾乎哽咽，但她強迫自己繼續說下去。

「不如退出。」她勉強把話說完。

她在激動的情緒下將椅子用力轉向電腦，但力道太大，發現她竟然面向牆壁。她憑著剛才的一股威嚴立刻調整她的座椅，面對電腦，繼續打開電子郵件，等待他的答覆。

她沒有告訴他她查到的線索。她必須先知道他是否重申她是他的工作夥伴，之後才分享她的戰利品，或把它當作臨別贈禮送給他。

「無論他是誰，他以屠殺女性為樂。」史崔克平靜地說，「而且他表明了要對妳下手。」

「這我知道，」蘿蘋用緊繃的聲音說，兩眼注視著電腦螢幕，「但你可知，假如他知道我上班的地方，很可能也知道我住的地方。假如他下決心到處跟蹤我呢？你能明白我與其坐著等他突襲，不如協助你早日逮到他？」

她不要乞求他。她把收件夾的十二封垃圾郵件都清空了，他才再度開口，語氣沉重。

「好吧。」

「好什麼？」她問，小心翼翼地轉過頭來。

「好吧……妳回來上班。」

她露出笑容，但他沒有還以微笑。

「哎，振作一點。」她說，站起來繞過辦公桌。

有那麼一瞬間，史崔克以為她要過來擁抱他（而且有她又戴上戒指，有它的保護，他或許已是一個安全的、可以擁抱的人，一個中性的非競爭對象），但她只是走向燒水的電壺。

「我找到一條線索。」她告訴他。

「哦？」他說，仍試圖釐清這個新局面。（他要派她去做什麼不太危險的事？他能派她去什麼地方？）

「是的，」她說，「我已經和肢體完整認同障礙症論壇上的一個人聯絡上了，他曾經和凱西談過話。」

史崔克打了一個大哈欠，坐進人造皮沙發，沙發也因他的重量照例發出放屁的聲音。他試著回憶她所提的那個人，但他實在太疲倦，平常超強的記憶力這時卻不管用了。

「那個……男的還是女的？」他憑著華道給他看過照片的模糊記憶問道。

「男的。」蘿蘋說，將滾水注在茶包上。

史崔克頭一次從兩人的關係中找到機會來打擊她的信心。

「原來妳一直在查閱網站卻不告訴我？和一群妳不知道真實身分的匿名人士耍心機？」

「我告訴過你我看了那個網站！」蘿蘋憤慨地說，「我看到凱西在一處留言板上詢問有關你的問題，記得嗎？她給自己取的代號是『求助無門』。華道來辦公室時我對你們提過，他還留下深刻的印象。」她說。

「他已經比妳早一步了，」史崔克說，「他已問過那兩個和她在網路上交談的人。那是一條死胡同，他們不曾見過她，他現在幫一個叫『信徒』的人工作，那個人想和女性網友見面。」

「我已經知道『信徒』是誰了。」

「怎麼知道的？」

「他要求看我的照片，我沒給他，他就不作聲了　　」

「原來妳和這些瘋子在打情罵俏？」

「喔，拜託，」蘿蘋不耐煩地說，「我假裝我和他們一樣不正常，這哪裡是打情罵俏而且我不覺得『信徒』有什麼好擔心的。」

她遞給他一杯茶，正是他中意的木餾油顏色。倔強的他非但沒有感到安慰，反而更生氣。

「妳不覺得『信徒』有什麼好擔心的？妳有什麼根據？」

「自從收到那封寄給你的信之後，我就一直在研究這個戀殘障癖——那個迷戀你的腿的那個人，記得嗎？它與性倒錯一樣，和暴力一點也沒關係。我覺得『信徒』沉迷於鍵盤，靠幻想所有名人來自慰的可能性大一些。」

史崔克一時不知如何回答，只好喝一口茶。

「總之，」蘿蘋說（他接了茶也不謝一聲令她很生氣），「和凱西在網上交談的那個人——他也想截肢——他對華道撒謊。」

「什麼意思，他撒謊？」

「他和凱西見過面。」

「是嗎？」史崔克執意表現得漠不關心，「妳怎麼知道？」

「他都告訴我了，倫敦警察找上他時他嚇壞了。他的家人或他的朋友沒有一個人知道他迷戀截肢，他很驚慌，就推說他沒見過凱西。他擔心如果承認見過她，這件事會被公開，他不得不上法庭作證。

「總之，一旦我告訴他我的真實身分，我不是記者或警察　　」

「妳告訴他事實？」

「是的，而且我這樣做是對的，因為他相信我的真實身分後，他便同意與我見面。」

「妳又怎麼知道他真的想和妳見面？」史崔克問。

「因為我們對他有吸引力而警察沒有。」

「比如什麼？」

「比如，」她冷冷地說，但願她能給他一個不同的答覆，「你。傑森非常渴望見到你。」

「我？」史崔克說，完全沒料到，「為什麼？」

「因為他相信你是自己故意把腿弄斷的。」

「什麼？」

「凱西說你是自己故意弄斷腿的，他相信她，他想知道怎麼做。」

「我的天，」史崔克說，「他的心理不正常？當然不正常。」他自問自答，「他當然心理不正常，他想切斷他自己的腿。我的天。」

「你知道，戀殘障癖是一種心理疾病還是腦部異常，至今仍有不同的爭論，」蘿蘋說，「當你掃描某個罹患……」

「無所謂啦，」史崔克說，把這個話題岔開，「妳憑什麼認為這個神經病會有有用的線索？」

「他和凱西見過面，」蘿蘋不耐煩地說，「她一定會告訴他為何她如此深信你和他們是同道人。他今年十九歲，在里茲的一家阿斯達超市工作，他有個阿姨住在倫敦，他要過來，住他阿姨家然後跟我見面。我們正在找一個見面日期，他要先知道他什麼時候可以休假。」

「聽我說，他距離那個使凱西相信你是志願截肢的那個人只有兩步路。」她繼續說道。她見史崔克對她獨自追查線索的成果一點也不熱心感到既失望又氣惱，但她仍抱著一絲微弱的希望，期待他不要這麼暴躁、挑剔。「而那個人幾乎可以確定就是兇手！」

史崔克又喝了幾口茶，讓他疲憊的大腦慢慢過濾她剛才說的那番話。她的推理是明智的，說服傑森與她見面是個重大的成就，他應該誇讚她，但他依然默默地喝茶。

「你如果覺得我應該打電話給華道，告訴他這件事……」蘿蘋說，她的不滿已經十分明顯。

「不，」史崔克說，他的立即反應使蘿蘋稍稍感到滿意了些。「在我們聽到他說的話之前……我們先不要浪費華道的時間，等我們聽了這個傑森說的話之後再告訴他。妳說他什麼時候來倫敦？」

「他正在安排休假，我還不知道。」

「我們其中一個人可以去里茲見他。」

「他想來倫敦，他不想讓他認識的人知道這件事。」

「好吧。」史崔克粗聲說，揉揉他佈滿血絲的眼睛，一邊想著要如何使蘿蘋有事做又不會受傷害。「那妳和他保持聯絡，然後開始打那些電話，看能不能找到布拉克班克的線索。」

「我已經開始做了，」她說。他聽出她的話中隱隱有一絲叛逆，執意要回去街頭。

「還有，」史崔克快速動腦筋，「我要妳去監視沃拉斯敦苑。」

「尋找連恩？」

「對。低調一點，天黑以後不要在那裡停留，如果妳看到那個戴便帽的傢伙就趕快離開，或者打開妳的防狼警報器，最好兩樣都來。」

史崔克儘管態度粗魯也無法澆熄蘿蘋的喜悅。她很高興又能回來工作，成為他的工作夥伴。她哪裡知道史崔克相信並且希望他派給她的工作是個偵察的死胡同。他白天夜晚都在監視通往那些小公寓建築的入口。他不時更換監看地點，用夜視鏡掃描公寓陽台與窗戶，但都沒發現連恩在裡面活動的蛛絲馬跡：沒有高大的身影在窗簾後移動，沒看見髮線很低或有一對雪貂似的黑眼珠的人，沒有一個龐大的身軀拄著支架蹣跚而行，或者（因為對象是達諾．連恩，史崔克一點也不敢大意）像他以前當拳擊手時那樣走路大搖大擺的人。每一個進出那棟建築的人都被史崔克仔細觀察過，看有沒有誰和連恩在「捐贈」網站上的照片，或者和那個戴便帽的傢伙長相相似，但一個都沒有。

「對，」他說，「妳監視連恩，還有……把那些追查布拉克班克的電話號碼分一半給我，我們分頭調查。我來盯惠泰科。記得要定期回來報到，好嗎？」

他從沙發站起來。

「當然，」蘿蘋興高采烈地說，「喔，還有……柯莫藍……」

他已走到裡面的辦公室門口，但又轉身。

「這是什麼？」

她手上拿著他在凱西的抽屜內找到的治療青春痘藥丸，他上網查過資料後隨手放在蘿蘋的公文籃內。

「喔，那個，」他說，「那沒什麼。」

她的愉快情緒似乎立即消失一大半。他有些內疚，他知道他是個性情乖戾的混蛋，她不應該受他的氣。他勉強打起精神。

「治療青春痘的口服藥，」他說，「那是凱西的藥。」

「對了……你去過她家……你見到她的姐姐！結果呢？她怎麼說？」

史崔克這時候實在不想告訴她有關海柔．傅里的事。那次見面感覺上好像是很久以前的事了，他很累，而且毫無理由的情緒惡劣。

「沒什麼新鮮事，」他說，「沒什麼重要。」

「那你為什麼拿這些藥？」

「我以為那是避孕藥……也許她有什麼事瞞著她的姐姐。」

「喔，」蘿蘋說，「那是真的不重要。」

她將那些藥扔進垃圾桶。

自我使史崔克繼續說下去。自我，純粹是自我。蘿蘋找到一條有利的線索，他卻什麼都沒找到，只除了一個和青春痘口服藥相關的模糊概念。

「我還找到一張存單。」他說。

「一張什麼？」

「一張類似寄存大衣的存單。」

蘿蘋充滿期待地等他繼續說下去。

「十八號。」史崔克說。

蘿蘋等著他進一步解釋，但他什麼也沒說，只是打一個哈欠，承認失敗。

「待會兒見，記得告訴我妳在做什麼和妳在什麼地方。」

他進入他的辦公室，關門，走到他的辦公桌，坐進他的椅子後往後一癱。他已盡可能阻止她回到街頭，現在他最希望聽到的是她離開辦公室的聲音。

40

...love is like a gun
And in the hands of someone like you
I think it'd kill.
Blue Oyster Cult, 'Searchin' for Celine'

……愛像一把槍，
落入像你這樣的人手中
會成為兇器。
——藍牡蠣〈尋找席琳〉

蘿蘋比史崔克小十歲，她在他的事業最低潮時意外來到他的辦公室，他勉強接受她成為他的臨時秘書。他原打算只任用她一個星期，那還是因為她剛到時他忽然開門差點撞倒她滾下樓梯摔死，他心中感到愧疚才任用她。但她終究說服他，讓她繼續留任，先是一個星期，接著一個月，最後一直做到現在。她協助他擺脫負債困境，努力工作使他事業蒸蒸日上，認真學習，現在又在他面臨事業低潮時要求讓她留下來協助他，一起打拚。

人人都喜歡蘿蘋，他也喜歡蘿蘋。兩人曾經共同經歷那麼多危難，他怎麼可能不喜歡她？但他一開始就告訴自己，只能到此為止，不可越雷池一步。他一定要和她保持距離，不能越線。

她在他和夏綠蒂斷然結束關係那天進入他的生命。他與夏綠蒂斷斷續續維持了十六年的關係，至今仍然無法承認他的快樂多於痛苦。蘿蘋的從旁協助，她的善解人意，她對他工作的嚮往，她對他人格的仰慕（假如他要對自己誠實一點，他應該做得更徹底），減輕了夏綠蒂在他內心造成的傷害，這個傷害比她分手時送他的臨別贈禮黑眼圈和抓傷臉部更不容易痊癒。

當時，蘿蘋的無名指上那枚藍寶石戒指是另一重保障：安全戒備、閒人止步。因為有了這個保護措施，他才得以自由地……怎樣？依賴她？與她為友？也因此使那層障礙在不知不覺中被侵蝕。此刻回想起來，他猛然驚覺他們已互相分享幾乎沒有人知道的私人秘密。蘿蘋是唯一知道夏綠蒂宣稱失去胎兒的三個人（他猜想）當中的一個，但這個所謂的胎兒很可能根本不存在，或者被人工流產了。他則是少數幾個知道馬修曾經有外遇的人之一。儘管他決心與她保持距離，他們實際上已相互依賴與扶持。他仍記得他摟著她的腰緩緩走向海茲利飯店的感覺。她的身材夠高，他扶著她一點也不費力。他不喜歡彎腰哈背，他向來就不喜歡身材嬌小的女人。

馬修不會喜歡這樣。她說。

他一定會喜歡，雖然他不知道史崔克有多麼喜歡。

她沒有夏綠蒂那麼美。夏綠蒂的美能使男人忘記他要說的話，她的美能使他們目瞪口呆。蘿蘋，他不可能不注意到，當她彎腰打開牆邊的桌上型電腦時，她是個十分性感的女孩，但男人不會因為見到她就瞠目結舌。不過，他想起華道，心想男人在她面前似乎會變得更健談。但他喜歡她的長相，他喜歡她的聲音，他喜歡和她在一起。

他不是想和她那個——那就太愚蠢了。他們不可能發生戀情後仍一起共事。無論如何，她不是那種會跟你發生不尋常關係的人。他只知道她訂婚了，不然就是訂婚失敗而有失落感，因而認定她是那種天生就該結婚的女人。

他幾乎是氣憤地把這些他知道或他觀察所得的林林總總歸納起來，使他認為她和他是截然不同的人，因此將她歸類於一個更安定、更與世隔絕、更傳統的世界。史崔克提醒自己，她從中學六年級就有一個固定的、浮誇自負的男朋友（但他現在知道多一點內情了），在約克郡有個不錯的中產階級家庭，父母結褵數十載，而且顯然幸福快樂，家裡有一隻拉不拉多犬和一輛荒原路華休旅車及一匹小馬。一匹小馬！

接著，他的腦海又浮現其他的記憶，不一樣的蘿蘋從這個安定、秩序井然的畫面抽離，站在他面前的是一個夠資格進入特偵組工作的女性。這個蘿蘋受過進階駕駛訓練，曾在追緝兇手時受到腦震盪，在他遇刺受傷時冷靜地用她的外套當止血帶包紮他血流不止的手臂，然後送他去醫院治療。這個蘿蘋成功地即興訊問嫌疑犯，從他們口中套問出警察都查不出的線索。她成功地化身為維妮西雅．霍爾，又說服一個想割除自己一條腿的膽小的年輕人與她面談。她讓史崔克看到上百個主動、機智、勇敢，足以成為便衣警察的範例。而且她不止一次走進一座有蒙面壞蛋在守候的陰森森的樓梯。

這名女子即將和馬修結婚了！馬修，指望她在人力資源公司的收入來增加他的銀行存款。他不滿意並譴責她不固定的工作時間和她微薄的薪水……她難道看不出她正在做一件極其愚蠢的事？她為何還要再戴上那枚戒指？她難道沒有從他們開車去巴羅那次體會到自由的滋味？……史崔克此刻回想起來仍感到一陣怦然的欣喜。

她正在犯一個極其嚴重的錯誤，如此而已。

如此而已，這與個人因素無關。她是否訂婚、結婚、或單身，都和他自己所造成、他不得不承認的弱點無關。他要重新拉開他們在工作上的距離。由於她的酒後吐真言和兩人共乘北上的同事情誼，這個距離已在無形中縮短。而且他現在決定暫時不考慮和愛琳結束關係了，此時如果有另一個女人在他身邊會安全一點，而且必須是一個漂亮的女人，她對房事的興趣和胃口應該足以彌補兩人之間無可置疑的外在的不協調。

他不禁猜想蘿蘋成為康利菲太太後不知還能為他工作多久。馬修一定會運用他做丈夫的每一分影響力，讓她脫離一個既危險、薪水又微薄的職業。好吧，這是她想要的：她的床，她可以睡的床。

只不過一旦曾經分手，就很容易再度發生，他應該知道。他和夏綠蒂分手過多少回了？他們有多少次關係破裂，又有多少次嘗試破鏡重圓？到最後裂痕多於本體，他們棲息在一個錯誤交會的蛛網中，靠希望、痛苦與幻想來維繫。

蘿蘋和馬修再過兩個月就要舉行婚禮了。

還有時間。

41

See there a scarecrow who waves through the mist.
Blue Oyster Cult, 'Out of the Darkness'

看那邊有個稻草人在霧中招手。
——藍牡蠣〈走出黑暗〉

接下來那個星期，史崔克和蘿蘋見面的機會自然而然變少了，他們分頭監看不同的地點，兩人幾乎都以行動電話交換情報。

一如史崔克預料，在沃拉斯敦苑或它的四周都沒見到這個前皇家邊防軍的蹤跡，他自己在卡特福也沒發現他要找的那個人的行蹤。形容憔悴的史黛芬妮幾度進出炸魚薯條店樓上的公寓。史崔克雖然沒有整天守在那裡，但他很快便確信他已看到她的衣櫥內部：少數幾件針織套衫和一件邋遢的連帽衫。假如她是香客信誓旦旦宣稱的妓女，那麼她的生意一定十分清淡。史崔克雖然小心翼翼不讓她看見他，但他懷疑就算他進入她的視線之內，她那對空洞茫然的眼睛恐怕也很難對他留下多少印象。它們早已關閉，裡面充滿黑暗，再也無法接納外面的世界。

史崔克曾試著打聽惠泰科是否一直都在卡特福百老匯那間公寓裡面，或經常不在。但那個地址沒有登記室內電話，網路上登記的業主是一個名叫達瑞謝克的先生，他要麼將公寓出租，要麼就是趕不走霸占公寓的房客。

一天傍晚史崔克站在劇院後門旁吸菸，一邊盯著亮著燈的窗戶，懷疑裡面的動靜是否出於他的想像。這時他的手機發出低沉的聲音，他看了一下，是華道。

「我是史崔克，什麼事？」

「我想有點進展了，」警探說，「看來咱們的朋友又出擊了。」

史崔克將手機換到另一邊耳朵接聽，遠離路過的行人。

「說下去。」

「有人在沙克威爾刺殺一名妓女，還切斷她的兩根手指當作紀念品。刻意切斷的——壓住她的手臂砍斷。」

「天哪，什麼時候發生的？」

「十天前，四月二十九日，她剛從昏迷中甦醒。」

「她沒死？」史崔克說。他的視線完全離開窗戶，惠泰科也許有、也許沒有在窗子後面活動。他把全副注意力轉移到和華道對話。

「真是奇蹟，」華道說，「他猛刺她的腹部、刺穿她的肺臟，又砍下她的兩根手指，奇蹟般的沒有傷及重要器官。我們確信他以為她死了。她把他帶到兩棟建築中間的狹縫內為他吹簫，但他們受到驚擾：兩個學生從沙克威爾巷經過聽到她尖叫，跑進去看發生什麼事。他們要是晚個五分鐘她就完了。輸了兩次血才救回一條命。」

「然後呢？」史崔克說，「她怎麼說？」

「啊，她被麻醉得迷迷糊糊的，記不清當時的情形，只說他好像是個高大壯碩的白人，戴了頂帽子，深色夾克，領子往上翻，看不清他的臉，但她認為他是個北方人。」

「她這樣認為？」史崔克說，心臟比剛才跳得更快了。

「她是這麼說的，不過她迷迷糊糊的。喔，對了，他還救了她，她只記得這件事。她過馬路時差點被車撞，他及時把她拉回來。」

「好個紳士。」史崔克說，對著星空吐出一口煙。

「是啊。」華道說，「他要他的屍體保持完好，不是嗎？」

「有機會拿到兇手的模擬圖像嗎？」

「我們找畫家明天去探視她，但我看希望不大。」

史崔克站在夜色中沉思，他看得出華道被這起攻擊事件深深震撼。

「我要的人有任何新的消息嗎？」他問。

「還沒。」華道簡要地說。史崔克雖然沮喪，卻選擇不去催他。他要深入調查就必須打通這條線。

「你的『信徒』的線索呢？」史崔克問，轉身面對惠泰科的公寓窗戶，那邊似乎沒有任何改變。「進行得如何？」

「我想找網路犯罪組的人去跟蹤他，但我被告知他們現在有更大的案子要辦，」華道說，語氣有點無奈，「他們的看法是他只是一個普通的變態。」

史崔克記得蘿蘋也抱持這種看法。他覺得似乎沒有別的話好說了，便跟華道說再見，繼續回到冰冷的牆邊他藏匿的地方，和之前一樣，一邊吸菸，一邊監視惠泰科住處被窗簾遮蔽的窗戶。

第二天早上，史崔克與蘿蘋在辦公室不期而遇。史崔克腋下夾著一個裝著「瘋老爸」照片的硬紙板檔案夾離開他的住處，打算不進辦公室就直接出去，但他透過毛玻璃看見蘿蘋模糊的身影後便改變主意。

「早。」

「嗨。」蘿蘋說。

她很高興見到他，更高興看到他面帶笑容。他們兩人最近的接觸一直都有種怪異的拘泥感。史崔克穿著他最好的西裝，使他看起來瘦一點。

「你今天為什麼穿得這麼整齊？」她問。

「律師約見，瘋老爸的妻子要我把拍到的所有照片都拿給他們看，他在學校外面鬼鬼祟祟，又忽然跳出來驚嚇到孩子的所有照片。她昨天晚上很晚才打電話給我，說他剛跑去她們家破口大罵、威嚇她們。她想嚴懲他，交由司法審理他的案子，對他實施強制令。」

「這表示我們不需要監視他了嗎？」

「我很懷疑，瘋老爸不會乖乖聽話。」史崔克說，看看他的錶，「總之，不管那麼多了——我還可以待十分鐘。我接到消息。」

他告訴她沙克威爾那名妓女遭兇手刺殺未遂這件事。他說完後，蘿蘋表情嚴肅而深思。

「他拿了指頭？」

「是的。」

「我們在羽毛酒館時，你說你認為凱西案不是他第一次殺人，你說你確信他會繼續犯案，像他對她那樣。」

史崔克點頭。

「你想警方會不會去調查其他婦女被切下部分器官的兇殺案？」

「一定會。」史崔克說，希望他的看法正確，並提醒自己下次要問華道。「總之，」他說，「繼這個案子之後，我想他們會。」

「她不記得他的長相了？」

「我說過，他遮住他的臉。一個身材魁梧的白人，穿黑夾克。」

「他們有沒有從她身上取得DNA證據？」蘿蘋問。

兩人同時想到蘿蘋本身遇襲後在醫院所做的檢查。史崔克調查過強暴案，知道這些程序。蘿蘋忽然又想起那些不愉快的回憶，她必須採集尿液樣本做檢驗，一隻眼睛被揍之後完全無法張開，全身疼痛，喉嚨被勒而腫脹，接著她必須躺在檢驗床上，那個女醫生溫柔地分開她的雙腿……

「沒有，」史崔克說，「他沒有……沒有進去。總之，我得走了。妳今天不必跟蹤瘋老爸了，他會知道他斷送了自己的前程，我懷疑他會再跑去學校。如果妳可以去監視沃拉斯敦……」

「等一下！我是說，如果你還有時間的話。」她說。

「一兩分鐘，」他說，又看看他的手錶，「什麼事？妳發現連恩了？」

「沒有，」她說，「但我想……只是可能……我們或許有了一個有關布拉克班克的線索。」

「妳在開玩笑！」

「那是在商業路附近的一家脫衣舞俱樂部；我從Google街景查到的，看起來骯髒而低級。我打電話去問有沒有一個叫諾亞．布拉克班克的人，一個女的說：『誰？』然後說：『妳是指奈爾？』接著，她摀著話筒，和另一個女的討論那個新來的保鏢叫什麼名字。他顯然才到不久。我形容他的體型，她說：『對，那是奈爾。』當然，」蘿蘋不置可否地說，「也許根本就不是他，他有可能是個叫奈爾的黑人，但是當我描述他的長下巴時，她立即……」

「妳又有一次精采的表現。」史崔克說，看看他的手錶，「得走了，妳用簡訊告訴我這間脫衣舞俱樂部的詳細地址，好嗎？」

「我想我也許……」

「不，我要妳盯著沃拉斯敦苑，」史崔克說，「保持聯絡。」

他關上玻璃門，鏗鏗鏘鏘走下金屬樓梯。蘿蘋為她得到他的讚賞而暗喜，但她希望有機會做點別的事，不要一連幾個鐘頭都徒勞無功地盯著沃拉斯敦苑的公寓。她開始懷疑連恩不在那裡，更糟的是，她懷疑史崔克早就知道。

與律師見面只花了短暫的時間但成果豐碩。辯護律師看了史崔克放在他面前的大量證據十分高興，照片清晰記錄了「瘋老爸」屢次違反監護協議。

「呵，好極了，」他對著一張放大的照片笑著說。照片中小兒子縮在他的保姆背後哭泣，他的父親指著保姆的鼻子破口大罵，「好極了，好極了……」

然後，他瞥見他客戶的表情，急忙收斂他的興奮之情，站起來泡茶。

一個小時之後，史崔克仍然穿著那套西裝，但是將領帶拿下收進口袋，跟蹤史黛芬妮進入卡特福購物中心。這意味著他得先從坐在巷口鋼樑上的一隻巨大的玻璃纖維黑貓底下經過，再沿著巷子走到購物中心。這隻大黑貓從牠懸空的爪子到牠直指向天的尾巴尖端足足有兩層樓高。牠蹲伏在上面，彷彿隨時都會跳到從底下經過的人身上，或伸出爪子撈他們一把。

史崔克一時心血來潮決定跟蹤史黛芬妮。他以前沒有跟蹤過她，這次決定弄清楚她去什麼地方、和什麼人見面後再回來繼續監視那間公寓。她一如往常，雙手抱胸往前走，彷彿緊緊抱著自己。她上身穿著那件熟悉的灰色連帽外套，下面是一條黑色的迷你裙和緊身褲。腳上一雙笨重的運動鞋使她兩條樹枝般的細腿顯得更瘦。她走進一家藥房，史崔克透過玻璃窗發現她縮在一張椅子上等著拿處方藥，兩隻眼睛一直凝視腳下，沒有接觸任何人的視線。領到她的白色藥袋後，她順著方才的路徑原路回去，從那隻爪子懸空的大黑貓底下經過，顯然要回她的住處。不料，她竟直接從卡特福百老匯那間炸魚薯條店門前走過，一會兒後在「非洲加勒比海食品中心」那裡右轉，進入一間名叫「卡特福公羊酒吧」的小酒館。這間酒吧和購物中心的背面連在一起，只有一扇窗，外觀是木造結構，如果不是噴上速食、天空體育頻道及Wi-Fi連線的廣告招牌，你會以為它是一間大型的維多利亞式書報攤。

這一帶是行人徒步區，但此刻卻有一輛老舊的灰色客貨兩用車停在酒吧入口附近，正好供史崔克在決定下一步行動之前做掩護。他的目的不是要在這個關頭和惠泰科正面遭遇，何況這間酒館看起來太小，很難避免被他的前繼父看到，假如史黛芬妮要去見的人真的是他的話。他真正想要的是將惠泰科現在的身材和那個戴便帽的人，或者，和圖騰罕園路那個穿迷彩夾克的人作比較。

史崔克靠著車身點了一根菸。他剛決定找個稍微遠一點的距離，好觀察史黛芬妮和什麼人一起離開酒吧時，客貨車的後門忽然打開。

史崔克倉皇往後退了幾步，四個男人從車後跳出來，隨著冒出一股焚燒塑膠的刺鼻煙味，史崔克立即認出那是古柯鹼的氣味。

四個人都不修邊幅，身上穿著骯髒的牛仔褲和T恤，臉頰凹陷，滿面皺紋，很難看出他們的年齡。其中有兩個人嘴巴往內凹陷，顯然是無齒之徒。他們在近距離內突然看到這個衣衫整潔的陌生人似乎都吃了一驚，並且從他臉上受驚的表情可以看出他並不了解車內的情形，因此他們用力把車門關上。

三個人大搖大擺走進酒吧，但第四個人卻站在原地不動，兩眼瞪著史崔克，史崔克也瞪著他。他正是惠泰科。

他比史崔克印象中的惠泰科更高。史崔克雖然知道惠泰科的身高和他相當，卻早忘了他的身材比例，他的肩膀寬度，他佈滿刺青的皮膚底下的骨骼重量。他身上一件薄薄的T恤現出肋骨痕跡，上面印有「超級殺手」樂團的標誌。兩人面對面站著時，史崔克可以感覺到從他身上散發出一股神秘與殺氣騰騰的氛圍。

惠泰科枯黃的臉龐彷彿一粒乾癟皺縮的蘋果，臉頰瘦削皮包骨，顴骨高聳。兩旁太陽穴零亂的髮絲比以前稀疏，一綹綹宛如老鼠尾巴掛在拉長的耳垂旁。兩邊耳垂都有一道細長的肉孔。兩人文風不動面對面站著，史崔克穿著他的義大利西裝，梳理得異常整潔；惠泰科一身強烈的古柯鹼氣味，一雙邪教教士的金黃色眼珠鑲在鬆弛而皺巴巴的眼皮底下。

史崔克說不上他們這樣相對凝視了多久，但他腦子裡的思路卻極為清晰而連貫……

假如惠泰科是兇手，看見史崔克一定會驚慌而不感到意外；假如他不是兇手，他下車看到史崔克後現出驚訝的表情就是真的。但惠泰科不同於一般人，他一向表現得不動聲色與無所不能。

惠泰科率先反應，史崔克立即毫無來由地認定他會做出他預料中的舉動。惠泰科笑笑，露出一口黑牙，史崔克深藏了二十年的仇恨立即湧現，他恨不得一拳打到惠泰科的臉上。

「瞧啊瞧，」惠泰科平靜地說，「這不是假惺惺的夏洛克．福爾摩斯偵探嗎？」

他轉頭過去，史崔克從他稀疏的髮根看見他的頭皮，知道惠泰科快要禿頭了，他心中一樂。惠泰科是個愛慕虛榮的混蛋，一定不樂意自己變成禿頭。

「班卓！」惠泰科對著剛走到酒吧門口的三個同伴中的最後一個大叫，「把她帶出來！」

他的臉上仍帶著傲慢粗野的微笑，但一雙狂野的眼睛卻在客貨車和史崔克與酒吧之間瞄來瞄去。他的髒汙的手指是彎曲的，他雖然表現出滿不在乎，但他是緊張的。他為什麼不問史崔克為何在這裡出現？還是他早已知道？

那個叫班卓的朋友又出來了，拽著史黛芬妮瘦弱的手腕將她從酒吧內拖出來。她的另一隻手上仍抓著藥房的白色紙袋，在她與班卓廉價而骯髒的衣服襯托下顯得格外亮眼。她的脖子上戴著一條金項鍊，隨著她的動作而跳動。

「你們為什麼……？幹麼呀……？」她不明所以地連聲問。

班卓將她拉到惠泰科身邊。

「去拿啤酒來。」惠泰科指示班卓，他慢吞吞地服從離開。惠泰科一隻手伸到史黛芬妮背後抓住她纖細的脖子，她以小女孩充滿崇拜的眼神望著他，如同麗妲以前那樣，把史崔克認為什麼也不是的惠泰科看成一個不同凡響的人物。接著惠泰科抓著史黛芬妮脖子的手逐漸用力直到著力點的皮膚發白，並開始搖晃她。他的力道不足以吸引路人的注意，卻使史黛芬妮臉上的表情立刻轉為恐懼。

「知道這是什麼嗎？」

「可是，什……什麼？」她結結巴巴說，藥丸在她手上的白色藥袋內嘩啦啦響。

「我是！」惠泰科平靜地說，「我是妳的最愛，妳這個骯髒的小婊子……」

「放開她。」史崔克說，這時候才開口。

「我是聽命令的人嗎？」惠泰科平靜地問史崔克，他露出猙獰的微笑和躁狂的眼神。

他突然出其不意地雙手抓住史黛芬妮的脖子，將她的身體往上舉到半空中。她的藥袋掉落在地上，她想掙脫，兩隻腳拚命掙扎，她的臉漸漸轉成紫色。

史崔克不假思索，立刻朝惠泰科的腹部猛力擊出一拳。惠泰科抓著史黛芬妮往後倒，史崔克還來不及阻止，便聽見她的腦袋撞擊水泥地的聲音。惠泰科一時喘不過氣，掙扎著想站起來，一連串低聲詛咒從他的黑牙之間吐出。史崔克從眼角瞥見惠泰科的三名友人，班卓在最前面，從酒吧內衝出來，他們從酒吧唯一一扇骯髒的窗子目睹到這一切。其中一人手上握著一把生鏽的短刀。

「來啊！」史崔克穩穩站立，張開雙手奚落他們。「叫警察來包圍你們的行動毒窟！」氣喘吁吁的惠泰科從地上做了個手勢，他的朋友立刻不敢輕舉妄動。這是史崔克對他最了解的一個常識。酒吧的窗戶上有幾張臉在窺伺。

「你他媽的……你他媽的……」惠泰科喘息說。

「好啊，咱們就來談談媽，」史崔克說，將史黛芬妮從地上拉起來。他耳內的血液在跳動，他很想狠揍惠泰科一頓直到那張黃臉開花。「他殺了我的母親，」他望著女孩茫然的眼睛說。她的手臂好細，幾乎兩個手掌就能握住它們。「妳聽到沒？他已經殺了一個女人，或許還更多。」

惠泰科企圖抓住史崔克的膝蓋將他拽倒在地上；史崔克一腳踢過去，仍然抓著史黛芬妮。

她白皙的脖子上仍有惠泰科的紅色指印和項鍊的痕跡。金項鍊上掛著一顆扭曲的心。

「現在就跟我走，」史崔克對她說，「他是個殺人兇手，那邊有婦女庇護中心，妳離他遠一點。」

她的眼睛彷彿兩口通往他不知道的黑暗之處的井眼。他要給她的或許是一隻獨角獸：他的提議是瘋狂的，是不可能實現的。更令人意想不到的是，雖然惠泰科掐住她的脖子使她幾乎窒息，她仍用力掙脫史崔克的手，彷彿他是綁架她的人，然後蹣跚奔向惠泰科，趴在他身上保護他。那顆扭曲的心不斷晃動。

惠泰科讓史黛芬妮扶著他站起來，轉身面對史崔克。他揉著被史崔克重擊的肚子，狂躁地發出老太婆般的嘿嘿笑聲。惠泰科贏了，他們兩人都知道。史黛芬妮依偎著他，彷彿他拯救了她。他將一隻手伸進她的後腦，把她用力拉向他，親吻她。他伸出舌頭舔她的脖子，另一隻手示意他站在一旁觀看的朋友上車。班卓爬上駕駛座。

「再見了，媽咪的乖兒子。」惠泰科對史崔克喃喃地說，將史黛芬妮推進汽車後門。車門關上之前，惠泰科在同伴的穢言穢語和嘲笑聲中直視史崔克的眼睛，並在空中比了一個熟悉的割喉動作，現出獰笑。車子隨即駛離現場。

史崔克這時才猛然意識到四周有許多人在圍觀，每個人都凝視著他，臉上帶著燈光乍現時觀眾茫然驚詫的表情。酒吧窗口依然貼著幾張臉。他除了在客貨車轉彎前記住它的車牌號碼外什麼也不能做。他憤怒地離開現場時，旁觀者紛紛散開讓他通過。

42

I'm living for giving the devil his due.
Blue Oyster Cult, 'Burning for You'

我以打擊惡魔為業。
——藍牡蠣〈為你燃燒〉

倒楣的事總會發生。史崔克告訴自己。他的軍旅生涯中不可能完全避免失誤。你可以接受嚴格的訓練，仔細檢查每一件裝備，擬定應急措施，但仍然會有一些臨時失誤破壞你的計畫。有一次在波士尼亞，一只有缺陷的手機忽然完全沒電，結果引發一連串災難，導致史崔克的一個朋友在莫斯塔開車走錯路而差點喪命。

但這都不能改變一個事實，假如他在特偵組的一個部屬在進行跟監時，沒有先檢查身邊那輛車是否是空車就粗心大意地靠在車後門上，史崔克一定會將這個人臭罵一頓。史崔克的本意不是要和惠泰科面對面，或者他是這樣告訴自己，但他在冷靜時刻回憶這件事時也不得不承認他這個舉動有另一層意義。長時間監視惠泰科的住處但徒勞無功使他倍感挫折，因此他煞費苦心地避開酒吧窗戶。他雖然沒發現惠泰科就在那輛車內，但想到他終於揍了這個混蛋一拳仍然十分痛快。

老天，他真想狠狠揍他一頓。他那沾沾自喜的笑聲，他那老鼠尾巴似的髮絲，身上的「超級殺手」T恤，一身古柯鹼氣味，彎曲的手指掐著那個瘦弱白皙的脖子，對媽媽們的辱罵。意外見到惠泰科讓史崔克又勾起他十八歲時的感受，他只想不計後果地與他大幹一場。

除了揍惠泰科一拳所得到的安慰外，這次不期而遇並沒有別具意義的情報收穫。它或許有助於印象比對，卻無法確認或排除惠泰科就是那個戴便帽單獨一個人跟蹤的大傢伙。史崔克一路追到蘇活區的那個黑色身影雖然沒有惠泰科的糾結的髮絲，但長頭髮很容易紮在腦後或塞進帽子裡。那個身影看起來也比惠泰科粗壯些，但穿夾棉外套容易顯胖。惠泰科下車後看見史崔克的反應，也無法為史崔克提供真正的線索。他越思索越無法確認他對惠泰科沾沾自喜的表情解讀是否正確，或惠泰科的臨別手勢——骯髒的手指往半空中一刷的割喉動作，那是否他的習慣性誇張動作，一個無恥之徒的威脅，一個男人決心不計一切表現出最壞、最可怕的一面的幼稚的報復行動。

簡單的說，他們的遭遇透露出惠泰科依然自戀與殘暴，並讓史崔克又多得到兩個小小的訊息。其一，史黛芬妮因為對史崔克表現出好奇而觸怒了惠泰科。史崔克雖然假設這只是因為他曾經是惠泰科的繼子，但他不完全排除惠泰科曾提到過報復，或他正在尋求報復的可能性。其二，惠泰科現在有意多結交一些男性朋友。他對某些女性雖然具有史崔克無法理解的吸引力，但在史崔克認識他的那段期間，幾乎每個男人都不喜歡他，而且鄙視他。他的屬性傾向緬懷他往昔的舞台演出，那個撒旦什麼的鬼話　他渴望在任何團體中表現出鶴立雞群，當然，還有對於他在女人堆中的奇特魅力表示厭煩。但現在惠泰科似乎已經找到一群可以和他一起吸毒並容許他對他們頤指氣使的同類。

史崔克的結論是，他在短期內能做的有利的事是將這個情形告訴華道，並給他那輛車的車牌號碼。他希望這樣做能使警方認為值得搜索車內的毒品和其他任何犯罪證據，最好能搜索炸魚薯條店樓上那間公寓。

史崔克在電話中強調他聞到古柯鹼的氣味，華道聆聽他的敘述，但似乎沒有太大興趣。兩人通完電話後，史崔克不得不承認，假如他是華道，他也不認為他的見證足以構成警方搜索的依據。華道顯然認為史崔克之所以這樣做是因為對方是他的前繼父，他再怎麼指稱藍牡蠣樂團與他和惠泰科之間的關係，似乎一點也不能改變華道的心意。

那天晚上蘿蘋照例打電話來報告她的進展。史崔克將情況告訴她後才覺得鬆一口氣並感到安慰。蘿蘋雖然也有消息要告訴他，但一聽到史崔克與惠泰科正面衝突立刻分了心，靜靜地聽他敘述整個事情經過。

「我很高興你揍了他。」蘿蘋聽完史崔克敘述他對這起爭執感到自責後說。

「真的嗎？」史崔克感到意外。

「當然，他掐那個女孩的脖子。」

蘿蘋說完這句話立刻就後悔了。她不希望給史崔克更多理由想起她但願自己沒告訴他的那件事。

「當了紳士後我馬上又變成壞人。她和他一起倒在地上，頭撞到地面。但我不懂的是，」他頓了一下，繼續說：「是她，這是她的機會，她大可離開他，我會幫她找個庇護所，我會照顧她。她幹麼又回到他身邊？女人為什麼會這樣？」

蘿蘋遲疑了一下，史崔克明白每個人對這句話都會有不同的詮釋。

「我想，」蘿蘋說。同時史崔克也開口說：「我的意思不是……」

兩人又同時停下來。

「抱歉，妳說。」史崔克說。

「我想說的是，被虐待的人往往離不開虐待她們的人，不是嗎？她們已被洗腦，認為沒有選擇的餘地了。」

我就是另一種選擇，站在那裡，就在她面前！

「今天有發現連恩的行蹤嗎？」史崔克問。

「沒有，」蘿蘋說，「你知道，我真的認為他不在那裡。」

「我還是認為值得……」

「聽我說，那裡每一間公寓住著什麼人我都知道，只除了其中一間，」蘿蘋說，「其他公寓都有人進進出出，唯獨最後一間要麼沒人住，要麼有人死在裡面沒人知道，因為那扇門從未打開過。我甚至沒看到看護或護士去探視。」

「我們再監視一個禮拜，」史崔克說，「這是我們手上唯一的連恩線索。聽著，」她想爭辯，他又煩躁地說，「我還是在一樣的地點，盯梢那家脫衣舞俱樂部。」

「除非我們知道布拉克班克在那裡。」蘿蘋犀利地說。

「我要親眼看見他才相信。」史崔克也不甘示弱。

幾分鐘後兩人在明顯的不滿情況下互道再見。

當資訊與靈感枯竭的時候，所有的偵察也會隨之枯竭，但史崔克發覺很難找出一種哲理。由於那個不知名人士送來那條腿，他再也沒有生意上門。他的最後一個付費客戶「瘋老爸」的妻子也不再需要他了。為了說服法官撤銷禁制令，「瘋老爸」這回真的乖乖聽話。

假如他的辦公室持續散發失敗與剛愎自用的雙重惡臭，他的偵探事務所就無法再繼續經營下去。如同史崔克所預料，如今網路上已將他的名字和凱西．普拉特分屍案相提並論，那血腥的細節不僅抹殺他先前的成就，也遮蔽了他的簡單的偵探服務廣告。沒有人願意雇用一個如此聲名狼藉的人；也沒有人會信任一個與殺人懸案如此緊密相連的偵探。

因此，在痛下決心與略微絕望的心情之下，史崔克出發前往脫衣舞俱樂部，希望能找到諾亞．布拉克班克。他發現這又是一家改頭換面的舊酒吧，位於秀爾迪契的商業路附近巷內。紅磚牆面有一部分已經崩落，它的窗戶被塗黑，上面畫了一些粗糙的裸女身影。雙扇門上方的黑漆已開始剝落，但以寬大的金字體書寫的原來酒吧的名稱「撒拉遜人」仍清晰可見。

這一帶的居民大多是穆斯林，從史崔克身邊經過的都是包頭巾、戴小花帽的人，他們瀏覽一間間廉價的服裝店，店名不是「國際時尚」就是「米蘭製造」，櫥窗內展示的陳舊的人體模特兒頭上戴著人造假髮，身上穿著以尼龍與聚酯纖維裁製的衣服。商業路上擠滿了孟加拉銀行、簡陋的房屋仲介公司、英語學校。老舊的雜貨鋪在積滿汙垢的櫥窗內販賣即將過期的水果。但這條路上不但沒有可以坐下來歇腿的長凳，連一堵冰冷的矮牆也沒有。史崔克雖然不時更換有利地點，但在長時間的站立、毫無收穫的等待之後，他的膝蓋很快就開始抱怨，但他依然沒有看到布拉克班克的蹤影。

守門人矮胖且沒有脖子。除了上門的顧客和脫衣舞孃外，史崔克沒有見到任何人進出這個地方。舞孃來了又走，和她們工作的地方一樣，她們的裝扮也比「綠薄荷犀牛俱樂部」那些同行顯得更簡陋與寒酸。有些女孩有刺青或穿洞；有幾個太胖；還有一個喝得醉醺醺的，在上午十一點鐘進入那棟建築，從它正對面的烤肉串店櫥窗看過去感覺上格外邋遢。監視「撒拉遜人」三天後，原本滿懷希望的史崔克，無論他對蘿蘋曾經說過什麼，終究不得不承認布拉克班克要麼沒有在那裡上過班，要麼就是已被開除。

在毫無新線索的情況下到了星期五早上，史崔克潛伏在一家名叫「世界博覽會」的格外陰暗的服裝店門口時，他的行動電話響了，蘿蘋在他的耳邊說：

「傑森明天來倫敦，就是那個崇拜截肢的少年。」

「好極了！」史崔克說，想到終於有人可以訪談而鬆一口氣，「我們在哪裡跟他見面？」

「是『他們』，」蘿蘋說，語氣中有明顯的保留，「我們要和傑森與暴風雨見面，她是……」

「抱歉？」史崔克打岔，「暴風雨？」

「我想這不是她的本名，」蘿蘋不自在地說，「就是和凱西在網站上互動的那個女的，黑頭髮，戴眼鏡。」

「喔，是，我記得，」史崔克說。他用下巴與肩膀夾住手機，一邊點菸。

「我剛和她通過電話，她是肢體完整認同障礙症社群中一個重要的活躍分子，而且她的思想相當激進，但傑森認為她很了不起，而且他似乎覺得有她作陪他比較有安全感。」

「很好，」史崔克說，「那我們在什麼地方和傑森與暴風雨見面？」

「他們想去梅斯咖啡廳，就是薩奇美術館附設的咖啡廳。」

「真的？」史崔克似乎記得傑森在阿斯達超市工作，想不到他抵達倫敦第一個最想去的地方竟是當代藝術館。

「暴風雨坐輪椅，」蘿蘋說，「那裡顯然有方便的無障礙空間。」

「好吧，」史崔克說，「什麼時間？」

「下午一點，」蘿蘋說，「她……呃……要求我們買單。」

「我想我們應該的。」

「還有……柯莫藍……我明天早上可以請假嗎？」

「當然可以，一切都好吧？」

「一切都很好，我只是要辦一點……一點婚禮要用的東西。」

「沒問題。喂，」她要掛電話前他又說，「我們先找個地方碰面好嗎，在我們與他們見面之前？我們先就訪談的內容協調一下？」

「那太好了！」蘿蘋說。史崔克被她的熱心所感動，便提議在國王路上一家三明治店見面。

43

Freud, have mercy on my soul.
Blue Oyster Cult, 'Still Burnin'

弗洛伊德，請憐憫我的靈魂。
——藍牡蠣〈仍在燃燒〉

第二天，蘿蘋肩上背著一個白色提袋抵達時，史崔克已在國王路上的「即食」快餐店等了五分鐘。他和大多數男性軍人一樣不懂女人的時尚，儘管如此，他仍然認得Jimmy Choo這個品牌。

「鞋子。」他為她點了咖啡後指著袋子說。

「厲害。」蘿蘋笑著說，「鞋子，是的，婚禮穿的。」她又追加一句，畢竟他們都知道她終究決定舉行婚禮。自從她又戴上訂婚戒後，這個話題似乎已成為他們的禁忌。

「你會參加吧？」他們在一張靠窗的桌子坐下後她問。

他有答應過要去參加她的婚禮嗎？史崔克心想。他已收到重新發出的請柬，和第一張一樣，也是奶油白的卡片印上黑字，但他不記得他曾說過他會參加。她用期待的眼光望著他，等他回答，這讓他想起露西和她曾試圖強迫他參加外甥的生日派對。

「會。」他勉強說。

「要不要給你回覆卡？」蘿蘋問。

「不用，」他說，「我會去。」

他猜想，給他回覆卡他就必須打電話給她母親。女人就會用這種方式束縛你。她們把你列入出席名單，強迫你答應和確認。她們對你施壓，如果你不出席，一盤熱菜就會乏人問津，一張鍍金椅子就會空在那裡，一個名牌就會很沒面子地擱在桌上，向全世界宣告你的失禮。他又心不在焉地想到他一點也不希望看到蘿蘋嫁給馬修。

「你想……你希望我邀請愛琳嗎？」蘿蘋大膽地問，暗暗希望看到他有點猶豫的表情。

「不要。」史崔克毫不遲疑地說，但他從她臉上讀到一種懇求。他是真的喜歡她，這使他再度展現他善良的本性。「我們來看看那雙鞋。」

「你該不會真的要……」

「我不是開口問了嗎？」

蘿蘋以一種崇敬的表情從袋子取出鞋盒，史崔克覺得很有趣。她打開鞋盒，掀開裡面的紙張，那是一雙閃亮華麗的香檳色高跟鞋。

「以婚禮來說有點搖滾，」史崔克說，「我以為它應該是……我不知道……有點花飾吧。」

「你又沒仔細看，」她說，用一根食指撫摸其中一枝細高跟，「他們也有厚底高跟鞋，但……」

她沒把話說完，事實是馬修不喜歡她太高。

「那我們要如何面對傑森和暴風雨？」她問，將盒蓋蓋上，放進袋子裡。

「妳先開頭好了，」史崔克說，「是妳和他們接觸的，必要時我再插進來。」

「你知道，」蘿蘋尷尬地說，「那個傑森會問起你的腿？他認為你……你斷腿的故事是謊言？」

「是的，我知道。」

「好，我不希望惹你生氣什麼的。」

「我想我可以處理。」史崔克說，對她一臉關切的表情覺得很有趣，「我不會揍他，假如妳是擔心這個。」

「那就好，」蘿蘋說，「因為從他的照片看，你很可能一巴掌就把他劈成兩半。」

他們並肩走在國王路上，史崔克邊走邊吸菸，兩人來到美術館入口。這座美術館位於僻靜的一隅，門口有一座戴假髮、穿長襪的漢斯．斯隆爵士的銅像。穿過淺色磚牆上的一道拱門，他們進入一片綠草如茵的廣場，如果不是背後車水馬龍的街道，這裡倒很像一座郊區莊園。廣場三面是十九世紀建築，前方看起來像早期軍營的建築就是梅斯藝術館。

史崔克原以為藝術館的附屬餐廳是間小食堂，現在才知道他進入一個非常高級的空間，不禁為他的財務透支和答應為四個人的午餐買單而微微感到不安。

他們進入一間狹長的餐室，從左手邊的拱門望過去還有另一區更寬敞的用餐空間。當他們在領班的帶領下走進餐廳時，雪白的桌布、西裝筆挺的服務生、挑高的天花板，以及牆上隨處可見的當代藝術品，都讓史崔克更意識到這一餐恐怕所費不貲。

他們約見的這一對男女在一群打扮入時、以女性占多數的顧客中十分顯眼。傑森是一個瘦弱的青年，有個長鼻子，穿了一件紅褐色的連帽上衣和牛仔褲，一副容易受驚的樣子。他低頭凝視餐巾的模樣很像一隻憔悴的蒼鷺。「暴風雨」烏黑的短髮顯然是染的，她戴了一副黑色的方形寬邊眼鏡，體型與傑森恰恰相反，她蒼白、矮胖，像一坨麵糰。她凹陷的小眼睛彷彿麵糰上的葡萄乾。她身上穿了一件黑色T恤，上面有一匹彩色的小馬橫跨她豐滿的胸部。她坐在餐桌旁的一張輪椅上，兩人各有一份菜單攤在面前。「暴風雨」已為她自己點了一杯葡萄酒。

「暴風雨」看見史崔克與蘿蘋後露出笑容，伸出一根粗短的食指戳戳傑森的肩膀。男孩會意地看看四周；史崔克注意到他有一對明顯不對稱的淺藍色眼珠，一隻眼比另一隻眼高了一公分。這使他帶著一種說不出的奇怪的脆弱表情，彷彿他是在倉皇的情況下被製作的。

「嗨，」蘿蘋含笑說，先對傑森伸出一隻手，「很高興終於和你見面了。」

「嗨。」他喃喃地說，伸出軟癱癱的手指。他迅速瞥一眼史崔克後立刻移開視線，紅了臉。

「哎，哈囉！」「暴風雨」說，對史崔克伸手，臉上依然帶笑。她熟練地將她的輪椅往後倒退幾吋，建議他從隔壁桌拉一張椅子過來。「這地方很棒，行動很方便，員工也很熱心。對不起！」她對一名經過的服務生大聲說：「可以請你再給我們兩份菜單嗎？」

史崔克在她旁邊坐下，傑森則讓出空間讓蘿蘋坐在他旁邊。

「這個地方不錯，是吧？」「暴風雨」說，啜一小口她的葡萄酒，「而且員工對坐輪椅的人很友善，很熱心幫忙。我要在我的網站大力推薦它；我正在編輯一些對殘障人士友善的地方。」

傑森放下他的菜單，顯然不敢和任何人的眼神接觸。

「我告訴他不要擔心，」「暴風雨」神態自若地對史崔克說，「他不知道你破了那些案子賺了很多錢。我告訴他，單單你的故事，媒體就會給你很多錢。我想你現在一定幫那些很有錢的人在辦案？」

史崔克想到他直線下降的銀行存款餘額，他位於辦公室樓上的美其名的小套房，以及那條被支解的腿對他的生意造成的嚴重影響。

「我們還在努力。」他說，避開蘿蘋的眼光。

蘿蘋挑了最便宜的沙拉和一杯水。「暴風雨」點了一客前菜和一客主菜，並敦促傑森也學她，接著她將菜單收在一起，以一種親切的女主人姿態交還給服務生。

「那麼，傑森。」蘿蘋開口。

「暴風雨」立即打斷蘿蘋的話頭，轉頭對史崔克說話。

「傑森很緊張。他沒有仔細想過跟你見面會帶來什麼影響。我不得不先分析給他聽；我們白天晚上都在通電話，你應該看看那些帳單……我應該向你收費才對，哈，哈！但，說真的……」

她忽然正色說道。

「……我們希望你們先提出保證，我們沒有把事實告訴警方這件事不會讓我們惹上麻煩。因為我們並沒有任何有用的情報，她只是一個可憐的有問題的孩子。我們什麼也不知道。我們只見過她一次，我們壓根兒不知道誰殺了她。我相信你一定比我更了解它的內情。當我聽說傑森和你的工作夥伴談過話後我很擔心，老實說，因為我不認為誰真的能體會我們這個群體所受到的迫害。我自己就曾接到死亡威脅……我應該雇用你去調查他們才對，哈，哈！」

「誰威脅殺妳？」蘿蘋驚訝而禮貌地問。

「那是我的網站，你知道，」「暴風雨」不理會蘿蘋，繼續對著史崔克說，「是我在經營。我就像個女訓導主任，或女修道院院長，哈，哈……總之，每個人都來找我諮商，想聽我的意見，所以很顯然，當一些無知的人抨擊我們時，首當其衝的人是我。我想我是在給自己找麻煩。我都是在幫別人打仗，不是為我自己，對吧，傑森？總之，」她頓一下，貪婪地再喝一口葡萄酒，「我不能讓傑森在沒有先得到不會惹上麻煩的保證之前和你談話。」

史崔克不禁猜想，她以為他在這件事上能擁有多少權限。事實上，傑森與「暴風雨」對警方隱瞞實情，無論他們所持的理由是什麼，無論這個情報是否有價值，他們的行為都是愚蠢而有害的。

「我不認為你們會惹上什麼麻煩。」他隨口撒謊。

「啊，那好，這是好消息。」「暴風雨」滿意地說，「因為我們真的想助一臂之力。我的意思是，我對傑森說，假如這個人覬覦的對象是肢體完整認同障礙症社群，這是有可能的……我的意思是，哎，我們有責任提供協助。我們在網站上遭受多少凌辱與敵視，我都不會驚訝。這是難以想像的，我的意思是，它都是出於無知。但我們同時也受到我們以為是站在同一陣線的人的凌辱，他們最了解被歧視的滋味。」

飲料送上來了，令史崔克大吃一驚的是，這個東歐來的服務生竟然將他點的噴火啤酒整瓶倒進一個裝滿冰塊的玻璃杯內。

「喂！」史崔克厲聲斥責。

「啤酒不冰。」服務生說，對史崔克的小題大作感到驚訝。

「拜託。」史崔克喃喃地說，從玻璃杯內撈出冰塊。他必須為這頓昂貴的午餐買單已經夠糟的了，他的啤酒裡面不能再有冰塊。服務生面有慍色地將「暴風雨」的第二杯葡萄酒放在她面前。蘿蘋趁這個機會開口。

「傑森，你第一次和凱西見面時……」

但「暴風雨」放下她的酒杯，再度打斷蘿蘋的問話。

「對，我查過所有紀錄，凱西第一次造訪網站是在去年十二月。對，這點我有跟警方說，我都拿給他們看了。她問起你，」「暴風雨」對著史崔克說，她的語氣似乎在暗示，他的名字在她的網站上被提及，他應該感到榮幸。「然後，她和傑森交談，他們交換電子郵件信箱，從那時候開始他們就直接聯絡了，對不對，傑森？」

「對。」傑森低聲說。

「後來她又提議見面，傑森就跟我聯絡……對吧，傑森？基本上，他覺得有我在場他會覺得比較安心，因為，這畢竟是網交，不是嗎？你不會知道，她有可能是任何人，她有可能是個男人。」

「什麼原因使你想跟凱西見面？」蘿蘋又問傑森，但同樣的，「暴風雨」又搶著回答。

「顯然，他們兩個都對你感興趣，」「暴風雨」對史崔克說，「凱西使傑森對你產生興趣，不是嗎，傑森？她對你瞭如指掌。」「暴風雨」對史崔克說，臉上露出狡猾的微笑，彷彿他們有不可告人的共同秘密。

「那麼凱西是怎麼對你提起我的，傑森？」史崔克問男孩。

傑森被史崔克問話立刻滿面通紅，蘿蘋不禁懷疑他是不是同性戀。她從大量閱讀留言板中發現，雖然不是全部，但有些貼文者的性幻想帶著色情的弦外之音，其中最明顯的是《Δevōtèè》這個人。

「她說，」傑森喃喃地說，「她的哥哥認識你，他曾經和你同事。」

「真的？」史崔克說，「你確定她說她的哥哥？」

「是的。」

「因為她沒有哥哥，她只有一個姐姐。」

傑森一雙不對稱的眼睛緊張地望著桌上的物品後，才又回到史崔克身上。

「我確定她說她的哥哥。」

「他和我是軍中同事？」

「不，不是在軍中，我想不是，是後來。」

她經常說謊……假如是星期二，她會說星期三。

「我想她是說她男朋友告訴她的，」「暴風雨」說，「她告訴我們她有個男朋友叫尼爾。傑森……記得嗎？」

「奈爾……」傑森喃喃地說。

「喔，是嗎？好吧，奈爾。我們一起喝咖啡後他來接她。記得嗎？」

「等一下，」史崔克說，舉起一隻手。「暴風雨」乖乖順從。「你們看見奈爾？」

「是的，」「暴風雨」說，「他來接她，騎他的摩托車。」

談話出現短暫的沉默。

「一個男人騎摩托車來接她，從……你們在哪裡見面？」史崔克問。他用平靜的語氣來掩飾加速跳動的脈搏。

「圖騰罕園路的紅咖啡。」「暴風雨」說。

「離我們辦公室不遠。」蘿蘋說。

傑森的臉更紅了。

「喔，這點凱西和傑森都知道，哈哈！你們希望柯莫藍也許會突然出現，不是嗎，傑森？哈哈哈！」「暴風雨」哈哈大笑時，服務生正好送上她的前菜。

「一個男的騎摩托車接她，傑森？」

「暴風雨」的口中塞滿食物，傑森總算有機會說話。

「是的，」他偷看一眼史崔克後說，「他在路邊等她。」

「你看到他的長相了嗎？」史崔克問，對他的回答充滿期待。

「沒有，他好像……他好像在轉角附近等她。」

「他戴著安全帽。」「暴風雨」說，她用葡萄酒將口中的食物沖下去，迅速加入談話。

「什麼顏色的摩托車，你還記得嗎？」史崔克問。

「暴風雨」認為是黑色，傑森則肯定是紅色，但兩人最後同意因摩托車停得太遠而看不清楚。

「你們還記得凱西提到她男友的其他任何事嗎？」蘿蘋問。

兩人都搖頭。

就在「暴風雨」滔滔不絕說明她創立網站的理念與它所提供的服務時，他們的主菜送上來了。當「暴風雨」的口中塞滿薯條時，傑森才有勇氣和史崔克直接對話。

「那是真的嗎？」他忽然說，一張臉更紅了。

「什麼是真的？」史崔克問。

「你……那個……」

「暴風雨」用力咀嚼，一面從她的輪椅傾身靠向史崔克，一隻手放在他的手臂上，用力嚥下口中的食物。

「說你是自己弄的。」她小聲說，還對他微微眨一下眼睛。

她稍稍移動一下粗壯的大腿，用本來懸掛在活動的身軀後面的兩條粗腿撐起她的重量，將她的上半身從輪椅抬起來一下。史崔克在塞利橡樹醫院和那些在戰爭中受傷導致下半身或四肢癱瘓的人相處久了，看過他們報廢的雙腳，也看過他們學會以活動上身來輔助完全不能動彈的下半身。但「暴風雨」剛才那個小動作的背後真相使他大受打擊。她根本不需要輪椅，她完全能夠自主行動。

奇怪的是蘿蘋的表情讓史崔克得以保持冷靜與禮貌，因為他看到蘿蘋對「暴風雨」投以厭惡和憤怒的眼光，這個發現使他鬆一口氣。他對傑森說話。

「你要先告訴我你聽到什麼，我才告訴你那是真的還是假的。」

「啊，」傑森說，他幾乎完全沒有碰他點的安格斯漢堡，「凱西說，你和她的哥哥一起去酒吧，然後你……你喝醉了，告訴他真相。她說你帶了一把槍離開你在阿富汗的基地，走到一處黑暗的地方，然後你……朝你自己的腿開槍，然後你請一個醫生幫你截肢。」

史崔克喝一大口啤酒。

「我這麼做是為什麼？」

「什麼？」傑森說，困惑地眨眼睛。

「我是為了想離開軍隊才這樣做，還是……？」

「喔，不是！」傑森說，奇怪地現出受傷的神情，「不，你……」他臉紅得彷彿全身的血液全都集中在他臉上，「和我們一樣，你必須這樣，」他低聲說，「你想成為一個殘障的人。」

蘿蘋忽然發現她沒辦法注視史崔克，她移開視線，假裝對著一幅一隻手拿著一只鞋的奇怪畫作沉思。至少，她覺得那幅畫畫的是一隻手拿著一只鞋，但也可能是一個花盆種著一棵粉紅色的仙人掌。

「那個……哥哥……把我的事告訴凱西的那個人……他知道她想截斷她自己的腿嗎？」

「我不認為。不，她說她只有告訴我一個人。」

「那你認為他是偶然提起這件事？」

「一般人都不會說，」「暴風雨」逮到機會立刻插進來，「他們覺得很丟臉，很丟臉。我沒有出去工作，」她愉快地說，指指她的腿，「我必須告訴人家我是背部受傷。假如他們知道我是個有肢體完整認同障礙的人，他們一定不能理解。你不要再逼我講這是醫學界的偏見，實在是不可理喻。我已經換了兩個家庭醫生了；我不要再忍受他們叫我去看精神科的建議。不，凱西告訴我們，她沒辦法告訴任何人，可憐的小東西。她沒有人可以求救，沒有人理解，所以她才找上我們——當然，她也找過你。」她對史崔克說，臉上帶一點傲慢的微笑，因為，他不像她，他漠視凱西的求救。「不是只有你這樣，你知道，人們一旦成功達到目的，他們就會脫離這個社群。我們懂，我們能理解，但假如人們在這個網站流連只是為了一吐為快，發抒他們內心真正的感覺，那也很有意義。」

蘿蘋很擔心史崔克會發飆。在這個白色空間用餐的客人都是彬彬有禮、熱愛藝術的人，講話都細聲細氣。但她發現，這位前特偵組軍官在長期的偵訊經驗中已學會該如何應對。他對「暴風雨」禮貌的微笑也許有點冷淡，但他還是轉向傑森，問：

「所以，你不認為是凱西的哥哥叫她和我聯絡？」

「不，」傑森說，「我想那是她自己的意思。」

「啊，顯然，」「暴風雨」又插嘴，半說半笑地說道：「她想問你是如何做的！」

「你是這麼想的嗎？」史崔克問，男孩點頭。

「嗯……她想知道她必須傷得多重才能把腿鋸掉。而且我想她有點希望你介紹她去找那個幫你截肢的醫生。」

「這是個長久以來的問題，」「暴風雨」說。她顯然沒有察覺史崔克對她的觀感，「找個可靠的外科醫生。他們一般都缺乏同情心。有些人嘗試自己動手，結果不幸死了。過去蘇格蘭有個很棒的醫生，替幾個有肢體完整認同障礙的人動手術，但他後來被禁止。那是十多年前的事了。許多人出國，但假如你沒錢，沒有能力出國……你就能明白為什麼凱西想加入你的聯絡人名單！」

蘿蘋用力放下她的刀叉，發出清脆的響聲。她替史崔克感到魯莽，並認為他有被冒犯的感覺。史崔克的聯絡人名單！彷彿他的截肢是他在黑市買的一件稀罕的手工藝品……

史崔克又花了十五分鐘繼續盤問傑森和「暴風雨」一些問題後才下結論，確認他們所知的情報沒什麼大用處。從他們口中所敘述他們與凱西的一次會面，可以知道凱西是個不成熟又絕望的女孩，她想截肢的心願是如此強烈，以致她為達目的不惜一切。

「是啊，」「暴風雨」嘆息，「她是這種人，她小時候已經嘗試過一次了，用鐵絲。我們有的人會不顧一切把腿放在鐵軌上，有個傢伙甚至企圖用液態氮冷凍他的腳。美國有個女孩在跳台滑雪時故意沒跳好。但這樣做的危險性是不一定會達到你想要的殘障程度——」

「那妳想要的程度是什麼？」史崔克問她，並舉手要求結帳。

「我想要我的脊椎受傷。」「暴風雨」泰然自若地說，「下半身麻痺，對，最理想的方式是靠外科手術。在這之前，我要持續利用它。」她指著她的輪椅說。

「好讓妳利用殘障洗手間和電梯這些設施，嗄？」史崔克問。

「柯莫藍。」蘿蘋出聲提醒他。

她早料到可能會有這種狀況。他最近壓力太大，加上睡眠不足。她覺得他們能得到第一手資料就該高興了。

「這是一種需求，」「暴風雨」依然面不改色，「我打從小時候就知道我生錯了身體，我必須半身癱瘓才對。」

服務生過來了；蘿蘋伸手去接帳單，因為史崔克沒有發現他已把帳單送過來。

「麻煩你快一點。」她對擺著臭臉的服務生說。他正是那個在啤酒杯放冰塊被史崔克斥責的服務生。

「妳認識許多殘障人士，是嗎？」史崔克問「暴風雨」。

「認識一、兩個，」她說，「但，顯然我們有許多……」

「你們都是他媽的同類。」

「我就知道。」蘿蘋暗中喃喃自語，從服務生手中接過晶片刷卡機，插入她的金融卡。史崔克站起來，高高在上俯視「暴風雨」。「暴風雨」的表情立刻變得很緊張，傑森坐在椅子往後縮，彷彿恨不得立刻消失在他的兜帽內。

「小柯，小柯……」羅蘋說，從刷卡機拔出她的金融卡。

「我告訴你們，」史崔克對「暴風雨」和傑森說。蘿蘋急忙抓起她的外套，試著想把他拖走，「我是坐在車上被附近引爆的炸彈炸傷的。」傑森雙手捧著他通紅的臉，眼中貯滿淚水；「暴風雨」則目瞪口呆。「駕駛被炸成兩半……這足夠吸引你們的注意力了吧，嗄？」他對「暴風雨」厲聲說，「只不過他死了，所以沒什麼。另一個人失去半張臉……我呢，失去一條腿。這都不是志願的……」

「好了，」蘿蘋說，抓住史崔克的手臂，「我們走吧，謝謝你們來和我們見面，傑森……」

「去找醫生檢查吧，」史崔克一面指著傑森大聲說，一面由著蘿蘋拉他離開。附近用餐的客人和服務生都轉頭過來看。「去找醫生檢查，你們的腦袋有問題。」

他們走到綠蔭大道，離美術館差不多一條街的距離後，史崔克的呼吸才慢慢恢復正常。

「好吧，」他對蘿蘋說，「妳事先就警告我了，我很抱歉。」

「不要緊，」她溫和地說，「我們想要的資料都得到了。」

兩人默默地走了一小段路。

「妳付帳了嗎？我都沒注意到。」

「付了，我會從零用金扣除。」

他們繼續往前走，裝扮入時的男人、女人從他們旁邊經過，形色匆匆。一個紮小辮子、穿花洋裝，看起來很波希米亞的女孩從身邊飄過，但她手上價值五百英鎊的手提包卻使她一點也不像嬉皮，和「暴風雨」的殘障一樣假惺惺。

「幸好你沒揍她，」蘿蘋說，「她坐輪椅，又當著那麼多愛好藝術的人的面前。」

史崔克不禁哈哈大笑，蘿蘋搖頭。

「我就知道你會發飆。」她嘆氣，但臉上帶著笑。

44

Then Came the Last Days of May

到了五月底

他以為她死了。他沒看到撲天蓋地的新聞報導，但他不以為忤，因為她是妓女。他第一次作案後也沒看到什麼新聞報導。妓女太微不足道，她們什麼也不是，沒有人會關心她們，但小秘書就會造成轟動了，因為她幫那個混蛋做事，她和她漂亮的未婚夫過著健康正常的生活，媒體一定會瘋狂報導……

但他不明白那個妓女怎麼可能還活著。他仍記得刀子進入她身體時的感覺：金屬刀刃噗的刺穿她皮膚的聲音，不鏽鋼與骨頭摩擦，血液大量湧出。報紙說學生發現她，該死的學生。

但他仍保有她的兩個指頭。

她還提供資料畫出兇手的模擬圖像，笑死人了！警察是一群穿制服的無毛猴。他們有想過這張圖有用嗎？一點也不像他，完全不像；它像任何人，白人或黑人。要不是「它」在，他一定會大笑，但「它」一定不喜歡他嘲笑一個死去的妓女和模擬兇手的圖像。

「它」最近很不合作，他得認真做事來彌補他前幾天對「它」態度粗暴，他必須道歉，假裝他是好人。「我心情不好，」他說，「真的很難過。」他不得不哄「它」，買花送「它」，然後乖乖待在家裡，補償他對她發脾氣。現在「它」又得寸進尺，女人都這樣，和「它」一樣予取予求。

「我不喜歡你出去。」

如果你繼續這樣下去，我就給「妳」好看。

他對她編了一個可能出去工作的謊言，現在她居然頭一次大膽問他：誰介紹的？你要去多久？

他看著「它」說話，幻想他一拳打在「它」的醜臉上，骨頭碎裂……

但他還需要一段時間，至少等他解決小秘書之後。

「它」仍愛他，這是他的王牌，他知道他可以拿永遠離開「它」作要脅，使「它」再度乖乖聽話。但他不能太大意，因此他繼續以鮮花、親吻、溫言軟語使他的憤怒記憶軟化，同時化解「它」愚昧、糊塗的記憶。他喜歡在她的飲料中摻一點鎮靜劑，再另外加一點東西使她情緒失衡，抱著他，在他懷裡哭泣。

要有耐心、溫柔與決心。

她終於同意：讓他離開一個星期，整整一個星期，做他想做的事。

45

Harvester of eyes, that's me.
Blue Oyster Cult, 'Harvester of Eyes'

大飽眼福之人，就是我。
——藍牡蠣〈大飽眼福之人〉

倫敦警察局督察艾瑞克·華道對於傑森與「暴風雨」對他的手下撒謊很不高興，但史崔克在星期一晚上應華道之邀，兩人在「羽毛酒館」喝酒時發現，華道並沒有他想像中那麼氣憤。他出人意外地克制的理由很簡單：傑森他們透露，凱西在紅咖啡與他們見面後被一個騎摩托車的人載走這件事，正好與華道的新寵物理論吻合。

「你還記得他們網站上那個叫『信徒』的傢伙嗎？那個有截肢癖的人。凱西遇害後他就銷聲匿跡了。」

「記得。」史崔克說。他想起蘿蘋說她和他有過互動。

「我們查出他是誰了，你猜他的車庫內有什麼東西？」

史崔克從這個人沒有被逮捕這件事判斷，警方一定沒有找到被支解的屍體，因此他討好地猜：「摩托車？」

「川崎忍者。」華道說，「我知道我們要找的是一輛本田機車，」他搶在史崔克開口前說，「但我們去找他時他東拉西扯地胡說一通。」

「只要刑事調查局的人找上門，一般都是這樣。繼續說下去。」

「他是個膽小的傢伙，名叫貝克斯特，是個業務代表，第二和第三個禮拜週末或二十九號當天都沒有不在場證明。離婚，沒有小孩，宣稱皇家婚禮當天他在家看電視。家裡沒有女人你會收看皇家婚禮實況轉播嗎？」

「不會。」史崔克說。他只看新聞報導剪輯。

「他宣稱摩托車是他哥哥的，他只是幫他保管，但經過短暫的偵訊後，他承認他有騎出去過幾次。所以我們知道他會騎摩托車，而且那輛本田機車有可能是他租來的或借來的。」

「網站的事他怎麼說？」

「他完全輕描淡寫，說他只是隨便瀏覽，沒什麼意圖，他對截肢沒興趣。但是當我們問他是否能看一下他的電腦時，他的態度很強硬，叫我們先去找他的律師。後來我們就離開了，不過我們明天還會再去找他，跟他友善地聊聊。」

「他有承認和凱西在網路上交談嗎？」

「等我們拿到凱西的筆電和暴風雨的完整紀錄後他就無法狡辯了。他曾問凱西對她的腿有何計畫，並提議與她見面，但她沒理他——在網路上，總之。老天，我們一定要調查他。」華道望著史崔克存疑的表情說，「他沒有不在場證明，他有摩托車，他接觸過截肢癖網站，而且他企圖和她見面！」

「是啊，」史崔克說，「還有其他線索嗎？」

「這就是為什麼我要約你見面的原因，我們找到你的達諾．連恩了，他住在大象堡的沃拉斯敦苑。」

「是嗎？」史崔克說，大吃一驚。

「是，而且他是個病人。我們從捐贈網站找到他。我們和那個網站聯絡，要到他的住址。」

這就是史崔克和華道的差別：後者有臂章、權威，以及史崔克離開軍隊後即被解除的權力。

「你見到他了沒？」史崔克問。

「派了幾個人在附近監看，他不在裡面，但鄰居證實那是他的公寓。他租來的，獨居，而且顯然病得很嚴重。他們說他暫時回去蘇格蘭，參加朋友的喪禮，大概很快就會回來。」

「說得跟真的一樣，」史崔克對著他的啤酒喃喃說道，「假如連恩有朋友在蘇格蘭，我就把杯子吃了。」

「那就吃吧，」華道說，半好笑半不耐煩，「我還以為我們找到你要的人你會很高興。」

「我是很高興，」史崔克說，「他生病了，是嗎？」

「鄰居說他需要枴杖，他顯然經常進出醫院。」

掛在上頭外面包皮的電視機正播出上個月舉行的兵工廠隊與利物浦隊的足球賽，聲音很小。史崔克看著范佩西踢罰球，暗暗希望這一球能為兵工廠隊贏得勝利，結果當然沒有。兵工廠隊的運氣和他的運氣一樣背。

「你目前有和誰在交往嗎？」華道忽然問。

「什麼？」史崔克嚇一跳。

「可可喜歡你，」華道笑著說，有意讓史崔克知道他覺得很可笑，「可可是我老婆的朋友，紅頭髮，還記得嗎？」

史崔克記得可可是個滑稽劇舞者。

「我說我問問看，」華道說，「我跟她說你是個可憐的傢伙，她說她不介意。」

「告訴她我受寵若驚。」史崔克說，這是實話，「但，有，我有正在交往的對象。」

「該不會是你的搭檔吧？」華道問。

「不是，」史崔克說，「她快結婚了。」

「我說啊，你錯過機會了，老兄。」華道說。

第二天，蘿蘋在辦公室說：「讓我再弄清楚，等我們確認連恩真的住在沃拉斯敦苑時，你要我停止監視他。」

「聽我說，」正在泡茶的史崔克說，「鄰居說他現在不在家。」

「你剛剛才說你不相信他真的去蘇格蘭！」

「自從妳去監視後，他住處的門一直都是關著的，這表示他暫時離開了。」

史崔克在兩個馬克杯中放進茶包。

「我不相信他去參加朋友的喪禮，但假如他是回麥洛斯向他痴呆的母親要錢，我不會感到驚訝。這有可能是咱們的小達子喜愛的度假方式。」

「他回來後我們兩個人總有一個要去監視……」

「會的，」史崔克安慰她，「同時，我要妳改去……」

「布拉克班克？」

「不，我來監視布拉克班克，」史崔克說，「我要妳去套問史黛芬妮。」

「誰？」

「史黛芬妮，惠泰科的女友。」

「為什麼？」蘿蘋大聲問。水壺的水開了，水蒸汽將壺蓋掀得嘎啦嘎啦響，在背後的窗玻璃上凝結成水珠。

「我想知道凱西遇害當天，以及沙克威爾那個女孩被砍斷兩根指頭那個晚上，惠泰科在做什麼。正確地說，四月三日和四月二十九日這兩天。」

史崔克將滾水倒進馬克杯，再加入牛奶一起攪拌，茶匙在杯緣上敲出清脆的聲音。蘿蘋一時不能確定她的例行公事改變應該是喜還是憂。總的來說她認為她應該高興，但她最近一直懷疑史崔克試圖讓她置身事外的猜忌仍未排除。

「你仍然認為惠泰科可能是兇手？」

「是的。」史崔克說。

「但你沒有任何……」

「我還沒有找到他們任何一個人的證據，是嗎？」史崔克說，「我要繼續追查，直到我找到他們的證據或將他們排除。」

他遞給她一杯茶後一屁股坐在人造皮沙發上，這次意外地沒有發出放屁聲。這是一次小小的勝利，可惜沒有外人在，有等於沒有。

「我希望我能將惠泰科在那幾天的嫌疑排除，」史崔克說，「但妳知道，那個戴便帽的人有可能是他。我可以確定的一件事是，他和以前我認識他時一樣混帳。我從史黛芬妮身上可以看出來，她現在不跟我說話了，但妳也許可以對她下工夫。如果她能提出他那幾天的不在場證明，或者告訴我們可以去找誰，我們就得再從長計議。如果沒有，他就一直脫不了嫌疑。」

「那我跟監史黛芬妮時你要做什麼？」

「盯緊布拉克班克，我決定，」史崔克說著伸出雙腿，再喝一口茶，「今天去那家脫衣舞俱樂部探查他的下落。我不想再天天吃烤肉串、逛服裝店苦等他出現。」

蘿蘋沒答腔。

「怎麼了？」史崔克看到她的表情，問道。

「沒事。」

「說啊。」

「好吧……萬一他在那裡呢？」

「船到橋頭自然直……我不會揍他。」史崔克說，正確解讀她的心。
「好吧，」蘿蘋說，但又緊接著說，「可是你揍了惠泰科。」
「那不一樣，」史崔克說，見蘿蘋沒有反應，他說，「惠泰科比較特殊，他是家人。」
蘿蘋笑了，但笑得有點勉強。

史崔克先從提款機領出五十英鎊後才進入商業路的「撒拉遜人」酒吧。提款機毫不留情地顯示他的現金帳戶餘額為負數。史崔克沉著臉，遞出一張十英鎊紙幣給門口那位脖子粗短的保鏢，逕自穿過擋在入口的條狀黑色塑膠片，裡面光線黯淡，但仍不足以掩飾整體的寒傖印象。這家老酒館的內裝已完全被拆除。新裝潢給人一種變相的社區中心的感覺，光線黝暗，了無生氣。地上鋪著拋光的松木，房間一隅是吧台，吧台上方有一長排霓虹燈，燈光反射在地板上。

此時剛過正午不久，但已經有個女孩在另一頭的一座小舞台上扭腰擺臀。紅色的燈光打在她身上，她站在幾片刻意安排的有角度的鏡子前扭動，鏡子使她的每一吋肌膚都能被欣賞到。她在「滾石合唱團」（Rolling Stones）的〈點燃我的熱情〉（Start me up）歌聲中開始解開她的胸罩。現場總共只有四個人坐在高腳椅上，各自占據一張高腳桌，有的在觀賞女孩笨拙地跳著鋼管舞，有的在看巨型電視螢幕正在播放的天空體育頻道的節目。

史崔克朝吧台直接走過去，看見吧台前有個告示牌，上面寫著「任何顧客一旦被發現自慰將予以驅逐」。

「要喝什麼嗎，親愛的？」一個長髮女郎問，她塗著紫色眼影，穿鼻環。

史崔克點了一杯約翰史密斯啤酒，在吧台找個位子坐下。除了那個保鏢之外，看得到的唯一男性員工是坐在脫衣舞孃旁邊的唱盤後面的男子。那是個身材矮壯、禿頭的中年人，一點也不像布拉克班克。

「我希望能在這裡見到我的一個朋友，」史崔克告訴女酒保。她沒別的顧客，此刻正倚著吧台，漫不經心地注視著電視螢幕，一邊挑她的長指甲。

「是嗎？」她說，一副百無聊賴的樣子。

「是的，」史崔克說，「他說他在這裡上班。」

一名身穿螢光色夾克的男子靠近吧台，女酒保不發一語轉身替他服務。

「滾石合唱團」（Rolling Stones）的歌聲結束，脫衣舞也結束了，舞孃全身光溜溜地跳下舞台，抓起一條披肩，消失在吧台後的門簾內。沒有人鼓掌。

一名身穿極短的尼龍日本和服與絲襪的女子從門簾後面出來，手上拿著一個啤酒杯在房間內繞一圈，現場顧客一個個伸手從口袋掏出一點零錢給她。她最後走到史崔克面前，他投進一、兩枚一英鎊的錢幣，然後她直接走向舞台上，先將她的啤酒杯小心放在DJ的唱盤旁邊，然後脫下身上的和服，只著胸罩、三角褲、絲襪和高跟鞋走上舞台。

「各位來賓，我想你們會喜歡這個……請熱烈歡迎美麗的蜜亞！」說完，她開始隨著蓋瑞．紐曼（Gary Numan）的〈電動朋友〉（Are "Friends" Electric?）歌聲中款款擺動，但她的動作老是跟不上音樂節拍。

女酒保又回到史崔克旁邊，從他坐的位置看電視最清楚。

「我說，」史崔克說，「我有個朋友告訴我他在這裡工作。」

「嗯哼。」她說。

「他叫諾亞．布拉克班克。」

「是嗎？我不認識他。」

「沒有，」史崔克說，對四周比了一下手勢，彷彿他已確認沒看到布拉克班克，「也許我找錯地方了。」

第一個脫衣舞孃從門簾後出來，這次換了一件粉紅泡泡糖顏色的細肩帶迷你裝，幾乎露出她的大腿根部，模樣比剛才全裸時更猥褻。她走到那個穿螢光夾克的男子身邊，和他說了幾句話，但他搖頭。她環顧四周，遇上史崔克的目光，於是含笑接近他。

「嗨呀，」她說。是愛爾蘭口音。她的頭髮，剛才在舞台的紅色燈光照耀下他以為是金色，此刻看卻是鮮豔的紅銅色。厚重的橘色口紅與濃密的假睫毛底下隱藏著一個似乎應該仍在就學的小女孩。「我叫萼拉，你誰啊你？」

「柯莫藍。」史崔克說，一般人都這樣稱呼他，卻無法體會他的名字的意涵。

「那你想不想一對一看我跳豔舞，柯莫藍？」

「在哪裡？」

「那邊，」她說，指向門簾後面她更衣的地方。「我以前沒在這裡見過你。」

「沒有，我來找一個朋友。」

「她叫什麼名字？」

「他是個男的。」

「那你找錯地方了，親愛的。」她說。

她還那麼小，他光是聽她叫他親愛的都覺得有點怪。

「我可以請妳喝杯酒嗎？」史崔克問。

她猶豫了一下。跳一對一豔舞可以多賺一點錢，但他或許是那種需要先暖身的人。

「那好吧。」

史崔克叫了一杯貴得離譜的伏特加與萊姆，她坐在他旁邊的椅子上拘謹地小口啜飲，她的大部分胸部袒露在衣領外，她的皮膚令他想起遇害的凱西：平滑緊實，有點嬰兒肥。她的肩膀上紋了三顆藍色的小星星。

「妳也許認識我的朋友？」史崔克說，「諾亞．布拉克班克。」

她不傻，這個小蕁拉。她立刻瞄他一眼，眼神中有懷疑、有猜忌。她猜想他會不會和哈波羅市那個女按摩師一樣，也是個臥底的警察。

「他欠我錢。」史崔克說。

她又仔細凝視了他一會，皺起平滑的眉頭，然後似乎相信了這個謊言。

「諾亞，」她重複，「我想他離開了。等一下……艾蒂？」

那個百無聊賴的女酒保兩眼依舊盯著電視。

「嗯？」

「戴斯上週開除的那個男的叫什麼名字？只來了幾天那個？」

「不知道他的名字。」

「對，我想被開除的那個人叫諾亞。」蕁拉告訴史崔克。然後，她突然大膽說：「給我十英鎊，我去幫你問清楚。」

史崔克暗暗嘆一口氣，給她一張紙幣。

「你在這裡等著，」蕁拉愉快地說。她滑下高腳凳，將十英鎊塞進她的彈性內褲，順手將她的衣服往下拉一點，走向DJ。蕁拉和史崔克談話時他一直不悅地瞪著他，此刻只見他敷衍地點一下頭，方下頦的臉在紅色燈光下發亮。蕁拉神情愉快地走回來。

「我就說嘛！」她告訴史崔克，「這件事發生時我不在場，但他好像有發作過癲癇什麼的。」

「癲癇？」史崔克重複。

「對，他才來上班一個禮拜。高大的個子，是吧？有個寬厚的下巴？」

「對。」史崔克說。

「對。而且他老是遲到，戴斯很不高興。那邊那個就是戴斯。」她指著ＤＪ多餘地說。那個ＤＪ一邊將〈電動朋友〉（Are "Friends" Electric?）換成辛蒂・羅波（Cyndi Lauper）的〈女孩要享樂〉（Girls Just Wanna Have Fun），一邊瞪著史崔克。「戴斯正在罵他遲到，你那個朋友就倒在地上抽筋了。他們說，」萼拉又津津樂道地說，「他還尿失禁。」

史崔克不相信布拉克班克會以尿失禁的手段逃避戴斯將他開除，聽起來他似乎真的癲癇發作。

「後來呢？」

「你朋友的女朋友從後面衝出來——」

「這個女朋友叫什麼名字？」

「等一下——艾蒂？」

「嗯？」

「那個黑女人，戴髮片那個？和那個大個子保鏢在一起那個女的？戴斯不喜歡的那個？」

「雅麗莎。」艾蒂說。

「雅麗莎，」萼拉告訴史崔克，「她從後面衝出來，對戴斯尖叫，叫他快打電話叫救護車。」

「他叫了嗎？」

「有，他們把你的朋友帶走了，雅麗莎也跟著一起去。」

「那布洛克……諾亞有再回來嗎？」

「如果他只是因為被責罵就昏倒又尿失禁，他就沒資格當保鏢了，不是嗎？」萼拉說，「我聽說雅麗莎要求戴斯再給他一次機會，但戴斯不會給任何人第二次機會。」

「雅麗莎罵戴斯王八蛋，」閒閒沒事的艾蒂忽然出現，「所以他連她也一併開除。笨女人，她需要錢，她有孩子。」

「這是什麼時候發生的？」史崔克問萼拉與艾蒂。

「兩個星期以前，」艾蒂說，「但那個傢伙是壞蛋，走得好。」

「他哪方面壞？」史崔克問。

「看也知道，」艾蒂以強烈的厭煩口吻說，「雅麗莎找男人的品味一向很差。」

第二位脫衣舞孃已經脫到剩下一條丁字褲，正對著台下少數幾個觀眾熱情地擺動臀部。兩個年紀較大的男士剛進門，猶豫了一下才走向吧台，他們兩眼盯著舞孃的丁字褲，看樣子她快要脫了。

「妳們不知道我可以在哪裡找到諾亞，是嗎？」史崔克問艾蒂，她似乎連要求用錢買情報都懶得開口。

「他和雅麗莎同居，住在斯特拉福弓橋區，」女酒保說，「她自己有一間國民住宅，但她老是嫌它。我不知道詳細地點，」她已有預感史崔克會問，「我沒去過。」

「我想她喜歡它，」蕚拉小聲說，「她說那裡有一間很好的托兒所。」

脫衣舞孃已經解下她的丁字褲，拿在頭上揮舞，彷彿在揮舞套索。新來的顧客看了他們想看的場面後便走到吧台，其中一個老得可以當蕚拉的祖父，兩眼色迷迷地盯著她敞開的前襟。她將衣領拉好，正襟危坐，轉向史崔克。

「那麼，你要不要看一對一豔舞？」

「我想不要了。」史崔克說。

話還沒說完，她便放下她的酒杯，轉身滑下高腳凳去找那個六十多歲的老男人。他張開缺了好幾顆牙的嘴對她笑。

一個笨重的身影出現在史崔克身旁，是那個沒脖子的保鏢。

「戴斯想跟你談話。」他用高亢的聲音對史崔克說。他這麼大的個頭聲音卻意外地高亢，和這句不懷好意的話很不搭調。

史崔克轉頭去看，從房間另一頭注視著他的ＤＪ對他招手。

「有什麼問題嗎？」史崔克問保鏢。

「如果有的話，戴斯會告訴你。」他的回答聽起來有點不妙。

史崔克於是朝DJ走過去，站在那裡彷彿一個高頭大馬的學童被校長叫去訓話。史崔克有感於場面有些荒謬，只好等第三個舞孃將裝錢幣的玻璃杯安全地放在唱盤邊，脫下她的紫色袍子站上舞台。她穿著黑色蕾絲和透明的塑膠跟高跟鞋，身上有許多刺青，畫了濃妝的臉上長滿粉刺。

「各位來賓，奶子與臀部都極為出色的──賈桂琳！」

賈桂琳在托托演唱的〈非洲〉歌聲中開始抱著鋼管旋轉，她的演出果然比她的任何一個同事更出色。戴斯用手摀著麥克風，身體靠過來。

「好了，老兄。」

他的外表比舞台的紅色燈光照耀下的他看起來老一點也更結實一點。他的眼神銳利，和香客一樣，下巴上也有一道很深的疤痕。

「你為什麼要打聽那個門房的事？」

「他是我的朋友。」

「他沒有簽約。」

「我沒有說他有。」

「不公平開除才怪，他沒告訴我他有癲癇，你是那個臭女人雅麗莎派來的嗎？」

「不是，」史崔克說，「我聽說諾亞在這裡上班。」

「她是個瘋婆子。」

「我不知道，我要找的是他。」

戴斯抓抓他的胳肢窩，兩眼瞪著史崔克。距離他四呎遠的地方，賈桂琳已從她的肩膀拉下胸罩繫帶，回頭對那幾個正在觀賞的顧客拋媚眼。

「那個混帳胡說八道，說他曾加入特種部隊。」戴斯挑釁地說，彷彿這句話是史崔克告訴他的。

「他告訴你的？」

「她說的，雅麗莎。特種部隊才不會有這種孬種。總之，」戴斯說著，瞇起眼睛，「還有一件事我很不爽。」

「什麼事？譬如什麼？」

「那是我的事。你告訴她，就說是我說的。不是只有他癲癇發作這件事，你叫她去問蜜亞為什麼我不讓他回來。而且你告訴雅麗莎，她要是敢再動我的車，或派她的朋友來威脅我，我就叫她去坐牢。你告訴她！」

「好的，」史崔克說，「有地址嗎？」

「去你的，」戴斯怒聲說，「滾。」

他靠近麥克風。

「讚啦，」他說，臉上立刻換上職業性微笑。賈桂琳正在猩紅色的燈光下隨著韻律抖動她的乳房。戴斯對史崔克比了個「趕緊走開」的手勢後，又回去翻他那一疊黑膠唱片。

史崔克接受這不可避免的結局，隨著保鏢走到門口。沒有人注意他，觀眾的焦點依然放在賈桂琳或電視上的梅西身上。在門口，史崔克往旁邊一站，先讓一群穿西裝的年輕人進來，他們看來已經有些醉意了。

「奶子！」為首的青年大聲嚷，手指著脫衣舞孃，「奶子！」

保鏢對這種進場模式很不高興，一群人發生輕微的口角，大聲嚷的青年被他的朋友和保鏢的責難嚇到了，保鏢還用食指在他胸口戳了幾下。

史崔克耐心地等這件事排解妥當。當那群年輕人終於被允許進入時，他才在葉姿（Yazz）的〈力爭上游〉（The Only Way Is Up）歌聲中離開。

46

Subhuman

非常人

獨自和他的戰利品相處，他才感到自己是完整的。它們證明他高人一等，具備能躲過猿猴般的警察和綿羊般的群眾的驚人的能力，為所欲為，如同神人一般。

當然，它們也給了他一些其他的東西。

他真正殺人時他那個東西似乎都硬不起來，但事前研擬計畫時可以：有時他在腦子裡構思如何進行、改善與重新安排時，他會衝動得忍不住自慰。事後，譬如現在，他手上拿著他從凱西的屍體切下來、已縮成橡皮般的冰冷乳房，經過他屢次從冰箱拿出來把玩，它已經變得有點堅韌粗糙了——他就完全沒問題了。他此刻就像一根旗杆一樣。

他還有新的手指存在冰箱內。他拿了一個出來，放在嘴唇上，用力咬下去。他幻想手指仍在她身上，她痛得大叫。他再用力咬下去，享受冰冷的肉分開、牙齒咬到骨頭的感覺。他的另一隻手忙著摸他的運動褲腰頭的拉繩。

事後他將它又放回冰箱，關上門，拍拍它，滿意地笑。很快的，冰箱內還會有更多戰利品。小秘書的個子不小，他估量大約是一百七十幾左右。

只有一個小問題……他不知道她在什麼地方，他失去她的蹤跡。她今天早晨沒去辦公室。他去過倫敦政治經濟學院，在那邊看見那個叫白金的女孩，但沒看見小秘書。他去「宮廷酒吧」找過，甚至去「圖騰罕酒吧」。這是一個暫時的挫敗。他會把她找出來。必要時，明天早上再去西伊林車站等她。

他給自己沖了一杯咖啡，再從已經放了幾個月的一瓶威士忌倒出一小杯加進去。這個骯髒的藏身處，他用來藏匿他的寶貝的地方，他的秘密避難所幾乎沒別的東西了：一把水壺、幾個有缺角的馬克杯、專業祭壇也就是冰箱、一張用來睡覺的舊床墊，和他的iPod擴充埠。這個很重要，它已成為他的習慣。

他第一次聽到他們的音樂時覺得很爛，但隨著他想整垮史崔克的欲望越來越強烈，他也越來越喜歡他們的歌。他喜歡在跟蹤小秘書、整理他的刀子時戴上耳機聽，現在它是他的聖樂了。他們的一部分歌詞一直跟著他，如同一段宗教儀式。他越聽，越覺得他們了解他。

女人面對刀子時會還原到基本面。她們被她們的恐懼淨化，當她們苦苦哀求時有一種純淨感。「偶像」（他私底下都這樣稱呼他們）似乎了解。他們明白。

他將他的iPod接在擴音器上，挑一首他喜愛的曲子〈音樂博士〉（Dr. Music），然後走向水槽，他在那裡放了一面有裂紋的鏡子，剃刀和剪刀都已準備妥當：一個男人改頭換面所需的全部工具。

擴音器的單音喇叭傳出艾瑞克·布魯姆的歌聲：

女孩不要停止尖叫
妳的聲音多麼真摯……

（Girl don't stop that screamin'
You're sounding so sincere . . .）

47

I sense the darkness clearer . . .

Blue Oyster Cult, 'Harvest Moon'

我感覺黑暗逐漸離去……

——藍牡蠣〈豐收之月〉

今天，六月一日，蘿蘋終於可以說：「我下個月要結婚了。」七月二日似乎轉眼間變得非常接近。哈洛蓋特那邊的裁縫師希望她的結婚禮服能做最後的修改，但她不知道她何時才有空回家一趟。不過，至少她已買了新鞋，她的母親也開始接到婚禮宴客貴賓的回條，不時打電話給她更新來賓人數。蘿蘋對這一切感到異樣的陌生，她在卡特福百老匯長時間的跟監任務，監視炸魚薯條店樓上的公寓，使她無暇去詢問鮮花的事，這些鮮花要放在婚禮接待櫃台的旁邊。還有（馬修一直在問）她也還沒有問史崔克她是否能有兩個星期的蜜月假期。馬修已訂好飯店，但不肯透露地點。他想給她一個驚喜。

她想不到婚期不知不覺就接近了。下個月，就是下個月，她將成為蘿蘋・康利菲——至少，她認為她會，馬修當然期待她冠夫姓。他這幾天心情好得不得了，在走道與她擦身而過時都會默默地摟她一下，對她漫長的工作時間，甚至延長到週末，都沒有半句怨言。

前幾天早上都是他開車送她去卡特福，因為他要去布羅姆利那家公司查帳時會經過那裡。他現在不會藐視那輛荒原路華了，甚至有一次排檔故障，在十字路口拋錨，還會稱讚這輛車真好，感激琳達好心把它送給他們，當他被公司派到外縣市查帳時它正好派上用場云云。昨天他們在討論婚禮事項時，他還提議將莎拉．薛洛克從來賓名單中剔除。蘿蘋看得出他是鼓起極大的勇氣才說出這句話，就怕提起莎拉或許又會引發一場爭吵。但她想了一下，斟酌她真正的感覺，最後否決他的提議。

「我不介意，」她說，「我同意她參加，沒關係。」

將莎拉從來賓名單中剔除，等於告訴莎拉：蘿蘋已發現他們過去那件事。蘿蘋寧願假裝她一直都知道，馬修很早以前就對她坦白，但她不在意，她有她的驕傲。但是當她母親也問要不要讓莎拉參加，問蘿蘋要安排誰和莎拉坐在一起，因為莎拉與馬修的大學同學蕭恩無法參加婚禮，蘿蘋問了一個問題。

「柯莫藍有回覆嗎？」

「沒有。」她的母親說。

「喔，」蘿蘋說，「他說他會參加。」

「妳要安排他和莎拉坐在一起，是嗎？」

「不，當然不是！」蘿蘋怒氣沖沖說。

雙方一時無語。

「對不起，」蘿蘋說，「對不起，媽……壓力太大……不，妳可以把柯莫藍安排在……我不知道……」

「他的女友會來嗎？」

「他說不會，隨便安排吧，就是不要靠近那個討厭的……我是說，不要讓他和莎拉坐在一起。」

於是，蘿蘋在一個截至目前天氣最暖和的早晨監視史黛芬妮。在卡特福百老匯逛街的人這一天都穿著T恤與涼鞋，路過的婦女頭上裹著色彩亮麗的頭巾。蘿蘋穿了一件無袖長洋裝，外面套一件舊牛仔外套，照例站在劇院建築的一個隱蔽處，假裝用行動電話聊天殺時間，接著再假裝瀏覽附近攤位販售的香氛蠟燭與薰香。

當你認為你被派去做徒勞無益的追蹤時，你很難保持專心。史崔克雖然堅決認為惠泰科是殺害凱西的嫌犯，但蘿蘋私底下不這麼想。她逐漸贊同華道的看法，認為史崔克對他的前繼父懷有偏見，以致他一向正確的判斷力被過去的仇恨所遮蔽。她不時瞥一眼惠泰科公寓緊閉的窗簾，想起史黛芬妮上一回出現時被惠泰科那群人帶上一輛客貨兩用車，心想她這時候會不會不在那間公寓內。

想到今天很可能又白浪費一天，她立刻再度對史崔克心生不滿：他硬要去調查諾亞・布拉克班克。蘿蘋一直認為布拉克班克是她負責跟監的對象。要不是她假扮成維妮西雅・霍爾，他們絕不會知道布拉克班克住在倫敦；要不是她機智地聯想到奈爾就是諾亞，他們也絕不會追查到「撒拉遜人」酒吧。甚至她耳邊那個低沉的聲音——我認識妳嗎，小姑娘？——雖然令人不寒而慄，卻也未嘗不是一種奇特的連結。

代表惠泰科與史黛芬妮的魚腥味與薰香不斷衝進她的鼻翼，她背靠著冰涼的石牆，注視著他的公寓緊閉的門窗，彷彿一隻狐狸在凝望一只垃圾桶，內心不由自主想起那個接聽布拉克班克手機的小女孩札哈拉。自從她們交談過後，蘿蘋每天都會想到她。史崔克從脫衣舞俱樂部回來後，她還向他仔細打聽小女孩的母親。

他告訴蘿蘋，布拉克班克的女友名叫雅麗莎，是個黑人，所以札哈拉想必也是黑人。說不定她長得跟此刻搖搖擺擺從她面前走過、頭上紮著沖天豬尾巴的小女孩一樣。小女孩緊緊抓著她母親的食指，一對黑眼珠嚴肅地瞪著蘿蘋。蘿蘋面帶微笑，但小女孩沒有，她只是一直盯著蘿蘋看，一面跟著她的母親過街。蘿蘋一直對她微笑，小女孩的身體扭成一百八十度，仍回頭望著蘿蘋，不料穿涼鞋的小腳絆了一跤，她摔倒在地上哇哇大哭。她的母親面無表情地將她拉起來抱在手上。蘿蘋有些內疚，在小女孩響亮的哭聲中又繼續觀察惠泰科的窗戶。

札哈拉幾乎可以確定住在史崔克告訴她的那間弓橋區的公寓。札哈拉的母親顯然不喜歡那間公寓，但史崔克說俱樂部的一個舞孃說……

一個舞孃說……

「對了！」蘿蘋興奮地喃喃自語，「對了！」

史崔克不會想到這一點……他當然不會，他是男人！她開始在她的手機上按鍵搜尋。

弓橋區有七間托兒所。蘿蘋心不在焉地將手機放進口袋，若有所思地開始逛市集攤位，偶爾瞄一眼惠泰科永遠緊閉的門窗，整個心思完全放在追查布拉克班克這件事。她想到兩個可能的行動方向：調查這七間托兒所，看有沒有黑人女子去接一個名叫札哈拉的小女孩（她如何知道哪一個母親和女兒才是正確的？）或者……或者……她在一個販賣異國飾品的攤位前停下腳步，但她沒有欣賞，她完全在想札哈拉。

純粹是偶然，她從一對羽毛與珠子製成的耳環抬起頭來，正好看見史黛芬妮從薯條店旁邊那個門出來。她的模樣很像一隻白兔，臉色蒼白、紅眼睛，對著強烈的光線猛眨眼的史黛芬妮用她的身體將薯條店的門推開，踉蹌進入後走向櫃台。蘿蘋還沒來得及思考，史黛芬妮已經拿著一罐可樂從她身邊擦過，又進入那扇白色的門。

該死。

「什麼也沒有，」一個鐘頭之後她在電話中告訴史崔克，「她還在裡面，我沒有機會採取行動，她一趟進出大概只花了三分鐘。」

「繼續盯，」史崔克說，「她或許會再出來，至少我們知道她是醒著的。」

「連恩那邊有好消息嗎？」

「我在的時候沒有，但我不得不回辦公室一趟，大新聞，『兩次』原諒我了，他剛回去。

我們需要錢……我沒辦法拒絕。」

「喔，我的天……他怎麼可能已經又找到另一個女朋友？」蘿蘋問。

「他沒有，他要我去調查一個他正在獻殷勤的新的豔舞女郎，想了解她是否有男朋友。」

「他為什麼不自己問她？」

「他問了，她說她沒有約會對象，但這種女人多半不誠實又愛說謊，蘿蘋，妳是知道的。」

「喔，也是啦，」蘿蘋嘆氣，「我忘了。聽我說，我想到一個可以查出布拉克班克的點子……等等，有狀況了。」

「出了什麼事？」他立刻問。

「沒事……等一下……」

一輛客貨兩用車開到她前面停下來，蘿蘋將手機貼在耳朵上，慢慢走到它旁邊，想看到底是怎麼回事。她看到開車的人理平頭，但陽光照在擋風玻璃上令她眼花，看不清那個人的五官。史黛芬妮已出現在人行道上。她雙手緊緊抱著前胸，慢吞吞走著，從後車門上車。蘿蘋往後退讓車子經過，仍假裝講電話。她和那個駕駛互看一眼，那是一雙耷拉著眼皮、茫然無神的黑眼睛。

「她離開了，從一輛老舊的客貨兩用車的後門上車。」她告訴史崔克，「開車的人看起來不像惠泰科，可能是混血或地中海人，看不清楚。」

「好吧，我們知道史黛芬妮和他們是一夥的，她也許去幫惠泰科賺錢。」

蘿蘋盡可能不對他那種理所當然的語氣生氣。她提醒自己，史崔克曾揍惠泰科一拳，將史黛芬妮從勒著她脖子的雙手拯救出來。她停一下，望著一間書報店的窗子，皇家婚禮的紀念商品仍到處可見，收銀機前那個亞洲人背後的牆上還掛著一面米字旗。

「你現在要我做什麼？我可以代替你去沃拉斯敦苑，如果你要跟蹤『兩次』的新女友的話。這樣……啊，」她嚇一跳。

她轉身要走時撞上一個蓄山羊鬍的大塊頭，那個人出聲咒罵她。

「對不起……」她立刻道歉，對方從她旁邊閃過進入書報店。

「什麼事？」史崔克問。

「沒事，我撞到人。聽我說，我現在就去沃拉斯敦苑。」她說。

「好吧，」史崔克想了一下後說，「如果連恩出現，想辦法拍張照片就好，不要靠近他。」

「我不會。」蘿蘋說。

「有任何消息打電話給我，沒消息也打。」

去沃拉斯敦苑的興奮之情，在蘿蘋抵達卡特福火車站時卻消滅了一大半，她不明白她為什麼會忽然感到意興闌珊與焦躁。也許是肚子餓了，但吃巧克力會使她穿不下修改過的結婚禮服，她決心改變這個習慣，改為自己買一條看起來一點也不好吃的能量棒後才登上火車。

火車載著她駛向大象堡時，她緩緩咀嚼口感有如木屑的能量棒，心不在焉地揉著被那個蓄山羊鬍的大塊頭撞疼的肋骨。動不動被罵是在倫敦居住必須付出的代價；她不記得她在家鄉馬森市有哪一次被陌生人咒罵，一次也沒有。

一種異樣的感覺使她看看四周，但她的附近似乎沒有任何高大的男人，乘客稀少的車廂內沒有，附近也沒有人在偷窺她。此刻仔細回想，當天早上她確實忘了要提高警覺，她被熟稔的卡特福百老匯所吸引，又一心想著布拉克班克和札哈拉而分神。她回憶早上有沒有注意到有人在監視她……但，當然，這是她的多疑，早上是馬修開車送她去卡特福，兇手怎麼可能跟蹤她到卡特福，除非他躲在哈斯廷斯路上的某部車上等待。

她心想，無論如何，她都必須提高警覺，不能太自滿。她下車時，發現有個高大的黑人走在她後面，她故意停下來讓他經過。他沒有多看她一眼。果然是我多疑。她心想，隨手將沒吃完的能量棒扔進垃圾桶。

她抵達沃拉斯敦苑前面的空地時已是下午一點半，高階大廈高高聳立，俯視著簡陋的舊公寓住宅，彷彿一個未來世界的特使。她這天穿的夏天長洋裝和舊牛仔外套很適合卡特福市集的氛圍，到了這裡卻使她看起來有點像學生。蘿蘋還是一樣假裝講電話，可是當她漫不經心地抬頭一望時，她的心忽然猛跳一下。

情況有異，那戶人家的窗簾拉開了。

現在她非常謹慎了。她繼續保持她的方向，怕萬一他從窗戶看到她。她打算找個隱蔽的地方監視他的陽台，一心尋找完美的監看地點，一邊還要假裝自然地講電話，竟沒注意到腳下踩到的東西。

「啊！」蘿蘋的右腳滑出去時她大叫一聲，左腳被長裙的裙襬絆住，整個人很不雅觀地摔倒在地上，手機也掉了。

「喔，老天，」她輕聲抱怨。害她滑倒的東西看起來像一團嘔吐物或拉稀：一部分沾在她的洋裝上，一部分沾在她的涼鞋上。她滑倒時手也擦傷了，但最讓她難過的還是那一團黃棕色、黏乎乎的東西。

附近忽然傳來男人哈哈大笑的聲音。她覺得又氣又丟臉，小心翼翼爬起來，不想讓她的衣服和鞋子再沾到那個髒東西，因此沒有立即尋找嘲笑聲來自何處。

「真遺憾，姑娘。」她背後傳來一個輕柔的蘇格蘭口音。她猛地回頭，立即像觸電般心頭一震。

儘管這一天天氣很暖和，他卻戴了一頂有長護耳的防風帽，身上穿著紅黑格子外套和牛仔褲，一對金屬支架支撐著他的身體。他低頭看她，臉上帶笑。他蒼白的臉頰、下巴和黑色的小眼睛底下的眼袋上都有很深的麻點，粗大的脖子肉下垂掛在衣領上。

他的一隻手上拎著一個塑膠袋，裡面看樣子裝了一點雜貨。她可以看到他手臂上刺青的匕首尖端，她知道這個刺青上方，在他的上臂，還有一朵黃玫瑰，紋出來的點點血液一直滴到他的手腕上，彷彿手臂受了傷。

「妳需要清洗，」他說，指著她的腳和她的裙襬笑著說，「還需要一把刷子。」

「是的。」蘿蘋打著哆嗦說。她彎腰從地上撿起她的手機。手機的螢幕摔破了。

「我就住在上頭，」他說，往她斷斷續續監視了一個月的公寓頷首示意，「如果妳想清洗一下可以上來。」

「喔不……不要緊，謝謝你。」蘿蘋屏著呼吸說。

「不客氣。」達諾．連恩說。

他打量她的全身，她不由得起雞皮疙瘩，彷彿他用一根手指將她從頭摸到腳。他移動他的支架轉身離開，塑膠袋怪異地搖晃著。蘿蘋站在原地不動，感覺大量血液衝上她的臉頰。

他沒有回頭看。他痛苦、緩慢地行走，帽子上的長護耳彷彿西班牙獵犬的耳朵般跟著晃動。他慢慢走向公寓，不久就不見蹤影了。

「喔，我的天。」蘿蘋喃喃自語，她因為滑倒，手和膝蓋都在痛。她心不在焉地將頭髮從臉上撥開，聞到手上的氣味，發現原來害她滑倒的東西是一攤咖哩，這才鬆一口氣。她匆匆走到一個看不到達諾．連恩窗戶的地方，用摔破螢幕的手機撥電話給史崔克。

48

Here Comes That Feeling

那種感覺又來了

倫敦的熱浪是他的大敵。他穿T恤沒辦法藏匿他的刀，他依賴的帽子和高領在這個季節也不合宜。他除了在「它」不知道的這個地方等待、生悶氣、感到無能之外，什麼也不能做。

好不容易等到星期日，終於變天了，大雨將停車場上的熱氣一掃而空，汽車擋風玻璃上的雨刷不停地揮舞，觀光客穿上塑膠雨衣，無視於大雨，依舊在雨中行走。

他內心充滿興奮與決心，戴上帽子壓得低低的蓋在眼睛上，然後穿上他的特製夾克。他在行走時，刀子貼著他的胸口，在他拆開夾克裏布形成的替代口袋內跳動。倫敦街頭的人群比起他砍殺那個騷貨的那天絲毫不見減少，而她的手指仍在他的冰箱內。觀光客與倫敦市民依然像螞蟻般成群結隊到處活動，有的還撐著米字旗的雨傘和帽子。他故意從他們中間衝過去，享受把他們撞開的樂趣。

他必須殺人的衝動越來越急迫。前幾天都白白浪費了，他離開「它」的期限即將結束，但小秘書仍自由自在地活著。他找了好幾個鐘頭想跟蹤她，不料，這個無恥的女人竟然在大白天忽然出現在他面前……可惜到處都有目擊者……

容易衝動。那個該死的精神科醫生要是知道他看見她時會產生什麼反應，一定會這樣說。容易衝動！他願意時他就可以控制他的衝動，他是個絕頂聰明的人。他殺了三名婦女，又重傷另一個，警方都拿他沒轍。去他的精神科醫師和他愚蠢的診斷，但白白浪費了那幾天，當他發現她突然出現在他面前時，他就很想嚇唬她，想靠近她，靠得很近、很近去嗅一嗅她，跟她說話，凝視她驚恐的眼睛。

然後她走了，他不敢跟蹤她，當時不敢，但眼睜睜看著她離開讓他痛苦得要命。她此刻應該被分屍裝袋，躺在他的冰箱內才對。他應該已在恐怖與死亡的狂喜中凝視她的臉，完全擁有它們，把玩它們。

於是他來到這裡，在寒冷的雨中行走，心在燃燒，因為這一天是星期日，他又見不到她了，她回到她的住處，他無法接近她，因為漂亮小子總是和她在一起。

他需要更多的自由，大量自由。真正的障礙是「它」老是在家，監視他，巴著他。這種情況勢必要改變。他已強迫她勉強回去上班，現在他決定，他必須假裝告訴「它」他已找到新工作。必要時他會去偷竊，假裝是他賺來的，他以前幹過許多次了。然後，得到自由之後，他就有時間安心等待時機成熟，等小秘書放鬆警戒，等她走錯路，四下無人時……

四周的路人在他眼中都是沒有生命的機器人，蠢貨，蠢貨，蠢貨……他走到每個角落都在尋找她，他的下一個目標。不是小秘書，不是，因為那個賤女人在家，和漂亮小子在那一扇白色的大門內。他要找的是任何一個蠢得可以、醉得可以，能和一個帶刀的男人一起走一段路的女人。他回到「它」的身邊之前一定要再幹一票，必須再幹一票。這樣他才有辦法回去，假裝他是「它」愛的那個男人。他的兩隻眼睛在帽簷底下閃爍，將她們分類，放棄她們：有男人陪的女人，牽著孩子的女人，就是沒有落單的女人，沒有他要的那種……

他走了好幾哩路直到夜色降臨，經過燈火輝煌、男人女人在互相調笑嬉鬧的酒吧，經過餐廳與戲院，以狩獵者的耐心尋找、等待。這天是星期日晚上，有工作的人都提早回家，但是沒關係，到處都可以看到觀光客、住在外縣市的人、被倫敦的歷史與神秘吸引而來的人……

接近午夜的時候，她們像長草中一簇肥胖的蘑菇般映入他老練的眼簾：一群聒噪、酒醉的女孩，在路上邊走邊鬧、踉蹌而行。那是一條他特別中意的偏僻街道，即使一個喝醉酒的人和一個尖叫的女孩互相扭打也不會格外引人注目的暗巷。他在後面跟著她們走了十碼，看著她們從路燈底下走過，互相推來推去嬉鬧，只除了其中一個沒有。她是幾個女孩當中醉意最深、外表最年輕的一個：如果他知道的話，她事實上快要嘔吐了。她穿著高跟鞋，走路搖搖晃晃，落在她的朋友後面，這個傻女孩。她的朋友沒有一個知道她的情況。她們也是爛醉如泥，一面搖搖晃晃走著，哼著，一面高聲狂笑。

他好整以暇地跟在她們後面。

她如果在街上嘔吐，聲音一定會吸引她的同伴，她們會停下來，圍在她身邊。但她強忍著嘔吐的衝動時無法開口說話，慢慢地，她與她的朋友之間的距離漸漸拉遠了。她搖搖晃晃，舉步踉蹌，讓他想起上一個、穿很驢的高跟鞋那個女孩。這個肯定不能活著協助警方畫出他的模擬圖像了。

一輛計程車開過來，他已預見到即將發生的景象。她們朝它大聲呼叫，發出尖銳的噪音，用力揮手。然後，她們一窩蜂上車，一個接一個，肥大的屁股挨著肥大的屁股。他加快腳步，低頭埋著臉。地上的水窪映照著街燈，計程車的「出租」燈熄滅了，引擎發出怒吼……

她們忘了她。她踉蹌走向右邊的圍牆，伸出一隻手支撐自己。

他也許只有幾秒鐘的時間，她的朋友隨時都可能發現她沒有和她們在一起。

「妳還好嗎，親愛的？妳不舒服，是嗎？來，過來這邊，妳不會有事的，過來這邊。」

他把她拖進一條暗巷時她開始作嘔。她無力地想抽回她的手臂，身體開始起伏抽搐：她吐了，無法言語。

「骯髒的賤貨。」他咒罵，一隻手已握住他藏在夾克內的刀柄。他將她用力拖到一間成人錄影帶店和一間舊貨商店之間一個黑暗的角落。

「不。」她喘著氣說，但她又吐了，身體隨著嘔吐而顫動。

馬路對面的一扇門打開，燈光從樓梯上灑下來，幾個人出現，湧上街道，一邊大笑。

他將她往牆上用力一推開始吻她，她想掙扎，但被他壓得無法動彈。她的嘴巴真臭，真噁心。對街的門又關上了，那群喳呼的人走過去，聲音在寂靜的夜色中迴繞，燈光熄滅了。

「去他媽的。」他噁心地說，放開她的嘴，但仍然用他的身體將她壓在牆上。

她吸一口氣想放聲大叫，但他已經用刀子輕易插進她的肋骨間。她不像上一個。上一個用力掙扎，非常頑固。她髒汙的嘴沒聲音了，熱血噴在他戴手套的手上，沁濕了手套。她在抽搐，想說話，她的兩眼往上翻現出眼白，她的全身癱軟，但仍被刀子釘在牆上。

「乖女孩。」他喃喃地說，拔出切肉刀。她跟著倒下來，在他懷裡奄奄一息。

他將她繼續拖進巷子裡，那裡有一堆等著被收走的黑色垃圾袋。他將她扔在一個角落，然後取出他的彎刀。最重要的是紀念品，但他只有幾秒鐘的時間。也許會有另一扇門打開，也許她那些醉醺醺的下賤朋友會坐那輛計程車回來找她……

他又拉又鋸的，將他的溫暖、黏稠的戰利品放進他的口袋，然後將垃圾袋壓在她身上。前後不到五分鐘就解決了。他覺得自己像一國之君，像一個神。他離開現場，刀子安全地收好，在清涼、乾淨的夜色中喘息。當他又回到大馬路時他開始慢跑，等他聽到遠處傳來女人刺耳的叫喊聲時，他已在一條街以外的地方了。

「希瑟！希瑟，妳在哪裡，妳這個傻蛋？」

「希瑟聽不到妳的聲音了。」他對著黑夜說。

他極力忍住笑，將他的臉埋在衣領內，但他無法抑止他的喜悅。在他的口袋深處，他濕黏的手玩弄著橡皮般的軟骨和皮膚，那上面還有她的耳環——塑膠製的迷你冰淇淋甜筒。

49

It's the time in the season for a maniac at night.
Blue Oyster Cult, 'Madness to the Method'

瘋子在夜間出沒的季節。
——藍牡蠣〈讓秩序瘋狂〉

六月進入第二個禮拜，天氣仍然涼颼颼，雨不但下個不停，還有點風暴。陽光普照的皇家婚禮熱鬧景象已成回憶，浪漫的高潮漸漸消退，皇家婚禮的周邊商品與歡慶的旗幟已從商店櫥窗取下，首都的新聞報導恢復常態，其中包括一則即將展開的地鐵罷工行動。

接著星期三的頭條新聞掀起一陣恐慌。一名年輕女子的屍體在垃圾袋底下被人發現，不出幾個鐘頭，警方對全球發出第一波呼籲，宣稱「二十一世紀開膛手傑克」在倫敦街頭出沒。

截至目前已有三名婦女遭到攻擊與殘害，但倫敦警察隊似乎仍無頭緒。記者爭先恐後報導每一條可能的線索：刊登倫敦地圖，標示每一次攻擊地點，以及三名被害人的照片，明白他們過去的反應或許遲了一點，這回決心彌補他們錯過的先機。他們先前認為凱西．普拉特分屍案是偶發的瘋狂與施虐行為，接下來十八歲的妓女莉拉．孟克頓遇襲案幾乎不見媒體報導。一個少女在皇家婚禮當天出賣她的肉體，可以想見肯定無法與媒體對新王妃的頭版新聞報導媲美。

現年二十二歲，來自諾丁罕的建築協會員工希瑟．司馬特兇殺案則是截然不同的報導。頭條新聞報導得極為詳細，稱希瑟是個人人誇讚的女孩，工作穩定，一心想參觀首都的著名地標，有一個男朋友是小學老師。希瑟在遇害的前一天晚上去觀賞了《獅子王》，在中國城吃點心，並在海德公園以站崗的禁衛騎兵為背景拍了許多照片。無數的版面指出她在這個長週末參加她的嫂嫂的三十歲生日慶生會，不料會後慘死在一家成人錄影帶店後面的暗巷。

這起兇殺案，一如最好的小說，如同變形蟲般迅速分裂，衍生出無數新的故事、輿論與推理的文章，每一篇文章又引來譴責的聲浪。有的慨嘆英國年輕婦女的酗酒傾向，被害人反被責難的問題又激起交相指責。還有一些有關性暴力的令人恐慌的文章，提醒人們這些兇殺案比其他國家更罕見。也有一些文章訪問受害人傷心的朋友，她們因一時遺忘了希瑟使她招來殺身之禍而充滿愧疚。這些文章引發各方的抨擊與社群媒體的誹謗後，這群哀傷的年輕婦女又予以反擊。

每一篇文章都被籠罩在這個不知名的兇手，這個支解女性屍體的瘋子的陰影下。媒體記者又再度湧進丹麥街尋找那個收到凱西斷肢的人。史崔克決定此時正好讓蘿蘋休假，她必須回馬森市試穿與修改結婚禮服這件事已經講了很久，卻一天拖過一天。他自己也決定再度背起背包逃到尼克與依莎的家，並對自己的無能充滿挫折感。一名便衣警察依舊在丹麥街站崗，以防任何可疑之人遞送郵包。華道擔心蘿蘋又會收到另一個被支解的屍塊。

在全面展開調查，並在全國媒體的注目下備感壓力的華道，自從希瑟的屍體被發現後已有六天沒有和史崔克見面。這天傍晚，史崔克又再度來到「羽毛酒館」。他發現華道一臉疲憊，但明顯期待和這個與兇案內、外都脫不了關係的人討論案情。

「一整個禮拜忙翻了，」華道嘆氣，接過史崔克請喝的啤酒，「我又開始吸菸了，今年四月真不好過。」

他喝一大口啤酒後才告訴史崔克希瑟的屍體被發現的經過。史崔克早已指出媒體的報導在諸多要點上有矛盾之處，但它們都一致譴責警方在案發二十四小時之後才發現她的遺體。

「她和她的朋友都喝得爛醉如泥，」華道茫然地敘述場景，「其中四人上了一輛計程車，把希瑟忘得一乾二淨，車子走了一條街後她們才發現她沒上車。

「計程車司機非常生氣，因為她們大聲喧譁令人反感。當他說他不能在道路中央迴轉時，其中一個女孩開始咒罵他，雙方起了爭執，等他同意回去接希瑟時已經過了五分鐘。

「她們回到她們以為拋下她的街道時，已不見希瑟的蹤影，她們都來自諾丁罕，對倫敦街道十分陌生。她們坐在計程車上沿路尋找，大聲呼叫她的名字，吵得附近的住家紛紛開窗探視。然後其中一個覺得她彷彿看到希瑟在遠處上了一部公車。於是其中兩人趕快下車，大喊大叫地追逐公車，想叫它停下來。一點也不合邏輯，她們真的頭殼壞掉。另外兩個人則從計程車窗口探身，大聲叫她們回來，一起坐計程車去追公車。先前那個和司機吵架的女生上車後又罵他蠢巴基。他氣得叫她們滾出他的計程車後自己就開走了。

「所以，基本上，」華道有氣無力地說，「我們之所以沒有在二十四小時之內找到她，都是因為酗酒和種族歧視惹的禍。這些笨女人一口咬定希瑟坐上那部公車，害我們浪費了一天半時間去追查一名穿相似外套的婦女。後來那間成人娛樂中心的業主出來倒垃圾，才發現她躺在一堆垃圾袋底下，鼻子和耳朵都被割走了。」

「所以那部分是真實的。」史崔克說。

所有報紙一致報導她的面部遭到殘害。

「是的，那部分是真實的。」華道沈重地說，「他現在有個響亮的名號，『沙克威爾開膛手』。」

「有目擊者嗎？」

「一個也沒有。」

「『信徒』和他的摩托車呢？」

「排除了。」華道說，表情陰沉，「希瑟遇害當晚他有不在場證明，他參加家族婚禮，我們也沒辦法找到其他兩起攻擊案的證據。」

史崔克感覺華道似乎想告訴他一些其他消息，於是等他繼續說下去。

「我不希望媒體捕風捉影，」華道壓低聲音說，「但我們認為他可能還幹了另外兩起案子。」

「我的天，」史崔克吃驚地說，「什麼時候？」

「很久了，」華道說，「二〇〇九年在里茲發生的一起懸案，一個妓女，原籍卡迪夫。她被刺殺，兇手沒有將她分屍，但搶走一條她一直戴在身上的項鍊，然後將她的屍體扔在郊外的一條水溝內。兩週之後屍體才被發現。

「然後，去年，一個女孩在密爾頓肯茲遇害後被分屍，她名叫沙蒂．羅奇。她的男友被捕。我查過檔案了。他的家人強力發動釋放他，他被保釋後提起上訴。他除了曾經和那個女孩發生口角，以及曾經拿一把小摺刀威脅一個人之外，和這起案子沒有任何關係。

「我們拿到這五起兇殺案的心理學與鑑識報告，結論是它們都有共同的特點，顯示兇手是同一個人。看來他使用兩把刀，一把切肉刀，一把彎刀。受害人都是柔弱的女性，妓女、喝醉酒的、情緒不穩的。除了凱西之外，其他都是在暗巷內找的。他從她們的屍體取下戰利品。我們是否能從這些婦女身上取得任何相同的DNA，現在還無法下定論。可能沒有。看情況他沒有和她們任何一個發生性關係，他用不同的方式支使她們。」

史崔克肚子餓了，但他明白此刻不能打斷華道低落的情緒。華道又喝一大口啤酒後才說：

「我正在調查你那幾個人，布拉克班克、連恩，及惠泰科。」他沒有迎接史崔克的目光。

差不多是時候了。

「布拉克班克有什麼嗜好？」華道說。

「你找到他了？」史崔克問，到口的啤酒杯停在那裡。

「還沒，但我們知道他在五個星期以前還經常去布利斯敦的一所教堂。」

「教堂？你確定是同一個人？」

「身材高大的退伍軍人，退役的橄欖球員，長下巴，一個眼睛凹陷，菜花耳，黑髮、理平頭。」華道如數家珍說，「本名諾亞．布拉克班克。身高一百九十二或三，一口很重的北方口音。」

「就是他，」史崔克說，「你是說教堂？」

「等一下，」華道說，「我去撒泡尿。」

話說回來，教堂有何不可？史崔克走到吧台又買了兩杯啤酒時一邊想著。酒吧內現在擠滿了人，他拿了兩杯啤酒連同一份菜單回他的桌子，但他無法專心。唱詩班有年輕女孩……他不會是第一個……

「我需要，」華道回來後又對史崔克說，「我要出去抽根菸，等一下回來……」

「先把布拉克班克的事講完。」史崔克說，將新買的啤酒推給他。

「老實告訴你，我們是偶然發現他的，」華道說，坐下來接過啤酒，「我們有個人在跟蹤當地一個藥頭的母親。我們不相信那個母親說她是無辜的，因此我們的人跟蹤她到教堂，布拉克班克就站在教堂門口發放讚美詩。他不知道那個人是警察，和他交談。我們的人也不知道布拉克班克是和這些兇案有關的嫌疑犯。

「四個禮拜之後，我們的人聽我提到為了凱西．普拉特案正在尋找諾亞．布拉克班克，便告訴我他一個月前在布利斯敦見過一個同名同姓的人。看吧？」華道露出慣常的揶揄笑容，「我有在注意你的情報喔，史崔克。經過藍德利案之後，我如果不注意就太傻了。」

你從「扒手」馬利和「信徒」身上找不到線索後才想到要注意我的情報。史崔克心想，但他先表示感激後才提出重點。

「你說布拉克班克後來不去教堂了？」

「是的，」華道嘆一口氣，「我昨天去了一趟，和牧師談過話。年輕人，很熱心，市區內的教堂——你知道的，就是那種，」華道說——錯了，因為史崔克接觸過的大多是軍中的隨軍牧師，「他談了許多布拉克班克的事，說他吃了很多苦。」

「腦受傷，不得不退役，家庭破碎之類的廢話？」史崔克問。

「大致上是這樣，」華道說，「說他想念他兒子。」

「啊哈，」史崔克暗忖。「他知道布拉克班克住在哪裡嗎？」

「不知道，但顯然和他的女友住在一起。」

「雅麗莎？」

華道微微皺眉，伸手從外套裡面掏出一本記事本翻了一下。

「對，正是，」他說，「雅麗莎·文森。你怎麼知道？」

「他們兩個剛被一家脫衣舞俱樂部開除，我等一下再解釋。」史崔克匆匆說道，因為華道作勢要引開話題，「你繼續說雅麗莎的事。」

「啊，她在倫敦東區她母親家附近找了一間國民住宅。布拉克班克告訴教區牧師，他要搬去跟她和孩子們住在一起。」

「孩子們？」史崔克說，他立刻想到蘿蘋。

「顯然有兩個小女孩。」

「我們知道這間國民住宅在什麼地方嗎？」史崔克問。

「還不知道，牧師很遺憾他要離開。」華道說，不安地瞄人行道一眼，那裡有兩名男子在吸菸。「但我從他口中得知，四月三號星期日，也就是凱西遇害那個週末，布拉克班克在教堂。」

眼看華道越來越不安，史崔克沒說什麼，只提議兩人都出去外面吸菸。

他們點了菸，站在一起吸了幾分鐘。人行道兩頭都有下班的人經過，個個臉上帶著疲憊的神情。夜色漸漸聚攏，他們頭頂上方，在靛藍的夜色與夕陽的虹彩交接處，有一小片無色彩的天空，索然無味、空蕩蕩的天空。

「老天，我真想念它。」華道說，用力吸一口菸，彷彿它是母親的奶，這才繼續剛才未完的話題，「對，所以布拉克班克那個週末在教堂，幫忙打雜。顯然對孩子們很好。」

「才怪。」史崔克喃喃地說。

「還是不放心，是嗎？」華道說，朝馬路的方向噴出一口煙，兩眼注視著愛普斯坦（Epstein）的雕塑作品〈白晝〉（Day），倫敦交通局辦公大樓的雕飾，一個小男孩站在一個坐在寶座上的男子面前，扭過上身，狀似要轉身擁抱他背後的國王，同時又使他的生殖器展露在觀者面前。「殺死一個女孩又將她分屍，然後出現在教堂，彷彿什麼事也沒發生？」

「你是天主教徒嗎？」史崔克問。

華道一臉驚訝。

「我是，」他狐疑地問，「為什麼？」

史崔克搖頭，微微一笑。

「我知道精神病患不會在乎這些，」華道帶點防衛地說，「我是說……總之，我們派人去調查他現在住在什麼地方。那是一間國民住宅，如果雅麗莎．文森是她的本名，就應該不會太難找。」

「好極了，」史崔克說。警方有他與蘿蘋所缺乏的消息來源；或許終於可以得到一點確切的線索。「那連恩呢？」

「啊，」華道說，他捻熄第一根菸後又立即點了一根，「我們有比較多他的資料，他一個人住在沃拉斯敦苑已有十八個月了，靠殘障救濟金生活。他在四月二號與三號那個週末肺部感染，他的朋友迪奇過去協助他，他沒辦法出去買東西。」

「這倒是挺方便。」史崔克說。

「或許是真的，」華道說，「我們和迪奇對質，他證實連恩對我們說的一切。」

「連恩對於警方詢問他的行蹤有沒有很驚訝？」

「一開始似乎很吃驚。」

「他有讓你們進去他的住處嗎？」

「沒有問，我們看見他拄著枴杖穿過停車場，後來我們請他到當地一間咖啡屋談話。」

「橋洞那間艾瓜多爾咖啡屋？」

華道用力瞪史崔克一眼，後者平靜地回望他。

「你也在跟蹤他是嗎？你不要把事情搞砸了，我們正在調查。」

史崔克本想回答這個案子已引發媒體的推敲，華道又無法承諾派眼線去認真追查史崔克的三名嫌犯，使他得不到他想要的線索。但他後來選擇沉默。

「連恩不笨，」華道繼續說道，「我們沒聊多久他就明白我們的來意了，他知道一定是你給我們他的姓名，他從報上看到你收到一條腿。」

「他對這件事有什麼看法？」

「他的口氣隱約有『好人不會遇到這種事』的意思，」華道說，微微一笑，「但總的來說，一如預期，有好奇也有防備。」

「他看起來像生病的樣子嗎？」

「是的，」華道說，「他並不知道我們要來，我們遇到他時他撐著枴杖蹣跚步行。近看他的氣色也不好，兩眼佈滿血絲，皮膚有點皴裂，情況不大好。」

史崔克沒有答腔，他還是不相信連恩有病。儘管史崔克親眼看到照片上顯示他可能使用類固醇，皮膚上有麻點和病灶，但他仍然固執地不肯相信連恩真的生病。

「其他婦女遇害的時候他在做什麼？」

「說他一個人在家，」華道說，「沒有什麼可以證明他在或不在。」

「嗯。」史崔克說。

他們回到酒吧內，但他們的桌子被人占用了，於是他們在面對馬路的落地窗旁另外找了一張桌子。

「惠泰科呢？」

「嗯，我們昨天晚上也找到他了，他在幫一個樂團開車。」

「你確定嗎？」史崔克懷疑地問，想起香客說惠泰科自稱這是他的現職，但事實上他和史黛芬妮同居。

「是，我確定，我們有去拜訪他那個吸毒的女友……」

「有進去他的公寓？」

「她站在門口和我們談話，這一點也不意外，」華道說，「屋裡很臭。總之，她告訴我們他和團員一起出去了，給我們演唱會的地址，會場外停了一輛客貨兩用老爺車。樂團更老，有聽過『死亡崇拜』這個樂團嗎？」

「沒有。」史崔克說。

「無所謂，他們爛透了。」華道說，「我被迫坐了半個鐘頭才見到惠泰科，在宛茲沃斯的一個地下室酒吧，害我第二天耳鳴了一整天。

「惠泰科似乎半預料到我們會去找他，」華道說，「顯然他幾個星期前在他的車子外面見到你。」

「我告訴過你了，」史崔克說，「裡面一車子吸食古柯鹼的煙霧……」

「是，是，」華道說，「聽著，在我能排除他的嫌疑之前我都不會相信他，但他說他整天都在收看皇家婚禮轉播，史黛芬妮能為他作不在場證明，這樣就排除了沙克威爾的妓女兇殺案。而且他說凱西和希瑟遇害時，他和『死亡崇拜』樂團在一起。」

「三起兇殺案全包了，嗄？」史崔克說，「推得一乾二淨。『死亡崇拜』樂團成員有說他和他們在一起嗎？」

「老實說，他們的回答含糊不清，」華道說，「那個主唱戴助聽器，我不知道他是否聽懂我問他的每一句話。別擔心，我有人在查證他們所有的證詞，」他對皺著眉頭的史崔克說，「我們會查出他是否真的在。」

華道說完打了個呵欠，伸伸懶腰。

「我得回辦公室了，」他說，「今天可能要熬夜。現在媒體在瘋狂報導，我們會有大批資料進來。」

史崔克此時已非常餓了，但酒館內人聲鼎沸，他覺得他應該找個可以思考的地方吃飯。他與華道一起走到街上，兩人又邊走邊點菸。

「心理學家提出他的看法，」夜幕低垂時華道說，「如果我們沒猜錯，我們面對的是一個連續殺人犯，他往往是個機會主義者。他是個操作手段的高手，他一定有計畫到某種程度，否則不可能屢次脫身。但凱西的方式，他完全知道她住的地方在哪裡。那些信件，以及他知道不會有人在場的事實，這完全是預謀的。

「問題是，我們已經仔細調查，但找不出任何證據證明你那幾個人曾經接近她。我們檢查她的筆記電腦，但裡面什麼也沒有。唯一和她談過她的腿的人是那兩個怪咖傑森和暴風雨。她幾乎沒有朋友，就算有也都是女性。她的電話沒有可疑之處。就我們所知，你那幾個人沒有一個曾經在芬奇利或牧人林居住過或工作過，更別提到過她的學校或學院附近。他們和她都沒有明顯的關係，怎麼可能其中任何一個如此接近她將她分屍而能不引起她家人的注意？」

「我們知道她是個表裡不一的人，」史崔克說，「別忘了那個假裝她的男友的人，他去紅咖啡接她，像真的一樣。」

「是啊，」華道嘆氣，「我們還沒找到那輛摩托車的線索，我們有向媒體描述，但是沒有結果。」

「你的夥伴如何？」華道問。他在他的辦公大樓玻璃門外停下腳步，顯然決定把那根菸抽完。「沒有受到太大的驚嚇？」

「她還好，」史崔克說，「她回約克郡去試穿結婚禮服，我強迫她休假，她最近連週末都在加班。」

蘿蘋毫無怨言地回去。有什麼理由留下來？媒體記者守著丹麥街，工作薪水那麼低，警方現在又比以前更積極調查布拉克班克、連恩與惠泰科。

「祝你好運。」史崔克與華道分手時說。華道揮手示意，走進寫著「新蘇格蘭場」幾個字、徐徐旋轉的三稜柱背後的辦公大樓。

史崔克慢步走向地鐵站。他這時很想吃烤肉串，腦子裡一面在思索華道對他提出的問題。他的任何一個嫌疑犯怎麼可能如此接近凱西．普拉特而得知她的行蹤，或得到她的信任？

他想到連恩，獨自一個人住在沃拉斯敦苑的公寓，靠殘障救濟金生活，體重過重，身體虛弱，外表看起來比他的實際年齡三十四歲要老很多。他過去一度是個風趣的人，他現在仍然保有這種魅力，能吸引年輕女孩到願意和他共乘摩托車的程度，或者信任他到願意帶他去牧人林那個連她的家人都不知道的公寓嗎？

惠泰科又如何，渾身古柯鹼菸味，一口黑牙，頭髮逐漸稀疏的惠泰科？確實，惠泰科過去曾經有令人難以抗拒的魅力，形容憔悴、染上毒癮的史黛芬妮似乎被他吸引，然而凱西唯一已知的熱愛對象是一個外表整潔、只比她大幾歲的金髮男孩。

接著是布拉克班克。在史崔克眼中，這個體型粗大、皮膚黝黑的前保鏢徹頭徹尾地令人反感，不可能像以前的奈爾那麼漂亮了。布拉克班克居住與工作的地點和凱西的家和工作的地方相隔好幾哩路。雖然兩人都上教堂，但他們主日崇拜的地點卻分別位於泰晤士河兩岸。警方此時應該已調查出這兩所教堂之間的關係了。

凱西與史崔克的三名嫌疑犯之間任何已知的關係，能使他們排除兇手的可能性嗎？雖然邏輯似乎顯示答案是肯定的，但史崔克的內心仍固執地暗暗說不。

50

I'm out of my place, I'm out of my mind…
Blue Oyster Cult, 'Celestial the Queen'

我迷失自我，我精神錯亂……
——藍牡蠣〈天國女王〉

蘿蘋這趟回去一直有種奇特的不真實感。她覺得她和誰都格格不入，包括她的母親，後者滿腦子想著婚禮的大小事。蘿蘋不時查看她的電話，想知道「沙克威爾開膛手」有沒有新的進展。母親雖然同情她，卻不怎麼高興。

在熟悉的老家廚房內，拉不拉多犬榮特利趴在蘿蘋腳下打盹，宴客座位安排計畫攤開在擦洗乾淨的原木餐桌上。蘿蘋想到她沒有為她的婚禮盡到半點責任，不由得心生感激。琳達不斷問她一些問題：她喜歡什麼、演講內容、伴娘穿的鞋子、她的頭飾、什麼時候有空去拜訪牧師、她和馬修希望把禮物送到什麼地方、馬修的姨媽應不應該坐在主桌等等。蘿蘋本以為回家應該可以休息，想不到卻被要求做更多事。一方面她的母親不斷問她一些瑣碎的事，另一方面她的弟弟馬丁不斷打聽希瑟·司馬特的屍體被發現的經過情形，直到蘿蘋發脾氣，認為他是故意找碴。操勞過度的琳達因此下令禁止家中任何人提起兇手的事。

同時，馬修也在生氣，雖然他沒有表現出來，因為蘿蘋還沒有向史崔克提出請兩個星期蜜月假的事。

「我相信一定沒問題，」晚餐時蘿蘋說，「我們現在幾乎沒什麼事可做，柯莫藍說我們查到的所有線索已經都由警方接手調查了。」

「他還沒有確認。」琳達說。她看蘿蘋吃得很少。

「誰沒有確認？」蘿蘋問。

「史崔克，參加婚宴的回條。」

「我會提醒他。」蘿蘋說著喝一大口葡萄酒。

她沒有告訴他們，包括馬修，她最近老是半夜從噩夢中驚醒。她睡的是她被強暴後躺了好幾個月的那張舊床。一個身材魁梧的男人不斷出現在她夢中，有時闖進她與史崔克的辦公室，更多時候他在黑夜裡從倫敦的暗巷中突然出現，手上拿著亮晃晃的刀。那天清晨他正要挖出她的眼珠時她從夢中驚醒，一顆心怦怦亂跳，氣急敗壞。馬修睡眼惺忪地問她剛才說什麼。

「沒有，」她說，撥開額頭上被汗水沁濕的頭髮。「沒有。」

馬修星期一必須回去上班，他似乎很高興把她留在馬森，協助琳達準備婚禮事宜。母女倆星期一下午在聖母瑪利亞教堂和牧師見面，就宗教婚禮儀式作最後的討論。

蘿蘋盡可能專心聽牧師熱心的建議與宗教上的勉勵，但他在侃侃而談之際，她的眼光卻不時飄向甬道右方教堂牆上一隻巨大的石刻螃蟹。

她小時候就對這隻螃蟹感興趣。她不明白為什麼教堂牆上會攀附一隻巨大的螃蟹，她的好奇終於感染琳達，她去當地的圖書館查閱資料，回來得意地告訴她的女兒，這隻螃蟹是古老的斯克洛普家族的徽章，雕刻在教堂牆壁是為了紀念這個家族。

九歲的蘿蘋對這個答案感到失望。在某方面，這個解釋沒有太大意義，她喜歡自己找出真相。

第二天史崔克打電話給蘿蘋時，她正站在裁縫師的小更衣室內，裡面有鑲鍍金框的穿衣鏡，新地毯散發濃濃的新氣味。蘿蘋知道是史崔克打來的，因為她為他設定不一樣的來電鈴聲。

她立刻衝向她的手提包，裁縫師嚇一跳發出驚呼，她又驚又惱，正在重新調整的雪紡皺褶從她靈巧的手上散開。

「哈囉？」蘿蘋說。

「嗨。」史崔克說。

簡單的一聲招呼告訴她有事情發生了。

「我的天，又有人被殺了嗎？」蘿蘋脫口而出，忘了裁縫師正蹲在她的結婚禮服裙襬邊。女裁縫師嘴上含著幾根別針，從鏡子裡瞪著她。

「對不起，妳能給我幾分鐘時間嗎？不是說你啦！」她又對史崔克說，生怕他掛斷電話。

「對不起。」裁縫師拉上門簾後她又再度道歉，然後穿著禮服坐在旁邊的一張矮凳上，「這裡還有別人。又有人死了嗎？」

「是的，」史崔克說，「不過不是妳所想像的，是華道的哥哥。」

蘿蘋疲憊而紛亂的大腦試圖將不肯合作的點與線連接起來。

「和這個案子無關，」史崔克說，「他過馬路時在行人穿越道上被一輛闖紅燈的貨車撞死。」

「天哪。」蘿蘋說，心中很難過。她一時忘了除了拿刀殺人的瘋子外，死神也會以任何方式降臨。

「真是糟糕透頂，他有三個孩子，第四個又快出生了。我剛和華道通過電話，真是糟糕的事。」

蘿蘋的腦筋似乎又恢復正常。

「那麼華道……？」

「請喪假，」史崔克說，「妳猜誰來接他的工作？」

「不是安士提？」蘿蘋問，忽然擔心起來。
「更糟。」史崔克說。
「不會……不會是卡佛吧？」蘿蘋說，忽然有個不祥的預感。
史崔克在前兩次最令人津津樂道的破案成就中搶盡警方的風頭，因此觸怒了不少警察人員，其中最感到窩囊與憤怒的是警方的偵緝督察羅伊・卡佛。他負責調查一位名模墜樓命案功敗垂成這件事被媒體加油添醋廣為報導。經常滿頭大汗，身上沾了許多頭皮屑，一張紫紅色如罐頭牛肉的臉佈滿斑點的卡佛，在史崔克還沒有公開證實警方找不出命案兇手之前就已對他恨得牙癢癢的。
「正是他，」史崔克說，「我剛剛才被他訊問了三個鐘頭。」
「啊，天哪……為什麼？」
「唉，」史崔克說，「妳知道為什麼。這正是卡佛朝思暮想的好機會，終於讓他找到藉口針對連續殺人案偵訊我。他差點叫我提出不在場證明，而且他花了許多時間針對凱西收到的偽造信件盤問我。」
蘿蘋嘆氣。
「他們為什麼會讓卡佛……？我的意思是，他的紀錄……」
「雖然我們無法想像，但他的警探生涯中並非一事無成，他的上司一定認為他是運氣不好才沒有偵破藍德利案。這是暫時的，在華道請假期間，但他已經警告我不要插手干預調查。我問他調查布拉克班克、連恩與惠泰科的事進行得如何，他對我說去你的大頭和你的預感。這個案子我們拿不到更多的內線情報了，我可以向妳保證。」
「但他總會遵循華道的偵查路線吧，」蘿蘋說，「不是嗎？」
「從他顯然寧可割掉一塊肉也不讓我偵破他的另一個案子來看，他會謹慎地追查我的所有線索。問題是，我看得出他認為藍德利命案是我運氣好才會破案。我想他認為我在這個案子提出三名嫌犯純粹是在賣弄。要是，」史崔克說，「我們能在華道請假之前拿到布拉克班克的地址就好了。」

蘿蘋整整一分鐘默默地聽史崔克講話，裁縫師以為她大概可以恢復試衣了，便探頭進來，只見蘿蘋臉上忽然現出欣慰的表情，卻又不耐煩地揮手叫裁縫出去。

「我們有布拉克班克的地址了。」門簾再度拉上時，蘿蘋得意地告訴史崔克。

「什麼？」

「我沒告訴你，因為我以為華道已經有他的地址了，但我心想，萬一……我打電話到當地的托兒所，假裝我是雅麗莎，札哈拉的媽媽。我說我想確認他們那邊有我們的新地址。其中一家拿出家長聯絡簿唸給我聽，他們住在弓橋區的布隆汀街。」

「我的天，蘿蘋，真有妳的！」

裁縫師終於恢復她的工作。她發現新娘子比她剛才離開時明顯容光煥發。但蘿蘋對修改禮服的興趣缺缺，使裁縫師高昂的興致減低了不少。蘿蘋是她的相簿中最漂亮的新娘，她原希望一旦禮服修改完成後，她能拿到一張她的照片為公司做宣傳。

當裁縫師將最後一條縫線拉直，兩人一起對著鏡子觀賞時，蘿蘋說：「好漂亮，」她說，「太好了。」

她頭一次認為這件禮服的確好看。

51

Don't turn your back, don't show your profile,
You'll never know when it's your turn to go.
Blue Oyster Cult, 'Don't Turn Your Back'

不要轉身，不要現出你的身影，
你永遠不知道何時輪到你走。
——藍牡蠣〈不要轉身〉

「民眾的反應非常熱烈，我們正在追查一千二百多條線索，其中有些似乎很有幫助，」偵緝督察羅伊·卡佛說，「我們仍舊呼籲民眾協助警方找尋被用來運送凱西·普拉特部分屍塊的紅色本田機車，車號CB750的下落。我們也希望六月五日希瑟·司馬特遇害當天晚上在老街附近的任何民眾能向警方提供訊息。」

依蘿蘋之見，「警方追查新線索緝捕沙克威爾開膛手」這個新聞標題，和底下的簡短報導一點也不相符。她認為卡佛不會告訴新聞媒體警方的細部調查進展。

大部分報紙現在都已刊登據信是遭開膛手殘殺的五名婦女的照片，並將她們的身分和她們的悲慘命運以粗黑字體戳蓋在她們的照片胸口上。

瑪蒂娜·羅西，二十八歲，妓女，刀殺，項鍊被盜走。

瑪蒂娜是個體型豐腴的黑人女性，穿著一件白色的坦克背心。她這張模糊的照片看起來像是一張自拍照。她的脖子上掛著一條項鍊，上面有個心形的豎琴墜子。

沙蒂．羅奇，二十五歲，行政助理，刀殺、屍體被殘害，耳環被盜走。

她是個漂亮的女孩，剪一頭俏麗的短髮，耳垂上戴著大圈形耳環。從她的照片邊緣被剪掉的人形判斷，這張照片應該是在一次家庭聚會中拍攝的。

凱西．普拉特，十六歲，刀殺後被分屍。

這就是那個長相平庸、曾經寫信給史崔克的小胖妹，穿著學校制服面帶微笑。

莉拉．孟克頓，十八歲，妓女，刀殺重傷，指頭被砍斷，但保住性命。

這張模糊的照片中是個瘦削的女孩，漂染的紅頭髮剪成蓬鬆的短髮髮型，耳朵上穿了許多耳環，在相機的閃光燈照耀下閃閃發亮。

希瑟．司馬特，二十二歲，金融服務業人員，刀殺，鼻子和耳朵被截割。

她有一張圓臉和天真無邪的表情，棕灰色的波浪髮型，臉上有雀斑和羞怯的笑容。

蘿蘋深深嘆一口氣，從《每日快報》上抬頭。馬修被派去海威科姆幫客戶查帳，所以他今天無法載蘿蘋一程。她從伊林搭上火車，整整花了一小時二十分鐘才抵達卡特福。車廂內擠滿觀光客和通勤上班的人，個個在倫敦的熱浪中汗流浹背。現在她離開座位走向車門，跟著其他通勤者隨著火車搖晃。火車逐漸減慢速度後停下來，卡特福橋車站到了。

她這個星期回來和史崔克一起共事感覺有點陌生。史崔克顯然不打算聽從警方指示不去干預卡佛的調查，但他仍然把卡佛的話聽進去了，行動變得更加小心謹慎。

「他如果以妨礙警方辦案來查辦我們，我們的生意就完了。」他說，「而且我們知道，他會推說是我們把事情搞砸的，無論我有或沒有。」

「那我們為什麼還要繼續調查？」

蘿蘋扮演魔鬼的代言人，因為假如史崔克宣佈放棄他們找到的線索，她一定會很不快樂，而且會有挫折感。

「因為卡佛認為我的嫌疑犯之說是一派胡言，我覺得他是個無能的笨蛋。」

蘿蘋笑了，但她笑得太早，當史崔克告訴她，他希望她回到卡特福繼續跟監惠泰科的女友時，她立刻笑不出來。

「還要去？」她問，「為什麼？」

「妳知道為什麼，我想要知道史黛芬妮能不能在那幾個關鍵日期提出他不在場證明。」

「你知道嗎？」蘿蘋鼓起勇氣說，「我去卡特福太多次了，如果我是你，我寧可調查布拉克班克。為什麼我就不能從雅麗莎那裡試著套出一點東西？」

「還有一個連恩，如果妳想換的話。」史崔克說。

「我滑倒時他從很近的地方看到我，」蘿蘋立刻反駁，「你不覺得如果你去調查連恩會好一點？」

「妳不在時我一直在監看他的公寓。」史崔克說。
「然後呢？」
「然後他大部分時間都在家裡，但有時會去商店一下再回來。」
「你不再認為他是兇手了，是嗎？」
「我沒有排除他，」史崔克說，「妳為什麼這麼想去調查布拉克班克？」
「啊，」蘿蘋勇敢地說，「我覺得我追蹤他很久了。我從荷莉那裡得到哈波羅市的地址，我又從托兒所那裡得知他住在布隆汀街……」
「而且妳擔心和他住在一起的兩個孩子。」史崔克說。
蘿蘋想起卡特福百老匯街上那個頭上綁沖天豬尾巴，因為一直盯著她看而摔跤的黑人小女孩。
「是又怎樣？」
「我寧願妳去盯史黛芬妮。」史崔克說。
她很生氣，氣得她立刻提出休假兩週的要求，而且語氣比平常更強硬。
「休假兩週？」他說，顯然十分驚訝。他比較習慣於她要求留下來工作勝過要求休假。
「我要去度蜜月。」
「喔，」他說，「對喔。好，我想很快就到了，是吧？」
「顯然，婚禮是在七月二號。」
「我的天，那只有……怎麼……三個禮拜？」
她很氣他不知道婚禮日期逼近了。
「是的，」她說，站起來去拿她的外套，「還有，麻煩你，如果你要參加的話，請你寄回條好嗎？」
於是她又回到卡特福和那些忙碌的市集攤位，回到香氛和魚腥味，回到百老匯劇院後台門口，站在兩頭蹲伏的石雕熊底下執行毫無意義的漫長等待任務。

蘿蘋今天戴了一頂草帽，她把頭髮塞到草帽裡面，又戴上墨鏡，但是當她再一次找好位置注視對面惠泰科與史黛芬妮的公寓門窗時，她從那些攤販的眼光感覺他們多少仍認得出她。自從恢復監視史黛芬妮之後，蘿蘋只有一、兩次驚鴻一瞥見到她的機會，更不可能有機會跟她說話，對惠泰科更是毫無印象。蘿蘋背靠著劇院冰涼的灰色石牆，準備再一次度過漫長而疲倦的一天，然後打哈欠。

到了下午她已經又熱又累。她盡可能不對她的母親產生厭煩，因為她一整天不斷發簡訊給她詢問婚禮的事。上一通還叫蘿蘋打電話給花店，因為花店有一些問題要問她。蘿蘋接到簡訊時正打算去買杯飲料喝。她心想，假如她發簡訊告訴母親她決定全部改用塑膠花，包括她的頭飾、她的捧花、教堂內外的裝飾，只要可以不必做任何決定都好，不知琳達會作何感想。她過馬路到對面的薯條店，那裡有賣清涼的飲料。

她的手剛碰到門把，有個人便一頭撞上她，那個人也正好要進炸魚薯條店。

「對不起。」蘿蘋主動說，接著，「啊，我的天。」

史黛芬妮的臉又腫又紫，一隻眼睛幾乎完全閉上。

撞擊力不大，但個子較小的女孩反彈出去，蘿蘋立刻伸手扶著她免得她摔倒。

「天哪……怎麼回事？」

她開口問，彷彿她認識史黛芬妮。在某種感覺上，她是覺得她認識她。她觀察這個女孩的一些小習慣，熟悉她的肢體語言、衣著，以及她喜歡喝可樂，使蘿蘋單方面對她產生一種親切感。她發現她問了一個任何英國人都不會對陌生人提出的問題：「妳還好嗎？」

她怎麼會弄成這樣，蘿蘋不知道，但兩分鐘後她就讓史黛芬妮坐在和薯條店相隔幾個店面的「後台咖啡屋」外頭一張有遮蔭的椅子上。史黛芬妮顯然十分疼痛，並對自己的模樣感到羞恥，但她待在樓上的公寓內又餓又渴，此刻她不由自主屈服於一種更強烈的意念，受這位年齡比她大的女子的關懷，以及一頓免費的餐飲所感動。蘿蘋扶著史黛芬妮在椅子上坐下，一面急促地解釋她因為差點撞倒史黛芬妮，感到內疚，所以請她吃個三明治。

史黛芬妮接受一瓶冰鎮的芬達汽水和一個鮪魚三明治後喃喃道謝，但吃了幾口之後，她伸手撫著她的臉頰彷彿十分疼痛，並放下三明治。

「牙齒痛？」蘿蘋關心地問。

女孩點頭，沒閉上的眼睛流出一滴淚水。

「誰幹的？」蘿蘋急忙問，一隻手伸出去握史黛芬妮的手。

她在即興扮演一個角色。她身上穿戴的草帽與夏季長洋裝使她不自覺表現得像個熱心的女嬉皮，認為她有能力拯救史黛芬妮。史黛芬妮雖然搖頭，意思是她不會說出誰毆打她，但蘿蘋感覺到她的手指微微捏了一下回應她。

「妳認識的人？」蘿蘋悄聲問。

更多淚水紛紛滑下史黛芬妮的臉頰。她從蘿蘋的手中抽回她的手，吸一口她的汽水，又再度痛得畏縮一下。蘿蘋猜想大概是冰冷的飲料接觸到裂開的牙齒。

「他是妳的父親嗎？」蘿蘋小聲問。

「不是，」史黛芬妮小聲回答，「男朋友。」

「他現在在哪裡？」蘿蘋問，又伸手去握史黛芬妮的手，這隻手因為接觸冰冷的汽水所以是冰冷的。

「出去了。」史黛芬妮說。

「他和妳住在一起嗎？」

史黛芬妮點頭，繼續喝汽水，並謹慎地不使冰涼的液體再度接觸到她受傷的那一邊臉頰。

「我不要他離開。」史黛芬妮小聲說。

蘿蘋靠過去，女孩的矜持忽然被善心與甜品融化。

「我想和他一起去，但他不答應。我知道他要離開我，我知道他有，他有了別人。我聽班卓講的，他在別地方另外有女人。」

蘿蘋不敢相信，史黛芬妮最大的痛苦來源，比她斷裂的牙齒和臉上的瘀青與傷勢更嚴重的痛，竟然是擔心那個髒兮兮、沉迷於古柯鹼的惠泰科可能在別的地方和另一個女人睡在一起。

「我只想和他在一起。」史黛芬妮說著又流下更多淚水，使那個已成為一條線的眼睛更紅腫。

蘿蘋知道她扮演的那個心地善良、有點傻氣的女子此刻應該誠懇地勸史黛芬妮離開一個把她打成重傷的男人，問題是，她相信這麼做史黛芬妮一定會站起來就走。

「他生氣是因為妳要和他一起去？」蘿蘋又問，「他去什麼地方？」

「說跟上次一樣，和『崇拜』一起，他們是一支樂團，」史黛芬妮喃喃地說，用她的手背擦鼻子，「他幫他們開車。但那只是藉口，」她說，哭得更兇了，「到處去找女生睡覺。我說我要去，因為上次他要我一起去，我為了他去服務整個樂團。」

蘿蘋盡可能裝作她不明白史黛芬妮在說什麼，但她內心的憤慨與不滿想必已影響到她試圖表現在外的純粹善良的表情，因為史黛芬妮似乎突然退縮。她不想要別人的評斷，她這輩子每天都在做這種事。

「妳有去看醫生嗎？」蘿蘋平靜地問。

「什麼？沒有。」史黛芬妮說，用兩隻瘦削的手臂抱著她的身體。

「他什麼時候回來，妳的男朋友？」

史黛芬妮只是搖頭又聳肩。蘿蘋在兩人之間激發的短暫同情似乎開始冷卻了。

「這個『崇拜』，」蘿蘋很快隨口說，感覺口乾舌燥，「該不會是『死亡崇拜』樂團吧？」

「是的。」史黛芬妮說，有點吃驚。

「哪一場表演？我前天還看到他們！」

不要問我在什麼地方，拜託……

「這次在一家酒吧，叫『綠提琴酒吧』什麼的，在恩菲爾德。」

「喔，不對，不是同一場，」蘿蘋說，「妳去的那一次是在什麼時候？」

「我想上廁所。」史黛芬妮喃喃地說，看看咖啡館四周。

她慢慢走向洗手間，門關上後，蘿蘋急忙拿出手機上網搜尋。她花了幾分鐘才查到她要找的資訊：『死亡崇拜』樂團六月四日星期六在恩菲爾德一家名叫「綠提琴」的酒吧演出，那是希瑟．司馬特遇害的前一天。

咖啡屋外面的影子逐漸拉長，人都走光了，只剩下她們兩個。天色已近黃昏，這個地方就要打烊了。

「謝謝妳的三明治和其他，」史黛芬妮說，再度出現在她身邊，「我要……」

「再吃點東西吧，吃點巧克力什麼的。」蘿蘋說，儘管正在擦桌子的服務生看似準備要趕她們離開。

「為什麼？」史黛芬妮說，開始起疑。

「因為我想再和妳聊聊妳的男朋友。」蘿蘋說。

「為什麼？」少女又問，有點緊張。

「請坐，不是壞事。」蘿蘋哄她，「我只是為妳擔心。」

史黛芬妮猶豫了一下才緩緩坐回剛才的椅子，蘿蘋這時才注意到她的脖子上有個很深的紅印子。

「他不會……他不會想勒妳的脖子吧？」她問。

「什麼？」

史黛芬妮摸著她細小的脖子，眼中又貯滿淚水。

「喔，那是……那是我的項鍊，他送我的，然後他……因為我賺的錢不夠用，」她說著又傷心地哭了起來，「他把它賣掉了。」

想不出該說什麼，蘿蘋伸出另一隻手，用她的雙手緊緊握住史黛芬妮的手，彷彿史黛芬妮是一座漂移的高原。

「妳說他逼妳……和整個樂團？」蘿蘋平靜地問。

「那是免費服務，」史黛芬妮淚流滿面地說，蘿蘋明白史黛芬妮仍然將它視為她的賺錢能力，「我只有幫他們吹。」

「演唱會結束之後？」蘿蘋問，鬆開一隻手將紙巾塞在史黛芬妮手中。

「不是，」史黛芬妮說，用紙巾擦她的鼻子，「第二天晚上。車子開到樂團主唱的家，我們在車上過夜。他住在恩菲爾德。」

蘿蘋不敢相信她竟然可以同時感到厭惡與高興。假如史黛芬妮在六月五日晚上與惠泰科在一起，惠泰科就不可能是殺害希瑟．司馬特的兇手。

「他……妳的男朋友……他當時在場嗎？」她以平靜的口氣問，「他一直都在嗎，在妳……妳知道……？」

「做那個的時候？」

蘿蘋抬頭，史黛芬妮忽然抽回她的手，一臉驚慌。

惠泰科站在她們面前。蘿蘋剛剛才上網，因此她立即認出是他。他有一副寬大的肩膀，但骨瘦如柴。他的黑色舊T恤洗得快變成灰色。那一對有如邪教祭司的金黃色眼睛令人著迷。儘管他一頭凌亂的頭髮，凹陷發黃的臉龐，儘管他與她是對立的，她仍覺得他有一股奇特的瘋狂氛圍，有一種腐肉氣味般的磁性。他似乎天生具有一種想要去探索種種骯髒、腐敗的東西的衝動，不會因為那是可恥的而稍有減弱。

「妳是誰？」他問。他的聲音沒有挑釁的味道，反而是接近溫柔。他正大膽地注視她的洋裝前襟。

「我在薯條店外面撞到你的女朋友，」蘿蘋說，「所以我請她喝杯飲料。」

「現在？」

「我們要打烊了。」女服務生大聲說。

蘿蘋看得出女服務生有點不能忍受惠泰科的外表。他的耳洞、他的刺青、他狂躁的眼神、他身上的氣味，在任何販賣食物的地方都不受歡迎。

惠泰科雖然完全漠視史黛芬妮，但她仍然滿臉恐懼。他的注意力完全放在蘿蘋身上。她付帳時心中覺得很荒謬，然後她站起來，背對著惠泰科走到街上。

「那就……再見了。」她無奈地對史黛芬妮說。

她但願她有史崔克的勇氣。他曾當著惠泰科的面敦促史黛芬妮跟他一起走，但蘿蘋卻覺得口乾舌燥說不出口。惠泰科一直凝視著她，彷彿在一堆糞便上發現了什麼有趣而稀罕的東西。他們背後，女服務生正在關門。下沉的夕陽在街上投下寒涼的陰影，但蘿蘋只覺得燠熱和一陣難聞的氣味。

「妳只是好心，是嗎，親愛的？」惠泰科柔聲問。蘿蘋分不清他的語氣是惡意還是溫柔。

「我想是擔心吧，」蘿蘋說，強迫自己望著那對分得很開的眼睛，「因為史黛芬妮的傷勢看起來很嚴重。」

「那個？」惠泰科說，伸手指著史黛芬妮瘀紫灰敗的臉龐，「那是從腳踏車上跌倒摔的，不是嗎，史黛芬？笨手笨腳的小傢伙！」

蘿蘋當下立刻體會出史崔克對這個人發自肺腑的痛恨，她也很想揍他。

「希望能再見到妳，史黛芬妮。」她說。

她不敢當惠泰科的面給女孩電話號碼。蘿蘋轉身走開，覺得自己實在太膽小。史黛芬妮就要和那個男人一起上樓回家，她應該多做點什麼才對，但她能做什麼呢？她能說什麼可以改變現狀的話？她能向警方舉報這起暴力事件？那會干擾卡佛的調查嗎？

她只有在完全離開惠泰科的視線後，那種彷彿背上有看不見的螞蟻在爬的感覺才消失。蘿蘋拿出她的手機，撥電話給史崔克。

「我知道，」她不等史崔克叫她回家就先搶著說，「天黑了，但我現在正要去車站，等你聽完我得到的資料你就會明白。」

她走得很快，在逐漸轉涼的暮色中，把史黛芬妮說的話一五一十告訴他。

「所以他有不在場證明？」史崔克徐徐說道。

「以希瑟的兇殺案而言，是的，假如史黛芬妮說的是實話。老實說，我認為她確實跟他在一起——和整個『死亡崇拜』樂團在一起，誠如我所說。」

「她明確地說她在為樂團服務時他也在場？」

「我想是，她正要回答時惠泰科就出現了，而且……等等……」

蘿蘋停下來看看四周，她只顧著講電話，卻在往車站走的途中不知不覺拐錯了彎。現在太陽下山了，她覺得她似乎從眼角餘光瞥見一個影子迅速閃到一面牆後面。

「柯莫藍？」

「還在。」

也許是她幻想中的影子。她在一條陌生的住宅區道路，但有窗戶透出燈光，遠處還有兩個人正走過來，她告訴自己她是安全的，不要緊，她循原路回去就行了。

「一切都好嗎？」史崔克忽然說。

「沒事，」她說，「我只是走錯路了。」

「妳現在到底在什麼地方？」

「卡特福橋車站附近，」她說，「我不知道我怎麼會走到這裡。」

她不想告訴他有個人影。她小心翼翼穿過黑暗的道路走到對面，這樣她就不必從她覺得依稀看見那個人影的牆壁前面經過。她將手機移到她的左耳，右手伸進口袋緊緊握著防狼警報器。

「我現在要從原路回去。」她告訴史崔克，想讓他知道她在什麼地方。

「妳看到了什麼嗎？」他問。

「我不知……好像……」她承認。

但是當她走到兩棟房屋中間的空隙，她先前以為看到人影的地方時，並沒見到任何人。

「我太緊張了，」她說，加快腳步，「見到惠泰科一點也不好玩。他實在是……令人厭惡。」

「妳現在在什麼地方？」

「離你剛才問我的地方大約二十呎，等等，我看到一條街名了，我要走過去，我現在知道我在什麼地方走錯路了，我應該轉……」

她聽到腳步聲時他已經來到她的右後方。兩隻粗壯的黑色手臂抱住她，夾得很緊，把她肺裡的空氣都擠壓出來了。她的行動電話從手中滑出去，「喀」的一聲掉在人行道上。

52

Do not envy the man with the x-ray eyes.
Blue Oyster Cult, 'X-Ray Eyes'

不要羨慕那個有x光眼的人。
——藍牡蠣〈x光眼〉

史崔克站在弓橋區一座倉庫的隱密處監視布隆汀街，聽到蘿蘋突然發出驚呼，又聽見她的手機掉落地上的聲音，接著又是一陣掙扎與雙腳在柏油路面拖行的雜沓聲。

他開始狂奔。與蘿蘋的連線依舊是通的，但他聽不到任何聲音。驚恐使他的思路更敏銳，並且使所有疼痛感減低。他在逐漸昏暗的街道上快速奔向最近的車站。他需要另一只電話。

「我需要借那只電話，老兄！」他對迎面走來的兩名黑人少年大聲說，其中一人正對著手機講話，「有兇案發生，需要借那只電話！」

史崔克朝他們奔過去時，他高大的身材和他的權威感使那個少年現出害怕與困惑的神情，不由自主將手機交給他。

「跟我來！」史崔克對那兩名少年大聲說，繼續朝熱鬧的街上狂奔，希望能找到一輛計程車。他自己的手機依然壓在他的另一隻耳朵上。「警察先生！」史崔克對著少年的手機大聲喊。兩個目瞪口呆的少年跟著他狂奔，儼然他的隨扈。「有一名女子在卡特福橋車站附近遭到攻擊，事情發生時我正和她通電話！剛剛才發生……不，我不知道哪一條街，但它離車站大概有一、兩個路口的距離……就是現在，他攻擊她的時候我正在和她通電話，我聽到它發生……對……拜託，快一點！

「謝謝，老兄。」史崔克氣喘吁吁地說，將手機扔還給它的主人。少年又繼續跟著他跑了一段路，沒意識到已經不需要再跑了。

史崔克快速繞過街口，弓橋區是他對倫敦最陌生的一區。他繼續往前跑，經過「弓橋鐘樓酒吧」，無視於他的膝蓋韌帶灼熱的劇痛，用一隻手笨拙地平衡他的身體。他的手機仍無聲地壓在他的耳朵上，然後他聽見電話那頭傳來防狼警報器啟動的聲音。

「計程車！」他對著遠處一部亮著空車燈的計程車大叫。「蘿蘋！」他對著手機大吼，以為她在尖銳的警報器聲中一定聽不到他說話。「蘿蘋，我已經報警了，警察正在趕過去，妳聽見了嗎，妳這個傻瓜？」

計程車從他身邊開過去。站在「弓橋鐘樓酒吧」外頭喝酒的人目不轉睛注視著這個一跛一跛狂奔、對著他的手機大吼大叫的瘋子。第二部計程車出現了。

「計程車！計程車！」史崔克大叫。計程車掉頭朝他開過來時，他正好聽見蘿蘋喘息的聲音。

「你……你在嗎？」

「老天爺！出了什麼事？」

「不要……那麼大聲……」

他好不容易才調整音量。

「出了什麼事？」

「我看不見，」她說，「我看不見……任何東西……」

史崔克打開計程車門快速鑽進去。

「卡特福橋車站，快！妳是什麼意思，妳看不見……？他對妳怎麼了？不是你！」他對一臉困惑的司機大聲說，「快走！快走！」

「不……是你的……防狼警報器……的東西……在我臉上……喔，要命……」

計程車加速往前開，史崔克強迫自己不要繼續催他開快一點。

「出了什麼事？妳受傷了嗎？」

「有……一點……這裡有人……」

現在他聽到了，有人圍在她身邊，低聲說話，彼此互相激動地交談。

「……醫院……」他聽到蘿蘋說，離開手機。

「蘿蘋？蘿蘋？」

「不要那麼大聲！」她說，「聽著，他們叫了救護車，我現在要去……」

「他對妳怎麼了？」

「割傷……我的手臂……我想需要縫幾針……天啊，好痛……」

「哪家醫院？妳找個人讓我跟他說話！我去醫院找妳！」

二十五分鐘後，史崔克抵達路易舍姆大學醫院急診部。他一路跛行，又一臉痛苦的神情，一位好心的護士安慰他醫生一會兒就來了。

「不，」他說，揮手叫她走開，兀自走向詢問臺，「我找人……蘿蘋．艾拉寇特，她受刀傷……」

他焦急地環顧候診室，一個小男孩坐在他母親腿上嗚咽，一名喝醉酒的人雙手捧著流血的腦袋，一名男護士正在教一位呼吸困難的老婦人如何使用吸入器。

「史崔克……是的……艾拉寇特小姐說你會來。」櫃台人員說。她查看她的電腦紀錄，史崔克覺得不但沒有必要，而且覺得她似乎蓄意找碴。「沿著走道走然後右轉……裡面的病床。」

他因為心急如焚，腳下在光亮的地板上滑了一下。他咒罵了幾聲後匆匆往前走。有幾個人注視著他龐大、笨拙的身軀，懷疑他是否腦袋有問題。

「蘿蘋？要命！」

她的臉上有許多紅點，兩隻眼睛紅腫。一位年輕的男醫師正在檢查她的前臂上一道八吋長的傷口，看到史崔克立刻對他大吼：

「等我檢查完再進來！」

「這不是血！」史崔克退到隔簾外時蘿蘋大聲說，「是你的防狼警報器噴出來的東西！」

「請妳坐好，不要動。」史崔克聽到醫生說。

史崔克在病床外略略走動。病房內還有其他五張病床，都拉上了隔簾，將它們的秘密隱藏在裡面。護士的膠底鞋走在極光亮的灰色地板上發出吱吱聲。老天，他真痛恨醫院：它的氣味，醫療機構的乾淨清潔底下帶有一點淡淡的人體腐敗的氣味，他立刻想起他的腿被截肢之後他住了好幾個月的塞利橡樹醫院。

他做了什麼？他到底做了什麼？他明知那個混蛋在跟蹤她，卻仍讓她工作。她可能沒命，她可能會遇害。穿藍色制服的護士來去匆匆。隔簾內，蘿蘋微微發出疼痛的呼聲，史崔克咬緊牙關。

「啊，她運氣很好。」十分鐘後醫生拉開隔簾說，「他有可能把她的臂動脈割斷。不過，她的肌腱受損，我們要先把她送進手術室後才知道傷得如何。」

他顯然以為他們是夫妻，史崔克沒有指正他。

「她需要動手術？」

「修補受傷的肌腱，」醫生說，彷彿史崔克有點反應遲鈍，「何況，傷口要徹底消毒。我還要讓她的肋骨去照x光。」

醫生離開去做準備，史崔克進入隔簾內。

「我知道我搞砸了。」蘿蘋說。

「拜託，妳以為我會叫妳不要幹了嗎？」

「也許，」她說，移動一下讓自己在床上坐高一點。她的手臂用紗布暫時包紮，「天黑了，我沒留意，不是嗎？」

他在床邊醫生剛剛離開的那張椅子重重坐下，一個不小心將一個腰子形的金屬托盤打翻在地上，發出鏗鏗鏘鏘的噪音；史崔克用他的義肢踩住它不讓它滾動。

「蘿蘋，妳是怎麼逃脫的？」

「防身術，」她說。她從他的表情知道他不相信，便氣憤地說：「我就知道你不相信我會防身術。」

「我相信妳，」他說，「可是我的天……」

「我在哈洛蓋特跟一位很棒的女教練學的，她以前是軍人，」蘿蘋說。她調整她的枕頭時又稍稍畏縮了一下，「在……那之後，你知道那回事。」

「這是在進階駕駛訓練之前或之後？」

「之後，」她說，「因為我有一陣子得了廣場恐懼症，是學開車才讓我走出房間，然後，我又上了防身術課程。我第一次註冊的教練是個男的，他是個白痴，」蘿蘋說，「淨是教一些柔道動作和一些沒有用的東西。但露易絲很棒。」

「是嗎？」史崔克說。

她的沉著冷靜令他折服。

「是的，」蘿蘋說，「她告訴我們，如果妳是一般婦女，妳需要的不是厲害的過肩摔，而是反應敏捷、迅速，絕不能讓自己被拖到第二處地點，要想辦法攻擊他的弱點，然後趕快跑。

「他從背後抱住我，但我先聽到他的聲音。我以前跟露易絲練習過許多次了，萬一他從背後抱住妳，妳的身體就要往前傾。」

「往前傾。」史崔克茫然地重複。

「我手上握著防狼警報器。我的身體往前傾，然後用力踹他的下體。他穿運動長褲。他的手鬆開幾秒鐘。我又去拉扯他的衣服——他拔出刀子——我記不清當時的情況了。我知道我想站起來時他砍我，但我還是將警報器的按鈕壓下去，它噴出來，他嚇一跳，油墨噴在我臉上，他的臉上一定也有，因為他離我很近。他戴著頭罩，我幾乎看不到，但他隨著我的身體往前傾時我很快掐住他的頸動脈，這是露易絲教我們的另一個絕招，掐住他的脖子側面，如果做得好，可以讓他們倒下去，這時他有點站不穩，後來我想他大概知道有人過來了，就趕快跑了。」

史崔克無言以對。

「我好餓。」蘿蘋說。

史崔克從口袋掏出一條巧克力棒。

「謝謝。」

但她還沒來得及咬下去，一名護送一位老者從她病床前經過的護士立刻說：

「不能吃，妳要進手術室了！」

蘿蘋翻白眼，將巧克力棒交還給史崔克。這時她的行動電話響了，史崔克茫然地看著她拿起電話。

「媽……嗨……」蘿蘋說。

兩人四目相接。史崔克從蘿蘋的表情明白她不想告訴她的母親剛才發生的事，至少暫時不想告訴她。但她不需要想辦法引開話題，因為琳達一開口就滔滔不絕說下去，蘿蘋完全沒有插嘴的機會。蘿蘋將手機放在她的膝蓋上，按下擴音器，表情顯得很無奈。

「……盡快告訴她，因為現在不是鈴蘭開花的季節，所以如果妳要，一定要特別訂購。」

「好吧，」羅蘋說，「那就不要鈴蘭好了。」

「最好是妳自己直接打電話給她，告訴她妳想要什麼，蘿蘋，我夾在中間傳話很麻煩。她說她留了好幾次語音電話給妳。」

「對不起，媽，」蘿蘋說，「我會打給她。」

「妳不能在這裡使用行動電話！」第二個經過的護士說。

「對不起，」蘿蘋又說，「媽，我得走了，我晚一點再打給妳。」

「妳在哪裡？」琳達問。

「我在……我晚一點再打給妳。」蘿蘋說，掛斷電話。

她望著史崔克，說：

「你不問我我覺得那個人是誰嗎？」

「我想妳不知道，」史崔克說，「假如他戴頭罩，而妳的眼睛又看不見。」

「但有一點我很肯定，」蘿蘋說，「他不是惠泰科。除非我離開他之後他馬上換一條運動褲。惠泰科當時穿牛仔褲，而且他……身材也不對。這個人很壯，但肉是軟的，你知道嗎？他塊頭很大，和你一樣高大。」

「妳告訴馬修了沒？」

「他正要過來……」

她的神情突然一變，變得有點驚駭，他還以為他轉頭會看到一個活生生的馬修怒目瞪著他們。不料，站在蘿蘋床尾的卻是服裝不整的偵緝督察羅伊．卡佛，和高雅的偵緝隊長凡妮莎．艾克文西。

卡佛的襯衫袖子捲起來，腋下有一大片被汗水沁濕的印子。他的藍眼睛的眼白經常是粉紅色的，彷彿他在添加了許多氯的泳池游過泳。他濃密的灰色頭髮上有許多大塊的頭皮屑。

「怎麼……？」偵緝隊長艾克文西開口說，一雙杏眼注視著蘿蘋的前臂，但卡佛以指責的口吻打斷她的話。

「你們到底在幹什麼，嗄？」

史崔克站起來，他為了蘿蘋的遭遇壓抑了很久，就想找個人懲罰，任何人都行，現在終於有個理想的目標可以讓他發洩，讓他分散他的愧疚感與罪惡感。

「我要跟你談，」卡佛告訴史崔克，「艾克文西，妳幫她做筆錄。」

幾個人還沒來得及開口，一個長相甜美的小護士渾然不覺地站在兩個男人中間，對蘿蘋微笑。

「準備帶妳去照x光了，艾拉寇特小姐。」她說。

蘿蘋表情冷漠地下床離開。她臨走時回頭看一眼史崔克，想暗示他要自制。

「出來外面。」卡佛對史崔克怒吼。

偵探隨著警探回到急診室。卡佛已向院方借了一間小會客室，史崔克猜想，這個房間大概是用來向病人的親屬傳達病人即將死亡或已經死亡的消息，裡面有幾張軟墊椅子，一張小桌，桌上有一盒面紙。牆上掛著一幅橘色系的抽象版畫。

「我叫你不要插手。」卡佛站在房間中央，雙手抱胸，兩腳張開說。

房門關上，房間內立即充滿卡佛的體臭。他的體臭和惠泰科的不一樣，不是陳年汙垢和吸毒的臭味，而是工作了一整天無可避免的汗臭。他臉上的斑點在日光燈的照耀下絲毫不見改善。頭皮屑、沁濕的襯衫、斑駁的皮膚，他明顯地快崩潰了。在這點上，史崔克無疑的功勞不小，在藍德利謀殺案這件事上使他在媒體面前顏面盡失。

「你派她去跟蹤惠泰科，是吧？」卡佛問，他的臉逐漸脹紅，彷彿即將沸騰，「她受傷是你造成的。」

「去你的。」史崔克說。

這一刻，在卡佛的汗臭味中，他才承認一件他早已知道的事實：惠泰科不是兇手。史崔克派蘿蘋去監視史黛芬妮，原因是在他心中，他以為他把她放在一個最安全的地方，但他又讓她暴露在街頭，而他早在幾個星期前就已知道兇手在跟蹤她。

卡佛知道他擊中史崔克的要害，露出獰笑。

「你利用慘遭殺害的婦女來報復你的前繼父，」他說。他看史崔克漸漸脹紅了臉，兩隻大手捏成拳頭，不由得幸災樂禍地露齒而笑。卡佛巴不得史崔克攻擊他；雙方內心都明白。「我們調查過惠泰科，你預感中的三個人我們都調查過了，一個也沒問題。現在你好好給我聽著。」

卡佛朝史崔克跨出一步，他雖然比史崔克矮一個頭，但他所展現的是一個充滿憤恨、怨懟但握有實權的人，一個手中握有足夠證據、背後又有強大勢力支持他的人。他指著史崔克的胸口，說：「你不要來瞎攪和。你的手沒沾到你夥伴的鮮血算你好狗運。要是我再發現你干擾我們的調查，我會逮捕你，聽懂了沒？」

他用粗短的手指戳史崔克的胸板。史崔克強忍著將它用力撥開的衝動，但他的下頦肌肉在抽搐。兩人互相怒目而視。片刻之後，卡佛笑得更得意了。他用力吸一口氣，彷彿已在一場角力比賽中獲勝，然後他大搖大擺走出去，留下史崔克對自己又氣又恨。

史崔克緩緩走過急診室時，高大英俊的馬修穿著西裝從外面衝進來，他的眼神狂亂，頭髮零亂。打從他們認識以來，史崔克頭一次沒有覺得不喜歡他。

「馬修。」他說。

馬修茫然看一眼史崔克，彷彿不認識他。

「她去照X光，」史崔克說，「現在也許回來了，那邊。」他指出方向。

「她為什麼需要……？」

「肋骨。」史崔克說。

馬修用手肘將他推開，史崔克沒有生氣，他覺得他活該。他目送蘿蘋的未婚夫朝她的方向飛奔而去，猶豫了一下後，轉身走出急診室大門，走進夜色中。

涼爽清朗的天空繁星點點。他走到街上後停下來點菸，如同華道那樣深深吸一口，彷彿尼古丁是維繫生命的元素。他緩緩走著，這時才感覺到膝蓋的疼痛。他每跨出一步，就多厭惡自己一點。

「瑞奇！」街上有位婦女大聲喊，她手上提著一大包沉甸甸的東西，呼喚跑離她身邊的幼兒回來。「瑞奇，回來！」

小男孩咯咯笑得很開心，從史崔克身旁經過朝馬路奔過去，史崔克下意識彎腰抓住他。

「謝謝你！」那個母親說，朝史崔克小跑步過來時感激得幾乎哽咽。鮮花從她手中的袋子掉出來。「我們正要去看他的爸爸……喔，天哪……」

小男孩在史崔克懷中用力掙扎，史崔克將他放在他的母親身邊，母親彎腰從地上拾起一束水仙花。

「拿著。」她對小男孩嚴厲地說。小男孩聽話地接過去。「你可以把它送給爹地，不要掉了！謝謝你。」她再度向史崔克道謝後緊緊抓著小男孩的另一隻手，牽著他走開。現在小男孩溫順地跟在母親身邊，因為身負重任而感到驕傲。直挺的黃花在他手中宛如權杖。

史崔克走了幾步後忽然停下來直視前方，彷彿被面前空中某個隱形的東西所迷惑。一陣清涼的微風吹拂他的臉頰，他站在那裡完全無視於周遭的一切，他在專心思考。

水仙……鈴蘭……不是當季的花。

接著，那個母親的聲音又從夜色中傳來——「瑞奇，不要！」——史崔克的大腦瞬間爆發一連串反應，照亮一條推理的跑道。他以先知具備的信心，知道這個理論一定能使他找出兇手。如同一棟建築在燃燒時會露出鋼樑，史崔克也從靈光乍現中看出兇手的計畫大綱，找出他先前忽略——每個人都忽略——的重大漏洞。但這些漏洞最終或許會使兇手和他的陰狠計畫功虧一簣。

53

You see me now a veteran of a thousand psychic wars...

Blue Oyster Cult, 'Veteran of the Psychic Wars'

你現在看到的我是個老練的心靈戰士……

——藍牡蠣〈老練的心靈戰士〉

在燈光明亮的醫院內要假裝若無其事很容易。蘿蘋的精神已然恢復，不僅因為史崔克對她能逃出魔掌感到驚訝與欽佩，而且聽自己敘述對抗兇手的經過也使她精神大振。她是這起攻擊事件發生後，所有的人當中最沉著的一個。馬修一看到她臉上的紅印和手臂上長長的傷口立刻哭了。她安慰馬修。她從每一個人的脆弱中找到力量，希望她一時振奮的勇氣能使她安然恢復正常，找到一個穩固的立足點，不受傷害、不再經歷被暴力攻擊後的漫長、黑暗的困境，繼續往前走……

然而，在接下來的那個星期，她發現她幾乎無法入睡，原因不僅是受傷的手臂疼痛——此刻已打上一半石膏保護它。她在白天或夜晚設法小睡片刻時，都會感覺兇手粗壯的手臂又再度鉗著她，並聽到他在她的耳邊呼吸的聲音。有時她沒看到的那雙眼睛變成她十九歲時強暴她的那個人的眼睛：蒼白的眼睛，一個瞳孔固定不動。在黑色頭罩與猩猩面具背後，那夢魘般的人影又出現了，畸變、膨脹，不分日夜占據她的心。

在最恐怖的噩夢中，她眼睜睜看著他對別人做那件事，並等著輪到她自己，既無能為力援救也無能為力逃走。有一次，那個受害人是毀容的史黛芬妮，還有一次更難以忍受，是一個大聲哭著找媽媽的黑人小女孩。蘿蘋在黑暗中從尖叫聲中驚醒，馬修非常擔心，第二天向公司請假在家陪她。蘿蘋不知道她該感激或厭煩。

她的母親當然也趕來了，一直勸她回馬森市。

「妳再過十天就要結婚了，蘿蘋，為什麼不乾脆和我一起回家休養……」

「我要在這裡。」蘿蘋說。

她不再是個小女孩了，她是個成年女子。她要去哪裡、她住什麼地方，她做什麼事都由她自己決定。蘿蘋覺得她第一次在暗夜中遭人攻擊後被迫放棄身分認同、好不容易才又找回的可怕經歷，似乎又再度捲土重來。那個人將她從一個成績優異的學生變成一個形容憔悴、患有廣場恐懼症的人；將她從一個有遠大抱負的鑑識心理學家變成一個飽受挫折的女孩。而且，她和關心她的家人一致同意，警方的偵訊只有更加重她的心理負擔。

這種事不會再發生了，她不容許它發生。她無法入睡，她食不知味，但她硬撐下去，否認她的需要和恐懼。馬修不敢違抗她，無奈地同意她沒有提早回去的必要，但蘿蘋聽見他和她的母親在廚房竊竊私語。他們以為她聽不見。

史崔克完全不幫忙。他在醫院連一聲再見都沒說就離開了，後來也沒有再來探望她，只是用電話和她交談。他也希望她返回約克郡，平安地置身事外。

「妳要結婚了，一定有許多事要辦。」

「不要對我發號施令。」蘿蘋氣憤地說。

「誰在對妳發號施令？」

「對不起，」她說，忍不住默默流下他看不見的淚水，並盡可能使她的聲音保持正常。

「對不起……繃得太緊。我會在婚禮前的星期四回家；沒有必要現在提早回去。」

她不再是那個成天躺在床上凝視「天命真女」合唱團海報的那個女孩了，她拒絕成為那個女孩。

誰都無法理解她為何如此堅決留在倫敦，她也不打算解釋。她把她遭到攻擊時穿的那件夏季洋裝扔了，琳達進入廚房時蘿蘋正好將它塞進垃圾桶。

「沒用的爛東西，」蘿蘋與她的母親互看一眼後說，「我學到教訓了，跟監時絕不能穿長裙。」

她在心中恨恨地說：我要回去上班，這是暫時的。

「妳不能用那隻手。」她母親說，無視於蘿蘋那句沒有說出口的叛逆，「醫生說要休息，而且要把手抬高。」

馬修和她的母親都不喜歡她閱讀報上所載有關這個案子的調查進展，她卻著迷得很。卡佛不肯公佈她的姓名，說他不希望媒體去騷擾她，但她和史崔克都猜想他是擔心史崔克的名字繼續出現會使媒體樂於大書特書：卡佛又再度槓上史崔克。

「平心而論，」史崔克在電話中對蘿蘋說（她盡量規定自己一天只和他通一次電話），「那是任何人都不樂見的事，對逮到那個混蛋沒有幫助。」

蘿蘋沒有答腔。她躺在她與馬修的床上，身邊堆了許多份報紙，那是她不理會琳達與馬修的勸阻硬要買的。她的視線停留在《鏡報》的一張跨頁上，上面再度刊登一排五個被認定是「沙克威爾開膛手」受害人的照片，另外第六張是一名婦女的頭與胸部的黑色剪影，代表蘿蘋。剪影底下的圖片說明是「現年二十六歲的上班族，安全逃脫」。另有大篇幅報導指稱，這位二十六歲的上班族婦女遭到攻擊時對兇手噴紅墨水。一名退休的女警在邊欄上稱讚她有遠見，隨身攜帶警報器。同一版面還有另外一則報導專門介紹防狼警報器。

「你真的放棄了？」她問。

「這不是放棄的問題，」史崔克說。她可以聽見他在辦公室走動的聲音，真希望她也在那裡，即便只是泡茶或回覆電子郵件也好。「我要交給警方去辦，一個連續殺人的兇手已超出我們的能力範圍。這一向如此。」

蘿蘋注視著連續殺人案中另一名倖存婦女瘦削的臉，「莉拉．孟克頓，妓女」。莉拉也知道兇手豬一般的呼吸聲聽起來像什麼。他切下莉拉的手指。蘿蘋只有手臂上一道長長的刀傷。她的腦子憤怒地嗡嗡作響，比起她們，她的傷勢這麼輕使她感到內疚。

「真希望可以做點什麼……」

「算了吧，」史崔克說，忿忿不平的語氣就像馬修，「我們到此為止了，蘿蘋。我不該派妳去跟監史黛芬妮。自從那條腿寄來之後，我就被我對惠泰科的宿怨沖昏了頭，害妳差點……」

「喔，拜託，」蘿蘋不耐煩地說，「你又沒有企圖殺害我，而是他。該怪誰就怪誰，你有充分的理由認為兇手是惠泰科——那些歌詞。總之，它仍然……」

「卡佛已經調查過連恩和布拉克班克，他不認為他們有嫌疑。我們不要去干預，蘿蘋。」

在十哩外他的辦公室，史崔克希望他這番話能說服蘿蘋。他沒有告訴蘿蘋他在醫院外面遇到那個小男孩後所得到的頓悟。第二天早上他曾試圖和卡佛聯絡，但卡佛的一個部屬告訴他，卡佛很忙無法接聽他的電話，並奉勸他不要再打來。史崔克堅持把他想告訴卡佛的話告訴這個脾氣暴躁又有點氣勢洶洶的警官，但他可以用他的另一條腿保證，那個人一定不會把他提供的情報傳達給卡佛。

史崔克的辦公室窗戶開著，燠熱的六月陽光溫暖了內外兩間辦公室，現在他一個客戶也沒有，也許不久之後他就會因為付不出房租而被迫搬家。「兩次」對那個新的豔舞女郎的興致已經熄滅，史崔克無事可做。和蘿蘋一樣，他也渴望行動，但他沒有告訴她，他只希望她趕快痊癒，平安無事。

「警察還在妳那條街上站崗？」

「是的。」她嘆氣。

卡佛在哈斯廷斯路部署一名便衣警察二十四小時監守。馬修與琳達對於屋外有警察站崗感到十分安心。

「柯莫藍，聽我說，我知道我們不能……」

「蘿蘋，現在沒有『我們』了，只有我，閒閒沒事幹的我；以及妳，乖乖待在家裡的妳，直到兇手被捕。」

「我不是指這個案子，」她說，她的一顆心又在胸腔內急速跳動。她一定要把它說出來，否則她會爆炸。「有一件事我們——你可以做。布拉克班克或許不是兇手，但我們知道他是一個性侵的累犯。你可以去找雅麗莎，警告她，告訴她她的同居人是個……」

「算了吧，」她聽到史崔克嚴厲的聲音在她耳邊說，「我最後一次告訴妳，妳不可能拯救每一個人！他從未被定罪！假如我們貿然闖進去，卡佛會把我們吊起來問斬。」

對方久久沉默不語。

「妳在哭嗎？」史崔克焦急地問，他彷彿聽到她的呼吸有點不順暢。

「沒有，我沒哭。」蘿蘋老實說。

她對史崔克拒絕援救那兩個和布拉克班克住在一起的小女孩感到心寒。

「我要走了，要吃午飯了。」她說，雖然沒有人在叫她。

「聽著，」他說，「我知道為什麼妳要……」

「以後再談。」她說，然後掛斷電話。

現在沒有「我們」了。

它又再度發生了。一個男人突然從黑暗中攻擊她，不但奪走了她的安全感，也奪走了她的身分與現狀。她本來是一家偵探社的調查員，偵探的工作夥伴……

或者她曾經是？她不曾接到新的合約，不曾獲得加薪。他們一直都很忙，很窮，以致她不曾想過要提出任何要求。她願意想像史崔克就是看上她這一點。但現在連這個也沒了，也許是暫時，也許是永久。再也沒有「我們」了。

蘿蘋坐在床上思索了幾分鐘，然後下床，身邊的報紙沙沙作響。她走到梳妝台，她的鞋盒放在那裡，上面鐫有銀色的Jimmy Choo幾個字。她伸手輕輕撫摸嶄新的紙盒表面。

這個計畫不像史崔克在醫院外面得到的頓悟那樣電光石火。相反的，它是緩慢、黑暗、危險地醞釀，在過去一週中忿忿不平地被迫執行任務、以及對史崔克頑固地拒絕採取行動而感到心寒的憤怒中滋生。史崔克過去是她的朋友，如今他已和敵人成為一丘之貉。他曾經是個身高一九三的拳擊手，他永遠不會知道弱小、無助是什麼滋味。他永遠無法體會強暴能使你對你的身體產生何種感覺：發現你退化成一個東西、一個物品、一塊供人享樂的肉。

札哈拉在電話中的聲音聽起來最多只有三歲。

蘿蘋在梳妝台前站著不動，凝視她的新娘鞋紙盒，靜靜地思考。她清晰地看到展現在眼前的危機，一如走鋼索人腳下的巉岩與激流。

不，她不可能拯救每一個人。對瑪蒂娜、對沙蒂、對凱西和希瑟來說都已太遲。莉拉的後半生左手只有三根指頭，以及蘿蘋再清楚不過的一道可怕的心靈傷痕。但，那邊還有兩個小女孩，如果沒有人採取行動，天知道她們未來將面對多少痛苦。

蘿蘋轉身離開新鞋，拿起她的手機，撥了一個人家主動給她、但她從未想過她有一天會用到的電話號碼。

54

And if it's true it can't be you,
It might as well be me.
Blue Oyster Cult, 'Spy in the House of the Night'

如果你真的不行，
只好由我來。
——藍牡蠣〈夜之屋的密探〉

她要三天後才能執行這個計畫，因為她必須等待她的同謀找到一部車，並從他忙碌的工作中挪出一個空檔。她告訴琳達，那雙Jimmy Choo新鞋太緊，樣式又太花稍。她同意琳達陪她去鞋店將鞋子退回，換取現金。接著她必須想好她要如何對琳達與馬修編一個藉口，好爭取足夠的時間出去執行她的計畫。

後來她告訴他們她要再去警察局作證。她堅持香客來接她時坐在車上等候，好維持假象。香客把車停在路邊時，她告訴仍在站崗的便衣警察她要去醫院拆線，但事實上，她要再過兩天才能拆線。

此刻是晚上七點鐘，天上沒有雲，蘿蘋背靠著東區商業中心一處溫暖的磚牆，四周是一片荒涼景象。遙遠的夕陽緩緩西下，地平線籠罩在暮靄中，遠處布隆汀街的另一頭，倫敦的「軌道塔」高高聳立。蘿蘋從報上得知這項建設計畫：不久之後它的外觀就會像一只纏繞著電話線的巨型蠟燭式話筒。「軌道塔」再過去，蘿蘋可以看到奧林匹克體育館的輪廓。遠觀這些巨大的建築令人印象深刻，但與隱藏在這扇新漆的大門背後的秘密相較，則顯得有些超凡脫俗，她知道這是雅麗莎的家，儼然一個截然不同的異世界。

或許是心裡有鬼，她正在觀察的這排安靜的房屋令她感到緊張。它們是新蓋的公寓建築，摩登但缺少活力。除了遠處正在興建的宏偉建築群外，此地毫無特色，也不像個社區。這裡沒有綠地來軟化這排方正的矮房子的線條，其中還有一些住戶張貼「出租」招牌；沒有轉角商店，也沒有酒吧或教堂。她背後的倉庫上頭的窗戶掛著裹屍布似的白色窗簾，車庫鐵門被嚴重塗鴉，沒有可以供她掩護的地方。蘿蘋的心臟彷彿奔跑似的快速跳動。此刻說什麼她都不會改變主意了，但她仍然感到害怕。

附近傳來腳步聲，蘿蘋倏地轉身，汗濕的手指握著她的防狼警報器。高大、四肢鬆軟、臉上有疤的香客一手拿著巧克力棒，另一手拿著一根香菸，正朝她跑過來。

「她來了。」他含糊地說。

「你確信？」蘿蘋說，一顆心跳得更快了。她開始覺得有點頭重腳輕。

「黑人女子、兩個小孩現在走到這條路上了。我買這個的時候看到她，」他說著，揮揮巧克力棒，「要不要來一點？」

「不，謝謝。」蘿蘋說，「呃……請你暫時迴避好嗎？」

「妳真的不要我陪妳進去？」

「不要，」蘿蘋說，「萬一你看到他……那時候再進來。」

「妳確信那個混蛋不在裡面？」

「我按過兩次門鈴，確信他不在。」

「那我在轉角等。」香客簡短地說，慢慢走開。他輪流吸一口菸再吃一口巧克力，走到一個看不到雅麗莎家門的位置。同時間，蘿蘋匆匆離開布隆汀街，免得雅麗莎回家時從她面前經過。她躲在一排深紅色公寓凸出的陽台底下，看到一個身材高瘦的黑人女子轉入這條街，她一手牽著一個稚齡女孩，後面跟著一個年齡較大的女孩，蘿蘋覺得她大約十一歲左右。雅麗莎打開前門，帶著兩個女兒進屋子。

蘿蘋回到布隆汀街走向雅麗莎的家。她今天穿牛仔褲與運動鞋，她不能滑倒，不能摔，剛接好的肌腱在石膏底下隱隱作痛。

她敲雅麗莎的前門時心臟急促跳得發疼。站在門外等候時，那個較大的女孩從蘿蘋右手邊的凸形窗窺探。蘿蘋緊張地微笑，女孩縮回去不見人影。

不到一分鐘後出現的這位婦女，以任何標準而言都是個大美人。她身材高瘦，黑皮膚，有一副比基尼模特兒的身材。她的頭髮梳成長長的麻花垂到腰際。蘿蘋第一個想到的是，如果一間脫衣舞俱樂部會開除雅麗莎，她一定是個刁鑽難纏的角色。

「什麼事？」她皺著眉頭對蘿蘋說。

「嗨，」蘿蘋說，覺得口乾舌燥，「妳是雅麗莎．文森嗎？」

「是的，妳是誰？」

「我叫蘿蘋．艾拉寇特，」蘿蘋說，口乾舌燥，「我在想……我可以很快地跟妳談談有關諾亞的事嗎？」

「他怎麼了？」雅麗莎問。

「我想進去裡面談。」蘿蘋說。

雅麗莎現出一種老是在迎接命運拋給她另一個打擊的無奈與桀驁不馴的神態。

「求求妳，這件事很重要。」蘿蘋說。她的舌頭乾得幾乎黏在她的上顎板。「否則我不會來找妳。」

兩人目不轉睛對望：雅麗莎的眼睛是溫暖的駝褐色；蘿蘋的眼睛是清澈的灰藍色。蘿蘋以為雅麗莎會拒絕，但雅麗莎那對睫毛濃密的眼睛這時忽然睜大，臉上閃過一絲奇特的興奮之情，彷彿得到一個愉快的啟示。她一言不發，轉身走進光線黯淡的玄關，然後誇張地做了個華麗的動作請蘿蘋進入屋內。

蘿蘋不知道為什麼會感到有點不安，只有當她想到裡面那兩個小女孩時她才有勇氣跨過門檻。

小小的玄關通往客廳，裡面只有一台電視機和一張單人沙發。一具檯燈放在地上，兩張照片用廉價的鍍金相框鑲掛在牆上，一張是胖胖的小女孩札哈拉，她穿著一件土耳其綠的洋裝，頭上夾著一個同色的蝴蝶結。另一張照片是她的姐姐，穿著紅褐色的校服。姐姐長得像她漂亮的母親，但照片中的她沒有一絲笑容。

蘿蘋聽到前門上鎖的聲音，她轉身，運動鞋在光亮的地板上擦出吱吱聲。不遠處傳來砰的一聲巨響，宣告微波爐的工作已然完成。

「媽媽！」一個尖銳的童音說。

「安琪！」雅麗莎大聲喊，走進客廳，「幫她拿出來！好了，」她說，雙手抱胸，「妳要告訴我諾亞的什麼事？」

蘿蘋察覺雅麗莎的內心似乎在打什麼主意，不懷好意的微笑破壞了這張美麗的臉蛋。這個前脫衣舞孃站在那裡雙手抱胸，使她的胸部更加凸出，宛如裝飾在船頭的雕像。頭髮編成的長麻花垂到腰際。她比蘿蘋還高出二吋。

「雅麗莎，我是柯莫藍．史崔克的同事，他是個……」

「我知道他是誰，」雅麗莎徐徐說道。蘿蘋出現時她臉上那股隱隱的滿意神態忽然消失，「他是害諾亞得癲癇的那個混蛋！去妳的！妳去找他了，對不對？妳們串通好了，是嗎？妳為什麼不去找那些豬，妳這個說謊的臭女人，假如他……真的……」

蘿蘋來不及防衛，她便一拳打在蘿蘋肩上，連珠砲似的開罵。

「……對……妳……怎……樣！」

雅麗莎忽然對她發動一連串攻擊，朝她身上一陣猛打：蘿蘋舉起她的左手自衛，竭力保護她的右手，然後朝著雅麗莎的一邊膝蓋踢過去。雅麗莎痛得大叫，單腳往後跳。小女孩從蘿蘋背後某個地方開始放聲大哭，她的姐姐急忙跑進客廳。

「去妳媽的臭女人！」雅麗莎尖叫，「在我的孩子面前打我……」

她撲到蘿蘋身上，抓住她的頭髮，用她的腦袋去撞沒有窗簾的窗戶。蘿蘋感覺到瘦弱的安琪試圖將兩個女人拉開。蘿蘋忍無可忍，一巴掌打在雅麗莎的臉上，使她痛得驚呼後才停手。接著蘿蘋抓住安琪的手臂把她推開，自己頭一低朝雅麗莎進攻，將她往後撞倒在沙發上。

「放開我媽……放開我媽！」安琪大叫，抓住蘿蘋受傷的手臂往後拽，蘿蘋也痛得大叫。札哈拉站在門口尖叫大哭，裝著熱牛奶的鴨嘴杯上下顛倒拿在手上。

「妳的同居人是個戀童癖！」雅麗莎掙扎著想從沙發站起來繼續扭打時，蘿蘋對她大吼。

蘿蘋曾試著想像自己低聲告訴雅麗莎這個驚天動地的消息，然後看著她震驚地癱倒在地。不料她發現雅麗莎注視著她，惡聲說：

「是嗎？隨便妳。妳以為我不知道妳是誰，妳這個臭女人？妳毀了他還不滿意嗎……」

她又撲向蘿蘋，客廳的空間很小，蘿蘋被她一撲又再度撞牆。兩人纏在一起，衝向旁邊的電視機，電視機倒下來摔個粉碎。蘿蘋感覺她手臂的傷口拉扯了一下，又再度痛得大叫。

「媽媽！媽媽！」札哈拉嚎啕大哭。安琪抓住蘿蘋的牛仔褲後面，拚命保護雅麗莎。

「問妳的女兒！」蘿蘋在拳頭與手肘亂飛的情況下大聲說，一面想從安琪頑固地抓著她不放的手中掙脫。「問妳的女兒他有沒有……」

「妳——敢——扯到——我的孩子——身上——」

「問她們！」

「滿口謊言的臭女人……妳和妳媽……」

「我媽？」蘿蘋說著，使出最大力氣將雅麗莎一推，使這個比她高大的婦女又摔倒在沙發上。

「安琪，放開我！」蘿蘋大吼，將女孩的手從她的牛仔褲扳開，知道雅麗莎隨時又會發動攻勢。札哈拉仍在門口嚎啕大哭。「妳，」蘿蘋喘著氣，站在雅麗莎面前，「妳以為我是誰？」

「笑死人了！」和蘿蘋纏鬥得氣喘吁吁的雅麗莎說，「妳是他媽的布莉特妮！妳去告發他、陷害他……」

「布莉特妮？」蘿蘋吃驚地說，「我不是布莉特妮！」

她從她的外套口袋掏出皮夾，「妳看我的信用卡……看！……我是蘿蘋．艾拉寇特，我是柯莫藍．史崔克的同事……」

「那個害他腦受傷的混蛋……」

「妳知道柯莫藍為什麼逮捕他嗎？」

「因為他的老婆陷害……」

「沒有人陷害他！他強暴布莉特妮，而且他走到哪裡都被炒魷魚，因為他會性侵小女孩！他連他自己的妹妹都不放過……我和她見過面！」

「妳他媽的撒謊！」雅麗莎大聲說，又想從沙發站起來。

「我——沒——有——撒謊！」蘿蘋大吼，把雅麗莎又推回沙發。

「妳這個瘋婆子，」雅麗莎喘著氣說，「滾出我的屋子！」

「問妳的女兒他有沒有傷害她！問她！安琪？」

「妳敢跟我的孩子說話，妳這個臭女人！」

「安琪，告訴妳媽他有沒有……」

「這是怎麼回事？」

札哈拉哭喊得太大聲，以致她們都沒有聽見開鎖的聲音。

他的身材非常高大，黑髮蓄鬚，穿著一套全黑的運動裝，一隻眼窩往鼻子方向塌陷，使他的眼光看起來嚴厲而令人喪膽。他一雙陰沉的黑眼睛注視著蘿蘋，一面徐徐彎腰抱起小女孩，小女孩破涕為笑依偎在他懷裡。相反的，安琪往背後的牆壁退縮。布拉克班克緊緊注視著蘿蘋，將札哈拉徐徐放在她母親腿上。

「幸會。」他含笑說，但那不是微笑，是痛苦的保證。

蘿蘋全身發冷，小心翼翼地將手伸進口袋拿防狼警報器，但布拉克班克動作比她快，立刻抓住她的手，並在縫線的傷口上用力一捏。

「妳想騙誰，賤女人……以為我不知道妳是，妳是……」

她想抽回她的手，他的手掌在她的傷口上使力，她大叫：

「香客！」

「我應該找機會把妳幹掉才對，臭女人！」

這時忽然傳來木板碎裂的聲音，原來是前門被撞破了。布拉克班克放開蘿蘋，轉身發現香客衝進來，手中舉著一把刀。

「不要殺他！」蘿蘋喘息說，握著她的手臂。

六個人擠在窄小的客廳內，誰也不敢動，連小女娃都緊緊抱著她的母親。當這個臉上有疤、口中露出金牙、緊緊握著刀子的手指骨節上滿是刺青的男人出現後，一個細細的聲音，急切、顫抖，但終於說了出來。

「他有對我那個！他有對我那個，媽，他有！他有對我那個！」

「什麼？」雅麗莎說，望著安琪，一臉震驚。

「他對我那個！就像這位女士剛才說的，他有對我那個！」

布拉克班克微微動了一下，香客立刻舉起他的刀子指著大塊頭的胸膛制止他。

「不要怕，寶貝，」香客對安琪說，沒有拿刀的那隻手護著她。夕陽從對面房子的背後緩緩落下，他的金牙在夕照中閃閃發光。「他不會再這麼做了。你他媽的欺負弱小的傢伙，」他對著布拉克班克的臉說，「我真想剝你的皮。」

「妳在說什麼？安琪？」雅麗莎說，仍然抱著札哈拉。現在她的表情是恐懼的。「他該不會……？」

布拉克班克忽然低下頭對著香客衝過去，像他當年擔任橄欖球側衛那樣。寬度沒有他一半大的香客像人體模型似的倒向一邊；他們聽見布拉克班克從破裂的門快速衝出去，香客一邊咒罵，一邊追過去。

「別管他了……別管他了！」蘿蘋大叫，從窗戶看著兩個男人奔向街道。「噢，天哪……香客！……警察會……安琪呢……？」

雅麗莎已離開客廳去找她的女兒，把黏人的小女兒扔在沙發上任她嚎啕大哭與尖叫。蘿蘋知道她不可能追上那兩個男人，霎時忽然打起哆嗦，感到一陣噁心，便蹲下來抱著她的頭等它過去。

她已做了她決心要做的事，而且她也心裡有數一定會造成傷害。她也早就預知布拉克班克會逃走或者被香客刺傷，她現在唯一肯定的是她沒辦法預防任何一種情況。她做了幾個深呼吸後站起來，走向沙發，想去安慰飽受驚嚇的小女娃，但不出意料，由於小女孩的心目中已將蘿蘋與暴力和歇斯底里的景象連結，札哈拉比剛才哭得更兇了，還用她的一隻小腳去踢蘿蘋。

「我都不知道。」雅麗莎說，「噢，天啊，噢，天啊，妳為什麼不告訴我，安琪？妳為什麼不告訴我？」

夜色逐漸聚攏，蘿蘋已將檯燈打開，乳白色的牆上投下淺灰色的影子。沙發背後彷彿趴著三個扁平、彎腰駝背的鬼魂，模仿雅麗莎的每個動作。安琪蜷縮著身體，趴在她母親的腿上啜泣，母女倆相擁輕輕晃動。

蘿蘋已經泡了兩次茶水，也煮了小圈圈義大利麵給札哈拉吃，此刻坐在窗前的硬地板上，她覺得她有義務留下來等木工來緊急修理被香客撞破的門。截至目前還沒有人報警，母親和女兒仍在互相安慰傾訴，蘿蘋覺得她像個闖入者，但她不能回家，除非她確認她們有一扇安全的門和新換的鎖。札哈拉躺在沙發上，在母親和姐姐的身邊睡著了。她縮著身子，口中含著她的大拇指，一隻胖胖的小手仍然抓著那個鴨嘴杯。

「他說假如我告訴妳，他會殺掉札哈拉。」安琪依偎在她母親的肩膀上說。

「噢，甜心，我的天，」雅麗莎哀嘆，淚水紛紛滾落在她女兒背上，「噢，上帝。」

蘿蘋內心那種不安的感覺如同一群腳上長毛的螃蟹在她腹部內爬行。她發簡訊給她的母親和馬修說警方找她去協助繪製兇手的圖像，但她去了這麼久還沒回家他們都很擔心，她又找不出合適的理由制止他們來接她。她一次又一次檢查手機的靜音鈕，就怕一個不小心漏接了電話。香客到底在什麼地方？

木匠終於來了，蘿蘋將她的信用卡資料告訴木匠由她負責賠償後，她告訴雅麗莎她要回去了。雅麗莎放開安琪，讓她和札哈拉一起窩在沙發上，自己陪蘿蘋走到昏暗的街上。

「聽著。」雅麗莎說。

淚水依然不斷滑下她的臉頰，蘿蘋看得出雅麗莎不習慣道謝。

「謝了，好吧？」她幾乎是挑釁地說。

「沒問題。」蘿蘋說。

「我沒……我的意思是……我是在教堂認識他的。我還以為我總算遇到一個好人，妳知道……他真的對……對孩子很好……」

說完她又開始啜泣。蘿蘋想擁抱她，但終究放棄。她的肩膀被雅麗莎打出多處瘀青，她手臂上的傷口也比剛才更脹痛。

「布莉特妮真的有打電話給他嗎？」蘿蘋問。

「他說有，」雅麗莎說，用手背擦拭眼淚，「他說他的前妻陷害他，說布莉特妮撒謊……說假如有個金髮女子出現，說一些有的沒的，妳不要相信她。」

蘿蘋想起她耳邊那個低沉的聲音：

「我認識妳嗎，小姑娘？」

他以為我是布莉特妮，所以他才掛斷電話，而且不再回電。

「我得走了，」蘿蘋說，擔心她不知要花多久時間才能回到西伊林。她全身痠痛，雅麗莎剛才用足了力氣揍她，「妳會報警吧？」

「我想是吧，」雅麗莎說。蘿蘋猜想雅麗莎大概從沒想過有一天會報警，「是的。」

蘿蘋走在黑夜中，一隻拳頭緊緊握著她的第二個防狼警報器。她猜想布莉特妮．布拉克班克會對她的繼父說什麼。她覺得她知道：「我沒忘記，你敢再犯我就去告發你。」也許是為了減輕良心的不安，她怕他繼續傷害別人像他過去傷害她那樣，但又無法面對當年指控他的結果。

我告訴妳，布拉克班克小姐，妳的繼父從未侵犯妳，這個故事是妳和妳的母親編造的……

蘿蘋知道那種過程。她當年面對的那個辯護律師冷酷而輕蔑，表情奸詐。

妳從學生酒吧出來，艾拉寇特小姐，妳在那裡喝酒是嗎？

妳曾經當眾開玩笑說妳的……呃……男朋友都不理妳，是嗎？

當妳遇到崔文先生時……

我沒有……

當妳在宿舍外面遇到崔文先生時……

我沒有遇到……

妳告訴崔文先生妳缺少……我們沒有交談……

我告訴妳，艾拉寇特小姐，妳羞於承認妳邀請崔文先生……

我沒有邀請……

妳在酒吧內開玩笑，艾拉寇特小姐，不是嗎，說妳缺少，呃，性魅力……

我說我缺少……

妳喝了幾杯酒，艾拉寇特小姐？

蘿蘋太了解為什麼大家都不敢說出來，不敢承認她們的遭遇，不敢聽別人說那個骯髒、可恥、痛苦至極的事實是她們自己幻想的虛構故事。荷莉和布莉特妮都不敢面對出庭，或許雅麗莎和安琪也一樣害怕。只有死亡與監禁才有辦法阻止諾亞．布拉克班克繼續性侵小女孩。雖然如此，她還是很高興知道香客沒有殺死他，因為假如他……

「香客！」她對一個從前方路燈底下經過的高大、有刺青、穿休閒裝的人大聲喊。

「沒追上那個混蛋，阿蘿！」香客洪亮的聲音說。他似乎不知道蘿蘋在硬邦邦的地板上枯坐了兩個鐘頭，緊張地祈禱他回來。「這個大傢伙還真會跑，不是嗎？」

「警察會找到他，」蘿蘋說，忽然感到兩腿無力，「我想雅麗莎會報警，你可以……可以請你送我回家嗎？」

55

Came the last night of sadness
And it was clear she couldn't go on.
Blue Oyster Cult, '(Don't Fear) The Reaper'

悲傷的最後一夜來臨，
她顯然無法繼續下去。
——藍牡蠣〈（別怕）死神〉

次日史崔克對蘿蘋所做之事仍渾然不知。他在第二天午餐時間打電話給她時她沒接，但因他自己也處於困境中，又認為她與她的母親待在家中安全無虞，因此對於她沒有回電並不覺得有異。他受傷的夥伴是他的少數幾個煩惱之一，現在他認為這個問題已經暫時解決，他不想告訴她他在醫院外頭得到的頓悟，以免又激起她想回來上班的念頭。

但這是他眼前最重要的當務之急。畢竟，不會有人來爭奪他的時間或精神了。他一個人待在這個安靜的房間內，沒有客戶，也沒有人來拜訪，唯一的聲音是一隻在煙霧彌漫的陽光中從打開的窗戶飛進來的蒼蠅。史崔克坐在房間內，一根接一根抽著金邊臣香菸。

回顧收到斷腿後近三個月來所發生的一切，這位偵探清楚地看到他所犯的錯誤。他去拜訪凱西．普拉特的家後就應該知道兇手的身分了。要是他當時知道——如果他沒有放任自己被兇手誤導，沒有被那個精神異常的男子身上強烈的氣味分散注意力——莉拉．孟克頓現在仍保有完整的十個手指頭，而希瑟．司馬特或許仍安然地在她的諾丁罕建築協會上班，也許會發誓再也不像上次去倫敦參加她嫂嫂的慶生會那樣喝得酩酊大醉。

史崔克如果沒有在皇家憲兵隊特偵組受過嚴格的訓練，就不會懂得如何處理情緒性的調察結果。前一天晚上他滿腹的自大與憤怒，但即便他痛責自己沒有看對人，他仍不得不承認兇手絕頂聰明，巧妙地利用他的背景來對付他，迫使他對自己的判斷產生懷疑，逐漸削弱他對自己的信心。

兇手是他一開始便懷疑的嫌疑人之一這個事實帶給他安慰，但於事無補。史崔克想不起他曾經歷過像這次這麼痛苦的調查。他一個人在安靜的辦公室，深信他所作的結論不但接電話那位警官不會相信，而且也不會轉達給卡佛。但史崔克不合理地認為，假如又有兇殺案發生，那絕對是他的錯。

但如果他再干預調查，如果他開始跟蹤他的嫌疑人，幾乎可以肯定卡佛一定會以干擾警方的調查方向，或妨礙警方辦案的罪嫌而起訴他。如果他處於卡佛的地位，他也會有同樣的感覺。然而，史崔克在一陣自我安慰的怒氣中想著，無論如何憤怒，假如他認為任何人有一絲絲可信的證據，他都會聽他的。你不能因為他們過去的表現比你傑出就漠視他們所提的證據，這麼做無法偵破一個如此複雜的案子。

史崔克一直到肚子餓得咕嚕叫才想起他和愛琳約好一起吃晚餐。離婚協議與監護權已經敲定，愛琳在電話中宣佈，他們應該改變一下，去吃一頓體面的晚餐，她已在加夫羅什餐廳訂位——「我請客。」

史崔克獨自坐在辦公室吸菸，就即將到來的晚餐約會陷入沉思。他已經沒有熱情去思索「沙克威爾開膛手」。往好的方面想，今晚會有一頓精緻的晚餐。由於他阮囊羞澀，昨夜又只吃吐司與烤豆，因此這是個引人遐想的期待。他猜想晚上應該也會有兩情繾綣，在愛琳即將遷出的清一色素白的家。往壞的方面想，他免不了要與愛琳聊天。他發現他正面對一個不爭的事實，這是以前從未有過的現象。他總算對自己承認，與愛琳聊天是件很無趣的事。他常覺得每當他們聊到他的工作時他總有格外吃力的感覺。愛琳對他的工作感興趣，但奇怪的是她毫無想像力。她完全沒有蘿蘋所展現的那種與生俱來對他人的興趣與同理心。當他以幽默的口吻描述「兩次」時，愛琳只感到莫名其妙，並不覺得有趣。

再來是「我請客」這句話使他有種不祥之感。他們兩人的收入差距太大的事實越來越明顯。史崔克認識愛琳之初，他的帳戶內好歹還有一點餘額。她如果認為他改天也可以回請她去加夫羅什餐廳吃飯，她注定要失望。

史崔克曾和另一位比他更富有的女子交往十六年。夏綠蒂會輪番以揮霍金錢為武器，感嘆史崔克拒絕過寅吃卯糧的生活。愛琳提到「改變一下」吃頓體面的晚餐時，他不禁想起夏綠蒂有時會因為他沒有能力或不願意為她反覆無常的決定請吃飯而生氣。想到這裡他就一肚子火。他們去愛琳的前夫不可能出現的小飯館和咖哩屋吃法國菜與印度餐時大部分都是他付帳。他不喜歡他辛苦掙來的錢被人看扁了。

因此，當他在當天晚上八點，穿著他那套最好的義大利西裝前往梅菲爾時，他的心理狀態並非完全祥和平靜。他過度疲憊的大腦不停想著連續殺人兇手的種種線索。

上布魯克街兩旁都是豪華的十八世紀建築。加夫羅什餐廳門口有鑄鐵遮陽棚與爬滿常春藤的鐵欄杆，鑲了許多鏡面的前門透露出奢華的堅固與安全感，和史崔克不安的心緒極不協調。他在紅、綠相間的餐廳坐下，這裡的燈光經過匠心獨具的安排，只投射在雪白的桌布上。他坐定後不久愛琳也抵達了，她穿一件淺藍色的合身洋裝。史崔克起身親吻她時，暫時忘卻他潛在的不安與不滿。

「這個改變不錯。」她在圓桌旁的弧形軟墊長椅坐下時含笑說。

他們點餐，渴望喝敦霸啤酒的史崔克勉強接受愛琳的選擇改喝勃艮地紅酒。他在白天雖然已抽了一包多的香菸，這時候仍然想吸菸。而他的晚餐伴侶則興致勃勃地談她的房地產：她已決定放棄高階大廈的豪華閣樓，改而看上坎伯威爾區的一棟房屋，看來似乎很有成交的希望。她給他看她手機上的一張照片，又是一棟外觀有廊柱的白色喬治亞風格建築映入他疲倦的眼簾。

當愛琳在高談闊論遷居坎伯威爾的種種優缺點時，史崔克默默地喝酒。他甚至吝於細細品嘗這款葡萄酒的美味，大口大口地喝，彷彿它是一瓶廉價的紅酒，並企圖借酒消愁。但此舉非但不能化解他的愁緒，反而更深化他的疏離感。梅菲爾區這家高級餐廳柔和的光線與深色的地毯給人的感覺宛如舞台佈景：虛幻而短暫。他和這個美麗但乏味的女子在這裡做什麼？當他的事業在垂死關頭掙扎，當整個倫敦只有他一個人知道「沙克威爾開膛手」的真實身分之際，他為什麼還假裝對她奢華的生活方式產生興趣？

他們的食物送上來了，他的美味的菲力牛排多少平息一點他的憤懣。

「那麼，你最近在忙些什麼？」愛琳一如往常拘泥地問。

史崔克發現他正面臨一個嚴峻的選擇。老實告訴她他最近在忙些什麼，等於承認他都沒有讓她知道最近發生的事件，被大多數人視為近十年來最重大的事件。他會被迫透露報上所載，開膛手最近一次攻擊事件中倖免於難的女子是他的工作夥伴。他不得不告訴她，他被一名曾經在另一起社會譁然的謀殺案中受到羞辱的男子警告他不得干預此案的調查。假如他要和盤托出他最近在忙什麼，他還必須告訴她，他知道兇手是誰。想到這麼多互相牽連的關係令他感到乏味與反感。這些事件曝光時他沒有一次想過要打電話給她，這已經夠明顯的了。

史崔克趁再喝一口酒拖延時間的當下，決定他們的關係必須結束。他要找個藉口今天晚上不和她一起回克雷倫斯台地街，這樣應該可以提早暗示她他的意圖；自從他們交往以來，性愛是他們的關係中最美好的一部分。然後，下次再見面時，他會告訴她他們的關係到此結束。他覺得在她請客吃飯當下結束他們的關係不但粗魯無禮，另外還有一個潛在的危機，就是她說不定會一怒拂袖而去，將帳單留給他去付。他的信用卡公司無疑定會拒絕處理這筆帳。

「老實說，我最近沒事。」他撒謊。

「那個沙克威爾……」

史崔克的手機響了。他從外套口袋掏出來一看，沒有顯示來電號碼。他的第六感告訴他必須接這通電話。

「抱歉，」他對愛琳說，「我想我必須……」

「史崔克，」卡佛明顯的倫敦南部的口音，「你派她去的是嗎？」

「什麼？」史崔克說。

「你那個夥伴，你派她去找布拉克班克？」

史崔克猛地站起來，身體撞到餐桌邊緣，一道棕紅色的液體潑灑在雪白的桌面上，他的菲力牛排滑到盤子邊緣，他的酒杯傾倒，紅酒濺到愛琳淺藍色的洋裝上。在隔壁桌為一對高雅的夫妻服務的侍者大吃一驚。

「她在哪裡？出了什麼事？」史崔克無視於面前的一切，對電話另一頭的人大聲說。

「我警告過你，史崔克，」卡佛說。他的聲音因憤怒而沙啞，「我警告過你，叫你不要插手，這次真的被你搞砸了……」

史崔克放下手機，只聞聲音不見人影的卡佛對著餐廳怒吼，站在附近的人都能清晰聽到他罵「混帳」、「王八蛋」。史崔克轉向愛琳，她的洋裝上有紫色的汙漬，漂亮的臉蛋眉頭深鎖，有疑惑也有憤怒。

「我必須先走了，我很抱歉，我晚一點再給妳電話。」

他沒有多作停留等待她的反應；他不在乎。

他的腳微跛，蹣跚而行，因為剛才起身太急扭傷了膝蓋。史崔克匆匆走出餐廳後再度將手機放在耳邊，卡佛此時已語無倫次，完全不給史崔克開口的機會。

「卡佛，聽我說，」史崔克走到上布魯克街時大聲說，「我要……拜託你聽我說！」

但警官粗言惡語的獨白更大聲也更汙穢了。

「你他媽的蠢貨，他躲起來了，我知道是你幹的好事，這條線索是我們找到的，你混帳，是我們發現他與教會的關係！要是你再……閉上你的嘴，我在講話！要是你再接近任何一個我正在偵查的對象……」

史崔克在溫暖的夜色中吃力地行走，他的膝蓋在抗議，他每走一步，挫折感與憤怒就更增加一點。

他花了將近一個小時才抵達哈斯廷斯路蘿蘋的住處，那時他已完全知悉這件事了。多虧卡佛，他知道警察今天晚上去蘿蘋家，訊問她有關布拉克班克的家遭人闖入，導致屋主報案兒童遭到性侵，而警方正在調查的嫌犯也逃之夭夭這件事。說不定這時刻警察仍在她家。布拉克班克的照片已在警局內廣為散發，但他還沒有被逮捕。

史崔克沒有通知蘿蘋他要來。他以跛行的速度盡快折入哈斯廷斯路時，在昏暗的光線中發現她家燈火通明。他快接近時，兩名警官從前門出來，即使是便衣也看得出。關門聲在安靜的街道擴散發出回音。警官過馬路走向他們的座車，彼此小聲地互相交談。史崔克躲到暗處。等他們的車安全開走後，他才繼續走到那扇白門前，然後按鈴。

「……以為沒事了，」門後出現馬修惱怒的聲音。史崔克猜想馬修也許不知道外面的人聽得見他說話，因為當他開門發現是史崔克時，臉上討好的笑容立刻消失。

「你要幹麼？」

「我要和蘿蘋談話。」史崔克說。

馬修猶豫了一下，顯然不想讓史崔克進門，琳達此時也聞聲而至。

「喔。」她看見史崔克時說道。

他覺得琳達比他上回見到她時更消瘦一點也更老一點，無疑的是因為她的女兒差點被刺殺，接著又自告奮勇前往一個殘暴的掠食者的家再度遭到攻擊。史崔克感覺到自己一肚子怨氣，必要時，他會大聲呼叫蘿蘋出來門口見他，但他還沒來得及下決心，她就跟在馬修後面出來了。她看起來也比平日更蒼白、更消瘦。同時他也發現，每次當面見到她，他都覺得比他記憶中的她更好看一些。但這一念並沒有使他對她更和顏悅色。

「喔。」她說，語氣和她的母親一樣平淡。

「我想跟妳談談。」史崔克說。

「好。」蘿蘋說。她有點接受挑戰似的把頭往上一揚，一頭金紅色的頭髮在她的肩上跳躍。她看一眼她的母親與馬修，再看看史崔克，「那你要不要去廚房談？」

他隨著她經過走道進入小廚房，一張桌子和兩張椅子緊貼著牆角。水槽內堆著用過尚未清洗的碗盤；警察來偵訊蘿蘋時，他們顯然正在吃麵。由於某種原因，它證明蘿蘋是以多麼淡然的態度面對她所惹的禍，這使極力控制情緒的史崔克更加憤怒。

「我告訴過妳，不要靠近布拉克班克。」

「是的，」蘿蘋以平淡的語氣說，更進一步激怒了他，「我記得。」

史崔克心想，不知琳達和馬修是否在門外偷聽。小廚房內有濃郁的大蒜與番茄味，蘿蘋背後的牆上掛著一個英格蘭橄欖球隊的月曆，六月三十日那天用粗紅筆圈起來，日期底下寫著「返鄉結婚」字樣。

「可是妳還是決定去了。」史崔克說。

一連串暴力行動的幻象，例如拿起腳踏垃圾桶往佈滿霧氣的窗戶扔過去，亂糟糟地浮現在他腦海中。他動也不動地站著，大腳穩穩踩在磨損的亞麻油氈地板上，瞪著她蒼白固執的臉。

「我不後悔，」她說，「他強暴……」

「卡佛一口咬定是我派妳去的，布拉克班克不見了，妳已將他趕入地下，萬一他決定把下一個受害者大卸八塊免得她去告密，妳會作何感想？」

「你敢怪到我頭上來！」蘿蘋說，提高音量，「你敢！你去逮捕他時揍他的人是你！如果你沒有揍他，他或許早就因布莉特妮而入獄了！」

「所以妳有正當的理由，是嗎？」

他之所以沒有大吼大叫是因為他聽到馬修在走道上鬼鬼祟祟的聲音，儘管會計師以為他很小聲。

「我使安琪不再遭受性侵，假如這不是一件好事……」

「妳已經把我的生意逼到懸崖邊緣了，」史崔克平靜的聲音使她停止再繼續說下去，「我們被警告不得接近那幾個嫌犯，不得干預調查，但妳依舊闖進去，現在布拉克班克潛逃了。媒體會為此而怪罪於我，卡佛會告訴他們是我從中破壞，他們會把我活埋。就算妳對這些都不在乎，」史崔克說，氣得板起他的臉孔，「那麼警方已經查出凱西的教會和布拉克班克在布利斯敦去的那間教會有關係，這件事妳怎麼說？」

她的表情一愣。

「我……我不知道……」

「何必等待事實真相？」史崔克問，頭上刺眼的燈光在他的眼中投下陰影，「何不在警方逮捕他之前乾脆衝進去提醒他算了？」

蘿蘋大驚失色，一時為之語塞。此刻史崔克注視她的眼光彷彿他從未喜歡過她，彷彿他們從未分享過彼此的痛苦經歷，而這種分享帶給她一種前所未有的牢牢的連結感。她早已為他可能會搥打牆壁和碗櫥而作了心理準備，甚至，在他盛怒之下……

「我們到此為止。」史崔克說。

他從她掩飾不了的畏縮動作，從她的臉色瞬間發白感到些許滿意。

「你不是……」

「我不是當真？妳以為我需要一個不聽指示，我已明白告訴她不要做她偏要做，一個害我在警方眼中像個專惹麻煩的自大狂，使一個殺人嫌犯在警方面前銷聲匿跡的夥伴？」

他一口氣把話說完，蘿蘋往後退一步撞到牆壁，牆上的橄欖球隊月曆掉了下來，聲音之大她都沒聽見，只聽到她的耳朵內血液澎湃的聲音。她想過她也許會昏倒，她想像他會大吼：「我應該開除妳！」但她沒有一次認為他會真的這樣做；她為他所做的一切——冒險、受傷、精闢的推理與靈感、長時間盯稍的不舒服與不方便——會被洗刷一空，被這個立意良善的拂逆行為一筆勾銷。她的胸口洶甸甸的，沒有足夠的空氣供她辯解，因為他的表情讓她知道，她所能期待的是進一步無情地譴責她的魯莽行為與告知她已如何嚴重誤事。想到安琪與雅麗莎在沙發上互相擁抱，想到安琪的痛苦已經結束，她的母親相信她並支持她，使蘿蘋在這幾個鐘頭焦急等待這個打擊降臨之際為她帶來些許安慰。她不敢告訴史崔克她所做的事，現在她覺得或許應該告訴他會比較好。

「什麼？」她茫然地問，因為他問了一句什麼，她沒聽清楚。

「妳帶去的那個人是誰？」

「不關你的事。」她猶豫了一下後小聲說。

「他們說他拿刀威脅布拉克班克——香客！」史崔克說，這時才恍然大悟。她從他臉上的表情知道他又發怒了。「妳怎麼會有香客的電話號碼？」

但她毋須回答，她已被開除，回不回答都不重要了。她知道史崔克一旦決定結束一段關係就不會反悔。他和交往了十六年的女友斷絕關係後就不曾再和她聯繫，雖然夏綠蒂曾經嘗試與他重新接觸。

他要走了。她麻木地跟著他走進走道，覺得她像一條挨打的狗，仍然偷偷摸摸跟在懲罰她的人後面，絕望地期待能得到寬恕。

「晚安。」史崔克對坐在客廳的琳達與馬修說。

「柯莫藍。」蘿蘋小聲說。

「我會把妳最後一個月的薪資寄給妳，」他頭也不回地說，「一次了結。明知故犯。」

門在他背後關上，她可以聽到他十四號的大腳走在小徑上的聲音。她嘆一口氣後哭了。琳達與馬修立刻衝進來，但已太遲：蘿蘋已躲進臥房，無法面對他們的寬慰和喜悅，她終於不得不放棄成為偵探的美夢。

56

When life's scorned and damage done
To avenge, this is the pact.
Blue Oyster Cult, 'Vengeance (The Pact)'

當生命被蔑視與傷害，
報復，這是公約。
——藍牡蠣〈報復（公約）〉

次日凌晨四點半史崔克仍醒著，他一夜沒睡。他因整夜坐在廚房的小桌上抽菸而舌頭發疼，一邊思考他大幅縮減的生意與希望。他幾乎無法不想蘿蘋。毫不留情的盛怒開始慢慢動搖，猶如厚厚的冰層逐漸融化時出現細小的裂紋，但冰層底下一點也不冷。他可以理解她想去拯救那個孩子的衝動——誰不會？如同她極不識趣地指出，他在看過布莉特妮錄製的作證後，不也氣得將布拉克班克擊昏？但一想到她找香客一起去，沒有告知他，而且又是在卡佛已事先警告他們不得接近嫌犯的情況下一意孤行，他的血脈又開始僨張。他氣憤地將香菸紙包倒立，卻發現裡面是空的。

他站起來，拿起他的鑰匙離開公寓，身上依舊穿著那套義大利西裝。他打盹時也還穿著它。他緩緩走到查令十字路時朝陽正要露臉，黎明曙光使萬物顯得灰暗而脆弱，在灰色的光線下到處看得到淡淡的陰影。他在科芬園一間轉角商店買了香菸後繼續漫步、吸菸與思索。

在街上走了兩個小時候，史崔克決定了他的下一步行動。他返回他的辦公室途中，在查令十字路的「維納諾1882咖啡屋」看見一名穿黑洋裝的女服務生正在開門，這才意識到他已飢腸轆轆，於是走進店裡。

小咖啡屋內彌漫著溫暖的木頭香與義大利濃縮咖啡的香氣。史崔克欣慰地坐在堅硬的橡木椅子上時才不安地發現，過去十三個小時他不停地抽菸、和衣打盹、又吃牛排又飲紅酒，卻一直忘了清潔他的牙齒。旁邊鏡子內那個人看起來又髒又邋遢。他點了一客火腿起司帕尼尼、一瓶水和一杯雙份濃縮咖啡，並盡可能避免讓年輕的女服務生聞到他的口臭。

櫃台上的圓頂咖啡銅壺發出沸騰的聲音時，史崔克陷入深思，對一個令他不安的問題尋找良心的答案。

他有比卡佛更優秀嗎？他是因為真的認為只有這樣做才能制止兇手，才策畫一個高風險與高危險性的行動？還是因為他知道，假如他執行這個計畫，假如他是那個逮到兇手並使他入罪的人，他就能挽回受損的名譽和他的事業，找回他比倫敦警察隊的能力更強的昔日光彩？簡單地說，促使他去執行這項許多人會稱之魯莽與愚蠢的計畫的動力是必要的，還是他的自我在作祟？

女服務生將他的三明治和咖啡放在他面前，史崔克以滿懷心事的呆滯眼光開始吃，甚至有點食不知味。

這是史崔克接觸這一行以來一樁眾所周知的連續殺人案：警方目前已掌握大量的資料與線索，它們都需要追蹤，但沒有一條線索（史崔克敢打賭）能使警方查獲這個狡詐的、無往不利的兇手。

他仍然可以選擇與卡佛的上司聯繫，但他目前與警方的關係交惡，因此他懷疑他能不能獲准與警司直接對談，而警司的第一選項自然是傾向他的人手。試圖迴避卡佛並不能減輕人家認為他在破壞卡佛的印象。

更重要的是，史崔克沒有證據，只有一個證據藏在何處的推論。雖然還有一點微小的機會，倫敦警察隊或許把史崔克的情報當真，去搜索他保證會找到的證據，但史崔克擔心再繼續拖延下去恐怕又會損失一條人命。

他驚訝地發現他在不知不覺中把他的帕尼尼吃光了，仍然飢餓的他又再點了一份。

不行，他心想，忽然下定決心，非這麼做不可。

必須盡快制止這個禽獸。這是他頭一次為自己設想，但卻是為了他的良心，為了向自己證明他的動機是要逮捕兇手，而不是為了個人榮譽。史崔克又拿出他的手機打給偵緝隊督察李察．安士提，他在部隊的舊識。他最近與安士提的關係不是最好，但史崔克打定主意要盡可能讓倫敦警察隊有機會為他做這件事。

等了片刻之後，他聽到國外的撥號聲，沒有人接電話。安士提在度假。史崔克考慮要不要留下語音，最後決定作罷。留語音給安士提，他又幫不上忙，肯定會破壞他的假期。而且史崔克知道安士提有太太和三個孩子，他確實需要休息。

掛斷電話後，他心不在焉地察看他最近的通話紀錄。卡佛來電沒有顯示電話號碼，下面幾行是蘿蘋的名字。看到蘿蘋的名字使疲憊又失望的史崔克感到心痛，他很氣她，但同時也很想跟她說話。他把手機放在桌上，伸手從西裝內袋掏出一枝筆和記事本。

他和第一次一樣快速吃完他的三明治，然後開始列出工作事項。

（一）寫信給卡佛

這麼做部分原因是為了他自己的良心，部分原因是他常說的「自以為是」。如今每天寄給蘇格蘭場的密報郵件想必排山倒海而來，他懷疑一通電子郵件是否能抵達卡佛手中；他沒有卡佛的直接信箱。現在大家都放棄以紙筆書寫的文化，尤其是需要簽字的時候：寫一封老式的信函，用掛號寄出，一定會送到卡佛的桌上。這樣史崔克就會像兇手一樣留下痕跡，明白顯示他已想盡各種辦法告訴卡佛如何制止兇手。這樣萬一他們不得不在法庭相見時或許派得上用場。史崔克相信，無論他今天清晨在睡意朦朧的科芬園漫步時想出的這個計畫能否成功，他們都有可能對簿公堂。

（二）瓦斯罐（丙烷？）

（三）螢光夾克

（四）婦女——找誰？

他停下來，內心掙扎，對著紙張皺眉。經過一番深思後，他很不情願地寫下：

（五）香客

這表示下一欄必然是：

（六）五百英鎊（去哪裡找？）

最後，又經過一番思考：

（七）刊登替換蘿蘋的廣告

57

Sole survivor, cursed with second sight,
Haunted savior, cried into the night.
Blue Oyster Cult, 'Sole Survivor'

唯一的倖存者，不幸有先見之明，
憂心忡忡的拯救者，一夜哭泣到天明。
——藍牡蠣〈唯一的倖存者〉

四天過去了，因過度震驚與傷心而顯得有些呆滯的蘿蘋，起初還希望，甚至相信史崔克會打電話給她，以為他會後悔對她說那些話，以為他會發現他錯了。琳達已先行返家，她體貼的對蘿蘋支持到底，但蘿蘋猜想她私下一定為蘿蘋與偵探的關係終告結束而感到欣慰。

馬修對蘿蘋的不幸遭遇當面表示同情。他說史崔克搞不清楚他有多麼幸運。他列舉她為偵探所做的種種犧牲，其中最不合理的是工時太長，薪水卻少得可憐。他提醒蘿蘋她在偵探社的合夥地位完全是虛假的：沒有簽任何協議、沒有加班費，以及她老是在泡茶和出去買三明治。

若是在一週前，蘿蘋會針對這些指控為史崔克提出辯護。她會說這種工作本身就需要很長時間；公司仍在為生存而打拚，現在不是要求加薪的時機；而且史崔克也常為她泡茶。她或許還會說，史崔克在財務有限的情況下仍花錢讓她去接受跟監與反跟監的訓練，而且史崔克是偵探社唯一的投資人與創辦人，她沒有理由期待他把她放在絕對平等的法律地位。

但這些話她都沒說，因為史崔克對她說的最後那幾個字——明知故犯，猶如她的心跳聲，每天都聽得到。回憶史崔克最後的神情有助於她假裝她與馬修的看法相同：她主要的情緒是憤怒；她如此重視的工作竟然可以如此輕易被取代；如果史崔克不能認同安琪的安全勝過其他任何考量，他就是一個缺乏正直與道德感的人。蘿蘋也沒有多想，或沒有力氣指出馬修的態度忽然有了大轉變，因為當他知道她去找布拉克班克後，他最初的反應是大發雷霆。

與史崔克斷絕聯繫的日子一天天過去，蘿蘋從她的未婚夫身上感受到一種說不出的壓力，假裝他們即將在星期六舉行的婚禮不但可以彌補她被革職的遺憾，而且可以占據她的全部心思。蘿蘋必須在他面前偽裝興奮，因此白天馬修去上班她一個人在家時她會有如釋重負的感覺。晚上他回家之前，她會把她利用筆電上網搜尋的歷程全部刪除，他才不會知道她經常在網路上搜尋「沙克威爾開膛手」及史崔克的相關新聞。

她與馬修預定返回馬森的前一天，馬修下班回家時手上拿著一份《太陽報》，是他平時很少閱讀的報紙。

「你為什麼會有那個？」

馬修猶豫了一下才回答，蘿蘋一顆心立刻揪起來。

「該不會又有？」

但她知道沒有持續發生兇殺案，她整天都在收看新聞。

他打開報紙，摺成大約十分之一大小後遞給她，表情不很明顯。蘿蘋看到報紙上有她的照片，照片中的她穿著風衣，為著名的歐文．昆恩謀殺案出庭作證後離開法院。她的照片上還有兩張小一點的照片：一張是史崔克，一副宿醉的模樣；另一張是那個美麗的名模，史崔克與蘿蘋合力逮捕殺她的兇手。照片下有一篇短文：

藍德利案偵探徵求新的女助理

超級名模露拉・藍德利及作家歐文・昆恩兩起謀殺案的破案偵探柯莫藍・史崔克，已和他美麗的助理蘿蘋・艾拉寇特，二十六歲，解除合作關係。

史崔克已在網路上刊登徵人啟事：「具有警方或軍方偵查工作背景，有興趣追——」

底下還有幾行字，但她已無心繼續看下去，相反的，她看作者署名，是史崔克認識的一位記者多米尼克・卡爾培柏，這個人經常纏著史崔克要新聞。蘿蘋猜想可能是史崔克打電話給卡爾培柏請他發稿的，好讓他徵求新助理的消息傳播得越廣越好。

蘿蘋本以為情況不可能更糟，但她發現她錯了。在她為他做了那麼多事情後，她真的被開除了。她成了一個可以隨手捨棄的「女助理」，一個「助手」，不是合作夥伴，不是地位平等，現在他要找一個有警方或軍方背景的人：一個會守紀律、會服從命令的人。

蘿蘋非常憤怒，眼前的一切變模糊了，玄關、報紙，馬修站在那裡想表示同情，蘿蘋費好大勁強迫自己不要衝進客廳拿起擱在小桌上充電的手機立刻打電話給史崔克的衝動。過去四天以來她好幾次想這麼做，但那時候是想問他……請求他……再考慮。

現在不了。現在她想臭罵他，鄙視他，指責他忘恩負義、虛情假意、缺乏道義……她怒火燃燒的眼睛遇上馬修的目光，他立即換上另一副表情，發現他正為史崔克錯得離譜而幸災樂禍。她看得出馬修希望她看到這則報導。她的悲痛遠遠比不上馬修眼看著她與史崔克拆夥而打從內心生出的狂喜。

她轉身走進廚房，決定不對馬修發脾氣，假如他們吵架就太便宜了史崔克，她不容許她的前老闆破壞她與這個三天後她不得不嫁的男人的關係，她勢必要嫁！她笨手笨腳地將一鍋麵條倒進濾水盆內，沸水與咒罵濺了她一身。

「又吃麵？」馬修問。

「是的，」蘿蘋冷冷地說，「有問題嗎？」

「啊，沒有，」馬修說，從她背後靠過去雙手摟著她，「我愛妳。」他在她的耳邊說。

「我也愛你。」蘿蘋機械地說。

那輛荒原路華裝滿他們北上所需的一切，他們即將在史雲頓公園酒店舉行的結婚晚宴，以及他們去「一個熱帶地方」度蜜月所需的用品，蘿蘋只知道這些。他們在第二天早上十點出發，在明媚的陽光下兩人都穿著T恤。蘿蘋上車時想起四月那個霧濛濛的早晨她開車出門，馬修在後面焦急地追逐，她絕望地開車離去，去接史崔克。

她的駕駛技術勝過馬修，但每次兩人出遊，通常是他負責開車。車子開上一號公路時，馬修唱起丹尼爾．貝汀菲爾的〈永不離開妳身邊〉。這是一首老歌，大約是他們開始上大學時流行的。

「你可以不要唱嗎？」蘿蘋忽然再也無法忍受。

「抱歉，」他嚇一跳，「我只是覺得此刻似乎很適合唱這首歌。」

「它也許帶給你快樂的回憶，」蘿蘋說，轉頭望著窗外，「但我不是。」

她從眼角瞥見馬修看了她一眼才又繼續望著前方。車子繼續往前開了一哩路後，蘿蘋開始後悔剛才說了那句話。

「沒關係。」他說。

「但這不表示你不能唱別的歌。」

抵達多寧頓公園休息站時氣溫已略微下降，他們在這裡停下來喝咖啡。蘿蘋去上洗手間，把外套掛在她的椅背上。馬修一個人在那裡伸懶腰，T恤往上牽引，露出幾吋平坦的腹部，引來咖啡吧服務小姐的注意。她紅著臉吃吃地笑，轉頭望著負責煮咖啡的同事，她也一樣在傻笑。

蘿蘋放在外套口袋的手機響了。馬修猜想是琳達打來問他們是否快到家了，他知道那些女孩正盯著他，便懶洋洋地伸手從蘿蘋口袋掏出手機。

是史崔克打來的。

馬修望著正在震動的手機，彷彿不小心拾起一隻毒蜘蛛。手機在他手中持續鈴響與震動。他看看四周：不見蘿蘋的身影。他迅速接了電話又立刻切斷，螢幕上出現小柯來電未接的字樣。

馬修相信那個大笨蛋一定會要求蘿蘋回電。史崔克已有五天的時間足夠明白他找不到比蘿蘋更好的工作夥伴，說不定他已在面試但仍找不到合適的人，或者她們每個人聽到他提供的薪水後都忍不住當面譏笑他。

電話又響了：史崔克又重撥，想確認剛才那通電話是有意或無意被掛斷的。馬修注視著手機，舉棋不定。他不敢代替蘿蘋接電話，也不敢叫史崔克不要再打來。他知道史崔克，他會一直打到蘿蘋接電話為止。

電話轉成語音留言。馬修知道道歉錄音最糟糕，蘿蘋可能會一遍又一遍反覆聽，最後被它感動，從而改變心意……

他抬頭，發現蘿蘋從化妝室那邊走過來。他拿著她的手機站起來，假裝講電話。

「是爹地，」他對蘿蘋撒謊。他站在蘿蘋面前，一手掩住話筒，暗暗祈禱史崔克不要再打來。「我的手機沒電了……聽著，妳的密碼是什麼？我必須查一下蜜月旅行的班機……要告訴爹地——」

她告訴他密碼。

「等我一下下，我不想讓妳聽到有關蜜月的事。」他說，然後走開，一方面感到內疚，一方面又對自己的機智感到驕傲。

順利走進男化妝室後，他打開她的手機。將史崔克的通話紀錄刪除等於把她的全部通話紀錄刪除——他刪除了。接著他撥語音信箱，聽取史崔克的電話錄音，之後也一併刪除。最後他進入蘿蘋的手機設定，擋掉史崔克的所有來電。

鏡中的他做了幾個深呼吸後恢復英俊瀟灑的模樣。史崔克在語音留言中說，假如她沒有回電，他就不再打了。他們即將在四十八小時後舉行婚禮，憂心忡忡、目中無人的馬修相信史崔克會遵守他的諾言。

58

Deadline

最後期限

他激動、煩躁，確信他剛才做了件傻事。地鐵車廂搖搖晃晃南下，他緊緊抓著吊環，指節都泛白了。墨鏡後面紅腫的眼睛斜睨著站牌。「它」尖銳的聲音似乎仍穿透他的耳膜。

「我不相信，如果你在上夜班，那錢在哪裡？不……我要跟你談……不……你不能再出去……」

他打她。他不應該打她，他知道：她大驚失色的臉龐此刻在嘲弄他。她震驚地瞪大了眼睛，一隻手摀著臉頰，白皙的皮膚上有他的紅色指印。

都是她不好。他控制不了自己，經過前兩個禮拜之後，「它」越來越咄咄逼人。他的兩隻眼睛被紅墨水噴到，他帶著紅眼睛回家，謊稱過敏反應，但那個無情的臭女人毫不同情。「它」只是一個勁兒追問他去了什麼地方，並且……頭一次……追問他說要出去賺的錢在哪裡？最近沒那麼多時間和那些孩子一起去偷竊。他忙著專心獵殺。

她帶回一份報紙，上面有一則報導說，現在那個「沙克威爾開膛手」的眼睛四周可能會有紅墨水印。他把那份報紙拿到花園燒了，但他無法制止她從其他地方讀到這條新聞。前天，他覺得「它」看他的表情有點怪怪的。「它」不笨，不是真的笨；「它」開始起疑了嗎？這是他在經歷刺殺小秘書未遂的恥辱後最擔心的一件事。

現在沒有必要再追殺小秘書了，因為她已永遠離開史崔克。他是在網路咖啡店上網時看到這個消息。為了逃避「它」，他有時會去那裡流連一個鐘頭。他想到他的彎刀把小秘書嚇跑了，她的手臂留下他砍的一道刀疤，內心稍稍感到安慰。

他這幾個月來的審慎策畫，目的是使史崔克捲入謀殺案，使他背上殺人罪嫌。首先，讓史崔克捲入那個想割掉自己的小腿的蠢貨的分屍案，讓大批警察包圍他，使愚昧的民眾以為他和這個案子有關；接著，殺死他的小秘書，看他能不能一瘸一拐地全身而退，看他以後還是不是個名偵探。

但這個混蛋老是逃過一劫。報上沒有提到他處心積慮「假藉」凱西之名寫的信，按理說這些信應該會使史崔克成為頭號嫌犯。接著警方又和這個王八蛋勾結，不肯透露小秘書的姓名，也不說明她與史崔克的關係。

也許應該明智一點，現在就收手……只不過他已無法就此罷手，他太深入了，他這輩子還不曾對任何事做過如此縝密的計畫，如同他處心積慮毀滅史崔克那樣。這個肥胖、跛腳的王八蛋已刊登徵人廣告取代小秘書，看起來不像生意要垮的樣子。

不過，倒是有個好現象：丹麥街上看不到警察的身影了。有人撤消了他們，也許是認為小秘書走了就沒有站崗的必要。

也許他不該再去史崔克辦公的地方，但他又想看飽受驚嚇的小秘書抱著一個紙箱離開，或者看一眼垂頭喪氣的史崔克。然而不是……當他找到一個觀察丹麥街的隱蔽地點時，這個混蛋正泰然自若地和一個絕美的女子緩緩走在查令十字路上。

這個女的一定是臨時雇員，因為史崔克沒有時間面試來雇用一個長期員工。這個大人物顯然需要有人幫他打開信件。女子穿著高跟鞋，模樣一點也不輸給那個小妓女，走起路來婀娜多姿，扭動渾圓的臀部。他喜歡黑人女子，他一向喜歡。事實上，如果讓他選擇，任何時候他都會選擇像她這樣的女人勝過小秘書。

她沒受過跟監訓練；這點十分明顯。他第一眼看到她後，一整個早上都在監視史崔克的辦公室，看到她快速趕去郵局再回來，幾乎一直在講電話，無視於她的四周環境，不時將她的長頭髮甩到肩膀後面，忙得沒空與人四目交接，有時還會把鑰匙掉到地上，大聲講電話，偶爾與人接觸就嘰嘰喳喳講個不停。下午一點，他跟在她背後溜進三明治店，聽她大聲嚷嚷說她打算第二天晚上去「科西嘉工作室」。

他知道「科西嘉工作室」是什麼場所，也知道它的地點。他非常興奮：他不得不背對著她，假裝望著窗外，因為他覺得他們會從他臉上的表情看出他的心思……假如他在她為史崔克工作之際幹掉她，他就完成他的計畫了：史崔克會與兩起女性分屍案牽連在一起，警方或民眾往後再也不會相信他了。

這次想必也會更容易。企圖幹掉小秘書真像一場噩夢，她總是提高警覺，有都市人的精明幹練，回家會跟著人群一起走，每天晚上走燈光明亮的街道回到她漂亮的男友身邊。但這個臨時雇員是自己送上門。她告訴三明治店的所有員工她第二天要在什麼地方和她的朋友見面後，便踩著她的透明跟高跟鞋慢吞吞走回辦公室，途中還把史崔克的三明治掉在地上。她彎腰撿三明治時，他注意到她的手上沒有戴結婚或訂婚戒指。他強忍著歡喜離開，一面構思他的計畫。

他要是沒有打「它」一巴掌就好了，他現在就會覺得心情很好、很興奮、得意洋洋。這一巴掌對今晚來說不是很吉利，難怪他覺得心驚肉跳。他沒有空留下來安撫她、逗她開心：他頭也不回地走了，決心幹掉臨時雇員，但他仍然覺得心慌……萬一「它」報警呢？

她不會，只不過是一巴掌而已，她愛他，她一直都這樣告訴他。當她們愛你時，就算你殺了人，她們也會協助你脫身。

他覺得後頸癢癢的，一個瘋狂的念頭使他轉頭看看四周，以為他會看見史崔克在車廂角落注視他，但他沒看見和那個肥仔混蛋體型相似的人，只有一夥幾個衣衫不整的人湊在一起，其中一個臉上有疤、口中有一顆金牙的人確實在看他，但是當他透過墨鏡斜眼睨他時，那個人收回視線，再度玩弄他的手機……也許他應該在地鐵站下車時打個電話給「它」，告訴「它」他愛她，然後再前往「科西嘉工作室」。

59

With threats of gas and rose motif.
Blue Oyster Cult, 'Before the Kiss'

瓦斯與玫瑰刺青的威脅。
——藍牡蠣〈一吻之前〉

史崔克站在暗處，手機拿在手上，等待。他在溫暖的六月天夜晚穿這件二手外套雖然有點過於厚重，但它有個深口袋，他藏了一樣東西在裡面，鼓鼓的、有點沉。他的計畫最好是在夜色的掩映下進行，但從他藏身的地方可以看到夕陽慢慢地往參差不齊的屋頂背後下沉。

他知道今天晚上執行這個危險的任務必須集中精神，但他不停地想到蘿蘋。她沒有回電話，他在心中為自己設定了一個最後期限：如果她沒有在今天晚上之前回電話，她就永遠不會打給他了。明天中午十二點她即將在約克郡和馬修舉行婚禮，史崔克確信這是他們的關係終結的關鍵時刻，如果他們沒有在她戴上婚戒之前通話，他覺得他們以後再也不會有機會交談了。要是世上有任何東西能夠衡量並讓他明白他的損失，那就是過去這幾天和他同在一間辦公室的那個聒噪、好鬥的女人，雖然她的外貌美得驚人。

西邊屋頂上的天空染上鮮麗的色彩，有如長尾鸚鵡的羽翼：猩紅、橘黃，甚至還有一抹綠。在這些美麗的色彩後面還有一片看得見繁星若隱若現的紫色，差不多到了開始行動的時候了。

彷彿聽到史崔克的動念，他的手機開始震動，他看了一下簡訊，是香客打來的：

明天喝酒？

這是他們約好的暗號。萬一東窗事發——史崔克認為可能性極大——他不希望香客捲入這件事成為目擊證人。他們今晚一定不能有可被入罪的通訊。「明天喝酒？」意指「他在夜總會」。

史崔克將手機塞回他的口袋，從藏身處走出來，穿過達諾．連恩無人的公寓底下漆黑的停車場。巨大而陰森森的高階大廈俯視著他，鋸齒狀的玻璃窗反映出最後一抹血紅色的夕陽餘暉。

沃拉斯敦苑的前陽台上張掛著細網，防止鳥類憩息在陽台上從打開的窗戶飛進住家。史崔克走到大樓側門，稍早一群少女從那裡出來後他便先把它打開。沒有人會去干預這項安排，人們假設有人懶得動手關門，又怕自己主動關門會惹他們不高興。憤怒的鄰居和闖入者一樣危險，何況大家以後還會見面。

史崔克爬上樓梯，半途脫下他的外套，現出裡面的螢光背心。他把外套拿在手上掩飾口袋內的瓦斯罐，繼續往前走，來到連恩住處的陽台。

共用陽台的幾戶住家透出燈光，連恩的鄰居在這個溫暖的夏夜都把窗戶打開，談話聲與電視機聲音從窗口飄進夜色中。史崔克悄悄地走向最後一間闃黑無人的公寓。現在他站在這扇他經常從停車場監看的門前，從他的外套口袋取出瓦斯罐夾在他的腋下，然後從剛才的口袋掏出一雙乳膠手套戴上，再拿出一把各式各樣的工具，有些是他自己的，大部分是跟香客借來的，其中包括一只萬能鑰匙，兩組波浪狀鑰匙，以及各種不同的梳子形鑰匙。

史崔克正在開啟連恩前門上的兩道鎖時，一個女子的聲音，美國口音，從隔壁窗戶傳來。

「法律規定什麼是對的，我做對的事。」

「我為什麼沒有和潔西卡．艾芭上床？」一個喝醉酒的男性聲音問，接著是一陣哄堂大笑與紛紛贊同的聲音，聽起來似乎另外還有兩個男人。

「快點，討厭的傢伙。」史崔克喘息著說，一邊和底下的門鎖搏鬥，一邊直直握著尚未開封的瓦斯罐，「開啊……快開……」

門鎖喀嚓一聲開了，他把門推開。

一如他預料，屋內臭氣沖天。史崔克在這個彷彿年久失修、家徒四壁的房間內幾乎什麼都看不見。他必須先把窗簾拉上後才能開燈。他向左轉，立刻撞到一個像是箱子的東西，上面有個重東西倒下來，摔到地上發出聲響。

該死。

「喂！」一個男人的聲音從薄薄的隔間牆傳過來，「達諾，是你嗎？」

史崔克迅速回到門邊，在門柱旁的牆邊摸上摸下，終於找到開關。燈光使屋內大放光明，果然除了一張髒汙的雙人床墊和一個裝橘子的木箱外什麼也沒有。箱子顯然是用來放iPod擴充座的，因為它從上面掉下來，此刻躺在地板上。

「達諾？」那個聲音說，現在它在陽台外。

史崔克拿出瓦斯罐噴一下，然後將它塞到木箱底下。陽台上出現腳步聲，接著有人敲門。史崔克把門打開。

一個臉上長滿粉刺，頭髮油膩的男子醉眼迷濛地望著他，他顯然喝醉了，一隻手還拿著一罐約翰．史密斯啤酒。

「我的天，」他睡眼惺忪地說，用力嗅了幾下，「這是什麼味道？」

「瓦斯，」身著螢光背心、煞有介事地代表英國國家電網公司的史崔克說，「我們接到樓上報案，看樣子是從這裡散發出來的。」

「要命，」鄰居說，一臉擔憂，「該不會爆炸吧？」

「所以我才過來檢查，」史崔克俐落地說，「你隔壁有在使用明火嗎？你沒抽菸吧？」

「我去檢查一下，」鄰居說，現出驚惶的表情。

「好，我這邊檢查完也許過去檢查你那邊，」史崔克說，「我在等人來支援。」

他說完立刻就後悔了，但隔壁鄰居似乎沒有發現瓦斯公司的人言語中的漏洞。他轉身時史崔克問：

「這一戶的屋主叫達諾，是嗎？」

「達諾．連恩。」心神不寧的鄰居說，急著想離開，想把他的東西藏起來，熄滅所有明火，「他還欠我四十英鎊。」

「啊，」史崔克說，「這我就幫不上忙了。」

那人匆匆走了，史崔克關上門，感謝他的幸運之星，使他有先見之明想出掩護的辦法。現在他只需要警方接獲密報，他就可以提出證據……

他抬起木箱，關掉發出嘶嘶聲的瓦斯罐，將iPod放回擴充座再擱在木箱上。他正想繼續往裡面走時，忽然想起一件事，又回到iPod。他用戴手套的食指輕輕一按，小螢幕燈亮了，史崔克早已料到——藍牡蠣樂團的〈地獄火車〉（Hot Rails to Hell）。

60

Vengeance (The Pact)

報復（公約）

夜總會內擠滿了人，它建在兩個鐵道涵洞內，和他的公寓對面一樣，弧形的鑄鐵屋頂更給人一種地下的感覺，一架投影機將迷幻的燈光投射在鋼樑上，音樂聲震耳欲聾。

他們不太願意讓他進去，那些保鏢對待他的態度有點粗魯：他有一點提心吊膽，怕他們會搜身。他的刀就藏在外套裡面。

他看起來似乎是現場所有人當中年齡最大的一個。他有點生氣。都是牛皮癬關節炎造成的，不但害他長出一臉麻斑，類固醇也使他變得臃腫。自從退出拳擊界後，他的肌肉多了許多脂肪。過去在塞浦路斯時，他的身手十分矯捷，但現在不行了。他知道擠在這個水晶燈球下數以百計興高采烈的小女生沒有一個會看上他，她們的穿著完全出乎他的意料，不是夜總會的打扮，許多都穿著牛仔褲與T恤，活像一堆女同性戀。

史崔克的臨時雇員，那個有渾圓的臀部，美得令人垂涎三尺的女人在哪裡？這裡沒幾個身材高瘦的黑人女子；她應該很容易被發現才對，但他仔細看過吧台和舞池，卻都不見她的蹤影。她提到這個離他的住處如此近的地方，他原以為是天意；他以為他又恢復神一般的狀態，宇宙又再一次做出對他有利的安排，但他和「它」吵了一架後，他那種不可一世的感覺消失了。

音樂在他的腦袋內轟轟作響，他寧可回家，聽藍牡蠣樂團，對著他的聖物自慰，但他聽到她說她要來這裡……媽的，這裡人擠人，他大可貼緊她的身體捅她一刀都不會有人注意到，或聽到她的尖叫……這個臭女人在哪裡？

那個穿「狂舞旌旗」（Wild Flag）樂團T恤的笨蛋推擠了他好幾次，他真想狠狠踹他一腳，但他只是用手肘推開人群，離開吧台，再到舞池中尋找她。移動的燈光掃過一群揮舞的手臂與沾滿汗水的臉孔，金光一閃——一張疤臉和冷笑的嘴……他排開旁觀者，不在乎推倒多少輕佻的女子。

那個疤臉剛才也在地鐵上。他回頭望，那個人似乎正在找人；踮起腳尖四處張望。

事情有點蹊蹺，他可以感覺到，情況可疑。他略微彎腰，盡量混在人群中，往逃生門擠過去。「抱歉，請你從那邊……」

「滾開。」

他在被攔下之前迅速離開，推開逃生門衝進夜色。他沿著外牆慢跑，繞過牆角，趁四下無人時做了幾次深呼吸，斟酌他的選項。

你是安全的，他告訴自己。你是安全的，沒有人在追你。

但這是真的嗎？這麼多夜總會，她偏偏選了一間離他家只有兩分鐘路程的夜店。萬一這不是上天給的禮物，而是迥然不同的情況呢？萬一有人企圖陷害他呢？

不，不可能。史崔克派那些豬玀來調查他，但他們都興趣缺缺。他很安全，沒有任何線索顯示他和任一命案有關聯……

除了在芬奇利地鐵上看到的那張疤臉。這個意涵暫時擾亂了他的思路。假如某人跟蹤的對象不是達諾．連恩，而是另一個人，他就完了……

他開始往回走，不時邁開腿小跑步。他現在已不需要那兩枝枴杖了。它們過去是實用的道具，被他用來博取容易上當的婦女的同情和愚弄無能的警察，當然，它們還可以讓他偽裝成一個無法照顧小凱西．普拉特的重症病人。他的關節炎早在幾年前就沒事了，但它可以讓他輕鬆地多一點收入，繼續保有沃拉斯敦苑的小公寓……

他匆匆走過停車場，抬頭看他的公寓，窗簾拉上了，他明明記得出門時他將它拉開……

61

And now the time has come at last
To crush the motif of the rose.
Blue Oyster Cult, 'Before the Kiss'

制伏玫瑰刺青
那一刻終於來臨。
——《藍牡蠣樂團》，〈一吻之前〉

唯一的房間燈泡壞了。史崔克打開他帶來的手電筒，緩緩走向僅有的一件家具，一座廉價衣櫥。他打開衣櫥時門板發出咿呀聲。

衣櫥內壁貼著從報上剪下的「沙克威爾開膛手」的相關新聞報導。剪報上面又貼著一張A4大小的圖片，或許是從網路列印下來的，那是史崔克的母親年輕時的照片。全裸的她雙手高舉過頭，烏黑如雲的長髮半遮掩她那對傲人的胸脯。三角形的深色恥毛上面有一行拱形文字清晰可見，寫著：鮭鹽的情婦（Mistress of the Salmon Salt）。

他望向衣櫥底板，那裡有一疊色情雜誌，旁邊有個裝垃圾的黑色塑膠袋。史崔克將手電筒夾在腋下，用戴著乳膠手套的手將塑膠袋拉開，裡面有幾件女人的內衣褲，有的沾著陳舊的棕色血跡變得硬邦邦。他的手指在塑膠袋最底下摸到一條纖細的項鍊和一對大圈形耳環。一枚呈心形的豎琴項鍊墜子在他的手電筒燈光照耀下閃閃發亮。豎琴上有少許乾燥的血液痕跡。

史崔克將所有東西都放回黑色塑膠袋，關上衣櫥，繼續往廚房走，那裡顯然是屋內腐臭味的來源。

隔壁有人打開電視，連珠砲似的槍響透過薄薄的牆壁傳過來。史崔克聽到微弱的帶著醉意的笑聲。

燒水壺旁有一罐即溶咖啡、一瓶貝爾威士忌、一把放大鏡和一把剃刀。瓦斯爐上有一層厚厚的油垢與灰塵，看樣子很久沒有使用了。冰箱門曾被人用一塊髒抹布擦過，留下一道淡粉色的擦拭痕跡。史崔克正要拉開冰箱門時，口袋內的手機發出震動。

香客打來的。他們講好彼此不通話，只發簡訊。

「該死，香客，」史崔克說，將手機舉到耳邊，「我不是說過……」

他才聽到呼吸聲，轉眼間一把彎刀已從空中掃過，朝他的後頸砍下來。史崔克往旁邊一閃，手機從他手中飛出去，掉落在骯髒的地板上。他倒下時，刀刃劃到他的耳朵。那個龐大的身影再度舉起彎刀攻擊倒地的史崔克；史崔克朝他的胯下用力一踢，殺手痛得發出呻吟，往後退了幾步，又再度舉起彎刀。

史崔克急忙撐起膝蓋，用力揮拳擊中他的下體。彎刀滑出連恩手上，掉在史崔克背上，史崔克雖然雙手抱住連恩的膝蓋將他扳倒，仍然痛得大叫一聲。連恩的腦袋撞到爐門，但他肥大的手指摸索著想去掐史崔克的咽喉。史崔克奮力反擊，但被連恩沉重的身體壓得動彈不得，連恩孔武有力的雙手用力壓著他的口鼻。史崔克使出最大力氣再給連恩一記頭搥，連恩的腦袋又撞上爐門……

兩人翻身，這回史崔克在上面，他想重擊連恩的臉部，但連恩的反應和當年兩人在拳擊場上較勁時一樣迅速：他一手擋掉史崔克的攻擊，另一手揮拳擊中史崔克的下巴，迫使他的臉往上揚……史崔克再度晃了一下，目標失準，擊中骨頭聽到碎裂聲。

連恩粗大的拳頭突然揮過來擊中史崔克的臉，史崔克感覺他的鼻梁斷了；強烈的力道迫使他往後倒，鮮血直流，兩眼淚汪汪的視線模糊：連恩一邊哼著一邊喘息，將史崔克扳倒在地——

然後彷彿變戲法似的，他的手中忽然多了一把切肉刀……

視線模糊、口中充滿鮮血的史崔克看見切肉刀在月光下閃耀，於是以他的義肢朝著刀子踢過去——刀刃碰到他的鋼骨腳踝時發出金屬與金屬碰撞的聲音，接著刀子又再度舉起……

「休想，你這個混蛋！」

香客忽然從後面鎖住連恩的頭，史崔克情急之下握住切肉刀，手掌立刻被劃開一道口子。香客與連恩互相扭打，蘇格蘭人的體型比香客大上許多，很快便占上風。史崔克又伸出義肢對著刀子用力一踢，將它從連恩手上踢掉。現在他可以和香客合力將連恩扳倒在地上了。

「你乖乖束手就擒，否則我宰了你！」香客怒聲說，雙手掐住連恩的脖子，連恩不停地掙扎，一面咒罵，雙手依然緊握拳頭，碎裂的下頦鬆弛。「你以為只有你有刀嗎，死胖子！」

史崔克掏出手銬，這是他離開特偵組時一併帶走的最昂貴的裝備。他和香客合力將連恩扳成可以被戴上手銬的姿勢，將他的兩隻手腕鎖在背後。連恩拚命掙扎咒罵。

香客見暫時可以不必鎖住連恩，便朝他的腹部用力一踢，兇手微微發出悶哼，一時說不出話來。

「你還好嗎，本生？本生，哪裡受傷了？」

史崔克坐在地上，背靠著爐台。他的耳朵與被割傷的右手掌都血流如注，但腫脹的鼻子最痛苦，因為從鼻子大量湧出的鮮血流進他的口中使他呼吸困難。

「來，本生。」香客說。他從小公寓內找到一捲衛生紙遞給他。

「謝了。」史崔克以濃重的鼻音說。他抓了一把衛生紙，盡可能塞住他的鼻孔，然後低頭望著連恩。「很高興又見面了，雷伊。」

依然喘息不已的連恩默默無言，他的光頭在月光下微微發亮。

「你說啥，他不是叫連恩嗎？」香客好奇地問。連恩在地上動了一下，香客又朝他的肚子用力補上一腳。

「是啊，」史崔克說，「不要踢他了；萬一踢破他的內臟，我還得出庭應訊。」

「那你為什麼叫他……？」

「因為，」史崔克說，「還有，不要碰任何東西，香客，我不希望你留下指紋……因為達諾借用別人的身分，他不住在這裡的時候，」史崔克說，走向冰箱，伸出乳膠手套依舊完好的左手握住冰箱門把，「他是已退休的打火英雄雷伊．威廉斯，和海柔．傅里一起住在芬奇利。」

史崔克打開冰箱門，依然用他的左手，又繼續打開冷凍庫。

凱西．普拉特的乳房在冷凍庫內，已經又乾又皺，黃色的皮革質地宛如無花果乾。它的旁邊是莉拉．孟克頓的手指，指甲上塗著紫色的指甲油，上面還有連恩深深的牙齒印。再往裡面是一對被割下的耳朵，上面還掛著迷你塑膠冰淇淋甜筒，另外還有一小塊肉，肉上的鼻孔清晰可見。

「我的媽呀，」香客說，他從史崔克背後彎腰注視，「我的天，本生，它們是……」

史崔克關上冷凍庫與冰箱門，轉身望著他的俘虜。

連恩靜靜躺著，史崔克相信他一定已在動他狐狸般狡猾的腦筋，思索如何才能逆轉對他不利的局勢，如何詭稱史崔克栽贓陷害他。

「我早該認出你才對，不是嗎，達諾？」史崔克說，一邊在他的右手纏繞衛生紙來止血。現在，藉著從窗口透入的微弱月光，史崔克才看出連恩的身形。他早年肌肉結實的身材，由於服用類固醇與缺乏運動，已明顯增加不少體重。他的肥胖，他乾燥的皮膚與皺紋，無疑是用來遮蓋臉上的麻點而刻意留的鬍子，仔細刮過的頭皮，以及故意裝出來的遲緩的走路姿態，綜合起來使他看上去比實際年齡至少老了十歲。「你在海柔家為我開門那一剎那我就應該認出你才對，」史崔克說，「但你摀著臉，不停地擦眼淚，不是嗎？你是怎麼弄的，擦了什麼東西才讓它們又紅又腫？」

史崔克先把一包菸遞給香客後自己才點上一根。

「現在回想起來，你的東北口音其實有點做作，你是在蓋茨赫德學的，是吧？咱們的小達子最擅長模仿。」他對香客說，「你應該聽聽他模仿歐克利下士說話的樣子，簡直活靈活現，這個達諾……」

香客看看史崔克又看看連恩，顯然聽得十分入迷。史崔克繼續吸菸，低頭望著連恩。他的鼻子痛得發脹，兩眼不聽使喚地漲滿淚水。他想聽兇手開口說話後才打電話報警。

「你在科比毆打、搶劫一個痴呆的老太太，是吧，小達子？可憐的老威廉斯太太，你搶奪她兒子的英勇獎金，我敢說你一定也偷走他的身分證明。你知道他在國外，竊取別人的身分並不難，有了身分證明一切可以從頭開始，你可以順利地利用它成為現在的你，矇騙一個寂寞的婦人和幾個粗心大意的警員。」

連恩默默地躺在骯髒的地板上，但史崔克幾乎可以感覺到他骯髒的心思正在拚命動歪腦筋。

「我在屋裡找到口服A酸，」史崔克告訴香客，「那是治療痤瘡的口服藥，但也能用來治牛皮癬關節炎。我當時就該想到。他把藥藏在凱西房間，雷伊．威廉斯沒有關節炎。

「你一定還有許多不為人知的小秘密，是吧，小達子，你和凱西？把我的事情說給她聽，將她收拾得服服貼貼？用摩托車載著她到我的辦公室附近鬼鬼祟祟……假裝替她送信……又偽造我的信寄給她……」

「你這個混蛋真的有病。」香客厭惡地說，彎腰靠近連恩，菸頭貼近連恩的臉，顯然恨不得用菸頭戳他一下。

「你也不能用香菸燙他，香客，」史崔克說，掏出他的手機，「你最好離開這裡，我要打電話報警了。」

他撥了九九九，告訴對方地址。他的說詞是他跟蹤連恩去夜店再回到他的住處，兩人發生爭執，連恩攻擊他。沒有必要讓人知道香客和這件事有關，也沒有必要讓人知道史崔克撬開門鎖進入連恩的住處。當然，隔壁那個醉醺醺的年輕人也許會說出來，但史崔克認為年輕人或許寧可置身事外也不願他的酗酒與吸毒紀錄在法庭上被人公然評估。

「把這些東西都帶走，扔掉它們，」史崔克告訴香客，一面脫下螢光夾克遞給他，「還有那邊那個瓦斯罐。」

「好的，本生。你一個人守著他沒問題嗎？」香客說，注視著史崔克斷裂的鼻梁、流血的耳朵和手。

「當然，沒問題。」史崔克說，有點感動。

他聽見香客在外頭房間撿起瓦斯罐的聲音，不一會兒又從廚房窗口看見他經過外面的陽台。

「香客！」

他的老友立即衝回廚房，速度之快，史崔克明白他一定嚇一大跳；他舉起瓦斯罐，但連恩仍靜靜地躺在地上，雙手被手銬反鎖，史崔克站在爐邊吸菸。

「媽的，本生，我以為他跳起來攻擊你了！」

「香客，你能找一部車，明天早上載我去一個地方嗎？我會付你……」

史崔克低頭望著他的手腕，他昨天將他的手錶典當成現金付給香客，請他今天晚上前來襄助。他還有什麼值錢的東西可以典當？

「聽我說，香客，你知道我會因這個案子而有收入，給我幾個月時間我就會有客戶上門排隊了。」

「沒關係，本生，」香客想了一下說，「讓你欠著。」

「當真？」

「是的，」香客說，轉身離去，「你要離開時打個電話給我，我去找部車。」

「可別用偷的啊！」史崔克在他背後大聲說。

香客二度從廚房窗外經過後不出幾秒鐘，史崔克已聽見遠處傳來警笛聲。

「他們來了，小達子。」他說。

這時達諾才以他真正的口音對史崔克說話，第一次也是最後一次。

「你老母，」他用低沉的蘇格蘭腔說，「是個妓女。」

史崔克哈哈大笑。

「也許，」他說，在黑暗中邊流血邊吸菸。警笛聲越來越近，「但她愛我，小達子。我聽說你媽不愛你這個小警員的私生子。」

連恩開始用力扭動，企圖掙脫束縛，但只能在原地打轉，兩隻手依舊被鎖在背後。

62

A redcap, a redcap, before the kiss . . .
Blue Oyster Cult, 'Before the Kiss'

紅扁帽，紅扁帽，一吻之前……
——藍牡蠣〈一吻之前〉

當天晚上史崔克沒見到卡佛，他猜想卡佛寧願打斷腿也不想在這種時候見到他。兩名他沒見過的刑事調查局警官在他接受各種必要的治療之際，一邊抽空在急診室旁一個房間內對他進行偵訊。他的耳朵被縫了幾針，刀子劃傷的手掌用繃帶包紮起來，背上被彎刀戳到的傷口也敷了藥。而他的鼻子，有生以來第三次被痛苦地整回大體對稱的位置。史崔克一得空便詳細告訴警官他如何找上連恩。他並且措辭謹慎地告訴他們，他曾在兩週前打電話向卡佛的部屬通報此一情報，並曾在他與卡佛的上一次對談中試圖將情報直接告知卡佛。

「你們為什麼不寫下來？」他問那兩名坐在他面前默默注視他的警官。那個年輕一點的粗略記下幾個重點。

「我同時，」史崔克繼續說，「寫了一封信寄給卡佛督察，掛號信。他昨天應該收到了。」

「你用掛號寄出？」那個年長一點的警官重複說道。他臉上蓄鬍，有一對哀傷的眼睛。

「對，」史崔克說，「我想這樣比較不會錯過。」

年輕警官這次寫得更詳細些。

史崔克的說法是，他感覺警方不採信他對連恩的懷疑，因此他從未停止監視他。他怕他再度挑上一名婦女予以加害，便跟蹤連恩到夜總會，接著又尾隨他回到他的公寓，兩人於是發生正面衝突。至於雅麗莎，她泰然自若地假扮成史崔克的臨時雇員，以及香客的熱心參與，使史崔克免於進一步遭到刺殺，史崔克則隻字未提。

「關鍵所在，」史崔克告訴警官，「是要找到這個名叫瑞奇，有時又叫迪奇的人，連恩的摩托車是向他借的，海柔可以提供他的資料給你們，這個人為連恩提供所有不在場證明。但我認為他只是個小混混，他也許以為他只是幫助連恩對海柔撒點小謊，或犯點什麼詐欺行為，看來不像個聰明的傢伙。我想一旦他明白這牽涉到謀殺案時，他很快就會說出實話。」

到了凌晨五點，醫生和警官終於決定史崔克可以回去了。他婉拒了警官要護送他回家的提議，因為他認為他們的目的不過是想監視他。

「我們不希望在與家屬談這件事之前讓消息洩漏出去。」年輕的警官說。三人魚貫走出醫院的前庭時，年輕警官的淺金色頭髮在朦朧的黎明曙光中顯得格外醒目。

「我不會去找媒體，」史崔克說，一邊大聲打哈欠，一邊將手伸進口袋掏出剩下的香菸，「我今天還有別的事要幹。」

他正準備離去時忽然又想到一件事。

「那所教堂有什麼關係？布拉克班克——什麼原因使卡佛認定是他？」

「喔，」留鬍子的警官說，似乎不怎麼樂意分享資訊，「有個年輕的工作人員從芬奇利調到布利斯敦……沒什麼關聯，不過，」他又以微微輕蔑的口氣說，「我們已經逮到他了，布拉克班克，昨天接到一間流民臨時收容所的通報。」

「好極了，」史崔克說，「媒體最愛報導戀童癖新聞，等你們可以通知媒體時我就以這個為開頭。」

兩名警官臉上都沒有笑容。史崔克跟他們道了早安後離去，心想不知身上還有沒有錢坐計程車。他用左手吸菸，因為右手上了麻藥沒有力氣，受傷的鼻梁在清涼的清晨空氣中隱隱作痛。

「啥，約克郡？」香客打電話告訴史崔克他已弄到一部車，偵探說出他要去的地方後，香客說，「約克郡？」

「馬森市，」史崔克說，「聽著，我告訴過你，等我有錢一定會把欠你的都還清。那是一場婚禮，我不想錯過，而且時間很緊迫——你要多少錢我都答應，香客，我向你保證，等我有能力時一定還你。」

「誰要結婚？」

「蘿蘋。」史崔克說。

「呵，」香客說，似乎很高興的樣子，「是喔，既然這樣，本生，我載你去。我跟你說過，你不該……」

「對。」

「雅麗莎有跟你說……」

「有，她說了，而且很大聲。」

史崔克強烈懷疑香客現在和雅麗莎睡在一起。當史崔克提到他需要一名婦女來扮演一個安全但重要的角色以誘捕達諾．連恩時，香客立即推薦雅麗莎，除此之外他想不出更好的解釋。雅麗莎要求史崔克付給她一百英鎊的報酬，並鄭重其事表示，要不是她覺得虧欠史崔克的工作夥伴一個人情，她會索求更高的酬勞。

「香客，我們一路上再談，我現在需要先吃點東西再洗個澡，能趕上就很萬幸了。」

於是兩人坐上香客借來的賓士車火速北上；史崔克沒有問車子是從哪兒來的。他已經有好幾天沒好好睡覺了，因此前面六十哩路他都在打瞌睡，只有當他口袋內的手機鈴響時，他才從自己的鼾聲中驚醒。

「史崔克。」他睡眼惺忪地說。

「幹得漂亮，老兄。」華道說。

華道的語氣沒有他所說的那麼興奮，畢竟，當雷伊．威廉斯在凱西分屍案中的嫌疑被排除時，帶頭調查的人是華道。

「謝了，」史崔克說，「你知道你是目前唯一願意和我談話的倫敦警察嗎？」

「啊，這個嘛，」華道說，多了一點元氣，「重質不重量。我想你會希望知道：他們找到理查了，他把一切都和盤托出了。」

「理查……」史崔克喃喃地說。

他覺得幾個月來一直被一些細節所困擾的疲憊的大腦，此刻似乎已被滌清，一整排翠綠蓊鬱的樹木從車窗外映入眼簾。他覺得他似乎可以持續酣睡好幾天。

「瑞奇……迪奇……摩托車。」華道說。

「喔，對，」史崔克說，心不在焉地抓他縫了線的耳朵後脫口說，「啊，好痛……抱歉……他說了，是嗎？」

「他果然如你所說，不是個聰明的傢伙，」華道說，「我們還在他家找到一堆偷來的贓物。」

「我想達諾就是靠這個維生的，他一向就是個慣竊。」

「他們組織一個小幫派，規模不大，專幹一些扒竊的事。瑞奇是唯一知道連恩有雙重身分的人；他以為他的目的是詐領救濟金。連恩要求其他三個人支持他，謊稱連恩殺害凱西那個週末他們一起在秀爾罕露營。連恩顯然告訴他們，海柔不知道他在外面另有女朋友。」

「連恩總有辦法找到人來支持他。」史崔克說，想起當年塞浦路斯的調查員也差一點解除他的強暴罪嫌。

「你怎麼知道那個週末他們沒有在一起？」華道好奇地問，「他們拍了許多照片……你怎麼知道她遇害那個週末他們幾個男的不在一起？」

「喔，」史崔克說，「因為海東青。」

「什麼？」

「海東青，」史崔克重複，「四月不是海東青開花的季節，夏、秋兩季才是——我的童年是在康瓦耳度過的，連恩和瑞奇在海邊拍的照片……裡面有海東青。我當時就該想到……但我一直被誤導。」

與華道通過電話後，史崔克透過擋風玻璃望著從車窗兩旁急馳而過的田野與樹木，回憶過去這三個月所經歷的一切。他懷疑連恩早已知道布莉特妮·布拉克班克的事，同時也可能早已打聽清楚惠泰科受審的經過，才會引用〈鮭鹽的情婦〉（Mistress of the Salmon Salt）中的歌詞。史崔克覺得連恩似乎一直在給自己留下痕跡，卻渾然不覺這些痕跡引發的效果。

香客打開車上的收音機，史崔克雖然寧可繼續打盹卻沒有反對，只是搖下車窗，對著窗外噴煙。在耀眼的陽光下，他發現他不自覺再度穿上的這套義大利西裝上沾了許多小點點的醬汁和紅酒。他搓一搓已經乾掉的汙漬，忽然想起另一件事。

「啊，糟了。」

「啥事？」

「我忘了把某人甩了。」

香客哈哈大笑。史崔克懊惱地跟著笑，但微笑又使他的整張臉發疼。

「你想攔阻這場婚禮嗎？本生？」

「當然不，」史崔克說，又拿出一根菸，「我有接到邀請，我是朋友，我是貴賓。」

「你把她開除了，」香客說，「在我老家，這可不是友誼的象徵。」

史崔克本想對香客說他的朋友沒有一個人有正經工作，但還是忍住了。

「她很像你媽。」一陣長長的沉默後，香客說。

「誰？」

「你的蘿蘋，心地善良，一心想救那個小孩。」

當著香客的面，史崔克說不出拒絕拯救孩子的話。香客就是在十六歲那年滿身是血躺在溝渠內獲救的。

「我這不是要去把她找回來了嗎？不過，下次她再打電話給你……如果她叫你……」

「好，好，我會通知你，本生。」

車外的後視鏡照出史崔克那張宛如車禍劫後餘生者的臉，鼻子又腫又紫，左耳是烏黑的。在日光的映照下，他發現他用左手刮臉的效果不彰。他想像他溜進教堂後面坐時肯定會引人側目，萬一蘿蘋不歡迎他出席，那種場面一定很尷尬。他不想破壞她的大喜之日。他暗地裡告訴自己，萬一有人請他出去，他一定乖乖遵從。

「本生！」香客興奮地大叫，史崔克嚇一跳。香客將收音機的音量調高。

「……沙克威爾開膛手命案兇嫌已經被捕。倫敦警方徹底搜索沃拉斯敦苑一所公寓後，已將現年三十四歲的達諾．連恩以謀殺凱西．普拉特、希瑟．司馬特、瑪蒂娜．羅西、沙蒂．羅奇的罪嫌，以及持續對莉拉．孟克頓與另一名姓名不詳女子的殺人未遂案一併提起公訴……」

「他們沒有提到你！」報導結束後，香客失望地說。

「他們不會提，」史崔克說。進入馬森市的第一個路標出現了，他忽然一反常態的緊張起來，「不過他們一定會提，這是好事，假如要找回生意，我就需要這些宣傳。」

他不自覺地查看他的手腕，這才又想起他已經沒有手錶了，於是改看儀表板上顯示的時間。

「加緊油門，香客，我們快來不及了。」

離目的地越來越近時，史崔克也越來越焦慮。當他們的車子終於開上通往馬森的山坡時，與婚禮預定舉行的時間已過了二十分鐘。史崔克用他的手機查看教堂地點。

「在那邊。」他著急地指著他已瞥見的一處寬敞的市集廣場另一頭，廣場上有許多人在食品攤位前駐足。香客以不太慢的車速穿過市集時，幾個路人忍不住開罵，一名戴工人軟帽的男子甚至憤怒地對開車的疤面司機揮舞拳頭。

「在這裡停車，隨便找個地方停下來！」史崔克說。他看見廣場盡頭停了兩部車身裝飾白色緞帶的深藍色賓利車，司機脫了帽子在陽光下聊天。香客急踩煞車時他們都聞聲轉頭去看。史崔克解開安全帶；他現在看到教堂尖頂高聳在樹梢上了。他忽然覺得有點不舒服，無疑的，一定是昨天晚上連續抽了四十根香菸，睡眠不足，又加上香客開車的緣故。

史崔克匆匆走了幾步路後又折回來。

「等我一下，我也許不會久留。」

他又匆匆走了，兩位司機目不轉睛注視他。他緊張地拉一拉他的領帶，這才想起他這張破碎的臉與骯髒的西裝，心想何勞費心。

史崔克一跛一跛經過教堂大門，進入庭院。宏偉的教堂令他想起哈波羅市的聖德宜教堂，那時候他與蘿蘋還是朋友。陽光下肅靜的墓園讓人有不祥之感。他經過右邊一根看起來像異教雕像的廊柱，朝厚重的橡木門走去。

他用左手抓住門把後停了一秒鐘。

「管他的。」他告訴自己，然後盡可能安靜地把門打開。

一陣玫瑰的花香迎面撲來：立式花籃與一排排坐滿來賓的長椅前端都裝飾著盛開的約克白玫瑰，滿滿一片色彩鮮豔的帽海一直蔓延到祭壇。史崔克緩緩進入教堂時幾乎沒有人轉頭看他，但少數幾個看見他的人都目不轉睛凝視他。他挨著後面的牆壁慢慢移動，兩眼注視著走道盡頭的祭壇。

蘿蘋的波狀長髮上戴著一頂白玫瑰編成的花冠。他看不見她的臉，她的手上沒有打石膏，即使從這麼遠的距離，他都能看到她的手臂上那一道青紫色的刀疤。

「妳，」牧師清脆的聲音傳來，但看不到他的人影，「蘿蘋．維妮西雅．艾拉寇特，願意接受這名男子馬修．約翰．康利菲成為妳的合法婚姻丈夫，從今而後……」

疲憊又緊張的史崔克凝神注視著蘿蘋，完全沒有注意到旁邊立著一盆鬱金香形的銅製花器。

「……無論是好、是壞、是富、是貧、是疾病、是健康，直至生命結束……」

「噢，糟糕。」史崔克說。

他撞上銅花盆，花盆彷彿以慢動作掉到地上，發出震耳欲聾的聲響。現場的來賓和新人都紛紛轉頭去看。

「我……我的天，我很抱歉。」史崔克無奈地說。

來賓中有位男士哈哈大笑，大部分人都立刻又轉頭望著祭壇，只有少數幾個人持續瞪著史崔克，好一會兒才想起他們來的目的。

「……永不分離。」牧師以神聖的忍耐力說道。

在整場儀式中都沒有笑容的美麗新娘，這時忽然嫣然一笑。

「我願意。」蘿蘋以銀鈴般的聲音說，兩眼直視——不是她那位表情冷峻的新婚夫婿，而是那個剛剛把她的鮮花打翻、滿臉瘀傷與血痕的男子。

謝辭

書寫《邪惡事業》帶給我無限的快樂，在我的寫作生涯中，我想不出有哪一本小說為我帶來比它更多的樂趣。這話說來奇怪，因為不僅這本小說的主題令人生厭，而且我在過去一年中罕見的格外忙碌。我必須在龐雜的計畫中抽空寫作，但這不是我樂意的工作方式。不過無論如何，我始終將羅勃．蓋布瑞斯視為我自己的秘密遊樂場，而他這次也沒有讓我失望。

我要感謝我的團隊繼續維繫這個一度保密的身分所帶來的無窮樂趣：我的無與倫比的編輯大衛．雪利（David Shelley），他現在已是我的四本小說的教父，為編輯工作打造出豐碩的成果；感謝我的傑出經紀人兼友人尼爾．布萊爾（Neil Blair），他打從最初就一直是羅勃的堅定支持者；感謝狄比（Deeby）與蘇比（SOBE），容許我借用他們精湛的軍事頭腦；感謝「秘密人士」，理由在此不便透露；感謝雅曼妲．唐納森（Amanda Donaldson）、菲歐娜．夏普柯特（Fiona Shapcott）、安琪拉．米爾恩（Angela Milne）、克莉絲汀．柯林伍德（Christine Collingwood）、賽門．布朗（Simon Brown）、凱薩．提恩蘇（Kaisa Tiensu），以及丹尼．卡麥隆（Danni Cameron），沒有他們的辛勤工作，我不可能有時間做我自己的事。同時要感謝我的夢幻團隊馬克．哈欽生（Mark Hutchinson）、妮基．史東希爾（Nicky Stonehill）與蕾貝嘉．索特（Rebecca Salt），沒有你們，老實說，我會崩潰。

特別要感謝憲兵隊，使我得以一償參訪愛丁堡古堡英國皇家憲兵隊特偵組第三十五科的宿願。同時要感謝兩位員警沒有因為我在巴羅因弗內斯的核能電廠拍照而逮捕我。

感謝「藍牡蠣樂團」（Blue Öyster Cult）和所有作詞者寫出如此動人的歌曲，並允許我在這本書中引用你們的部分文字。

感謝我的孩子迪卡（Decca）、達維（Davy）與康茲（Kenz）：我愛你們的程度無法用言語表達，感謝你們在我的寫作蠢蠢欲動時予以充分的體諒。最後也是我最感激的人：謝謝你，尼爾（Neil），在這本書上協助我最多的人是你。

歌曲版權出處

'***Career of Evil***' (pvii) Words by Patti Smith. Music by Patti Smith and Albert Bouchard © 1974, Reproduced by permission of Sony/ATV Tunes LLC, London W1F 9LD ***'This Ain't The Summer of Love'*** (p8, p69, p305) Words and Music by Albert Bouchard, Murray Krugman and Donald Waller © 1975, Reproduced by permission of Sony/ATV Music Publishing (UK) Ltd, Sony/ATV Tunes LLC, London W1F 9LD and Peermusic (UK) ***'Madness to the Method'*** (p12, p195, p391) Words and Music by D Trismen and Donald Roeser © 1985, Reproduced by permission of Sony/ATV Music Publishing (UK) Ltd, Sony/ATV Tunes LLC, London W1F 9LD ***'The Marshall Plan'*** (p15) Words and Music by Albert Bouchard, Joseph Bouchard, Eric Bloom, Allen Lainer and Donald Roeser © 1980, Reproduced by permission of Sony/ATV Music Publishing (UK) Ltd, Sony/ATV Tunes LLC, London W1F 9LD 'Mistress of The Salmon Salt (Quicklime Girl)' (p21 and p67) Words and Music by Albert Bouchard and Samuel Pearlman © 1973, Reproduced by permission of Sony/ATV Tunes LLC, London W1F 9LD ***'Astronomy'*** (p24) Words and Music by Albert Bouchard, Joseph Bouchard and Samuel Pearlman © 1974, Reproduced by permission of Sony/ATV Music Publishing (UK) Ltd, Sony/ATV Tunes LLC, London W1F 9LD ***'The Revenge of Vera Gemini'*** (p34) Words by Patti Smith. Music by Albert Bouchard and Patti Smith © 1976, Reproduced by permission of Sony/ ATV Music Publishing (UK) Ltd, Sony/ATV Tunes LLC, London W1F 9LD ***'Flaming Telepaths'*** (p38) Words and Music by Albert Bouchard, Eric Bloom, Samuel Pearlman and Donald Roeser, © 1974, Reproduced by permission of Sony/ATV Music Publishing (UK) Ltd, Sony/ATV Tunes LLC, London W1F 9LD ***'Good to Feel Hungry'*** (p46) (Eric Bloom, Danny Miranda, Donald B. Roeser, Bobby Rondinelli, John P. Shirley). Reproduced by permission of Six Pound Dog Music and Triceratops Music ***'Lonely Teardrops'*** (p48) Words and Music by Allen Lanier © 1980, Reproduced by permission of Sony/ ATV Music Publishing (UK) Ltd, Sony/ATV Tunes LLC, London W1F 9LD ***'One Step Ahead of the Devil'*** (p55) (Eric Bloom, Danny Miranda, Donald B. Roeser, Bobby Rondinelli, John P. Shirley). Reproduced by permission of Six Pound Dog Music and Triceratops Music ***'Shadow of California'*** (p56) Words and Music by Samuel Pearlman and Donald Roeser © 1983, Reproduced by permission of Sony/ATV Music Publishing (UK) Ltd/ Sony/ATV Tunes LLC, London W1F 9LD ***'O.D.'D On Life Itself'*** (p76) Words and Music by Albert Bouchard, Eric Bloom, Samuel Pearlman and Donald Roeser © 1973, Reproduced by permission of Sony/ATV Music Publishing

'(Don't Fear) The Reaper' (p270 and p447) Words and Music by Donald Roeser © 1976, Reproduced by permission of Sony/ATV Music Publishing (UK) Ltd, Sony/ATV Tunes LLC, London W1F 9LD ***'She's As Beautiful As A Foot'*** (p275) (Albert Bouchard, Richard Meltzer, Allen Lanier) ***'The Vigil'*** (p276) Words and Music by Donald Roeser and S Roeser © 1979, Reproduced by permission of Sony/ATV Music Publishing (UK) Ltd, Sony/ATV Tunes LLC, London W1F 9LD ***'Dominance and Submission'*** (p289) (Albert Bouchard, Eric Bloom, Sandy Pearlman) 'Black Blade' (p293)Words and Music by Eric Bloom, John Trivers and Michael Moorcock © 1980, Reproduced by permission of Sony/ATV Music Publishing (UK) Ltd, Sony/ATV Tunes LLC and Action Green Music Ltd/ EMI Music Publishing Ltd, London W1F 9LD 'Dance on Stilts' (p311 and p312) (Donald B. Roeser, John P. Shirley). Reproduced by permission of Triceratops Music ***'Out of the Darkness'*** (p317 and p333) (Eric Bloom, Danny Miranda, Donald Roeser, John D. Shirley). Reproduced by permission of Six Pound Dog Music and Triceratops Music ***'Searchin' For Celine'*** (p329) Words and Music by Allen Lainer © 1977, Reproduced by permission of Sony/ATV Music Publishing (UK) Ltd, Sony/ATV Tunes LLC, London W1F 9LD ***'Burnin' For You'*** (p343) Words and Music by Donald Roeser and Richard Meltzer © 1981, Reproduced by permission of Sony/ATV Music Publishing (UK) Ltd, Sony/ ATV Tunes LLC, London W1F 9LD ***'Still Burnin''***(p349) (Donald B. Roeser, John S. Rogers). Reproduced by permission of Triceratops Music ***'Then Came The Last Days of May'*** (p362) Words and Music by Donald Roeser © 1972, Reproduced by permission of Sony/ATV Music Publishing (UK) Ltd, Sony/ATV Tunes LLC, London W1F 9LD '***Harvester of Eyes'*** (p364) Words and Music by Eric Bloom, Donald Roeser and Richard Meltzer © 1974, Reproduced by permission of Sony/ATV Music Publishing (UK) Ltd, Sony/ATV Tunes LLC, London W1F 9LD ***'Subhuman'*** (p377) (Eric Bloom, Sandy Pearlman) '***Dr. Music'*** (p378) Words and Music by Joseph Bouchard, R Meltzer, Donald Roeser © 1979, Reproduced by permission of Sony/ATV Music Publishing (UK) Ltd, Sony/ ATV Tunes LLC, London W1F 9LD ***'Harvest Moon'*** (p379) (Donald Roeser). Reproduced by permission of Triceratops Music ***'Here Comes That Feeling'*** (p387) (Donald B. Roeser, Dick Trismen). Reproduced by permission of Triceratops Music ***'Celestial the Queen'*** (p403) Words and Music by Joseph Bouchard and H Robbins © 1977, Reproduced by permission of Sony/ATV Music Publishing (UK) Ltd, Sony/ATV Tunes LLC, London W1F 9LD '***Don't Turn Your Back'*** (p408)

國家圖書館出版品預行編目資料

邪惡事業/羅勃・蓋布瑞斯；趙丕慧、林靜華譯. --
初版. -- 臺北市：皇冠, 2016.7
面；公分. --（皇冠叢書;第4558種)(CHOICE;291)
譯自：Career of Evil
ISBN 978-957-33-3243-5 （平裝）

873.57 105010002

皇冠叢書第4558種
CHOICE 291

邪惡事業

Career of Evil

作　　者—羅勃・蓋布瑞斯
譯　　者—趙丕慧、林靜華
發 行 人—平雲
出版發行—皇冠文化出版有限公司
台北市敦化北路120巷50號
電話◎02-27168888
郵撥帳號◎15261516號
皇冠出版社(香港)有限公司
香港上環文咸東街50號寶恒商業中心
23樓2301-3室
電話◎2529-1778　傳真◎2527-0904
總 編 輯—龔橞甄
責任主編—許婷婷
美術設計—王瓊瑤
著作完成日期—2015年
初版一刷日期—2016年7月

法律顧問—王惠光律師

讀者服務傳真專線◎02-27150507
電腦編號◎375291
ISBN◎978-957-33-3243-5
Printed in Taiwan
本書定價◎新台幣450元/港幣150元